KB146499

벌들의 역사

This Publication of this translation has been made possible through
the financial support of NORLA, Norwegian Literature Abroad.

이 책은 노르웨이해외문학협회의 지원을 받아 출간되었습니다. NORLA

벌들의 역사

마야 룬데 장편소설

손화수 옮김

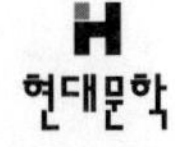

예스페르, 옌스, 리누스에게

친애하는 독자 여러분에게,

우리는 자연의 크고 작은 모든 구성 요소들을 바탕으로 살아가고 있습니다. 벌과 곤충은 우리의 삶의 터전인 이 지구의 건강을 측정할 수 있는 온도계와도 같습니다. 벌들이 곤경에 처하면 우리 또한 곤경에 처하게 되는 것은 당연한 일입니다. 많은 독자들은 이 책을 읽은 후 세상을 대하는 눈이 활짝 열린 것 같다고 고백해왔습니다. 기후변화는 지구온난화처럼 지금껏 추상적으로만 여겨오던 일이었지만 이 책을 읽은 후엔 우리의 앞마당에서도 그 변화의 여파를 여실히 경험할 수 있는 구체적인 일이라는 생각을 하게 되었던 것입니다.

이 소설은 꿀벌에 관한 이야기지만, 우리 인간에 관한 이야기이기도 합니다. 소설 속 세 명의 주인공은 서로 다른 시간대에 서로 다른 장소에서 사는 사람들입니다. 이들은 두려움과 희망, 도전 정신과 체념을 동시에 지닌 평범한 사람들이기도 합니다. 그들은 후손을 위해 최선의 환경을 물려주고 싶어 하지만, 그것이 정확히 무엇인지 잘 모르고 있습니다. 저 또한 세 명의 자식을 둔 엄마로서, 책 속의 주인공들과 그리 다르지 않습니다. 부모와 자식 간의 관계는 크고 깊은 사랑을 바탕으로 이어져 있으며, 여기에는 종종 커다란 양면성 또한 찾아볼 수 있습니다. 어린이들은 쉴 새 없이 배우고 성장합니다. 부모의 역할 또한 이 변화를 바탕으로 쉴 새 없이 변하게 마련입니다. 이 세상은 배우고 도전해야 할 새로운 것들로 가득 차 있는 동시에, 우리가 항상 감사해야 할 것들로 채워져 있습니다.

저는 독자 여러분이 벌과 인간에 대한 이 책을 읽으며 그 속에 담긴 의미에 빠져들 수 있기를 바랍니다. 책을 읽으며 다른 시간대, 다른 장소에서의 삶을 경험하면서 주변의 자연과 각자의 삶 속에서 지금껏 하찮다고 생각해왔던 가장 작은 부분까지도 새로운 눈으로 보고 경험할 수 있기를 고대합니다.

친애하는 한국의 독자 여러분들께 깊은 애정을 전합니다.

2016년 12월

마야 룬데

타오

2098년, 쓰촨 성, 시롱, 242지구

한 손에는 플라스틱 양동이, 다른 한 손에는 깃털로 만든 솔을 든 채 우리는 마치 거대한 날짐승처럼 나뭇가지 위에서 균형을 잡느라 안간힘을 썼다.

나는 천천히, 조심조심 위로 올라갔다. 여기서 일을 하는 다른 수많은 여자들과는 달리, 나는 이런 일에 익숙지 않다. 천성적으로 세심하고 섬세하며 정교하게 해야 하는 일에는 영 소질이 없어 툭하면 급작스럽게 생각 없이 몸을 움직이기 일쑤다. 그렇다. 나는 이런 일과는 전혀 어울리지 않지만 그럼에도 여기서 일을 해야만 한다. 매일 열두 시간 이상.

대부분의 나무들은 한 세대 전쯤에 심어졌다. 나뭇가지들은 얇은 유리처럼 약해서 우리의 체중을 이겨내지 못한 채 자주 부러지곤 한다. 나는 나뭇가지들에 생채기를 내지 않으려 매우 조심스럽게 움직였다. 오른발을 위쪽 나뭇가지에 살짝 올려놓고 왼발을 조심스레 들어 올렸다. 마침내 안전한 자리를 찾고 보니 꽤 불편하긴 했지만 균형은 유지할 수 있을 것 같았다. 그 자리에서는 가장 위쪽에 피어 있는 꽃잎에도 손이 닿아 좋았다.

작은 플라스틱 양동이 안은 구름처럼 가벼운 노란 가루들로 가득 차 있다. 우리는 정확하게 무게를 측정한 그 가루들을 각자 할당받는 일로 하루 일을 시작한다. 저마다 똑같은 양의 가루로 양동이를 채운 우리는 나뭇가지 위로 기어올라, 닭 털로 만든 작은 솔을 사용해 꽃잎 하나하나에 그 가루를 조심스레 바른다. 인공적으로 만든 합성 솔은 이 일에 전혀 효과가 없는 것으로 나타났다. 우리 구역에서는 이미 100여 년 전부터 갖가지 재질의 솔을 시험해보았고, 닭 털로 만든 솔이 이 일에 적격이라는 것을 알아냈다. 벌들은 '붕괴'의 시대가 도래하기 훨씬 전인 1980년대에 이미 자취를 감추어버렸다. 농업용 살충제 때문이었다. 그로부터 몇 년 후, 농업용 살충제의 사용을 법적으로 금지하자 벌들은 다시 모습을 드러냈다. 하지만 그때는 이미 인공수분이 시작된 후였다. 엄청난 인력을 동원해야 가능한 일이었지만 그 결과는 그리 나쁘지 않았다. 그러던 중, 붕괴의 시대가 시작되었다. 일찍이 인공수분 작업을 시작한 우리 지역은 당시 꽤 경쟁력을 갖춘 지역으로 알려졌고, 공해가 심해지면 심해질수록 더 높은 수익을 올릴 수 있었다. 우리 나라는 가장 공해가 심한 나라였기에 인공수분 작업에 있어서도 다른 나라들보다 한발 앞설 수 있었다. 우리가 살아남을 수 있었던 까닭은 이

어이없는 패러독스 때문이었다.

나는 한껏 손을 뻗쳐보았지만 가장 위쪽에 자리한 꽃잎에는 닿을 수가 없었다. 포기를 할까 하다가 벌칙을 받으리라는 생각에 한 번 더 손을 뻗어보았다. 우리는 각자에게 할당된 노란 가루를 필요 이상으로 빨리 다 써버려도 벌칙을 받아야 했다. 가루를 남길 경우에도 일당이 줄어들었다. 우리가 하는 일은 그 결과를 당장 눈으로 볼 수 없었다. 하루의 작업을 마치면, 우리는 조심스레 나무에서 내려왔다. 그 시간이 되면 인공수분이 된 나무둥치에는 빨간 분필로 가위표가 표기되었다. 가을이 되어 나무에 열매가 달리기 시작하면, 우리는 그제야 우리가 했던 일의 결과를 눈으로 볼 수 있게 된다. 하지만 그때가 되면 누가 어떤 나무에 인공수분 작업을 했는지 모두들 잊어버리기 일쑤다.

나는 오늘 748구역에 작업 배정을 받았다. 우리 지역에 작업 구역이 모두 몇 곳이나 되는지는 나도 모른다. 내가 속한 작업조는 수백 개의 작업조 중 하나일 뿐이다. 담갈색 작업복을 입은 우리는 주변의 나무들과 마찬가지로 누가 누구인지 가려낼 수 없을 만큼 비슷하며, 나무에 핀 꽃송이처럼 서로서로 딱 붙어 하루를 보낸다. 나무 위가 되든, 바큇자국이 난 길을 따라 한 작업 구역에서 다음 작업 구역으로 이동을 할 때든, 우리는 항상 단체로 움직이며 개인행동을 하는 것은 금지되어 있다. 우리가 개인 시간을 보낼 수 있는 공간이라곤 각 개인의 집 안뿐이며, 그 시간은 하루 중 단 몇 시간밖에 되지 않는다. 그 시간을 제외하면 우리는 일터에서 평생을 보내야 하는 것이다.

정적이 흘렀다. 작업 도중 말을 하는 행위는 금지되어 있다.

귀에 들리는 소리라곤 나뭇가지 사이로 조심스레 발을 옮기는 소리, 나직한 기침 소리, 누군가가 하품을 하는 소리, 나뭇가지를 스치는 작업복 소리밖에 없었다. 가끔은 우리가 가장 싫어하는 소리를 들어야만 할 때도 있다. 나뭇가지에 금이 가는 소리, 또는 최악의 경우 나뭇가지가 꺾어지는 소리가 바로 그것이다. 부러진 나뭇가지는 열매 수확량의 감소를 의미하고, 그것은 월급의 감소로 이어지기 때문이다. 들리는 소리는 나뭇가지를 스치며 꽃잎을 흔들고, 땅 위의 잔디 사이를 미끄러지듯 헤치는 바람 소리뿐이었다.

바람은 남쪽 숲에서부터 불어왔다. 어두침침한 남쪽 숲은 하얀 꽃송이를 머리에 인 과일나무를 마주 본 채 자리하고 있었다. 이제 몇 주 후면 저 남쪽 숲에도 짙은 녹색이 찾아들 것이다. 우리는 단 한 번도 남쪽 숲속으로 발을 들여본 적이 없다. 들리는 소문에 따르면 그 숲도 개간이 될 것이고 곧 과실수로 가득 차리라고 한다.

파리 한 마리가 윙윙 날갯짓을 하며 다가왔다. 자주 볼 수 없는 광경이었다. 하늘을 나는 새들도 자주 볼 수 없긴 마찬가지였다. 새들의 수도 점점 줄어들고 있는 추세니 말이다. 새들도 세상의 다른 생명체와 마찬가지로 얼마 되지 않는 벌레들을 찾아 헤매다 결국은 굶주려 자취를 감추어버린 것이다.

귀를 찢을 듯 날카로운 소리가 정적을 깼다. 호루라기 소리는 지도자들의 막사에서 들려왔다. 하루의 두 번째이자 마지막 휴식 시간을 알리는 소리였다. 문득, 바짝 말라버린 혀가 느껴졌다.

나와 동료들은 마치 한 무리의 개미 떼처럼 나무에서 내려왔다. 다른 여인들은 이미 소소한 대화를 나누기 시작했다. 휴식 시간이 되면 마치 보이지 않는 스위치를 켠 듯 수다 소리가 만들어내는 불협화음이 서서히 높아진다.

나는 나뭇가지를 부러뜨리지 않으려 말없이 발끝에만 시선을 집중한 채 천천히 나무에서 내려왔다. 다행히도 부러지거나 꺾인 나뭇가지는 하나도 없었다. 내 몸짓은 매사에 매우 서툴고 미숙하다. 이곳에서 오래 일을 하면 할수록 나는 이 일과는 전혀 맞지 않는다는 것을 더욱 깊이 깨닫게 된다.

나무 아래로 내려와 서자 고철로 만든 물병을 집어 들고 벌컥벌컥 물을 들이켰다. 미적지근한 물에서는 알루미늄 냄새가 심하게 났다. 그 때문에 너무나 목이 말랐음에도 불구하고 원하는 만큼 충분히 물을 마시기는 힘들었다.

하얀 옷을 입은 청년 두 명이 식량 배급실에서 나와 그날의 두 번째 끼니를 재활용 상자에 담아 우리에게 건네주었다. 나는 나무둥치에 등을 기대고 앉아 도시락을 열었다. 쌀과 옥수수 알을 섞어놓은 음식을 한 입 떠 넣었다. 여느 때와 마찬가지로 음식은 너무나 짰고, 고춧가루와 간장 맛이 나는 인공 첨가제 향이 강하게 풍겼다. 고기 구경을 한 것은 언제인지 기억도 나지 않을 정도로 까마득한 옛날 일이다. 가축을 사육하고 사료를 생산해내기 위해서는 엄청난 크기의 땅이 필요하다. 게다가 사료를 생산하려면 인공수분을 해야만 한다. 지도부에서는, 인간의 섬세하고 정교한 노동력을 짐승을 사육하는 데 사용하는 것은 가치 없는 일이라 결정을 내렸다.

도시락은 바닥을 드러냈지만 배는 여전히 고팠다. 나는 몸을 일으켜 빈 도시락을 수거용 광주리 속으로 던져 넣고 그곳을 빠져나왔다. 나무 위에서 장시간 꼼짝도 않고 균형을 유지하느라 안간힘을 썼던 탓에 두 다리는 뻣뻣하기 그지없었다. 나는 달리기 시작했다. 그제야 두 다리에 피가 도는 것 같았다. 몸을 움직여야만 했다. 너무나 피곤했지만 가만히 있을 수가 없었다.

하지만 그건 전혀 도움이 되지 않았다. 나는 주위를 둘러보았다. 지도부의 눈을 피해 재빨리 땅에 몸을 눕히고 욱신욱신 쑤시는 등을 쭉 뻗어보았다.

두 눈을 감고 수다 떠는 여인들의 목소리를 한 귀로 흘려보내려 애썼다. 그들이 하는 말을 듣기보다는 그들의 말이 어우러져 자아내는 소리의 높낮이에 더욱 귀를 기울였다. 모두들 한자리에 모여 앉아 한꺼번에 말을 내뱉고 싶어 하는 이 인간적 요구와 필요성은 도대체 어디서부터 나오는 것일까? 여인들은 마치 작은 소녀들처럼 옹기종기 붙어 이야기를 나누고 있었다. 무리의 대화는 몇 시간이나 지속된다 하더라도 깊이를 찾아볼 수 없다. 조금 깊이 있는 이야기를 한다 싶으면, 그때는 으레 무리 중에 보이지 않는 이들을 주제로 대화를 나눌 때뿐이다.

나는 한꺼번에 여러 사람이 모여 깊이 없는 수다를 떨기보다는 오히려 일대일로 서로의 얼굴을 바라보며 이야기를 나누는 것을 더 좋아한다. 그건 집에서나 일터에서나 마찬가지다. 집에선 남편 쿠안과 대화를 나눈다. 비록 길지는 않아도 함께 나누는 대화는 쿠안과 나를 결속시켜주었다. 쿠안의 관심은 눈앞의 현실과 관계된 구체적인 것에 한정되어 있다. 그는 지식과 지혜를 얻는 데는 그다지 관심을 보이지 않는다. 하지만 나는 쿠안의 팔 속에서 안정을 찾을 수 있다. 그리고 우리에겐 세 살배기 아들, 웨이원도 있다. 쿠안과 나는 웨이원에 대해서만큼은 깊은 대화를 나눌 수 있다.

여인들의 나직한 수다 소리가 자장가처럼 들린다고 생각하는 순간, 갑자기 정적이 흘렀다. 모두들 한꺼번에 입을 다물어버린 것 같았다.

나는 몸을 일으켜보았다. 여인들은 길 쪽으로 고개를 돌리고 선 채 무언가를 바라보고 있었다.

행렬은 우리를 향해 다가오고 있었다.

그들은 채 여덟 살도 안 될 것 같은 조무래기 아이들이었다. 그중 몇 명은 웨이원의 학교에서도 본 적이 있는 얼굴이었다. 아이들은 우리가 입고 있는 작업복과 똑같은 옷을 입고서, 짤막한 다리를 서둘러 아장아장 옮겼다. 무리의 앞과 뒤에서는 어른 두 명이 따라 걸으며 아이들이 줄을 맞추어 움직일 수 있도록 도와주고 있었다. 그들은 힘찬 목소리로 아이들에게 이런저런 지시를 내렸다. 비록 크고 우렁차긴 했지만 그들의 목소리에는 아이들을 향한 따스함과 배려, 연민과 동정이 섞여 있었다. 아이들은 어디로 가고 있는지, 앞으로 어떤 일이 그들을 기다리고 있는지 전혀 모르고 있었지만, 어른들은 잘 알고 있기 때문이리라.

아이들은 둘씩 짝을 지어 손을 잡고 걸었다. 키가 큰 아이와 조그만 아이, 몸집이 큰 아이와 작은 아이. 나이가 조금 더 많은 아이들이 동생뻘의 아이들을 인도하고 도와주는 모습이 보였다. 서로 다른 보폭, 조금 무질서하게 보이는 듯한 행렬. 하지만 아이들은 마치 접착제라도 사용한 듯 손을 꼭 잡은 채 걷고 있었다. 어쩌면 아이들은 무슨 일이 있어도 손을 놓으면 안 된다는 지시를 받았을지도 모른다.

아이들은 나무와 우리에게 번갈아가며 호기심 가득한 시선을 던졌다. 어떤 아이는 햇살 때문인지 눈살을 찌푸린 채 고개를 갸우뚱하게 돌려 우리를 바라보기도 했다. 모두들 어두침침한 남쪽 숲을 마주하고 있는 이 구역에서 태어나 끝없이 줄지어 선 과일나무만 보고 자랐건만, 아이들은 마치 난생처음으로 이곳에 와본다는 듯한 표정을 지었다. 키가 작고 미간이 좁은 한 여자아이가 커다란 눈동자로 나를 바라보았다. 소녀는 몇 번 눈을 깜박이더니 한숨을 푹 내쉬었다. 소녀의 손을 잡고 있던 호리호리한 남자아이는 주저하는 기색도 없이 큰 소리를 내며 하품을 했다. 손으로 입을 가리지도 않았기에 벌린 입을 따라 얼굴이 쭉 늘어지는 모습을 한눈에 볼 수 있었다. 소년은 지루해서 하품을 한 것이 아니었다. 아이의 하품은 부실한 영양 때문에 쉽게 피곤해져버린 몸이 나타내는 자연스러운 반응이었다. 그들의 뒤에는 키가 크고 빼빼 마른 여자아이가 조그마한 사내아이의 손을 잡고 걸었다. 사내아이는 작은 콧구멍과 벌린 입으로 거친 숨을 몰아쉬고 있었다. 여자아이는 따가운 햇살 때문인지 콧등에 주름을 지으며 눈을 가늘게 떴지만 햇살을 피해 얼굴을 돌리진 않았다. 창백한 얼굴을 조금이라도 볕에 그을려보려는 마음에서였을까. 아니, 어쩌면 아이는 태양의 열기를 온몸으로 직접 받아내고 싶었을지도 모른다.

아이들은 매년 봄에 새롭게 배치되는 일손이었다. 문득 아이들이 예년에 비해 훨씬 어려 보인다는 느낌이 들었다. 노동에 투입되는 아이들의 연령이 정말 더 낮아진 건 아닐까?

아니, 그럴 리는 없었다. 아이들이 일을 시작하는 나이는 해마다 똑같았다. 학교를 마치는 여덟 살. 학교라고 해봤자 배우는 것은 기본적인 숫자와 글자밖에 없었다. 오히려 학교는 아이들이 일터에 나가기 위한 준비 과정에 지나지 않았다. 그들은 학교에서 장시간 동안 꼼짝 않고 앉아 있을 수 있는 연습을 하고 통제력을 배웠다. 가만히 앉아 있어. 꼼짝도 하지 말고. 가만히. 그래, 그렇게. 잘하고 있어. 아이들은 학교에서 섬세한 손동작을 위한 훈련도 했다. 아이들의 자그마한 손가락은 복잡하고 세밀한 일을 하는 데 사용될 것이었으니까. 그렇게 훈련된 아이들은 이곳으로 와서 인공수분을 하는 데 투입되곤 했다.

아이들은 우리 앞을 지나치며 나무 위로 시선을 돌렸다. 곧 그들은 다른 구역을 향해 방향을 돌렸다. 앞니 빠진 사내아이가 발을 헛디뎌 넘어지려 하자, 키 큰 여자아이가 얼른 손을 잡아당겨 균형을 잡아주었다.

아이들은 내리막길에 줄지어 서 있는 나무들 사이로 자취를 감추었다.

"저 아이들은 어디에 배정된 걸까요?" 나와 같은 조에서 일하는 여자가 궁금한 듯 말문을 열었다.

"아마 49나 50구역 쪽일 거예요." 다른 목소리가 말했다. "거긴 아직 아무도 손을 대지 않은 새로운 구역이라고 들었어요."

가슴이 답답해져왔다. 아이들이 어디로, 어느 구역으로 가는지는 중요하지 않았다. 정작 중요한 것은 그들이 앞으로 무슨 일을 할지였다. 그 생각을 하니 가슴을 쥐어짜는 듯한 통증이 밀려들었다.

막사에서 호루라기 소리가 들려왔다. 우리는 다시 나무 위로 올라가기 시작했다. 나는 천천히 움직였지만 심장은 점점 거세게 뛰었다. 웨이원. 5년 후면 웨이원도 여덟 살이 된다. 5년만 더 있으면 웨이원의 차례가 올 것이라 생각하니 견딜 수가 없었다. 아이들의 고사리손은 이미 이곳에서의 일을 위해 단련되어 있었고, 이곳에서는 아이들의 조그마하고 부지런한 손을 그 무엇보다도 더 필요로 했다.

여덟 살짜리 아이들은 매일 이곳에 와서 나무 위로 올라가 일을 했다. 그들은, 나와 내 또래가 경험했던 유년 시절을 경험해 보지 못했다. 내가 어릴 때만 하더라도 우리는 최소 열다섯 살이 될 때까지 학교에 다녔으니까.

삶 같지 않은 삶.

나는 떨리는 손으로 플라스틱 양동이를 들어 올렸다. 그 속에는 황금보다 더 큰 가치를 지닌 노란 꽃가루가 들어 있었다. 우리는 배를 채울 수 있는 음식을 얻기 위해 일을 해야만 했다. 일종의 자급자족적인 생활을 하고 있는 셈이다. 따라서 모두들 일을 하지 않으면 밥을 굶어야 했다. 어린아이들이라 할지라도 말이다. 옥수수 저장실이 비어 있는데 교육 따위가 필요할까? 매달 배급되는 음식량이 점점 줄어드는데도? 저녁이 되어 고픈 배를 움켜쥐고 잠자리에 들어야 하는데도?

나는 등 뒤에 있는 꽃송이에 수분을 하기 위해 몸을 돌렸다. 아차 했지만 이미 때는 늦었다. 너무나 급작스럽게 움직인 탓에 미처 보지 못했던 잔가지 하나에 팔이 걸리고 말았다. 균형을 잃은 나는 반대편으로 무게중심을 옮기며 옆에 있던 나뭇가지에 무겁게 몸을 기댔다.

돌이키기에는 너무나 늦었다. 메마른 가지가 툭 부러지는 소리. 이 세상에서 가장 싫어하는 바로 그 소리가 귓전을 스쳤다.

감시원이 재바른 걸음으로 내게 다가왔다. 그녀는 말없이 나무 위를 올려다보았다. 얼마만큼의 손실이 생길지 머릿속으로 계산해보고 있는 것이 틀림없었다. 그녀는 무언가를 수첩에 적더니 왔던 곳으로 되돌아갔다.

나뭇가지는 길지도, 두껍지도 않았다. 그럼에도 나는 이번 달에는 저축할 여분의 돈이 없으리라는 것을 직감적으로 깨달았다. 쿠안과 나는 조금이라도 여윳돈이 생기면 냉장고 위에 있는 양철 상자 속에 넣어두었다.

나는 심호흡을 했다. 아무 생각도 할 수 없었다. 일을 계속하는 수밖에는 다른 방도가 없었다. 꽃가루를 묻힌 솔을 조심스레 꽃송이로 가져가서 마치 내가 꿀벌이라도 되는 양 꽃잎을 가볍게 쓸었다.

시계를 보지 않으려 무진 애를 썼다. 시계를 봐도 도움이 되는 일은 없기 때문이었다. 어차피 내 손이 스친 꽃송이들이 많아지면 많아질수록 저녁 시간은 가까워질 테니까. 웨이원과 함께 보낼 수 있는 시간은 많아봤자 하루에 두어 시간밖에 되지 않았다. 나는 그 시간만이라도 아이와 함께 무언가 특별한 일을 하고 싶었다. 내가 얻어보지 못했던 어떤 가능성의 문을 아이에겐 열어 보여주고 싶었기 때문이다.

윌리엄

1852년, 잉글랜드, 하트퍼드셔, 메리빌

모든 것이 누런색을 띠고 있었다. 내 위에도, 내 밑에도, 내 주변에도. 빈틈없이 채우고 있는 이 누런색 때문에 눈이 멀 것만 같았다. 헛것을 본 것은 아니었다. 그 누런색은 몇 년 전 이 집에 이사 왔을 때, 아내인 틸다가 벽에 걸어놓은 태피스트리 색이었다. 그때만 하더라도 우리는 꽤 여유롭게 살았다. 메리빌 중심지에 문을 연 곡물 종자 가게는 번성에 번성을 거듭했기에 우리는 물질적인 어려움이라곤 전혀 느끼지 못했다. 당시엔 가게를 운영하면서도 공부를 계속할 수 있을 줄로만 알았다. 내겐 진정으로 의미 있는 일이 공부와 연구밖에 없었다. 물론, 이미 오래전의 이야기다. 그때는 딸아이들이 태어나기도 전이며, 람 교수와 결정적인 대화를 나누기 전이었으니 말이다.

태피스트리의 누런색이 내게 어떤 고통을 주는지 진작에 알았더라면, 나는 그것을 방 안에 들이지도 못하게 막았을 것이다. 시간이 지나자 누런색은 내가 눈을 감고 있을 때나 뜨고 있을 때나 마치 저주받은 영혼처럼 내 눈꺼풀을 헤집고 들어와 나를 괴롭히기 시작했다. 심지어 그것은 치유할 수 없는 병처럼 내 꿈속에까지 따라와 나를 놓아주려 하지 않았다. 내가 겪는 고통은 한마디로 진단을 내릴 수 없는 병 때문이었고, 그 병은 비관과 비애와 우울함이라는 말로 표현될 뿐이었다. 하지만 내 주변의 사람들은 이런 말을 내 앞에서 꺼낼 용기를 내지 못했다. 우리 가족의 주치의는 내 병을 이해하지 못하는 것처럼 행세했다. 그는 혈액 질환, 체액 이상, 담즙 정체 등의 알아듣지 못할 의학 용어만 중얼거렸다. 병상 생활을 시작했을 초기, 주치의는 내게 관장약을 주입하기도 했다. 그 때문에 나는 갓난아기처럼 힘을 못 쓰고 축 늘어져 있을 때가 많았다. 이제 그는 관장을 시도해볼 생각도 안 하는 것 같았다. 그뿐만 아니라 틸다가 대안적 치료 방법에 대해 말을 꺼내기만 하면, 그는 아예 내 병을 치료하는 일은 포기해버린 것처럼 고개만 절레절레 저었다. 이렇듯 틸다의 제안은 으레 쉬쉬하고 소리 죽여 말하는 주치의의 반대 의견에 부딪칠 뿐이었다. 그들이 주고받는 말 가운데, 너무 약해졌어요, 견뎌내지 못할 거예요, 호전될 가능성은 없어요 등의 말들이 내 귓전을 스치기도 했다. 시간이 지나자 주치의의 발길은 점점 뜸해졌다. 아마도 내가 침대에만 누워 일어나려고도 하지 않았기에 그랬던 것은 아닐까.

어느 날 오후, 아래층에 모여 있는 딸아이들의 시끌벅적한 목소리가 바닥과 벽을 타고 마치 온 집 안에 퍼지는 음식 냄새처럼 내 귓전까지 흘러왔다. 나이에 비해 꽤 성숙하고 이성적인 열두 살 난 도로시어는 때로는 스타카토로, 때로는 풍부한 감정을 넣어 성경을 읽었다. 하지만 아이의 목소리는 마치 보이지 않는 벽에라도 부딪친 것처럼 내게 다가오지 않았다. 신의 말씀은 나를 거들떠보지도 않는 것만 같다는 생각이 스쳤다. 가늘고 날카로운 조지나의 목소리가 들리는 듯하더니 곧 조용히 하라며 야단치는 틸다의 목소리가 뒤를 이었다. 도로시어가 성경 읽기를 마치자 마사, 올리비아, 엘리자베스, 캐럴라인이 차례차례 자기 몫의 성경을 읽었다. 누구의 목소리였더라…… 나는 아이들의 목소리를 정확히 구별해낼 힘도 없었다.

아이들 중 하나가 소리 내어 웃음을 터뜨렸다. 순간, 람 교수의 웃음소리가 떠올랐다. 그와 나의 만남에 종지부를 찍는 계기가 되었던 그 웃음소리는 아직까지도 내 등을 후려치는 가죽 벨트의 일격처럼 고통스럽게 남아 있다.

에드먼드의 목소리가 들려왔다. 굵직한 저음의 목소리. 부정확한 듯한 발음으로 느릿느릿 말을 하는 에드먼드의 목소리에서는 어느새 다 큰 성인 남자의 의젓함을 느낄 수 있었다. 그는 열여섯 살, 나의 장남이자 외동아들이다. 나는 에드먼드의 목소리에 귀를 기울였다. 그가 무슨 말을 하는지 단 몇 마디만이라도 정확히 들을 수 있다면, 그를 내 방에 데려와 그에게서 힘이 나는 말을 조금이라도 들을 수 있다면 나는 자리에서 일어날 수 있을 것 같았다. 하지만 에드먼드는 단 한 번도 나를 찾은 적이 없다. 불행히도 나는 그 이유를 모른다.

부엌에서 그릇들이 달그락달그락 부딪치는 소리가 들려왔다. 음식 찌꺼기를 긁어내는 소리를 들으니 배가 고픈 것 같기도 했다. 갑자기 배에 경련이 일어났다. 나는 배를 움켜쥐고 마치 자궁 속의 태아처럼 몸을 구부렸다.

주변을 둘러보았다. 반쯤 빈 물컵과 훈제 햄을 얹은 바짝 마른 빵 한 조각이 담긴 접시 하나가 눈에 들어왔다. 언제 마지막으로 음식을 먹었더라? 물을 마신 건 또 언제였지?

나는 가까스로 몸을 일으켜 물컵을 그러쥐고 미적지근한 물을 마른입과 목구멍 속으로 흘려보냈다. 낡고 오래된 것들이 남긴 찝찌름한 맛을 모두 씻어내고 싶었다. 햄의 짠맛은 혀를 강하게 자극했다. 거뭇거뭇한 통밀 빵은 배를 묵직하게 채웠다. 다행히도 음식은 배 속에서 제자리를 찾은 듯했다.

그럼에도 나는 침대 위에 제대로 누울 수가 없어 이리 뒤척 저리 뒤척였다. 천장을 보고 누우면 등에 빈틈없이 생긴 물집 때문에 아팠고, 옆으로 돌아누우면 흐늘흐늘 닳아버린 양쪽 허벅지의 피부 때문에 고통스러웠다.

다리에 쥐가 난 듯 간질간질했다.

문득, 집 안이 조용해진 것을 깨달았다. 모두들 밖에 나간 것일까?

들려오는 소리라곤 난로 위에서 물이 끓어오르는 소리밖에 없었다.

순간, 어디선가 노랫소리가 들려오기 시작했다. 맑고 힘찬 노랫소리는 정원 쪽에서 들려왔다.

천사 찬송하기를 새로 나신 주님께
찬미영광 드리세 우리 주님 나셨네

성탄절이 다가오고 있는 걸까?

최근 몇 년 동안, 대림절*이 시작되면 사람들은 무리 지어 동네를 돌며 대문 앞에 서서 찬송가를 부르곤 했다. 돈이나 선물을 받기 위해서가 아니라 단지 성탄절을 축하하고 이웃에게 기쁨을 주기 위해서였다. 나는 성탄절을 앞둔 이 시간이 너무나 아름답다고 생각해왔다. 이 작고 순수한 공연을 보노라면 이미 내게서 사라져버린 삶의 불꽃이 다시 피어오르는 것 같다고 느낀 적이 있었다. 아주 오래전의 이야기다.

맑고 밝은 노랫소리는 마치 녹아내리는 얼음처럼 내게로 흘러왔다.

온 세상의 백성들 기쁜 노래 불러라
이 세상을 구원할 아기 예수 나셨네

나는 두 발을 바닥에 내려놓았다. 차갑고 딱딱한 바닥이 느껴지는 순간, 나는 갓난아기로 되돌아간 것 같았다. 세상에 갓 태어난 아기. 땅에 발을 대고 걷는 일조차 익숙하지 않아 발가락 끝으로 균형을 잡으며 춤을 추듯 비틀비틀 움직이는 아기. 에드먼드가 갓 세상에 태어났을 때도 그랬다. 보들보들한 발바닥으

* 예수의 탄생을 축하하기 위한 행사의 준비 기간으로, 성탄 전 4주간을 일컫는다.

로 땅을 디디며 비틀비틀 앞으로 나아가던 첫아이의 손을 잡고, 눈에 넣어도 아프지 않을 것 같은 아이의 온몸을 보고 또 보았던 기억이 스쳤다. 오, 나는 아이에게 얼마나 특별한 삶을 주고 싶어 했던가. 나는 내 아버지와는 달리, 진정으로 특별하고 좋은 아빠가 되고 싶었다. 그렇게 아이의 손을 잡고 시간 가는 줄도 모르고 아이를 바라보고 있을 때면, 틸다는 아이에게 젖을 먹여야 한다거나 기저귀를 갈아야 한다면서 내게서 아이를 채 갔다.

갓난아기의 발을 닮은 내 두 발은 천천히 창가로 향했다. 발을 옮길 때마다 통증이 밀려들어 고통스러웠다. 창 너머 보이는 정원에는 아이들이 서 있었다.

일곱 명의 아이들. 그들은 어느 시골 마을의 낯선 합창단이 아니라 바로 내가 낳은 내 딸들이었다.

키가 큰 네 명은 뒤쪽에 서 있고, 키가 작은 세 명은 앞줄에 서 있었다. 모두들 짙은 색의 겨울옷으로 몸을 감싸고 있었다. 작아서 몸에 꼭 끼거나 커서 헐렁한 양모 코트에는 구멍이 나거나 닳고 해진 곳을 감추기 위해 천을 덧댄 곳이 적지 않았다. 싸구려 리본이 달려 있거나, 없어도 될 곳에 주머니가 있는 것으로 보아 그 또한 가난을 숨기려는 한 방편으로 보였다. 갈색, 짙은 청색, 또는 검은색 양모 모자의 가장자리에는 흰색 또는 황금색의 장식이 달려 있었고, 그 아래에 보이는 얼굴들은 모두 하나같이 갸름하고 창백했다. 아이들의 노래는 하얀 입김으로 변했다.

모두들 호리호리하기 그지없었다.

하얀 눈 위의 발자국은 아이들이 어디서 왔는지 말해주고 있었다. 무릎까지 쌓인 눈을 헤치고 걸었을 테니 옷은 축축하게 젖어 있을 게 분명했다. 맨살에 닿는 축축한 양모 양말의 촉감, 얇은 신발 밑창을 뚫고 올라오는 땅의 한기를 직접 느낄 수 있을 것만 같았다. 오, 내 아이들에겐 여분의 신발 한 켤레도 없었다. 모두들 단 한 켤레의 신발로 겨울을 나야만 했다.

나는 정원에 누가 더 있는지 알아보려 창가로 가까이 다가가 보았다. 어쩌면 동네 사람들이나 틸다가 아이들의 노래를 듣고 있을지도 모른다는 생각에서였다. 하지만 정원은 텅 비어 있었다. 내 딸들은 다른 누구도 아닌 바로 나를 위해서 노래를 부르고 있었던 것이다.

의로우신 예수는 세상의 빛 되시고
새 생명을 주시는 왕께 경배드리세

아이들의 시선은 내 방 창문을 향하고 있었지만, 나를 발견한 것 같지는 않았다. 나는 그림자 속에 서 있었고, 햇살은 창을 향해 내리쬐고 있었기 때문이다. 아이들의 눈에는 창이 반사해내는 하늘과 나무밖에 보이지 않았으리라.

하느님의 자녀로 다시 나게 하시고
부활하게 하시는 왕께 경배드리세

나는 한 발짝 더 내밀었다.

무리의 가장자리에 서 있던 나의 장녀, 열네 살이 된 샬럿이 눈에 들어왔다. 아이는 온몸으로 노래를 하고 있었다. 노래의 리듬과 가락에 따라 아이의 가슴이 솟아올랐다 내려앉기를 반복했다. 나의 창 밑에서 노래를 부르는 것도 샬럿의 아이디어가 틀림없다는 생각이 들었다. 아이는 항상 노래를 했다. 어릴 때부터 시도 때도 없이 콧노래를 불렀으며, 학교 숙제를 하거나 설거지를 할 때도 흥얼흥얼 노래를 불렀다. 마치 노랫가락과 자신의 몸동작이 떼려야 뗄 수 없는 관계이기라도 하듯 말이다.

나를 가장 먼저 발견한 것도 샬럿이었다. 아이의 얼굴에 한 줄기 밝은 빛이 스쳤다. 아이는 옆에 있던 도로시어를 팔꿈치로 툭 쳤다. 열두 살 나이에 비해 성숙한 도로시어는 한 살 어린 올리비아를 향해 가볍게 고갯짓을 했고, 올리비아는 엘리자베스를 향해 눈을 커다랗게 치켜떴다. 올리비아와 엘리자베스는 쌍둥이였지만 외모는 전혀 닮지 않았다. 둘에게 닮은 점이 있다면 멍청한 머리뿐이었다. 특히 숫자에 관한 것이라면 머리에 집어넣어주어도 이해를 못 할 정도로 둔했다. 앞줄에 서 있던 딸아이들도 나를 발견했는지 조그마한 소란이 일었다. 아홉 살의 마사는 일곱 살의 캐럴라인을 양팔로 껴안았고, 항상 어리광을 피우는 캐럴라인은 매번 언니 노릇을 하고 싶어 하는 동생 조지나를 힘껏 쿡 찔렀다. 하지만 하늘을 울리는 기쁨의 함성은 들리지 않았다. 아이들은 오직 보일 듯 말 듯한 미소만 머금으며 계속 노래를 불렀다.

가슴이 뭉클해졌다. 아이들의 노랫소리는 아름답기 그지없었다. 아이들의 갸름한 얼굴은 빛을 발했고 눈동자는 반짝이기 시작했다. 그들은 나를 위해, 그 누구도 아닌 바로 나를 위해 차가운 눈 위에 서서 찬송가를 불렀고, 이제 내가 침대에서 일어나 그 노래를 들었으니 만족해한 것이다. 노래를 마친 아이들은 가벼운 발걸음으로 뽀송뽀송한 새 눈 위를 걸어 집 안으로 들어올 테고, 그들만의 기적에 대해 이야기를 나눌 것이다. 그들의 노래로 병상에 있던 아버지가 일어났다고 소리칠 것이다. 소녀들의 기쁜 목소리는 집 안을 채울 것이고 벽에 부딪쳐 메아리가 되어 다시 그들의 귀에 들어갈 것이다. 곧 아버지가 건강해질 거야. 아버지는 다시 예전처럼 우리와 함께 생활할 수 있을 거야. 우리는 아기 예수에게 아버지를 보여드렸어. 천사 찬송하기를, 새로 나신 주님께 찬미영광 드리세. 우리 주님 나셨네! 아버지를 위해 노래한 건 정말 잘한 일이었어. 아버지에게 세상의 아름다움과 성탄의 메시지를 전하고, 병중의 아버지가 잊고 있던 모든 기쁜 일을 상기시켜주었잖아. 우린 그게 병이라고 하지만 사실은 병이 아니라는 소리를 들은 적이 있어. 어머니도 아버지의 병에 대해 이야기하면 입을 다물라고 하잖아. 오, 불쌍한 아버지. 얼마나 괴로울까. 언젠가 방문 틈새로 아버지를 본 적이 있어. 뼈만 남은 앙상한 몸으로 유령처럼 침대에 누워 계시더라고. 수염도 덥수룩하게 자라 얼굴을 알아볼 수가 없을 정도였어. 마치 십자가에 매달린 예수님 같았어. 하지만 아버지는 곧 일어나실 거야. 아버지가 기운을 차리고 다시 일을 하게 되면 우리도 빵에 버터를 발라 먹을 수 있게 될 거고, 새 겨울옷을 사 입을 수도 있을 거야. 이건 진정한 성탄절 선물이야. 베들레헴에 구세주가 태어나셨도다!

하지만 그것은 진실과 거리가 멀었다. 나는 아이들에게 성탄절 선물을 줄 수도 없었고, 아이들에게 기쁨을 줄 수도 없었다. 나는 비틀비틀 침대로 걸어갔다. 두 다리는 사시나무 떨듯 떨렸고, 내 몸을 받칠 수가 없어 나는 금방이라도 쓰러질 것만 같았다. 다시 배 속에 경련이 일기 시작했다. 나는 이를 악물었다. 내 속에서 고개를 치켜들고 솟아오르는 그 무언가를 억지로 눌러보기라도 하듯…… 노랫소리는 멈추었다. 어쨌든 오늘 기적이 일어나지 않으리라는 것만은 분명했다.

조지

2007년, 미국, 오하이오 주, 오텀힐

오텀 역에 가서 톰을 데려왔다. 톰은 작년 여름 이후 집에 들른 적이 없다. 나는 그 이유를 모르지만 톰에게 물어보지도 않았다. 어쩌면 나는 톰의 대답을 듣기가 두려웠는지도 모른다.

집까지 가는 데는 30분이 걸렸다. 우리는 거의 말을 주고받지 않았다. 톰의 창백하고 가느다란 두 손은 줄곧 무릎 위에 올려져 있었다. 그의 두 다리 사이에는 커다란 가방이 놓여 있었다. 가방은 먼지가 묻어 거뭇거뭇했다. 나는 트럭을 산 후 단 한 번도 세차를 하지 않았다. 작년, 또는 그전 해의 흙은 겨울이 되자 먼지로 변해버렸다. 톰의 장화에서 녹아내린 눈은 먼지와 뒤섞여 구정물을 만들어냈다.

가방은 새것이었다. 천도 빳빳했다. 시내에서 구입한 것이 틀림없었다. 버스 정류장에서 가방을 들어 올리려던 나는, 너무나 무거워 깜짝 놀랐다. 톰은 직접 가방을 들고 가겠다고 말했지만, 나는 그에게 기회를 주지 않았다. 톰의 몸은 운동으로 다져진 예전의 탄탄한 몸이 아니었다. 방학을 맞아 집에 일주일만 쉬었다 가겠다는 아이의 가방에 옷가지만 들어 있으리라고 생각했던 것은 실수였다. 따지고 보면 아이에게 필요한 것은 집에 모두 그대로 남아 있었다. 작업복, 장화, 귀마개가 달린 모자. 보아하니 아이의 가방에는 책이 산더미처럼 들어 있는 것 같았다. 정말 집에서 책을 읽을 시간을 얻을 수 있으리라 믿었던 걸까.

역에 도착하니 톰이 나를 기다리고 있었다. 버스가 예정 시간보다 일찍 도착했거나, 내가 몇 분 늦게 도착한 것 같았다. 나는 역으로 출발하기 전에 마당에 쌓인 눈을 치워야만 했다. 그러고 보니 내가 약속 시간보다 늦게 온 것이 틀림없었다.

"괜찮아요, 조지. 너무 걱정 마세요. 어차피 톰의 머릿속에는 다른 생각들로 가득 차 있을 게 뻔하니까요." 에마는 한기에 달달 떨며 팔짱을 낀 채 내게 말했다.

나는 아무 대답도 하지 않고 묵묵히 눈을 치웠다. 가벼운 새 눈이라 눈을 치우기는 그리 힘들지 않았다. 등에서 땀도 흘러내리지 않았다.

에마는 여전히 나를 바라보며 말을 이었다.

"누가 보면 부시 대통령이라도 오는 줄 알겠어요."

"눈이 쌓였으니 치워야 할 것 아냐. 어차피 당신은 손가락 하나도 까딱하지 않을 테니."

나는 고개를 들었다. 하얀 눈을 너무나 오래 바라보고 있었던 탓일까. 눈앞에 흰 점이 소용돌이처럼 몰려들었다. 에마는 입술의 한쪽 끝을 치켜 올리며 그녀만의 특유한 미소를 짓고 있었다. 나는 킥킥 웃지 않을 수가 없었다. 우리는 학창 시절부터 사귀었기 때문에 서로를 너무나도 잘 알고 있었다. 그 옛날부터 지금까지, 우리는 매일 그 미소를 주고받으며 살아왔다.

따지고 보면 그녀 말은 틀리지 않았다. 나는 눈 치우는 일에 필요 이상으로 신경을 쓰고 있었다. 영상의 날씨가 연이어 계속되었기에 눈이 내려도 쌓일 일은 없었다. 그냥 놔두어도 녹아내릴 것이 분명했다. 겨울의 마지막에 내린 눈은 하루 이틀만 지나면 녹아 없어질 텐데 나는 뭐하러 그토록 열심히 눈을 치웠던가. 화장실 청소를 할 때도 마찬가지였다. 나는 눈에 띄지 않는 변기의 뒷부분조차도 빡빡 문질러 닦았다. 매일 있는 일은 아니었다. 나는 오랜만에 집에 오는 톰을 위해 그 일을 했던 것이다. 여름의 따가운 햇살을 받아 페인트 색이 바랜 남쪽 벽이나, 거센 가을바람 때문에 제자리를 벗어난 처마 배수관보다는, 눈을 치워 말끔한 마당과 깨끗한 화장실을 톰에게 보여주고 싶었기 때문이다.

집을 떠날 때만 하더라도 톰은 갈색으로 그을린 피부에 건강하고 열정적인 청년이었다. 대문을 나서던 톰은 내게 아주 긴 포옹을 건넸다. 나는 나를 안고 있는 톰의 양팔에서 힘을 느낄 수 있었다. 사람들은 집을 떠난 자식과 만날 때마다 훌쩍 자라 있는 모습에 놀란다고들 한다. 하지만 톰은 달랐다. 오랜만에 보는 톰은 오히려 몸집이 더 줄어든 것만 같았다. 코는 발갛게 얼어 있었고, 양 볼은 백지장처럼 창백했으며, 어깨는 구부정했다.

추위 때문에 몸을 웅크리니 썩은 사과처럼 더욱 볼품이 없었다. 얼마간 차를 몰자 내 옆자리에 앉아 있던 톰은 달달 떠는 것은 멈추었지만 여전히 구부정하게 쭈그리고 앉아 있긴 마찬가지였다.

"음식은 어때?"

"음식요? 대학 식당의 음식을 말씀하시는 건가요?"

"아니. 화성의 음식 말이야."

"예?"

"농담이야. 당연히 대학 식당을 말한 거였어. 최근에 대학 식당 말고 다른 곳엔 가본 적이 있니?"

톰의 어깨가 더욱 구부정해졌다.

"그러니까 내 말은, 네가 살이 빠진 것 같아서 말이야…… 영양실조에 걸린 건 아닌가 싶어서."

"영양실조라고요? 아버지, 그게 도대체 무슨 뜻인지 알고나 하시는 말씀이세요?"

"내가 알기로는 네 학비를 대는 사람은 나일 텐데. 그런 내게 그따위로 말하면 안 되지!"

침묵이 흘렀다.

아주 오랫동안.

"그건 그렇고, 잘 지냈어?" 나는 한참 후에 말문을 열어보았다.

"예, 잘 지냈어요."

"그렇다면 내가 빌려준 돈은 곧 갚을 수 있겠네?"

나는 씩 웃어보려 했지만, 곁눈질로 바라본 톰은 무표정한 얼굴로 가만히 앉아 있었기에 괜히 멋쩍어져서 나오려던 웃음을 억지로 집어넣어버렸다. 톰은 왜 웃지 않을까? 내 농담에 예의로나마 장단을 맞춰주면 함께 큰 소리로 웃음을 터뜨릴 수 있을 텐데. 그렇다면 집까지 기분 좋게 차를 몰 수 있을 텐데.

"식대는 이미 지불했으니 좀 더 먹는 것도 좋을 것 같구나."

"예."

가슴이 답답해져왔다. 톰이 입가에 미소만 머금어도 더 바랄 게 없을 것 같았다. 하지만 아들은 내내 심각하기 짝이 없는 얼굴로 앞만 뚫어지게 보고 있을 뿐이었다. 나는 침묵을 지키기로 마음먹었다. 쓸데없는 말을 내뱉었다가는 오히려 분위기만 망칠 것 같아서였다. 하지만 그것조차도 마음대로 되지 않았다.

"꼭 집을 떠나서 공부를 하고 싶었니?"

톰이 화를 내고 있는 건 아닐까? 다시 그 일을 되풀이해야만 하는 건 아닐까?

아니, 그건 아니었다. 톰은 단지 한숨을 푹 내쉴 뿐이었다. "아버지."

"아냐, 그냥 농담했을 뿐이야. 하하."

나는 목구멍을 빠져나오려는 말을 억지로 삼켰다. 말을 계속하면 나중에 후회할 일이 생길 것만 같았다. 오랜만에 집에 온 톰과 첫날을 이렇게 시작하고 싶진 않았다.

"나는 그저……" 나는 억지로 부드러운 목소리를 만들어 말을 이었다. "……집을 떠나던 날의 네 모습이 지금보다 더 밝고 건강하게 보였다는 생각이 들었을 뿐이야."

"아버지, 저는 지금도 밝고 건강해요. 됐죠?"

"그래."

더 할 말은 없었다. 아이가 스스로 밝고 건강하다고 말하는데 내가 무슨 말을 더 할 수 있을까. 흠. 너무나 밝고 건강해서 하늘로 뛰어오를 것 같았을 게다. 집에 다시 와서 농장을 둘러보고 우리를 만난다는 기대감에 밤잠도 못 잘 정도였을 게다. 지난 몇 주 동안은 집에 간다는 생각 외엔 다른 생각은 아무것도 하지 않았을 게다. 그랬을 게다.

나는 목이 간지럽지도 않았지만 헛기침을 하며 목을 가다듬었다. 톰은 두 손을 무릎에 올려놓은 채 조용히 앉아 있기만 했다. 나는 답답한 가슴을 억누르기 위해 침을 꿀꺽 삼켜보았다. 내가 뭘 기대하고 있었던 거지? 몇 달 동안의 공백이 정말 우리 관계를 되돌릴 수 있다고 생각했던 걸까?

에마는 아주 오랫동안 양팔로 톰을 붙들고 서 있었다. 그 모습은 예전과 다름이 없었다. 에마는 아직도 톰의 반응과는 관계없이, 어린 아들에게 하듯 긴 포옹을 건넬 수 있었다.

톰은 깨끗하게 눈을 치워놓은 마당에는 눈도 돌리지 않았다. 에마의 말이 맞았다. 톰은 남쪽 벽에 너덜너덜하게 떨어져 나간 페인트 자국에도 신경을 쓰지 않았다. 좋게 보면 좋다고 할 수 있을지도 모르겠지만……

아니, 솔직히 마음 같아선 톰이 둘 다 봐주었으면 했다. 집에 있는 동안만이라도 자기가 할 수 있는 일은 손을 보고 책임을 져주었으면 하는 게 내가 바라는 것이었다.

에마는 고기 푸딩과 옥수수를 녹색 접시에 가득 담아 왔다. 노란 옥수수는 시선을 자극했고, 크림소스에서는 김이 모락모락 솟아올랐다. 음식은 훌륭했다. 하지만 톰은 접시에 담긴 음식의 반만 비웠을 뿐, 고기에는 손도 대지 않았다. 아이는 식욕이라곤 전혀 없는 사람 같았다. 어쩌면 신선한 공기를 충분히 쐬지 못해서 그럴지도 몰랐다. 나는 톰을 확 바꾸어놓고 싶었다.

에마는 학교생활과 교수들, 전공과목과 친구들에 대해 스스럼없이 물어보았다. 심지어는 여자 친구가 있느냐고 물어보기도 했다. 톰은 마지막 질문에는 두리뭉실 대답을 얼버무렸다. 어쨌거나 두 사람의 대화는 물 흐르듯 자연스럽기만 했다. 비록 톰이 대답하는 말보다 에마가 묻는 말이 훨씬 많긴 했지만 말이다. 돌이켜보니 항상 그랬다. 두 사람의 대화에는 항상 막힘이 없었고 둘은 매우 가까워 보였다. 하긴 그리 이상한 일은 아닐 것이다. 에마는 톰의 어머니이니까.

에마는 발갛게 상기된 얼굴로 톰에게서 시선을 떼지 않았고, 틈만 나면 톰을 툭툭 치거나 어깨를 건드리며 대화를 이어나갔다. 마치 몇 달 동안 억눌러놓았던 아들에 대한 그리움을 손가락 끝에 모아둔 것만 같았다.

나는 거의 침묵을 지켰다. 그들이 미소 지을 때면 나도 미소를 짓고, 그들이 웃을 때는 나도 소리를 내어 웃어보려고 노력했다. 나는 차 안에서의 어색했던 분위기 탓에 여간 조심하지 않았다. 부자간의 대화는 나중에 기회가 오면 다시 시도해봐도 될 것이라는 생각에서였다. 톰은 일주일이나 집에서 머무를 예정이니 기회는 분명히 올 것이라 확신했다.

나는 접시를 말끔히 비웠다. 적어도 음식의 가치를 알고 감사하는 사람도 있다는 것을 보여주고 싶었다. 나는 빵 조각으로 접시 위의 소스도 말끔히 닦아 먹은 후, 포크와 나이프를 접시에 내려놓고 자리에서 일어났다.

내가 일어나자 톰도 자리에서 일어나려 했다. 그의 접시에는 아직도 음식이 많이 남아 있었다.

"잘 먹었습니다."

"네 어머니가 만들어준 음식은 모두 다 먹어." 나는 다시 자리에 앉으며 최대한 부드럽게 말하려 노력했지만, 어쩐 일인지 내 목소리는 날카롭게만 들렸다.

"벌써 많이 먹었는데 뭘 그래요." 에마가 톰의 편을 들었다.

"네 어머니는 네가 온다고 몇 시간이나 부엌에 서서 음식을 준비했어."

그건 솔직히 좀 과장된 표현이었다. 톰은 내 말에 다시 자리에 앉아 포크를 들어 올렸다.

"겨우 고기 푸딩을 가지고 생색을 내긴…… 당신도 참." 에마가 말을 이었다. "그리고 음식 준비에 그렇게 많은 시간을 들인 것도 아니에요."

나는 그녀의 말에 반박을 하고 싶었다. 에마가 톰이 집에 온다는 소식에 기뻐하며 정성을 다해 음식을 준비했던 건 사실이다. 나는 톰이 어머니의 정성과 노력을 알아줘야 할 필요가 있다고 생각했다.

"실은 버스에서 샌드위치를 먹었어요." 톰은 접시 위로 시선을 떨구며 말했다.

"네 어머니가 음식을 준비해놓고 기다린다는 걸 알면서도 길에서 음식을 사 먹었단 말이냐? 네 어머니의 손이 간 음식이 그

립지도 않았어? 네 어머니의 고기 푸딩보다 더 맛있는 고기 푸딩을 먹어본 적이 있니?"

"아니, 아버지…… 그게 아니라……"

톰은 말을 맺지 못하고 침묵을 지켰다.

나는 에마에겐 시선을 돌리지 않았다. 분명 에마는 입을 삐죽이며 눈을 치켜뜬 채 이제 그만하라는 표정으로 나를 쏘아보고 있을 터였다.

"그게 아니면 뭐란 말이냐?"

톰은 접시 위의 음식을 포크로 슬쩍 건드리며 말문을 열었다.

"저는 고기를 먹지 않은 지 오래됐어요."

"뭐? 뭐라고?"

"됐어, 됐다고요. 이제 그만하세요." 에마는 서둘러 식탁을 치우기 시작했다.

나는 꼼짝도 하지 않았다. 그제야 알 것 같았다.

"네가 그토록 살이 빠진 이유를 이제 알 것 같구나."

"모두들 채식주의자가 된다면 이 지구에는 배를 곯는 사람들도 없을 거예요."

"모두들 채식주의자가 된다면?" 나는 물컵의 가장자리 너머로 톰을 쏘아보았다. "이 지구에 살고 있는 사람들은 원시시대부터 고기를 먹어왔어."

에마는 빈 접시를 모아 차곡차곡 쌓기 시작했다. 접시들이 부딪치는 소리가 위험스럽게 들려왔다.

"이제 그만하세요. 톰도 생각이 있었을 거예요." 에마가 나를 달래듯 말했다.

"글쎄, 나는 그렇게 생각하지 않아."

"저만 채식주의자가 된 건 아니에요."

"이 집에서는 모두들 고기를 먹어." 나는 자리를 박차고 일어났다. 그 바람에 의자가 뒤로 넘어져버렸다.

"어휴, 됐어요. 됐다니까요." 에마는 거친 손동작으로 식탁을 훔치기 시작했다.

그녀는 나무라는 눈빛으로 나를 흘낏 쳐다보았다. 조금 전의 눈빛에는 그만하라는 의미가 담겨 있었으나, 이번에 내게 보내는 눈길에는 '입 닥쳐요!'라는 의미가 담겨 있었다.

"아버지가 돼지 농장을 운영하시는 것도 아니잖아요."

"도대체 무슨 말을 하고 싶은 게냐?"

"제가 고기를 먹든 안 먹든 아버지와는 상관없는 일이라고 생각해요. 그렇죠? 제가 앞으로도 계속 꿀을 먹기만 한다면 아버지는 괜찮다고 하실 게 아닌가요?"

톰은 코웃음을 쳤다. 호의가 담긴 웃음이었던가? 아니, 그것은 무례하기 짝이 없는 코웃음이었다.

"네가 대학에 가서 이렇게 변할 줄 알았더라면 난 처음부터 널 대학에 보내지도 않았을 거야."

한번 입을 여니 말을 멈추기가 쉽지 않았다. 그간 쌓아두었던 말이 모두 한꺼번에 빠져나오려 앞다투어 고개를 치켜드는 것만 같았다.

"애들은 학교를 다녀야 해요." 옆에 있던 에마가 다시 톰의 편을 들었다.

물론, 그녀의 말에는 틀림이 없었다. 모두들 학교에 가서 교육을 받아야 되는 건 사실이니까.

"나는 필요한 모든 교육을 바로 여기, 이 농장에서 받았어. 삶을 살면서 진정으로 필요한 것을 배웠던 곳은 학교가 아니라 바로 여기였다고!" 나는 강이 흐르고 벌통이 줄지어 자리한 동쪽을 향해 손가락을 가리킬 참이었으나, 너무 흥분했던 탓인지 서쪽을 향해 손을 마구 휘저어버렸다.

톰은 대답할 가치도 없다고 생각했는지 말문을 돌렸다.

"잘 먹었습니다."

그는 먹은 자리를 치우고 에마를 향해 돌아섰다.

"설거지는 제가 할게요. 어머니는 가서 좀 쉬세요."

에마는 톰에게 미소를 지었다. 내게 말을 거는 사람은 아무도 없었다.

두 사람은 나를 피하고 싶어 하는 눈치였다. 에마는 내게 눈길도 주지 않고 거실로 가서 신문에 얼굴을 파묻었고, 톰 역시 모른 척 앞치마를 두르고 냄비를 문질러 닦기 시작했다.

입 안이 바짝 말라왔다. 물을 한 모금 들이켜보았지만 도움이 되는 것 같진 않았다.

그들은 마치 커다란 코끼리 한 마리를 중간에 둔 사람들처럼 내 주변에서만 뱅뱅 맴돌았다. 그 코끼리는 바로 나였다. 아니, 나는 코끼리가 아니라 거대한 매머드였다. 이미 멸종해버린 동물.

타오

"엄마가 밥풀 세 개를 가지고 있고 너는 두 개를 가지고 있다고 생각해봐. 우리 밥풀을 모두 합치면 몇 개가 될까?"

나는 내 접시에서 밥풀 두 개를 집어 들어 이미 비어버린 웨이원의 접시 위에 놓아주었다.

낮에 보았던 아이들의 얼굴이 여전히 머릿속에서 떠나지 않았다. 햇살을 향해 고개를 돌리고 있던 키가 큰 소녀, 자기도 모르게 입이 찢어져라 하품을 하던 소년. 그들은 너무나 조그마했다. 그리고 웨이원은 그새 부쩍 자라버렸다. 이제 몇 년만 지나면 웨이원은 그들과 같은 나이가 될 것이다. 이 나라 안에는 특별히 재능이 뛰어난 아이들만 들어가는 특수학교가 몇 군데 있다. 지도자 양성 교육이 이루어지는 학교, 책임감을 심어주는 학교였다. 그 학교에 들어가면 노동을 하지 않아도 되었다. 머리가 좋고 학업에 뛰어난 재능을 보이기만 한다면……

"왜 엄마한테는 밥풀이 세 개나 있고, 난 두 개밖에 없는 거야?" 웨이원은 접시 위의 밥풀을 내려다보며 혀를 쏙 내밀었다.

"알았어. 그럼 엄마 밥풀은 두 개, 네 밥풀은 세 개라고 하자. 자, 이렇게." 나는 접시 위의 밥풀을 다시 옮겼다. "그럼 이제 우리 둘이 가지고 있는 밥풀을 모두 합치면 몇 개가 되지?"

웨이원은 접시 위에 놓인 밥풀을 한 줌에 그러모아 마치 손가락으로 그림을 그리듯 쓰윽 잡아끌었다. "케첩 더 줘."

"웨이원!" 나는 여기저기 밥풀이 묻어 끈적끈적한 아이의 손을 힘주어 잡고 말했다. "'케첩 더 주세요'라고 하는 거야." 나는 한숨을 쉬며 다시 밥풀을 가리켰다. "자, 엄마 접시엔 밥풀이 두 개, 네 접시 위엔 밥풀이 세 개 있어. 이제 함께 세어볼까? 하나 둘 셋 넷 다섯."

웨이원이 손을 들어 얼굴을 문지르는 바람에 아이의 얼굴에는 빨간 케첩 자국이 남았다. 아이는 케첩병 쪽으로 손을 뻗었다. "케첩 더 주세요."

더 일찍 시작했어야만 했다. 하루에 단 한 시간만이라도 좀 더 일찍 투자했더라면 좋았을 텐데…… 물론 시간이 없었던 것은 아니었다. 하지만 나는 아이와 함께 있을 때면 음식을 먹고 노는 일로 시간을 허비해버렸다. 그렇지 않았더라면 이 정도의 덧셈쯤은 이미 오래전에 거뜬히 풀 수 있었을 것이다.

"다섯 개! 다섯 개지, 그렇지?"

아이는 케첩병에 손이 닿지 않자 짜증을 내며 몸을 뒤로 홱 젖혔다. 그 바람에 의자가 바닥에 쓰러져버렸다. 자주 있는 일이었다. 아이의 움직임에선 자주 성급함과 폭력성을 볼 수 있었다. 게다가 아이는 태어날 때부터 매우 건강했기에 조그만 상처나 아픔에는 눈 하나 깜짝하지 않았으며 항상 매사에 만족했다. 웨이원은 또래 아이들보다 걸음마도 훨씬 늦게 시작했다. 남들보다 발육이 늦어도 아이는 개의치 않는 것 같았다. 그저 바닥에 주저앉아 자기에게 말을 걸어오는 사람들만 보이면 미소를 짓고 좋아했으니까. 솔직히 웨이원은 항상 웃는 얼굴에 좋은 기분을 유지했던 아이였기에 말을 걸어오는 사람도 적지 않았다.

나는 붉은색의 인공 첨가물이 든 병을 들어 아이의 접시에 조금 부어주었다. 그러면 아이는 내가 하자는 대로 따라줄까?

"자, 여기."

"아, 케첩이다!"

나는 식탁 위의 밥공기에 손을 뻗어 딱딱하게 말라버린 밥풀 두 개를 움켜쥐었다.

"여길 좀 보렴, 웨이원. 엄마에게 밥풀 두 개가 더 생겼어. 그러면 이제 우리가 가지고 있는 밥풀은 모두 몇 개지?"

웨이원은 먹는 데만 정신이 팔려 아무 말도 하지 않았다. 아이의 입가에는 케첩이 발갛게 묻어 있었다.

"웨이원? 몇 개지? 말해봐!"

아이는 빈 접시를 들어 올려 마치 구식 비행기의 소리를 흉내내듯 붕붕 소리를 냈다. 아이는 탈것이라면 뭐든지 다 좋아했다. 헬리콥터, 자동차, 버스 등 아이는 이런 것들만 손에 쥐고 있으면 몇 시간이고 제자리에 앉아 놀곤 했다.

"웨이원." 나는 접시를 뺏어서 아이의 손이 닿지 않는 곳에 내려놓고, 다시 말라비틀어진 밥풀을 손가락으로 가리켰다. "여기 좀 봐, 웨이원. 5 더하기 2. 그럼 답은 뭐가 될까?"

솟구치는 짜증을 억누르느라 목소리가 살짝 떨리기 시작했다. 나는 아이에게 상처를 줄까 봐 억지 미소를 지어 보였지만, 아이는 내게 눈도 돌리지 않고 접시를 향해 손을 뻗었다.

"저걸 줘! 내 비행기란 말야! 내 거야!"

거실에 있던 쿠안이 헛기침을 했다. 그는 마치 나를 향해 시위라도 하듯 편안하게 두 다리를 탁자 위에 올려놓고 손에 쥔 찻잔 너머로 나를 바라보고 있었다.

나는 웨이원과 쿠안의 반응에는 전혀 관심도 없다는 듯 밥풀을 세기 시작했다. "하나 둘 셋 넷 다섯 여섯 그리고…… 일곱!" 나는 마치 일곱 개의 밥풀이 아주 특별한 것이라도 되는 듯 아이를 향해 활짝 미소를 지어 보였다. "모두 합치니까 일곱 개가 되었지? 그렇지? 너도 봤지? 일곱 개가 되었잖니. 하나 둘 셋 넷 다섯 여섯 일곱."

아이가 이것만 이해한다면 당장에라도 그만둘 수 있었다. 방금 가르쳐주었던 그 간단하기 짝이 없는 덧셈만 이해할 수 있다면, 기쁜 마음으로 아이의 손에 다시 장난감을 쥐여줄 생각이었다. 매일 조금씩 이렇게 배워나갈 수만 있다면……

"비행기! 내 거야!"

아이는 접시를 향해 통통한 두 손을 뻗었다.

"안 돼, 웨이원. 지금은 덧셈을 공부할 시간이야, 그렇지?"

쿠안은 내가 들으라는 듯 큰 소리로 한숨을 내쉬더니 몸을 일으켜 다가와서 내 어깨에 손을 얹었다. "벌써 8시야."

나는 몸을 비틀어 쿠안의 손에서 벗어났다.

"15분쯤 늦게 자는 건 괜찮아." 나는 쿠안을 쏘아보며 말했다.

"타오……"

"15분 정도는 괜찮다고 했잖아!" 나는 다시 쿠안을 쏘아보았다.

그가 우물쭈물 말문을 열었다. "하지만 도대체 왜……?"

나는 고개를 돌렸다. 오늘 작업장에서 보았던 아이들 이야기는 꺼내고 싶지 않았다. 어차피 내가 무슨 말을 해도 그에게서 돌아올 말은 뻔했으니까. 아이들이 더 어려진 건 아냐. 해마다 여덟 살이 되면 일을 시작한다는 규칙은 변하지 않았어. 작년에도 처음 작업장에 왔던 아이들은 모두 여덟 살이었어. 쿠안이 그런 식으로 말을 시작하는 날이면 마무리는 언제나 똑같았다 : 우린 여기 살 수 있는 것만으로도 감사해야 해. 더 나쁜 상황에 처할 수도 있었잖아. 예를 들어, 우리가 베이징이나 유럽의 어느 도시에 살고 있었다고 생각해봐. 그러니 우리는 매일매일 감사하며 우리가 처한 상황 속에서 최선의 결과를 만들어내야만 해. 바로 지금 이 순간, 여기서 말야. 매초, 매분 최선을 다해야 한다고! 하지만 그런 말은 내게 공허하게 들릴 뿐이었다. 그는 항상 그런 식으로 상황을 마무리했다. 마치 책을 읽듯 한 마디 한 마디에 무게를 두어가면서, 진정으로 자신이 하는 말이 모두 진실이라 믿고 있는 듯했다.

쿠안이 웨이원의 뻣뻣한 머리카락을 쓰다듬었다. "나도 아이와 함께 시간을 보내고 싶어." 그는 나직하고 부드럽게 말했다.

웨이원은 유아용 식탁 의자 위에서 몸을 비틀었다. 의자는 아이의 몸에 비해 훨씬 컸지만 안전띠를 매어두었기에 아이가 마음대로 의자에서 벗어날 수 없었다. 아이는 다시 접시를 향해 손을 뻗었다. "내 거야! 얼른 줘!"

쿠안은 내게 눈도 돌리지 않고 아이를 향해 침착하게 말문을 열었다. "웨이원, 지금 저걸 가지고 놀 수는 없어. 그런데, 너도 알고 있니? 칫솔도 비행기가 될 수 있다는 걸?" 그는 웨이원을 번쩍 안아 올려 욕실로 향했다.

"하지만, 쿠안……"

한 팔로 안고 있던 웨이원을 다른 팔로 넘겨 안으며 욕실로 가던 쿠안은 내 말을 못 들은 체 아이와 계속 대화를 주고받았다. 그는 아이의 무게를 조금도 느끼지 못하는 듯 가벼운 발걸음으로 성큼성큼 걸었다. 그에 비하면, 나는 이미 오래전부터 아이가 무거워 제대로 안아 올리지도 못했다.

나는 제자리에 가만히 앉아 있었다. 무슨 말이라도 해서 쿠안에게 반박을 하고 싶었지만 입술을 빠져나오는 말은 단 한 마디도 없었다. 가만히 생각해보니 그의 말은 틀리지 않았다. 시간이 꽤 늦었기에 아이는 피곤해졌을 것이다. 아이가 녹초가 되어 기진맥진하게 되면 잠을 재우기도 더 힘들어진다. 그러면 우리도 뜬눈으로 밤을 지새워야 하는 일이 생길지도 모른다. 아이는 잘 시간을 넘기게 될 경우 침실 문을 열고 닫는 일을 반복하며 우리 방에 와서 왔다 갔다 하거나, 큰 소리로 웃음을 터뜨리며 뜬금없이 한밤중에 잡기 놀이를 하자고 보채기도 한다. 그것도 잠깐, 곧 아이는 피곤함을 이기지 못해 화를 내고 짜증을 부리면서 소리를 지르게 마련이다. 여느 세 살짜리 아이와 다르지 않은 것이다.

나도 어릴 때 웨이원처럼 행동했을까. 아무리 기억을 더듬어 보아도 나의 어린 시절은 웨이원과는 너무도 달랐다. 나는 세 살 때 이미 글자를 읽을 수 있었다. 한 글자, 두 글자 깨우치다 보니 어느새 짤막한 동화책은 가볍게 읽게 되었고, 학교 선생님들은 그런 나를 보고 놀라움을 금치 못했다. 나는 또래 아이들과는 거의 어울리지 않고 오로지 책만 파고들었다. 부모님은 내게 큰 간섭은 하지 않았지만 내가 책을 더 많이 읽을 수 있도록 지원해주거나 응원을 해주지도 않았다. 단지 내가 하는 대로 가만히 놓아둘 뿐이었다. 반면 학교 선생님들은 다른 아이들이 운동장에 나가 놀 때 나와 함께 교실에 앉아 책을 읽었고, 내게 온갖 낡은 책과 교육용 영화들을 가져다주었다. 그것들은 대부분 붕괴의 시대 이전에 세상에 나온 것이었다. 민주주의 체제가 붕괴되기 이전, 세계대전이 발발하기 이전, 오직 선택받은 자들만이 모자라지 않을 정도의 음식을 얻을 수 있는 시기가 오기 전의 일이었던 것이다. 그때만 하더라도 정보 생산량은 너무나 엄청나 개관이 불가능할 정도였다. 말과 단어는 은하수만큼이나 길었고, 크기와 면적은 태양만큼이나 넓었으며, 셀 수도 없을 정도의 그림과 지도와 삽화들이 범람했다. 그 시대는 영화 속에서도 찾아볼 수 있었으며, 수백만 사람들의 삶 속에서도 찾아볼 수 있었다. 모든 것을 가능하게 했던 기술은 과거의 만트라[眞言]였다. 사람들은 마음만 내키면 고차원적인 소통 기구에 접속하여 언제 어디서나 필요한 정보를 얻을 수 있었다.

하지만 붕괴의 시대가 오자 모든 디지털 네트워크도 함께 붕괴해버렸다. 세상의 모든 것은 불과 3년 만에 모두 무너져버렸다. 사람들에게 남은 것은 책과 화질이 좋지 않은 오래된 영화 필름, 낡아서 너덜너덜한 카세트테이프, 구식 컴퓨터 프로그램이 저장된 시디, 석기시대 유물처럼 여겨지는 유선 전화뿐이었다.

나는 너무나 오래되어 손만 대면 부스러질 것 같은 책과 영화를 보면서 시간을 보냈다. 눈에 띄는 것은 다 소화해버렸고 머릿속에 기억해두었다. 마치 책과 영화의 내용을 모두 사진으로 찍어 머릿속에 넣어둔 것처럼.

나는 내 지식에 수치심과 부끄러움을 느꼈다. 왜냐하면 지식을 얻으면 얻을수록 나는 다른 아이들과 달라졌고 그들과의 거리도 멀어졌으니까. 학교 선생님들은 끊임없이 부모님을 찾아와 내가 타고난 신동이라며 능력을 계발시켜줘야 한다고 부추겼다. 그러나 부모님은 수줍은 미소를 지으며 선생님들의 말에 귀를 기울이려 하지도 않았다. 부모님이 듣고 싶었던 말은 내가 다른 아이들과 마찬가지로 평범하다는 것, 내게도 친구들이 많다는 것, 내가 달리기를 잘한다거나 나무에 잘 오른다거나 베를 잘 짠다거나 또는 수를 잘 놓는다는 이야기뿐이었다. 하지만 나는 이 모든 일들에는 전혀 소질이 없었다. 내가 가졌던 수치심은 시간이 지나자 무언가를 더 배우고 더 알고 싶은 욕망에 가려 사라지기 시작했다. 나는 언어에 심취했고, 모든 것들을 말로 표현하고 싶어 했으며, 하나의 감정을 표현하는 단어에도 여러 가지가 있다는 것을 알게 되었다. 나는 우리 인간의 역사를 배웠으며, 수분을 하는 곤충들의 집단 소멸, 해수면의 상승, 기후변화, 원자력 발전소 사고, 세상을 지배하던 미국과 유럽의 권력에 대해서도 배웠다. 이 구시대의 권력은 단 몇 년의 시간 동안에 힘을 잃어버렸고, 그 나라 국민들은 새 시대에 대한 적응력을 갖추지 못해 가난과 기아의 수렁으로 빠져들었으며, 이로 인해 인구와 식량 생산량도 감소했다는 것도 알게 되었다. 현재 생산되는 식량이 대부분 옥수수와 밀뿐인 이유도 바로 그 때문인 것이다. 반면, 내가 살고 있는 중국은 사정이 달랐다. 당의 최고 지도부는 붕괴의 시대를 거치면서도 효율적인 정책을 펼쳤고, 바로 그 덕분에 우리는 어렵기 그지없었던 붕괴의 시대를 거치면서도, 쉽진 않았지만 적절한 결정을 내릴 수 있었다. 국민들은 지도부의 결정을 모두 이해하지도 못했고, 지도부에 질문을 할 기회도 얻지 못한 채 오직 당 지도부가 이끄는 대로 걸어왔다. 나는 이 모든 것을 책을 통해 알았고, 더 많은 것을 알고 싶어 몸이 근질근질할 지경이었다. 내 머릿속을 지혜와 지식으로 가득 채우고 싶은 욕망은 시간이 흘러도 사그라들지 않았다. 하지만 나이가 어렸기에 내가 얻은 지식들을 관조할 만한 능력은 없었다.

그러던 중 『눈먼 양봉가』를 읽게 되었다. 영어를 옮긴 번역문이 매끄럽지 않아 읽기가 쉽지 않았지만, 그럼에도 나는 그 책에 빠져들었다. 『눈먼 양봉가』는 2037년에 출간되었다. 붕괴의 시대가 오기 직전, 그러니까 꽃가루를 이식하는 온갖 날벌레들과 곤충들이 지구상에서 사라지기 직전에 출간된 책이었다. 나는 그 책을 학교에 가져가 선생님께 책에 실린 삽화를 보여주었다. 벌집과 꿀벌을 자세하게 묘사한 그림이었다. 나는 그중에서도 꿀벌에 가장 큰 관심을 가지고 있었다. 여왕벌과 여왕벌이 낳은, 꼬물꼬물한 벌레의 모습을 지닌 벌들이 황금색의 벌꿀로 둘러싸인 방에서 자라며 제 모습을 갖추어나가는 과정을 보면서 크나큰 매력을 느꼈던 것이다.

그 책을 한 번도 본 적이 없다고 말했던 선생님도 점점 그 책에 빠져들기 시작했다. 그녀는 책을 소리 내어 읽었다. 그녀가 읽고 받아들였던 것은 책 속에 담긴 지식이었다. 그 책에서는 인간이 자연 속에서 자연과 함께 살아나가기 위해서는 자연을 건드리지 말아야 한다는 사실과, 교육의 가치에 대해 말하고 있었다. 자연을 파괴하고 거부하고자 하는 인간의 본능을 억제하고 자연과 함께 살아나갈 수 있도록 인도하는 것은 바로 교육과 지식이라는 말도 적혀 있었다.

당시 여덟 살에 불과했던 나는 책에 쓰인 말을 거의 이해하지 못했다. 하지만 외경심에 가까운 선생님의 표정을 보자, 선생님 또한 그 책에서 큰 감명을 받았다는 것을 알 수 있었다. 나는 그것이 바로 교육이라고 생각했다. 지식이 없다면 우리의 존재는 무가치하며, 결국 우리는 짐승과 같은 존재가 될 것임을 깨닫게 된 것은 그즈음이었다.

이후 나는 더욱 깊이 책에 빠져들었다. 단순히 지식의 양을 늘리기 위해 무언가를 배운다기보다는, 세상을 이해하기 위해 더 많은 것을 배우고 싶었다. 얼마 지나지 않아 나는 같은 학급의 또래 아이들과는 비교도 안 될 정도로 많은 것을 알게 되었고, 학교 역사상 가장 어린 나이로 청년 당원에 선발돼 빨간 스카프를 받았다. 빨간 스카프가 상징하는 것은 세속적이고 부질

없는 명예였지만, 나는 자랑스러워 어쩔 줄 몰랐다. 빨간 스카프를 목에 두르고 집에 가니 심지어는 내 부모님조차도 자랑스러워하며 입가에 미소를 머금었다. 배움을 통해 지식을 얻는 일은 내면을 부유하게 해주었다. 나는 또래 아이들보다 지적으로 훨씬 부유한 삶을 살았다. 나는 예쁘지도 않았고, 운동신경이 뛰어나지도 않았으며, 섬세함과 강인함과도 거리가 멀었다. 그 때문에 나는 그 어떤 면에서도 두각을 나타낼 수가 없었다. 거울 속에서는 각진 얼굴이 나를 되쏘아보고 있었다. 작고 가느다란 두 눈, 어울리지 않게 커다란 코. 너무나 평범한 그 얼굴에서는 얼굴의 주인이 하루하루를 가치 있게 살기 위해 가슴속 깊이 간직하고 있는 것은 전혀 찾아볼 수 없었다. 그곳을 벗어나기 위해 어떤 길을 걷고자 하는지도 찾아볼 수 없음은 물론이었다.

나는 이미 열 살 때 앞날의 가능성에 대해 생각하기 시작했다. 학교는 다른 지역에도 있었다. 하루쯤 가면 되는 곳. 내가 열다섯 살이 되면 작업장에 가서 일을 하는 대신 특수학교에 갈 수 있는 기회를 얻는 것도 완전히 불가능한 일은 아니었다. 학교 선생님들은 어떻게 하면 특수학교에 지원을 할 수 있는지 물심양면으로 알아봐주었으며, 입학 가능성도 크다고 말했다. 문제는 그런 학교에 가려면 돈이 든다는 사실이었다. 나는 부모님과 이야기를 해보았지만 집을 벗어나 타 지역의 학교를 다닌다는 것은 불가능해 보였다. 부모님은 걱정에 휩싸여 마치 내가 외계에서 온 생명인 양 나를 이해하지 못하겠다는 듯한 표정만 지었다. 급기야 학교 선생님들까지 집으로 찾아와 부모님과 대화를 시도했다. 나는 어른들이 무슨 말을 나누었는지는 알 수 없었지만 그 일이 있은 후 부모님은 오히려 더욱 굳게 마음을 먹은 듯 꿈쩍도 하지 않았다. 부모님에겐 돈이 없었고, 나의 학비를 위해 저축을 하려 하지도 않았다.

부모님은 마음을 돌려야 하는 사람이 바로 나라고 말하며, 허황된 꿈을 꾸는 것은 아무 도움도 되지 않는다고 나를 몰아세웠다. 하지만 나는 꿈을 포기할 수가 없었다. 나라는 사람은 바로 그런 사람이었으니까. 그건 앞으로도 변하지 않을 내 모습이기도 했다.

웨이원의 웃음소리에 정신이 번쩍 들었다. 욕실의 사방 벽은 아이의 자지러지는 웃음소리에 메아리를 만들어냈다. "안 돼, 아빠! 하지 마!"

쿠안은 아이를 간질이며 보들보들한 배에 입을 맞추고 있었다.

나는 몸을 일으켜 빈 접시를 싱크대로 옮긴 후, 욕실 문 앞에 서서 안쪽에서 들려오는 소리에 귀를 기울였다. 웨이원의 웃음소리를 녹음해두고 싶었다. 아이가 자라 변성기에 이르면 녹음해둔 그 웃음소리를 들려주고 싶었다.

어쩐 일인지 아이의 웃음소리에도 불구하고 내 얼굴엔 미소 한 자락도 떠오르지 않았다.

나는 문손잡이에 손을 올린 채 문을 살짝 밀어보았다. 웨이원은 바닥에 누워 있었고, 쿠안은 아이의 바지 자락을 잡아당기는 중이었다. 그는 마치 아이의 바지와 싸움이라도 하듯 쩔쩔매는 시늉을 해 보였다.

"서두르면 안 돼?" 나는 쿠안을 향해 말했다.

"서두르라고? 당신은 이 말썽 많고 힘센 바지를 벗기는 게 얼마나 힘든 일인 줄 알기나 알아?"

쿠안의 장난기 섞인 말에 웨이원이 웃음을 터뜨렸다.

"당신은 지금 필요 이상으로 아이를 자극하고 있어."

"바지야, 너도 들었지? 엄마가 많이 화났나 봐. 그러니 너도 좀 정신 차리고 내가 하자는 대로 하란 말야!"

웨이원이 더 큰 소리로 웃기 시작했다.

"당신이 그러면 그럴수록 웨이원은 더 신이 나서 자려고 하지 않을 거야."

쿠안은 아무 말도 하지 않고 고개를 돌렸다. 나는 욕실 문을 닫고 부엌으로 가서 설거지를 하기 시작했다.

뒷정리를 마친 나는 종이와 펜을 식탁 위에 올려두었다. 15분쯤은 웨이원도 견뎌낼 수 있으리라.

윌리엄

아이는 자주 책에 얼굴을 파묻은 채 내 침대 옆에서 시간을 보냈다. 천천히 책장을 넘기며 집중해서 글을 읽는 샬럿은 벌써 열네 살이나 되었다. 내 침대 옆에서 시간을 보내기보다는 자기가 좋아하는 일을 할 나이가 되었는데도, 아이가 내 방을 찾는 횟수는 날이 갈수록 점점 늘어갔다. 나는 침대 옆에 앉아 책을 읽는 아이를 보며 밤과 낮을 구분할 수 있었다.

틸다는 하루 종일 내 방을 찾지 않았다. 그러고 보니 최근 며칠 동안 내 방을 찾는 그녀의 발길이 눈에 띄게 뜸해졌다. 주치의를 따라 들어오는 일도 줄어들었다. 돈이 바닥났기 때문일 것이다.

틸다는 람 교수의 이름을 입에 올린 적이 없다. 나는 아무리 깊은 잠에 빠져 있다 하더라도 람 교수의 이름만 들으면 잠을 깨곤 한다. 하지만 지금까지 그런 적은 한 번도 없었으니, 틸다가 내 방에서 람 교수의 이야기를 한 적은 없다고 확신할 수 있었다. 나는 그의 이름을 들으면 저세상에서도 편안히 잘 수 없을 정도다. 어쩌면 틸다는 나와 람 교수 사이에 무슨 일이 있었는지 전혀 눈치채지 못했을 수도 있다. 내가 침대에 누워 산송장이 되어버린 까닭이 람 교수와의 마지막 만남과 그의 웃음소리 때문임을 모르고 있는 것이리라.

나를 불러들인 사람은 그였다. 나는 그가 왜 나를 만나고 싶어 하는지 알지 못했다. 그의 집에 발걸음을 하지 않은 지도 수 년이나 되었고, 시내에서 가끔 마주쳐도 예의상 주고받는 가벼운 인사말이 전부였으며, 그나마 바쁘다며 총총 발걸음을 돌렸던 이는 항상 람 교수였기 때문이다.

그의 집으로 향하던 그날, 거리에는 짙은 가을의 색이 완연했다. 나뭇잎은 저마다의 색을 강렬하게 발산하고 있었다. 눈이 부실 정도로 화려한 노란색, 따스한 갈색, 핏빛을 연상시키는 붉은색의 나뭇잎들은 가을바람에도 불구하고 여전히 생기를 머금은 채 가지에 매달려 있었다. 가지가 부러질 정도로 촘촘하게 매달려 있는 사과, 보기만 해도 입에 침이 고이는 자두, 달짝지근한 배, 그리고 기름진 흙. 당근과 호박과 양파, 갖가지 향을 풍기는 허브는 수확을 기다리는 것만 같았다. 그 모습을 보노라니 마치 근심 없이 살 수 있는 에덴동산이 떠올랐다. 숲 언저리에 얽히고설킨 짙은 녹색의 담쟁이덩굴을 따라 옮기는 내 발걸음은 가볍기만 했다. 나는 다시 람 교수를 만난다는 생각에 가슴이 설레었다. 스스럼없이 만나 이야기를 나눈 지도 꽤 오래되었기 때문이다. 내가 아이들의 아버지가 되기 전, 곡물 종자 가게를 운영하느라 밤낮없이 바쁘게 지내기 전의 일이었다.

그는 대문을 열고 직접 나를 맞아주었다. 언제나처럼 짧게 깎은 머리, 호리호리하지만 근육질의 강인한 몸. 그의 입가에 미소가 스쳤다. 그의 미소는 긴 여운을 남기는 법이 없다. 그럼에도 나는 그 미소에 가슴이 따스해졌다. 그는 자신의 연구실로 나를 안내했다. 그곳에는 이름 모를 녹색 식물들과 실험용 유리병들로 발 디딜 틈이 없을 정도였다. 유리병 속에는 양서류와 올챙이, 다 자란 개구리와 두꺼비들로 가득했다. 그의 학문적 관심은 바로 이런 것들로 향해 있었다. 18년 전 졸업 시험을 보고 그의 조교로 지명되었던 나는, 벌레와 관련된 동물학을 계속 연구해보고 싶었다. 특히 나는 단일 개체가 무리를 지어 하나의 커다란 유기체, 즉 초유기체를 구성하는 동물들에 깊은 관심이 있었다. 호박벌, 말벌, 막시류膜翅類* 곤충, 꿀벌과 흰개미 등. 하지만 그의 연구실을 채우고 있던 이것도 저것도 아닌 동물들 때문에 내가 관심을 가지고 있던 분야의 연구는 할 수가 없었다. 그가 연구하던 동물은 벌레도 아니고 물고기도 아니었으며 파충류와도 거리가 멀었다. 나는 단지 그의 연구 작업을 도와주는 심부름꾼에 불과했다. 따라서 반발을 할 수도 없었다. 그와 함께 연구 작업을 한다는 것은 크나큰 명예였다. 나는 그것을 잘 알고 있었다. 그래서 나는 그가 요구하는 것을 모두 들어주었고

* 절지동물문의 곤충강에 속하는 동물 분류의 하나. 막膜으로 된 날개를 가졌다는 의미로 이런 이름이 붙었으며, 벌과 개미 등이 이 분류에 속한다.

그가 시키는 것은 무엇이든 하며 감사하는 마음으로 그 자리를 지켰다. 나는 그의 학문적 열정을 본받고 배우리라 다짐했으며, 언젠가는 나 또한 그처럼 훌륭한 학자가 되어 나만의 연구 작업을 할 수 있으리라는 희망을 잃지 않았다. 하지만 그런 날은 오지 않았다. 더구나 그의 심부름꾼 역할을 하다 보니 내 공부를 하는 시간조차 부족하기 일쑤였다. 그래도 나는 참고 견디며, 내가 관심을 가지고 있는 분야의 기초 공부부터 찬찬히 해보겠다고 다짐했다. 하나, 얼마 지나고 보니 그의 연구실에서 일하면서 내 공부를 하는 것은 불가능함을 깨닫게 되었다. 틸다를 만나기 전이나 후나 달라진 것은 없었다.

가정부가 비스킷과 차를 내왔다. 우리는, 언젠가 그가 학회에 참가하느라 외국에 갔던 길에 구입했던 값비싼 찻잔에 담긴 차를 마셨다. 찻잔은 너무나 얇아 손만 대면 깨질 것만 같았다. 그는 한때 외국을 제집 드나들듯 했지만 수년 전부터는 이곳, 한적한 시골 마을에 자리를 잡고 연구에만 전념하기 시작했다.

차를 마시는 동안, 그는 진행하는 연구 작업에 대해 이야기를 해주었다. 나는 가장 최근에 있었던 강연회와 다음 논문 주제에 대해 말하는 그를 보며 진지한 표정으로 고개를 끄덕였다. 가끔은 단어 하나하나에 신중을 기해 질문을 하기도 했고, 대답을 들을 때는 다시 진지하게 귀를 기울였다. 나는 그가 나를 봐주기를 바라며 그에게서 시선을 떼지 않았다. 하지만 그의 눈빛은 내게서 오래 머무르는 법이 없었다. 그의 시선은 연구실 여기저기를 쉴 새 없이 향할 뿐이었다. 마치 그의 대화 상대는 내가 아니라 연구실 안에 자리한 갖가지 물건들이기라도 하듯 말이다.

침묵이 흘렀다. 창밖의 색 바랜 나뭇잎을 흔들어대는 바람 소리 외엔 아무 소리도 들리지 않았다. 나는 차를 한 모금 마셨다. 차가 목구멍을 넘어가는 소리가 유난히 크게 들렸기에 나는 얼굴을 붉히며 찻잔을 내려놓았다. 그는 그 소리를 듣지 못한 양 무덤덤한 표정으로 앉아 있었다.

"마침 오늘이 내 생일이라네." 그가 마침내 말문을 열었다.

"오, 그러세요? 몰랐습니다. 죄송해요. 생신 축하드립니다."

"내가 올해 몇 살이 되었는지 아는가?" 그는 내 얼굴을 똑바로 바라보며 물었다.

나는 잠시 주저했다. 도대체 그가 몇 살쯤 되었을까? 아주 나이가 많은 건 확실한데…… 50세는 훨씬 넘었을 거야. 거의 60세에 가까운 나이지 않을까. 나는 앉은 자리에서 살짝 몸을 비틀었다. 갑자기 연구실 내의 온도가 훌쩍 높아진 것 같다는 기분이 들었다. 헛기침을 했다. 도대체 무슨 대답을 돌려줘야 할까?

내가 아무 말도 하지 않자, 그는 시선을 아래로 떨구며 말했다. "그게 중요한 건 아냐."

그가 실망한 건 아닐까? 내가 람 교수를 실망시킨 것일까? 또 다시?

그의 표정에는 아무런 변화도 보이지 않았다. 그는 찻잔을 내려놓고 비스킷 하나를 집어 들었다. 그의 행동은 일상의 흐름을 벗어나지 않는 듯 자연스럽기 그지없었다. 비록 우리의 대화는 일상의 흐름을 벗어나기 일보 직전이었지만 말이다. 그는 비스킷을 입으로 가져가려다 말고 접시 위에 내려놓았다.

연구실 내에는 기분 나쁠 정도의 정적이 흘렀다. 이젠 내가 말을 꺼낼 차례라는 생각에 무슨 말이라도 해보려고 머리를 굴렸다.

"생일 파티를 하실 계획인가요?" 나는 말을 뱉자마자 후회했다. 너무나 바보 같은 질문이었다. 마치 그가 어린아이라도 되는 듯 어울리지 않는 질문을 했다는 생각에 다시 얼굴이 붉어졌다.

그는 대답할 가치도 없는 질문이라고 생각했는지, 아무 말도 하지 않고 비스킷이 담긴 작은 접시를 들어 올렸다. 그는 딱딱한 비스킷을 먹을 생각이 없는지 접시를 내려다보기만 했다. 그가 손가락을 살짝 움직이자 비스킷이 떨어져 내릴 듯 접시의 가장자리로 향했다. 그는 비스킷이 바닥에 떨어지기 직전에 접시를 바로 들어 올린 후, 접시를 통째로 탁자 위에 내려놓았다.

"자네는 아주 유망한 학생이었어."

그는 말을 이을 듯 숨을 들이쉬었지만, 그의 입을 빠져나오는 말은 아무것도 없었다.

나는 목청을 가다듬었다. "예……?"

그는 자세를 바꾸어 앉으며 말을 이었다. "자네가 나를 찾아왔을 때 나는 아주 큰 기대를 했었지." 그는 양팔을 축 늘어뜨렸다. "학문을 향한 자네의 열정은 나를 감동시키기에 충분했어. 원래는 조교를 받지 않으려고 했지만 그런 자네의 열정에 감동한 나머지 난 자네를 내 밑에 받아들였지."

"감사합니다, 교수님. 칭찬을 해주시니 몸 둘 바를 모르겠습니다."

그는 마치 자기가 학생의 입장이라도 된 듯 허리를 곧게 펴고 재빨리 내게 시선을 던졌다. "하지만 자네는…… 변해버렸어.

도대체 그 이유는 뭔가?"

한순간, 가슴이 꽉 막히는 것만 같았다. 질문. 그것은 질문이었다. 나는 어떤 대답을 돌려주어야 하는가?

"스바메르담*에 대한 강연을 했을 때 이미 시작된 일이 아니었나?" 그는 다시 재빨리 내게 시선을 던졌다가 다른 곳으로 눈길을 가져갔다. 평상시의 모습과는 너무나 달랐다.

"스바메르담…… 이라면, 아주 오래전의 일이 아닙니까?" 나는 얼른 되물어보았다.

"맞아. 자네 말대로 아주 오래전의 일이지. 거기서…… 그녀를 만났나?"

"무슨 말씀이신지…… 제 아내를 말씀하시는 겁니까?"

그는 침묵으로 대답을 대신했다. 그렇다. 나는 그곳에서 강연회를 마친 후 틸다를 만났다. 아니, 정확히 말하자면 그날의 상황 때문에 틸다를 만나게 되었던 것이다. 상황이라…… 아니, 더 정확히 말하자면 바로 람 교수 때문에 틸다를 만나게 되었다. 그의 웃음소리. 경멸에 가득 찬 그의 웃음소리 때문에 나는 다른 곳으로 시선을 돌려야만 했고, 우연히 내 시선이 멈추었던 곳은 바로 틸다였기 때문이다.

나는 그때 그 일에 대해 무슨 말이라도 하고 싶었지만, 생각나는 단어는 단 하나도 없었다. 내가 계속해서 침묵을 지키자, 그는 상체를 앞으로 쑥 내밀며 헛기침을 했다. "그래, 지금은 어떤가?"

* Jan Swammerdam(1637~1680). 네덜란드의 박물학자. 곤충을 해부하여 분류의 기초를 세웠으며, 최초로 적혈구의 모양을 조사하여 발표했다.

"지금이라뇨?"

"자네가 자식을 낳은 이유는 뭔가?"

그의 목소리는 조금 전보다 훨씬 높아져 있었고, 그의 얼음같이 차가운 두 눈은 나를 뚫어지게 쏘아보고 있었다.

"자식을 낳은 이유……" 나는 그의 차가운 눈길을 받아낼 수가 없어 얼른 시선을 돌렸다. "다들…… 그렇게 살지 않습니까?"

그는 두 팔을 무릎 위에 올려놓았다. 허세를 부리는 것 같기도 하고 동시에 주저하는 듯 수줍어하는 것도 같았다. "다들 그렇게 산다고? 흠, 그럴지도 모르지. 그런데 하필이면…… 그건 그렇고, 자네는 자식들에게 무엇을 해주는가?"

"무엇을 해주냐고요? 그들에게 음식과 옷을 주고……"

그가 갑자기 목소리를 높였다. "여기서 그 빌어먹을 가게 이야기는 꺼내지도 말게!"

그는 갑자기 힘이 빠진 듯 의자에 털썩 등을 기댔다. 마치 내게서 조금이나마 더 멀리 떨어지려는 것처럼 보이기도 했다. 그는 무릎 위에 얹은 두 손을 서로 비비기 시작했다.

"어…… 저는……" 나는 잘못을 저지르고 어쩔 줄 몰라 하는 강아지처럼 쩔쩔매면서 이런 속마음을 내색하지 않으려 무진 애를 썼다. 하지만 내 손은 마음과는 달리 달달 떨리고 있었고, 내 목소리는 쥐어짜내는 듯 가늘기만 했다. "저도 물론 잘 알고 있습니다만 그게…… 교수님도 이해하시리라 짐작하지만…… 시간이 여의치 않아서요."

"내가 자네에게 무슨 말을 해주었으면 좋겠나? 자네 말을 충분히 이해한다고 해줬으면 좋겠나?" 그가 벌떡 몸을 일으켰다.

"자네가 시간이 없어 연구를 못 하는 것을 충분히 이해하니 정말 괜찮다고 해줬으면 좋겠나?" 그가 한 발짝 내게로 다가왔다. 눈앞이 캄캄해졌다. 갑자기 그의 몸이 거대하고 어두침침한 산처럼 느껴졌다. "지금까지 논문 한 편도 제출하지 못했다는 사실에도 정녕 괜찮다는 말을 듣고 싶은가? 책장에 있는 책을 단 한 권도 읽지 못했다는 사실에도? 자네에게 내 모든 시간과 열정을 퍼부었지만, 자네가 중간에도 끼지 못하는 돼지 새끼의 삶을 벗어나지 못한다는 사실에 정말 내가 오냐오냐 해줬으면 좋겠다는 말인가?"

그의 마지막 말은 허공에서 사라지지 않았다.

돼지 새끼. 그렇다. 그의 눈엔 내가 한 마리의 하찮은 돼지 새끼처럼 보일 뿐이다. 돼지 새끼.

가슴속에 꾹 눌러놓았던 덩어리가 목구멍으로 스멀스멀 올라오는 것 같았다. 그의 말에 반박하고픈 마음도 없지 않았다. 정말 그가 자신의 모든 시간과 열정을 내게 퍼부었을까? 나는 대체로 그의 심부름꾼에 불과하지 않았던가? 아니, 어쩌면 그가 정말로 원했던 것은 내가 그의 후계자가 되는 게 아니었을까? 그의 연구 작업을 대대로 이어나갈 수 있도록 생명을 불어넣는 일…… 그런데도 나는 언젠가는 나만의 연구 작업을 할 수 있기를 바랐다. 나는 침을 꿀꺽 삼키며 금방이라도 고개를 치켜들 것만 같았던 말들을 꾹꾹 눌러 담았다.

"그게 바로 자네가 듣고 싶었던 말이 아니었나? 안 그런가?" 안경 너머로 나를 쏘아보는 그의 눈빛은 양서류의 눈동자처럼 공허했다. "바로 그런 것이 인생이라고? 아, 인생은 바로 그런

거라고 말해야겠지? 성장을 하고 후손을 보고, 자기 자신의 삶보다는 자식들이 요구하는 것과 그들의 삶을 본능적으로 더 앞세우는 일. 자식들의 배를 채워주는 일. 인간은 바로 그런 과정을 통해 스스로의 노예로 변하게 마련이지. 지능과 지성이 자연과 본능 앞에서 머리를 숙여야만 하는 삶. 자네 잘못이 아니야. 아직도 늦지 않았어." 나를 쏘아보는 그의 눈빛은 너무나 날카로워 통증이 느껴질 정도였다. "자네가 내게서 듣고 싶었던 말은 바로 그것이 아니었나? 아직도 늦지 않았다는 말? 언젠가는 자네에게도 때가 오리라는 말?"

말을 마친 그가 갑자기 웃음을 터뜨렸다. 기쁨과 즐거움이라곤 전혀 찾아볼 수 없는 모나고 각진 웃음소리. 그 웃음소리 속에는 경멸이 가득 차 있었다. 짧디짧은 웃음소리였지만, 그 소리는 내 가슴속에 긴 여운을 남기기에 충분했다. 이전에도 들어본 적이 있는 그 웃음소리……

그는 내 대답을 기다리지 않았다. 아마도 내가 아무 말도 할 수 없으리라 짐작했던 것 같았다. 그는 발을 성큼성큼 옮긴 후 문을 활짝 열었다. "미안하지만 이제 가보게나. 나는 할 일이 많은 사람이라서."

그는 내게 작별 인사도 건네지 않고 등을 돌렸다. 대문까지 나를 배웅해준 사람은 가정부였다. 집으로 돌아온 나는 책장에 꽂힌 책들을 훑어보았지만 책을 꺼내 들진 않았다. 도저히 책을 들여다볼 기력이 없었다. 그래서 나는 침대로 기어 들어갔고 그때부터 지금까지 침대를 거의 벗어난 적이 없다. 언젠가는 읽고, 배우고, 이해하리라 마음먹었던 수많은 단어와 문장을 담은 책 위로는 먼지만 쌓이기 시작했다.

책장 속의 책은 지금도 여전히 제자리를 지키고 있다. 정리 정돈과는 거리가 먼 모습으로, 어떤 책은 다른 책들보다 툭 튀어나온 채 책장에 꽂혀 있기도 했다. 나는 얼른 고개를 돌렸다. 눈길도 주기 싫었다. 샬럿은 내가 깨어 있는 것을 알아차렸는지 책을 내려놓고 고개를 들었다.

"아버지, 목이 마르시면 물을 드릴까요?"

아이는 자리에서 일어나 물이 든 컵을 내게 내밀었다.

나는 고개를 돌렸다.

"아냐." 문득 내 목소리가 지나치게 엄하다는 생각이 스쳐 나는 얼른 좀 더 부드러운 목소리로 말을 이었다. "괜찮아."

"다른 원하시는 건 없나요? 의사 선생님이 말씀하시길……"

"없어."

샬럿은 다시 의자에 앉아 마치 내 속을 들여다보기라도 할 듯 뚫어지게 나를 바라보았다.

"훨씬 좋아 보여요, 아버지. 기운을 차리신 것 같아요."

"쓸데없는 소리……"

"아니에요. 정말이라니까요." 아이는 미소를 지으며 말을 이었다. "적어도 제 말에 대답을 해주시잖아요."

나는 더 이상 아무 말도 하지 않았다. 아이의 말이 틀렸다는 걸 보여주기 위해선 침묵을 지키는 수밖에 없을 것 같아서였다. 나는 아이가 안중에도 없다는 듯 눈을 스르르 감아버렸다.

그럼에도 아이는 내 침대 곁을 떠나지 않았다. 양손을 맞잡고 살짝 비빈 후 무릎 위에 내려놓은 아이는 큰맘을 먹은 듯 주저하며 말을 꺼냈다.

"아버지…… 혹시 신이 아버지를 버린 것은 아니겠죠?"

오, 아이의 말대로 이 모든 것이 신과 관련된 일이라면 얼마나 좋을까. 믿음을 잃었을 때 가장 간단한 치료법은 바로 믿음을 되찾는 것이 아니었던가.

나는 연구 작업을 할 때 쉬지 않고 성경을 읽었다. 항상 성경책을 가지고 다녔으며, 밤에 잘 때도 침대 옆에 놓아두었다. 내가 연구하는 학문과 성경 말씀, 자연의 온갖 자그마한 기적들과 종이 위에 적힌 신성한 말씀 사이에 존재하는 관련성을 찾는 데 온 힘을 기울였던 것이다. 나는 특히 바울로의 서신에 푹 빠져들었다. 로마인에게 전하는 바울로의 편지를 나는 얼마나 많이 읽었는지 셀 수가 없을 정도다. 그 속에는 바울로의 기본적인 사고방식과 관념을 찾아볼 수 있었기에 바울로적 교리라 해도 과언이 아니다. '그리고 여러분은 죄의 권세를 벗어나서 이제는 정의의 종이 되었습니다.' 이건 도대체 무슨 말일까? 진정으로 자유로울 수 있다는 것은 그 어딘가에 얽매어져 있어야 가능하다는 말일까? 정의로운 일을 한다는 것은 스스로의 감옥이 될 수도 있다는 말일까? 하지만 신은 우리에게 길을 보여주었다. 그럼에도 우리는 왜 그 길을 걷지 못했던 것일까? 막상 조물주와 마주하게 되면 그 거룩함과 신성함에 숨이 막혀 정의로운 일을 할 수 없게 되는 건 아닐까?

나는 그 대답을 찾을 수 없었다. 시간이 흐르자 검은색의 작은 성경책을 펼쳐보는 일도 점점 줄어들기 시작했다. 성경책 위에는 책장 속의 다른 책들과 마찬가지로 먼지만 쌓여갔다. 이제 와서 내가 무슨 말을 할 수 있을까? 병상에 누워만 지내는 내 모습은 신의 눈으로 보기에 너무나 하찮고 의미 없는 존재로 변해 버린 건 아닐까? 아니, 그렇지 않다면 내가 지금까지 살아왔던 삶은 신과는 아무 상관이 없으며, 오직 나의 의지와 선택에 의해 결정되었던 건 아닐까?

나는 아이에게 대답해주는 일을 다음 기회로 미루리라 마음먹고, 고개를 살짝 저은 후 잠에 빠진 척했다.

샬럿은 아래층이 정적에 휩싸일 때까지 내 침대 옆에 앉아 있었다. 나는 아이가 책장을 넘기는 소리에 귀를 기울였다. 보아하니 아이가 책을 읽는 속도는 굉장히 빠른 듯했다. 책장을 넘기는 소리에 섞여 간간이 아이가 자세를 바꾸는 소리도 들을 수 있었다. 아이는 책에 빠져 시간 가는 줄도 모르고 있었다. 반면 나는 침대에 파묻혀 시간이 어떻게 가는지도 모르고 있었다. 솔직히 샬럿에겐 글을 읽고 무엇을 배운다는 건 무의미한 일일 뿐이었다. 그도 그럴 것이 아이가 배우고 익힌 것들은 나중에 아무짝에도 소용이 없을 테니 말이다. 그건 샬럿이 사내아이가 아니라 여자아이이기 때문이다.

문득 문이 열리는 소리가 들려왔다. 바닥을 디디는 재바른 발자국 소리가 그 뒤를 이었다.

"여기 있었니?" 틸다의 엄한 목소리였다. 아마 샬럿을 바라보는 틸다의 눈빛도 목소리만큼이나 경직되고 엄했으리라. "잘 시간이야." 틸다는 아이에게 명령을 내리듯 말했다. "얼른 내려가서 저녁 설거지를 하렴. 참, 에드먼드가 머리가 아프다고 했으니 설거지하기 전에 차를 먼저 끓여서 오빠에게 가져다줘, 알았지?"

"예, 어머니."

샬럿이 몸을 일으키는 소리와 발을 떼는 소리, 그리고 작은 책상 위에 책을 내려놓는 소리가 들려왔다. 아이의 가벼운 발자국 소리는 문을 향했다.

"편히 주무세요, 아버지."

아이가 사라지자 방 안은 틸다의 신경질적인 발자국 소리로 채워졌다. 그녀는 온 집 안이 떠나가도록 소란스럽게 벽난로에 장작을 던져 넣었다. 얼마 전까지만 하더라도 벽난로에 불을 피우는 일은 가정부의 몫이었지만, 지금은 틸다가 그 일을 직접 하고 있다. 가정부에게 월급을 줄 여유가 없기 때문이리라. 틸다는 그 참담한 심정을 숨기려 하지 않았다. 아니, 오히려 한숨과 코를 훌쩍이는 소리로 자신의 불행을 더더욱 강조하고 있었다.

마침내 할 일을 마친 틸다는 제자리에 묵묵히 서 있었다. 나는 순간의 침묵이 다가올 소란을 의미한다는 것을 알고 있었기에 본능적으로 몸을 웅크렸다. 그녀가 난롯불 앞에서 눈물을 줄줄 흘리고 있다는 것은 눈을 감고도 알 수 있는 일이었다. 이전에도 자주 있었던 일이었으니까. 아니나 다를까, 장작이 타들어가는 소리를 반주 삼아 틸다는 불평불만을 가득 담은 하소연을 내뱉기 시작했다. 나는 몸을 돌려 베개에 한쪽 귀를 파묻었다. 그렇게라도 하면 그녀의 불만 가득한 목소리를 반으로 줄일 수 있을 것 같았지만, 도움이 되진 않았다.

1분이 흘렀다. 그리고 2분. 3분.

마침내 그녀도 포기를 했는지 불평을 멈추고 힘차게 콧물을 들이마셨다. 그래봤자 오늘도 다른 날과 마찬가지로 내게서 더 얻어낼 수 있는 건 없음을 깨달았기 때문일 것이다.

체온과 마찬가지로 미적지근하고 끈적끈적한 콧물을 들이켜는 소리는 마치 기계 소리처럼 일정한 간격을 두고 내 귀를 덮쳤다. 틸다는 울고 있을 때나 그렇지 않을 때나 막론하고, 항상 콧물을 킁킁 들이마실 정도로 몸에 물이 많았다. 밑부분만 제외한다면 말이다. 그 부분은 언제나 슬플 정도로 바짝 말라 있었고 차가웠다. 그런데도 그녀가 자식을 여덟 명이나 낳았다는 것은 놀랄 만한 일이다.

나는 그녀의 킁킁거리는 소리를 듣지 않으려 이불을 머리끝까지 덮어썼다.

"윌리엄!" 틸다가 날카로운 목소리로 나를 불렀다. "당신이 깨어 있다는 거 다 알고 있어요."

나는 숨소리를 죽이려 안간힘을 썼다.

"다 알고 있다니까요!"

그녀의 목소리는 조금 전보다 더 커졌다. 하지만 나는 꼼짝도 하지 않았다. 몸을 움직일 이유도 없었다.

"내 말 좀 들어봐요." 그녀는 땅이 꺼질 듯 깊은 한숨을 내쉬었다. "집안일을 도와주던 앨버타를 내보내야만 했어요. 가게도 텅 비었고…… 결국 문을 닫을 수밖에 없었다고요."

뭐라고? 나는 더 이상 꼼짝 않고 누워 있을 수가 없어 몸을 살짝 비틀었다. 가게 문을 닫았다고? 텅 비었다고? 눈앞이 캄캄해졌다. 그렇다면 내 자식들은 배를 굶어야 한다는 말이 아닌가?

그녀도 내가 움칫하는 것을 본 듯했다. 그녀가 내 침대로 가까이 다가왔다. "오늘은 사채를 쓸 수밖에 없었어요." 아내는 터져 나오려는 울음을 짓누르며 겨우 말을 이었다. "가게를 몽땅 저당 잡혔다고요. 나를 불쌍하다는 듯 바라보던 사채업자의 눈빛을 아직도 잊을 수가 없어요. 그는 아무 말도 하지 않았어요. 하긴, 그 사람은 아주 신사니까……"

그녀는 말을 맺지 못하고 울음을 터뜨렸다.

신사라. 그렇다면 나와는 정반대의 사람일 것이다. 나는 주변의 이웃은 물론, 내 아내에게서도 존중받지 못한 채 이렇게 침대에 누워 있을 뿐이다. 내게는 신사들이 사용하는 중절모와 지팡이, 외알 안경도 없고 매너도 없다. 그렇다. 나는 신사와는 거리가 먼 사람이다. 내 가족의 배를 굶기고 가난의 구렁텅이에 밀어 넣은 사람이니까.

상황은 내가 생각했던 것보다 훨씬 심각한 듯했다. 내 가족의 생계를 꾸려나갈 수 있는 유일한 가게. 그 가게 문을 닫으리라는 생각은 전혀 못 했는데…… 지금까지 우리 가족이 끼니를 이어갈 수 있었던 것은 그 가게에서 팔던 곡물의 씨앗과 향료, 계절에 따라 다른 꽃의 알뿌리 덕분이었다.

나는 자리에서 일어나야만 했지만 그럴 기력이 없었다. 왜 일어날 수 없는지도 알 수 없었다. 침대에 사지가 묶여버린 듯한 느낌뿐이었다.

틸다는 오늘도 나를 포기해버렸다. 그녀는 큰 숨을 들이마셨다가 떨리는 한숨을 내뱉은 후 마지막으로 힘껏 코를 풀었다. 목과 코와 귀에 남아 있던 마지막 한 방울의 체액까지 비워내기라도 하듯.

그녀가 몸을 눕히자 침대가 들썩였다. 땀에 젖은 채 씻지도 않아 퀴퀴한 냄새가 나는 남편과 한 침대를 사용하는 그녀를 이해하긴 쉽지 않았다. 어쩌면 그녀는 내게 너무도 화가 난 나머지 내가 얼마나 지저분하고 더러운 인간인지 보지 못하는 건 아닐까.

시간이 흐르자 아내의 숨소리는 나지막하고 규칙적으로 변했고, 곧 잠을 머금은 묵직하고 깊은 숨소리로 변했다. 내 숨소리와는 너무도 달랐다.

나는 몸을 돌렸다. 벽난로의 일렁이는 불빛이 그녀의 얼굴과, 베개를 덮고 있는 땋은 머리를 비추어 내리고 있었다. 아랫입술이 윗입술을 덮고 있는 것을 보니, 마치 이가 다 빠져버린 늙은이 같았다. 나는 언젠가 한때 사랑했던 여인의 모습을 그 얼굴에서 찾아보려 애를 써보았다. 하지만 내가 찾으려던 것을 찾기도 전에, 나는 잠에 빠져들고 말았다.

조지

에마의 말처럼 눈은 하루도 쌓여 있지 못하고 금방 녹았다. 창밖에는 눈이 녹아내려 빗물처럼 흘러내리는 소리밖에 들리지 않았다. 햇살은 담장과 지붕 위를 따갑게 내리쬐고 있었다. 특히 직사광선을 받아내고 있는 남쪽 담벼락은 금방이라도 색이 바래 타버릴 것만 같았다. 기온은 영상을 가리켰다. 그 정도의 기온이라면 벌들이 몸을 비워내고 청결하게 유지하기 위한 봄맞이 비행도 할 수 있을 것이다. 벌들은 벌집 안에서 내장을 비워내는 일이 없다. 아주 깨끗하고 청결한 동물이기 때문이다. 하지만 햇살이 따스해지면, 벌들은 밖으로 날아가 몸속에 쌓여 있던 온갖 분비물을 배출해낸다. 나는 톰이 집에 있는 동안 봄기운이 찾아왔으면 좋겠다고 은근히 바랐다. 그렇다면 벌통의 밑판을 청소할 때 톰과 함께 일을 할 수도 있을 테니 말이다. 나는 이 일을 염두에 두고 이미 지미와 릭도 휴가를 보내버렸다. 톰과 나, 단둘이서만 일을 하고 싶어서였다. 하지만 그 기회는 톰이 학교로 돌아가기 사흘 전인 목요일이나 되어서야 찾아왔다.

한 주 내내 별다른 일 없이 조용하기만 했다. 톰과 나는 직접 부딪치는 일 없이 서로의 주변을 빙빙 돌기만 했다. 에마는 우리 둘 사이에서 웃음을 터뜨리고 이야기를 하는 등 평소와 다름없이 지냈다. 그녀는 톰의 입맛에 맞는 음식을 만들기 위해 온 정성을 다했다. 슈퍼마켓의 냉동실에 있던 생선들은 그녀의 손을 거친 후 마치 고급 식당 음식처럼 변해 거의 모든 끼니마다 우리의 식탁에 올랐다. 톰은 그런 에마의 정성과 노력에 고마워 어쩔 줄 몰라 했고, 식사 후엔 너무나 맛있는 음식이었다며 입에 침이 마를 정도로 에마에게 고마워했다. 톰은 식사가 끝나도 자리에서 일어나지 않고, 베개처럼 두꺼운 책을 읽거나 손가락이 부러질 정도로 정신없이 컴퓨터 자판을 두드리곤 했다. 가끔은 '스도쿠'라 불리는 일본식 숫자 퍼즐을 풀기도 했다. 톰은 자신이 몸을 움직일 수 있다는 사실을 망각한 것만 같았다. 창밖에는 마치 누군가가 파워 전구로 바꾸어놓은 듯 강렬한 햇살이 쏟아져 내렸다.

다행히도 나는 여기저기서 할 일을 찾을 수 있었기에 바쁘게 몸을 움직일 수 있었다. 오텀 시내에 가서 벽을 칠할 페인트를 구입해 남쪽 담벼락에 페인트칠을 하기도 했다. 페인트칠을 하며 목덜미에 쏟아지는 따가운 햇살을 느끼니, 문득 벌통 청소를 할 때가 되었다는 생각이 들었다. 솔직히 벌통의 밑판을 청소하기에는 일렀다. 하지만 톰이 학교로 돌아가기 전에 함께 무언가를 한다면 그날이 마지막 기회라는 생각이 스쳤다. 그렇다면 벌통 몇 개쯤은 손을 봐도 되지 않을까. 벌들은 이미 집을 비운 지 꽤 되었다. 해가 뜨자마자 꽃가루를 모으러 바삐 움직였던 것이다.

톰은 평소 벌집을 둘러보고 여러 가지 자잘한 일을 하는 것을 좋아했기에 내가 밖에 나가면 거의 매번 따라나서곤 했다. 나는 겨울이 되면 지미와 함께 몇 차례 벌통의 출입구를 청소한다. 그 일을 제외하고선 벌들이 조용히 휴식을 취할 수 있도록 벌통에 손을 대지 않는다. 그 때문에 봄이 와서 첫 일을 하러 나갈 때면 마음이 들뜨곤 했다. 다시 벌들을 보고, 벌들이 날갯짓하는 소리를 들으면, 마치 오랫동안 만나지 못했던 가족을 다시 보는 것 같은 기쁨을 느낄 정도다.

"벌통 밑판을 청소하는 데 도움이 필요해."

나는 이미 작업용 오버롤을 입고 장화를 신은 채 현관에 서 있었다. 금방이라도 나가고 싶어 가만히 서 있기도 힘들 정도였다. 얼굴을 가린 면포를 접어 올리니 눈앞이 훤히 잘 보였다. 나는 기본적으로 필요한 도구들을 챙겨 양손 한가득 쥐고 서 있었다.

"벌써요?" 톰은 고개도 들지 않은 채 되물었다. 그의 엉덩이엔 꿀이 묻었는지 의자에 붙어 떨어지질 않았다. 그는 창백한 얼굴로 여전히 컴퓨터 화면을 들여다보며 자판을 두드리고 있었다.

문득 톰의 작업복과 면포를 들고 그에게 내밀고 있는 내 두 팔이 민망해지기 시작했다. 마치 받지 않으려는 선물을 억지로 전해주는 심정이었다. 나는 얼른 그것들을 한쪽 팔 밑에 끼워 넣고 다른 한 손으로는 허리를 짚었다.

"정기적으로 밑판을 청소해주지 않으면 썩어버릴 수도 있어. 그건 너도 알잖아. 벌들도 사람과 마찬가지로 썩어들어가는 집 구석에선 살고 싶지 않을 거야. 너도 그렇지? 하긴 학생들이 자취하는 방도 그리 깨끗하다고 할 수는 없지만……"

나는 웃음을 터뜨려보고 싶었지만 무언가에 억눌린 듯 웃음소리를 만들어낼 수가 없었다. 허리를 짚고 있던 한 손이 갑자기 부자연스럽게 느껴졌다. 이를 어찌할까 망설이던 나는 그 손을 아래로 쭉 늘어뜨려보았다. 그러자 무언가 텅 빈 듯한 허전함이 들었다. 그래서 나는 얼른 그 손을 들어 올려 이마를 벅벅 긁었다.

"벌통 밑판을 청소하기엔 좀 이르지 않나요? 예전 같으면 두 주 정도 더 기다렸다가 청소하셨던 것으로 기억하는데요."

톰의 시선이 나를 향했다.

"아냐. 매년 이맘때쯤 청소를 하곤 했어."

"아버지……"

톰은 내가 거짓말을 하고 있다는 것을 잘 알고 있었다. 그의 한쪽 눈썹이 살짝 치켜 올려졌다.

"청소하기에 좋은 날씨라서 그래." 나는 얼른 말을 이었다. "네가 있을 때 몇 개만 우선 손을 대보려고…… 나머지는 다음 주에 지미와 릭이 오면 그 친구들과 함께 할 생각이야."

나는 톰에게 작업복과 면포가 달린 모자를 건네주려 했지만, 톰은 그것을 받아 들지 않았다. 아니, 움직일 생각도 없는 것 같았다. 그는 오직 컴퓨터 화면만 들여다보며 혼자 고개를 끄덕였다.

“지금 학교 과제를 하는 중이에요.”

“방학인데도?”

나는 작업복과 모자를 톰의 컴퓨터 앞에 내려놓았다. 엄한 눈빛으로 그를 바라보며, 집에 있는 동안 나를 도와줄 기회는 이번이 마지막이라는 뜻을 전해보려 애를 썼다.

“5분 뒤에 밖에서 보자.”

내게는 모두 324개의 벌통이 있고, 그 속에는 324마리의 여왕벌이 각각의 벌통에서 저마다의 일벌과 함께 꿀을 생산해내고 있다. 나는 이 324개의 벌통을 여기저기 나누어 배치해놓았다. 한곳에 스무 개 이상의 벌통을 배치한 경우는 매우 드물다. 다른 주州에서는 한 장소에 일흔 개의 벌통까지 배치할 수 있다는 말을 들은 적이 있긴 하다. 몬태나에 살고 있는 한 양봉인은 한곳에 거의 100개의 벌통을 배치했다는 말도 어디선가 들었다. 하긴, 그곳에는 온갖 꽃과 식물이 무성해서 벌들은 불과 몇 미터만 움직여도 필요한 것들을 모두 얻을 수 있다. 하지만 여기, 오하이오에는 가도 가도 끝이 보이지 않을 정도의 밀밭과 콩밭밖에 없다. 그러니 벌들이 꿀을 충분히 얻을 만한 환경이 되지 않는다. 그 때문에 여기저기 벌통을 나누어 배치해야 하는 것이다.

에마는 지난 몇 년에 걸쳐 각각의 벌통에 서로 다른 색으로 페인트칠을 해놓았다. 덕분에 내 벌통들은 분홍색, 옥색, 연두색, 피스타치오색 등 방부제가 잔뜩 들어간 군것질거리를 연상시켰다. 그녀는 재미있지 않느냐고 반문하며 색칠을 계속했다. 난 이전처럼 벌통이 흰색이라도 충분히 만족할 수 있는 사람이다. 내 아버지와 할아버지도 벌통은 항상 흰색을 고집했다. 그들은 눈에 보이는 것보다 내용이 알차야 한다고 입버릇처럼 말했다. 즉 벌통 속의 벌들이 어떤 삶을 살고 있는지가 그들에겐 더 중요했던 것이다. 하지만 에마는 벌통을 예쁜 색으로 칠해놓으면 벌들이 더 좋아한다고 주장했을 뿐 아니라 겉으로 보기에도 개성이 드러나 좋다고 말했다. 글쎄…… 에마 말이 맞을지도 모른다. 그러고 보니 색색의 벌통이 더 그럴듯하게 보이는 것 같기도 했다. 솔직히 형형색색의 벌통들은 거인이 잃어버린 군것질거리를 떠올렸다. 자연 속에서 각자의 개성을 드러내며 저마다의 예쁜 색을 뽐내듯 자리하고 있는 벌통을 보면 나는 항상 마음이 따스해진다.

우리는 멘턴 씨의 농장 사이로 난 작은 강과, 폭이 좁은 앨러배스트 강가에 배치한 벌통들을 중심으로 일을 했다. 앨러배스트 강은 언뜻 이름만 들으면 물이 넘쳐흐르는 거대한 강을 연상시키지만, 실제로는 동네 어귀의 조그마한 시냇물에 불과하다. 나는 그곳에 가장 많은 벌통을 배치해두었다. 스물여섯 개. 우리는 강렬한 연분홍색 벌통부터 청소하기 시작했다. 두 사람이 있으니 일하기가 훨씬 수월했다. 톰이 벌통을 들어 올리면, 나는 벌통의 밑판을 갈아 끼웠다. 우리는 겨우내 모이고 쌓인 벌들의 분비물과 죽은 벌들의 시체가 떨어져 있는 밑판을 빼내고 깨끗한 새 밑판을 집어넣었다. 나는 작년에 큰돈을 투자해 이 현대식 밑판으로 모두 갈았다. 비록 돈이 많이 들어가긴 했지만 충분한 가치가 있다고 생각했다. 새로운 밑판으로 갈고 나니 벌통 내의 통풍도 좋아졌고 청소하기도 훨씬 쉬워졌다. 대부분의 양봉인들은 이 현대식 밑판에 회의적인 눈길을 보냈지만, 나는 내가 키우는 벌들이 더 나은 삶을 살 수 있다면 얼마든지 투자를 하겠다고 결심했다. 그래서 큰맘 먹고 밑판을 모두 갈았던 것이다.

밑판을 꺼내고 보니 겨울 동안 쌓인 분비물들로 빈틈이 없을 정도였지만, 그것만 제외하면 모두 좋아 보였다. 우리가 밑판을 가는 동안 벌들은 대부분 조용히 제자리를 지켰고, 날아오르는 벌은 거의 볼 수 없었다. 밖에 나와 일하는 톰을 보니 기분이 좋아졌다. 톰은 재빠르고 효율적으로 일을 했다. 나는 톰이 진정으로 잘할 수 있는 일은 바로 이것이라고 믿었다. 가끔 톰이 벌통을 들어 올리기 위해 허리를 굽힐 때면, 나는 얼른 그를 멈추었다.

"허리 말고 다리를 사용해!"

나는 허리를 사용해 벌통을 들어 올리다가 탈골이나 급성 경련 등, 심한 경우엔 허리나 등을 못 쓰게 된 양봉인들을 수도 없이 보아왔다. 톰은 앞날이 창창한 젊은이다. 앞으로도 벌통을 들어 올리는 일이라면 수천 번은 더 해야 할 것이니 몸조심을 해야만 한다.

우리는 점심시간이 될 때까지 잠시도 쉬지 않고 일했다. 대화도 거의 나누지 않았다. 한두 마디 주고받았던 말이 있다면 그건 일에 관한 것뿐이었다. '여길 잡아. 그렇지. 잘했어.' 나는 톰이 좀 쉬자고 말하기를 기다리고 또 기다렸지만, 톰은 휴식에 대한 말은 입 밖에도 내지 않았다. 오전 11시 30분이 좀 지나자, 내 배 속에서는 전쟁이 난 것처럼 꼬르륵 소리가 나기 시작했다. 결국 잠시 일손을 놓고 식사를 하자고 제안한 사람은 나였다.

우리는 트럭의 짐칸 가장자리에 앉아 다리를 덜렁거리며 각자의 도시락을 꺼냈다. 나는 보온병에 넣은 커피와 샌드위치를 가져왔다. 스펀지 같은 빵 속에 흠뻑 스며든 땅콩버터 때문에 빵은 찐득찐득했다. 하지만 자연 속에서 일을 한 다음에 야외에서 베어 무는 빵 한 조각의 맛은 세상 그 무엇보다도 황홀했다. 톰은 여전히 아무 말도 하지 않았다. 분위기를 위해 가볍게 이런저런 이야기를 하는 건 그의 성격과는 맞지 않는 게 분명했다. 하지만 톰이 정 그러길 원한다면 나도 개의치 않기로 마음먹었다. 어쨌든 톰은 내 아들이니까. 나는 톰을 거기까지 데려가 함께 일을 했다. 내겐 그게 가장 중요한 사실이었다. 나는 톰이 그 시간을 만족스럽게 받아들이기만을 바랐다. 언뜻 아이의 눈치를 보니 그다지 나쁜 것 같지 않아 마음을 놓을 수 있었다.

음식을 다 먹은 나는, 다시 일을 시작하려고 짐칸에서 뛰어내렸다. 그러나 톰은 여전히 제자리에 앉아 빵만 뚫어지게 바라보고 있었다. 마치 빵이 뭐가 잘못되기라도 한 것처럼.

그러다 갑자기 톰이 말문을 열었다.

"영어 교수님이 아주 실력이 좋아요."

"그러니?" 나는 가만히 멈춰 선 채 톰을 바라보았다. 미소를 지어보려 했지만 마음처럼 잘되지 않았다. 너무나 자연스럽게 툭 던지는 한 마디 말이었지만 어쩐 일인지 가슴이 쿵 내려앉는 것만 같은 기분이 들었기 때문이다. "잘됐구나."

톰은 빵을 다시 한 조각 더 베어 물고 우물우물 씹기 시작했다. 혹시 빵을 목구멍으로 넘기는 방법을 모르고 있는 건 아닐까.

"교수님이 제게 글을 더 많이 써보라고 격려해주셨어요."

"더 많이? 무엇보다 더 많이?"

"교수님은……"

톰은 말을 멈추고 빵을 내려놓은 후 커피 잔을 감싸 쥐었다. 하지만 그는 커피를 마시지는 않았다. 문득, 그의 손이 살짝 떨리는 것 같기도 했다.

"교수님은 제게 저만의 목소리가 있다고 하셨어요."

목소리? 학자들이란 왜 이런 이상한 말을 쓰는 걸까? 나는 코웃음을 쳤다. 톰의 말을 더 심각하게 받아들이고 싶지 않아서였다.

"그런 말은 나도 할 수 있었어. 이미 오래전에! 네가 아주 어렸을 때도 난 이미 네가 너만의 목소리를 가지고 있다는 걸 알고 있었지. 귀가 찢어질 정도로 높고 가느다란 목소리였어. 그러니 네가 변성기를 거쳤던 건 아주 감사한 일이야. 적절한 때에 네 목소리는 사내아이처럼 변했지."

톰은 내 농담에도 미소를 짓지 않고 가만히 앉아 있기만 했다.

내 얼굴에선 점점 웃음기가 사라지기 시작했다. 톰은 무슨 말인가를 내게 하고 싶어 하는 게 분명했다. 나는 그 말이 내 귀에 아름답게 들리지 않을 것이라고 짐작했다.

"교수님이 너를 마음에 들어 하신다니 나도 기분이 좋구나." 나는 마침내 겨우 한 마디를 톰에게 던져주었다.

"제게 글을 더 많이 쓰라고 아주 많이 격려해주세요." 톰은 '아주 많이'라는 말을 특별히 강조한 후 말을 이었다. "제게 장학금을 신청하라고 하셨어요. 학업을 계속하기 위해서."

"학업을 계속한다고? 뭘 얼마나 더 많이?"

"박사 학위를 따라는 말씀이겠죠."

갑자기 가슴이 꽉 막히는 듯했다. 누군가가 내 목을 조여오는 것도 같았다. 방금 먹었던 땅콩버터가 목구멍을 역행하는 듯한 기분이 들었다. 나는 침을 꿀꺽 삼켜 입 속에 배어든 땅콩버터 냄새를 없애버리려 했지만, 침을 삼킬 수가 없었다.

"그렇군. 교수님이 그런 말씀을 하셨단 말이지?"

톰은 고개를 끄덕였다.

나는 최대한 부드럽고 침착한 목소리로 말을 꺼냈다. "박사 학위를 따려면 얼마나 걸리니?"

톰은 발끝만 내려다보고 아무 말도 하지 않았다.

"걱정이구나. 나도 점점 나이가 들어가고…… 양봉 일은 저절로 되는 것도 아닌데……"

"저도 알아요." 톰은 나지막이 대답했다. "하지만 여긴 아버지를 도와주는 사람들이 있잖아요?"

"지미와 릭은 마음이 내키면 언제든 일을 그만둘 수 있는 사람들이야. 이 농장이 그 친구들 것도 아니잖아. 게다가 그 친구들이 공짜로 일해주는 것도 아닌데……"

나는 다시 일을 시작했다. 트럭 짐칸에 쌓아두었던 지저분한 벌통의 밑판을 들어 올리자, 트럭의 금속 면과 밑판의 나무틀이 부딪쳐 '통' 하는 공허한 소리를 울렸다. 그렇다. 톰이 특히 언어에 소질이 있다는 말은 전에도 들어본 적이 있다. 영어 과목에선 항상 A를 받아왔으니 의심의 여지도 없다. 그러니 톰의 머리가 텅 비어 있다는 소리는 아닐 것이다. 하지만 내가 톰을 대학에 보냈던 것은 영어 때문이 아니었다. 나는 톰이 경제와 마케팅을 공부해서 양봉 농장의 앞날을 책임질 수 있기를 바랐다. 농장을 확대하고 현대화시키며 더욱 효과적으로 운영할 수 있기를 바랐던 것이다. 그럴듯한 홈페이지도 하나 만들었으면 좋겠다는 생각도 해보았다. 톰이 배워야 하는 것은 바로 그런 것들이다. 바로 그 때문에 우리는 톰의 학비를 마련하기 위해 그 오랜 세월을 절약하고 아끼며 살아왔다. 변변한 휴가 여행도 한번 가지 못한 채 우리는 톰의 대학 학비를 저축해왔던 것이다.

도대체 톰의 영어 교수라는 작자는 그런 우리의 노력을 알기나 할까? 그는 분명 책과 먼지로 가득한 대학 집무실에 앉아 책을 읽는 것처럼 폼을 잡고 차를 마시고, 스카프를 두르고 보란 듯이 잘난 척 으스대며, 조그마한 자수용 가위로 턱수염을 손질하는 사람일 것이다. 글을 꽤 잘 쓰는 학생이 보이면 학생이 무슨 생각을 하고 있는지, 학생이 앞날에 대해 어떤 계획을 세우고 있는지도 모르면서 조언을 준답시고 쓸데없는 말을 늘어놓는 사람.

"나중에 다시 기회를 봐서 이야기해보자."

하지만 그 기회는 오지 않았다. 톰은 우리가 마주 앉아 이야기를 나눌 기회가 오기도 전에 다시 학교로 돌아가버렸다. 나는 '나중에'라는 기회를 더 나중으로 미루기로 마음먹었다. 아니, 그렇게 마음먹었던 것은 톰이었는지도 모른다. 어쩌면 그건 에마 때문이었을지도 모른다. 우리는 같은 방에 있어도 좀처럼 함께 이야기를 나눌 기회를 잡을 수가 없었다. 에마는 마치 산비

둘기처럼 우리 사이를 왔다 갔다 하며 정리 정돈을 하면서 세상의 온갖 의미 없는 것들에 대해 쉴 새 없이 말을 했다.

나는 그즈음 너무나 피곤해서 소파에 누워 꾸벅꾸벅 졸기만 했다. 낡은 벌통을 손질하는 일, 주문을 확인하는 일 등 해야 할 일은 줄지어 있었지만 몸이 피곤하니 모두 귀찮게만 여겨져 손도 대지 않았다. 몸에 열이 나는 것도 같았다. 혹시나 하는 생각에 욕실로 들어가 구급상자 가장 밑에 있던 체온계를 찾아 꺼냈다. 곰 인형 그림이 그려진 하늘색 체온계. 톰이 어렸을 때 에마가 구입해놓은 것이었다. 설명서를 보니 어린아이들이 짜증을 내지 않도록 열을 재는 시간을 획기적으로 줄였다고 적혀 있었다. 하지만 내가 사용해보니 그렇게 빠른 것 같진 않았다. 거실에서는 에마의 따발총 같은 말소리와 그 사이사이로 대답을 하는 톰의 목소리가 들려왔다. 욕실에 있던 나는, 언젠가는 내 아들의 엉덩이에 수백 번은 더 꽂혔을 그 금속 체온계를 내 엉덩이에 꽂고 어정쩡하게 서 있었다. 내가 열을 재는 것을 알아차린다 하더라도 에마가 잔소리를 할 일은 없겠지만, 그럼에도 나는 욕실 문밖에서 들려오는 에마의 말소리에 온 신경을 쓰며 귀를 기울였다. 삐 소리와 함께 체온이 정상이라는 것을 알아낸 나는 그제야 안심했다. 비록 내 몸은 방금 마라톤을 뛴 사람처럼 화끈화끈하긴 했지만 말이다.

나는 열이 없다는 것을 알면서도 방에 들어가 자리에 누워버렸다. 에마와 톰에게는 아무 말도 하지 않았다. 그들은 내가 없어도 시간을 잘 보내고 있는 것 같으니까.

에마의 분주한 말소리는 톰이 버스에 올라타는 순간까지 계속되었다. 마침내 톰이 버스에 몸을 싣고 뒤쪽 차창을 통해 우리를 돌아보았다. 그의 얼굴에는 안도의 빛이 어려 있었다. 그와 동시에 에마의 수다도 중단되었다.

에마와 나는 버스를 향해 마치 건전지를 넣은 로봇처럼 손을 흔들었다. 에마의 두 눈은 젖어오기 시작했다. 어쩌면 그건 바람 때문이었는지도 모른다. 다행히도 그녀는 소리 내어 울진 않았다.

버스가 움직이기 시작했다. 차창 너머로 보이는 톰의 창백한 얼굴이 점점 작아졌다. 불현듯 지난번의 기억이 떠올랐다. 그때도 햇살을 담은 톰의 얼굴엔 지금처럼 안도의 빛이 어려 있었다. 다른 점이 있다면, 그때는 조금의 두려운 빛도 함께 볼 수 있었다는 것이다.

나는 기억을 떨쳐내기 위해 고개를 절레절레 저었다.

버스가 모퉁이를 돌아 사라졌다. 우리는 동시에 손을 내리고 제자리에 서서 버스가 사라진 곳만을 멍하니 바라보았다. 마치 버스가 갑자기 다시 돌아오기를 기다리기라도 하듯.

"흠…… 이런 날이 올 줄 알았어요."

"이런 날이 올 줄 알았다고? 무슨 뜻으로 한 말이오?"

"우린 톰을 잠시 빌린 것이나 마찬가지예요." 에마는 바람에 흩날리는 눈물 한 방울을 왼쪽 뺨 위에서 훔쳤다.

나는 에마에게 한 마디 따끔하게 무슨 말이라도 해주고 싶었지만 차마 입을 열지 못했다. 에마의 눈물을 존중했기 때문이다. 나는 얼른 몸을 돌려 차를 향해 발을 옮겼다.

그녀는 터벅터벅 내 뒤를 따라왔다. 뒤를 돌아보니 그녀의 키가 옛날에 비해 훨씬 작아진 것 같다는 생각이 스쳤다.

나는 운전대 앞에 자리를 잡고 앉았지만 시동을 걸 수가 없었다. 마치 톰에게 손을 흔드느라 온 기력을 탕진해버린 듯 손가락 하나도 까딱할 힘이 없었던 것이다.

에마는 항상 그렇듯 신중하게 안전띠를 매고 나를 돌아보았다.

"그냥 그렇게 앉아만 있을 거예요?"

나는 손을 들어 올리고 싶었지만 손은 내 맘대로 움직이지 않았다.

"톰이 당신에게도 말을 했소?"

나는 에마에게 고개도 돌리지 않고 운전대만 바라보며 질문을 던졌다.

"뭘요?" 에마가 되물었다.

"장래에 어떤 계획을 가지고 있는지?"

에마는 한동안 침묵을 지키더니 나직한 목소리로 입을 열었다.

"당신도 알다시피 톰은 어릴 때부터 글 쓰는 일을 아주 좋아했어요."

"난 〈스타워즈〉를 좋아하지만 그렇다고 내가 제다이가 될 수 있다고는 생각하지 않아."

"톰에게는 특별한 재능이 있는 것 같아요."

"그러니까 당신은 톰의 의견에 동의한다는 말이지? 정말 톰의 계획이 현명하다고 생각하오? 정말? 그게 정말 최선의 선택이라고 생각하는 거요?" 나는 에마를 쳐다보며 목에 힘을 주었다. 근엄하고 권위 있게 보이고 싶었기 때문이다.

"나는 톰이 행복하게 살 수 있기만을 바랄 뿐이에요." 에마가 기어들어가는 나직한 소리로 대답했다.

"물론 그렇겠지."

"예, 그래요."

"그런데 당신은 톰이 어떻게 생계를 꾸려나갈지는 생각해보지도 않았소? 톰도 돈을 벌어야 하지 않소?"

"지도 교수 말로는 글을 써도 얼마든지 먹고살 수 있다고 하는 것 같던데……"

에마는 눈을 둥그렇게 뜨고 순진한 표정을 지어 보였다. 화를 내고 있는 것 같진 않았다. 단지 그녀는 자신의 생각이 옳다고 전적으로 믿고 있는 것 같았다.

나는 차 열쇠를 힘껏 움켜쥐었다. 너무나 힘을 줘서 손이 아팠지만 손을 다시 펴고 싶진 않았다.

"우리 양봉 농장을 어떻게 꾸려나갈지는 생각해보았소?"

에마는 침묵을 지키며 손가락에 끼고 있던 결혼반지를 만지작거리면서 돌려 빼냈다. 지난 25년간 반지가 끼워져 있던 부분의 피부가 하얗게 드러났다.

"지난주에 넬리에게서 전화를 받았어요." 마침내 입을 연 에마는 허공을 바라보며 말을 시작했다. "걸프하버스는 지금 여름처럼 따스하대요. 수온이 20도 정도 된다고 하더라고요."

아, 그 지긋지긋한 걸프하버스 이야기! 나는 에마가 걸프하버스 이야기만 꺼내면 마치 커다란 바위가 머리를 짓누르는 것 같은 답답함을 느낀다.

넬리와 롭은 우리 부부와 어릴 때부터 친하게 지냈던 사람들이다. 아쉽게도 그들은 몇 년 전 플로리다로 이사를 갔다. 그 이

후, 두 사람은 시도 때도 없이 우리에게 전화를 해서 한번 놀러 오라고 집요하게 졸라댔다. 심지어는 자신들이 살고 있는 탬파 외곽 지역의 소위 오아시스 같은 곳에 아예 이사를 오라고 말하기도 했다. 그들의 말에 넘어간 에마는 걸프하버스에 집이 나온 것이 있나 알아보려고 그 지역 부동산 소식에 관심을 기울이기 시작했다. 알고 보니 그곳의 집값은 의외로 높지 않았고, 빈집이 나와도 빨리 팔리는 것 같지도 않았다. 따라서 우리는 마음만 먹으면 커다란 집을 싼값에 사들일 수도 있었다. 부두와 수영장, 현대식으로 공사를 한 건물들, 공용 해변과 테니스장. 하지만 우리에게 그런 것들이 무슨 소용이 있을까. 아, 심지어는 엎어지면 코가 닿을 만큼 가까운 곳에서 돌고래와 바다소도 볼 수 있다고 했다. 누가 그런 것들을 필요로 한단 말인가? 바다소? 그건 아주 못생긴 괴물 같은 동물이 아니던가.

넬리와 롭은 그 동네 자랑을 끝도 없이 늘어놓았다. 그곳으로 이사 간 후 그들은 새로운 친구들도 많이 사귀었다고 말했다. 로리, 마크, 랜디, 스티븐 등. 그들은 매주 일요일이면 함께 모여 늦은 아침 식사를 즐긴다고 했다. 단돈 5달러만 내면 팬케이크, 베이컨, 삶은 달걀, 구운 감자를 푸짐하게 먹을 수 있다고 했다. 이제 그들은 우리에게 그곳으로 이사를 오라고 부추기고 있는 것이다. 아니, 우리뿐만이 아니라 오텀 시내 주민들을 모두 플로리다로 옮겨 가려는 생각을 하고 있는 것 같았다. 하지만 나는 그들이 무슨 꿍꿍이속을 가지고 있는지 잘 알고 있었다. 그들은 새로운 곳으로 이사를 가고 보니 외로움을 견디지 못해 그러는 게 틀림없었다. 가족과 친구들에게서 멀리 떨어져 낯선 삶을 사는 것은 쉽지 않은 일이다. 게다가 플로리다의 여름은 지옥이나 다름없다. 습기와 무더위, 하루에도 몇 번씩 몰아치는 폭풍. 비록 겨울엔 따스하고 비가 적게 내린다 하더라도, 겨울이 겨울답지 않다면 누가 그런 곳에서 살고 싶어 하겠는가? 눈도 내리지 않고 춥지도 않은 곳에서 말이다. 나는 이 모든 것을 이미 에마에게 셀 수 없이 말했다. 하지만 그녀는 자신의 뜻을 굽히지 않았다. 오히려 우리가 적당한 노후 계획을 세워야 한다고 나를 설득하려 했다. 그녀는 지금까지 내가 무슨 일을 해왔는지 전혀 이해를 못 하는 것 같았다. 나는 톰에게 충분한 유산을 물려주고 싶었다. 부동산 시장에 내놓아도 팔리지 않는 낡아빠진 여름 별장에 앉아 할 일 없이 노후를 보내기보다는 내 자식에게 먹고 살 만한 기반을 확실히 마련해주고 싶었던 것이다. 그렇다, 나는 이미 최근 플로리다 부동산 시장의 근황을 샅샅이 조사해보았다. 덕분에 집값이 싼데도 잘 팔리지 않는 이유가 무엇인지도 짐작할 수 있게 되었다.

어쨌든 나는 플로리다로 이사를 가고 싶진 않았다. 내겐 다른 계획이 있었으니까. 더 많은 벌통을 구입하고, 새 트럭을 장만하기 위해 투자하고 싶었다. 정식으로 인부를 고용하고, 캘리포니아, 조지아, 심지어는 플로리다의 양봉 농장과 협력을 할 마음도 있었다.

내게 가장 중요한 것은 톰의 앞날이었다.

양봉 농장에 투자를 하는 것은 바로 톰의 앞날을 위해 투자하는 것이나 다름없었다. 일이 잘만 성사되면, 톰은 아내와 자식들을 데리고 양봉업주가 되어 이곳에서 남부럽지 않은 삶을 살 수 있을 것이다. 그렇게 되기 위해서는 농장을 쉴 새 없이 가꾸고 투자를 해서 현대식으로 개조해야만 한다. 톰은 이미 이 농장에서 오랫동안 일을 해왔기 때문에 벌 치는 일에 대해서는 샅샅이 알고 있다. 어쩌면 톰은 여가 시간에 글을 써서 용돈을 벌 수 있을지도 모른다. 나는 지난 시간 가족의 안정된 생활을 위해 끊임없이 일을 해왔다. 내 가족을 위해 나 혼자서 일을 해왔던 것이다. 우리의 미래를 위해서. 하지만 그 어느 누구도 이런 나의 노력을 알아주는 것 같진 않았다.

생각을 하면 할수록 입 안이 바짝 말라왔다. 전에는 가족의 미래를 떠올리면 더 열심히 일을 할 수 있는 힘과 의지가 솟았다. 하지만 지금은 마치 닿을 수 없는 멀고 불확실한 미래만 생각나서 힘이 쭉 빠져버린다.

나는 에마의 말에 대답할 힘도 없었다. 차 열쇠를 꽂고 시동을 걸고 나니 내 손에 남은 건 땀과 발갛게 달아오른 자국뿐이었다. 잠에 빠지기 전에 차를 몰아야만 했다. 에마는 고개를 숙인 채 결혼반지를 빼낸 손가락의 하얀 반지 자국을 문지르고 있었다. 그녀는 비록 내 앞에서 대놓고 거짓말을 한 적은 없지만, 우리의 삶을 담보로 도박을 해왔던 것이나 다름없다.

타오

"불 끄면 안 돼?" 쿠안이 나를 돌아보며 피곤한 목소리로 말했다.

"읽던 거 마저 읽고 끌게."

나는 낡은 유아 교육 지침서를 읽고 있었다. 두 눈은 따갑고 아프기 그지없었지만 책을 놓긴 싫었다. 내일 아침 일찍 일어나 일을 하러 가려면 오늘도 역시 잠을 충분하게 자기는 글렀다.

쿠안은 한숨을 쉬면서 이불을 머리끝까지 뒤집어썼다. 1분쯤 지났을까. 아니, 2분?

"타오…… 제발 부탁이야. 기상 시간까지는 이제 여섯 시간밖에 남지 않았어."

나는 아무런 대답도 하지 않고, 그가 시키는 대로 불을 껐다.

"잘 자, 타오." 그가 나직한 목소리로 말했다.

"당신도 잘 자." 나는 몸을 돌려 벽을 바라보았다.

잠에 빠지기 직전 그의 손이 속옷 안으로 들어왔다. 나는 본능적으로 그의 손을 뿌리쳤다. 그의 애무를 받아들이고 싶은 마음은 굴뚝같았지만, 그의 손을 뿌리칠 수밖에 없었다. 피곤하다고 말했던 건 거짓말이었을까? 나와 사랑을 나누고 싶었다면 왜 피곤한 듯 불을 끄라고 했을까?

그는 손을 거두었지만 여전히 깨어 있는 듯 숨소리는 가볍기만 했다. 잠시 후, 그가 헛기침을 하더니 주저하며 말을 꺼냈다. "당신…… 오늘 기분은 어땠어? 하루를 잘 보냈는지 궁금해서 말야."

"무슨 뜻이야?"

"혹시 오늘이 무슨 날인지 잊어버리고 있었던 건 아니겠지?"

"아냐, 그럴 리가…… 기억하고 있어."

나는 그가 오늘을 잊어버렸으면 좋겠다는 말은 차마 할 수 없었다. 그와 이런 말을 나누고 싶진 않았다.

그는 내 머리카락을 부드럽게 쓰다듬었다. "정말 오늘 잘 지낸 거야?"

"해가 갈수록 견디기가 쉬워져." 나는 나지막하지만 또박또박한 어조로 대답을 했다.

"그렇군. 잘됐어." 그는 내 머리를 한 번 더 쓰다듬더니 자신의 이불 속으로 손을 가져갔다.

그가 몸을 움직이자 매트리스가 들썩였다. 그가 엎드려 누운 것 같았다. 잠을 잘 때 그가 좋아하는 자세였다. 그가 벽을 향해 다시 잘 자라는 말을 건넸다. 곧 잠에 빠진 듯 그의 숨소리가 묵직하고 규칙적으로 변했다.

나는 여전히 눈을 뜬 채 누워 있었다.

5년.

어머니가 자취를 감춘 지도 5년이 흘렀다.

누군가가 어머니를 데려갔기 때문이다.

아버지는 내가 열아홉 살 때 돌아가셨다. 그때 아버지는 겨우 쉰밖에 되지 않았지만 언뜻 보기엔 나이보다 훨씬 늙어 보였다. 어깨와 등, 피부와 관절은 늙은 고목을 연상시킬 정도였다. 세월이 쌓여가니 아버지의 움직임도 점점 느려졌다. 혈액순환도 악화되었을 것이 분명했다. 어느 날, 아버지의 손에 작은 가시가 파고들었다. 가시를 제거해도 상처는 나을 기미를 보이지 않았다.

아버지는 항상 그랬듯 병원에 가서 치료를 받으려 하지 않았다. 오랜 시간이 흐른 후 마침내 병원에 가니, 의사는 아버지에게 항생제를 처방해주었다. 당시 항생제는 구하기가 어려웠기 때문에 나이 많은 환자들에겐 잘 처방해주지도 않던 귀한 것이었다. 그럼에도 불구하고 아버지는 그 조그만 상처가 더없이 악화되는 바람에 결국 숨을 거두었다.

어머니는 아버지의 임종을 놀랄 만큼 담담하게 받아들였다. 침착하고 이성적인 태도를 유지했던 것은 물론이거니와 낙관적이기까지 했다. 어머니는 아직도 당신이 젊다며 살짝 미소까지 지어 보였다. 앞으로 살날이 많으니 재혼을 할 수 있을지도 모른다는 말까지 했던가.

하지만 그건 어디까지나 말에 불과했다. 어머니는 속으로는 슬픈 가슴을 추스리지 못해 마치 바람에 흔들리는 연약한 꽃잎처럼 하루하루를 살았다. 나는 어머니의 눈동자 속에서 바람을 보았다고 생각했다. 흔들리는 어머니의 시선은 내 눈으로 잡아내기조차 힘들 정도였다.

시간이 좀 흐르자, 어머니는 일터에도 나가지 않고 집에서만 시간을 보냈다. 이전에도 호리호리한 몸이었지만 그때부터는 음식이라곤 입에도 대지 않아 어머니의 몸은 점점 더 야위었다. 그러던 와중에 어머니는 폐렴까지 얻어 심하게 기침을 하기 시작했고 기운을 잃어갔다.

어느 날, 나는 어머니를 찾아보았다. 초인종을 누르고 대문을 두드렸지만 문을 열어주는 사람은 아무도 없었다. 마침 내게 비상 열쇠가 있었기에 그걸 사용해 대문을 열고 들어가보았다.

집 안은 잘 정돈되어 있었다. 그러나 보이는 건 원래부터 집에 딸려 있던 가구뿐, 어머니의 물건은 모두 사라져버린 후였다. 소파에 앉을 때 등을 기대기 위해 항상 사용했던 쿠션, 정성을 들여 키웠던 분재, 반듯하게 접어 시린 무릎 위에 올려두곤 했던 자수 담요는 어디서도 찾아볼 수 없었다.

그날 오후 나는 어머니가 북쪽 어딘가의 요양원으로 보내졌다는 말을 들었다. 지역을 관할하던 보건 지도부에서는 어머니가 머무는 요양원의 이름을 내게 전해주었다. 나는 보건소에서 그 요양원의 짤막한 광고를 보았다. 빛이 잘 드는 아름다운 건물, 커다란 병실, 높다란 천장, 미소를 가득 머금은 요양사들. 나는 어머니를 찾아가기 위해 직장에 휴가를 신청했으나, 상사는 지금은 할 일이 많으니 꽃이 지고 나면 휴가를 내주겠다고 말했다.

몇 주 후, 어머니가 세상을 떠났다는 소식을 전해 들었다.

떠나다. 그렇다. 그들은 어머니가 떠났다고 했다. 마치 침대에서 몸을 일으켜 어디 가까운 곳으로 여행이라도 간 것처럼. 나는 어머니의 마지막 며칠은 어땠을까 하는 생각으로 괴로워 죽을 지경이었다. 피를 쏟을 듯 고통스러운 기침 소리, 고열과 두려움. 어머니가 그렇게 홀로 세상을 떠났다고 생각하니 내 피가 마를 것만 같았다. 나는 그 생각을 하지 않으려 안간힘을 써보았다.

내가 할 수 있는 일은 아무것도 없었다. 쿠안도 그렇게 말했다. 내가 할 수 있었던 일은 아무것도 없었다고. 그는 마치 나를 세뇌시키듯 같은 말을 하고 또 했다. 나도 그의 말을 수도 없이 속으로 되뇌었다.

결국은 스스로 그 말을 믿게 될 정도로.

윌리엄

"……에드먼드냐?"

"예, 아버지."

그는 내 침대 옆에 홀로 서 있었다. 그가 내 침실에 들어와 얼마나 오랫동안 서 있었는지는 알 수 없었다. 마지막으로 그를 본 것이 언제였던가. 그새 에드먼드는 전혀 다른 사람이 되어 있었다. 키도 훌쩍 자랐고, 예전엔 얼굴을 꽉 채우고 있던 커다란 코가 지금은 적절하게 얼굴과 균형을 이루고 있었다. 그도 그럴 것이, 어린아이들의 코는 신체의 다른 부위와 비교해 훨씬 빨리 자라기 때문이다. 그런데 지금은 얼굴도 큼지막해져 코를 보기 좋게 감싸고 있었다. 잘생긴 얼굴. 그러고 보니 에드먼드의 잘생긴 얼굴에선 귀족스러운 우아함까지 묻어나고 있었다. 옷차림은 그다지 마음에 들지 않았다. 그는 쑥색의 스카프를 아무렇게나 목에 두르고 있었다. 앞머리는 눈이 보이지 않을 정도로 길었지만 왠지 그에게 잘 어울린다는 느낌을 주었다. 얼굴은 창백했다. 밤잠을 제대로 못 잤던 탓일까?

에드먼드. 내 하나뿐인 아들. 틸다의 외동아들. 그가 엄마 치마폭에 싸인 아이라는 것을 알기까지에는 그다지 오랜 시간이 걸리지 않았다. 틸다는 연애 시절부터 그녀의 평생소원이 있다면 아들을 낳는 것이라 입버릇처럼 말해왔다. 결혼하고 딱 1년이 지난 후 에드먼드가 세상에 태어나자, 틸다의 평생소원은 이루어진 셈이었다. 샬럿, 도로시어, 그리고 이들의 뒤를 따라 태어난 다섯 명의 여자아이는 에드먼드의 그림자에 불과했다. 어떤 면에선 틸다를 이해할 수 있었다. 일곱 명의 여자아이는 내게 끝없는 두통만 안겨주었을 뿐이니 말이다. 밤낮을 가리지 않고 질러대는 소리, 서로 다투는 소리, 우는 소리, 웃는 소리, 콩콩 뛰어다니는 소리, 기침하는 소리, 코를 훌쩍이는 소리, 조그만 여자아이들만의 방식으로 재잘대며 수다 떠는 소리는 아침에 일어나는 시간부터 밤에 잠자리에 들 때까지 잠시도 쉬지 않고 계속되었다. 아니, 심지어는 모두들 잠자리에 들고 난 후에도 일곱 명 중 적어도 한 명은 밤잠을 자지 않고 울어대거나 이불을 걷어차고 칭얼거리며 기침을 해댔다. 가끔은 콩콩 발자국 소리도 요란하게 뛰어와 우리 침대에 기어오른 후, 칭얼대거나 요란하게 울면서 우리 부부 사이에 비집고 들어오기도 했다.

덕분에 집 안이 조용한 적은 단 한 순간도 없었다. 그러니 책을 읽거나 글을 쓰는 일은 생각도 할 수 없었다. 물론 나도 시도는 해보았지만 얼마 가지 않아 포기하는 일만 되풀이되었다. 람 교수의 말 그대로였다. 서재의 문을 닫고, 일을 해야 하니 조용히 하라며 온 가족에게 일러두기도 해보았지만 도움이 되진 않았다. 어떤 때는 두꺼운 목도리를 머리에 둘둘 말고 귀를 막아보기도 했고, 솜뭉치로 귓구멍을 틀어막기도 했지만 아이들이 만들어내는 요란한 소리는 막을 수가 없었다. 그렇게 세월이 가면 갈수록 내가 책상 앞에 앉아 있는 시간은 점점 줄어들었고, 어느새 나는 가게에만 왔다 갔다 하는 상인이 되어버렸다. 욕심 많은 아이들의 입과 배를 채워주기 위해선 일을 해서 돈을 벌어야만 했기 때문이다. 이상하게도 아이들의 배는 항상 비어 있는 것만 같았다. 그러다 보니, 촉망받던 학자는 어느 순간 항상 피곤해 축 늘어져 있는 가게 주인이 되고 말았다. 하루 종일 가게에 서 있다 보면 두 다리는 퉁퉁 부어 움직일 수조차 없었고, 손님들과 가벼운 대화를 이어가다 보면 저녁 무렵엔 목이 아파 아무 말도 할 수 없을 정도였다. 게다가 두 손은 항상 부족하기만 한 돈을 세느라 다른 일을 할 여력도 없었다. 이 모든 것이 내가 낳은 여자아이들 때문이었다.

에드먼드는 마치 얼어붙은 것처럼 제자리에 가만히 서 있었다. 이전에는 그를 바라보면 마치 거센 파도가 몰아치는 바다처럼 혼란스럽게만 보였다. 그 혼란스러움과 불안함은 그의 몸짓뿐 아니라 영혼을 통해서도 느낄 수 있을 정도였다. 에드먼드에게는 그 어떤 규칙이라든가 체계를 찾아볼 수 없었다. 그는 한 순간엔 말 잘 듣는 착한 아들처럼 시키는 대로 물이 담긴 양동이를 가져왔다가, 바로 다음 순간엔 양동이에 든 물을 이유 없이 바닥에 쏟아버리는 아이였다. 왜 그러느냐고 물으면 거실에 강을 만들기 위해서라고 능청스럽게 대답을 하곤 했다. 그런 아이에게 꾸중을 하는 건 도움이 되지 않았다. 목소리를 높이면 아이는 깔깔 웃음을 터뜨리며 도망을 치기가 일쑤였다. 그렇다, 아이는 가만히 있질 못했다. 항상 두 발을 총총 움직여 뛰어다녔던 아이. 내 기억 속의 어린 에드먼드는 그런 모습으로 자리하고 있다. 야단을 맞지 않기 위해 항상 어디론가 도망치던 아이. 양동이 물을 쏟아버리거나, 도자기를 깨어버리거나, 뜨개질 실을 풀어 어질러놓고선 어른들의 질책을 피해 도망을 다니던 아이. 그런 일은 너무나 자주 있었고, 내가 할 수 있는 일은 도망치는 아이를 뒤따라가 완력으로 잡아 오는 일뿐이었다. 나는 아이를 양팔로 꽉 움켜쥐고 벨트를 풀었다. 아, 나는 지금도 바지 천에 맞닿아 스르르 제자리를 벗어나던 가죽 벨트의 소리, 벨트의 버클이 바닥에 닿을 때의 그 차가운 소리를 증오한다. 벨트를 손에 들고 다음 순간 무슨 일이 일어날지 걱정했던 기억은 벨트로 아이를 때릴 때의 그 순간보다 더 견디기 힘들었다. 손안에 느껴지는 가죽 벨트의 감촉. 나는 항상 버클을 내 손안에 거머쥐었다. 내 아버지가 내게 했듯, 딱딱한 쇠 버클로 아이의 등을 때리는 일은 무슨 일이 있어도 피하고 싶었기 때문이다. 버클을 힘주어 쥐었던 손바닥에는 항상 핏기가 가신 하얀 자국이 남곤 했다. 벨트의 가죽이 아이의 하얀 피부 위에 남긴 발간 자국은 마치 포도 덩굴처럼 번져나갔다. 여느 아이들 같으면 이런 식으로 야단을 맞으면 다음번에는 같은 일을 되풀이하지 않겠다는 다짐을 하게 마련이다. 하지만 에드먼드는 달랐다. 그는 자신이 했던 일이 이러한 질책의 원인이 된다는 것조차 모르고 있는 듯했다. 자기가 쏟아부은 부엌 바닥의 흥건한 물이 가죽 벨트의 일격으로 되돌아온다는 것을 전혀 이해하지 못한 것 같았다. 나는 아이에게 벌을 주는 것이 나의 책임이라 생각했기에 그 일을 되풀이할 수밖에 없었다. 그러면서도 나의 행위 속에 숨겨져 있는 사랑을 아이가 이해할 수 있기만을 바랐다. 어쨌든, 내겐 선택의 여지가 없었다. 나는 아이를 물리적으로 징계했고, 고로 나는 아이의 아버지가 될 수 있었던 것이다. 나는 가슴에 차오르는 눈물을 꾹꾹 눌러가며 아이를 때렸다. 이마에서는 땀이 흘렀고, 두 손은 떨렸다. 나는 아이를 가죽 벨트로 때리며, 아이가 말을 잘 듣는 침착한 아이가 될 수 있기만을 바랐다. 그러나 내 바람은 끝까지 이루어지지 않았다.

"다른 가족들은 모두 어디 있니?" 나는 집 안이 조용한 것을 느끼고, 에드먼드에게 물어보았다.

질문을 입 밖에 내는 순간, 나는 그 말을 한 것을 후회했다. 에드먼드가 나를 찾아왔는데 다른 가족들에 대해 묻다니⋯⋯ 에드먼드가 내게 오는 것은 그리 자주 있는 일이 아니지 않은가.

에드먼드는 몸의 균형을 잡으려 안간힘을 쓰는 것처럼 힘없이 비틀거렸다. 마치 어디에 몸의 무게중심을 놓아야 할지 모르고 있는 사람 같았다.

"다들 교회에 갔어요."

아, 그렇다면 오늘은 일요일인 게로구나.

나는 침대에서 몸을 일으키려 시도해보았다. 하지만 담요를 겨우 들어 올릴 만큼의 힘밖에 낼 수 없었다. 문득, 숨을 쉬기가 힘들 정도로 역겨운 체취가 코를 찔렀다. 그러고 보니 언제 몸을 씻었는지 기억이 나지 않았다.

에드먼드도 나의 역겨운 체취를 맡았을 것이 틀림없었지만, 그는 아무런 반응도 보이지 않았다.

"그런데, 너는……? 너는 왜 집에 혼자 남아 있니?"

내 귀에 들리는 내 말소리가 마치 불평을 늘어놓는 것처럼 들렸다. 오히려 아이가 나를 찾아와줬으니 고맙다고 말을 해야 할 처지인데도 불구하고.

그는 내게 시선도 돌리지 않은 채 침대 위의 벽만 물끄러미 쳐다보았다.

"저…… 아버지와 이야기를 나누고 싶어서 남아 있었어요." 그가 힘들게 말을 꺼냈다.

나는 에드먼드가 나를 찾아와줘서 기쁘기 한량없었지만, 내색하지 않으려 안간힘을 쓰면서 천천히 고개를 끄덕였다.

"잘했어. 고맙구나…… 그렇잖아도 네가 나를 한번 찾아와줬으면 좋겠다고 생각하던 참이었어."

나는 다시 몸을 일으키려 했지만, 몸이 마음대로 움직이지 않았다. 금방이라도 온몸의 뼈가 흐물흐물 부서져 내릴 것만 같아 얼른 베개를 짚고 상체를 반쯤 일으켰다. 하지만 그것만으로도 힘이 들어 숨이 찰 지경이었다. 나는 역겨운 체취를 막기 위해 담요를 뒤집어쓰고 싶었다. 내 몸에서 나는 냄새가 너무나 역겨워서 숨을 쉴 수 없을 정도였으니 말이다. 이전에는 왜 나의 체취를 느끼지 못했을까. 몸을 씻어야 한다는 생각이 절실하게 들었다. 손을 들어 얼굴로 가져가보았다. 얼굴을 덮은 수염이 적어도 몇 센티미터는 삐죽삐죽 자란 것 같았다. 나는 내가 석기시대에 동굴 속에서 사는 사람과 다를 바가 없으리라 짐작했다.

에드먼드는 이불 밖으로 삐져나온 내 발가락에 시선을 던졌다. 발톱은 길고 지저분했다. 나는 얼른 발을 이불 속에 감추고 몸을 더 일으켜보았다.

"에드먼드, 얼른 말해보거라. 네가 무슨 생각을 하고 있는지."

그는 여전히 나와 눈을 마주치지 않았지만, 그렇다고 부끄러워하거나 수줍어하는 것 같진 않았다.

"아버지도 이제 기운을 차리고 일어나셔야 하지 않겠어요?"

아이의 말에 알 수 없는 수치심이 나를 덮쳤다. 얼굴이 화끈 달아오르는 것 같기도 했다. 분명 틸나가 에드먼드를 시켜 내게 들여보냈던 것이리라. 아니면 다른 아이들이 에드먼드를 채근했던 것일까? 아니, 주치의가 에드먼드에게 부탁을 했는지도 모른다. 나는 에드먼드가 자발적으로 나를 찾아와 이런 말을 할 수 있는 아이라곤 생각지 않았다.

"네가 나를 찾아와서 쉽지 않은 말을 해준 것에 대해선 참으로 고맙게 생각한다." 말을 잇는 내 목소리가 갈라졌다. "원한다면 모든 것을 다 설명해주마."

"설명이라고요?" 그는 앞머리를 손으로 쓸어 넘겼다. "제겐 설명을 하지 않으셔도 돼요. 필요 없으니까요. 저는 단지 아버지가 다시 일어나시기만을 바랄 뿐이에요."

나는 에드먼드의 말에 할 말을 잃었다. 아이는 내게서 무엇을 기대했던 것일까? 나는 힘없는 손으로 침대 매트리스를 툭툭 치며 아이에게 다가오라는 신호를 보냈다. "여기 앉거라, 에드먼드. 함께 못 다한 이야기나 해보자꾸나. 그래, 요즘 어떻게 지내고 있니?"

에드먼드는 꼼짝도 하지 않았다.

"학교생활은 어떤지 이야기해보렴. 너는 머리가 좋으니까 성적도 좋으리라 짐작한다만……"

그는 런던에 있는 학교에 입학하기 위해 가을 학기를 준비하고 있었다. 우리는 아이의 학자금을 마련하느라 허리띠를 조여가며 저축을 해왔고, 이제 때가 온 것이다. 문득, 무언가에 가슴을 얻어맞는 듯한 느낌이 들었다. 그간 에드먼드의 학자금으로 우리가 저축해온 돈을 털다가 모두 써버렸을지도 모른다는 생각이 스쳤기 때문이었다.

"별일 없지? 학자금도 그대로 있을 게고……?" 나는 얼른 물어보았다.

에드먼드는 표정 없는 얼굴로 고개를 끄덕였다. "저는 동기와 영감을 얻을 수 있을 때 공부를 더 열심히 하게 돼요."

"……그렇군. 동기와 영감은 아주 중요한 것이지."

나는 에드먼드를 향해 손을 뻗었다. "자, 여기 와서 앉아. 아주 오랜만에 정식으로 부자간의 대화를 나눠보자고."

그는 여전히 꼼짝 않고 제자리에 서서 주저하며 말을 꺼냈다. "저는…… 이제 내려가볼게요."

"여기 온 지 몇 분밖에 안 됐잖아?" 나는 가볍고 생기 있는 목소리를 짜내려 안간힘을 썼다.

그는 내게 시선도 돌리지 않은 채 앞머리를 휙 넘기며 말했다. "학교 과제를 해야 돼요."

나는 에드먼드가 공부를 해야 한다는 말에 기쁘기 그지없었지만, 이왕 여기까지 온 김에 조금 더 희생을 해줄 수도 있지 않을까 하는 마음에 적잖이 실망이 되었다.

"오래 있지 않아도 돼. 1분만 더 있다 가렴."

에드먼드의 입술 사이로 소리 없는 체념의 한숨이 흘러나왔다. 그는 마지못한 듯 내게로 다가왔다. 침대 가장자리에 걸터앉은 아들은 잠시 주저하다가 내게 손을 내밀었다.

"고맙다." 나는 나직이 말을 건넸다.

에드먼드의 손은 따스하고 매끈매끈했다. 나는 그 손이 우리를 이어주는 매개체라고 생각했다. 그의 생기 가득한 젊은 피가 내게로 흘러 들어오는 것 같은 느낌마저 들었다. 나는 오랫동안 그렇게 앉아 있고 싶었다. 하지만 곧, 잠시도 가만있지 못하는 아이의 성급함과 초조함이 서서히 고개를 들기 시작했다. 에드먼드는 손을 이리저리 움직이더니 온몸을 비비 꼬기 시작했고, 두 발을 까딱거렸다.

"죄송해요, 아버지." 에드먼드가 갑자기 몸을 벌떡 일으켰다.

"아냐, 괜찮아. 네가 미안해할 필요는 없단다. 다 이해해. 얼른 가서 하던 일을 하거라."

그는 고개를 끄덕였다. 그의 두 눈은 벌써 문 앞으로 달려가고 있었다. 그는 내게서 가능한 한 빨리 벗어나고 싶어 하는 게 틀림없었다.

그는 몇 발자국 앞으로 내밀더니 갑자기 무언가 생각이라도 난 듯 나를 향해 몸을 돌렸다.

"그런데, 아버지…… 적어도 일어나려고 노력은 해보셔야 할

게 아닙니까?"

나는 침을 꿀꺽 삼켰다. 아이에게 무슨 말을 해야 할지 알 수가 없었다. "내가 이러고 있는 건 일어나려는 의지가 없기 때문이 아니란다. 노력도 해보았어. 내게 필요한 건…… 열정이란다, 에드먼드."

"열정이라고요?" 그는 가슴속에 있던 그 무언가가 갑자기 고개를 번쩍 쳐드는 것처럼, 몸에 힘을 주었다. "그렇다면 그걸 찾으면 되잖아요! 그리고 그 열정에 몸을 맡기시면 되지 않나요?"

나는 미소를 지었다. 어린아이인 줄로만 알았던 에드먼드에게서 그런 말을 들으리라곤 생각조차 못 했기 때문이었다.

"열정이 없는 인간은 인간이라 할 수도 없어요." 에드먼드는 지금까지 단 한 번도 본 적이 없는 위엄 있는 태도로 말을 했다.

문밖에서 아래층으로 내려가는 에드먼드의 발소리가 들려왔다. 곧 그의 발자국 소리는 어디서도 들을 수 없었다. 그럼에도 나는 난생처음으로 에드먼드와 가까이 있을 수 있었다는 사실에 친밀감마저 느낄 수 있었다.

람 교수의 말은 틀림이 없었다. 나는 내 안에 있던 열정을 잊어버렸고, 일상의 조그마한 일들로 그 자리를 채워왔다. 나는 연구 작업을 하면서 그 어떤 열정과 애정을 보여주지 않았기에 람 교수를 잃어버린 것이나 다름없었다. 하지만 에드먼드는 여전히 내 곁에 남아 있다. 나는 이제 에드먼드에게 나의 열정을 보여주고, 에드먼드가 나를 자랑스럽게 여길 수 있도록 노력할 것이다. 그렇게 하면 우리는 더욱 가까워질 수 있으리라. 내 가족의 이름과 명예를 지키기 위해 열심히 일을 하다 보면, 머지않아 우리의 가족 관계에도 꽃이 피고 열매가 맺히는 날이 올 것이다. 어쩌면 다시 람 교수와 함께 연구를 할 수 있는 날도 오지 않을까? 그렇다면 우리는 아버지, 아들, 지도자의 삼위일체적 관계를 이룰 수도 있을 것이다.

나는 옆으로 돌아누웠다. 역겨운 냄새가 나는 내 몸에서 이불을 걷어내고 몸을 일으켰다. 이번에는 진정 자리를 박차고 일어나리라.

조지

나는 창고에서 벌통을 수선했다. 매년 이맘때쯤이면 으레 하는 일이다. 봄기운이 찾아들고 여기저기 녹색의 풀들이 머리를 내밀면 자연은 얼마나 아름다운가. 사람들은 이때가 되면 그저 밖으로 나가 자연을 즐기려고만 한다. 하지만 나는 마치 정신 나간 사람처럼 형광등 아래 서서 망치질을 한다. 올해는 유난히 할 일이 더 많은 것 같은 느낌이다. 톰이 학교로 되돌아간 후, 에마와 나는 거의 대화를 나누지 않았다. 나는 대부분의 시간을 창고에서 망치질을 하며 보냈다. 에마와 얼굴을 마주하면 무슨 이야기라도 해야 할 것 같아서 두려운 마음에 주로 밖으로만 돌았던 것이다. 에마는 나보다 훨씬 말을 잘한다. 하긴 일반적으로 여자들이 남자들보다 말을 잘하는 건 이미 알려진 사실이 아니었던가. 어쨌든 에마와 말을 하다 보면 항상 에마가 원하는 대로 결론이 나게 마련이었다. 돌이켜보니 대부분의 경우 에마의 말이 더 논리적이었던 것 같기도 하다. 하지만 이번만큼은 달랐다. 나도 그것쯤은 알고 있었다.

그래서 나는 창고에서 주로 시간을 보냈던 것이다. 아침부터 저녁까지. 낡은 벌통을 수선하고, 못질을 해서 새 벌통을 만들었다. 내가 손수 만드는 벌통은 일반적인 표준 벌통이 아니라 우리 가문 대대로 내려오는 특별한 디자인의 벌통이다. 벌통의 설계도는 액자 속에 넣어져 거실 벽에 걸려 있다. 에마는 언젠가 다락방의 한 낡은 여행 가방에서 그 설계도를 찾아냈다. 설계도가 그곳에 있었던 까닭은 우리 가족 모두 눈을 감고도 벌통을 만들 수 있었기 때문이다. 그 여행 가방은 몇 세대 전에 미국으로 건너온 것이었기에 골동품 가게에 내다 팔면 꽤 큰돈을 벌 수도 있었다. 그러나 나는 그것을 우리 집에 보관해두는 것이 좋을 것이라 생각해서 계속 가지고 있었다. 그것을 보노라면 내 뿌리가 어디에 속해 있는지 기억해낼 수 있어서 좋았다. 여행 가방은 유럽의 한 여인이 이곳으로 가져왔다. 그녀가 바로 미국 땅에 처음 발을 디딘 우리 선조였던 셈이다. 모든 것은 그녀의 것이었다. 여행 가방도, 그 안에 들어 있는 벌통의 설계도도.

누렇게 색이 바랜 설계도는 바삭바삭 말라 있어서 손만 대면 부스러져버릴 것만 같았다. 하지만 에마는 튼튼한 유리 액자에 그것을 넣어 보관해왔다. 심지어는 직사광선이 닿지 않는 곳에 걸어두는 신중함까지 보이기도 했다.

나는 설계도를 볼 필요가 없었다. 이미 수년 동안 눈을 감고도 만들 수 있을 정도로 숙련된 손놀림으로 셀 수 없이 많은 벌통을 만들어왔으니까. 사람들은 내가 벌통을 손수 만든다고 하면 코웃음을 쳤다. 그도 그럴 것이 벌통을 직접 만드는 양봉인은 나 이외엔 아무도 없었으니 말이다. 오랜 시간이 걸렸다. 하지만 우리 가족은 항상 벌통을 손수 만들었다. 그것이 바로 우리만의 벌통이었던 것이다. 나는 그런 일로 자랑을 하고 떠벌리고 싶진 않았다. 나는 벌들이 대량 생산된 벌통보다는 내가 직접 만든 벌통 속에서 더 건강하고 기분 좋게 살 수 있다고 굳게 믿었다. 사람들이 내 등 뒤에서 비웃든 말든, 그건 내겐 상관없는 일이었기에 개의치 않았다.

필요한 연장들은 두터운 판자들과 함께 창고 안에 자리하고 있었다.

나는 우선 벌통의 겉면부터 시작했다. 전기톱으로 판자를 자르고, 잘라놓은 판자들을 고무망치로 툭툭 쳐서 서로 이를 맞춘 후 끼웠다. 그 일은 신속하게 끝낼 수 있는 데다 결과를 금방 눈으로 확인할 수 있었다. 가장자리를 손질하는 데는 좀 더 많은 시간이 걸렸다. 벌통의 표면을 잇기 위해서는 가늘고 긴 나무 막대가 열 개씩 필요했다. 우리가 돈을 주고 구입했던 것은 여왕벌을 위한 금속 철조망뿐이었다. 여왕벌을 잡아두는 동시에 일벌들이 자유자재로 벌통을 드나들기 위해선 출입구가 정확히 4.2밀리미터여야만 했다. 하긴, 벌통을 처음부터 끝까지 하나도 빠짐없이 내 손으로 직접 만들기엔 한계도 없지 않았다.

일을 하면 졸리지 않아서 좋았다. 허공에 흰 눈처럼 날리는 톱밥들을 보며 서늘한 창고에서 일을 하다 보면 집 안에서 일을 할 때와는 달리 쉽게 피로해지지 않았다. 게다가 귀를 찢는 듯한 전기톱의 소리를 듣다 보면 잠에 빠지고 싶어도 빠질 수가 없다. 평소엔 전기톱을 사용할 때 방음용 귀마개를 하지만, 오늘은 귀마개를 벗고 전기톱의 소란스러운 소리가 머릿속을 헤집고 들어오도록 두었다. 그러니 오직 일 외엔 다른 생각을 할 수가 없을 정도였다.

나는 에마가 들어오는지도 몰랐다. 그녀가 얼마나 오랫동안 거기 서서 나를 보고 있었는지도 알 수 없었다. 적어도 그녀는 방음용 귀마개를 하는 건 잊지 않았다. 나는 테두리로 사용할 가느다란 막대를 더 가져오려고 몸을 돌리다 에마를 발견했다. 그녀는 노란 귀마개를 낀 채 미소를 지으며 나를 바라보고 있었다.

나는 전기톱의 스위치를 껐다.

"어, 당신 왔소?"

그녀는 자신의 귀마개를 가리키며 고개를 절레절레 저었다. 그랬다. 그녀는 내가 하는 말을 알아들을 수가 없었다. 우리는 한동안 그렇게 서로를 바라보며 서 있었다. 그녀는 여전히 의미심장한 미소를 짓고 있었다. 나는 그 미소가 무엇을 의미하는지 잘 알고 있었다. 요즘은 갱년기 여성이 겪는 여러 가지 증상들이 동네 여인들의 수다 주제로 등장하고 있다. 여자들은 우리가 못 알아듣는 줄 알고 서로 온갖 말을 다 나누곤 한다. 안면 홍조, 요실금, 불면, 식은땀. 그뿐만 아니라 성욕 저하도 그 증상에 속한다는 것을 우리는 그들의 등 너머로 들어 다 알고 있다. 하지만 에마는 갱년기 증상과는 상관이 없는 것 같았다. 그녀는 항상 예전과 다름이 없었다. 이제 그녀가 귀마개까지 끼고 미소를 지으며 서 있는 것을 보노라니, 그녀가 무엇을 원하는지 모른다고 한다면 그건 거짓말이다.

그러고 보니 꽤 오래된 것도 같았다. 마지막으로 사랑을 나누었던 건 톰이 집에 오기 전이었으니까. 우리는 톰이 집에 있는 동안 굉장히 수줍어하며 조심했다. 톰이 우리 소리를 들을까 봐 걱정이 되어서였다. 마치 톰이 우리 침실에서 함께 잠을 자는 어린아이라도 되는 양. 우리는 매일 밤 잠자리에 들 때도 소리를 죽여가며 조심스레 움직였고, 이불을 덮은 후엔 각자의 책을 펼치는 것이 전부였다. 톰이 학교로 돌아간 후엔 함께 사랑을 나눌 기회를 찾지 못했다. 솔직히 나는 생각조차 하지 않았다.

에마는 두 팔로 나를 감싸 안으며 두 눈을 뜬 채 내 입에 키스를 퍼부었다.

"글쎄…… 난 솔직히……" 나는 온몸이 뻐근하고 쑤셔서 도저히 내키지 않았다. "피곤해."

에마는 내 말은 들은 척도 하지 않고 미소를 지으며 자신의 귀마개를 가리킬 뿐이었다.

나는 그녀의 귀마개를 벗기려 했지만, 그녀는 내 손을 치워버렸다.

우리는 한동안 그렇게 서로를 마주 보며 서 있었다. 나는 에마의 손을 잡았다. 그녀는 여전히 미소를 짓고 있었다.

"좋아."

나는 내 몫의 귀마개를 가져와 귀를 덮었다. "이게 당신이 원하는 거란 말이지?"

무슨 이유에선지 갑자기 정신이 번쩍 드는 것 같았다. 귀마개를 껴도 정적은 찾아오지 않았다. 오히려 내 머릿속을 맴돌던 온갖 잡소리와 내 숨소리, 내 심장이 뛰는 소리가 조금 전보다 더욱 크게 들려왔다.

우리는 키스를 나누었다. 그녀의 혀는 부드러웠고, 벌린 입 속은 따스했다. 나는 그녀를 작업대 위로 안아 올렸다. 그녀의 머리가 내 머리와 비슷한 높이로 다가왔다. 공기는 차가웠고, 내 손가락은 따스한 그녀의 피부 위에서 얼음장처럼 차게 느껴졌다. 그녀는 몸을 움츠렸지만 내 손을 피하진 않았다. 나는 손을 후후 불어보았지만 도움이 되진 않았다. 그녀의 스웨터 아래로 손을 집어넣으니 그녀가 몸을 살짝 떨었다. 곧 그녀는 작업대 위에 등을 대고 누웠다. 두 다리는 작업대 아래서 달랑달랑 움직이고 있었다. 나는 그녀의 배에 입을 맞추었지만 그녀는 내 머리를 더 아래쪽으로 밀어 내렸다. 내 혀가 그곳에 닿자 그녀가 몸을 움찔거렸다. 어쩌면 신음 소리를 냈는지도 모른다. 하지만 귀마개를 하고 있던 내겐 아무 소리도 들리지 않았다.

잠시 후, 그녀는 내 몸 위로 올라왔다. 시간이 오래 걸리진 않았다. 너무나 추웠기 때문이다. 딱딱한 작업대에 닿는 내 어깻죽지는 살살 아파오기 시작했다.

일을 마친 후, 그녀는 귀마개를 벗고 바지를 끄집어 올린 후 셔츠 자락을 바지 속에 집어넣었다. 그리고 내가 무슨 말을 하기도 전에 그녀는 총총걸음으로 집 안으로 들어가버렸다.

그녀의 체온은 여전히 남아 있었다. 공기 중에도, 그리고 작업대 위에도.

걸프하버스. 내 머릿속은 걸프하버스로 뒤죽박죽이 되기 시작했다. 걸프하버스. 그 단어는 끈질기게 머릿속에 남아 나를 괴롭히고 있었다. 마치 밀가루 반죽처럼 내 머릿속을 이리저리 돌며 헤집고 있는 말, 걸프하버스, 걸프하버스, 걸프하버스. 나는 머리를 세차게 저었지만 소용이 없었다.

거기는 꽤 따스한 것 같았다. 나는 어제 에마 몰래 그곳의 일기예보를 확인해보았다. 일기예보를 보며 기상 보도관이 탬파의 기온을 말할 때까지 기다렸던 것이다. 나도 왜 그랬는지 모른다. 강수량은 그리 많지 않았다. 내가 사는 곳은 봄이 시작되었다고는 하지만 여전히 살을 에는 찬 바람이 가끔 불곤 한다. 하지만 그곳은 완연한 여름 기온이었다. 자연 속에서 바비큐를 하고 돌고래와 바다소를 볼 수 있는 곳.

걸프하버스.

내 머릿속에 들어앉은 그 단어를 지워버리기는 쉽지 않았다. 결국 나는 포기하고 말았다.

에마는 매우 특별한 여자임이 틀림없다. 나는 그녀가 내 아내라는 사실이 자랑스럽고 고맙다. 그것만큼은 확실하다. 설사 우리가 플로리다로 이사를 가는 한이 있더라도 말이다.

타오

마침내 휴일이 다가왔다. 휴일은 매년 갑자기 찾아온다. 우리는 지난밤에야 모두가 며칠 휴가를 얻을 것이라는 소식을 전해 들었다. 지도부는 안내 방송을 통해 주민 모두가 그간 열심히 일했으니 이제 휴식을 즐길 날이 왔다고 발표했다. 그것은 지도부의 가장 우두머리인 리 샤라의 목소리였다. 그녀는 항상 라디오 안내 방송을 통해 지도부의 결정을 우리에게 전달하는 역할을 해왔다. 권위와 위엄으로 가득한 그녀의 목소리는 안내 방송의 내용이 좋든 나쁘든 항상 침착하기만 했다. 그녀는 인공수분의 계절이 끝났으며, 이제는 모두 휴가를 즐기며 기대에 찬 마음으로 그 결과를 기다릴 때가 왔다고 말했다.

우리는 지난 몇 주 동안 이날이 오기만을 고대했다. 마지막으로 하루 휴가를 얻었던 것이 벌써 두 달 전이었던가. 우리의 팔 근육은 단순한 반복 동작 때문에 염증이 생기기 시작했고, 팔과 어깨는 점점 뻣뻣해져갔으며, 두 발은 가만히 서 있기도 힘들 정도로 피곤했다. 우리는 그렇게 일을 하면서 이 황금 같은 휴가 날을 기다렸던 것이다.

오랜만에 기상 알람이 아니라 눈부신 햇살에 잠을 깼다. 따사로운 햇살은 얼굴을 부드럽게 어루만졌고, 나는 침대에 누워 눈을 감은 채 천천히 방 안을 덥혀오는 기분 좋은 햇살을 만끽했다. 마침내 눈을 뜬 나는 방 안을 둘러보았다. 침대는 텅 비어 있었다. 쿠안은 이미 일어난 모양이었다.

쿠안을 찾아 부엌으로 가보았다. 그는 찻잔을 앞에 두고 창밖을 바라보고 있었고, 웨이원은 바닥에 앉아 놀고 있었다. 기분 좋은 고요함을 느낄 수 있었다. 우리 모두를 위한 안식일. 그날은 모두가 지친 몸과 마음을 내려두고 마음껏 쉴 수 있는 날이었다. 웨이원마저도 소란을 피우지 않고 조용히 놀고 있었다. 아이는 빨간 장난감 자동차를 밀며 나직이 부릉부릉하는 소리를 냈다.

짧게 자른 뒷머리 아래로 드러난 부드러운 목, 장난감 자동차를 쥐고 있는 통통하고 짤막한 손가락, 차의 엔진 소리를 흉내내는 아이의 입술 사이로는 가끔 침이 흘러내리기도 했다. 아이의 열정. 나는 장난감 차를 밀고, 장난감 도로를 만드는 아이의 옆에서라면 몇 시간이고 가만히 아이를 바라볼 수 있을 것이라고 생각했다.

나는 쿠안의 옆자리에 앉아 그의 차를 한 모금 마셨다. 차가 거의 식은 것으로 미루어보아 그는 꽤 일찍 일어나 그곳에 앉아 있었던 것 같았다.

"당신은 뭘 하고 싶어?" 마침내 그가 말문을 열었다. "오늘 뭐 하고 싶은 일 있어?"

그는 차를 눈에 띌 듯 말 듯 조금 마셨다. 마치 차를 아껴 먹으려고 조심하는 것 같았다.

"글쎄…… 잘 모르겠어. 당신은 뭘 하고 싶어?"

나는 자리에서 몸을 일으켰다. 사실 그는 자기가 뭘 하고 싶은지 이미 결정해둔 것이나 마찬가지였다. 우리가 시내라고 부르는 조그만 중심지에서 그가 직장 동료를 만나기로 한 것을 나는 알고 있었다. 그곳에서는 오늘 갖가지 쇼와 일일 음식점들이 문을 열 예정이었다.

"나는 오늘 하루를 웨이원에게 투자하고 싶어." 나는 일부러 가벼운 목소리로 말했다.

그는 부드러운 미소를 지었다. "그건 나도 마찬가지야."

하지만 그는 내 눈을 피하기만 했다.

"시간은 많아. 그러니까 우린 오늘 아주 많은 일을 할 수 있어. 나는 오늘 웨이원에게 숫자 세는 법을 가르쳐주고 싶어."

"음……" 그는 여전히 나와 눈을 마주치려 하지 않았다. 하지만 나는 그가 무슨 생각을 하고 있는지 다 알고 있었다. 그는 나와는 정반대의 계획을 가지고 있었던 것이다.

"당신이 먼저 물었잖아. 오늘 내가 뭘 하고 싶은지. 그래서 난 당신 질문에 대답을 했을 뿐이야."

그가 자리에서 일어나 내게 다가오더니 한 손을 내 어깨에 얹고 가볍게 주무르기 시작했다. 마치 내 마음을 돌려보기라도 하듯, 그는 내가 거부할 수 없는 약한 부분을 이용하고 있었다. 나 역시 쿠안의 앞에선 말로는 이길 수 있었지만 신체적이나 물리적으로는 거의 이길 수 없음을 잘 알고 있었다.

나는 얼른 몸을 비틀어 그의 손에서 빠져나갔다. 그가 이기는 꼴을 보고 싶진 않았기 때문이었다. "쿠안……"

하지만 그는 내 손을 잡으며 말없이 미소를 지을 뿐이었다. 곧 그는 나를 데리고 창가로 향했다. 내 등 뒤에 선 그는 어깨를 쓰다듬어 내리더니 내 손을 잡았다.

"창밖을 봐." 그가 내 손과 자기 손을 깍지 끼며 나직이 말했다.

나는 손을 비틀어 그에게서 벗어나려 했지만, 그는 내 손을 꽉 잡고 놓아주지 않았다. "창밖을 보라니까."

"왜?"

그는 부드럽게 나를 감싸 안았다. 나는 결국 그가 시키는 대로 했다. 창밖의 들판에는 눈처럼 하얀 꽃이 흐드러지게 피어 있었다. 바람에 하늘하늘 흔들리는 꽃잎들은 눈부신 햇살을 반사해냈다. 들판을 덮은 배꽃은 끝을 볼 수 없을 정도였다. 그 모습을 보노라니 정신이 아득해졌다. 나는 그 꽃들을 매일 보아왔다. 하지만 오늘처럼 창 너머로 한눈에 들판을 담기는 처음이었다.

"난 우리가 좋은 옷을 차려입고 시내로 갔으면 좋겠어. 오랜만에 멋지게 꾸미고 맛있는 것을 사 먹었으면 좋겠다고." 그는 마치 무슨 일이 있어도 내게 화를 내지 않겠다고 미리 작정이라도 한 듯 침착하고 부드럽게 말했다.

나는 미소를 지어보려 안간힘을 썼다. 오늘 같은 날 쿠안과 말다툼을 하기는 싫었다. "시내는 싫어. 제발……"

"하지만 오늘은 모두들 거기 모여 있어."

아, 그는 오늘마저도 시내에 가서 줄을 선 채 이곳저곳 둘러보기를 원하고 있었다. 줄 서기는 매일 하는 일이 아니었던가. 나는 숨을 크게 들이마셨다.

"오늘만큼은 우리끼리 있으면 안 될까?"

그는 미소를 지어보려는 듯 입술 끝을 살짝 치켜 올리며 말했다. "난 아무래도 좋아. 밖으로만 나갈 수 있다면."

나는 창을 향해 몸을 돌렸다. 들판을 하얗게 덮고 있는 꽃송이들이 눈에 들어왔다. 우린 지금까지 단 한 번도 그곳에 가본 적이 없었다.

"저긴 어때?"

"저기? 저 작업장에?"

"저기도 밖이잖아." 나는 미소를 지어보았지만 그의 얼굴엔 굳은 표정만 어려 있었다.

"글쎄, 잘 모르겠어."

"아주 좋을 것 같지 않아? 우리 가족끼리만 오붓하게 시간을 보낼 수 있으니까."

"난 이미 시내에서 누구를 좀 만나기로 약속한 거나 마찬가진데……"

"저길 가면 많이 걷지 않아도 되니 웨이원이 좋아할 거야. 오랜만에 웨이원을 위해서 하루를 보내는 것도 좋지 않겠어?"

나는 그의 팔을 쓰다듬었다. 웨이원에게 무엇을 가르치겠다는 말은 입 밖에도 꺼내지 않았다. 하지만 그는 이미 내 속을 훤히 들여다보고 있었다.

"책도 가져갈 거야?"

"몇 권 가져가도 나쁘진 않을 거야, 그렇지? 하루 종일 책만 보며 시간을 보내진 않을 테니 걱정 마."

마침내 그는 나와 눈을 마주쳤다. 그의 눈동자는 체념의 빛을 담고 있었지만 입가에는 보일 듯 말 듯한 미소도 어려 있었다.

윌리엄

나는 책상 옆에 섰다. 책상은 빛이 잘 들어오는 창가에 자리하고 있었다. 방 안에서 가장 위치가 좋은 곳, 앉아 있기만 해도 기분이 좋아지는 곳이었다. 하지만 나는 그곳에 몇 달 동안이나 앉아보지 못했다.

책상 위에는 책 한 권만 달랑 놓여 있었다. 도대체 이 책을 누가 여기 놓아두었을까? 에드먼드? 내가 자고 있는 동안 그가 책을 책상에 올려두었던 것일까?

책장은 누렇게 변해 있고, 표지 위에는 먼지가 얇게 덮여 있었다. 갈색의 가죽 표지에 손을 대보니 오래되어 바싹 말라버린 듯했다. 문득 오래전 기억이 떠올랐다. 그 책은 바로 런던에서 학창 시절을 보낼 때 허리띠를 졸라매며 아낀 돈으로 구입한 것이었다. 그 당시만 하더라도 나는 한 주 내내 아침 식사를 거르는 한이 있더라도 돈을 모아 사고 싶은 책을 사곤 했다. 그런데 이 책은 사놓고도 한 번도 읽은 적이 없었다. 아마도 학창 시절의 끝 무렵에 사둔 책인 것 같았다. 저자는 프랑수아 위베르, 책은 1806년 에든버러에서 출간되었다. 그러니 무려 45년 전의 일인 셈이다. 책의 제목은 『벌의 자연사史에 대한 새로운 고찰』이었다.

책에는 벌과 벌통, 각각의 개체가 군집을 이루어 초개체를 이루는 벌들의 특이한 삶에 대한 이야기가 적혀 있었다.

에드먼드는 왜 이 책을 책상 위에 올려두었을까? 왜 하필이면 이 책을?

나는 안경을 꺼내 셔츠 자락으로 먼지를 닦아내고 책상 의자에 앉았다. 등을 기대니 마치 옛 친구를 만난 듯한 기분이 들었다.

책을 펼치니 가죽 표지가 소리를 냈다. 나는 조심스럽게 첫 장을 펼쳐 읽기 시작했다.

나는 이미 학창 시절부터 프랑수아 위베르에 대해 잘 알고 있었다. 하지만 그의 이론에 대해선 단 한 번도 깊이 연구해본 적이 없었다. 그는 1750년, 스위스의 한 부유한 가정에서 태어났다. 그의 아버지는 가족의 앞날을 위해 열심히 일을 해 큰 부를 축적할 수 있었다. 덕분에 프랑수아는 생계 걱정 없이 오직 학문에만 전념할 수 있었다. 자연히 프랑수아에게 쏟아지는 기대도 더욱 커지게 되었다. 그는 가문의 이름을 세상에 알리고 역사책에 그들의 이름이 오를 수 있도록 크나큰 노력을 기울여야만 했다. 프랑수아는 아버지의 기대감을 충족시키기 위해 자신이 할 수 있는 일은 무엇이든 다 했다. 그는 매우 머리가 좋은 아이였고, 어려서부터 닥치는 대로 책을 읽었다. 늦은 밤에도 그는 잠을 자지 않고 눈이 충혈되어 아파올 때까지 두꺼운 책을 읽는 일이 다반사였다. 결국, 그는 신체적 혹사와 정신적 압박감을 이겨내지 못해 시력을 잃게 되었다. 책은 그에게 지혜를 밝혀준 것이 아니라, 그를 어둠으로 인도해버린 셈이 되었던 것이다.

열다섯에 장님이 된 프랑수아는 한적한 시골로 옮겨 요양 생활을 시작했다. 그곳에서 그가 할 수 있었던 일은 오직 간단한 농사일뿐이었고, 대부분의 시간을 휴식으로 보내야만 했다.

하지만 어린 프랑수아는 쉬려 하지 않았다. 그는 자신의 어깨에 짊어진 가족들의 기대를 저버릴 수 없었다. 굳은 의지로 무장한 프랑수아는 장님이 되었다는 사실에 전혀 개의치 않았고, 오히려 그것을 또 하나의 기회로 받아들였다. 그는 비록 앞을 볼 수 없었지만, 소리를 들을 수는 있었기 때문이었다. 새가 지저귀는 소리, 다람쥐가 종종걸음을 치는 소리, 나뭇가지를 스치는 바람 소리, 벌들이 날갯짓을 하는 소리.

특히 그는 벌들이 날갯짓을 하는 소리에 큰 관심을 기울였다.

프랑수아는 서두르지 않고 천천히 연구 작업을 시작했다. 내가 펼쳤던 책은 바로 그 연구 작업의 결과가 담겨 있는 책이었다. 그는 연구 동업자인 프랑수아 부르넨의 도움으로 꿀벌의 생태를 조망할 수 있었다.

그들이 가장 처음으로 발견했던 사실은, 수정과 관련된 사항이었다. 당시만 하더라도 여왕벌이 어떤 식으로 수정을 하고 알을 낳는지에 대해 아무도 알지 못했다. 비록 수많은 과학자들이 벌들의 삶을 지켜보고 연구했지만, 여왕벌의 생태에 대해선 아무도 직접 본 사람이 없었기 때문이었다. 위베르와 부르넨은 여왕벌의 수정이 벌통 속에서가 아니라 벌통 밖에서 이루어진다는 사실을 확신했다. 그들은 갓 태어난 여왕벌이 벌통을 벗어나 어디론가 날아가고 바로 그때 여왕벌의 수정이 이루어진다는 것을 알아냈다. 다시 벌통으로 돌아온 여왕벌의 몸은 수벌의 정자는 물론, 수벌의 성기로 뒤덮여 있다. 그것은 수정 시 수벌의 성기가 찢겨져 나가 여왕벌의 몸에 달라붙는 경우가 종종 있기 때문이다. 위베르는 수벌의 이 무모하고 광폭한 희생을 요구하는 자연의 섭리를 이해할 수가 없었다. 자연이 벌들의 생존과 대물림을 위해 죽음이라는 거대한 희생을 요구한다는 것을 과학자들이 알게 된 건 그로부터 한참이나 지난 후였다. 어쩌면 위베르가 바로 이 사실을 깨닫지 못했던 것은 오히려 잘된 일이었는지도 모른다. 시력을 잃고 장님이 된 위베르가, 여왕벌에게 정자를 심어주고 죽는 것이 수벌의 단 하나뿐인 삶의 목표이자 책임이라는 것을 알았더라면 그 무자비한 자연의 이치에 더욱 고통스러워했을지도 모르는 일이니 말이다.

위베르는 벌들의 삶을 관찰했을 뿐 아니라 벌들이 살아가는 생태적 환경 또한 세심하게 연구했으며, 새로운 형식의 벌통을 고안해내기까지 했다.

역사상 인간들은 오직 자연 속에서만 벌꿀을 채집해왔다. 나뭇가지 위나 나무둥치 속의 빈 공간에 벌들이 지어놓은 반달 모양의 벌집을 통해 꿀을 모았던 사람들은 곧 이 누런 황금 같은 꿀을 만들어내는 벌들을 가축처럼 집에서 키워보려 시도했다.

처음에는 도자기로 만든 벌통을 사용했지만 실패를 맛보았고, 그 후엔 짚 더미로 벌통을 만들어보았다. 위베르가 살던 시기, 유럽에서는 짚 더미로 만든 벌통이 대세였다. 내가 사는 곳에서도 아직 짚 더미 벌통을 이용하는 양봉인을 더러 볼 수 있다. 그들은 강가나 도로변에 벌통을 늘어놓고 벌꿀을 채집하곤 했다. 나는 위베르의 책을 읽기 전까지는 벌통에 관심을 가져본 적이 없었다. 물론 각각의 벌통에 서로 다른 장단점이 있다는 것쯤은 알고 있었지만 말이다. 짚 더미로 만든 벌통은 안을 잘 들여다볼 수 없다는 단점이 있다. 벌꿀을 채집할 때는 벌집을 꾹 눌러 꿀을 짜내야만 했기 때문에, 한번 꿀을 채집하고 나면 그 속에 있던 알과 애벌레들이 모두 납작하게 눌려 죽는 일이 대부분이었다. 벌들의 집이라고도 할 수 있는 이 벌집도 망가지긴 매한가지였다.

한마디로 사람들이 꿀을 얻기 위해선 벌들의 삶을 근본적으로 파괴해야 가능하다는 이야기였다.

위베르는 바로 이 점을 바꾸어보려고 노력했다. 그는 벌집을 망가뜨리지 않고도 꿀을 손쉽게 채집할 수 있는 방법을 찾아보았다. 그가 고안한 벌통은 책의 형태를 하고 있는 구조로, 책처럼 넘길 수 있는 각각의 소광巢框*에 꿀을 모을 수 있는 것이었다.

나는 책을 통해 위베르가 고안한 벌통의 그림을 살펴보았다. 각각의 밑판과 그 테두리는 더할 수 없이 정교하고 아름다웠다. 하지만 책장처럼 넘길 수 있는 소광은 그다지 효과적이지 않다

* 벌집을 붙이기 위해 만든 나무틀.

는 것을 단번에 알 수 있었다. 벌에게 상처를 주지 않고 꿀을 채집하고, 양봉가가 벌통 안을 더 잘 들여다볼 수 있도록 하려면 어떻게 하면 될까? 나는 더 나은 벌통을 직접 고안해보고 싶어졌다.

그런 생각을 하고 있노라니 마음이 들떠 손이 살짝 떨리기까지 했다. 이제야 혼신의 힘을 다해 나만의 것을 창조해낼 수 있다는 생각이 들었다. 나는 벌과 벌통 그림에서 눈을 뗄 수가 없었다. 당장에라도 그곳으로 들어가고 싶었다. 벌통 안으로!

타오

"하나 둘 셋, 뛰어!"

우리는 바퀏자국을 따라 발을 옮겼다. 웨이원은 나와 쿠안의 사이에서 우리 손을 잡고 걸었다. 아이는 내가 어릴 때 사용했던 빨간 스카프를 목에 두르고 있었다. 아이는 그 스카프를 너무나 좋아해서 매일 목에 두르고 싶어 했지만, 나는 남들이 볼 때는 스카프를 쓰면 안 된다고 엄하게 일러놓았다. 그건 치장을 위해서가 아니라 명예를 표시하기 위한 것이기 때문이었다. 하지만 나는 빨간 스카프를 두르고 있는 웨이원을 보면 기분이 좋아졌다. 그 스카프는 아이에게 동기 의식을 부여할 수도 있을 것 같았다. 그래서 아이가 더욱 공부를 열심히 할 수 있다면 좋으련만.

웨이원은 우리의 두 손을 잡아끌며 자신을 허공으로 던져보라고 졸랐다. 우리는 아이와 함께 힘껏 달린 후 아이의 손을 꽉 잡고 공중으로 아이를 던지듯 번쩍 들어 올렸다. "더 해줘! 더!" 아이의 빨간 스카프는 바람을 머금고 얼굴을 거의 덮을 듯 휘날렸다. 아이는 무의식적으로 손을 올려 스카프를 획 치워버렸다.

"이것 좀 봐!" 아이는 쉴 새 없이 여기저기 손가락질을 했다. "저기 저걸 좀 봐!" 나무와 하늘과 꽃들. 아이에겐 소풍이 생소하게 느껴졌던 것이리라. 그도 그럴 것이 그곳은 작업장이라는 이름으로 항상 창 너머에 자리하고 있던 공간이기도 했고, 학교에 가기 위해 대문을 나서면 가장 먼저 눈에 들어오는 공간이기도 했으며, 잠자리에 들기 전 매일 밤 창 너머로 어렴풋이 볼 수 있는 곳이기도 했으니까.

우리는 숲에서 그리 멀리 떨어지지 않은 곳에서 도시락을 먹기로 했다. 그곳에서는 우리 집도 볼 수 있었다. 집에서 300미터 정도밖에 떨어지지 않은 곳이었기에 웨이원이 걷기에도 무리가 없었다. 우리는 언덕 위로 올라가면 더 나은 경치를 볼 수 있다는 것을 잘 알고 있었다. 나는 쌀밥과 차를 넣은 도시락과, 자두 통조림 하나, 그리고 담요 한 장을 가방에 넣어 왔다. 자두 통조림은 오늘처럼 특별한 날을 위해 아껴둔 것이었다. 점심을 먹고 나면 나는 웨이원과 함께 그늘에 앉아 책과 연필을 꺼내 공부를 할 생각이었다. 나는 아이에게 오늘 1부터 10까지 가르쳐주고 싶었다. 오늘은 웨이원의 기분도 좋고, 그다지 피곤해하지도 않으니 잘할 수 있을 듯했다. 나도 충분한 휴식을 취했기에 피곤하지 않았다.

"하나 둘 셋, 뛰어!"

우리는 아이의 손을 잡고 허공으로 던졌다. 벌써 적어도 대여섯 번은 같은 동작을 반복한 후였다.

"더 높이!" 아이가 소리쳤다.

우리는 아이의 머리 위로 체념의 눈빛을 교환한 후, 다시 한 번 아이를 허공으로 휙 던져주었다. 같은 동작을 수도 없이 반복했지만 아이는 결코 지겨워하지 않았다. 그건 세 살배기 아이의 천성이었다. 아이는 지금까지 하고 싶은 일은 거의 무엇이든 다 해왔다.

"아이가 자라 우리 도움을 필요로 하지 않는 날이 오면 어떤 기분일지 궁금해." 나는 쿠안에게 말했다.

"웨이원이 많이 힘들어할 거야. 어른이 되기 위해선 누구든 겪어야 하는 일이기도 하잖아." 그는 미소를 지으며 말했다.

우린 그간 허리띠를 졸라매며 악착스럽게 저축을 해왔다. 이제 몇 달만 더 있으면 목표로 했던 돈을 만질 수 있을 것 같았다. 우리는 조금이라도 여분의 돈이 생기면 부엌 찬장 위에 있는 낡은 양철통에 넣어두었다. 양철통에 충분한 돈이 모이면 우리는 허가증을 받을 수 있게 된다. 출산 허가증을 받는 데는 자그마치 3만 6,000위안이 필요하고, 지금까지 우리가 모은 돈은 3만 2,476위안이다. 시간이 충분하다고는 할 수 없었다. 허가증을 얻기 위해선 33세를 넘으면 안 된다. 우리는 지금 28세. 까딱하면 나이 제한에 걸려 출산 허가증을 얻을 수 없을지도 모르는 일이다.

우리는 항상 웨이원에게 동생이 있었으면 좋겠다고 바랐다.

동생이 생기면 웨이원은 적응을 잘할 수 있을까? 누군가와 함께 나눈다는 것을 단 한 번도 경험해보지 못한 외동아들 웨이원이?

나는 아이의 손을 살짝 뿌리쳤다.

"웨이원, 이젠 혼자서 걸어봐."

"싫어!"

"조금만 혼자서 걸어보렴. 저기 저 나무까지만." 나는 50여 미터 앞에 보이는 나무 한 그루를 손으로 가리켰다.

"어떤 나무?"

"저기 저 나무!"

"하지만 저기 있는 나무들은 모두 똑같잖아."

아이는 울상을 지었지만, 나는 미소를 짓지 않을 수 없었다. 아이의 말에도 일리는 있었다. 나는 쿠안을 곁눈질로 슬쩍 바라보았다. 그도 내게 미소를 보내고 있었다. 쿠안은 매우 기분이 좋은 것 같았다. 우리가 시내에 가지 않고 이곳에 왔다는 사실은 이미 잊어버린 듯 만족해하는 모습이었다. 하지만 나는 여전히 쿠안에게 조금 미안한 마음이 남아 있었다. 쿠안의 의사를 무시하고 이곳에 오자고 고집을 세웠던 건 나였으니까.

"안아줘!" 웨이원이 내 다리에 매달리며 칭얼거렸다.

나는 아이를 다리에서 떼어냈다.

"엄마 손 잡아."

하지만 아이는 칭얼거림을 멈추지 않았다.

"안아달라니까!"

아이는 두 손을 허공으로 번쩍 치켜들고 마구 흔들어댔다. 보다 못한 쿠안이 아이를 번쩍 들어 올려 목말을 태웠다.

"자, 이제 됐니? 지금부터 아빠는 낙타가 될게. 너는 낙타를 타고 가는 거야, 알았지?"

"낙타가 뭐야?"

"음…… 그렇다면 말이라고 하자."

쿠안은 힝힝 말 울음소리를 냈고 웨이원은 깔깔거리며 웃음을 터뜨렸다. "아빠, 말은 아주 빨리 달려."

쿠안은 두 발자국 정도 앞으로 내밀더니 발을 멈추었다. "아냐, 네가 타고 있는 말은 빨리 달릴 수가 없어. 아주 나이 많고 힘이 없는 아빠 말이거든. 그리고 아빠 말은 엄마 말과 함께 걷고 싶어 해."

"암말. 엄마 말이 아니라 암말이라고 해야지." 나는 쿠안의 말에 끼어들었다.

"알았어, 알았다고. 암말이라고 하자고."

쿠안은 웨이원을 어깨에 태우고 내 손을 잡은 채 걸었다. 하지만 웨이원이 앞뒤로 심하게 몸을 움직이는 바람에 쿠안은 내 손을 놓고 아이를 꽉 움켜쥐어야만 했다. 아이는 아빠의 어깨 위에서 신기한 듯 사방을 둘러보았다. 지금까지 보아왔던 풍경이 아빠의 어깨 위에 있으니 전혀 다르게 보이는 것 같았다.

"내 키가 제일 커!"

웨이원의 얼굴에선 미소가 떠나지 않았다. 아이는 세 살짜리만이 느낄 수 있는 행복감을 맛보고 있었다.

언덕 꼭대기에 이르자 탁 트인 풍경이 눈앞에 펼쳐졌다. 하얀 꽃을 피워낸 수많은 나무들은 마치 자로 잰 듯 질서 정연하게 줄지어 서 있었고, 지난해 땅에 떨어진 낙엽들이 썩어든 갈색의 땅 위에는 푸른 새싹들이 머리를 내밀고 있었다.

그곳에서 100여 미터만 더 가면 이름 모를 나무들이 무성하게 자란 어두침침한 숲이 자리하고 있었다. 지도부에서는 조만간 그 숲에서도 인공수분을 시작할 계획이라고 했다.

나는 고개를 돌려 북쪽의 지평선을 바라보았다. 끝을 볼 수 없이 수많은 나무들이 줄지어 서 있었다. 나는 과거에 사람들이 여행을 했다는 이야기를 책에서 읽은 적이 있다. 여행을 하는 사람들을 관광객이라고 불렀다는 것도 읽었다. 모두 내겐 생소한 이야기일 뿐이다. 그들은 봄이 되어 날씨가 좋아지면 자연을 보고 즐기기 위해 길을 나선다고 했다. 꽃이 활짝 핀 과일나무들을 보기 위해서 길을 떠나는 사람들도 많았다고 했다. 그들의 눈엔 그 모습이 정말 아름답게 보였을까? 나는 확신할 수가 없었다. 꽃이 핀 과일나무들은 내겐 노동의 의미로 다가올 뿐인데…… 나무 한 그루는 수십 시간의 일을 의미했다. 나는 과일이 주렁주렁 열린 나무들을 볼 때마다 곧 나무 위로 기어 올라가 꽃가루를 발라야 한다는 생각이 자동적으로 떠오르곤 했다. 셀 수 없이 많은 과일나무들은 하루 온종일, 몇 달, 혹은 몇 년의 일거리에 불과했다.

그럼에도 우리는 오늘 무성한 과일나무 아래로 소풍을 나왔다. 그건 내가 원했기 때문이었다.

쿠안은 땅에 담요를 깔았고, 우리는 자리에 앉아 도시락을 열었다. 웨이원은 음식을 흘리며 허겁지겁 먹었다. 아이는 음식을 먹을 때면 항상 시간에 쫓기는 듯 허둥지둥 먹었다. 좋아하는 음식도 거의 없었고, 항상 적은 양만 먹었다. 그래서 우리는 가끔 웨이원이 음식을 더 달라고 할 때면 기분이 좋아져 우리 몫까지도 아끼지 않고 아이에게 건네주곤 했다.

자두 통조림을 꺼내자 아이가 조용해졌다. 어쩌면 쿠안과 내가 입을 다물고 있었기 때문일지도 모른다. 우리는 자두 통조림을 한가운데 놓고 말없이 앉아 있었다. 깡통 따개의 금속성 소리가 귀를 스쳤다. 쿠안은 뚜껑을 옆으로 젖혀 열었다. 우리는 깡통 안에 들어 있는 노란 과육을 내려다보았다. 달콤한 냄새가 났다. 나는 포크로 자두 하나를 집어서 웨이원의 접시에 놓아주었다.

"이건 뭐야?"

"자두라고 해."

"난, 자두 안 먹을래. 자두, 싫어!"

"넌 자두를 먹어본 적도 없잖아? 일단 맛부터 보고 좋은지 싫은지 말해보렴."

웨이원은 접시 위로 고개를 숙이고 혀를 쑥 내밀어 자두를 핥았다. 자두 맛을 본 아이의 얼굴에 미소가 번졌다. 곧 아이는 배고픈 들개처럼 허겁지겁 자두를 통째로 입 안에 넣었다. 아이의 입가에선 자두즙이 흘러내렸다.

"더 줘. 더 먹고 싶어."

아이는 입 속에 넣은 자두를 다 씹어 넘기기도 전에 더 달라고 재촉했다.

나는 아이에게 깡통을 보여주었다. 깡통은 이미 텅 비어 있었다. 세 조각의 자두. 우리 가족이 한 사람당 한 조각만 먹으면 없어지는 양이었다.

"정 더 먹고 싶으면 엄마 걸 먹으렴." 나는 내 몫의 자두를 웨이원의 접시에 올려주었다.

쿠안은 체념한 눈빛으로 나를 바라보며 나직이 말했다. "당신도 비타민시가 필요해."

나는 어깨를 으쓱 추켜 보였다. "어차피 먹으면 먹을수록 더 먹고 싶어질 테니, 아예 입에 대지 않는 것도 좋은 방법이야."

쿠안은 내게 미소를 지어 보였다. "알았어." 말을 마친 쿠안은 곧 자기 몫의 자두도 웨이원에게 주었다.

웨이원이 우리의 자두까지 다 먹기까지는 채 2분도 걸리지 않았다. 접시를 비운 아이는 나무에 오르고 싶다면서 벌떡 일어섰다. 우리는 아이를 말려야만 했다.

"나뭇가지가 부러질 수도 있어."

"나무에 오르고 싶단 말이야!"

나는 배낭을 열어 종이와 연필을 꺼냈다.

"차라리 엄마와 함께 여기 앉아서 셈 공부를 조금 하는 건 어떨까?"

쿠안은 나를 향해 눈동자를 굴려 보였다. 웨이원은 내 말을 들은 척도 하지 않았다.

"이것 좀 봐! 이건 배야. 물에 떠다니는 작은 배!" 웨이원은 땅에 떨어져 있던 작은 나뭇가지 하나를 들어 올리며 소리쳤다.

"정말 그러네!" 쿠안이 맞장구를 쳐주었다. "물은 저기 있어!" 그가 조금 떨어진 곳의 웅덩이를 손으로 가리켰다.

"와!" 웨이원은 웅덩이를 향해 뛰어가기 시작했다.

나는 말없이 종이와 연필을 배낭에 다시 집어넣고, 쿠안에게

서 등을 돌렸다. 그는 내 머리를 쓰다듬었다.

"아직 시간은 많이 있어. 하루는 길잖아."

"하지만 벌써 반나절이 지나버렸잖아."

"여기 앉아." 그는 나를 담요 위에 앉혔다. "나처럼 한번 누워봐. 얼마나 기분이 좋은지 느껴보라고."

나는 보일 듯 말 듯 미소를 지었다. "알았어……"

그는 내 손을 잡아 꼭 쥐었다. 나도 손에 힘을 주었다. 그러자 쿠안이 다시 손에 힘을 주었다. 우리는 누가 먼저라고 할 것도 없이 동시에 웃음을 터뜨렸다. 평소의 답답하고 짜증스러운 기분은 온데간데없이 사라져버렸다.

나는 등을 쭉 펴고 누웠다. 휴식 시간이 끝났다고 소리치는 지도부 사람의 목소리를 듣지 않아서 좋았고, 누가 나를 볼지도 모른다는 걱정을 하지 않아도 되어서 좋았다. 따사롭고 기분 좋은 햇살이 얼굴을 어루만졌다. 나는 한쪽 눈을 살짝 감아보았다. 그러자 원근감이 사라지는 듯한 느낌이 들었다. 눈부시게 푸른 하늘은 머리 위의 하얀 배꽃과 함께 녹아내릴 것만 같았다. 한참을 그렇게 바라보니, 꽃잎 사이에 하늘이 있는지, 하늘 사이에 꽃잎이 있는지 분간할 수가 없을 정도였다. 어떻게 보니 누군가가 하늘색 실로 구멍이 듬성듬성 나도록 뜨개질을 한 후, 그것을 하얀 도화지 위에 얹어놓은 것 같기도 했다.

나는 두 눈을 모두 감았다. 여전히 내 손을 꼭 쥐고 있는 쿠안 덕분에 마음이 차분해졌다. 우리는 그 시간에 대화를 나눌 수도 있었고, 사랑을 나눌 수도 있었다. 그런데도 우리는 가만히 누워 있기만 했다. 웅덩이 근처에서 배의 엔진 소리를 흉내 내는 웨이원의 목소리가 들려왔다.

나는 자세를 바꾸었다. 딱딱한 바닥에 닿은 어깻죽지가 아파오고 엉덩이뼈도 욱신욱신 쑤셨다. 나는 옆으로 돌아누워 팔베개를 했다. 쿠안은 잠에 빠져 나직이 코를 골고 있었다. 그는 여건만 된다면 일주일 내내 잠을 잘 수 있을 것 같았다. 쿠안은 호리호리했고 조금 창백한 피부를 지니고 있었다. 그래서 항상 피곤해 보였고 그다지 건강해 보이지도 않았다. 그는 매일 잠을 충분히 자지도 못했고, 필요한 만큼의 음식을 충분히 먹지도 못했다. 그런데도 그는 나보다 훨씬 많은 시간을 일터에서 보냈고, 단 한 번도 불평을 한 적이 없었다.

사방은 고요하기 짝이 없었다. 주변에 함께 일하는 동료가 없으니 더더욱 적막하게만 느껴졌다. 나뭇가지 배 놀이를 하는 웨이원의 소리도 들리지 않았다. 나뭇가지를 스치는 바람 소리도 느낄 수가 없었다. 소리가 없으니 세상이 텅 빈 것만 같았다.

나는 상체를 조금 일으켜보았다. 웨이원은 지금 도대체 뭘 하고 있을까? 나는 웅덩이 쪽으로 시선을 돌렸다. 햇살을 반사해내고 있는 웅덩이 근처에선 아이를 볼 수 없었다.

나는 벌떡 몸을 일으켰다.

"웨이원?"

아무런 대답도 없었다.

"웨이원, 어디 있니?"

내 목소리는 앞으로 몇 미터 뻗어나가는가 싶더니 정적 속에 묻혀버렸다.

나는 담요에서 뛰쳐나와 언덕 주변을 한눈에 볼 수 있는 곳으로 달려갔다.

아이의 모습은 어디에도 보이지 않았다.

"웨이원?"

내 목소리에 잠을 깬 쿠안이 달려왔다.

"웨이원 봤어?"

그는 고개를 절레절레 흔들었다.

문득 그곳이 얼마나 넓은 곳인지 깨달은 나는 절망에 빠져들었다. 게다가 사방 어느 곳으로 눈을 돌려도 모두 똑같은 광경뿐이었다. 끝없이 줄지어 서 있는 배나무들. 태양과 북쪽에 자리한 어두침침한 숲을 제외하면 방향의 지표가 될 수 있는 것은 아무것도 없었다. 이제 겨우 세 살에 불과한 웨이원은 바로 그곳에서 길을 잃고 혼자 서성이고 있을 것이 틀림없었다.

우리는 웅덩이 쪽으로 달려갔다. 물 위에는 아이가 가지고 놀던 나무 막대가 떠 있었다.

"당신은 저쪽으로 가서 찾아봐. 나는 이쪽으로 가볼 테니까." 쿠안의 목소리는 냉철하고 이성적이었으며 차분하기까지 했다.

나는 고개를 끄덕였다.

"저기 저 어디쯤에 있을 게 분명해. 그리 멀리 가진 못했을 테니까." 쿠안이 말했다.

나는 울퉁불퉁한 땅을 뛰다시피 하며 길 위의 바큇자국을 따라 북쪽으로 향했다. 아이는 길에서 무언가 재미있는 것을 발견하고 거기에 정신이 팔려 우리가 부르는 소리를 듣지 못했을 것이다.

"웨이원? 웨이원?"

어쩌면 아이는 작은 짐승이나 날벌레를 발견했을지도 모른다. 아니, 용을 닮은 나무둥치를 발견했을지도 모른다. 어쨌든 아이는 길에서 무언가를 발견했던 것이 틀림없다. 지렁이. 새집. 개미굴.

"웨이원? 어디 있니? 웨이원!"

나는 밝고 부드러운 목소리로 아이의 이름을 불러보려 했지만, 내 귀에 들리는 목소리는 찢어질 듯 날카롭기 그지없었다.

저쪽에서 쿠안의 목소리가 들렸다.

"웨이원? 웨이원!"

그의 목소리는 내 목소리와는 달리 차분하기만 했다. 나는 마음을 진정시켜보려 안간힘을 썼다. 아이는 불과 몇 분 전까지만 하더라도 여기 있었다. 어쩌다 눈에 띈 것을 가지고 놀다 정신이 팔려 길을 잃은 것이 분명했다.

"웨이원?"

등에 따가운 햇살이 쏟아졌다.

"웨이원? 엄마 여기 있어. 웨이원, 어디 있니?"

갑자기 기온이 불쑥 올라간 듯, 무더워지기 시작했다.

"웨이원! 대답 좀 해봐, 웨이원!"

나의 불규칙적인 숨소리. 사방을 살펴보니 어느덧 언덕에서 수백 미터나 떨어진 곳에 서 있는 나를 발견할 수 있었다. 아이가 이토록 먼 곳까지 오진 못했으리라는 생각에 나는 얼른 왔던 곳으로 다시 발을 옮겼다. 이번에는 바퀴자국이 나 있는 길에서 몇 미터 떨어진 곳을 주로 살펴보며 걸었다.

문득, 웨이원이 빨간 스카프를 두르고 있었다는 사실이 떠올랐다. 갈색의 흙길, 녹색의 잔디밭, 하얀 배꽃 사이에서 아이의 빨간 스카프는 분명 금방 눈에 띌 것이었다.

"타오! 타오! 이리로 와봐!" 쿠안의 목소리는 낯설 정도로 날카로웠다.

"아이를 찾았어?"

"얼른 와보라니까!"

나는 얼른 방향을 바꾸어 쿠안을 향해 뛰어갔다. 숨을 쉴 때마다 목이 답답해 견디기 힘들었다. 마치 공기가 폐에 이르기도 전에 사라져버리는 것처럼 숨을 들이쉴 수가 없었다.

나뭇가지 사이로 쿠안이 보였다. 그는 나를 향해 달려오는 중이었다. 그의 등 뒤에는 어두컴컴한 숲이 보였다. 쿠안은 숲에서 오는 길일까? 그렇다면 웨이윈은 숲속에서 길을 잃었단 말인가?

"뭐가 잘못됐어? 도대체 무슨 일이야?" 내 목소리는 잔뜩 겁에 질려 있었다.

나는 그제야 쿠안을 자세히 볼 수 있었다. 나를 향해 달려오는 쿠안의 얼굴은 굳게 얼어붙어 있었고, 치켜뜬 두 눈은 경직되어 있었다. 그는 팔에 무언가를 들고 있었다.

빨간 스카프.

그가 발을 옮길 때마다 달랑거리는 작은 신발 하나, 그리고 거기에 맞추어 힘없이 흔들리는 작은 검은색 머리.

달랑거리는 신발. 흔들거리는 머리.

나는 쿠안을 향해 뛰어갔다.

비명이 터져 나오려는 것을 억지로 꾹꾹 눌러 담았다.

웨이원은 숨을 헐떡이고 있었다. 아이의 얼굴은 핏기라곤 하나도 볼 수 없을 정도로 창백했다. 나를 보고 있는 두 눈은 도와달라는 듯 애절하기 그지없었다. 아이가 다리나 팔을 부러뜨린 건 아닐까? 어디 크게 다친 건 아닐까? 피를 흘리고 있는 건 아닐까? 아니, 아이는 전신이 마비된 것 같았다.

쿠안이 무슨 말인가 했지만, 나는 그의 말이 전혀 귀에 들어오지 않았다. 내 눈에는 그저 쿠안의 달싹거리는 입술만 보일 뿐, 소리는 들리지 않았다.

쿠안은 멈추지 않고 계속 달렸다.

나는 소리를 질렀다. 짐! 짐을 가져가야 하잖아요! 아, 나는 무엇이 중요한지 잊어버린 것일까. 쿠안은 발을 멈추지 않았다. 그는 웨이원을 안고 달리기만 했다.

나는 쿠안의 뒤를 따랐다. 남편과 아이의 뒤를 따라 근처에 보이는 집을 찾아서 무작정 달렸다. 도움을 얻기 위해.

신발은 여전히 달랑거렸고, 빨간 스카프는 바람에 살랑살랑 흔들리고 있었다.

우리는 시내까지 쉬지 않고 뛰었다. 나는 아이에게서 눈을 떼지 않았다. 웨이원의 커다란 두 눈은 겁에 질려 있었다. 하지만 나는 달리는 일 외엔 아무것도 할 수 없었다.

나는 아이의 이름을 쉴 새 없이 불렀다.

아이는 이제 내 목소리에도 반응을 보이지 않았다.

아이의 몸은 탈진한 듯 저항하는 기미도 보이지 않았다. 얼굴은 점점 더 창백해졌고, 이마에서는 땀이 비 오듯 흘러내렸다.

아이가 두 눈을 스르르 감았다.

얼마나 멀리 왔을까? 얼마나 오랜 시간이 흘렀을까? 정말 우리가 그렇게나 먼 길을 달려왔단 말인가?

마침내 집 한 채가 보였다. 그건 우리 집이 아니었다. 우리는 집과 반대 방향으로 달렸던 것이다. 사방으로 난 길은 모두들 너무나 닮아 있었기에 우리는 방향감각을 잃어버렸던 것이다.

쥐 죽은 듯 고요했다. 도대체 다들 어디로 갔을까?

마침내 사람 한 명을 발견했다. 옷을 잘 차려입은 노부인이 대문을 나서던 참이었다. 나는 노부인이 립스틱을 발랐다는 것을 깨달았다. 아, 그런 것까지 볼 정신이 내게 있었단 말인가?

"잠깐만요!" 쿠안이 소리쳤다. "잠깐만요! 도와주세요! 도움이 필요해요!"

노부인은 언뜻 당황한 듯 사방을 둘러보더니 쿠안이 안고 있는 아이를 보자 상황을 이해한 듯 고개를 끄덕였다.

잠시 후 구급차가 왔다. 메마른 길에서 먼지가 피어올라 웨이원의 머리와 신발과 눈썹에 내려앉았다. 하얀 옷을 입은 의료진이 우리를 향해 뛰어와, 쿠안의 팔에서 조심스럽게 아이를 받아냈다. 웨이원의 팔은 힘없이 축 늘어졌다. 그것이 우리가 보았던 마지막 모습이었다. 쿠안과 나는 구급차에 탔지만 웨이원과 함께 있을 수는 없었다. 그들은 우리 부부만 앞 좌석에 태웠다. 누군가 안전띠를 매라고 말해주었다.

안전띠. 지금 그런 게 중요했던가?

조지

자명종이 울리기 22분 전에 눈을 떴다. 침대와 이불은 땀으로 흥건히 젖어 있었다. 나는 이불을 걷어찼다. 다시 잠들기는 불가능하다는 것을 알고 있었기 때문이었다. 오늘은 벌통을 하나하나 검사하는 날이었다. 겨울을 보낸 후 처음으로 벌통을 관리하는 날. 나는 항상 벌통을 검사하기 전날이면 잠을 제대로 자지 못했다. 머릿속에서 벌통에 대한 생각을 지울 수가 없기 때문이었다. 벌집과 밀판 그리고 올망졸망한 알들. 매번 벌통을 열면 어떤 광경이 눈에 들어올지 예측을 할 수가 없었다. 최근에는 겨울이 지나고 나면 거의 매번 벌통 내의 벌들이 50퍼센트 이상 죽어 있는 모습을 볼 수 있었다. 뚜껑을 열었을 때 여왕벌과 일벌을 막론하고 반 이상이 죽어 널브러져 있는 모습을 보았을 때의 그 느낌은 그리 좋다고는 할 수 없다. 올해 겨울은 예년과 그리 다르지 않았지만, 그렇다고 해서 벌통 내의 광경까지 비슷하다고는 장담할 수 없었다. 그리 춥지도 덥지도 않았던 겨울. 어쩌면 올해는 예년보다 좀 더 나은 결과를 얻을 수도 있지 않을까.

벌통 앞에 서서 릭과 지미를 기다리는 내 손은 살짝 떨리기 시작했다. 나는 그들에게 아침 7시 30분까지 오라고 미리 말을 해두었다. 그리고 나는 그들이 오면 바로 일을 시작할 수 있도록 만반의 준비를 다 해놓았다. 나 혼자서도 일을 시작할 수 있었지만, 우리는 매년 처음으로 벌통을 검사하는 날엔 항상 세 명이서 함께 일을 시작하자고 암묵적인 약속을 해두었기 때문에 나는 그들이 올 때까지 묵묵히 기다렸다. 우리는 양봉장에서 만날 때면 항상 기분 좋은 대화를 나누며 간간이 커피를 함께 마시기도 했다.

언제나처럼 릭이 먼저 도착했다. 그는 키가 크고 빼빼 마른 청년이다. 그가 몸을 움직일 때면 사지가 제자리를 찾기 힘든 듯 힘없이 흔들거린다. 자세히 보면 제임스 스튜어트*를 닮은 것 같기도 했다. 물론 릭의 표정은 제임스 스튜어트의 자신감에 가득 찬 표정과는 거리가 멀었다. 길고 뾰족한 코, 푹 들어간 두 눈, 숱이 적은 머리. 그는 서른도 안 된 나이에 벌써 머리카락이 빠지기 시작했다. 차에서 내린 릭은 항상 그렇듯 느릿느릿 움직였다. 무엇을 하든, 그는 남들보다 열 배 이상은 더 느렸다. 하

* James Stewart(1908~1997). 군인 출신의 미국 배우. 영화 〈필라델피아 스토리〉로 1940년 아카데미 남우주연상을 수상했다.

지만 그의 열정 하나만큼은 알아줘야만 했다. 그는 통신 수업을 통해 농업을 전공했고, 항상 관련 서적을 열심히 읽었다. 우리가 무슨 일을 하든, 릭은 그 일의 배경에 대해 자세히 설명해주었다. 관련 역사와 이론에 대해서도 마찬가지였다. 그는 마치 동전을 넣으면 자동으로 정보를 뱉어내는 기계처럼 많은 것을 알고 있었다. 그는 직접 농장을 경영하는 것이 꿈이었다. 나는 그가 몸을 움직여 일을 하는 것보다 책상머리에 앉아 꿈지럭거리는 것이 더 어울린다고 생각했다.

그는 언제나처럼 제자리에 서서 두 팔을 휘저었다. 그는 매사에 가만히 있지 못하는 성격이었다.

"안녕하세요……"

"어, 이제 왔어?"

"예. 올해는 어떨지 짐작해보셨나요?"

"아니…… 좋겠지? 응, 그랬으면 좋겠어. 나쁠 이유도 없잖아."

"맞아요. 나쁠 이유도 없죠."

그는 이마에 주름을 지으며 머리카락을 쓸어 넘겼다. "그런데……" 그는 마치 머리에 이가 있는 사람처럼 두 손으로 머리를 긁기 시작했다. "뚜껑을 열어보기 전엔 모르는 일이잖아요."

"맞아. 하지만 올해 겨울은……"

"예, 올해 겨울은……"

"그래, 맞아."

"그건 그렇고 벌들이 자꾸 사라진다고 하던데……"

"아, 그거?"

나는 그 일에 대해선 미처 생각해보지도 않은 듯 대꾸했다.

물론 속으로는 그 일에 대해 끊임없이 생각해보고 있던 참이었다. 나도 매일 뉴스를 보고 들으니까. 심지어는 지역 신문인《더 오텀 트리뷴》에서도 최근 남쪽 지방의 양봉인들이 경험했던 그 낯선 일들에 대해 몇 번이나 기사가 실렸다. 지난 11월, 플로리다의 데이비드 해켄버그라고 하는 한 양봉인은 자신의 벌통이 어느 날 갑자기 텅 비어 있는 것을 발견했다고 한다. 그 일이 있은 후, 전국의 양봉인들은 모이기만 하면 그 이상한 현상에 대해 궁금함을 감추지 못하며 대화를 나누었다. 이후 해켄버그와 같은 일을 경험했다고 주장하는 양봉인들이 플로리다뿐만이 아니라 캘리포니아, 오클라호마, 텍사스 등지에서 줄지어 나타났다.

모두들 같은 이야기였다. 건강하던 벌들이 어느 한 순간 모두 사라져버린 것이다. 벌통 안에는 충분한 먹이와 건강한 애벌레 무리들도 있었지만 며칠, 아니 채 몇 시간도 흐르기 전에 벌들은 감쪽같이 사라져버렸다고 한다. 알과 애벌레, 새끼 벌들도 모두 버려둔 채 자취를 감춘 벌들은 되돌아오지 않았다.

벌은 매우 청결한 동물이다. 그들은 죽을 때가 되면 삶터를 떠나 홀로 조용히 죽음을 맞이한다. 무리들과 함께 사는 벌집을 오염시키지 않기 위해서다. 어쩌면 전국 곳곳에서 벌들이 사라졌던 것은 바로 이 때문이 아닐까. 하지만 이상한 점은 일벌들이 모두 사라진 벌집에 여왕벌과 새끼 벌들은 남아 있었다는 사실이다. 즉 일벌들은 어미와 새끼들을 벌집에 내버려두고 떠난 것이다. 그렇게 되면 남아 있는 벌들은 어쩔 수 없이 죽음을 맞이할 수밖에 없다. 이건 자연의 섭리에 위배되는 일이다.

아무도 그 원인을 알지 못했다. 나는 처음 그 이야기를 들었을 때 양봉인이 벌통을 잘 간수하고 관리하지 못했기 때문이라 미루어 짐작했다. 해켄버그라는 자가 자신이 키우는 벌들을 제대로 돌보지 않았던 것이 틀림없다고 생각했던 것이다. 나는 그간 자신의 잘못은 모르는 채 남 탓만 하는 양봉인들을 많이 보아왔다. 그들은 해마다 결과가 나쁘게 나올 때면 날씨가 유난히 더웠다거나 또는 추웠다고 입을 모았고, 때로는 꽃가루에 당분이 부족하다고도 했다. 솔직히 우리가 하는 일은 천체물리학처럼 어려운 일이라 할 수는 없다. 하지만 벌들이 감쪽같이 사라졌다고 주장하는 양봉인들이 점점 더 많이 나타나자 무언가 이상한 일이 일어나고 있다는 것을 본능적으로 느낄 수 있었다.

"정말 이상한 일이야."

"예, 남쪽 지방엔 특히 타격이 더 심한가 봐요." 릭이 말했다.

저 멀리 지미의 녹색 트럭이 보이기 시작했다. 그는 환한 미소를 지으며 차에서 내렸다. 지미는 릭과 정반대의 성격을 지니고 있었다. 릭이 항상 조그만 일에도 걱정하고 이런저런 생각을 많이 한다면, 지미는 언제나 밝은 표정으로 모든 일을 쉽게 생각하고 해나가는 경향이 있었다. 일을 할 때도 정확히 필요한 만큼만 움직였고, 꼭 필요한 곳이 아니면 머리를 쓰는 일은 가급적 피하려고 했다. 하지만 그는 자신이 하는 일만큼은 책임을 다해 성실하게 임했다.

지미는 부족한 내면을 외적 요소로 잘 포장할 수 있는 사람이다. 그의 외모는 디즈니의 청소년 영화에 나오는 배우를 연상시켰다. 금발의 머리, 뺨의 보조개, 강인하게 보이는 각진 턱, 눈코 입이 조화롭게 자리한 얼굴. 그에겐 양봉인의 작업복보다는 오히려 축구 유니폼이 더 잘 어울렸다. 그도 자신의 이런 외적 장점을 잘 알고 있는지 항상 외모에 신경을 썼다. 하지만 그가 빳빳하게 잘 다림질이 된 옷을 입고, 머리를 청결하게 빗어 넘긴다 하더라도, 나는 그가 누구를 위해서 그토록 외양을 꾸미는지 알지 못했다. 그의 주변에선 여자를 볼 수가 없었으니까.

그는 보온병을 들고 있었다. 긴 겨울을 보낸 후 처음으로 함께 작업을 시작하는 날을 기념하는 의미로 무언가 특별한 것을 준비한 듯했다. 매끈매끈한 금속 보온병이 햇살을 반사시키니 눈이 부셨다.

우리는 각자의 컵을 손에 들었다. 몇 년 전, 지미는 가끔 있는 이런 날을 위해 컵을 세 개 구입해놓았다. 쑥색의 작은 플라스틱 컵은, 사용하지 않을 때면 납작하게 접을 수 있는 야외용으로 K마트에서 파는 것이었다. 릭과 나는 거의 동시에 지미에게 컵을 내밀었다. 지미는 말없이 보온병 뚜껑을 열었다.

"직접 간 원두로 끓인 커피예요." 그가 내 컵에 먼저 커피를 따라주었다. "콜롬비아산이에요. 아주 진하고 독특한 향이 나는 커피죠."

솔직히 나는 인스턴트커피라도 상관이 없었다. 커피는 커피일 뿐이니 말이다. 하지만 지미는 커피를 예술의 한 장르로 여기는 것 같았다. 그는 원두를 인터넷에서 구입하곤 했다. 신선한 원두로 만든 커피에 비하면 인스턴트커피는 악마의 산물이라 할 수 있다고도 했다. 그의 말에 따르면 커피를 적당한 온도에서 적당한 시간 동안 우려내는 것도 아주 중요하다고 했다. 물의 온도는 '알파와 오메가'라고 했던가. 그는 완벽한 커피를 만들어내기 위해 유럽산 커피머신까지 장만했다. 인터넷으로 주문한 커피머신이 세관을 통과해 그의 집 대문 앞에 도달하기까지는 무려 몇 주나 걸렸다.

우리는 서로의 컵을 마주쳤다. 말랑말랑한 플라스틱 컵이라 서로 부딪쳐도 아무 소리가 나지 않았다. 우리는 개의치 않고 커피를 한 모금 들이켰다.

지미의 커피에 대해 예의상으로나마 그럴듯한 말을 해줘야만 할 것 같았다. 나는 마치 와인 시음을 하듯 눈을 지그시 감고 커피를 음미했다.

"맛이 아주 깊고…… 풍성한걸."

"음…… 조금 탄 맛이 나는 것도 같아. 아주 고급스러워." 릭도 한마디 거들었다.

지미는 만족한 표정을 지으며 고개를 끄덕인 후, 마치 독립기념일을 기다리는 어린아이처럼 기대에 가득 찬 눈빛으로 우리를 바라보았다. 무언가 더 듣기를 원하는 걸까?

"인스턴트커피와는 차원이 다른걸."

"최근에 내가 마셔본 커피 중에선 최고야."

지미는 다시 고개를 끄덕였다. "원두 기계와 신선한 원두만 구입하면, 얼마든지 집에서 이런 커피를 만들어 드실 수 있어요."

그는 내가 원두 가는 기계를 우리 집 대문 안에 들여놓을 리가 없다는 것을 잘 알고 있었다. 우리 집에선 항상 에마가 커피를 끓인다. 그녀는 냉동 인스턴트를 사용했고, 최근에는 커피에 분말 크림과 설탕까지 넣어 마셨다. 나는 그녀가 뭘 어떻게 하든 항상 블랙커피를 고집했다.

"인간이 무려 1,500년 전부터 커피를 마시기 시작했다는 걸 아시나요? 에티오피아에서 발견된 잔해를 통해 알아낸 사실이죠." 릭이 말했다.

"오, 그래? 그게 정말이야? 놀랍군!" 지미가 감탄했다.

"정말이야. 칼디라는 이름의 양치기가 양을 치던 중이었지. 그런데 붉은색의 낯선 열매를 먹은 양들이 평소와는 다르게 이상한 행동을 하는 걸 발견하게 되었어. 양들은 밤이 되어도 잠을 자려 하지 않았지. 그래서 양치기는 이 이야기를 마을 수도원에 사는 성직자에게 해주었대."

"1,500년 전, 에티오피아에 수도원이 있었어?" 나는 릭에게 질문을 던졌다.

"예……?"

그는 당황한 눈빛으로 나를 바라보았다. 나는 그의 눈빛이 흔들리는 것을 볼 수 있었다.

지미는 릭의 편을 들며 손을 휘휘 저었다. "물론 그 시절에도 수도원이 있었어요!"

"그렇다면 크리스트교 수도원은 아니었을걸? 그러니까 내 말은, 에티오피아라면 아프리카에 있는 나라 아냐? 그런데 그 시절에……?"

"어쨌든, 그 수도사는 양치기의 말에 큰 흥미를 보였어요. 그도 기도 도중에 잠이 와서 힘들어하던 중이었거든요. 그래서 그는 양치기가 보여준 그 열매를 직접 따서 거기에 뜨거운 물을 붓고 마셨죠. 그게 바로 커피의 시초가 된 거예요."

릭의 이야기에 지미는 만족한 표정으로 고개를 끄덕였다. 릭은 커피의 기원을 조사했고, 그것은 커피에 대한 일종의 경의를 고스란히 보여준 셈이었다.

봄바람 때문에 커피는 금방 식었다. 마지막 한 모금은 미적지근했고 씁쓸했다. 컵을 비운 우리는 각자의 차를 몰아 벌통이 자리한 곳으로 향했다.

운전대에 손을 얹으니 땀으로 흥건히 젖은 손을 느낄 수 있었다. 나는 운전대에서 손이 미끄러질까 봐 얼른 작업복 바지에 손을 문질러 땀을 닦았다. 등에서도 땀이 흘러 셔츠가 끈적하게 등에 붙어버렸다. 나는 벌통을 열었을 때 어떤 광경을 보게 될지 전혀 짐작할 수도 없었다. 긴장이 되기 시작했다.

수백 미터의 울퉁불퉁한 자갈길 위로 차를 몰아, 마침내 앨러배스트 강가에 도착했다.

차에서 내린 나는 떨리는 손을 감추기 위해 뒷짐을 졌다.

나보다 먼저 도착해 있던 릭은 얼른 일을 시작하고 싶어 하는 듯 들뜬 표정을 지었다.

마지막으로 차에서 내린 지미는 하늘을 올려다보며 코를 킁킁거렸다.

"지금 기온이 몇 도나 될까요?" 그는 단 1밀리미터도 움직일 생각이 없는 듯 눈을 지그시 감았다. 일을 할 마음이라곤 전혀 없는 사람 같았다.

"이 정도면 충분히 따스해." 나는 벌통을 향해 걸으며 말했다. "자, 얼른 일을 시작해보자고!"

나는 피스타치오색 벌통의 날판*과 출입문을 먼저 살펴보았다. 벌통 속에는 수많은 벌들로 가득했다. 뚜껑을 열고 가장 위쪽에 자리한 소광을 걷어내보았다. 최악의 상황이 닥친다 하더라도 절대 동요하지 않겠다고 생각하며 조심스레 안쪽을 살펴보았다. 벌통 안은 정상적이었다. 여왕벌은 볼 수 없었지만, 여기저기서 알과 애벌레를 볼 수 있었기에 걱정할 일은 아니었다. 여섯 개의 벌집은 꽉 차 있었고, 벌들은 건강해 보였다. 다른 벌통과 합봉을 하지 않아도 될 것 같았다.

나는 지미를 향해 돌아서서 고개를 끄덕였다. 그는 자신이 열어보았던 벌통 앞에 서서 내게 고개를 끄덕여주었다.

"여기도 모두 정상이에요."

"여기도 마찬가집니다." 릭이 말했다.

우리는 그런 식으로 벌통을 하나하나 살펴보았다.

햇살은 점점 더 강해졌고 살펴보아야 할 벌통은 점점 줄어드니 기분 좋은 피곤함이 몰려들었다. 땀으로 젖어 있던 두 손은 어느새 바짝 말라 있었고, 등에 붙어 있던 옷에서도 축축함을 느낄 수 없었다. 물론 몇몇 벌통에서는 문제점을 발견할 수 있었다. 몇 개의 벌통을 합쳐 합봉을 해야 하는 경우도 있었고, 여왕벌이 사라져버린 벌통도 있었다. 하지만 그건 매년 있는 일이었기에 걱정할 필요는 없었다. 결과적으로 올해 겨울은 그다지 나쁜 것 같지 않았다. 문득, 남쪽 지방에서 떼 지어 자취를 감추어버린 벌들의 이야기는 마치 먼 세상 얘기처럼 느껴졌다. 어쨌

* 꿀벌이 드나드는 벌통 구멍에 잇대어놓는 판.

든 나는 그간 내가 키우는 벌들을 잘 관리해왔으니 합당한 결과를 얻은 것이었다.

우리는 점심을 함께 먹기 위해 한자리에 모였다. 삐걱삐걱 소리를 내는 낡은 캠핑 의자를 펼쳐놓고 우리는 햇살을 받으며 각자의 샌드위치를 먹었다. 무슨 이유에선지 모두들 아무 말도 하지 않았다. 마침내 릭이 더는 못 참겠다는 듯 말문을 열었다.

"큐피드와 벌에 대한 이야기는 들어보셨나요?"

아무도 대답을 하지 않았다. 릭은 또 무슨 이야기를 하려는 걸까? 나는 그가 쓸데없는 이야기는 하지 말았으면 좋겠다고 생각했다.

"들어보셨냐니까요?" 그가 다시 물었다.

"아니. 우리가 그런 이야기를 들어보지 못했다는 건 자네도 이미 잘 알고 있을 텐데."

지미가 코웃음을 쳤다.

"큐피드는 사랑의 신이에요." 릭이 말을 이었다. "고대 로마 신화를 읽어보면 그렇게 나와 있어요."

"화살을 가지고 다니는 신이잖아." 나는 아는 척을 했다.

"예, 맞아요. 비너스의 아들이죠. 항상 활과 화살을 가지고 다니는 커다란 아기처럼 생긴 신이에요. 그의 화살을 맞은 사람은 사랑에 눈을 뜨게 된다는 이야기가 전해 내려와요."

"에이, 아기처럼 생긴 사랑의 신이라. 어딘지 모르게 좀 변태적인 느낌이 나는 것 같지 않아?" 지미가 말했다.

나는 웃음을 터뜨렸지만 릭이 나를 쏘아보는 바람에 얼른 입을 다물었다.

"그런데 큐피드가 활을 쏘기 전에 꼭 화살촉을 꿀에 담근다는 건 알고 계셨어요?"

"글쎄, 그건 못 들어봤는데."

"난 큐피드가 누군지 지금까지 한 번도 들어본 적이 없어." 지미가 끼어들었다.

"그래요, 큐피드는 항상 화살촉에 꿀을 묻혀서 쏘았어요." 릭이 컵을 향해 손을 뻗치자 의자에서 삐걱거리는 소리가 났다.

우리는 갑자기 생겨난 의자 소리에 웃음을 터뜨렸다. 하지만 릭은 웃지 않았다. 그는 얼른 말을 잇고 싶어 했다.

"큐피드는 화살촉에 묻히기 위한 꿀을 벌들에게서 훔쳤어요. 벌집을 통째로 훔치길 밥 먹듯 하다가 어느 날……" 그는 긴장감을 자아내기 위해 잠시 말을 멈춘 후 이어나갔다. "벌들에게서 공격을 받게 되었답니다. 참다못한 벌들이 한꺼번에 복수를 한 셈이죠." 그는 다시 말을 멈추었다. "아시다시피 큐피드는 항상 발가벗고 다니잖아요. 그 당시 신들의 세계에선 벌거벗고 다니는 게 유행이었나 봐요. 결국 큐피드는 벌들에게 쏘여 온몸이 퉁퉁 부어올랐어요. 말 그대로 '한 군데도 빠짐없이.'"

"합당한 벌을 받았군."

"그럴지도 모르죠. 하지만 큐피드는 어린아이에 불과했어요. 벌에 쏘인 큐피드는 엄마인 비너스에게 달려가 마구 울면서 고자질을 했어요. 조그만 벌들이 그토록 큰 고통을 줄 수 있다는 사실에 스스로도 놀랐던 거죠. 하지만 비너스가 아이를 위로해 줬을까요? 아니에요. 비너스는 큐피드의 말을 듣고 그냥 웃기만 했답니다."

"웃기만 했다고?"

"예. 비너스는 큐피드한테 이렇게 말했어요. '너는 아직 어려서 잘 모르겠지만, 네 화살은 벌들이 주는 고통보다 더 큰 고통을 줄 수 있단다'라고 말이죠."

"흠, 그래서 어떻게 됐어? 그다음엔 무슨 일이 일어났나?"

"그게 전부예요."

지미와 나는 그를 째려보았다.

"그게 전부라고?" 지미가 되물었다.

릭은 어깨를 으쓱 추켜 보였다. "응. 하지만 우리는 바로 그 순간을 그린 그림을 수도 없이 찾아볼 수 있어. 비너스가 이렇게 서 있고…… 비너스는 매우 아름다운 여신이잖아, 그렇지? 도자기 같은 피부에 매력적인 몸매로 벌거벗은 채 서 있는 모습…… 여신의 옆에는 울고 있는 아이가 있어. 아이는 손에 벌집을 들고 있고, 벌들은 아이를 마구 쏘는 그런 그림 말야."

그의 이야기에 나는 소름이 끼쳐 이맛살을 찌푸렸다.

"비너스는 참 이상한 엄마군." 지미가 말했다.

"네가 그렇게 말하는 것도 무리는 아냐." 릭이 맞장구를 쳤다.

다시 침묵이 흘렀다. 나는 벌에 쏘여 퉁퉁 부어 있는 아이의 모습을 떨쳐내려 눈을 깜박여보았다.

목덜미를 내리쬐는 따가운 햇살이 느껴졌다. 에마는 바로 이런 날을 두고 날씨가 좋다고 했다. 나 또한 이런 날씨를 즐기려 노력을 해보았다. 하지만 나는 이렇게 무더운 날씨를 결코 즐길 수가 없었다. 반면 벌들에게는 이런 날씨가 적격이다. 햇살은 꿀을 의미하고, 꿀이 많이 모인다는 것은 다가오는 해가 성공적이라는 것을 의미한다. 그러면 돈을 많이 벌 수 있을 테고, 돈이 많이 모이면 양봉장에 다시 투자를 할 수 있다. 내겐 바로 그런 것이 삶이었다. 플로리다는 필요치 않았다. 나는 오늘 저녁 에마에게 바로 이 말을 해줄 생각이었다. 도대체 누가 플로리다를 필요로 한단 말이오?

타오

저녁이 되었다. 하지만 우리는 뜬눈으로 깨어 있었다. 잠을 잘 수가 없었다.

우리는 마을 근처에 있는 작은 지역 병원으로 갈 줄 알았다. 하지만 구급차는 우리를 태우고 시롱에 있는 대형 병원으로 향했다. 우리가 왜 그곳으로 가는지 아무도 말해주는 사람은 없었다. 운전수가 없는 구급차는 도로 위를 달리다가 갑자기 방향을 바꾸었다. 앞 좌석에는 우리 부부밖에 없었기에 물어볼 사람도 없었다.

병원에 도착하자 누군가가 우리를 보호자 대기실로 안내해주었다. 문밖의 복도에선 사람들의 목소리가 간간이 들리긴 했지만, 대기실 문을 여는 사람은 아무도 없었다. 병원 측에선 우리만의 공간을 특별히 마련해둔 것 같았다.

창가에 서서 밖을 내다보니 병원 입구가 한눈에 들어왔다. 건물의 양쪽 끝에는 다섯 개의 하얀 부속 건물이 이어져 있었다. 몇몇 창문에서는 불빛이 새어 나오고 있었지만 대부분의 병실은 불이 꺼져 캄캄했다. 병원은 지금보다 훨씬 사람들이 많이 살던 과거에 지어진 건물이었다. 창밖으로는 가끔 신형 자동차가 미끄러지듯 병원 안으로 들어오기도 했고, 구급 헬리콥터가 한 대 내려앉기도 했다. 나는 언제 마지막으로 헬리콥터를 봤는지 기억이 나지 않았다. 내가 사는 곳에선 이미 오래전에 헬리콥터가 사라졌다. 연료를 감당해내기가 힘들었기 때문이리라. 헬리콥터가 착륙하며 일으킨 바람에 의료진의 하얀 가운이 휘날렸다. 문이 열리자 정장을 입은 여자 한 명과 남자 두 명이 내렸다. 그들은 아픈 사람 같진 않았다. 세 사람은 마치 시간이 촉박한 듯 종종걸음으로 병원 정문 안으로 사라졌다.

사이렌을 울리며 들어오는 차들이 적지 않았다. 의료진은 응급실 앞에 서서 신속한 동작으로 환자들을 맞이했다. 들것에 실려 이송된 환자들은 의사와 간호사의 치료를 받았다. 환자가 도착하면 으레 볼 수 있는 모습이다. 그런데 이상하게도 우리가 도착했을 때는 그런 절차를 거치지 않았다. 모든 일이 너무나 빨리 진행되었기에 정신이 없을 지경이었다. 우리가 구급차에서 내리니 웨이원은 이미 들것에 실려 병원 안으로 모습을 감춘 후였다. 우리는 들것을 들고 병원 건물 안으로 사라지는 의료진의 등만 보았다. 웨이원은 들것 위에 누워 있었을 것이 틀림없었지만, 우리는 아이의 모습을 볼 수 없었다. 들것은 하얀 천으로 덮여 있었기 때문이었다. 나는 의료진의 뒤를 따라 달렸다. 단지 아이의 얼굴을 보고 싶을 뿐이었다. 그러나 들것을 든 의료진은 낯선 문 안으로 자취를 감추었고 곧 그 문은 굳게 닫혔다.

우리는 그곳에 멍하니 서 있었다. 나는 쿠안을 향해 손을 뻗어보았지만 그는 내 손이 닿지 않는 곳에 서 있었다. 나는 그에게 닿을 수가 없었다. 아니, 어쩌면 그는 내 손이 닿는 것을 원하지 않았는지도 모른다.

다시 문이 열렸고, 하얀 가운을 입은 의료인 두 명이 모습을 드러냈다. 의사들일까? 아니면, 간호사들일까?

그들은 위로하는 표정으로 우리를 안으로 맞아들였다.

내 머릿속에는 수많은 질문들이 자리하고 있었지만, 나는 차마 그것들을 끄집어낼 수가 없었다. 웨이원은 어디에 있을까? 도대체 뭐가 잘못된 것일까? 아이가 상처를 크게 입었을까? 곧 아이를 볼 수 있을까? 나는 마음을 진정시키고 그들에게 질문을 해보았지만, 대답을 얻을 수는 없었다. 그들은 오직 우리 아들이, 마치 웨이원이라는 이름은 안중에도 없다는 듯 '아들'이라는 이름으로 웨이원을 부르며, 아드님이 치료를 잘 받을 수 있도록 최선을 다하겠다는 말만 되풀이할 뿐이었다. 그러고는 우리를 대기실로 인도하고 어디론가 사라져버렸다.

몇 시간을 더 기다리자 마침내 의사 한 명이 문을 열고 대기실로 들어섰다. 그녀는 우리와는 눈도 마주치지 않은 채 자신을 히오 박사라고 소개하며 등 뒤의 문을 닫았다.

"지금 어디 있나요? 웨이원은 지금 어디 있습니까?" 내 목소리는 마치 먼 곳에서 들려오는 낯선 소리 같았다.

"의료진이 아드님을 살펴보고 있습니다." 여의사는 대기실 한쪽 구석에 서서 대답했다.

그녀의 머리는 희끗희끗했고, 무표정한 얼굴에는 주름살 하나도 보이지 않았다.

"아이의 이름은 웨이원이에요. 웨이원을 볼 수 있을까요?"

나는 문을 향해 한 발짝 다가갔다. 우리를 아이에게 데려다주는 것은 그녀의 의무라고 생각했다. 불가능한 일은 절대 아닐 것이다. 설령 아이를 직접 볼 수는 없더라도 병실 유리창 너머로는 볼 수 있지 않을까.

"살펴보고 있다니요? 무슨 뜻입니까?" 쿠안이 의사를 향해 물었다.

그녀는 쿠안을 향해 고개를 치켜들었지만, 여전히 시선은 다른 곳을 향하고 있었다.

"우리는 최대한의 노력을 기울이고 있습니다."

"아이는 살아날 수 있는 거죠? 그렇죠?" 쿠안이 되물었다.

"최선을 다하는 중입니다." 그녀는 조금 더 부드러운 목소리로 말했다.

쿠안은 손을 올려 입을 가리고 손마디를 자근자근 깨물었다. 나는 등골이 오싹해져오는 것을 느꼈다.

"아이를 보여주세요!" 나는 단호하게 말했지만, 내 말은 너무나 나직했기에 입 밖으로 나오자마자 사라져버렸다.

여의사는 아무 대답도 하지 않고 힘없이 고개를 저었다.

믿을 수가 없었다. 무언가 잘못된 것이 틀림없었다. 우리에게 일어난 일은 꿈일까? 병원에 누워 있는 아이가 정말 우리 아이일까? 웨이원은 지금쯤 학교나 집에 있어야 하는데…… 뭔가 오해가 있었던 건 아닐까?

"저희를 믿어주십시오." 히오 박사가 자리에 앉으며 나직이 말했다. "일단 두 분께 몇 가지 질문을 드려도 될까요?"

쿠안은 고개를 끄덕이며 의자에 앉았다.

그녀는 종이와 펜을 꺼냈다.

"아드님이 이전에도 크게 아픈 적이 있었습니까?"

"없었습니다." 쿠안은 대답과 동시에 나를 돌아보았다. "없었지? 웨이원이 크게 아팠던 적이 있었나? 당신 기억은 어때?"

"없었어. 귀에 염증이 생겼던 적과 독감에 걸렸던 걸 제외하면……"

의사는 우리의 대답을 받아 적었다. "특별하게 아팠던 적은 없었다는 말씀이시군요."

"예, 맞습니다."

"이비인후과적 병을 앓은 적은 없나요? 천식이라든지?"

"없습니다." 나는 단호하게 대답했다.

히오 박사는 쿠안을 돌아보았다.

"정확히 어디서 아드님을 발견하셨습니까?"

쿠안은 상체를 앞으로 굽혀 몸을 웅크렸다. 마치 그녀의 질문으로부터 자신의 몸을 보호하기라도 하듯.

"나무 사이에서 발견했습니다. 458작업 구역…… 아니, 457구역일지도 모릅니다. 숲 바로 옆에서 찾았어요."

"그때 아드님은 무엇을 하고 있었습니까?"

"잔뜩 몸을 웅크린 채 바닥에 앉아 있었어요. 얼굴은 몹시 창백했고 식은땀을 흘리고 있었습니다."

"아드님을 찾은 분은 아버님이십니까?"

"예, 접니다. 제가 웨이원을 발견했습니다."

"아이가 매우 두려워했어요. 굉장히 두려워했다고요."

내가 두 사람의 말에 끼어들자, 의사는 고개를 끄덕여주었다.

"우리는 함께 자두를 먹었어요." 나는 다시 말을 이었다. "자두 통조림을 가져갔거든요. 웨이원은 자두 한 통을 혼자 다 먹었어요."

"예, 잘 알았습니다." 의사는 그 말도 종이 위에 적었다.

곧, 그녀는 마치 쿠안이 모든 대답을 다 알고 있다는 듯 다시 쿠안을 향해 고개를 돌렸다. "아드님이 숲에 있었다고 생각하십니까?"

"글쎄요……"

그녀는 잠시 주저하더니 다음 질문을 던졌다. "그곳에서 무엇을 하셨습니까?"

쿠안은 다시 몸을 웅크리고 내게 시선을 던졌다. 무슨 생각을 하고 있는지 전혀 짐작도 할 수 없는 무덤덤한 눈빛이었다.

가슴이 답답해져왔다. 숨을 쉬기가 힘들 정도였다. 나는 아무 말도 할 수가 없었다. 단지 쿠안만을 뚫어지게 바라보며 그가 나 대신 대답을 해주기를 바랄 뿐이었다. 그곳으로 소풍을 갔던 것은 내가 고집을 피워서가 아니라, 우리가 함께 결정을 내렸기 때문이라고. 아니, 그것은 전적으로 그의 생각이었다고 말해주면 얼마나 좋을까.

우리가 그곳으로 갔던 것은 나 때문이었다. 모두가 내 잘못이었다.

쿠안은 나의 애원하는 눈빛에 전혀 반응을 보이지 않았다. 곧 의사를 향해 고개를 돌린 그는 큰 숨을 들이쉰 후 가까스로 말을 짜냈다. "우리는 그곳으로 소풍을 갔습니다. 모처럼 맞이한 휴일을 가족과 함께 기분 좋게 보내려고 나갔습니다."

다행히도 그는 내게 잘못을 돌리지 않았다. 나는 그에게서 눈을 떼지 않았다. 하지만 그는 나와 눈을 마주치려 하지 않았다. 그에게선 아무것도 얻어낼 수가 없었다. 심지어는 나를 향한 불평과 불만조차도 찾아볼 수가 없었다.

어쩌면 그의 말이 맞는지도 모른다. 어쩌면 그것이 사실인지도 모른다. 우리는 함께 결정했다. 그곳에 갔던 것은 우리가 함께 결정하고 행했던 일이었다. 함께 선택을 하고 동의를 해서 행했던 일. 그렇다, 그것은 나만의 고집스러운 주장 때문만은 아니었다.

히오 박사는 우리 둘 사이에 오가는 분위기를 알아차리지 못했다. 그녀는 단지 연민과 동정이 가득한 눈빛으로 우리를 번갈아 바라보고 있을 뿐이었다. 그녀의 눈빛에선 직업적인 연민이 아닌 인간적인 연민을 느낄 수 있었다.

"검사를 해서 뭔가 더 알아내게 되면 꼭 다시 찾아뵙고 말씀드리겠습니다."

나는 한 발짝 앞으로 나섰다. "도대체 무슨 일인가요? 웨이원에게 무슨 일이 일어난 건가요?" 나는 사시나무처럼 떨리는 목소리로 말을 이었다. "더 알고 싶으신 건 없나요?"

여의사는 천천히 고개를 저었다.

"좀 쉬세요. 식사거리를 챙겨드리라고 할게요."

그녀는 문밖으로 사라졌고, 우리는 제자리에 멍하니 서 있었다.

벽시계의 시곗바늘은 쉴 새 없이 움직였다. 고개를 들어 시계를 보니 어느덧 20분이 지나 있었고, 다음번에 다시 시계를 보니 고작 20초밖에 지나 있지 않았다.

쿠안은 내게서 멀찍이 떨어진 구석에 서서 움직이려 하지 않았다. 내가 어디로 움직이든 간에 그는 내게서 최대한 멀리 떨어진 곳에 서 있었다. 그것은 그의 의지만이 아니라 내 의지 때문이기도 했다. 우리 둘 사이에는 이미 너무나 큰 공간이 생겨버렸다. 이 공간에 들어서면 우리는 얇은 얼음이 되어버린다. 늦가을의 웅덩이 위를 덮고 있는 얼음. 손만 대면 깨질 것 같은 얇디얇은 얼음.

나는 물 한 모금을 마셨다. 탱크에서 길은 물. 흐르지 않는 곳에 오랫동안 고인 물은 씁쓸한 맛이 난다.

창밖에는 어둠이 찾아들었다. 우리는 불을 켤 생각조차 하지 않았다. 불이 무슨 소용이 있단 말인가? 의사가 다녀간 지 벌써 한 시간이나 지났다.

문을 열고 복도를 살펴보았다. 안내대는 텅 비어 있었다.

복도를 더 걸어보았더니 잠긴 문과 맞닥뜨렸다. 문에 귀를 대어보았지만 환풍기의 윙윙거리는 소리 탓에 아무 소리도 들을 수 없었다.

다시 대기실로 돌아왔다. 그곳에서 기다리는 수밖에.

조지

우리는 또 다른 벌통을 배치해둔 새티스 농장에 도착했다. 나는 도로변에 가장 가까이 자리하고 있는 벌통부터 검사를 시작했다. 지미와 릭은 언덕 가장자리를 따라가며 검사를 했다. 피곤하긴 했지만 기진맥진 축 늘어지진 않았다. 저녁이 되면 베개에 머리가 닿자마자 곯아떨어질 것이 분명했다.

마지막 벌통의 뚜껑을 들어 올리려는 찰나에 개러스가 다가왔다. 개러스 그린.

그의 트럭은 멀리서도 잘 볼 수 있었다. 그 뒤에는 세 대의 트럭이 줄지어 따라오고 있었다. 그는 나를 발견하자 차를 멈추었다. 뒤를 따르던 트럭들은 시동을 걸어둔 채 개러스를 기다렸다. 그들은 개러스를 기다리는 일에 익숙한 듯했다.

그는 환한 미소를 지으며 차에서 내렸다. 갈색으로 그을린 피부, 햇살을 반사시키고 있는 선글라스, '클리어워터 비치, 스프링 브레이크 2006'이라고 적힌 쑥색의 챙 모자. 보아하니 남쪽 어느 지방에서 구입한 것 같았다. 개러스는 항상 싼값에 물건을 구입하는 것을 좋아했다. 하지만 남들이 그것을 알아차리면 그다지 좋아하지 않았다. 그는 사람들의 감탄사를 자아내는 일에 더 신경을 썼다. 그는 시동을 켜둔 채 문을 열었다.

"잘 지냈나? 여기 상황은 어때?"

그는 언덕 위에 흩어져 있는 벌통을 향해 고갯짓을 하며 물었다. 거기엔 벌통이 그리 많지 않았다.

"그다지 나쁘진 않아. 겨울을 잘 보냈던 것 같아. 죽은 벌들은 몇 마리 없었어."

"오, 잘됐군, 정말 잘됐어. 좋은 소식이야. 우리도 비슷해. 죽은 녀석들이 그다지 많지 않거든."

개러스는 자신이 치는 벌들을 항상 '녀석들'이라고 불렀다. 가끔은 벌들을 식물 취급 하기도 했다.

그는 주변의 자연경관을 둘러보며 말을 이었다. "우리도 머지않아 이곳에서 벌을 칠 계획이야. 여긴 배나무가 많잖아."

"배나무를 생각하고 있는 거야? 사과나무가 아니라?"

"올해는 배나무에 집중해볼 생각이야. 얼마 전에 규모를 좀 확장했거든. 벌도 꽤 많아졌어. 그래서 허드슨 쪽의 농장은 비좁게 느껴지더군."

나는 말없이 고개만 끄덕였다.

그도 고개를 끄덕였다.

우리는 시선을 서로 다른 곳에 둔 채 한참 동안 고개를 끄덕였다. 그런 우리의 모습은 다른 사람들의 눈엔 마치 꼭두각시처럼 보였을 것이 분명했다. 초점 없는 눈으로, 누가 머리를 툭 치면 끝없이 고개를 끄덕이는 인형 말이다.

그는 트럭을 바라보며 고갯짓을 멈추었다. "긴 시간을 운전해 왔어. 이제 여기에 자리를 잡게 되면 좋아질 거야."

나는 눈으로 그를 좇았다. 트럭의 짐칸에 차곡차곡 쌓아놓은 벌통들은 모두 대량 생산된 물품이었다. 그는 벌통이 흩어지지 않도록 촘촘한 녹색 그물망으로 잘 덮어놓았다. 나는 엔진 소리 때문에 벌들의 소리를 들을 수가 없었다.

"캘리포니아! 거기서 오는 길인가? 여기선 몇 마일이나 떨어져 있지?"

"아직 모르고 있었어?" 그가 웃음을 터뜨렸다. "아몬드가 주로 생산되는 캘리포니아에선 이미 2월에 양봉 시즌이 끝났어. 우린 지금 플로리다에서 오는 길이야. 거기선 양봉 시즌에 주로 레몬을 재배하지."

"아, 레몬……"

"그리고 자몽."

"그렇군."

자몽이라. 그건 새로 나온 속이 붉은 오렌지가 아니었던가. 개러스는 같은 오렌지라도 속이 붉은 오렌지로 벌을 치는군. 흠.

"하루 종일 차를 몰았어." 그가 다시 말을 이었다. "하지만 캘리포니아에서 플로리다까지의 거리에 비하면 이건 아무것도 아니야. 텍사스를 벗어나는 데만 하루 온종일이 걸리거든. 텍사스가 얼마나 넓은지 알아?"

"글쎄, 거기에 대해선 별로 생각해본 적이 없어서."

"굉장히 넓어. 미국에 있는 주 중에 아마 가장 넓을걸. 물론 알래스카를 제외한다면 말이지."

"그렇군."

개러스는 4,000개나 되는 벌통을 해마다 이동시키며 벌을 쳤다. 겨울이 되면 파프리카를 생산하는 플로리다와, 아몬드를 생산하는 캘리포니아에 갔다가 다시 오렌지가 생산되는 플로리다로 돌아가곤 했다. 올해는 그냥 오렌지도 아니고 속이 붉은 오렌지라고 했다. 여름이 되면 북쪽으로 올라오며 서너 군데에 멈춰서 벌을 쳤다. 사과나 배, 블루베리와 호박 등을 따라가는 것이다. 그가 집에 있는 때는 1년 중 6월 한 달밖에 없다. 그 시간이 되면 그는 1년간의 일을 모두 정리한다. 이익과 손실을 계산하고 합봉이나 분봉을 하기도 하며 낡은 벌통을 수선하기도 하는 것이다.

"그건 그렇고 아래쪽 지방에서 롭과 넬리를 만났어."

"그래?"

"그 동네 이름이 뭐라더라, 걸프빌리지라고 했나?"

그렇군. 그도 그곳에 가보았단 말이지. 소위 천국이라고 말하는 그곳에.

"걸프하버스."

"아, 맞다! 그러고 보니 자네도 들어본 적이 있는 모양이군. 걸프하버스! 맞아, 맞아. 롭과 넬리가 구입한 새집도 둘러봤어. 운하 바로 아래쪽에 있더군. 수상 스쿠터도 있더라고. 바다에선 돌고래도 볼 수 있었어."

"돌고래? 바다소가 아니고?"

"무슨 소릴…… 바다소라니? 그건 또 뭐야?"

"롭과 넬리가 하도 자랑을 해서 말이야. 대문만 나서면 바다소를 볼 수 있다고 입에 침이 마르도록 자랑을 하더군."

"그랬어? 나는 거기서 소라곤 한 마리도 못 봤는데…… 그건 그렇고, 롭과 넬리 부부는 아주 잘 살고 있는 것 같았어. 주변 경치도 아주 좋고."

"나도 들어서 알고 있어."

뒤쪽에서 기다리던 트럭 한 대가 경적을 울렸다. 하지만 개러스는 그 소리를 못 들은 척했다. 그는 항상 그랬다. 나는 다리를 긁적긁적했다. 그래도 그는 여전히 제자리에 선 채 주변 사람들이 무슨 생각을 하든 아랑곳하지 않고 계속해서 수다를 떨었다.

"그런데 말이야……" 그가 안경을 벗고 나를 지긋이 바라보았다. "올해도 한번 둘러보실 생각인가?"

"물론이지요. 올해라고 생략할 이유는 없잖아. 보름쯤 지난 후에 갈 생각이야. 메인으로."

"여느 때와 마찬가지로 블루베리를 겨냥할 생각인가?"

"맞아, 블루베리."

"그렇다면 거기서 다시 만날 수 있을지도 모르겠군. 나도 올해는 메인으로 가보려고 생각 중이거든."

"그래? 그렇다면 거기서 보자고." 나는 가까스로 미소를 만들어냈다.

"화이트 힐 농장이 어디 있는지 알고 있나?" 그가 챙 모자 아래를 긁자, 햇살 때문에 그의 손가락마저 챙 모자와 같은 녹색으로 변했다.

"아니, 못 들어봤는데."

그 농장은 가장자리만 돌아도 수 마일은 족히 될 정도로 넓은 농장이었다. 이곳에 사는 사람치고 그 농장이 어디 있는지 모르는 사람은 없다. 심지어는 집에서 키우는 개나 고양이까지도 그 농장이 어디 있는지 잘 알고 있을 정도다.

그는 말없이 코웃음을 쳤다. 내가 거짓말을 한다는 것을 눈치챘을까. 그는 트럭으로 다가간 후, 나를 돌아보며 챙 모자에 손가락을 얹어 경례를 하듯 인사를 건넸다. 윙크까지 한 번 찡긋한 그는 마침내 운전석에 앉았다.

트럭이 일으키는 먼지구름이 햇살을 가렸다.

개러스와 나는 학교를 함께 다녔다. 그는 아주 게으르고 굼뜬 학생이었다. 먹는 것에 욕심을 많이 냈고 운동을 거의 하지 않았으며 자주 피부병에 시달리기도 했다. 그에게 관심을 보이는 여자아이는 한 명도 없었다. 물론 남자아이들도 그에게 관심을 보이지 않기는 매한가지였다. 그런데 무슨 이유에선지 그는 항상 나만 졸졸 따라다녔다. 어쩌면 그를 괴롭히는 아이들의 무리에 내가 끼어 있지 않아서 그랬는지도 모른다. 어릴 적 어머니는 항상 내게 이런 말씀을 했다. '누구에게나 친절해야 한단다. 특히 주변에 친구가 적은 아이들에겐 더 잘해줘야 해.' 개러스는 어머니가 말씀하신 바로 그런 아이였다. 친구가 적은 아이. 어머니의 목소리가 머릿속에서 맴도는 한 나쁜 짓을 하기는 쉽지 않았다. 심지어 어머니는 내게 개러스를 집으로 초대하라고 다그치기도 했다. 개러스는 우리 집에서 저녁 식사를 하는 날이면 좋아 어쩔 줄을 몰랐다. 아버지는 우리를 데리고 나가 벌통을 보여주었다. 개러스는 벌에 대해 여러 가지 질문을 던졌고, 나보다도 훨씬 더 양봉에 관심을 보였다. 적어도 그때는 그렇다는 인상을 주기에 충분했다. 아버지는 개러스의 질문에 성심성의껏 대답을 해주었다.

고등학교에 진학한 후, 다행히도 그와 연락이 끊어졌다. 아니, 더 정확히 말하자면 그와 연락을 하지 않고 지내는 일이 이전보다 좀 더 쉬워졌을 뿐이다. 당시 개러스는 학교와 아르바이트를 병행하고 있었다. 동네 철물점에서 하루에 몇 시간 동안 일을 하며 그때부터 이미 돈을 모으기 시작했던 것이다. 세월이 흐르자 뚱뚱하던 그의 몸이 호리호리해졌고, 솔라리움 램프를 장만해 고질적인 피부 질환에서도 벗어날 수 있었다. 덕분에 햇볕에 살짝 그을린 듯한 그의 얼굴은 상당히 보기 좋았다.

그는 꽤 아름다운 여인과 연애도 했다. 학교를 마친 후, 그는 작은 땅을 사서 양봉업을 시작했다. 사업이 성공 가도를 달렸던 것으로 미루어보아 그는 양봉에 꽤 큰 소질이 있었던 것 같았다. 그는 양봉업을 확장시켰고 벌통의 수를 점점 늘렸다. 그의 자식들은 개러스보다 훨씬 외모가 출중했고, 피부 질환에 시달리지도 않았다. 그는 어느새 마을의 지주로 성장했다. 주말이면 독일제 대형 SUV 자동차에 가족을 태우고 휴양지를 돌아다니는 모습도 볼 수 있었다. 그뿐만 아니라 연회비를 850달러나 지불하고 컨트리클럽의 가족 회원으로 등록해 매년 화려한 파티에도 참석하곤 했다. 그렇다. 나는 이미 클럽의 연회비를 확인해보았기에 그 정도는 알고 있다.

심지어 그는 새로운 마을 도서관에 거금을 기부하기도 했다. 도서관 앞에 자리한 반짝반짝하는 금속 팻말에는 책을 사랑하는 사람들은 누구나 도서관을 찾아 마음껏 책을 읽을 자격이 있다고 적혀 있었다. 사람들은 마을의 발전을 위한 '그린 양봉원'의 후원에 감사하는 마음을 아끼지 않았다.

과거 따돌림을 당하던 꽁생원이, 세월이 흐른 뒤 복수를 한 셈이었다. 과거 잘난 척을 하던 우리는 개러스의 자랑스러운 미소를 옆에서 말없이 지켜보기만 할 뿐이었다.

벌을 치는 사람들은 꿀을 팔아 돈을 모으기는 힘들다는 것을 모두 잘 알고 있다. 개러스의 부 또한 꿀에서 연유한 것이라곤 할 수 없었다. 양봉인들이 돈을 벌 수 있는 방법은 바로 인공수분에 있었다. 농업은 벌들이 없으면 불가능하다. 수 마일을 빽빽하게 늘어서 있는 아몬드 나무나 블루베리 덤불은 벌들이 없으면 꽃가루를 옮길 수가 없다. 따라서 벌들이 없으면 아무리 아름다운 꽃이라 하더라도 소용이 없다. 마치 참가자가 없는 미인대회처럼 말이다. 꽃은 우선 보기엔 좋지만 장기간을 두고 보면 아무 가치가 없다. 시간이 흐르면 꽃은 시들게 마련이고 열매를 맺지도 못한 채 져버리지 않는가.

개러스는 사업 초기부터 인공수분에 모든 것을 걸었다. 그는 여기저기 이동할 때 항상 벌통을 가지고 다녔다. 나는 벌들에게 그런 식으로 스트레스를 주는 건 좋지 않다는 것을 잘 알고 있었다. 하지만 개러스는 자신의 벌들이 내 벌들과 마찬가지로 최상의 환경에서 잘 살고 있다고 주장했다.

어쩌면 개러스는 양봉보다는 인공수분에 더 관심을 가지고 있었기에 그런 쓸데없는 말을 하는지도 몰랐다. 그는 나처럼 소규모로 꿀을 채집하는 일을 하면 대대손손 큰돈을 벌지 못하고 영세업으로 남아 있어야 한다는 것을 잘 알고 있었다. 우리 같은 영세업자들은 소량의 투자에 목을 매어야 했고, 지역 은행의 자비와 아량에 모든 것을 걸어야 했다. 우리는 은행에서 융자금을 얻어내기 위해 매년 열심히 일을 해야 했고, 생계 저변을 잃지 않기 위해 품질이 나쁜 값싼 중국산 꿀은 수입을 금지해야 한다고 주장했다. 동시에, 꿀의 시장 가격은 수입 꿀과 관계없이 항상 그대로 유지될 것이며 예상할 수 없는 날씨에도 양봉업은 전혀 타격을 받지 않는다녀, 우리 스스로도 확신할 수 없는 말을 은행 직원에게 해야만 했다. 가을이 되면 꿀은 날개 돋친 듯 팔려나갈 것이며, 수입 또한 예년보다 더 나으면 나았지 못하지는 않을 것이라는 말도 해야만 했다.

그건 모두 거짓말이었다. 바로 그 때문에 우리는 양봉업의 전환을 꾀해야만 했다. 개러스처럼.

윌리엄

"정말 직접 하실 건가요?" 틸다는 한 손에는 면도칼, 다른 한 손에는 작은 거울을 들고 문가에 서서 내게 물었다.

"당신이 칼에 손을 베는 건 원치 않아."

그녀는 내 말에 고개를 끄덕였다. 그녀는 나처럼 손에 힘이 없어 면도칼을 안정감 있게 움직일 수 없다는 것을 스스로도 잘 알고 있었다.

잠시 후 그녀는 물이 담긴 대야와 비누, 그리고 솔을 가져와서 침대 옆 작은 책상 위에 올려두었다. 그러고는 내 손이 잘 닿을 수 있도록 그것들을 이리저리 옮겨놓았다. 마지막으로 거울을 내려놓은 그녀는 내가 칼을 들어 올릴 때까지 걱정스러운 표정을 지으며 제자리에 서 있었다. 그녀는 정말 내가 걱정되어 불안해하는 것일까?

거울 속에선 낯선 남자가 나를 노려보고 있었다. 놀라고 두려워해야 할 일이었지만 나는 반응을 보일 기력조차 없었다. 생기 있고 건강한 남자, 항상 미소를 머금은 기분 좋은 상인의 모습은 온데간데없었다. 거울 속의 남자는 무언가 남들이 경험하지 못했던 큰일을 겪은 사람처럼 보였다. 이 무슨 패러독스란 말인가. 나는 그간 침대에 누워 아무것도 하지 않았다. 나 자신의 절망적인 생각 외에는 경험한 것이라곤 하나도 없었다. 하지만 거울은 그런 나의 모습과는 전혀 다른 남자의 모습을 비치고 있었다. 거울 속의 남자는 몇 달 동안 태평양을 항해하다가 집으로 돌아온 남자, 몇 날 며칠을 광산에서 일하다가 마침내 휴가를 얻어 집으로 돌아온 남자, 또는 오랫동안 정글에서 탐험을 한 후 집으로 돌아온 남자를 연상시켰다. 그의 갸름하고 각진 얼굴에선 고상함마저 느낄 수 있었다. 삶의 우여곡절을 모두 겪고 단단해진 사람처럼.

"가위를 가져다주겠소?"

틸다는 대답 대신 영문을 모르겠다는 듯 어리둥절한 표정으로 나를 바라보았다.

"수염이 너무 길어서 처음부터 면도칼을 대긴 힘들어서 그렇소."

틸다는 그제야 알았다는 듯 고개를 끄덕였다.

그녀가 가져온 가위는 여자 손에나 안성맞춤일 것 같은 작은 가위였다. 하지만 나는 그 가위로 긴 수염을 한 뭉치 잘라낼 수 있었다.

천천히 솔을 물에 적신 후 비누를 문질렀다. 거품이 일자 향나무 냄새가 코를 스쳤다.

"면도칼은 어디 있지?" 나는 주위를 둘러보며 말했다.

틸다는 앞치마 위에 두 손을 다소곳이 모은 채 바닥만 내려다보고 있었다.

"틸다?"

그녀는 마지못한 듯 주머니 속에 있던 면도칼을 꺼내 내게 건네주었다. 마치 면도칼을 내게 주기 싫어하는 듯 그녀의 손이 살짝 떨리고 있었다. 나는 칼을 받아 수염을 깎기 시작했다. 무딘 칼날이 피부를 스쳤다.

틸다는 여전히 제자리에 서서 나를 바라보았다.

"이젠 괜찮아. 당신은 어서 가서 당신 할 일을 하도록 해요."

하지만 그녀는 움직이지 않았다. 그녀의 두 눈은 내 손과 면도칼에 고정되어 있었다. 그제야 나는 그녀가 무슨 걱정을 하고 있는지 알 것 같았다. 나는 두 손을 무릎 위로 내려놓았다.

"내가 직접 수염을 깎는다는 건 내 몸이 나아졌다는 신호라고 생각지 않소?"

틸다는 언제나처럼 내 말을 곰곰이 되씹어보았다.

"당신이 기력을 차리셔서 정말 감사하게 생각해요." 그녀는 여전히 제자리에 서 있었다.

정말 자살을 하려는 사람들은 자연사를 가장해 목숨을 끊을 것이다. 내 경우엔 에드먼드에게 충격을 주지 않기 위해서라도 그렇게 할 것이다. 솔직히 나는 이미 여러 가지 방법을 생각해 보았다. 시간은 많았으니까. 하지만 틸다는 그런 내 마음을 전혀 모르고 있었다. 그녀는 방 안에 날카로운 물건이 있으면 내가 그 기회를 잡을 것이라 생각한 모양이었다. 마치 그것이 단 하나의 방법이 되기라도 하듯. 그렇다, 그녀는 그처럼 단순했다.

만약 내가 정말 스스로 목숨을 끊을 생각을 했다면 잠옷만 걸치고 한밤중에 아무도 모르게 집을 나갔을 것이다. 다음 날이면 가족들은 수염과 눈썹마저 얼어붙은 채 동사한 내 시신을 찾을 수 있을 테니 말이다. 신문에는 이런 기사가 나갈지도 모른다. '어둠 속에서 길을 잃은 지역 상인, 동사체로 발견되다.'

그게 아니라면 독버섯도 생각해볼 수 있다. 근처 숲은 독버섯으로 가득하다. 작년 가을만 하더라도 가게 서랍장 위 칸에는 독버섯으로 가득 차 있었다. 그 서랍장의 열쇠는 물론 나만 가지고 있었다. 버섯의 결과는 몇 시간 내로 느낄 수 있다. 기력이 없어지고 온몸이 축 늘어지며 얼마 지나지 않아 의식을 잃게 된다. 그리고 며칠이 더 지나면 내장 기관이 제 역할을 못 하게 되고 마침내 죽음을 맞이하게 되는 것이다. 시체를 살펴본 의사는 사인을 내장 기관의 이상 때문이라고 말할 것이며, 그 말을 들은 사람들은 자살이라는 생각조차 못 할 것이다.

물에 빠져 죽는 방법도 있다. 우리 집 뒤쪽에 자리한 강은 겨울철이 되면 물살이 특히 거세진다.

블레이크 씨의 개 농장도 한 방법이 될 수 있다. 그곳에 가면 항상 고기 살점에 눈을 희번덕이며 침을 흘리는 일곱 마리의 사나운 대형 사냥개를 볼 수 있다.

숲속의 절벽도 마찬가지다.

찾아보면 기회는 얼마든지 잡을 수 있다. 하지만 나는 여기 앉아 턱수염을 깎고 있다. 그런 식으로 스스로 목숨을 끊을 생각도 없었고, 면도칼로 손목을 그을 생각도 없다. 나는 자리를 털고 일어났고, 이젠 자살에 대해선 꿈에도 생각지 않으리라 결심했기 때문이다.

"당신을 귀찮게 할 생각은 없소. 당신도 할 일이 있을 테니 얼른 나가봐요."

나는 틸다에게 말하며 문을 가리켰다. 그 문은 집 안의 모든 일, 즉 끊임없는 수다 소리와 웃음소리, 부엌에서 요리를 하는 소리, 빨래를 하는 소리와 청소를 하는 소리를 빨아들이는 문이기도 했다.

틸다는 마지못해 고개를 끄덕이며 문으로 향했다.

그간 나는 틸다가 차라리 면도칼로 내 손목이나 내 목을 그어, 온몸의 피를 남김없이 쏟아버린 채 마치 빈 누에고치 껍질처럼 바닥에 널브러진 내 모습을 보길 원한다고 생각한 순간들이 있었다. 물론 그녀는 이런 말을 직접적으로 내게 한 적은 없다. 하지만 나는 그녀가 지난 17년 동안의 결혼 생활을 후회한다는 느낌을 여러 번 받은 것이 사실이다. 물론, 나도 그런 생각을 한 적이 없진 않다.

나는 25년 전에 처음으로 그녀를 보았다. 그날의 날씨가 평소보다 훨씬 메말랐는지는 기억이 나지 않는다. 하지만 그녀의 입술은 메말라 부르터 있었기에 그녀는 쉴 새 없이 입술에 침을 발랐다. 어쩌면 그 나이 또래의 소녀들이 흔히 하듯 발갛고 생기 있는 입술을 만들기 위해 남들이 보지 않는 곳에서 몰래 입술을 잘근잘근 깨물었는지도 모른다. 그러나 나는 그녀의 입술이 거의 보이지 않을 정도로 얇다는 것을 그때는 전혀 알아채지 못했다. 연단에서 강의를 하던 나는 청중석에 앉아 있던 그녀를 보았던 기억밖에 없다.

나는 강의 준비를 철저하게 했다. 람 교수에게 좋은 인상을 주기 위해서였다. 솔직히 나는 또래 학생들에 비하면 운이 좋은 편이었다. 내 동료들의 작업 과제는 무미건조했고 연구 가치라곤 전혀 찾아볼 수 없는 것이 대부분이었으니까. 방금 학업을 마친 새내기 연구자의 입장에선 명망 있는 학계의 권위자 밑에서 일을 시작하는 것이 성공의 지름길로 통했다. 따라서 당시의 내게 있어 람 교수는 인생의 전부라고 해도 과언이 아니었다. 그의 연구실 문지방을 넘어서는 순간부터 나는 굳게 확신했다. 그가 내 삶의 가장 중요한 연결 고리가 될 것이라고. 나는 람 교수를 내 영혼의 인도자이며 멘토일 뿐 아니라 아버지로 섬기리라 마음먹었다. 나는 피를 나눈 아버지와는 연을 끊은 지 오래였다. 앞으로도 다시 만날 일이 없으리라 수십 번이나 홀로 다짐했다. 나는 오직 람 교수 밑에서 성장하고 꽃을 피울 것이었다. 그가 진정한 내 모습을 되찾아줄 수 있을 것이라 한 치의 의심도 하지 않았다.

내가 강의 준비를 철저하게 했던 이유는 내게 강의 경험이 전혀 없었기 때문이기도 했다. 람 교수는 내게 메리빌 주민들을 상대로 동물학에 관한 강의를 해보라고 권했다. 나는 처음에 그 일을 별것 아닌 것으로 치부해버렸다. 하지만 시간이 흐르자 기대감과 열정이 점점 자라오는 것을 느낄 수 있었고, 결국엔 스스로도 통제할 수 없을 만큼 커져버렸다. 어떤 느낌일까? 내 목소리에 귀를 기울이는 수많은 사람들 앞에 서서 그들의 관심을 한 몸에 받게 된다면 어떤 기분이 들까? 학교 동료 앞이 아닌 일반 주민들 앞에서 과학 강연을 해낼 수 있을까? 아니, 강의를 제대로 마칠 수는 있을까?

난생처음으로 사람들 앞에서 강의를 한다는 사실 외에도, 수많은 사람들에게 무언가 의미 있는 지식을 전한다는 사실은 무척이나 명예롭게 느껴졌다. 당시 마을 주민들에게 과학이라는 분야는 생소하기 짝이 없었다. 그들의 세계관은 성경을 바탕으로 이루어져 있었고, 그들이 읽는 책이라곤 성경밖에 없었다. 나는 그들에게 이 세상의 크고 작은 것들의 연결 고리, 창조주와 창조물의 연결 고리를 보여주고 싶었다. 그래서 그들의 눈을 열어주고 싶었고, 세상을 향한 그들의 관점 및 존재 의식을 바꾸어주고 싶었다.

어떻게 하면 이 목적을 달성할 수 있을까? 선택 가능한 주제는 너무도 많았기에 나는 결정을 내릴 수가 없었다. 사람들의 관심을 끌 수 있는 일반적인 주제는 셀 수 없이 많았다. 지구의 역사, 아메리카 대륙의 발견, 사계. 오, 선택의 가능성은 너무나도 많았다.

결국 보다 못한 람 교수가 내게 제의해 왔다. 그는 내 어깨에 차가운 손을 얹으며, 나의 혼란스러운 표정을 비웃기라도 하듯 미소를 지으면서 말했다. "현미경에 대해서 한번 강의를 해보지 그래? 우리 인간에게 현미경이 어떤 가능성을 열어주었는지 말이야. 대부분의 사람들은 현미경이 뭔지도 모르고 있잖아."

무릎을 탁 칠 만한 아이디어였다. 내 머리로는 도저히 생각해낼 수 없었던 주제였기에 나는 주저 없이 람 교수의 제안을 따르기로 마음먹었다.

강의 날은 눈 깜짝할 사이에 다가왔다. 메마른 바람이 불었고, 높은 하늘에선 봄기운을 머금은 햇살이 내리쬐었다. 우리는 그곳에 몇 명이나 모여들지 확신할 수가 없었다. 마을 주민들 중 나이가 지긋한 사람들은 우리가 무슨 일을 하는지 전혀 관심을 보이지 않았을 뿐 아니라, 심지어는 신의 뜻에 어긋난다며 이맛살을 찌푸렸다. 하긴, 그들이 읽는 책은 성경밖에 없었으니까. 하지만 단순한 호기심에 그곳을 찾은 사람도 꽤 많은 것 같았다. 강의 시간이 다가오니 어느새 마을 회관은 발 디딜 틈도 없이 꽉 차버렸다. 4월의 바깥 날씨는 여전히 찬 기운을 머금고 있었지만, 회관 안은 열기로 가득 차 한여름 같았다. 메리빌 마을 회관에선 자주 볼 수 없는 일이었다.

나는 람 교수의 바람에 따라 첫 번째 순서로 배정되었다. 어쩌면 그는 마치 자기가 낳은 신생아처럼 사람들 앞에 나를 자랑스럽게 내보이고 싶었는지도 모른다. 그 당시만 하더라도 그가 여전히 나를 자랑스러워했던 것은 사실이었으니까. 연단에 오르자 긴장이 되어 목소리와 무릎이 달달 떨렸지만, 얼마 지나지 않아 마음을 가다듬고 침착함을 되찾을 수 있었다. 나는 말 한 마디, 한 마디의 의미를 생각하며 신중하게 강의를 했다. 종이를 벗어난 말들이 청중들에게 다가가는 동안 허공에서 사라지지 않도록 최선을 다했던 것이다.

나는 현미경의 역사에 대해 간단하게 소개한 후, 16세기부터 사용되기 시작했던 광학렌즈에 대해서 설명했다. 그리고 1610년,

갈릴레오 갈릴레이가 묘사한 복잡하기 그지없는 광학 현미경에 대해서도 소개했다. 현미경의 실질적인 의미를 설명하기 위해, 나는 특정한 한 연구가를 예로 들었다. 바로 네덜란드 출신의 동물학자인 얀 스바메르담이었다. 그는 17세기에 살았던 인물로, 동시대에는 전혀 이름이 알려지지 않은 과학자였다. 그는 한평생 가난하고 외롭게 살았으나, 훗날 과학 역사의 한 장을 차지할 만큼 중요한 인물로 일컬어졌다. 그것은 바로 그가 세상의 창조물과 창조주 간의 관계를 명백하게 이해했던 사람이기 때문이었다.

"스바메르담!" 나는 청중석을 한번 둘러보며 말문을 열었다. "우리는 그의 이름을 잊어서는 안 됩니다. 그는 연구를 통해 곤충이 알에서부터 애벌레 및 번데기의 단계를 거쳐 성장한다는 것을 알아냈습니다. 스바메르담은 곤충들을 더 자세히 살펴보기 위해 직접 현미경을 제작했습니다. 그리고 현미경을 통해 살펴본 곤충들의 모습을 세세한 스케치로 남겼습니다."

나는 미리 연습해두었던 익숙한 동작으로 등 뒤에 걸려 있던 커다란 도면을 내렸다.

"지금 여러분이 보시는 것은 바로 스바메르담이 그린 벌의 모습입니다. 이 그림은 『비블리아이 나투라이*Biblia Naturae*』에도 실려 있습니다."

나는 사람들의 관심을 더욱 주목시키기 위해 잠시 호흡을 가다듬었다. 사람들은 그 틈을 타서 벌 그림으로 시선을 돌렸다. 그 순간, 내 왼쪽에 있던 창을 통해 봄기운을 머금은 햇살 한 줄기가 쏟아져 내렸다. 지저분한 창을 통해 스며든 한 줄기 햇살은 허공에 피어오르는 먼지를 거쳐, 청중석의 왼쪽 끝줄에 앉아 있던 여인들에게로 향했다. 틸다는 바로 그곳에 앉아 있었다.

훗날, 나는 그 만남이 내겐 갑작스러운 우연처럼 다가왔던 것에 비해, 틸다에겐 그렇지 않았다는 것을 깨닫게 되었다. 그도 그럴 것이, 당시 수많은 젊은 여인들은 나를 선망하고 있었으니까. 젊고 명망 있는 과학자, 수도인 런던에서 공부를 했고, 도시적 옷차림에 예의와 교양을 갖춘 남자가 바로 나였다. 물론 내게도 단점은 있었다. 키가 작고 몸이 건장하지 않다는 것이었다. 게다가 그 당시 이미 체중이 불기 시작했기에 누가 봐도 그리 매력적인 외양을 지녔다고는 할 수 없었을 것이다. 하지만 나는 그 외적 단점을 내적인 지성미로 보완했다. 나의 지성미를 대표하는 것은 바로 코끝에 걸친 안경이었다. 나는 항상 안경을 코끝에 걸쳐 썼다. 그렇게 하면 안경테 너머로 내 지성적인 눈빛을 보여줄 수 있었기 때문이다. 처음 안경을 끼던 날, 나는 거울 앞에 앉아 안경의 완벽한 자리를 찾기 위해 온 저녁을 소비했다. 이리 보고 저리 보던 중, 안경을 코끝에 잘 걸치면 그 작고 동그란 유리알 너머가 아니라 안경테 위쪽으로 상대방의 눈을 바로 볼 수 있다는 것을 발견했다. 안경의 오목렌즈를 통해 보면 내 눈은 실제보다 훨씬 작게 보이기만 했다. 여기에 더해, 나는 내 풍성한 머리숱이 매력적이라고 생각하는 여자들이 많다는 것도 잘 알고 있었다. 나는 머리숱이 더 많아 보이게 머리를 장발로 길렀다. 그 때문에 틸다는 이미 오래전부터 나를 눈여겨보고 있었는지도 몰랐다. 나를 지켜보며 주변의 다른 남자들과 비교하기도 했으리라. 솔직히 동네 사람들을 만나면 항상 허리를 깊이 숙여 인사를 건네고 겸손한 눈빛으로 대화를 했던 나는, 무례하고 경박한 마을 청년들과는 차원이 다른 사람이었다.

마을 회관을 찾은 틸다는 일요일 날 교회에 갈 때나 입는 푸른색 치마와 가슴선이 매력적으로 드러나는 블라우스를 입고 있었다. 그녀의 둥그런 얼굴 양옆에는 나사 모양으로 돌돌 만 머리카락이 어깨까지 늘어져 있었다. 그 헤어스타일은 당시 결혼을 한 여인이나 하지 않은 여인이나 하나같이 즐겨 했던 유행이었다. 비록 그런 천편일률적인 머리 모양은 좋지 않다고 생각하는 사람이 대다수긴 했지만 말이다. 나는 틸다를 처음 보는 순간 그녀의 머리 모양은 눈에 들어오지도 않았다. 한 줄기 햇살은 마을 회관의 묵직한 공기를 거쳐 그녀의 정교한 코 위로 내려앉았다. 그녀의 코는 너무나 정교하고 예뻐서 마치 해부학 교과서에 나오는 삽화를 연상시켰다. 그녀의 고전적인 코를 본 순간, 나는 그 코를 모델로 그림을 그리고 그 기능을 연구해보고 싶은 충동까지 느꼈다. 훗날 알아낸 사실이지만, 틸다의 코는 외양과는 달리 기능적으로는 그다지 완벽하다 할 수 없었다. 항상 빨갛게 물들어 있었고, 축축한 콧물이 끊임없이 흘러내렸으니까. 하지만 그날만큼은 그녀의 코가 햇살을 가득 담아 빛을 반사해내며 내 시선을 장악했다. 이상하게도 그날은 코가 빨갛게 물들어 있지도 않았고, 오직 내 시선 속으로 강렬하게 파고들어 올 뿐이었다. 나는 그녀의 코에서 눈을 뗄 수가 없었다.

분위기를 위해 잠시 만들어냈던 침묵은, 그녀의 코를 바라보느라 예상보다 훨씬 길어졌다. 청중석에서 수군거리는 소리가 들려오기 시작했고, 내 뒤에 서 있던 람 교수는 헛기침을 했다.

나는 그제야 도면에 대해 한 마디도 언급하지 않았다는 것을 깨달았다.

나는 서둘러 도면을 가리켰다. "스바메르담은 무려 5년 동안 벌들의 삶을 연구했습니다. 현미경을 통해 벌들의 삶을 들여다본 그는 이전에는 몰랐던 세세한 사항까지 알아낼 수 있었습니다. 여기 이것은 여왕벌의 난소입니다. 스바메르담은 연구를 통해 여왕벌이 일벌과 수벌, 그리고 새로운 여왕벌을 모두 생산한다는 것을 알아냈습니다."

청중들은 나를 뚫어지게 바라보았다. 어떤 이들은 불편한 듯 자세를 고쳐 앉기도 했다. 아무도 내 말을 알아듣지 못하는 것 같았다. "이것은 당시 매우 획기적인 사실로 간주되었습니다. 그때만 하더라도 사람들은 벌들의 우두머리는 암컷이 아니라 수컷이라고 생각하고 있었기 때문입니다. 스바메르담은 이 연구에서 그치지 않고 수벌의 신체 기관을 연구하기 시작했습니다. 여기 이것이 바로 그 결과입니다." 나는 새로운 도면을 펼쳤다.

"이것은 수벌의 생식기입니다."

사람들이 멍한 표정을 지었다.

청중석에서 웅성거리는 소리가 들려왔다. 어떤 이들은 시선을 내리깔고 치마의 실밥을 뚫어지게 바라보기도 했고, 또 어떤 이들은 갑자기 하늘의 구름에 관심이 생겼다는 듯 시선을 창밖으로 던지기도 했다.

불현듯 그곳에 모인 사람들 중에는 난소가 뭔지, 생식기가 뭔지 제대로 아는 사람이 없다는 생각이 스쳤다. 나는 그들에게 이러한 것들을 이해시켜주고 싶었다. 지금부터 하는 이야기는 틸다가 우리 아이들에게 단 한 번도 한 적이 없는 이야기일 뿐 아니라, 그녀와 나 사이에서도 언급되지 않은 이야기다. 그때 있었던 일은 이후 수년 동안이나 그 일을 떠올릴 때마다 나를 수치심에 빠져들게 했다.

"난소는 알집이라고 할 수 있습니다…… 그러니까 생산을 위한 체내 시스템이라고 할 수 있지요. 바로 그곳에서 알이 만들어집니다…… 그리고 그 알은 나중에 애벌레가 되지요."

갑자기 이런 말을 해서는 안 된다는 생각이 떠올랐다. 하지만 이미 꺼낸 말을 되삼킬 수는 없는 노릇이었다. "그리고 생식기는…… 그러니까, 음…… 후손을 생산하기 위한 수벌의 신체 기관이라고 할 수 있습니다. 이것들은 음…… 새로운 벌을 생산하기 위해선 필수 불가결한 것들이지요."

그제야 내가 무슨 말을 하고 있는지 이해한 사람들은 입을 쩍 벌리며 민망한 표정을 지었다. 나는 왜 이런 일이 있을 것이라 미리 예상하지 못했던가? 이러한 주제가 청중들에게 어떤 영향을 미칠지 왜 미리 생각을 못 했던 것일까? 내겐 이런 것들이 과학의 한 부분으로서 너무나 당연한 것에 불과했지만, 일반인들은 이런 이야기를 입에 올리는 것조차 죄악으로 여겼다. 그런 이야기는 혼자서만 알아야 하는 것으로서 어디 가서 남들과 함께 대화를 나눌 수 있는 수준의 것이 아니었다. 덕분에 학문에 대한 나의 열정은 그들의 눈엔 더럽고 수치스러운 것으로 보일 뿐이었다.

그럼에도 자리를 떠나는 사람은 아무도 없었고, 나를 멈추는 사람도 없었다. 하지만 수군거리는 소리를 귀 기울여 들어보니 그들이 곧 자리를 박차고 떠나리라는 것을 짐작할 수 있었다. 가장 뒷줄에 앉아 있던 사람들이 의자를 밀쳤다. 바닥에 스치는 신발 소리, 나직한 헛기침 소리. 틸다는 고개를 숙이고 있었다. 그녀의 얼굴이 붉게 달아올랐던가? 그녀의 친구들은 서로를 마주 보며 눈빛에 민망한 웃음을 담아내고 있었다. 나는 강의를 계속했다. 지금까지 했던 말을 모두 덮어버리려 새로운 말을 꺼내보았지만, 분위기를 바꾸기엔 역부족이었다.

"스바메르담은 『비블리아이 나투라이』, 즉 『자연의 성경』이라는 책에 자신의 생을 걸고 연구했던 이 벌들에 대한 이야기를 세 장에 걸쳐 실었습니다. 우리는 이 책에서 스바메르담이 그린 수벌의…… 자세한 그림과, 여왕벌의…… 생…… 생식기도 볼 수 있습니다." 나는 말을 더듬기 시작했다. "서로 다른 단계, 즉 어떻게 생식기가 열리고…… 팽창하는지……" 아, 내가 정말 그런 말을 했단 말인가? 청중들의 깜짝 놀란 눈빛, 민망해서 어쩔 줄 모르는 눈빛을 보노라니 나는 그제야 내가 무슨 말을 했는지 이해할 수 있을 것 같았다. 나는 원고 위로 시선을 내리깔고, 얼른 거기에 적힌 말을 읽어나갔다. 하지만 상황은 점점 더 악화되기만 했다.

"스바메르담은 벌들을 이국적인…… 수중 괴물…… 이라고 묘사했습니다."

어디선가 키득키득 코웃음을 치는 소리가 들려왔다. 틸다의 친구들이었다.

나는 그들을 바라볼 용기를 낼 수가 없었다. 무슨 말을 할지도 몰랐던 나는 학창 시절 오랫동안 감탄해 마지않았던 스바메르담의 말을 그대로 인용했다. 그러면 청중들도 진실된 학문의 열정을 이해해줄 수 있으리라 믿었던 것이다.

"그가 그린 이 자세한 삽화를 보는 사람이라면, 이것이 예술이라는 생각을 하게 될 것입니다. 그럼으로써 사람들은 신을 이해할 수 있게 되는 것입니다. 이 하찮고 조그만 곤충들에게도 대대손손 생명을 이어가기 위해 필요한 모든 것들이 다 있습니다. 신은 이 조그만 생명체에도 기적을 숨겨놓았던 것입니다."

나는 용기를 내어 고개를 살짝 들어 보았다. 나를 바라보는 청중들의 표정은 당황해하는 표정, 화를 내는 표정 등 가지가지였다. 나는 일이 완전히 틀어졌다는 것을 깨달았다. 나는 자연의 신비를 이야기하는 데 실패했을 뿐 아니라, 천지창조의 주체자인 신을 들어가며 천박하기 짝이 없는 이야기를 한 사람으로 낙인찍혀버렸다.

스바메르담의 이야기는 그것으로 끝이었다. 불쌍한 스바메르담이 벌에 대한 연구를 끝으로 아무 일도 할 수 없었다는 이야기는 차마 할 수 없었다. 그는 벌을 연구하다 결국 종교적 사색의 소용돌이에서 헤어 나오지 못했다. 벌의 완벽함이 그를 두렵게 만들었기 때문이었다. 그는 연구를 하는 중에도 오직 신만이 완벽한 존재라 스스로 끊임없이 되뇌었고, 그의 연구와 사랑과 열정도 벌이 아니라 궁극적으로는 신에게로 향해야 한다고 스스로를 세뇌해야만 했다. 하지만 그는 벌을 연구하면 연구할수록 이 세상에는 벌보다 더 완벽한 존재가 없다는 것을 깨닫게 되었다. 심지어는 신마저도 벌에 비길 수 없다는 생각조차 하게 되었던 것이다. 결국 그가 벌을 연구하기 위해 퍼부었던 5년이라는 시간은 그를 평생 망치게 된 계기가 되어버렸다 해도 과언이 아니다.

나는 청중들에게 도저히 이런 이야기까지 꺼낼 수는 없었다. 이야기를 하게 되면 나는 그들의 웃음거리로 전락해버릴 것이 분명했다. 전지전능한 신의 권위에 도전하는 사람으로 낙인찍혀 마을 사람들의 경멸과 증오를 한 몸에 받게 될 것은 뻔한 일이었다.

나는 원고를 접었다. 내 얼굴은 수치심으로 발갛게 달아올랐다. 연단을 내려오는 나는 비틀거리기까지 했다. 내가 그 누구에게보다도 더 큰 감명을 주고 싶었던 람 교수는 웃음을 참느라 얼굴 근육이 경직되어 있었다. 그런 그의 모습은 내 아버지를 연상시켰다. 피를 나눈 내 아버지.

강연이 끝난 후, 나는 그곳에 모인 사람들과 악수를 나누었다. 대부분의 사람들은 내게 무슨 말을 건네야 할지 몰라 당황해했다. 주변에는 나를 두고 귓속말을 하는 사람들도 있었다. 어떤 이들은 코웃음을 치며 황당하다는 표정을 짓기도 했고, 또 어떤 이들은 불같이 화를 내기도 했다. 달아오른 얼굴의 열기는 등줄기를 타고 내려가 두 다리까지 번졌고, 두 다리는 사정없이 떨렸기에 나는 가만히 서 있기도 힘들 정도였다. 람 교수는 그런 내가 불쌍하게 보였는지 내 어깨에 손을 얹고 나직이 말을 건넸다. "자네도 알다시피 사람들은 중요하지 않은 하찮은 것들에 집착하는 경우가 종종 있다네. 그런 사람들은 하늘이 두 쪽 나도 우리 같은 사람과는 달라. 차원이 다른 셈이지."

람 교수가 해준 위로의 말은 아무짝에도 소용이 없었고, 오히려 그와 나의 차이점만을 더 크게 부각시켜줄 뿐이었다. 그는 강연을 할 때 나처럼 청중들을 모욕하는 주제를 선택할 리가 없었다. 그는 청중들이 무엇을 받아들일 수 있는지, 또는 무엇을 받아들일 수 없는지를 잘 알고 있는 사람이었으며, 학자와 일반인들 사이에 존재하는 거리감을 잘 무마시켜 균형을 이루어낼 수 있는 사람이기도 했다. 그는 과학이라는 학문과 인간의 삶이 서로 다른 두 개의 영역이라는 것을 잘 이해하고 있는 사람이었다. 자신이 했던 말과, 청중들을 이해하지 못하는 내 부족함을 더욱 강조하기라도 하듯 람 교수가 갑자기 웃음을 터뜨렸다. 그의 웃음소리를 들었던 것은 그날이 처음이었다. 짤막하고 나직한 웃음소리였지만, 나는 깜짝 놀라 얼른 몸을 돌렸다. 그를 똑바로 쳐다볼 용기가 나지 않았다. 그의 웃음소리는 너무나 무겁게 나를 짓누르기 시작했고, 내 가슴속에서 활활 타오르는 불길이 되어 나를 괴롭혔다. 나는 그에게서 떨어지기 위해 서둘러 몇 발짝을 옮겼다.

바로 그곳에 그녀가 서 있었다. 나는 더 이상 명망 있는 교수의 수제자도 아니었고 일반인들이 이해하지 못하는 고차원적인 학문을 연구하는 사람도 아니었다. 나의 연약함과 아픈 상처는 다른 사람들의 눈에도 쉽게 띄었으리라. 틸다가 내게 다가올 수 있었던 것은 바로 그 때문이었는지도 모른다. 그녀는 웃지 않았다. 흰 장갑을 낀 손을 내민 그녀는 다리를 살짝 굽혀 내게 인사를 건넸다. 훌륭한 강연에 감사하다고 말했던가. 틸다의 등 뒤에서는 함께 온 친구 두 명이 키득키득 웃고 있었다. 하지만 나는 그 웃음소리가 귀에 들어오지 않았다. 람 교수도 어느덧 내 머릿속에서 사라져버렸다. 내 눈에 보이는 것은 오직 그녀의 손뿐이었다. 나는 그 손을 오랫동안 잡고 있었다. 그녀의 따스한 체온이 흰 장갑을 거쳐 내게로 전달되자, 힘이 생겨나는 것도 같았다. 그녀는 다른 사람들과는 달리 나를 비웃지 않았다. 나는 그런 틸다에게 한없이 고마웠다. 나는 그녀의 아름다운 코와, 널찍한 양미간을 사이에 둔 두 눈에서 시선을 뗄 수가 없었다. 그녀의 눈동자는 세상과 삶을 향해 활짝 열려 있는 동시에 나를 향해서도 수줍게 열려 있었다. 나를 생각해주는 마음이 그녀의 두 눈에 고스란히 들어 있었던 것이다. 나는 단 한 번도 그런 눈으로 나를 바라보는 젊은 여인을 만난 적이 없었다. 그녀의 눈빛은 오직 나만을 위해 자신을 헌신하겠다는 의미를 담고 있었다. 그녀는 다른 사람들을 그런 눈빛으로 바라보지 않았다. 오, 그녀의 눈빛을 바라보는 순간, 내 무릎에선 힘이 쭉 빠져버렸다. 나는 시선을 아래로 떨구었다. 그녀와 다시 눈을 마주치고 싶은 열망에 온몸이 아파오기 시작했다. 그녀와 다시 눈빛을 교환할 수만 있다면 세상이 어떻게 돌아가든 상관없다는 생각마저 들었다.

마을 사람들은 그날의 강연을 두고 몇 달 동안이나 두고두고 입방아를 찧었다. 이전에는 사람들과 마주치면 부러워하는 눈빛, 존경하는 눈빛을 받곤 했지만, 그 일이 있은 후엔 내게 다가와 힘껏 손을 잡아 쥐는 사람, 등을 툭 치며 지나가는 사람들이 대부분이었다. 특히 남자들은 입가에 미소를 머금고 격의 없이 농담을 걸어오기도 했다. 나는 가는 곳마다 '삶을 창조하기 위한 신체적 팽창' '자연의 성경' '이국적인 수중 괴물' 등의 말을 들어야만 했다. 사람들은 스바메르담을 기억하고 여러 가지 다른 상황 속에서 적절하게 사용하기도 했다. 강가에서 말들이 짝짓기를 할 때면 사람들은 그것을 '스바메르담적인 상황'이라고 묘사했고, 술에 취한 사람이 밤늦게 창부를 찾을 때면 '스바메르담에게 바람 쐬어주기'라고 빗대어 말했으며, 동네 식당의 특별 메뉴인 길쭉한 고기 파이는 갑자기 '스바메르 파이'라는 이름으로 불리기 시작했다.

이러한 주변의 변화에 이상하게도 나는 기분이 나쁘지 않았다. 어떤 면에서 보자면 내 사회적 지위의 하락은 또 다른 가치와 기회를 주었다고도 할 수 있었다. 적어도 몇 달 후 머틸다 터커에게 청혼을 할 때는 더욱 그렇게 느껴졌다. 교회에서 그녀 앞에 무릎을 꿇었을 때는 이미 그녀의 가느다랗고 전형적인 영국 여인의 입술까지도 맛을 본 후였다. 나는 청혼을 하며 입을 맞추었을 때 그녀의 입술이 밤마다 꿈꾸어왔던 것처럼 커다랗고 촉촉한 꽃송이, 또는 스바메르담적인 수중 괴물과는 거리가 멀다는 것을 깨달았다. 그녀의 입술은 바짝 메마르고 뻣뻣하기 그지없는 나뭇가지 같았다. 또한 그녀의 코는 생각했던 것보다 훨씬 컸다. 그럼에도 목사가 우리를 부부로 선언했을 때 나의 뺨은 환희로 발갛게 달아올랐다. 나는 결혼을 했고, 성인의 삶에 발을 들이민 것이었다. 물론 그때는 결혼을 한 성인의 삶이 어떤 것인지도 몰랐고, 그 때문에 내 꿈을 이루기는 불가능하다는 것도 알지 못했다. 나는 결혼 후 과학의 세계에서 조금씩 멀어져갔다. 람 교수의 말에는 틀림이 없었다. 나는 연구를 계속하긴 했지만 학문에 대한 나의 열정은 이미 사라져버린 후였다.

그럼에도 나는 틸다가 나의 인연이라는 것을 확신했다. 그녀는 하찮은 질문 하나에도 항상 곰곰이 생각한 후 대답을 했기에 나는 그녀의 신중함에 감탄하지 않을 수 없었다. 그녀의 자신감 또한 나를 감탄시키기에 충분했다. 그녀는 당시 젊은 여인들에게선 볼 수 없었던 강한 의지와 자신감을 지니고 있었다. 하지만 몇 달의 결혼 생활을 한 후, 나는 그녀의 신중함이 현명하지 못한 머리 때문이라는 것과, 그녀의 자신감과 의지는 타고난 고집 때문이라는 것을 알게 되었다. 그녀는 단 한 번도 자신의 뜻을 굽힌 적이 없었다. 단 한 번도!

내가 그녀와 결혼했던 것은 바로 그녀의 부드럽고 통통하며 생기 있는 몸 때문이었다. 그 사실을 인정하기 힘들었지만 병상에 누워 있다 보니 내가 마치 열 살짜리 소년과 마찬가지로 본능적이고 욕심 많은 인간이라는 것을 깨닫게 되었다. 내가 틸다와 결혼을 했던 것은 그녀를 내 것으로 만들고 싶은 욕심, 항상 내 손이 닿는 곳에 그녀를 두고 싶은 욕심 때문이었다. 나는 그녀를 내 몸 아래에 두고, 습기에 젖은 흙을 향해 내 열정을 쏟아 붓 듯 그녀를 정복하고 싶었기에 그녀에게 청혼을 했다.

하지만 그러한 내 꿈은 이루어지지 않았다. 내가 만났던 것은 수많은 단추와 코르셋 끈, 따끔따끔한 양모 스타킹과 퀴퀴한 겨드랑이 냄새였다. 그럼에도 나는 동물적인 본능으로 수벌이 여왕벌에게 수정을 하듯 그녀를 정복했다. 수없이 이루어진 수정 행위를 통해 태어난 자식들은 결코 내가 원했던 것이 아니었다. 결국 나는 수정을 위해 삶을 포기해야 하는 수벌이 되어버렸던 것이다.

타오

"최선을 다한다고 했잖아. 그들이 할 수 있는 일은 다 해보겠다고 했어."

쿠안은 방금 병원 직원이 두고 간 주전자에 찻잎을 채워 넣고 차분한 움직임으로 차를 따랐다. 마치 집에서 매일 하는 일처럼.

새날이 다가왔고, 다시 저녁이 되었다. 내가 뭘 좀 먹었던가? 기억이 나지 않았다. 병원 직원들은 먹을 것과 마실 것을 가져왔다. 아, 그러고 보니 나는 고픈 배를 진정시키기 위해 쌀밥을 몇 숟갈 입에 떠 넣었고 물을 조금 마셨던 것 같다. 알루미늄 그릇에 담겨 있는 남은 음식들은 식어 눌어붙어버렸다. 나는 잠을 자지 않았고 씻지도 않았다. 옷도 어제 입고 있던 옷 그대로였다. 나는 어제 소풍을 가기 위해 옷장 속에서 가장 예쁜 옷을 꺼내 오랜만에 치장을 했다. 노란 블라우스와 무릎까지 내려오는 치마. 지금은 내 몸에 스치는 나일론 재질의 소리가 귀에 거슬려 기분이 좋지 않았다. 블라우스는 겨드랑이 부분이 꼭 끼었고 소매도 짧았다. 그래서 나는 생각이 날 때마다 소매를 쭉쭉 잡아당겼다.

"그런데 왜 의료진은 우리에게 아무 말도 해주지 않을까?"

나는 제자리에 가만히 서 있었다. 의자에 앉을 수가 없었다. 나는 닫힌 방 안에서 마라톤을 하듯 안절부절못하며 서성이길 멈추지 않았다. 두 손에서는 끊임없이 식은땀이 흘렀다. 옷은 땀에 젖어 몸에 딱 붙어버렸고, 몸에서는 이전에는 느끼지 못했던 이상한 냄새까지 나는 것 같았다.

"어쨌든 그들은 병에 대해서라면 우리보다 더 잘 알고 있잖아. 우린 그들을 믿는 수밖에 없어."

쿠안은 차를 한 모금 마셨다. 나는 그의 침착한 모습에 화를 참을 수 없었다. 그가 차를 마시는 모습, 찻잔에서 모락모락 피어오르는 김, 찻잔을 코 아래 두고 후루룩 차를 마시는 소리. 그것은 쿠안이 이미 수천 번도 더 했던 일상적인 일이었다. 하지만 나는 화가 나서 그 모습을 지켜볼 수가 없었다.

그는 소리를 지르고, 욕을 하고, 내게 불평을 늘어놓아야만 하지 않을까. 그게 정상이 아닐까. 하지만 그는 침착하게 두 손으로 찻잔을 쥐고 따스한 차를 마시기만 했다. 그 침착함이란……

"타오?" 그는 마치 내가 무슨 생각을 하는지 알아차렸다는 듯 갑자기 찻잔을 내려놓았다. "타오, 제발……"

"내가 무슨 말을 하길 원하는 거야?" 나는 그를 째려보았다.

"적어도 그렇게 차를 마시는 건 전혀 도움이 되지 않아!"

"뭐라고?"

"난…… 난 견딜 수가 없어."

"알아, 이해해." 그의 두 눈이 젖어왔다.

목이 터져라 소리를 지르고 싶었다. 우리 아이가 다쳤다고요! 웨이원이! 하지만 나는 말없이 고개를 돌렸다. 그를 쳐다보고 싶지도 않았다.

다시 찻잔에 차를 따르는 소리가 들렸다. 곧 자리에서 일어나 내게 다가오는 그의 발자국 소리가 뒤를 이었다.

나는 몸을 돌렸다. 거기에는 김이 모락모락 나는 찻잔을 들고 내게 건네는 쿠안이 서 있었다. 이전과 다름없는 침착한 태도로.

"도움이 될지도 몰라. 차를 마셔봐. 당신도 뭘 좀 먹어야지." 쿠안이 나직이 말했다.

정말 차를 마시는 게 도움이 될까? 그게 바로 쿠안이 생각하고 있는 걸까? 아무것도 하지 않고 오직 여기에 가만히 앉아 있는 것? 변화를 일으키려는 의지는 전혀 볼 수 없는 그의 수동적인 태도에 나는 참을 수가 없었다.

나는 고개를 홱 돌렸다. 머릿속을 맴도는 말을 모두 쏟아부을 수는 없었다.

우리 사이의 묵직한 분위기는 균형감과는 거리가 멀었다. 그럼에도 그는 나를 몰아세우지 않았고, 내게 한 마디 불평도 하지 않았다. 그는 단지 그 자리에 서서 뻣뻣한 팔 동작으로 내게 찻잔을 내밀고 있을 뿐이었다. 그는 무슨 말이라도 하려는 듯 숨을 크게 들이쉬었다.

그 순간 문이 열리며 히오 박사가 들어왔다. 그녀의 무덤덤한 표정에선 아무것도 알아낼 수가 없었다. 죄책감일까? 거부감일까?

그녀는 우리에게 인사도 건네지 않고 턱으로 문을 가리켰다.
"제 사무실로 오시겠습니까?"

나는 얼른 그녀를 따라나섰다. 쿠안은 마치 무엇을 해야 될지 모르겠다는 사람처럼 찻잔을 손에 든 채 제자리에 가만히 서 있었다.

곧 그는 정신을 차린 듯 찻잔을 내려놓았다. 탁자에 닿은 찻잔에서 찻물이 쏟아졌다. 그는 흘러내린 찻물을 보고 잠시 주저했다.

지금 이 상황에서 흘린 찻물을 닦을 생각을 하고 있는 걸까! 아니, 그는 몸을 일으키고 우리 뒤를 따랐다.

쿠안과 나는 앞장선 히오 박사를 따라 걸으면서도 서로 눈을 마주치지 않았다. 우리에겐 채 못 다한 말들이 여전히 남아 있었다. 우리는 히오 박사의 하얀 병원 가운만 바라보며 걸었다. 가벼운 걸음걸이로 민첩하게 움직이는 히오 박사의 꽁지 머리가 좌우로 흔들렸다. 마치 어린 소녀의 뒤를 따라 걷는 기분이었다.

그녀가 문을 열자 회색빛 벽으로 둘러싸인 방이 우리를 맞았다. 개성이라곤 전혀 찾아볼 수 없는 사무실. 벽에는 아이들 사진도 걸려 있지 않았다. 책상 위에는 전화기 한 대만 달랑 놓여 있을 뿐이었다.

"앉으세요."

그녀는 의자 두 개를 우리에게 권한 다음, 자기 의자를 책상 옆으로 옮겨 왔다. 그녀와 우리 사이에 걸리적거리는 것을 없애고 싶었을까. 어쩌면 그런 행위는 의사가 되기 위한 수련을 하며 배우는 것일지도 몰랐다. 의사의 책상은 권위를 상징한다. 무언가 심각하고 진지한 이야기를 나눠야 할 때면, 권위를 없애고 인간적으로 다가가는 것이 가장 좋은 방법이다.

심각한 이야기. 그렇다, 그녀는 우리에게 무언가 심각한 이야기를 할 참이었다. 문득 나는 그녀가 우리에게서 멀리 떨어져 있었으면 좋겠다고 바랐다. 그녀가 책상 뒤에 자리를 잡고 앉았으면 좋겠다는 생각이 스쳤다. 나는 그녀에게서 최대한 멀리 떨어지기 위해 등을 한껏 뒤로 기댔다.

"웨이원을 볼 수 있나요?" 나는 재빨리 질문을 던졌다. 머릿속에 있던 다른 질문을 던질 용기는 나지 않았다. 도대체 무슨 일인가요? 아이의 상태는 어떤가요? 도대체 뭐 때문에 아이가 아픈가요?

히오 박사가 나를 바라보았다. "죄송하지만 아직은 아드님을 만나실 수 없습니다…… 유감스럽게도 저는 지금부터 아드님과 관련된 일에서 손을 떼게 되었습니다."

"손을 떼신다고요? 왜요……?"

"저희는 지금까지 아드님의 증상에 대해 가능한 여러 진단을 내려보았습니다. 하지만…… 정확한 원인은 아직까지 찾아내지 못했습니다." 그녀의 눈빛이 흔들렸다. "너무나 복잡한 사안이기 때문에 제가 더 이상 관여할 수 없게 되었습니다."

조금의 안도감이 찾아들었다. 최악의 말은 듣지 않은 셈이니 다행이라는 생각마저 들었다. 그녀는 '떠나다' '죽다' '잠이 들다' 등의 말은 하지 않았다. 단지 복잡한 사안이라고 했을 뿐. 게다가 여러 가능한 방법을 두고 원인을 찾는 중이라 하지 않았던가. 그렇다면 그들이 아직 웨이원을 포기하지 않았다는 뜻으로 이해해도 될 것이다.

"알았습니다. 그렇다면 이제부터는 어느 분이 책임을 맡게 되나요?"

"어젯밤 베이징에서 최고의 의료진 한 팀이 왔습니다. 그분들의 성함은 제가 알게 되는 대로 가르쳐드리겠습니다."

"베이징?!"

"예, 그곳의 의료진은 우리 나라 최고의 실력자들입니다."

"그렇다면 이젠 우린 어떻게 해야 하나요?"

"……시간을 두고 기다려달라는 말씀밖에 드릴 수가 없군요. 그러니 이제 집에 돌아가셔도 됩니다."

"뭐라고요? 그렇게는 할 수 없어요!"

나는 쿠안을 향해 고개를 돌렸다. 그는 이 상황에서 무슨 말을 할까?

히오 박사가 자리에서 일어났다. "걱정 마세요. 지금부터는 우리 나라 최고의 의료진이 아드님을 돌볼 테니……"

"지금 집으로 돌아갈 수는 없어요. 우리 아이가 여기 있는데 어떻게……"

"제가 더 드릴 말씀은 없습니다. 그들이 원인을 찾아낼 때까지는 시간이 꽤 걸릴 테니까요. 여기서 두 분이 하실 수 있는 일은 없습니다. 웨이원은 아주 특별한 케이스였기 때문에……"

나는 꼼짝도 할 수 없었다. 특별한 케이스였다고? 그녀가 굳이 과거형으로 말한 이유는 무엇일까? 그렇다면 지금은 어떤 상황이란 말인가?

"지금 무슨 말씀을 하시려는 건가요?"

나는 제대로 말을 할 수가 없었다. 쿠안을 돌아보며 도움을 요청하는 눈길을 보냈지만, 그는 두 손을 무릎 위에 얹고 꼼짝없이 앉아 있기만 했다. 그는 그 어떤 질문도 던질 생각이 없는 것 같았다. 나는 다시 히오 박사에게 고개를 돌렸다.

나는 온 힘을 짜내어 겨우 말문을 열었다. "아이가 아직 살아 있나요? 웨이원이 아직 살아 있습니까?"

그녀는 상체를 내밀며 고개를 살짝 숙인 채 우리를 바라보았다. 그 모습은 마치 등껍질에서 고개를 내미는 거북이 같았다. 둥그런 두 눈은 더 이상 아무것도 묻지 말라는 듯 애원하는 빛을 띠고 있었다. 그녀는 대답을 할 마음이 없는 것 같았다.

"아직 살아 있냐니까요!"

그녀는 주저하며 대답했다. "제가 마지막으로 아드님을 보았을 때…… 아드님은 인공호흡기를 사용하고 있었습니다."

쿠안의 입에서 작은 비명이 흘러나왔다. 그의 양 볼은 젖어 있었다. 하지만 나는 그가 어떻든 안중에도 없었다.

"그게 무슨 뜻인지요? 아이가 아직 살아 있다는 말인가요? 아직 살아 있나요?"

그녀는 천천히 고개를 끄덕였다.

살아 있다고? 아, 아이가 살아 있다고 했다.

"하지만 인공호흡기에 의존해 숨을 이어가는 중이지요." 히오 박사가 나직이 말했다.

인공호흡기? 그건 중요하지 않았다. 나는 그런 건 중요하지 않다고 억지로 나 자신을 세뇌했다. 중요한 건 아이가 살아 있다는 사실이었다.

"아이를 보고 싶어요. 아이를 만나게 해주세요." 나는 소리를 질렀다. "아이를 만나기 전엔 집으로 돌아갈 수 없습니다."

"불행하게도 그건 불가능한 일입니다."

"하지만 그 아이는 제 아들이에요."

"이미 말씀드렸듯이 저는 이 일과 이제 아무 관련도 없습니다. 제가 할 수 있는 일이 없군요. 죄송합니다."

"하지만 선생님은 우리 아이가 어디 있는지 아시잖아요."

"정말 죄송합니다……"

나는 자리에서 벌떡 일어났다. 쿠안이 놀란 표정을 지으며 고개를 치켜들고 나를 바라보았다. 나는 쿠안 쪽을 돌아보지도 않고 히오 박사를 쏘아보았다.

"아이가 어디 있는지 가르쳐주세요."

조지

오후 5시 무렵 릭과 지미를 집으로 돌려보냈다. 남은 벌통은 이제 전체의 3분의 1가량밖에 없었다. 나머지는 나 혼자 해도 충분히 할 수 있는 일이었다. 혼자서도 할 수 있는 일을 남들에게 시켜 품삯을 지급하는 바보짓은 하고 싶지 않았다.

해가 질 무렵, 나는 일을 마칠 수 있었다. 석양이 내려앉자 날벌레 떼가 극성을 부렸다. 낮에는 어디 있는지 짐작도 할 수 없는 곳에 있다가 해가 질 무렵이면 구름 떼처럼 달려드는 날벌레들은 하나하나 때려잡기도 힘들었다. 날벌레들은 특히 나를 좋아하는 듯 발을 옮길 때마다 나를 에워쌌다.

나는 집으로 가기 위해 서둘렀다. 운전석에 앉자마자 톰에게서 전화가 왔다. 나는 전화기에 톰의 전화번호를 저장해두지 않았다. 솔직히 어떻게 번호를 저장하는지도 몰랐다. 하지만 번호가 뜨자마자 나는 그것이 톰의 전화번호라는 것을 알아차렸다.

"안녕하세요, 아버지."

"어, 톰이니?"

"지금 어디세요?"

"그건 왜 묻니?" 나는 미소를 띠며 되물었다.

"아니, 그냥……"

"옛날에는 사람들이 만나면 어떻게 지내냐고 안부를 물었지. 그런데 휴대전화가 생기니 어디 있냐고 묻기 시작하는 것 같아서 말야."

"아, 예……"

"지금 벌통을 검사 중이야."

"오, 그러세요? 어때요?"

"좋아, 아주 좋아."

"잘됐어요. 좋은 소식이군요. 저도 기분이 좋아지네요."

기분이 좋아진다고? 예의상으로 하는 말일까? 톰의 말투가 갑자기 바뀐 이유는 뭘까?

"그건 그렇고 너는 어떻게 생각하니?"

"뭘요?"

"사회 전반에 대해서 말야. 어떻게 지내냐고 묻는 대신 어디 있냐고 묻는 현대의 추세에 대해 어떻게 생각하는지……"

"아버지도 참……"

"농담한 거야, 톰."

나는 웃음을 터뜨렸지만, 톰은 언제나 그랬듯 나를 따라 웃지 않았다. 우리는 몇 초 동안 침묵을 지켰다. 나는 더 크게 웃음을 터뜨려보았다. 그렇게 하면 도움이 될 것 같았지만, 막상 웃음을 만들어내고 보니 마치 일요일 날 교회 문 안에 들어선 것 같은 적막함만이 뒤따를 뿐이었다. 벌린 입 속으로 갑자기 파리 한 마리가 날아들었다. 목구멍이 간질간질했다. 기침을 해서 파리를 뱉어내야 할지, 아니면 꿀꺽 삼켜야 할지 결정을 내릴 수가 없었다. 그래서 나는 두 가지 일을 동시에 해보기로 마음먹었다. 물론, 도움이 되지 않았다.

"아버지……" 톰이 불쑥 말문을 열었다. "제가 지난번에 집에 갔을 때 드렸던 말씀 아직 기억하고 계시나요?"

나는 목구멍 안쪽으로 깊숙이 들어간 파리 때문에 간지러워 죽을 지경이었다.

"아버지?"

나는 다시 기침을 했다. "응, 기억하고말고."

톰이 잠시 침묵을 지키더니 말을 이었다.

"장학금을 받았어요."

전화기 저편에서 톰이 숨을 들이쉬는 소리가 들렸다. 뒤이어 마치 통신사에서 우리의 대화를 방해하기라도 하듯 전화기에서 찌직찌직하는 이상한 소리가 들렸다.

"아버지, 이젠 제 학비 걱정은 안 하셔도 돼요. 존이 다 해결해줬어요."

"존?" 내 목소리는 껄끄럽기 그지없었다. 목구멍에 내려앉은 파리 때문이었다.

"예, 존 교수님."

나는 힘차게 헛기침을 했지만, 파리는 물론 한 마디 말도 뱉어낼 수 없었다.

"지금 울고 계시나요, 아버지?"

"젠장, 지금 울고 있냐고? 내가 이런 일에 눈물을 찔찔 짜는 사람처럼 보이니?"

나는 다시 기침을 했다. 마침내 파리를 혀끝으로 내보낼 수 있었다.

"아니요……"

다시 침묵이 흘렀다.

"그냥…… 장학금을 받았다고 알려드리고 싶어서 전화했어요."

"그래, 그 말은 이미 했잖니."

침을 뱉어 파리를 내보내고 싶었지만 그럴 수는 없었다. 차마 톰에게 그 소리를 들려줄 수는 없었으니까.

"예."

"그래."

"그럼 안녕히 계세요, 아버지."

"그래, 너도 잘 지내거라."

나는 마침내 침을 뱉었다. 동시에 파리도 입 밖으로 내보낼 수 있었다. 무슨 이유에선지 톰이 공부를 계속한다는 소리가 그다지 반갑지 않았다.

나는 전화기를 손에 든 채 멍하니 앉아 있었다. 문득 전화기를 집어 던지고 싶은 충동이 일었다. 심지어는 강가에 앉아 있어도 나쁜 소식을 정확히 배달해주는 이 값싼 전자 제품을 부숴버리고 싶었다. 하지만 그럴 수는 없었다. 새 전화기를 구입하는 건 여간 번거롭지 않은 일이다. 돈도 적잖이 들어갈 것이 틀림없었다. 게다가 전화기를 집어 던진다 하더라도 망가진다는 확신도 없었다. 길게 자란 잔디는 마치 이불처럼 폭신폭신했으니까. 그래서 나는 운전석에 앉아 전화기를 꾹 쥐고만 있었다. 가슴속은 창으로 찔린 듯 아프기만 했다.

윌리엄

나는 병상에서 빠져나와 음식을 챙겨 먹고 천천히 몸을 움직이기 시작했다. 매일 몸을 씻고, 가능한 한 자주 깨끗하게 빨아 놓은 옷으로 갈아입었다. 면도는 하루에 두 번씩 했다. 침팬지의 털처럼 길게 자란 수염을 깎으니 매끈매끈한 피부가 드러났고, 얼굴을 스치는 상쾌한 바람도 느낄 수가 있었다.

나는 눈이 따가워질 때까지 책을 읽었다. 날이 갈수록 책을 읽는 시간은 점점 길어졌고, 마침내 나는 하루 온종일 책상 앞에 앉아 있을 수 있게 되었다. 책은 내 책상 위, 내 침대 위, 바닥 위에도 빈틈없이 빼곡히 쌓여 있었다.

나는 다시 스바메르담을 읽었다. 그의 연구는 여전히 나의 주된 관심사였다. 나는 위베르의 벌통에 대해서도 세세히 공부했다. 그가 고안해냈던 실용적인 벌통을 잘 살펴보았던 것은 물론이고, 실용 양봉에 대한 책과 안내서도 여기저기 주문해서 읽어보았다. 종류도 가지가지였다. 하지만 대부분은 취미로 벌을 치는 일반인들을 위한 안내서였기 때문에 매우 쉬운 언어로 적혀 있었고, 그림도 단순하기 짝이 없었다. 나는 그런 책을 한번 건성으로 훑어보아도 모두 이해할 수 있었다. 어떤 안내 책자에는 목재로 만든 벌통을 시험적으로 제조했다고 적혀 있었고, 획기적인 디자인을 바탕으로 제조했다며 머지않아 모든 양봉인들이 선호하는 일반적인 벌통이 될 것이라 광고하는 책자도 있었다. 하지만 그 어느 것도 양봉인이 벌들의 생태를 확실히 확인하고 관리할 수 있는 벌통이라곤 할 수 없었다. 모두들 조만간 내가 직접 디자인해서 만들어낼 벌통과는 거리가 멀었다.

도로시어는 매일 내 방을 찾았다. 아이는 부엌에서 요리를 하느라 발갛게 상기된 얼굴로 들어와 직접 만든 음식을 놓고 갔다. 틸다가 시킨 일이 틀림없었다. 아마도 내 자식이 직접 만든 음식이라는 것을 알게 되면 내가 더 많이 먹을 것이라 생각했기 때문이리라. 나는 틸다의 예상이 맞아들었다는 것을 인정할 수밖에 없었다. 음식 맛은 놀라울 정도로 좋았다. 도로시어는 이미 솜씨 좋은 가정주부로서의 자질을 보여주고 있었다. 조지나는 가끔 내 방을 찾았다. 아이는 날카로운 목소리로 항상 무언가를 재잘거리며 파도처럼 방 안을 휙휙 스치며 청소를 하고선, 미처 내가 무슨 말을 하기도 전에 문을 닫고 나갔다. 샬럿은 내 신경을 가장 적게 거스르는 아이였다. 아이는 살며시 문을 열고 뾰족한 코를 조심스레 방 안에 들이민 채, 내가 지금 안 보는 책이 있으면 한 권 빌려 가도 되느냐고 묻곤 했다. 아이는 꽤 자주 책을 빌려 갔기 때문에 아마 조만간 내 방에 있는 책을 거의 다 읽게 될 것 같았다. 그만큼 아이는 책을 빨리 읽었다.

하지만 에드먼드는 단 한 번도 나를 찾지 않았다. 가끔 오후 시간이 되면 아래층이나 정원, 심지어는 내 방 문 앞에서도 에드먼드의 목소리가 들릴 때도 있었지만, 그는 단 한 번도 내 방 문을 열어보지 않았다.

결국 나는 직접 에드먼드를 찾아보기로 마음먹었다.

이른 저녁이었다. 점심을 먹고 차까지 마신 후였기에 집 안은 조용했다. 저녁 식사 시간이 가까워지면 다시 소란스러운 소리가 들릴 테지만 이 시간만큼은 모두들 휴식을 취했기에 항상 조용했다.

나는 조심스레 에드먼드의 방 문을 두드렸다. 방 안에서 들려오는 인기척은 없었다. 나는 문손잡이를 쥐려다 잠시 주저했다. 그에게 시간을 주고 싶었다. 들어 올렸던 손을 내 얼굴로 가져가 깨끗하게 면도한 매끄러운 피부를 만져보았다. 나는 아들을 찾기 전에 만반의 준비를 했다. 깨끗한 바지로 갈아입고 몸도 깨끗이 씻었다. 지난번에 아이가 나를 찾았을 때의 모습과는 확실히 다른 내 모습을 보여주고 싶었기 때문이었다.

문은 열리지 않았다. 나는 다시 문을 두드렸다.

정적.

직접 문을 열고 들어가볼까? 그곳은 에드먼드의 사적인 공간이었다. 하지만 나는 그의 아버지가 아니던가. 이 집은 내 것이고, 따라서 에드먼드의 방도 따지고 보면 내 것이라 할 수 있지 않을까.

그렇다. 내겐 얼마든지 방문을 열고 들어설 권리가 있었다. 설사, 그곳이 에드먼드의 방이라 하더라도 말이다.

나는 조심스레 손잡이를 내렸다. 문이 살짝 열렸다.

방 안은 어두침침했다. 빛이라곤 창밖의 석양빛뿐이었다. 하지만 에드먼드의 방 창문은 동쪽을 향해 나 있었기 때문에 저녁 햇살은 방 안까지 닿지 못했다.

방에 들어선 나는 문 안쪽에 열쇠가 꽂혀 있는 것을 발견했다. 에드먼드는 평소 방문을 잠가놓는 걸까? 방 안의 공기는 텁텁했고 사향 냄새가 살짝 나는 것도 같았다. 그 밖에도 뭔가 한마디로 정의할 수 없는 이상한 냄새가 나긴 했지만 나는 그것이 뭔지 알 수 없었다. 여기저기 옷이 흐트러져 있었다. 의자 등받이에는 재킷이 걸려 있고, 침대 위에는 바지와 셔츠가 널브러진 채였다. 거울 위에는 지난번 나를 찾아왔을 때 두르고 있던 쑥색 스카프가 걸쳐 있었다. 침대 옆 작은 탁자에는 지저분한 접시와 컵이 자리했고, 바닥 한가운데는 더러운 신발 한 켤레가 내동댕이쳐져 있었다.

나는 그 자리에 서서 움직이지 않았다. 왠지 불안해졌다. 한마디로 꼬집어 말할 수는 없었지만 무언가 잘못된 듯한 느낌이 나를 덮쳤다.

정리 정돈이 되어 있지 않기 때문에 그런 느낌이 들었던 걸까?

아니, 에드먼드는 아직 젊은 청년이다. 남자다. 그러니 얼마든지 그럴 수도 있는 노릇이다. 나는 여자아이들에게 에드먼드의 방을 청소해주라고 시킬 생각이었다.

방이 어질러져 있기 때문은 아니었다. 뭐라 정의할 수 없는 이 이상한 느낌……

나는 방 안을 둘러보았다. 옷, 접시, 신발, 머그잔.

무언가 부족하다는 생각이 들었다.

문득, 그것이 뭔지 깨달았다.

그의 책상. 책상 위는 텅 비어 있었다. 벽 쪽에 자리한 책장도 텅 비어 있긴 매한가지였다.

책은 모두 어디에 있을까? 종이와 연필은? 공부를 하기 위해 필요한 것들은 하나도 눈에 띄지 않았다.

"아버지?"

나는 얼른 몸을 돌렸다. 에드먼드는 여느 때와 마찬가지로 내가 알아채기도 전에 모습을 드러냈다.

"오, 에드먼드."

두 다리가 힘없이 흔들렸다. 방에서 나갈까? 아니, 나는 그곳에 서 있을 권리를 지니고 있었다. 나는 그의 아버지니까.

"뭘 깜빡해서 다시 왔어요." 에드먼드는 상기된 얼굴로 숨을 헐떡이며 말했다. 밖에서 들어오는 길인 것 같았다. 빨간 코르덴 조끼, 앞을 열어젖힌 코트, 목에 멋있게 감아놓은 하얀 스카프. 언제 보아도 유행을 따르는 잘생긴 내 아들. 그는 지갑을 손에 쥐고 종종걸음으로 침대 옆의 서랍장으로 향했다. 서랍장 위에 놓인 작은 상자를 연 그는 그 속을 마구 뒤졌다. 동전이 부딪치는 소리가 들렸다. 그는 지갑을 열고 동전을 쓸어 담은 후 내게로 몸을 돌렸다.

"그런데 무슨 일이세요?"

그는 내가 자기 방에 서 있다는 사실에 개의치 않는 것 같았다.

"어디 나가려던 참이었니?"

그는 허공을 바라보며 고개를 끄덕였다. "예."

"어디?"

"아버지……" 에드먼드는 체념한 표정으로 미소를 지었다. 나는 그가 미소 짓는 모습을 마지막으로 본 게 언제였는지 기억할 수가 없었다.

"아, 미안 미안……" 나는 아이에게 미소를 되돌려주며 말을 이었다. "네가 이젠 다 큰 청년이라는 걸 깜박 잊었지 뭐니."

그는 문을 향해 몇 발자국 내디뎠다. 벌써 가려는 것일까? 조금 더 기다리면 안 될까? 내게 좀 더 눈길을 줘서 내가 지난번과 비교해 얼마나 많이 변했는지 확인해볼 마음은 없는 것일까?

그는 주저하더니 걸음을 멈추었다. 우리는 문을 사이에 두고 마주 섰다. 그가 두 발자국만 더 내디디면 내 눈앞에서 사라져버릴 위치였다.

"한 가지 여쭤봐도 될까요, 아버지?"

"물론이지. 무엇이든 다 물어보렴."

나는 부드러운 미소를 지어 보였다. 이제야 부자간의 대화를 제대로 시작해볼 수 있을 것 같다는 기대감이 생겼다. 이를 계기로 에드먼드와의 관계도 새롭게 발전할 수 있으리라.

그는 큰 숨을 들이쉬며 말했다. "아버지, 돈 좀 주시면 안 되나요?"

나는 깜짝 놀랐다. "돈이라고?"

그는 지갑을 흔들어 보이며 이맛살을 찌푸렸다. "거의 텅 비었어요."

"아……" 나는 무슨 말을 해야 할지 알 수가 없었다. 정신이 아득했다. "미안하구나."

그는 어깨를 으쓱 추켜 보였다. "그렇다면 어머니께 여쭤볼게요."

그는 총총걸음으로 사라졌다.

나는 절망에 휩싸여 내 방으로 들어갔다. 에드먼드의 눈엔 내가 돈을 벌어다 주는 기계로 보이는 걸까? 그가 내게서 원하는 것은 오직 돈밖에 없는 걸까?

나는 책상 앞 의자에 털썩 주저앉았다. 이럴 수는 없었다. 하지만 돈…… 돈이라니…… 지난 몇 달 동안 우리 가족은 궁핍하기 짝이 없는 생활을 해왔다. 물론 에드먼드도 돈이 부족해 불편한 적이 한두 번이 아니었으리라. 에드먼드는 내가 앓아눕는 바람에 집에 돈이 없다는 것을 잘 알고 있었다. 하지만 이제 내가 자리에서 일어났으니 돈이 쑥쑥 들어온다고 생각했던 걸까? 그렇지만 내겐 시간이 필요했다. 돈을 벌기 위해선 시간이 필요했다. 아직 어린아이에 불과한 에드먼드는 세상일을 너무나 쉽게 생각하고 있는 것이 분명했다. 내게는 시간이 필요했다. 내 아이디어를 현실화시키고, 에드먼드가 필요로 하는 것을 주기 위해선 절실하게 시간이 필요했던 것이다.

나는 잉크에 펜촉을 찍어 종이 위로 가져갔다. 나는 그림에 소질이 없었다. 동물학자라면 눈으로 보고 관찰한 것들을 그림으로 남겨둘 수 있어야만 한다. 그것은 동물학자에게 필요한 기본 자질 중의 하나였다. 그래서 나는 지난 수년 동안 그림 그리는 연습을 해왔다. 덕분에 이젠 어느 정도 펜을 마음먹은 대로 사용할 수 있게 되었다.

나는 머릿속의 아이디어가 사라지기 전에 얼른 그림으로 남겨두어야겠다고 마음먹었다. 내가 생각했던 것은 지붕이 비스듬한 나무 상자였다. 식물을 사용해 광주리처럼 짠 벌통은 바람에 흩날리는 벌판의 갈대와 다름이 없다. 나는 무언가 색다른 것을 만들어내고 싶었다. 현대 문명과 발을 맞출 수 있는 구조로 벌들에게 집을 지어주고 싶었던 것이다. 벌이 드나들 수 있는 적절한 입구는 물론, 벌을 치는 사람이 구석구석 안을 들여다보고 관리할 수 있는 그러한 벌통을 만들어보고 싶었다. 벌통은 인간이 만들어야 한다. 오직 인간만이 제대로 된 구조물을 지어 올릴 수 있으니 말이다. 구석구석 한눈으로 통제할 수 있는 구조물을 만들어야 한다. 자연이 아니라 인간이 통제할 수 있는 그런 구조물을.

나는 몇 날 며칠을 소비해 밀리미터 단위로 서로 다른 부품들을 그렸다. 벌통을 대량 제조하기 위해서 전력을 다해 세세하게 그림을 그리는 동안, 나는 가족들과 한집에 살면서도 마치 먼 곳에서 따로 사는 사람처럼 전혀 다른 생활을 했다. 나는 그들과 거의 얼굴을 마주치지 않았다. 물론 조지나와 틸다, 샬럿은 가끔 내 방을 찾아오기도 했다.

어느 날 이른 아침, 샬럿이 조심스레 방문을 두드렸다.

나는 대답을 하지 않았다. 벌통의 지붕을 고안하고 그려내는

데 집중하고 있었기 때문이었다.

다시 노크 소리가 들렸다.

"예." 나는 한숨을 내쉬며 말했다.

문이 열렸다. 샬럿은 한 발짝 조심스럽게 앞으로 내밀었다.

"잘 주무셨어요, 아버지?"

"응, 그래. 너도 잘 잤니?"

"들어가도 되나요?" 아이의 목소리는 차분했지만, 눈빛은 불안함을 머금고 바닥을 훑고 있었다.

"지금 일하는 중이야."

"방해하진 않을게요. 단지 이 책을 돌려드리고 싶어서요."

샬럿은 책 한 권을 내밀었다. 아이는 책이 마치 귀중한 것이라도 되는 듯 두 손으로 경건하게 쥐고서 한 발짝 앞으로 나선 후, 고개를 들고 나를 바라보았다.

"아버지…… 시간이 나시면 이 책에 대해서 이야기를 나누어 보고 싶어요."

아이의 눈동자는 회색빛이 감도는 녹색이었고, 틸다와는 달리 양미간이 좁았다. 어디를 봐도 어머니를 닮은 것 같진 않았다.

"책은 거기 놓아두거라."

나는 턱으로 책장을 가리켰다. 아이의 부탁을 직접적으로 거절하고 싶진 않았기에 아이가 내 뜻을 짐작하고 얼른 나가주었으면 좋겠다고 바랐다.

"예." 샬럿은 고개를 숙이고 책장 앞으로 다가간 후 가만히 제자리에 서 있었다.

내게 아무리 할 일이 많아도 아이에게 날카롭게 말을 해서 상처를 줄 이유는 없다는 생각이 들었다. "샬럿, 지금 아주 중요한 일을 하고 있는 중이야. 대화는 다음 기회로 미루는 게 어떨까?" 나는 최대한 부드러운 목소리를 만들어 말했다.

아이는 아무 말도 하지 않고 책을 쥔 두 손만 내려다보고 있었다. "어디에 꽂아놓을까요?"

"책장이지, 어딘 어디야?"

"예, 저…… 그런데, 제 말은…… 책을 정리해두는 특별한 체계가 있는지……"

"아냐, 그런 건 없어. 책은 그냥 거기 놓아두거라."

아이는 눈을 반짝이며 나를 올려다보았다.

"제가 책장을 정리해드릴까요?"

"뭐?"

"책 말이에요. 작가의 이름을 바탕으로 알파벳 순서대로 정리해둘게요. 아버지가 원하신다면."

아이는 포기하려 하지 않았다.

"글쎄…… 네가 원한다면 그렇게 하거라."

아이는 살짝 미소를 짓고서 책장 앞에 자리를 잡고 앉았다. 올림머리를 해서 드러난 목덜미의 선이 아름다웠다. 양쪽 귀 옆에는 나선형의 곱슬머리도 보이지 않았다. 샬럿은 그런 것에 신경을 쓰는 아이가 아니었다. 아이는 자세를 바꾸어가며 편안하게 자리를 잡았다. 오래도록 앉아 있을 준비를 미리 해두는 것만 같았다.

아이의 손놀림은 매우 빠르고 정확했다. 그리고 책을 향한 아이의 정성과 경외심이란…… 그렇다, 아이는 아기 참새를 다시 새집에 넣어주듯 그토록 조심스럽게 책을 다루었다.

나는 다시 종이 위로 시선을 돌렸다. 일을 계속해보려 했지만 눈은 자꾸만 아이에게로 향하기만 했다. 아이의 움직임에서 느낄 수 있는 열정과 신중함, 집중력과 책을 향한 경외심에 놀라지 않을 수가 없었다. 아이는 책을 책장에 일렬로 꽂아두고선 손으로 쭉 훑어 어느 한 권도 툭 튀어나오지 않도록 마무리를 했다. 나도 언젠가는 내 책들을 그렇게 정리한 적이 있었다. 아이는 내 시선을 의식했는지 나를 돌아보며 수줍은 듯 살짝 미소를 지었다. 나는 재빨리 아이에게 미소를 돌려준 후 다시 일을 시작했다. 마치 숨어서 지켜보다가 들킨 것 같은 민망함 때문에 얼굴이 화끈 달아올랐다.

아이는 책 정리를 마쳤다. 나는 아이가 일어서는 소리를 들었지만, 일에 집중하는 척 고개를 들지 않았다. 아이는 방을 떠나지 않고 제자리에 가만히 서 있었다.

나는 그제야 고개를 들었다. "고맙다."

아이는 대답 대신 고개만 끄덕였다. 아이는 계속 그 자리에 서 있을 생각이었을까? 나는 피와 살로 이루어진 존재가 내 등 뒤에서 만들어내는 숨소리를 들으며 일을 하기란 불가능하다는 것을 깨달았다.

"너…… 거기 좀 앉거라." 나는 의자를 아이에게 밀어주며 말을 건넸다. 아이에게 그 정도는 해줄 수 있다는 생각이 들었던 것이다.

"고맙습니다, 아버지." 아이는 의자 가장자리에 살짝 걸터앉았다.

나는 다시 일을 시작했다.

"지금 무슨 일을 하고 계신가요?" 아이는 그림을 가리키며 물었다.

나는 아이를 바라보며 되물었다. "너는 이게 뭐라고 생각하니?"

"벌통요."

나는 놀란 표정으로 아이를 바라보았다. 그러다 내게로 배달된 온갖 안내 책자와 설명서를 아이가 보았을 것이 틀림없다는 생각이 스쳤다.

"그걸 직접 만드실 계획인가요?"

"아냐, 사람을 시켜서 만들 생각이야."

"그렇지만…… 그게 가장 먼저 할 일 아닌가요?"

"가장 먼저 할 일……? 너는 내가 지금까지 뭘 했다고 생각하니? 난, 벌통을 만드는 데 필요한 온갖 지식들을 이미 책을 통해 다 읽어두었어." 나는 사방에 쌓여 있는 책들을 바라보며 대답했다.

"예." 아이는 무릎 위에 가지런히 얹은 두 손을 내려다보며 다소곳이 대답했다.

불현듯 짜증이 솟구쳤다. "조용히 앉아 있겠다고 약속하지 않았니?"

"죄송해요, 아버지. 하지만, 전 지금 조용히 앉아 있는걸요."

"난 네 머릿속을 맴도는 온갖 생각들까지 다 들을 수 있단다."

"그건……"

"그래, 무슨 말을 하고 싶은 거니?"

"아버진 항상 어떤 일을 시작하기 전에 기초를 튼튼히 해야 한다고 말씀하셨잖아요."

"그래? 내가 그런 말을 했어?"

그렇다. 나는 그런 말을 한 적이 있다. 한 번도 아니고 여러 번이나. 하지만 그건 샬럿에게 했던 말이 아니라 에드먼드에게 한 말이었다. 에드먼드가 쉬운 곱셈도 못하면서 어려운 수학 문제를 풀려고 끙끙댈 때 했던 말이었다.

샬럿은 눈을 치켜떴다.

"그뿐만 아니라, 아버지는 동물학자라면 항상 관찰부터 시작해야 한다고 하셨어요."

"음…… 그랬지."

"모든 기초는 관찰로부터 시작된다고요. 그림은 그다음에 그리는 거라 하셨어요."

아이의 말을 들으니 저절로 이맛살이 찌푸려졌다. 내가 했던 말을 샬럿의 입을 통해 듣다니. 하지만 아이의 말은 단 하나도 틀림이 없었다.

타오

허오 박사는 우리를 데리고 승강기에 올라타 한 층을 올라갔다. 긴 복도를 걸은 후 우리는 다시 승강기를 타고 한 층을 내려갔다. 그녀는 종종걸음으로 걸으며 마치 누군가에게 들키면 안 된다는 듯 가끔 어깨 너머를 살피기도 했다. 그녀는 웨이원을 찾는 사람이 아무도 없도록 엄격히 관리하라는 지시를 받았다고 했다. 그녀의 말에 따르면 웨이원은 격리병동에 누워 있다고 했다.

"하지만……" 그녀는 마치 혼잣말을 하듯 나직이 중얼거렸다. "당신은 어머니니까……" 그녀는 재빨리 쿠안에게 눈을 돌렸다. 마치 그제야 거기 있는 쿠안을 발견하기라도 한 듯 그녀는 서둘러 말을 이었다. "당신들은 부모니까 아드님을 볼 권리가 있습니다." 살짝 떨리는 그녀의 목소리에서는 의사의 직업적인 권위라곤 전혀 찾아볼 수 없었다.

우리를 기다리고 있는 것은 무엇일까? 침대에 누워 있는 웨이원. 창백한 얼굴로 두 눈을 감고 있는 아이. 눈꺼풀에 선명히 드러난 핏줄. 고집과 생기로 가득했던 작은 몸뚱이가 힘없이 축 늘어져 있는 모습. 양옆으로 늘어뜨린 두 팔. 링거를 꽂고 있는 한쪽 손. 내 목을 감싸 안았던 아이의 두 팔, 내 뺨을 비벼댔던 아이의 통통하고 매끈매끈한 양 볼은 이제 온갖 낯선 의료 기구와 빛을 발하는 이름 모를 화면으로 둘러싸여 있을 것이 틀림없었다. 아이는 소독된 하얀 병실 안에서 혼자 누워 있을까?

복도는 너무나 길었다. 그녀는 일부러 둘러 가고 있는 것일까? 그녀는 매번 누군가와 마주칠 때마다 재빨리 고개를 끄덕이며 발걸음을 더욱 빨리했다. 곧 우리는 건물 안쪽 깊숙한 곳으로 들어갔다. 그곳에는 들어가는 문만 있고 나가는 문은 없는 것 같았다.

마침내 그녀가 발을 멈추었다. 우리는 거대한 금속 문 앞에 섰다. 그녀는 재빨리 주위를 둘러보며 아무도 없다는 것을 확인한 후, 문 앞에 달린 단추를 눌렀다. 소리를 차단하기 위해 문 가장자리에 테를 두른 검정 고무가 눈에 띄었다. 우리는 열린 문 안으로 들어갔다. 그 안에는 환풍기 소리가 요란했다. 공기 압력이 달라진 것을 느낄 수 있었다. 잠시 후, 등 뒤의 문이 저절로 닫혔다.

나는 그곳에 의료진이 대기하고 있을 줄 알았다. 하얀 옷을 입은 의료진이 경직된 목소리로 우리에게 소리를 칠 것으로 예상했다. '얼른 나가세요. 여기는 격리 공간입니다. 어서 나가세요!' 나는 그들에게 어떤 대답을 돌려주어야 할지 미리 생각해두기까지 했다. 쿠안보다 훨씬 더 강력한 태도로 그들을 쏘아보며 그들에게 반항할 마음의 준비를 해두었던 것이다. 그렇다, 나는 쿠안이 이곳에서도 수동적인 태도를 보이며, 나가라고 하면 말없이 순응할 것이라 짐작했다.

하지만 그곳은 텅 비어 있었다. 격리병동 전체가 텅 빈 채였다. 우리는 더 안쪽으로 걸어 들어가 모퉁이를 돌았다. 나는 그곳에 안내대나 흰 가운을 입고 바쁘게 움직이는 의사들이 보일 줄로만 알았다. 그러나 그곳에는 사람이라곤 그림자도 보이지 않았다. 히오 박사는 계속 앞장서서 걸었다. 나는 그녀의 얼굴을 볼 수 없었다. 그녀의 발걸음은 주저하는 듯 점점 느려지기 시작했다.

마침내 그녀가 한 병실 문 앞에 멈춰 섰다. 금속성의 문 표면은 조그만 지문 하나도 보이지 않을 만큼 매끈매끈했다. 문의 정중앙에는 마치 배 안의 선실처럼 작고 동그란 유리창이 하나나 있었다. 나는 유리창을 통해 안쪽을 들여다보았지만 천장의 불빛이 너무나 날카롭게 반사되는 바람에 아무것도 볼 수가 없었다.

"여깁니다. 여기 아드님이 누워 있어요." 그녀가 말했다.

히오 박사는 이젠 무엇을 해야 할지 모르는 사람처럼 주저하며 한 발짝 뒤로 물러섰다.

"들어가보세요. 저는 여기 있겠습니다."

나는 문에 손을 올렸다. 차가운 금속성의 문에 손이 닿는 순간 깜짝 놀라 얼른 손을 뒤로 뺐다. 세균 하나도 없을 것 같은 매끈매끈한 문에 내 손자국이 찍혔다. 나는 심호흡을 하며 문을 열었다.

쿠안이 뒤를 따르는지 확인해보지도 않고 어두침침한 방 안으로 들어섰다. 어둠에 익숙해지기까지는 꽤 오랜 시간이 걸렸다. 발을 옮기던 중 문에서 불과 1미터 앞에 자리하고 있던 유리벽에 머리를 부딪칠 뻔했다. 유리 벽 뒤에는 간소한 가구가 배치된 병실이 보였다. 서랍장 하나와 침대 하나. 작은 철제 책상. 장식이라곤 아무것도 없는 밋밋한 벽. 그리고 또 하나의 침대.

텅 비어 있었다.

침대 위에는 아무도 없었다.

병실도 텅 비어 있었다. 웨이원은 거기에도 없었다.

몸을 돌려 복도로 뛰쳐나가던 나는 순간적으로 발을 멈추었다. 히오 박사의 옆에 낯선 의사 한 명이 서 있었다. 그들은 목소리를 낮추어 대화를 나누고 있었다. 낯선 의사는 히오 박사에게 바싹 머리를 붙이고 화난 표정으로 마구 질책을 했다.

내 뒤를 따르던 쿠안도 발을 멈추었다.

"어디 있습니까?" 나는 큰 소리로 외쳤다.

나를 발견한 의사는 갑자기 말을 멈추었다. 키가 크고 호리호리하며 창백한 얼굴의 그는, 당황한 듯 두 손을 가운 주머니에 찔러 넣었다.

"아드님은 더 이상 여기서 찾아볼 수 없습니다. 퇴원했어요."

"뭐라고요?"

"이동을 시켰습니다."

“이동을 시켰다고요? 도대체 어디로?”

“베이징…… 베이징으로 옮겼습니다.”

그는 여전히 나와 눈을 마주치지 않았다.

“베이징이라고요!”

“이미 들어서 아시겠지만, 저희는 아드님의 병명에 대해 확신할 수가 없었습니다. 그래서 베이징의 특별 의료진에게 진료를 부탁해야만 했습니다.”

쿠안은 아무 말도 하지 않고 고개만 끄덕였다.

“그럴 수는 없어요.”

“예?”

의사는 마침내 내 눈을 바라보며 되물었다.

“그럴 수는 없다고 했습니다. 내 아들을 그렇게 당신들 마음대로 보낼 수는 없어요.”

“저희는 아드님을 아무 곳으로나 보내지 않았습니다. 더 나은 진료를 받게 하기 위해 더 나은 의료진에게 보냈어요. 당신들은 저희의 결정에 감사해야 합니다.”

“하지만 왜 아무도 저희에게 그런 말을 해주지 않았습니까? 왜 우린 아무것도 모른 채 여기 남아 있어야 했나요?”

다시 똑같은 일이 되풀이된 셈이었다. 그들은 내 어머니를 어디론가 보내버리더니 이젠 내 아들까지도 어디론가 낯선 곳으로 보내버렸다. 아무 설명도 해주지 않고 내게서 사랑하는 사람들을 앗아 가버린 것이다.

“지금 어느 병원에 있나요?”

“그건 차차 알려드리겠습니다.”

"아니, 지금 당장 알려주세요."

"일단 집에 가셔서 기다리시기 바랍니다. 그러면 조만간 저희가 집으로 연락을 드리겠습니다."

나는 생각을 정리할 수가 없었다. 신중하고 이성적인 태도는 아무 소용도 없었다. 내 목소리는 점점 높아졌고 날카롭게 변했다. "지금 당장 제 아들이 있는 곳으로 데려가주세요! 얼른 저를 웨이원이 있는 곳으로 데려가달란 말이에요!"

나는 성큼성큼 앞으로 걸어가 의사의 어깨를 쥐고 흔들었다. "아이를 보게 해주세요. 제가 원하는 건 그거밖에 없어요. 아시겠어요?"

피가 거꾸로 솟는 것만 같았다. 양 볼은 젖어오기 시작했다. 나는 그의 몸이 부스러질 때까지 어깨를 쥐고 흔들고 싶었지만 기력이 없었다. 그는 당황한 표정으로 그 자리에 가만히 서 있었다.

순간, 누군가가 내 두 팔을 붙들었다. 내 몸은 그의 몸과 마찬가지로 뻣뻣하게 굳어버렸다. 쿠안이었다. 그는 언제나처럼 침착하기 그지없었다.

우리는 집으로 돌아오는 기차 안에서 무려 세 시간 동안 단 한 마디의 말도 주고받지 않았다. 기차를 갈아탈 때는 두 번의 검문도 거쳐야만 했다. 지문 검사와 함께 수많은 질문들이 우리에게 쏟아졌다. 이름은 무엇입니까? 거주지는 어디입니까? 어디로 가는 중입니까? 어디에 머물다 오는 길입니까? 쿠안은 이 모든 질문에 침착하게 대답했다. 나는 도대체 그가 어떻게 차분함을 유지할 수 있는지 이해가 되지 않았다. 그는 평소와 전혀 다르지 않게 보였지만, 속내는 달랐다. 나는 딱 한 번 그와 눈이 마주쳤다. 평소와는 다른 눈빛. 너무나도 낯선 눈빛에 나는 고개를 돌려버리고 말았다.

우리는 마지막 역에서 내려 집까지 걸어갔다. 집에 도착하기 전 100여 미터를 남긴 곳에서 우리는 머리 위를 맴돌고 있는 헬리콥터를 발견했다. 귀가 멍멍할 정도의 헬리콥터 엔진 소리는 높아졌다 낮아졌다 하기를 반복했다. 우리는 헬리콥터가 우리 집 바로 위를 맴돌고 있는 줄 알았지만, 더 가까이 다가가보니 헬리콥터는 배나무와 숲 위를 빙빙 돌고 있었다.

모퉁이를 돈 우리는 발을 멈추었다. 우리 집 앞, 작업장이 시작되는 곳에는 작업복을 입은 동료들이 떼 지어 서 있었다. 그들은 갑자기 일이 중단되는 바람에 무리를 지어 어정쩡하게 서 있었다. 어떤 이는 여전히 손에 정원용 가위와 흙이 담긴 광주리를 들고 있었다. 그들은 당황하고 놀란 표정으로 말없이 그곳에 서 있었다. 거기서 조금 떨어진 곳에는 우리가 함께 점심을 먹었던 언덕이 보였다. 그 언덕 뒤에는 너무나 무성해 햇살도 비집고 들어설 수 없는 어두침침한 숲이 자리했다. 나무 위에는 갖가지 모양의 비행기들이 빙빙 돌고 있었고, 우리 앞에는 탱크가 줄지어 서서 긴 벽을 만들었다. 우리와 작업장 사이에 긴 벽이 생긴 셈이었다. 탱크 뒤에서는 군인들이 수백 미터에 이르는 울타리를 세우고 그 위에 하얀 방수포를 씌우는 중이었다. 그들은 매우 신속하고 효율적으로 움직였다. 그들이 울타리를 만들기 위해 땅에 막대를 꽂는 소리가 들려왔다. 울타리 안쪽에는 무언가로부터 몸을 보호하기 위해 온몸을 감싼 작업복을 입고 헬멧까지 쓴 사람들이 보였다.

조지

잠을 잘 수가 없었다. 톰과 전화 통화를 한 후 창에 찔린 듯 아프기 시작했던 가슴의 통증은 여전히 가시지 않았다. 그의 말도 머릿속을 떠나지 않았다. '장학금을 받았어요. 아버지, 이젠 제 학비 걱정은 안 하셔도 돼요. 존이 다 해결해줬어요.'

에마는 내 옆에서 숨소리도 내지 않고 자고 있었다. 얼굴은 주름이 보이지 않을 정도로 매끈했다. 그녀는 잠을 잘 때면 평소보다 훨씬 더 젊어 보였다. 나는 세상이 불공평하다고 생각했다. 나는 이렇게 온갖 걱정으로 잠 못 이루고 있는데, 그녀는 세상모르고 곯아떨어져 있다니.

마당을 밝히는 전등불이 깜박였다. 전구를 갈 때가 되었을까. 아니, 어쩌면 단순히 접촉이 나쁠지도 몰랐다. 깜박이는 불빛은 디스코장의 조명을 연상시켰다. 침실 창 너머로 쉴 새 없이 깜박이는 불빛 탓에 나는 잠을 잘 수가 없었다. 이불을 머리끝까지 뒤집어써보았지만 도움이 되진 않았다. 이불 속에선 숨을 쉬기가 더 힘들었기 때문이다.

결국 나는 자리에서 벌떡 일어났다. 커튼을 당겨 불빛이 새어드는 곳을 가려보았지만 크게 도움이 되는 것 같진 않았다. 깜박이는 불빛은 커튼까지 뚫고 나를 공격해오고 있었다. 진작 에마의 말을 들을걸. 에마는 빛을 완전히 차단하는 블라인드인지 뭔지 하는 것을 사자고 조른 적이 있다. 잡지에 난 선전을 보니 그건 롤스크린 비슷하게 생긴 것 같았다. 나는 조만간 블라인드를 꼭 구입하겠다고 마음먹었다. 하지만 지금은 깜박이는 전등부터 손을 봐야만 했다. 지금 당장. 시간이 오래 걸리는 일은 아니었다. 나는 잠을 푹 자기 위해 고장 난 전등을 고쳐야만 했다.

밤이었지만 그다지 춥지 않았기에 나는 재킷도 걸치지 않고 셔츠 차림으로 밖에 나갔다. 어차피 보는 사람도 없을 테니 상관없었다.

전등이 벽 위쪽에 걸려 있었기에 사다리를 가져와야만 했다. 창고로 간 나는 벽에 걸어두었던 사다리 가운데 가장 긴 것을 들고 다시 마당으로 나갔다. 전등 아래쪽에 사다리를 잘 세워둔 다음 조심스레 사다리를 오르기 시작했다.

전등갓을 돌려보았지만 꿈쩍도 하지 않았다. 게다가 뜨겁기까지 했다. 전등갓에 오랫동안 손을 대고 있을 수가 없어 티셔츠 자락으로 전등갓을 감싸고 돌려보았다. 하지만 전등갓은 여전히 움직일 생각조차 하지 않았다. 결국 나는 입고 있던 티셔츠를 벗어버렸다.

전구의 깜박임은 불규칙적으로 이어졌다. 접촉이 나쁜 것이 분명했다. 에마는 내가 전기와 관련된 작업을 할 때면 항상 잔소리를 늘어놓았다. 하지만 전기 기사를 부르면 그들을 쳐다보는 것만으로도 돈을 지불해야 할 만큼 수리비를 비싸게 줘야 한다. 전기 기사는 돈을 잘 버는 직업임이 틀림없었다. 나도 진작에 그 일이나 할걸. 아니, 톰이 그런 일을 해야 하는데…… 공부하는 기간도 짧고 돈도 잘 버니 말이다.

'장학금을 받았어요. 아버지, 이젠 제 학비 걱정은 안 하셔도 돼요. 존이 다 해결해줬어요.'

상심은 되었지만 그렇다고 절망할 정도는 아니었다.

나는 반바지 차림으로 양말과 신발을 신고 사다리 위에 서서 지저분하기 짝이 없는 전등갓을 돌렸다. 한참이 흐른 후, 마침내 전등갓을 분리해낼 수 있었다. 나는 전등갓과 티셔츠를 왼손에 든 채 전구에 손을 가져갔다.

"앗, 빌어먹을!"

화상을 입을 정도로 전구는 뜨거웠다. 나는 전등갓을 바닥에 내려놓고 다시 사다리 위로 올라갔다. 다행히도 전구를 돌려 빼내는 일은 신속하게 할 수 있었다. 문득, 전압에 이상이 있을지도 모른다는 생각이 스쳤다. 그렇다면 전등 전체를 벽에서 떼어놓아야 하지 않을까. 그대로 놓아두면 화재가 날 위험이 컸다. 전등을 떼는 일도 그리 어렵지 않을 것 같았다.

나는 다시 창고로 가서 필요한 연장을 가져온 후 사다리 위로 올라갔다.

나는 십자드라이버를 그리 좋아하지 않는다. 나사를 몇 번 돌리지 않아도 금방 망가져서 나사 머리를 제대로 잡아내기가 힘들기 때문이다. 전등을 고정시키고 있는 네 개의 나사못은 녹이 슬 대로 슬어 있었다. 당연히 드라이버를 사용하기도 쉽지 않았다. 하지만 나는 포기하지 않았다. 나는 무슨 일이든 그리 쉽게 포기하지 않는 아주 고집 센 사내다.

나는 있는 힘을 다해 드라이버를 돌렸다.

마침내 네 개의 나사못을 분리시켰다. 하지만 전등은 여전히 벽에서 떨어질 생각을 하지 않았다. 벽에 붉은색 착색제를 칠할 때 전등과 함께 칠해버린 탓이었다. 나는 안간힘을 써서 전등을 잡아당겼다.

겨우 전등을 떼어내고 나니 벽에는 아직도 전선이 지렁이처럼 붙어 있었다. 나는 전선에 손가락을 가져갔다.

"앗, 젠장!"

전기에 감전돼 사다리 위에서 균형을 잃어버렸다. 한 손에 전등과 드라이버를 들고 있었기 때문에 더욱 균형을 잡기 힘들었다. 게다가 사다리도 그다지 견고하게 세워져 있지 않았다.

나는 바닥에 누워 있었다. 사다리에서 떨어지면서 정신을 잃었는지는 기억할 수 없었다. 단지 사다리 꼭대기에 서 있다가 마치 만화영화에 나오는 주인공처럼 허공에서 부르르 떨던 기억밖에 나지 않았다. 온몸이 쑤셨다. 빌어먹을. 신음을 앓을 힘도 낼 수 없을 정도로 여기저기 안 아픈 곳이 없었다.

위를 올려다보니 전선은 여전히 벽에 붙어 있었다. 전선의 끝은 바닥에 누워 있는 나를 향했다. 나는 눈을 껌벅여보았다. 다행히도 정신이 드는 것 같았다.

잠에서 덜 깬 듯한 부스스한 에마의 얼굴이 눈에 들어왔다.

"조지…… 당신도 참……"

"이게 다 전등 때문이야."

에마는 고개를 들어 벽에 난 조그만 구멍에서 늘어져 있는 전선을 바라보았다.

나는 천천히 몸을 일으켜 앉았다. 내가 원하는 대로 몸을 움직일 수 있어서 다행이라면 다행이었다. 부러진 곳은 없는 것 같았다. 그리고 전등은 이미 내려놓았으니 만족했다.

에마는 턱으로 사다리를 가리켰다.

"하필이면 왜 한밤중에 이런 일을 하려 한 거예요?" 그녀는 한 손을 내밀어 나를 일으켰다. "좀만 기다렸어도 됐을 텐데, 그걸 못 참았단 말이에요?"

나는 몇 발자국 앞으로 떼어보았다. 다리가 부러질 듯 아팠지만 에마에게 내가 얼마나 아픈지 보여주고 싶지 않았다. 민망하고 부끄러운 일이 틀림없었으나, 솔직히 나는 마음먹었던 일을 해냈다는 사실에 만족했다. 내 의지는 누구도 당할 사람이 없었다. 일이 어렵게 돌아갈수록 내 의지는 더욱 강해진다.

에마가 내게 티셔츠를 내밀었다. 나는 티셔츠에 머리를 집어넣었다.

"잠깐만요."

에마는 내 등에 묻은 흙과 먼지를 털어주었다. 그제야 내가 얼마나 지저분하게 변해버렸는지 알 수 있었다. 내 몸은 머리부터 발끝까지 흙과 먼지로 뒤덮여 있었다. 두 손은 마당에 있던 전등에서 묻어 온 찐득찐득하고 시커먼 먼지로 빈틈이 없었다.

나는 몸을 비틀어 에마의 손에서 벗어난 후 티셔츠를 입었다. 등에 박혀 있던 조그만 자갈돌과 모래는 값싼 중국산 면 티셔츠로 가렸다. 마치 자갈돌이 든 신발을 신고 걷는 것처럼 그날 밤 잠을 자긴 힘들 것 같았다. 하지만 그건 중요하지 않았다. 전등을 떼어놓았다는 것. 내겐 그게 가장 중요했다.

나는 사다리를 내려 창고로 향했다. 시작했던 일을 끝까지 마무리하기로 했다.

"전기테이프를 가져와야겠어. 전선을 저런 꼴로 그냥 놔둘 수는 없으니까."

"그건 내일 해도 되잖아요?"

나는 대답하지 않았다.

에마는 한숨을 쉬며 말했다. "그렇다면 적어도 제가 전기를 내릴 때까지 기다려요." 그녀의 목소리는 조금 전보다 높고 날카로웠다.

나는 몸을 돌려 그녀를 바라보았다. 그녀는 조심스레 미소를 짓고 있었다. 무슨 의미일까? 내가 전기 작업을 할 때 지켜야 하는 수칙 중에서 가장 중요한 것을 잊어버렸다고 질책하고 있는 걸까?

"당신은 어서 들어가서 잠이나 자."

내 말에 그녀는 어깨를 으쓱 추켜 보이더니 집 안으로 들어갔다.

"참, 에마!"

"예?" 그녀는 발을 멈추고 나를 돌아보았다.

나는 등을 쭉 펴고 결심한 듯 말했다.

"플로리다는 생각도 하지 마. 그것만은 알고 있으라고. 적어도 날 데리고 갈 생각은 하지 말라고. 정 플로리다로 가고 싶다면 다른 사람을 찾아봐. 나는 여기서 살 테니까. 내 인생에 걸프하버스는 없다는 걸 알아줬으면 좋겠어."

윌리엄

짚으로 만든 벌통은 주문한 지 사흘 만에 도착했다. 나는 그 벌통들을 덤불이 무성한 정원 한구석, 사시나무 그늘 아래 놓아두었다. 그곳에 벌통을 배치해두면 가족들에게도 방해가 되지 않을 뿐 아니라, 그곳을 찾는 아이들도 없기 때문에 나도 조용히 내가 하고 싶은 연구를 할 수 있었다. 나는 아무에게도 방해받지 않고, 벌들을 관찰하고 기록하고 그림을 그리고 싶었다. 벌통들은 남쪽 지방의 한 농부에게서 구입한 것이었다. 농부는 한 치의 주저함도 없이 벌통을 내게 팔았다. 그건 내가 그에게 가격을 묻지 않고 미리 꽤 높은 가격을 제시했기 때문이었다. 그는 가격을 더 올려보려는 시도도 하지 않고 선선히 벌통을 내게 넘겨주었다. 그 때문에 나는 다른 곳에서 벌통을 구입했더라면 그 가격의 반만 주고도 살 수 있었을 것이라는 생각을 지울 수가 없었다.

농부는 꿀 채집에 대해 장황하게 설명을 하려 했으나, 나는 손을 휘저으며 필요 없다고 말했다. 내가 벌통을 구입했던 것은 꿀을 채집하기 위해서가 아니라 오직 벌의 생태를 관찰하기 위해서였기 때문이다.

틸다는 하얀 침대보에 손수 바느질을 해서 펜싱 선수들의 유니폼처럼 생긴 작업복을 만들어주었다. 그녀는 작업복을 만들면서 무려 세 번이나 치수를 재고 옷을 고쳤다. 아프고 난 후에 살이 많이 빠진 터라 이전의 몸 치수와는 많이 달라졌기 때문이리라. 손을 보호하기 위해선 좀 작은 듯한 낡은 장갑을 찾아서 꼈다.

나는 마침내 사시나무 아래 섰다. 이제부터는 나와 벌들만 생각하리라 결심했다.

노트를 한 권 꺼냈다. 관찰 작업은 매우 지루한 일이긴 하지만, 나는 마음이 들뜨는 것을 감출 수 없었다. 왜냐하면 이 관찰 작업을 통해 내 연구 작업이 시작된다 해도 과언이 아니니까. 내 열정은 바로 그곳에서 시작점을 찾을 수 있다. 다른 것은 모두 잊어버려도 좋았다.

노트에 기록을 하려던 나는 문득 한 가지를 잊고 있었다는 것을 깨달았다. 연구를 안 한 지 너무나 오래되었기에 그토록 간단한 것도 잊어버렸던 것이다. 의자.

잠시 후, 나는 간단한 조립 의자 하나를 가지고 돌아왔다. 등에선 땀이 흘러내렸고 숨은 가빠졌다. 그도 그럴 것이 작업복은 내게 좀 작은 듯했으니까. 특히 겨드랑이 아래와 사타구니 부분은 꽉 끼어서 움직이기가 불편했다.

의자에 앉아 숨을 돌렸다. 마음이 진정되기 시작했다.

벌통을 바라보고 있어도 특별히 눈에 띄는 것은 없었다. 벌들은 벌통을 나갔다가 다시 들어왔다. 놀랄 일은 아니었다. 밖에 나가 꽃가루와 꽃꿀을 수집해 오는 것은 벌들이 으레 하는 일이니 말이다. 꽃가루는 애벌레의 먹이로 사용되고, 꽃꿀은 꿀을 만드는 데 사용될 것이다. 벌들은 매우 평화롭고 규칙적이며 본능적으로 움직였다. 따지고 보면, 한 벌통 속에 살고 있는 벌들은 모두 같은 여왕벌에게서 태어났기에 형제자매라 해도 과언이 아니다. 그들은 여왕벌에게서 태어나긴 했지만, 여왕벌에게 종속된 개체가 아니라 하나의 커다란 집단에 종속된 개체였다.

나는 여왕벌을 보고 싶었지만 여왕벌이 사는 왕롱*은 수많은 벌들로 빽빽하게 둘러싸여 있어서 볼 수가 없었다.

나는 벌통을 조심스레 들어 올려 밑바닥에서부터 안을 들여다보았다. 그러자 벌들은 앞다투어 벌통을 빠져나갔다. 방해받는 것을 좋아하지 않는 녀석들 같았다.

내가 보았던 것은 꿀로 가득 찬 벌집과 수벌 몇 마리, 그리고 애벌레들이었다. 긴장감과 기대감에 온몸이 간질간질해지기 시작했다. 마침내 나는 연구를 다시 시작한 것이었다. 마침내!

"저녁 식사 시간이에요!"

틸다의 목소리는 정원의 새와 곤충들을 모두 쫓아버릴 만큼

* 양봉에서 여왕벌을 가두어두는 데 쓰이는 통이나 바구니.

날카로웠다.

나는 벌통을 조심스레 내려놓았다. 저녁 식사는 안중에도 없었다. 하긴, 지난 몇 달 동안 가족들과 함께 식사를 한 적은 단 한 번도 없으니 오늘이라고 달라질 일은 아니었다. 아이들은 집 안으로 우르르 달려 들어갔다.

"어서 저녁 먹으러 오세요!"

나는 틸다에게 살짝 눈을 돌려 보았다. 정원 한가운데에 나와 나를 바라보고 있던 그녀는 더 기다릴 수 없다는 듯 나를 향해 걸어오는 중이었다.

조지나의 포크가 빈 접시 위를 스치며 날카로운 소리를 냈다.

"쉬! 어서 포크를 내려놔!" 틸다가 소리쳤다.

"배고파!"

틸다, 샬럿, 도로시어가 식탁 위에 접시를 올려놓았다. 채소가 담긴 접시 하나, 감자가 담긴 접시 하나, 그리고 맹물처럼 멀건 수프가 담긴 오목한 접시 하나.

"이게 전부야?" 나는 탁자 위의 음식을 가리키며 물었다.

틸다는 말없이 고개만 끄덕였다.

"고기는 어디 있어?"

"고기는 없어요."

"파이는?"

"버터와 밀가루가 없어서 파이를 만들지 못했어요." 그녀는 나를 뚫어지게 바라보며 말을 이었다. "학자금으로 모아두었던 돈을 써도 된다면 또 상황은 달라지겠지만……"

"아냐, 아냐. 에드먼드의 학자금엔 손을 대면 안 돼."

그제야 왜 틸다가 굳이 함께 식사를 하자고 불렀는지 알 것 같았다. 그녀는 생각보다 훨씬 영리한 여자였다.

나는 주변을 둘러보았다. 빼빼 마른 아이들은 언니들이 식탁 위에 차려놓은 볼품없는 음식에서 눈을 떼지 못하고 있었다.

"자, 그러면 이제 식전 기도를 해야지."

나는 고개를 숙이고 기도를 했다. 혀끝에서 빠져나오지 않으려는 기도문을 억지로 뱉어내야만 했다. 얼른 기도를 마치고 싶었다.

"아멘."

"아멘." 가족들은 내 뒤를 따라 이구동성으로 말했다.

창 너머로 정원에 배치해둔 벌통이 보였다. 나는 얼른 그곳으로 가고 싶어 음식이 눈에 들어오지 않았다.

틸다는 내 접시를 가져가 음식을 담아주었고, 아이들은 나의 뒤를 따라 나이 순서대로 음식을 받았다. 나는 에드먼드가 장남이라 가장 먼저 충분한 양의 음식을 받아 먹을 수 있다는 사실에 흡족해했다. 그 나이의 사내아이라면 적어도 하루에 네 번은 음식을 먹어야 한다. 하지만 에드먼드는 음식을 먹는 둥 마는 둥 했다. 그러고 보니 아이의 얼굴은 마치 몇 날 며칠 햇볕을 보지 못한 사람처럼 창백하기 그지없었다. 두 손은 살짝 떨고 있는 데다 이마에는 식은땀까지 송송 맺혀 있었다. 에드먼드가 어디가 아픈 것일까?

반면 여자아이들은 앞다투어 음식에 얼굴을 묻었다. 하지만 모두들 배부르게 먹기엔 음식이 너무나 부족했다. 막내인 조지나의 차례가 돌아오자 식탁 위에는 거의 음식 찌꺼기밖에 남아 있지 않았다. 샬럿은 자기 몫의 감자 하나를 조지나의 접시 위에 올려주었다.

우리는 침묵 속에서 식사를 했다. 여자아이들의 접시는 순식간에 비워졌다.

식사를 하는 내내 나를 힐끗거리는 틸다의 눈길이 느껴졌다. 그녀는 말을 할 필요가 없었다. 나는 이미 그녀가 무엇을 원하는지 알아차렸으니까.

조지

나는 동이 틀 무렵 집을 나섰다. 가지고 나왔던 것은 샌드위치 몇 조각과 보온병에 든 커피뿐이었다. 나는 일곱 시간 동안 단 한 차례의 휴식 시간도 없이 차를 몰았다. 에마의 얼굴은 보지도 못하고 집을 나섰던 것이 좀 마음에 걸렸다. 지난밤 전등을 떼어 낸 후 나는 소파에서 두 시간 정도 눈을 붙였다. 에마는 2층 침실에 있었다. 잠을 자고 있었는지 깨어 있었는지는 알 수 없었다. 나는 에마가 뭘 하고 있는지 확인해볼 기운도 없었다. 시간도 없었다. 아니…… 솔직히 말하자면 용기를 낼 수가 없었다.

충혈된 눈이 따가웠다. 하지만 잠을 자고 싶지 않았다. 차를 오래 모는 것은 내게 전혀 문제가 되지 않았다. 나는 계속 제한 속도 이상으로 달렸다. 도로에는 차도 별로 없었고 단속하는 경찰도 보이지 않았다. 만약 경찰의 단속이 있었더라면 나는 그 자리에서 면허를 잃었을 것이다.

계기판의 시계가 정확히 12시 25분을 가리켰을 때 학교 건물 앞에 도착했다. 주차장에 들어선 나는 '지정석 : 스티븐슨 교수'라는 팻말 앞에 차를 세웠다. 스티븐슨인지 뭔지 하는 교수는 다른 곳에 차를 세우라지.

건물은 여느 다른 대학 건물과 마찬가지로 붉은색 벽돌로 지어져 있었다. 비록 역사가 그리 오래되진 않았지만, 높고 널찍한 건물에선 명예와 권위를 느낄 수 있었다. 하버드 대학을 흉내 내기라도 한 듯 창틀은 모두 흰색이었다. 보기만 해도 경외심이 느껴질 정도였다. 하지만 그 정도로는 내 기를 죽일 수 없다는 생각에 나는 어깨를 활짝 펴고 건물 안으로 들어갔다.

나는 작년 가을, 톰을 이곳에 데려다준 이후로 단 한 번도 와 보지 못했다. 그때 나는 톰을 콧구멍만 한 작은 기숙사 방에 내려놓고 왔다. 톰은 그 방에서 안경을 낀 땅딸한 일본 학생과 함께 지낼 예정이었다. 방에서는 오래도록 빨지 않은 양말의 퀴퀴한 냄새와 사내 녀석들의 호르몬 냄새가 났다. 불쌍한 아이들. 이렇게 조그만 방에서도 홀로 있을 수 없다니⋯⋯ 하지만 학교 측에서도 다 생각이 있었을 것이다.

학교를 빛낸 사람들의 이름을 새겨놓은 수십 개의 금속 명판과, 온갖 하잘것없는 대외 대회에 참여한 학생들이 받아 온 트로피와 상패들을 지나쳤다. 물론 그런 양봉원의 이름은 거기서 찾아볼 수 없었다. 이상하게도 그곳에 이름을 올린 이들은 모두 남자였다. 하긴 학교가 1970년대에 처음 문을 열었으니 그다지 오랜 역사를 지녔다고도 할 수 없었다.

나는 커다란 원형 홀 안에 발을 디뎠다. 바닥이 석판으로 되어 있는지라 내 발자국 소리가 유난히 크게 들려왔다. 나는 발뒤꿈치를 들고 살금살금 걷기 시작했다. 하지만 곧 마음을 고쳐먹고 당당히 걸었다. 내가 미안해할 일은 아무것도 없다는 생각이 들었기 때문이다. 나는 이 학교에 아들을 보내고 엄청난 학비를 퍼부었다. 그러니 나도 이 학교의 한 부분이라 해도 틀린 말은 아니지 않은가. 어떤 면에서 보자면 나도 이 학교의 주인 중 한 사람이라 할 수 있다.

나는 예의를 차린 쓸데없는 말을 모두 생략하고 단도직입적으로 톰이 어디 있는지 물어보았다.

안내대에 컴퓨터를 앞에 두고 구부정하게 앉은 남자는 자메이카 흑인들처럼 머리를 여러 가닥으로 한데 뭉쳐 땋은 레게머리를 하고 있었다. 그는 내게는 눈길도 주지 않고 학생 명부를 살펴보았다.

"지금 쉬는 시간이네요."

그는 말을 마치자마자 컴퓨터 자판을 두드렸다. 나는 그가 분명 게임을 하고 있을 것이라 짐작했다.

"급한 일입니다."

그는 이맛살을 찌푸렸다. 그에겐 게임을 하는 것이 맡은 일을 하는 것보다 더 중요한 듯했다.

"도서관에 한번 가보세요."

톰은 책을 내려다보며 다른 학생 두 명과 나직하게 무슨 말인가를 주고받고 있었다. 어두침침한 색의 옷을 입은 귀엽게 생긴 남미 출신의 여학생과 안경을 낀 남학생은 톰과 함께 무언가를 열심히 토론하는 중이었다. 톰은 바로 옆에 다가갈 때까지도 내가 왔다는 것을 알아차리지 못했다.

"아버지?"

톰이 나직하게 소리쳤다. 물론 지식의 전당에선 목소리를 높이면 안 된다는 것쯤은 나도 잘 알고 있었다.

옆에 있던 두 학생도 나를 올려다보았다. 둘 다 마치 길을 잃고 날아든 파리를 보듯 나를 바라보았다.

나는 무슨 이유에선지 톰이 혼자 있을 것이라 믿고 있었다. 도서관에 홀로 앉아 나를 기다리고 있을 것이라고만 생각했던 것이다. 하지만 보아하니 톰에게도 자신만의 삶이 있는 것 같았다. 내가 누군지도 모르는 무리들에 섞인 채 말이다.

나는 한 손을 번쩍 치켜들며 인사를 건넸다.

"어이!"

나는 말을 내뱉자마자 민망한 나머지 이맛살을 찌푸렸다. '어이!'라니? 요즘은 어느 누구도 그런 식으로 인사를 하는 사람은 없다.

"여긴 웬일이세요?"

"방가방가."

이런…… 나는 말만 꺼내면 상황을 악화시키는 재주가 있는 사람이 틀림없다. '방가방가'라니?! 어린아이도 아니고…… 톰과 그 일행은 당황한 듯 뻣뻣하게 앉아 나를 바라보기만 했다. 나는 더 이상 바보 같은 말을 하지 않겠다고 굳게 결심했다.

"무슨 일이 있나요?" 톰이 자리에서 벌떡 일어났다. "어머니에게 무슨 일이 생긴 건 아니죠?"

"아냐, 아냐. 네 엄마는 물개처럼 건강해. 하하."

세상에! 나는 입을 다물어야만 했다. 그게 최선이었다.

톰은 나를 데리고 건물 밖으로 나갔다. 우리는 햇살이 따스한 벤치 위에 함께 앉았다. 그곳엔 오텀 시내보다 봄이 훨씬 일찍 찾아온 것 같았다. 공기는 묵직했고 무덥기까지 했다. 사방에는 젊은 학생들밖에 보이지 않았다. 칼리지 학생들. 여기저기 수많은 안경과 가죽 가방이 보였다.

나는 톰이 나를 빤히 바라보고 있는 걸 느꼈지만 무슨 말부터 해야 할지 갈피를 잡을 수가 없었다.

"단지 저와 대화를 나누기 위해 그 먼 길을 오셨단 말이에요?"

"응, 그런가 봐."

"양봉장은 어때요? 벌들은 건강한가요?"

"응, 아주 좋아."

나는 웃어보려 했지만, 내 입을 빠져나온 웃음소리는 스타카토처럼 툭툭 끊겨 부자연스럽기 그지없었다.

우리는 잠시 침묵을 지켰다. 나는 얼른 마음에 담아두었던 말을 해야겠다고 생각했다.

"다음 주에 행콕 카운티로 가볼 생각이야. 블루 힐이라는 곳 말이야."

"거기가 어딘가요?"

"메인에 있어. 거기서 10분만 가면 바다가 나오지. 너도 나와 함께 거기 가본 적이 있어. 기억나니?"

"글쎄요…… 기억이 나질 않아요."

"네가 다섯 살 때였어. 학교에 입학하기도 전이었지. 너와 나, 단둘이서 그곳에 갔었단다. 밤엔 텐트를 치고 잤어."

"아, 그때 그 여행 말이군요!"

"맞아, 그때 그 여행."

톰은 다시 침묵을 지키다가 마침내 입을 열었다. "거기 곰이 있었어요."

"하지만 아무 일도 없었잖니." 내 목소리는 마음과는 달리 높고 날카로웠다.

"아직도 거기 있을까요?"

"뭐가?"

"곰 말이에요."

"아냐, 지금은 없어."

문득, 그때 보았던 아이의 둥그런 눈동자가 머릿속에 스쳤다. 어둠 속에서 검은색 구슬처럼 빛을 발했던 아이의 눈동자. 텐트 밖에선 곰이 다가오는 소리가 들려왔던 바로 그 순간.

"곰은 이제 멸종 위기에 놓여 있어요. 아버지도 알고 계시죠?" 톰이 부드러운 목소리로 뜬금없이 내게 물었다.

"멸종 위기에 놓인 건 곰뿐만이 아니지." 나는 소리 내어 웃어 보려고 시도하며 말을 이었다. "나이 많은 네 아버지도 마찬가지야."

톰은 웃지 않았다.

나는 숨을 들이쉬었다. 이젠 정말 가슴에 담아두었던 말을 해야만 했다. 내가 여기까지 온 이유를 말해야 될 것만 같았다. "나와 함께 메인에 가자고 부탁하려고 왔어."

"예?"

"잘 안 들려? 다시 한 번 말해줄까?"

"지금요?"

"아니, 오는 월요일에. 트럭 세 대가 함께 갈 거야. 지난번보다 한 대가 더 많아진 셈이지."

"잘됐군요. 이제 아버지도 사업을 확장하실 계획인가요?"

"내가 아니라 우리! 너와 내가 확장을 하는 거야."

"하지만 저는 함께 갈 수 없어요, 아버지. 그건 아버지도 잘 아시잖아요."

"일이 아주 많아. 지난번과는 비교도 할 수 없을 정도로. 이젠 너도 사업에 조금씩 손을 대야 하지 않겠니?"

"시험이 코앞에 다가온걸요."

"거기서 오래 머무를 생각은 없어."

"아마 낙제할지도 몰라요."

"일주일이면 충분해."

"아버지……"

나는 침을 꿀꺽 삼켰다. 여기까지 온 것도 소용없다는 생각이 들었다. 나는 이미 낙제한 것이나 마찬가지였다. 차를 타고 여기까지 오며 계획했던 모든 것들이 무산된 것이나 다름없었다. 내가 하려고 마음먹었던 말은 입 밖으로 나오지도 않았고, 내 머릿속은 납덩이처럼 무거워졌다. 내가 톰에게 물려줄 유산. 나는 그 말을 하려고 마음먹었다. 그건 너의 유산이라고. 이게 바로 너의 존재 이유란다, 톰. 벌들이 바로 너의 앞날이야. 벌들에게 기회를 줘보렴. 단 한 번의 기회라도 좋으니 말이야.

하지만 그 말들은 끝까지 입 밖으로 나오지 않았다.

"며칠 허락을 맡고 결석을 하면 어떻겠니? 집안일을 도와야 한다고 말이야."

"그런 일 때문에 결석계를 내는 학생은 아무도 없어요."

"올해 들어 며칠이나 결석을 했니?"

"이틀…… 사흘 정도."

"그것 봐. 그 정도면 아무것도 아냐."

"하지만 도움이 되진 않을 거예요."

"젠장! 그렇다면 아프다고 해! 책을 읽는 건 어디서나 할 수 있잖아."

"책을 읽는다고 다 되는 게 아니에요, 아버지. 과제도 제출해야 하고 리포트도 써야 하고……"

"그런 건 메인에서도 할 수 있잖니?"

"아니에요, 그러기 위해선 책이 필요해요."

"그럼 필요한 책을 가져가면 되잖아."

"도서관에 있는 이 책들을 모두 가져가라고요?"

"일주일이면 돼, 톰. 겨우 일주일 가지고……"

"하지만, 아버지. 저는 싫어요!"

톰이 목소리를 높였다. 머리를 짧게 자르고 사내아이처럼 바지를 걷어붙인 채 군용 장화처럼 생긴 신발을 신은 여학생 두 명이 우리 앞을 지나가며 호기심 어린 눈초리를 던졌다.

"싫단 말이에요." 톰은 목소리를 좀 낮추어 했던 말을 되풀이하며, 순진한 강아지처럼 애원하는 눈빛으로 나를 바라보았다. 그 눈빛은 에마의 눈빛과 그리 다르지 않았다. 결국은 내 뜻을 굽힐 수밖에 없게 만드는 눈빛.

나는 자리에서 벌떡 일어났다. 단 1초도 그 자리에 가만히 앉아 있을 수 없었다.

"이게 모두 그 사람 때문이지? 그렇지?"

"예? 누구……?"

나는 대답을 기다리지도 않고 붉은색 벽돌 지옥 안으로 성큼성큼 걸어 들어갔다.

교수실은 안내대 뒤쪽에 나란히 자리하고 있었다.

"저기, 잠깐만요! 지금 어디 가시는 겁니까?"

나는 아무 대답도 하지 않고 레게머리 사내를 지나쳤다.

"잠깐만요!"

그가 자리에서 일어났다. 하지만 나는 이미 복도 안쪽으로 깊숙이 들어간 후였다. 줄지어 자리한 교수실을 지나치려니 몇몇 방은 문이 활짝 열려 있어 안을 들여다볼 수도 있었다. 윌킨슨 교수, 클라크 교수, 창 교수, 랭슬리 교수. 책이 가득 꽂힌 책장, 널찍한 창틀, 묵직한 커튼. 개성이라곤 전혀 찾아볼 수 없는 공간에선 지식의 악취가 새어 나오고 있었다.

스미스. 닫힌 문 앞에는 반짝반짝 빛을 발하는 금속 명패가 걸려 있었다. 그러고 보니 어딜 가도 금속 명패뿐이었다. 마치 이 나라의 앞날은 금속 명패에 달려 있다는 확신마저 줄 정도로. 존 스미스 교수.

레게머리 사내가 가까이 다가왔다.

"여기예요." 나는 숨을 헐떡이며 그에게 소리쳤다. "이제 찾았으니 됐어요."

그는 고개를 끄덕였지만 발을 멈춘 채 돌아가려 하지 않았다. 어쩌면 그는 낯선 사람들이 들어오는 것을 막는 역할을 하는 사람인지도 몰랐다. 다행히도 곧 그는 어깨를 한번 으쓱 추켜 보인 후 안내대로 되돌아갔다.

노크를 해볼까? 책을 팔에 낀 학생처럼 주저하며 문을 두드려 볼까?

아니, 나는 당당하게 문을 들어설 생각이었다.

나는 어깨를 쭉 펴고 침을 꿀꺽 삼킨 후, 손잡이를 힘껏 아래로 내렸다.

문은 잠겨 있었다.

젠장.

그 순간, 복도 아래쪽에서 젊은 청년 한 명이 모습을 드러냈다. 깨끗하게 면도를 하고 단정하게 머리를 자른 그는, 모자 달린 운동복을 입고 컨버스 신발을 신고 있었다. 학생이 틀림없었다.

"도움이 필요하십니까?"

그가 환한 미소를 지었다. 치아 교정을 한 듯 열이 고른 하얀 치아가 드러났다. 요즘은 개나 소나 다 치아 교정을 하는군. 그러고 보니 고르지 못한 이를 개성으로 여기는 시대는 지난 것 같았다.

"존 스미스 씨를 찾고 있습니다만."

"제가 존 스미스입니다만."

"당신이?"

나는 힘이 쭉 빠지는 걸 느낄 수 있었다. 그는 내가 예상했던 존 스미스 교수와는 너무도 달랐다. 그의 앞에선 하고 싶은 말을 마음대로 다 할 수 없을 것 같다는 불안함이 밀려들었다. 그는 너무나 순수한 어린아이처럼 보였다.

"누구신지요?" 그가 미소를 지으며 물었다.

나는 머리를 꼿꼿이 치켜들고 대답했다.

"나는 톰의 아비 되는 사람입니다."

"아, 그러시군요." 그는 여전히 미소를 띤 채 내게 손을 내밀었다. "반갑습니다."

나는 그의 손을 잡아 쥐었다. 차마 그 손을 뿌리칠 용기는 낼 수 없었다.

"예, 반갑습니다. 아주……"

"안으로 들어가실까요? 하실 말씀이 있는 것 같은데."

"젠장, 물론입니다!"

앗, 내가 너무 심했다는 생각이 스쳤다.

"예?"

"아, 아닙니다." 나는 미소를 지으며 얼버무렸다.

"아니라고요?"

"예, 맞습니다. 아니, 제 말은…… 그러니까 드릴 말씀이 있어서 찾아왔습니다."

그는 잠긴 문을 열고 나를 안으로 안내했다. 창을 통해 스미스 교수의 집무실 안으로 쏟아진 햇살이 허공에 금빛 줄기를 만들어내며 유리 액자에 부딪쳤다. 벽에는 갖가지 포스터로 빈

틈이 없을 정도였다. 대부분은 영화 포스터였다. 〈백 투 더 퓨처〉, 〈E.T.〉, 〈스타워즈〉 첫 번째 작품 : 오래전 멀고 먼 은하계에…… 우와!

"자, 앉으시죠." 그는 내게 안락의자를 가리키며 앉으라고 권했다.

나는 자리에 앉았다. 그는 책상 의자에 앉았다. 내가 그보다 머리 하나 낮은 위치에 앉아 있다고 생각하니 기분이 썩 좋진 않았다.

"아, 죄송합니다."

그는 의자에서 일어나더니 내 맞은편에 있는 안락의자에 앉았다. 그러자 우리의 머리 높이가 비슷해졌다. 우리는 서로 얼굴을 마주 보며 푹신한 안락의자에 앉아 있었다. 부족한 것이라곤 술 한 잔뿐이라는 생각이 스쳤다.

"자, 이제 말씀해보시죠. 제가 무엇을 어떻게 도와드리면 되겠습니까?" 그는 여전히 미소를 잃지 않고 말했다.

나는 불편한 듯 몸을 살짝 비틀었다. 의자에서 삐걱삐걱 소리가 났다.

"꽤 근사한 포스터가 많군요. 특히 저건……" 나는 침착한 목소리를 내려 안간힘을 쏟으며 〈스타워즈〉 포스터를 턱으로 가리켰다.

"그렇죠? 오리지널이에요."

"그래요?"

"이곳에서 일을 시작하던 첫해에 이베이*에서 구입했답니다."

"그런데 교수님은 저 영화가 극장에서 처음 상영됐을 때 봤을 정도로 나이가 많진 않으신 것 같은데……"

그가 내 말에 웃음을 터뜨렸다. "맞습니다. 비디오로 빌려 봤어요."

"역시 제 짐작이 맞았군요."

"하지만 저는 〈스타워즈〉에 등장하는 모든 인물들의 모형을 다 가지고 있습니다. 우주선까지 갖고 있죠. 아버님도 〈스타워즈〉 팬이십니까?"

"하하, 젠장. 물론이죠!"

아, 이럴 수가! 나는 좀 더 순화된 말을 사용해야겠다고 다시 마음먹었다.

그가 갑자기 노래를 부르기 시작했다. 〈스타워즈〉의 오프닝 멜로디였다. 그는 심지어 손가락을 치켜들고 지휘를 하듯 허공을 휘젓기까지 했다. 나는 웃지 않을 수 없었다.

잠시 후, 그가 손을 내리고 다시 말문을 열었다. "요즘 영화는 그때 영화와는 달라요."

"교수님 말씀이 맞습니다."

우리는 침묵 속으로 빠져들었다. 그는 궁금한 표정으로 나를 바라보며 기다렸다.

* 미국 회사에서 운영하는 세계적인 온라인 경매 업체.

윌리엄

나는 틸다의 눈빛이 시키는 대로 했다. 가게로 향하는 내 두 다리는 아프기만 했다. 가게로 다시 간다는 것은 내게 수치심과 고통만을 가져다줄 뿐이었다. 나는 동이 틀 무렵 집을 나섰다. 골목길 낯선 정원 안에선 수탉이 우는 소리가 들려왔다. 말안장을 파는 가게에선 금속 망치 소리가 들려왔지만 사람들의 모습은 볼 수 없었다. 마차 가게, 시계 가게, 식료품 가게는 문을 열기 전이었다. 골목길 끝, 한 번도 발을 들이민 적이 없는 동네 선술집에서는 퀴퀴한 냄새가 새어 나오고 있었다. 닫힌 문 앞에는 술에 취한 남자 한 명이 앉아서 졸고 있었다. 자세히 보니 나도 잘 아는 사람이었다. 아마도 밤새 술을 마신 후 집으로 가는 길을 찾지 못해 담벼락에 등을 기대고 잠에 빠진 모양이었다. 나는 얼른 고개를 돌렸다. 그의 운명을 생각하니 구역질이 날 것만 같았다. 그런 식으로 술에 빠져 자기 통제력을 잃어버린 남자, 알코올이 삶을 지배할 때까지 아무런 힘도 쓸 수 없었던 남자……

그 시간에 문을 연 곳은 제과점뿐이었다. 갓 구운 빵 냄새가 코를 찔렀다. 보아하니 제과점 주인과 그의 두 아들은 열이 펄펄 나는 대형 오븐 앞에서 빵을 굽느라 그날의 첫 손님 핑계를 대고 거리에 나와 파이프 한 대를 피워 물 틈도 없는 것 같았다. 물론 제과점 앞을 지나는 내 모습도 보지 못했으리라.

가게 문을 열기에는 이른 시간이었지만, 나는 동네 사람들의 눈에 띄지 않으려 일부러 일찍 집을 나서 가게에 도착했다. 개중에는 용기를 내어 내게 이런저런 질문을 던지는 사람들이 분명 있으리라는 생각도 들었다. '오, 정말 오랜만이군요. 몸은 좀 어떤가요? 많이 편찮으셨다는 말은 들었는데요. 이젠 건강하신가요?'

나직한 붉은 벽돌 건물은 어두침침하게만 보였다. 닫힌 문 앞에는 작년 가을에 떨어진 낙엽들이 수북했다. 나는 무거운 팔을 치켜들고 잠긴 문에 열쇠를 꽂았다. 금속과 금속이 맞부딪치는 소리에 소름이 쫙 끼쳤다. 무엇이 나를 기다리고 있는지 알고 있었기에 나는 문 안으로 들어서고 싶지 않았다. 자욱한 먼지, 지저분한 공간. 몇 날 며칠을 청소해도 찾아오는 손님들의 눈에 그럴싸하게 보이기는 쉽지 않을 것 같았다.

문을 밀어보았다. 예전엔 힘을 주어 억지로 열어야 문이 열렸는데, 오늘은 이상하게도 누가 기름이라도 칠해놓은 듯 소리 없이 부드럽게 열렸다. 지난 몇 년 동안 귀에 익숙했던 삐걱거리는 소리는 전혀 들을 수 없었다. 나는 언젠가 한순간 마음이 약해져 틸다의 조카를 고용하겠다고 말해버린 적이 있었다. 항상 콧소리를 내며 웃던 그 아이가 문에 기름칠을 해놓았던 건 아닐까. 앨버타는 아이가 많은 집에 태어난 장녀로 나이보다 훨씬 성숙해 보였고 언제라도 시집을 갈 준비가 되어 있는 아이였다. 나는 앨버타를 볼 때마다 익을 대로 익어서 나무에서 떨어져버린 성숙한 배가 떠오른다. 그녀의 부모는 딸이 혼기를 놓칠까 봐 항상 조마조마해했다. 그래서 마음에 꼭 들지는 않더라도 중간 정도의 지위와 경제력만 지닌 남자라면 언제든 딸아이를 내줄 생각을 하고 있었다. 하지만 앨버타를 데려가겠다는 남자는 한 명도 나타나지 않았다. 그건 그녀의 집안이 찢어질 듯 가난했기 때문이고 그녀 또한 성숙한 외모 외에는 그다지 내보일 것이 없던 탓이었다. 그녀는 동네 남자들의 눈에 띄기 위해 말 한 마디나 손짓 하나에도 필요 이상으로 신경을 썼다. 그렇게 따지자면 그녀는 쇼윈도에 진열을 해도 될 정도였다. 그녀는 가게에 들어오는 남자라면 모두 그녀에게 특별히 선택된 남자처럼 정성을 다해 대했다. 계산대 뒤에서 몸을 살짝 비틀어 유혹하듯 향수 냄새를 풍기기도 했고, 상체를 숙여 땀에 젖은 젖가슴을 모르는 척 보여주기도 했다. 덕분에 가게 안에 들어서는 남자들은 원하기만 한다면 그녀의 젖가슴을 곁눈질로 볼 수 있었다(심지어는 냄새도 맡을 수 있을 정도였다). 하지만 그녀는 자신의 그런 행동을 전혀 수치스럽게 여기지 않았다. 나는 내가 병으로 가게를 비웠을 때부터 틸다가 그녀에게 일을 그만두라고 말했을 때까지의 기간에, 그녀가 특별히 가게 일에 신경을 썼으리라고는 생각되지 않았다. 그녀의 욕망과 느슨한 도덕심을 바탕으로 미루어본다면 이상한 일은 아니었다. 나는 그런 앨버타를 떠올릴 때마다 측은한 한편으로 짜증이 일었다.

가게 안은 어두침침했다. 나는 양초와 오일 램프에 불을 붙였다. 환해진 가게 안은 놀랄 정도로 깨끗했고 정리 정돈이 잘되어 있었다. 커다란 계산대 위는 잉크병과 영수증, 묵직한 금속 저울을 제외하면 텅 비어 있었다. 천장에 매달린 커다란 오일 램프의 테두리는 반짝반짝 윤을 냈고, 그 속에는 오일이 가득 채워져 있었다. 평소 후추와 소금 때문에 발을 옮길 때마다 버석버석 소리를 냈던 나무 바닥도 깨끗하기가 이루 말할 데가 없었다. 심지어는 바닥에 긁힌 자국이나, 발이 자주 가는 계산대와 서랍장 사이의 공간, 계산대에서 출입문까지의 공간이 닳아서 색이 바랜 것도 선명하게 볼 수 있을 정도였다. 틸다는 가게 문을 닫던 날 앨버타에게 문을 잠그라고 시켰다. 그 이후에는 가게를 드나든 사람이 없는 것으로 알고 있는데, 사실은 그렇지 않았단 말인가?

나는 창가로 다가갔다. 창틀에도 먼지 하나 없이 깨끗했다. 오랫동안 비워둔 곳이라면 으레 창틀에는 죽은 파리 한 마리쯤은 보이게 마련이다. 하지만 내 가게 안의 창틀에서는 그조차도 볼 수 없었다. 공기가 텁텁하고 묵직하지 않아 숨을 쉬기에도 편하고 좋았다. 누군가가 방금 환기를 시킨 듯 공기는 상쾌하기까지 했다. 나는 작은 서랍장이 빽빽하게 자리한 벽 쪽으로 가보았다. 서랍장을 열어보았더니 그곳에도 먼지 하나 없었다.

나는 다른 서랍도 열어보았지만 모두들 하나같이 깨끗했다.

누군가가 청소를 해둔 것이 틀림없었다. 앨버타였을까? 나는 그녀가 동네 식료품 가게에서 직물 담당 직원으로 일을 시작했다는 것을 이미 알고 있었다. 자신이 맡은 소위 그 중요한 일을 제쳐두고 그녀가 일부러 시간을 내어 내 일을 도와줄 리는 없었다.

그게 누가 되었든, 나는 안도의 한숨을 내쉴 수 있었다. 가게 안은 구석구석 깨끗하다 못해 빛이 날 정도였다. 이전에는 단 한 번도 없었던 일이었다.

나는 상품 저장고로 가보았다. 그곳은 사하라 사막을 연상시킬 정도로 텅 비어 있었다. 옥수수와 밀은 하나도 찾아볼 수 없었고, 후추와 소금은 반으로 확 줄어 있었다. 꽃 뿌리를 넣어둔 곳에는 떨어진 잎들과 하얗게 변색된 뿌리 몇 개만 외롭게 자리했다. 앨버타는 첫눈이 내리기 전에 가게 문을 닫았다. 그녀는 가게 문을 닫기 전에 가게 안에 있던 가을 꽃 뿌리를 모두 팔아치운 게 틀림없었다. 심지어는 몇 년 동안이나 팔지 못해 바짝 말라버렸던 수선화 뿌리까지 팔아버린 것 같았다. 하지만 실내에서도 키울 수 있는 파와, 몇몇 뿌리 작물은 여전히 그곳에 있었다. 자세히 살펴보니 팔 수 있을 만한 것들은 꽤 되었다. 그것들을 손으로 들어 올리니 마치 오랜 옛 친구를 만난 것 같은 기분이 들었다. 하지만 그 작물들은 실내에서 키울 수 있다고는 하나 이미 때가 조금 늦은 감이 있다. 그렇다고 흙에 바로 심으면 밤에 기온이 내려가기 때문에 당장 얼어버릴 터였다.

그럼에도 나는 가게 문을 열고 그나마 남아 있던 것들을 팔아보기로 했다. 틸다에게 적어도 노력은 해보았다고 말하고 싶었다. 그럼으로써 그녀의 끊임없는 불평을 단 며칠만이라도 잠재우길 바랐다.

나는 정확히 8시에 가게 문을 열고 햇살을 받아들였다.

문밖에는 집 정원에서 파 온 달리아 꽃을 화분 두 개에 나누어 담아 내놓았다. 빨간색, 분홍색, 노란색 등의 꽃이 산들바람에 휘날리니 가게 앞이 환해졌다.

나는 문 앞에 서서 거리를 바라보았다. 내 등 뒤에는 길 가는 사람들을 초대라도 하듯 환하고 깨끗한 나의 가게가 자리하고 있었다. 나는 등을 곧게 폈다. 어제까지만 해도, 나를 무겁게 짓눌렀고, 두 어깨를 아프게 죄었으며, 두 눈 밑에는 어두운 그림자를 드리우게 했던 이 가게로 발걸음도 하기 싫었다. 하지만 오늘은 나처럼 깨끗하고 청결한 가게로 나온 것을 정말 잘한 일이라고 생각하게 되었다. 이제 가게는 손님들을 맞아들일 준비를 마쳤고, 나는 동네 사람들을 만나고 내 두 눈으로 세상을 바라볼 준비를 마쳤다. 남은 건 손님들이 오기를 기다리는 일뿐이었다.

가게로 찾아온 손님들은 길게 줄을 이었다. 온 동네 사람들이 내가 병상에서 일어났다는 소식을 듣고 먼지 묻은 양념들과 바짝 말라버린 꽃 뿌리라 할지라도 마다 않고 사주려 내 가게를 찾았다. 나는 내일 아침 일찍 나갈 주문도 받아놓았다. 하지만 해가 떠 있는 시간 동안만큼은 손님들을 맞아들이는 일 외엔 아무것도 할 수가 없을 정도로 바빴다. 소문을 들은 사람들은 계속해서 찾아왔다. 작은 동네 안에선 소문이 발 빠르게 움직이게 마련이라는 사실을 이미 잘 알고 있었지만, 직접 겪어보니 놀라지 않을 수 없었다. 소문은 발 빠르게 달리는 정도가 아니라, 매서운 강풍을 타고 온 마을을 덮친 것만 같았다. 적어도 마을에 큰일이 있을 때면 소문은 그렇게 무시무시한 속도로 퍼지게 마련이다. 그러고 보니 사람들은 내가 병상에서 일어났다는 것을 마치 예수의 부활과 비슷하게 여기는 것 같았다. 가게를 찾아오는 사람들의 수로 미루어보면 그렇다는 이야기다.

사람들은 여전히 내 등 뒤에서 귓속말로 수군거렸지만, 나는 개의치 않았다. 그들은 비록 내 이야기를 하긴 했지만, 나를 만날 때면 오래전 스바메르담 강의를 했을 때처럼 조소에 찬 미소를 짓거나 빈정거리는 말을 던지진 않았다. 오히려 호의를 담은 눈빛으로 고개를 숙이며 인사를 건네거나, 호기심에 가득 찬 눈초리로 악수를 하려 손을 내미는 사람들이 대부분이었다. 창문에 반사된 내 모습을 바라본 나는 그 이유를 알 수 있을 것 같았다. 나의 외모는 이전과는 완전히 딴판으로 변해 있었다. 나는 더 이상 물에 퉁퉁 불은 빵처럼 보이지 않았다. 축 늘어진 뱃살은 온데간데없이 사라져버렸던 것이다. 날씬하고 건강하게 보이는 내 모습은 충분히 사람들의 존경을 받을 만했고, 그들과는 달리 특별하고 지성적인 분위기까지 풍겼다. 그간 내게 무슨 일이 있었는지 아는 사람은 거의 없었다. 어렴풋이 짐작을 했던 사람들은 조소와 경멸보다는 신뢰와 존중으로 나를 대했다. 왜냐하면 나는 병과 어려움을 싸워 이겨냈고 이제 그들과 얼굴을 마주하며 서 있기 때문이다.

나는 하늘을 날 것만 같았다. 돈은 끊임없이 흘러 들어왔고,

나는 쉴 새 없이 돈을 세는 동시에 그들과 가벼운 대화를 나누었다. 따님 이름이 빅토리아였나요? 결혼을 했다고 들었는데 자식은 보았는지요? 농장 일은 잘되고 있습니까? 말이 몇 마리라고 했나요? 오, 그래요? 정말 굉장하군요! 새끼는 몇 마리나 낳았습니까? 올가을은 큰 수확을 올릴 수 있을 것 같은데, 정말 그런가요? 벤저민이 벌써 열 살이나 되었나요? 여전히 똑똑하리라 믿습니다. 예, 크면 아주 훌륭한 사람이 될 거예요.

저녁이 되자 나는 가볍고 정확한 손놀림으로 가게 문을 닫았다. 손에는 터질 듯한 지갑을 쥐고 있었다. 가게에서 500미터 정도 떨어진 집까지 가는 발걸음은 가볍기만 했다. 집에 가면 자정이 될 때까지 책을 읽을 생각이었다. 나는 전혀 피곤하지 않았다. 아니, 가게 일을 마치고 나니 오히려 더 힘이 나는 것만 같았다. 나는 일과 학문 중에 하나를 선택해야 하는 줄로만 알았다. 하지만 이젠 둘 다 잘 해낼 자신이 있었다. 내 삶과 내 열정, 그 어느 하나도 포기하고 싶은 마음은 없었다.

타오

밤이 찾아왔지만, 나는 잠을 잘 수 없었다. 잠을 잔다는 것은 무의미하게 느껴졌다. 다른 일도 마찬가지였다. 모든 것이 무의미하고 공허하게만 느껴졌다. 나는 거실 한쪽 벽에 기대섰다. 고개를 숙이고 내 손을 내려다보며 양손의 손끝을 마주 대어보았다. 손톱이 너무 길다는 생각이 들었다. 나는 한 손의 손톱으로 다른 손의 손톱 밑에 있는 살을 꾹 찔러보았다. 얼마나 힘을 주면 피가 흐를까 궁금해졌다.

나는 어머니가 사라졌던 것은 견딜 수 있었다. 어머니는 이미 그때 나이도 많았고 병든 몸이었으니까. 솔직히 어머니가 옮겨갔던 곳은 꽤 좋은 곳 같았다. 비디오로 보았던 그곳은 아름답고 안전해 보였다. 하지만 웨이원은…… 울음이 가슴을 치고 올라왔다. 목구멍이 아파오기 시작했다. 숨을 쉬기가 힘들 정도였다. 하지만 나는 울음을 꺼내놓을 수가 없었다.

우리에게 일을 하러 오라고 다그치는 사람은 없었다. 나와 쿠안의 직장 상사들은 우리가 집에 돌아온 다음 날 우리를 찾아왔다. 그들은 이미 소식을 전해 들었다고 했다. 누구에게서 전해 들었는지는 알 수 없었다. 난 그걸 물어보는 것도 깜박 잊고 있었다. 그들은 집에 들어오려고도 하지 않고 대문 앞에 서서 우리에게 충분히 시간을 두고 휴식을 취하라고 말했다.

하지만 그들은 얼마나 오랫동안 휴식을 취해야 할지는 말해주지 않았다.

처음 며칠 동안은 동료들과 이웃들이 보내오는 갖가지 선물들이 대문 앞에 쌓였다. 대부분은 음식이었다. 캔에 들어 있는 음식. 진짜 토마토로 만든 케첩 한 병. 심지어는 키위도 있었다. 나는 그때까지만 해도 키위가 생산되는지도 모르고 있었다. 키위에선 아무 맛도 느낄 수 없었다. 언덕 위에 두고 왔던 물건들은 사람들이 챙겨서 우리에게 가져다주었다. 없어진 것은 하나도 없었다. 심지어는 빈 자두 깡통도 있었다. 나는 깡통에서 나는 냄새에 구역질이 날 것만 같았다.

쿠안은 며칠 내내 침실에서 나오지 않았다. 그는 우리 두 사람이 흘려야 할 눈물을 혼자서 다 흘렸다. 그의 울음소리와 신음 소리는 파도처럼 온 집 안을 채웠다. 하지만 나는 그의 곁에 가까이 다가갈 수가 없었다.

며칠을 그렇게 지내던 쿠안이 마침내 거실로 나왔다. 우리는 침묵 속에서 서로를 빙빙 돌기만 했다. 하루하루는 그렇게 흘러

갔고, 우리는 마치 진공상태에서 생활하는 사람들처럼 정적 속에서 떠다녔다. 사방 공간은 마치 웨이원의 닫힌 침실 문처럼 답답하기만 했다. 나는 아무 말도 할 수 없었다. 무슨 말을 어떻게 꺼내놓아야 하는지도 알 수 없었다. 쿠안은 여전히 내게 아무 말도 하지 않았다. 입을 떼면 불평하는 말이 쏟아질까 봐 겁이 났던 것일까? 아니, 어쩌면 그는 그런 생각은 조금도 하지 않는지도 몰랐다.

하지만 나는 쿠안이 나를 원망하고 있다는 것을 잘 알고 있었다.

그의 텅 빈 눈동자. 의식적으로 두는 거리감. 쿠안은 이전에 항상 신체적으로 나와 가까운 곳에 있었다. 하지만 지금은 내게 손도 대려 하지 않는다. 이전보다 훨씬 더 수동적으로 변해버린 것 같다는 생각도 들었다. 어쩌면 그도 용기를 낼 수 없는지 모른다. 아니, 그가 내게서 거리를 두는 것은 그가 아니라 나를 보호해주기 위해서일지도 모른다. 나는 머릿속이 복잡하기 그지없었다.

우리 사이의 거리감은 시간이 흐를수록 더욱 커져서 견디기 힘들 지경이 되었다. 거리를 둔 것은 그였고, 나는 그 거리감을 깨뜨릴 수가 없었다. 그에게 말 한 마디를 건네는 것조차 힘들었기에 나는 점점 그와 같은 공간에 있다는 사실마저도 불편해지기 시작했다. 그를 보면 항상 같은 생각이 떠올라 나를 괴롭혔다. 똑같은 말. 내 잘못, 내 잘못, 모든 것이 내 잘못이라는 말. 그래서 나는 그를 볼 때마다 불쾌해졌다. 그의 몸은 혐오스러웠고, 그가 내 몸에 손을 댄다는 생각만 해도 구역질이 날 것만 같았다. 그러나 나는 이런 내 감정을 겉으로 드러내 보이지 않으려 안간힘을 썼다. 우리는 어머니, 아버지, 아이가 함께 사는 가족 놀이를 하고 있는 것과 마찬가지였다. 단, 우리에겐 아이가 없다는 사실만 제외하고선 우린 그 놀이에 최선을 다했다. 요리를 하고 청소를 하고 빨래를 하며 하루하루를 보냈던 것이다. 아침이면 자리에서 일어나 옷을 입고 식사를 하고 차를 마셨다. 아, 그 지긋지긋한 차…… 차를 마신 후엔 하루 종일 오지 않는 전화를 기다렸다.

견디다 못한 나는 몇 번이나 병원에 전화를 해보았다. 병원에 전화를 하는 것도 항상 나였다. 쿠안은 그 일조차도 먼저 나서서 하려 하지 않았다. 히오 박사와 통화를 하는 것은 불가능했다. 몇 주가 지나자 히오 박사가 일을 그만두었다는 소식을 들었다. 소식을 전해준 의사는 그 이유에 대해선 단 한 마디도 하지 않았다.

누구와 통화를 하든, 병원에서 돌아오는 대답은 항상 똑같았다. 저희도 잘 모릅니다. 기다려보십시오. 물론 병원 이름은 가르쳐드릴 수 있습니다. 예, 물론이죠. 조금만 더 기다려주십시오. 며칠만 더 기다려주시기 바랍니다. 확인해보도록 하겠습니다. 다시 연락드리겠습니다. 다시 연락드릴 테니 며칠만 더 기다려주십시오.

얼마든지 쉬라는 말을 들었건만, 어느 날 아침 쿠안은 샤워를 하고 작업복으로 갈아입었다.

"이러나저러나 어차피 똑같잖아……" 그가 나직이 말했다.

나는 온몸이 굳어질 정도로 깜짝 놀랐다. 그가 일을 하러 나가겠다는 사실 때문이 아니라, 이제야 그와 떨어져 홀로 있을 수 있다는 생각에 안도감이 밀려와서였다. 솔직히 나는 몇 주 만에 처음으로 세상이 환하게 밝아오는 것 같은 느낌을 가졌다.

"괜찮겠어?" 그가 걱정스러운 듯 물었다.

"응, 얼른 나가봐."

"혼자 있기 힘들면 말해. 집에 있을 테니까."

"괜찮아."

하지만 그는 제자리에 가만히 서 있었다. 살이 너무나 많이 빠진 탓에 그는 마치 헐렁한 옷을 걸치고 있는 허수아비처럼 보였다. 그는 내가 무슨 말이라도 더 하기를 기다리는 듯 나를 바라보았다. 그는 내가 화를 내고 소리를 치고 그에게 주먹질이라도 하기를 바라는 걸까? 하지만 그는 왜 내가 화를 내기를 기다리는 걸까? 왜 그런 일까지도 내가 책임을 져야 한단 말이지? 그의 커다란 두 눈동자는 애원하듯 나를 바라보고 있었다. 그의 부드러운 입술은 조금 벌어져 있었다. 나는 고개를 돌려버렸다. 그를 더 쳐다볼 수가 없었다. 몇 주 전만 하더라도 그와 함께 있으면 나는 나 자신도 잊어버릴 정도로 그에게 빠져들었다. 하지만 지금은 1초라도 빨리 그가 내 눈앞에서 사라져버렸으면 좋겠다고 바라고 있었다.

"타오?"

"얼른 나가봐. 아침 조회 시간에 늦을지도 모르잖아."

나는 여전히 그와 눈을 마주칠 수가 없었다. 그가 한숨을 쉬는 소리가 들렸다. 무슨 말인가를 하려는 것 같았지만, 끝내 그는 아무 말도 하지 않았다.

그의 발자국 소리, 문을 닫는 소리. 그가 사라졌다. 마침내 이 빈집에 나를 홀로 남겨두고 나가버린 것이다.

나는 침실로 들어갔다. 웨이원의 침대 위에는 잠옷이 놓여 있었다. 나는 아이의 잠옷을 들고 멍하니 앉아 있었다. 겨우 이틀만 입었던 옷이기에 그 옷을 빨고 싶지 않았다. 나는 아이가 돌아오면 바로 입힐 수 있도록 잠옷을 침대 위에 놓아두었다. 미소 짓는 달님이 그려진 푸른색의 잠옷에선 아직도 아이의 땀 냄새가 나는 것만 같았다.

나는 하루 종일 그렇게 앉아 있었다.

그날 이후, 나의 밤낮은 서서히 바뀌기 시작했다. 쿠안이 일을 마치고 와서 깊은 잠에 빠져들 때면, 나는 뜬눈으로 거실을 돌아다녔다. 나는 새벽이 와서 침대에 누울 때까지 가만히 앉아 있을 수가 없었다. 앉아서 쉬고 싶은 마음도 없었다. 만에 하나라도 자리에 앉아 있다가 잠에 빠지기라도 하면 웨이원을 영원히 잃어버릴 것만 같았다.

창밖을 내다보았다. 작업장 안에 세워둔 하얀 울타리가 정면으로 보였다. 보초병들은 100여 미터 간격으로 늘어서 있었다. 우리 집에서 가장 가까운 곳에 서 있는 보초병은 손가락 하나 까딱하지 않고 눈앞의 허공만을 뚫어지게 바라보고 있었다. 나는 그가 도대체 무엇을 지키고 있는지 궁금해 죽을 지경이었다.

울타리는 너무나 높아서 그 안을 들여다볼 수 없었다. 지붕 위에 올라서서도 울타리 너머를 보는 건 불가능했다. 울타리 꼭대기를 이어가며 덮고 있는 그물망이 바람에 휘날렸다. 처음 몇 주 동안은 그물망을 더욱 탄탄하게 묶어놓기 위해 수많은 사람들이 투입되었다. 갑자기 작업장 안에 생겨난 울타리에 호기심을 품은 동네 사람들이 구경을 오기도 했지만, 보초병들은 그들을 모두 돌려보냈다. 그곳은 일급 보안 구역이었다. 나는 혹여 울타리 안쪽으로 들어갈 수 있는 틈이 있나 살펴보고 싶었지만, 여기저기 빽빽하게 서 있는 보초병들 때문에 엄두도 낼 수 없었다.

쿠안은 사람들이 쉬쉬하며 귀엣말을 한다고 했다. 작업장을 울타리로 막아놓았기 때문에 이제 사람들은 일터로 가기 위해 거의 10킬로미터나 되는 더 먼 길을 걸어야만 했다. 그 때문에 아침저녁으로 이 길을 걷는 사람들에겐 서로 대화를 나눌 기회도 많아졌다. 쿠안은 그들이 하는 말을 들었다. 정부에서 무언가 숨기고 있다고 했다. 음모라 말하는 사람들도 있었다. 그간 있었던 일, 울타리와 작업장 폐쇄, 그리고 동네에 주둔하는 군인들. 이 모두가 웨이원과 관계가 있다는 말도 떠돌았다. 그럴 만도 했다. 그곳에 가장 마지막으로 발을 디뎠던 사람들은 바로 우리 가족이니까. 게다가 웨이원은 지금 병원에 누워 있다. 사람들은 귓속말을 하다가도 쿠안이 듣고 있다는 것을 알아차리면 얼른 말을 멈추었다. 그리고 쿠안이 자리를 뜨면 다시 하던 이야기를 계속하곤 했다. 동네 사람들의 수군거림은 모두 우리를 향한 것이었다. 우리는 사람들의 관심의 대상이 되었지만, 내가 할 수 있는 일은 아무것도 없었다.

우리도 그들처럼 아는 것이 거의 없었다. 우리의 짐작은 그들의 짐작을 바탕으로 한 것이기 때문이다. 우리가 아는 것이라곤 그날 웨이원에게 무슨 일인가가 생겼고, 지금은 웨이원이 우리를 떠나 있다는 사실뿐이었다.

문득, 항상 그 자리에 서 있던 보초병이 보이지 않았다. 자세히 살펴보니 그는 울타리 밑에 쭈그리고 앉아 있었다. 추켜세운 무릎 사이에 고개를 푹 파묻은 것으로 보아 그는 잠에 빠진 것 같았다.

윌리엄

알은 최대 1.5밀리미터밖에 되지 않았다. 회색빛을 띤 알은 각각의 누런 벌집 방에 하나씩 자리하고 있었다. 알은 사흘 만에 부화하고, 마치 애지중지하는 외동딸처럼 보살핌을 받는다. 그렇다, 알에서 태어나는 대부분의 벌은 암벌이 된다. 벌집 방이 꿀로 뒤덮일 때까지 알에서 태어난 애벌레는 성장을 계속한다. 벌집 방이 꿀로 뒤덮이면 애벌레는 자신의 몸에서 자아낸 실로 누에고치를 만들어 주변으로부터 스스로를 보호한다.

21일이 지나면 이렇게 자란 일벌들은 벌집 방에서 기어 나와 다른 벌집 방에 자리하고 있는 애벌레와 접촉을 한다. 이 애벌레들은 갓난아기와 마찬가지로 혼자서 음식을 먹을 수도 없고 벌집 초석 틀에 매달려 있는 것조차 힘들어하며 꼬물거린다. 일벌들은 처음 며칠 동안 벌통 안에서만 머무르며 방향감각을 익힌다. 자신이 머무는 벌집 방은 물론, 다른 애벌레가 자라는 벌집 방을 깨끗이 청소하는 것도 이들이 맡은 임무의 하나다.

일벌들은 여전히 아기 벌에 불과하지만 애벌레를 위해 수유를 하며, 동시에 벌통 밖으로 비행을 시도해보기도 한다. 이들은 날씨 좋은 오후가 되면 조심스럽게 날개를 펴고 주저하듯 벌통 밖으로 나온다. 첫날은 벌통의 입구를 찾고, 다음 날엔 입구를 빠져나와 벌통 밖에서 아래위로 날아다니다가 며칠이 지나면 조금씩 더 먼 거리를 시험 삼아 비행해본다. 그렇긴 하지만 이 일벌들이 완전히 성장했다고는 할 수 없다.

일벌들은 벌통 안에서 끊임없이 일을 한다. 밖에서 들여오는 꽃가루를 관리하고 밀랍을 생산해내고, 벌통을 지키는 보초병의 역할을 하기도 한다. 동시에 일벌들이 벌통 밖을 비행하는 시간은 날이 갈수록 점점 길어지며, 곧 이들은 성숙한 어른 벌이 된다.

일벌들이 이 모든 과정을 거쳐 성숙한 어른 벌이 되면 밖에 나가 꽃가루를 모아 오기 시작한다. 홀로 자유롭게 벌통을 빠져나가 꽃과 꽃 사이를 날아다니며 꽃가루와 꽃꿀을 채집해 오는 것이다. 이 일벌은 언뜻 홀로 있는 것처럼 보이긴 하지만 집단의 한 부분이기도 하다. 홀로 있으면 아무 힘도 쓸 수 없는 보잘것없고 무의미한 존재에 불과하나, 다른 벌들과 함께 있을 때면 큰 의미를 지니게 되는 것이다.

내 아이디어는 보이지 않는 곳에서부터 출발했지만 어느새 일벌이 성장하는 것처럼 발전에 발전을 거듭해나갔다. 나는 종이 위에 연필로 간단한 스케치를 하기 시작했다. 원근감도 정확하지 않고 대소 개념도 거의 없는 어린아이의 그림 같은 스케치에 불과했지만, 계속 그리다 보니 차차 윤곽이 잡히는 것 같았다. 나는 더욱 용기를 내보았다. 치수를 재고 계산을 해서 선을 그어가니 스케치도 그럴듯해 보이기 시작했다. 나는 그간 그려놓았던 스케치들을 한눈에 볼 수 있도록 방바닥에 늘어놓았다. 그리고 종이와 펜을 꺼내 정확한 치수를 바탕으로 선명하게 선을 그어가며 그림을 그리기 시작했다. 21일째 되는 날, 나는 마침내 벌통의 디자인을 마칠 수 있었다.

"이걸 만드실 수 있습니까?"

나는 코널리의 낡은 책상 위에 설계도를 펼쳐놓았다. 그의 책상은 여기저기 움푹 파이고 군데군데 금이 그어져 있었으며, 심지어 금방이라도 쓰러질 듯 흔들리기까지 했다. 다른 사람도 아니고 가구를 직접 만드는 목수의 책상이 그런 것을 보니 슬그머니 의심이 생기기 시작했다. 책상뿐만이 아니었다. 그의 작은 거실에 자리한 모든 가구들은 비뚤비뚤했다. 구석에는 작고 지저분한 침대 하나가 있었고, 벽난로 옆에는 망가진 의자가 하나 있었다. 어쩌면 그는 자기 집 안에 있는 가구들은 수선할 마음이 없는지도 모른다. 완전히 망가져서 더는 사용할 수 없을 때가 되면 낡은 가구들을 모아 불에 태워버릴 생각을 하고 있는 걸까? 바닥은 톱밥으로 수북하게 덮여 있었다. 아무래도 외부 작업실에서부터 신발에 묻어 온 톱밥을 치울 생각이 없는 듯했다.

그는 내 설계도를 들어 올렸다. 그의 두툼한 손 때문에 내 설계도는 더 얇고 가냘프게 보였다. 그는 설계도를 더 자세히 보기 위해 햇살이 쏟아져 내리는 창가로 다가갔다. 깨진 유리창 사이로 스며든 햇살이 바닥을 뒤덮은 톱밥과 나무들의 잔가지 위로 내리쬐었다. 내가 그를 찾았던 이유는 그가 이 근처에서 가장 솜씨 좋은 목수라는 말을 들었기 때문이다. 하지만 그의 집 안에 들어서고 보니 확신을 할 수가 없었다.

"벌통은 그럴듯한데…… 왜 지붕을 비스듬하게 만들려는 거죠?"

"아, 예…… 그건 이게 일종의 집이기 때문입니다."

"집이라고요?" 그가 주저하며 말을 이었다. "벌통을 만드시려는 줄로만 알았는데요?"

나는 잠시 생각에 잠겼다. 그에게 아무리 자세히 설명을 해주어도 그가 알아듣지 못할 듯했다. 그렇다면 그가 알아들을 수 있는 쉬운 말로 논리 있게 말을 해줘야 하지 않을까. "비가 내릴 경우를 대비하기 위해서입니다. 비가 와도 물이 고이지 않고 땅으로 바로 흘러내릴 수 있도록 말이죠."

그는 알아들었다는 듯 고개를 끄덕였다. 그에게 구조물에 대한 이야기를 할 때는 느낌과 감정이 아닌 논리를 바탕으로 말해야 한다는 것을 새삼 깨달았다.

"바로 이 지붕 때문에 좀 복잡해질 것 같긴 하지만…… 뭐, 어쨌든 좋습니다."

말을 마친 그는 벌통 내부의 설계도를 집어 들었다.

"그리고 이건…… 벌통 내부의 초석 틀입니까?"

"예, 벌집을 붙이기 위한 틀입니다. 소광이라고도 하죠. 벌통의 가장 위쪽에 붙여 넣을 생각이에요. 각각의 벌통에 열 개 정도를 넣을 생각입니다만, 우선은 일곱 개나 여덟 개로 시작해도 문제없습니다. 벌들은 바로 이 소광에 밀랍으로 기초를 만들고 벌집을 붙여나갈 겁니다."

"그렇군요."

"자연 상태의 벌들은 대각선으로 비스듬하게 벌집을 짓습니다. 저는 제가 벌들의 생태를 좀 더 손쉬운 방법으로 관찰하고 통제할 수 있는 방법을 직접 고안해냈습니다."

"아, 예……" 그는 내 말엔 그리 관심이 없는 듯 귀를 긁적거리며 대답했다.

"이 벌통 속에서 생활하는 벌들은 이 소광을 바탕으로 벌집을 일직선으로 짓게 될 것입니다. 그러면 저는 입구를 통해 벌들이 일하는 모습을 관찰할 수 있는 동시에 벌집에 저장된 꿀을 더욱 손쉽게 채집할 수 있게 되는 거죠. 물론, 그런 과정에서 벌들이 다치는 일도 없을 겁니다."

그는 잠시 멍한 눈초리로 나를 바라보더니 설계도로 눈을 돌렸다.

"테두리는 문제가 없습니다만 벽과 지붕은…… 어떤 재료로 만들어야 할지 생각을 좀 해봐야겠군요."

"그 일은 전적으로 당신의 재량에 맡기겠습니다." 나는 최대한 호의를 담은 목소리로 말을 이었다. "그 분야의 전문가는 바로 당신이니까요."

"맞습니다. 그러니까…… 이 벌통 속의 벌집은 평행선으로 자리하게 되겠군요."

그가 나를 맞은 후 처음으로 환한 미소를 지으며, 내게 두툼한 손을 내밀었다. 나는 그에게 미소를 되돌려주며 그의 손을 잡아 쥐었다. 나는 새비지 표준 벌통을 대량으로 제조해 전국 곳곳의 양봉업자들에게 팔 생각에 들뜬 마음을 감출 수 없었다. 그렇게만 된다면 그와 나는 떼돈을 벌 수 있을 것이다. 아, 이 동업은 꿈의 동업이라 해도 과언이 아니었다.

조지

케니의 트럭이 매연을 내뿜으며 농장 안으로 들어섰다. 차바퀴에 묻어 온 먼지는 농장 마당에 쌓였고, 석양 속에서 지저귀는 새소리는 요란한 엔진 소리에 묻혀버렸다. 나는 올해 세 대의 트럭을 대여했다. 불행히도 이 트럭들은 개러스의 대형 트럭과는 비교도 되지 않을 만큼 조그맣고 보잘것없었다. 녹이 슬고 차체 여기저기가 움푹 파인 낡고 조그만 트럭에는 한 대에 열두 개의 벌통밖에 들어가지 않았다. 벌통 네 개를 일렬로 쌓고 3층으로 차곡차곡 올리면 트럭은 꽉 차버렸다. 하지만 트럭의 엔진과 내부 구조는 참으로 간단했기에 자칫 문제가 생긴다 하더라도 전문가를 부르지 않고 내 손으로 고칠 수 있어 좋았다.

우리는 어스름하게 땅거미가 내려앉을 무렵 트럭의 짐칸에 벌통을 쌓았다. 벌들이 밖에 나가 있는 낮 시간에는 그 일을 할 수 없었기에 우리는 해가 질 때까지 기다려야만 했다.

어둠이 내려앉았다. 우리는 시동을 걸고 전조등을 켜서 작업장을 비추었다. 흰 작업복에 면포까지 쓴 채 자동차 불빛을 받으며 벌통을 이동시키는 우리 모습은 마치 낯선 행성에서 생물학적 표본을 박스에 옮기는 우주인 같았다. 그 생각을 한 나는 홀로 미소 짓지 않을 수 없었다. 모자 달린 운동복을 입은 교수. 그자가 이런 우리의 모습을 봤어야만 하는데……

작업복 속으로 땀이 흘러내렸다. 힘이 많이 드는 일이었다. 각각의 벌통은 몇 킬로그램이나 되었으니까.

하지만 내년에는 좀 더 큰 트럭을 구입할 수 있을지도 모른다. 어쩌면 컨테이너가 장착된 대형 트럭을 손에 넣을 수도 있다. 나는 그간 에마 몰래 꽤 큰돈을 모아놓았다. 은행에서 돈을 빌리려면 자본금이 있다는 것을 증명해야만 하니 말이다. 에마에게 말을 하면 잔소리를 들을 것이 뻔했다. 그녀는 돈을 벌기 위해선 투자를 해야 한다는 법칙을 이해하지 못했다.

우리는 벌통을 트럭에 모두 싣자마자 차를 몰았다. 우물쭈물하며 시간을 낭비할 필요는 없었다. 각각의 트럭에는 두 명이 앉아 번갈아가며 차를 몰기로 했다. 나는 내 차를 직접 운전했고, 내 옆에는 톰이 자리를 잡고 앉았다.

〈스타워즈〉 때문이었을까. 아니, 어쩌면 톰이 여행 중에 과제를 마무리하겠다고 교수와 약속을 했을지도 모른다. 톰은 그날 오후에 곧바로 존 교수의 허락을 얻어 집으로 왔다. 톰은 에마에게 포옹을 건넨 후 작업복을 입었다. 그때부터 지금까지 톰은 벌들과 함께하며 거의 아무 말도 하지 않았다. 그의 얼굴은 면포로 가려져 있었기에 나는 톰의 얼굴을 볼 수 없었다. 톰은 시키는 일을 묵묵히 해냈다. 지미와 릭보다 훨씬 더 신속하고 정확하게 일을 하는 톰을 보며 나는 크게 칭찬을 해주고 싶었지만 적절한 기회를 잡을 수가 없었다.

차를 타고 가는 중에도 기회를 찾긴 쉽지 않았다. 톰은 좌석에 앉자마자 스웨터를 벗어 돌돌 말더니 창에 머리를 대고 눈을 감아버렸다.

그러고 보니 톰은 내 아들이긴 하지만 참 잘생겼다는 생각을 지울 수가 없었다. 몸이 약간 호리호리한 것만 빼면 단점이라곤 하나도 없었다. 여자애들이 톰을 좋아할까? 톰에게 애인이 있을까? 나는 궁금해 죽을 지경이었다.

엔진 소리와 톰의 숨소리는 규칙적으로 들려왔다. 도로에서 마주치는 차는 거의 없었다. 길은 바짝 말라 있었고, 우리는 위험하지 않을 정도의 속도로 차를 몰았다.

모든 것이 계획대로 진행되고 있었다.

우리는 번갈아 눈을 붙이면서 교대로 운전대를 잡았다. 대화는 거의 나누지 않았다. 아침이 되자 주변의 자연 정경이 파도치듯 눈을 덮쳤다. 저 멀리 거대한 곤충을 연상시키는 살충제 기계가 보였다. 커다랗고 둥그런 탱크 안에 수천 리터의 유독물질을 넣어놓고 윙윙 돌아가는 긴 날개를 이용해 땅 위에 살충제를 뿌리는 기계였다.

나는 살충제 기계로부터 가능한 한 벌들을 멀리 떼어놓았다.

벌들이 살충제를 흡입하게 되면 기운을 잃게 되고, 따라서 내 사업도 곤두박질을 치게 된다. 지난 몇 년 동안 살충제 시장에도 혁신이 생겼다. 농부들은 해충을 죽이는 유독 물질을 스프레이로 뿌리지 않고, 고체의 작은 알갱이로 만들어 논밭의 바닥에 늘어놓았다. 그렇게 하면 더 안전하고 효과도 좋다고 했다. 살충제를 뿌리로 흡수한 식물들에겐 해충이 달라붙지도 않고 더 오랜 기간 효과를 볼 수 있다고 했던가. 물론 땅이 지저분해지는 것은 어쩔 수 없었다. 농사를 짓다 보면 어차피 그런 것은 다 감수해야 한다. 나는 구식 방법으로 농사를 짓는 농부들을 보고 싶었다. 밭의 작물들에 그 어떤 것도 주입시키지 않고 오직 날씨와 자연에만 의존해 농사를 짓는 사람들 말이다. 하지만 그건 불가능한 일이라는 것을 깨달았다. 해충들은 하룻밤 사이에도 거대한 밭 전역을 모두 망가뜨릴 수 있기 때문이다. 지난 수십 년 동안 농사를 짓든, 양봉업을 하든 자연에 의존해 생계를 꾸려가는 사람들은 점점 늘어났다. 그 때문에 음식값은 점점 하락하는 반면, 다른 모든 것들의 가격은 점점 높아지고 있다.

옆자리에 앉아 있던 톰이 잠에서 깨어나 보온병에 남아 있던 마지막 커피를 잔에 따랐다. 갑자기 톰은 무슨 생각이라도 난 듯 나를 돌아보았다.

“앗, 죄송해요, 아버지. 커피 드실래요?”

“아냐, 괜찮아. 너나 마셔.”

톰은 단 두 모금 만에 잔을 비우고 아무 말도 하지 않았다.

“음, 그래……” 나는 어색한 침묵을 깨기 위해 무슨 말이라도 해야만 했다.

톰은 아무 대답도 하지 않았다. 하긴, 내가 했던 말에 무슨 대답을 할 수 있을까.

"음…… 그래……" 나는 헛기침을 하며 말을 이었다. "학교 여자애들과는 어떻게 지내니? 연애도 하고 있니?"

"아뇨, 연애는 무슨……"

"마음에 드는 예쁜 여자애도 없니?"

"글쎄요, 여자애들은 제가 마음에 들지 않나 봐요." 톰은 키득키득 웃으며 대답했다. 나는 그와 대화를 나눌 수 있을 것 같은 분위기가 만들어졌다고 생각했다.

"조금만 더 기다려봐."

"예, 하지만 아버지와 어머니만큼 오래 기다리고 싶진 않아요."

에마와 나는 서른 살이 되어서야 결혼을 했다. 내 아버지는 나를 장가보내겠다는 꿈을 일찌감치 접은 후였다.

"넌 우리에게 고마워해야 해. 형제 없이 외동으로 자란다는 게 얼마나 좋은지 아니?"

"저는 솔직히 형제가 한 명쯤 있었으면 좋겠어요."

"서류상으론 그렇겠지. 실제론 달라. 형제들이 많으면 그건 지옥이나 다름없어. 난 지금 내가 무슨 말을 하고 있는지 잘 알고 있는 사람이란다."

우리 집엔 나를 포함해 네 명의 형제가 함께 자랐다. 그 때문에 아침부터 저녁까지 말다툼과 싸움질로 조용할 때가 없었다. 나는 네 명 중에 가장 나이가 많았고, 이미 여섯 살 때부터 '어린 아버지'의 역할을 해야만 했다. 그래서 나는 톰이 외동아들이라는 사실에 기쁘기만 했다.

"어쨌든, 여자부터 구해야 하지 않겠니. 그리고 아이를 낳는 거야. 한 번에 한 명씩. 그건 너도 어떻게 하는지 잘 알고 있지? 그건 벌과 꽃 같은 거야. 흠, 우리가 이런 이야기를 한 적이 있었나?"

"아뇨, 지금 한번 해보는 건 어떨까요?" 톰이 다시 키득키득 웃으며 말을 이었다. "한번 말씀해보세요. 벌과 꽃 같은 게 어떤 건지."

나는 웃음을 터뜨렸다.

톰도 소리 내어 웃었다.

가슴이 따스해졌다.

윌리엄

"에드먼드?" 나는 아들 방의 문을 두드렸다.

주문한 벌통이 오기를 기다리는 지난 며칠 동안, 나는 틈만 나면 정원에 나가 벌들과 함께 시간을 보냈다. 벌들에게 더 익숙해지기 위해서였다. 내 손은 처음엔 사시나무 떨듯 달달 떨렸지만 시간이 지나자 안정을 되찾고 자신감 있게 벌통을 만질 수 있게 되었다. 나는 여왕벌도 찾아냈다. 여왕벌은 일벌이나 수벌보다 훨씬 몸집이 컸다. 나는 여왕벌의 등에 구별하기 쉽게 하얀 점을 찍어놓았다. 벌들이 추가로 짓기 시작하는 새로운 여왕벌의 방도 발견했지만, 나는 눈에 띄는 즉시 그것을 부수어버렸다. 늙은 여왕벌이 젊은 여왕벌과 그 후손에게 자리를 내주기 위해 자신이 이끄는 몇몇 일벌들을 데리고 자취를 감추는 건 원치 않았기 때문이다. 벌통 안을 살펴보기는 쉽지 않았다. 나는 아주 조심스럽게 벌통을 열었다. 그때마다 벌들은 불안한 듯 떼를 지어 벌통 밖으로 날아올랐다. 나는 여왕벌이 어떤 식으로 일벌과 수벌 등, 두 개의 서로 다른 알을 낳는지 몰랐기에 여왕벌을 더 자세히 관찰해보고 싶었다. 그러나 벌통 안을 들여다보기가 쉽지 않은 터라 여왕벌을 관찰하는 것도 꽤 힘이 들었다. 나는 새로 주문한 벌통이 오면 관찰 작업이 더 쉬워지리라 믿었다.

적어도 한 가지는 확실하게 알 수 있었다. 벌들은 참으로 부지런한 동물이라는 것. 벌통은 시간이 흐를수록 점점 더 묵직해졌다. 벌들은 쉴 새 없이 꽃꿀과 꽃가루를 가져왔고, 벌통 안에는 노랗고 달콤한 꿀들이 반짝반짝 빛을 내며 흘러내렸다.

샬럿은 자주 정원에 나와 내 옆에 앉아 있곤 했다. 아이는 열정적으로 벌들을 관찰했고, 가끔은 벌통을 들고 그 안에 들어 있는 꿀의 양을 짐작해보기도 했다. 그뿐만 아니라 장갑을 끼지 않은 맨손으로 여왕벌을 찾아내 꺼내보기도 했다. 샬럿이 여왕벌을 꺼내면 일벌들은 여왕벌을 찾아 벌통 주위를 윙윙 날아다녔다. 아이는 올해 여름 유난히 부쩍 자랐고, 굴곡이 살아나는 몸에선 이제 어린아이가 아니라 여인의 분위기가 풍겼다. 창백했던 얼굴엔 발그스름하게 핏기가 돌기 시작했고, 치마는 짧아져서 발목이 드러날 정도였다. 나는 아이에게 새 치마를 사주어야겠다고 마음먹었다. 아이에게 그 정도는 해줄 수 있을 것 같았다. 하지만 지금은 그것보다 더 중요한 일이 내 앞에 기다리고 있었다. 그 때문에 아이에게 치마를 사주는 일은 조금 미룰 수밖에 없었다.

나는 일주일에 며칠은 가게로 나갔다. 샬럿은 가게에서도 부지런히 일을 도왔다. 청소를 하고 정리 정돈을 했으며 재고를 파악했다. 수익과 지출을 계산하는 일도 아이의 몫이었다.

하지만 에드먼드는 단 한 번도 나를 찾지 않았다. 아마도 가을 학기를 준비하느라 많이 바쁜 모양이었다. 하긴 나도 가족들과 함께 얼굴을 마주하는 일이 거의 없었으니 에드먼드만 나무랄 일은 아니었다. 에드먼드의 책은 거실 한쪽 구석 어두컴컴한 곳에 처박힌 채, 내 방에 있는 책과 마찬가지로 먼지를 수북이 안고 있었다. 에드먼드는 항상 피곤해 보였다. 집 안에선 모든 일이 귀찮다는 듯 느릿느릿 움직였고, 방 안에서 나오는 일도 드물었다. 그의 안절부절못하던 태도는 어느새 젊은 청년에게선 보기 힘든 무기력감으로 변해버렸다.

나는 에드먼드가 가끔 나와 함께 정원에서 시간을 보냈으면 좋겠다고 바랐다. 짚 벌통을 보며 벌통의 구조와 벌들의 생태를 그에게 설명해주고 싶었다. 그래서 내가 직접 설계하고 제작을 주문한 벌통이 이 구식 벌통과는 얼마나 다른지, 또 얼마나 획기적인지 보여주고 싶었던 것이다. 나는 그가 내 방 책상 위에 펼쳐놓았던 그 책 한 권이 내 삶을 이렇게 바꾸어놓았다며 고맙다는 말을 해주고 싶었다. 그래서 내가 다시 학문의 열정을 되찾은 것처럼, 그도 다시 삶의 열정을 되찾을 수 있으면 좋겠다고 바랐다.

"에드먼드?" 나는 다시 노크를 해보았다.

그는 대답하지 않았다.

"에드먼드?"

인기척을 느낄 수 없었다.

나는 잠시 주저하다 조심스레 손잡이를 내려보았다.

문은 잠겨 있었다.

나는 허리를 굽혀 열쇠 구멍으로 안쪽을 들여다보았다. 열쇠 구멍에는 안쪽에서부터 열쇠가 꽂혀 있었다. 그렇다면 에드먼드는 방 안에 있는 것이 틀림없었다.

나는 문을 쾅쾅 두드렸다. "에드먼드!"

마침내 방 안에서 발자국 소리가 들렸다. 잠시 후, 방문이 조금 열렸다. 그는 환한 빛이 익숙지 않은 듯 이맛살을 찌푸렸다. 앞머리는 지난번에 보았을 때보다 훨씬 자라 있었고, 윗입술 위에는 수염이 듬성듬성 보였다. 그는 구겨진 셔츠 외엔 아무것도 입지 않고 있었다. 바닥을 디디고 서 있는 그의 맨발과 종아리에는 시커먼 털이 숭숭 나 있었다.

"아버지?"

"잠을 깨운 모양이구나. 미안하다."

그는 어깨를 으쓱 추켜 보이며 터져 나오는 하품을 참았다.

"나와 함께 밖으로 나가자. 네게 보여줄 것이 있어."

에드먼드는 잠이 쏟아지는 두 눈을 가늘게 뜨고 나를 째려보면서, 시린 다리를 덥히기라도 하듯 한 발을 들어 다른 쪽 종아리를 문질렀다.

"네게 짚 벌통의 원리를 가르쳐주고 싶어서 그래." 나는 들뜬 기분을 감추기 위해 억지로 침착한 목소리를 만들어냈다.

"짚 벌통이라고요?" 에드먼드의 발음은 부정확했고, 말투는 느릿느릿했다.

"응. 너도 본 적이 있을 거야. 정원에 있는 벌통……"

"아, 그거요?" 그는 몸을 흔들거리며 말했다.

"네가 구식 벌통을 이해해야 새 벌통이 도착했을 때 그 차이점을 발견할 수 있으리라는 생각이 들었어."

"예……"

그는 구역질을 참아내려는 듯 입술을 꼭 붙이고 침을 꿀꺽 삼켰다.

"새 벌통이 얼마나 더 효과적인지 알아보려면……"

"예……"

에드먼드의 두 눈은 여전히 잠에 취한 듯 흐리멍덩했고, 내 말에 전혀 관심을 보이지 않았다.

"어서 옷을 입거라."

"다른 날로 미루면 안 될까요?"

"지금이 가장 적합해." 나는 마치 애원을 하듯 목을 어깨 사이로 쑥 집어넣었다. 하지만 그는 본 척도 하지 않았다.

"지금은 너무 피곤해서 그래요. 다른 날로 미루면 좋겠어요."

나는 등을 쭉 펴고 위엄 있게 말했다. "네 아버지로서 명령하겠다. 지금 당장 옷을 입고 나오거라."

에드먼드는 그제야 나와 눈을 마주쳤다. 충혈된 두 눈이 낯설게 반짝였다. 그는 앞머리를 뒤로 쓸어 넘기더니 턱을 치켜들었다. "그렇게 하지 않겠다면요?"

내 말을 거역하겠다고? 나는 뜻밖의 상황에 할 말을 찾을 수가 없어 눈만 껌벅였다.

"시키는 대로 하지 않으면 저를 벨트로 때리실 건가요? 지금 그 말씀을 하고 싶은 건가요? 벨트를 풀어서 제 등에서 피가 날 때까지, 제가 '예'라고 대답할 때까지 저를 때리실 건가요?"

내가 바랐던 상황은 이런 것이 아니었는데……

우리는 말없이 서로를 노려보기만 했다.

갑자기 틸다가 모습을 드러냈다. 종종걸음으로 우리에게 다가오는 틸다의 치맛자락이 바닥을 스쳤다.

"윌리엄?"

"벌써 오후 2시야."

"에드먼드가 좀 자도록 내버려두세요." 그녀의 목소리가 높아졌다. "그렇게 피곤해하는 애를 두고 지금 뭘 하고 있는 거예요? 에드먼드, 너는 어서 들어가서 쉬어."

그녀는 내 옆에 서서 내 팔꿈치를 거머쥐었다.

"네가 자는 것 말고 다른 일을 하는 게 있니?" 나는 에드먼드를 향해 목소리를 높였다.

그는 대답하지 않고 어깨만 으쓱 추켜 보였다. 틸다는 나를 밀어내며 에드먼드에게 상냥한 눈길을 보냈다.

"어서 들어가서 쉬어. 피곤하면 쉬어야지."

"도대체 무슨 일을 했다고 피곤해하는 거야?"

"아버진 제게 그런 말을 할 자격이 없어요." 에드먼드가 소리쳤다.

"뭐라고?"

"아버진 몇 달 동안이나 누워만 계셨잖아요."

"에드먼드! 이제 와서 그런 얘기 할 필요 없어." 틸다가 아이를 나무랐다.

"그건 왜죠?" 아이는 반문했다.

나는 당황해서 어쩔 줄 몰랐다. "미안하구나, 에드먼드. 내가 잘못한 일은 어떻게든 바로잡으마. 지금 그렇게 하고 있는 중이야. 그래서 네게 벌통을 보여주려고……"

틸다는 내가 미처 말을 맺기도 전에 나를 밀쳤다. "불쌍한 에드먼드." 틸다의 목소리엔 연민이 어려 있었다. "아이가 너무 힘들어해요. 좀 쉬도록 내버려두세요. 아이는 쉬어야만 한다고요."

에드먼드는 멍한 눈으로 나를 바라보더니 문을 닫고 들어가 버렸다. 복도에는 틸다와 나만 남게 되었다.

여전히 내 팔을 잡고 있는 틸다의 눈빛은 고집스러운 빛을 발하고 있었다. 나는 틸다에게 따지려 했다. 그 순간, 에드먼드가 아플지도 모른다는 생각이 스쳤다. 정말 에드먼드가 아픈 것일까?

"내가 모르고 있는 게 있소?" 나는 틸다에게 물어보았다.

그녀의 눈빛은 너무나 완고했기에 나는 두려워지기 시작했다.

"저는 에드먼드의 엄마예요. 아이가 뭘 필요로 하는지 제일 잘 아는 사람이라고요. 지금 아이에게 필요한 건 충분한 휴식뿐이에요."

틸다는 천천히 또박또박 말했다. 더 자세한 말은 내게 해줄 생각이 없는 것 같았다.

"나는 에드먼드의 아버지요. 내가 보기엔 에드먼드가 필요로 하는 건 신선한 바깥 공기인 것 같은데." 문득 내가 한 말이 너무나 바보처럼 들렸다.

틸다는 한쪽 입술을 치켜 올리며 조롱 섞인 미소를 지었다. 우리는 아무 말도 하지 않고 서로를 마주 보며 한동안 그 자리에 서 있었다. 그녀는 내게 대답도, 사과도 요구하지 않았다. 에드먼드가 아프다는 건 거짓말이 분명했다. 그녀는 단지 에드먼드를 보호하고 있을 뿐이었다. 학교 공부와 이 세상의 모든 힘든 일로부터 아이를 보호하고 싶은 마음뿐인 것이다. 그녀는 에드먼드와 나 사이에 있었던 일을 전혀 모르고 있었다. 내가 병을 털고 자리에서 일어날 수 있었던 것은 바로 에드먼드가 내 책상 위에 올려놓았던 책 한 권 때문이라는 사실을. 그 때문에 내가 하는 일을 에드먼드와 함께 나누는 것이 내겐 크나큰 의미를 지니고 있다는 사실을.

하지만 나는 이 모든 것을 설명할 힘이 없었다. 그녀와 말다툼을 하는 것은 무의미할 뿐이다. 그녀 앞에서는 어떤 논리적이고 이성적인 말도 아무 소용 없음을 나는 너무나 잘 알고 있었다.

나는 저녁이 오기 전에 에드먼드를 방에서 끌어낼 생각까지 해보았다. 그가 매번 말하는 '밖'에 나가기 전에 말이다. 나는 그가 말하는 '밖'이 숲이었으면 좋겠다고 바랐다. 내가 그 나이 때 그랬듯 내 아들도 홀로 숲속에 앉아 자연을 관찰하고 영감을 얻기를 바랐던 것이다. 어쩌면 정말 그럴지도 모르는 일이었다. 나는 기다려보기로 마음먹었다.

어쨌든 나는 새 벌통이 오면 에드먼드에게 꼭 보여주리라 결심했다. 그 생각을 하니 마음이 들떠 견딜 수가 없을 정도였다. 그가 내 아들이라는 사실을 자랑스러워할 수 있도록 내가 이룬 것들을 보여주고 싶었다.

타오

나는 모퉁이를 돌았다. 눈앞에는 울타리가 하늘을 찌를 듯 높게 솟아 있었다. 하얀 울타리는 반달 빛을 반사해내며 어둠 속에서 반짝였다. 흙에서는 향긋한 냄새가 났고, 습기 찬 공기는 후덥지근했으며, 길가의 잔디는 키 자랑을 하듯 길게 자라 있었다.

나는 살금살금 보초병 옆을 지나쳤다. 그는 고개를 푹 숙인 채 졸고 있었다. 나는 그의 규칙적이고 나직한 숨소리를 들을 수 있었다.

허공에서 나직이 윙윙하는 낯선 소리가 들려왔다. 10여 미터 앞쪽에서 들려오는 소리였다. 파리일까? 아니, 파리라고 하기엔 좀 큰 것 같았다. 그 소리는 곧 사라졌고, 밤공기엔 다시 정적이 스며들었다.

조심스레 울타리를 향해 손을 뻗어보았다. 발을 멈추고 꼼짝도 하지 않은 채 숨소리도 내지 않으려 조심했다. 곧 귀를 찢을 듯한 경고음이 들려올 것이라 예상했지만, 아무 소리도 들리지 않았다.

나는 울타리를 씌운 방수포를 손으로 더듬으며 몇 미터 더 발을 옮겨보았다. 문득, 손가락 사이에 빈틈이 느껴졌다. 두 개의 방수포를 팽팽하게 잘 겹쳐놓은 틈새에 손가락이 들어갈 만한 구멍을 찾아낸 것이다. 그 부분을 살짝 잡아당겨보았더니 내 몸이 들어갈 수 있을 정도로 벌어졌다.

나는 보초병을 향해 곁눈질했다. 그는 세상모르고 자고 있었다. 나는 얼른 빈틈 속으로 몸을 집어넣었다.

울타리 안쪽은 컴컴해서 앞을 분간하기가 힘들었다. 가끔 집 앞을 환하게 비추어 내리던 불빛으로 미루어보아 야간 조명등이 있으리라고 짐작했지만, 오늘은 조명등의 불빛이 보이지 않았다.

안쪽에도 보초병이 있을까? 알 수 없었다. 나는 제자리에 서서 어둠에 익숙해지려 노력했다. 시간이 흐르자 눈앞의 광경을 서서히 감지할 수 있게 되었다. 꽃이 진 나무에는 낙엽만 무성하게 달려 있었다.

고요했다. 나뭇잎과 잔디를 스치는 산들바람이 기분 좋게 불어왔지만, 나는 긴장을 이기지 못해 온몸을 사시나무처럼 달달 떨었다. 그곳에 발을 들이는 것은 엄격하게 금지되어 있었다. 만약 내가 그곳에 몰래 들어갔다는 사실이 발각되면 어떤 벌을 받게 될까?

나는 천천히 앞을 향해 걸었다. 우리가 언덕으로 올라갈 때 따라갔던 바큇자국이 보였다. 그러고 보니 그곳은 바로 우리가 소풍을 갔던 장소였다.

나는 살면서 단 한 번도 두려움을 느낀 적이 없다. 지금까지 살아오면서 체념, 지루함은 물론 기쁨과 행복 등 서로 다른 수많은 느낌을 경험해보았지만, 두려움을 느낀 적은 단 한 번도 없었다. 나는 소리 나지 않게 조심스레 걸었다. 들리는 소리라곤 내 심장이 뛰는 소리뿐이었다. 등에서는 땀이 흘러내렸다.

나무 사이로 난 바큇자국을 따라가다 보니, 옆쪽에 그림자 하나가 움직이는 것 같았다. 저기 누가 있는 걸까? 나는 얼른 몸을 돌려보았지만 거기엔 아무것도 없었다. 텅 비어 있었다. 온 세상이 텅 비어 있는 듯한 느낌이 들었다. 나는 두려움과 긴장감을 이기지 못해 헛것을 본 것이라 짐작해버렸다.

다시 몇 발자국을 옮겼다.

'하나 둘 셋, 뛰어! 하나 둘 셋, 뛰어!'

우리는, 건강하고 활발하며 고집이 세긴 하지만 항상 미소를 짓는 따스한 웨이원을 사이에 두고서 그곳을 함께 걸은 적이 있었다.

내 아들. 나의 웨이원.

나는 발을 멈추고 상체를 앞으로 숙였다. 웨이원을 떠올리니 너무나 가슴이 아파 숨이 끊어질 것만 같았다.

나는 심호흡을 하며 정신을 차린 후 몸을 폈다. 이성적으로 생각하고 행동하리라 마음을 가다듬은 나는, 우리가 함께 점심을 먹었던 언덕이 어디쯤인지 궁금해져 주위를 돌아보며 걷기 시작했다.

계속 정처 없이 걸었다.

얼마 가지 않아 불빛이 보였다. 누런 백열등 불빛이 앞쪽을 환하게 비추고 있었다.

불빛을 향해 좀 더 가까이 다가가보았다. 천천히. 아주 천천히 한 발 한 발 앞으로 내밀었다.

불쑥 커다란 텐트 하나가 눈에 들어왔다. 텐트는 무성한 야생 덤불과 나무가 자리한 숲의 언저리에 설치되어 있었다. 뾰족한 지붕을 가진 둥그런 텐트는 마치 작은 가정집을 연상시킬 정도로 널찍했고, 안팎에 불이 밝혀져 있었기에 매우 환했다. 텐트는 울타리의 방수포와 같은 재질로 만들어져 있는 것 같았다. 살균 소독된 하얀색의 천. 나는 그림자를 통해 텐트 안에 순찰을 도는 여러 명의 군인들이 있다는 것을 알 수 있었다. 천천히 왔다 갔다 하는 그들은 하얀 텐트 표면에 날카로운 그림자를 만들어 냈다. 그 모습을 보노라니 마치 깜박 잊고 알록달록하게 색칠을 하지 않은 서커스 천막이 떠올랐다. 그런데 저 군인들은 우리를 위협하기 위해 저기 있는 것일까, 아니면 우리를 보호하기 위해 저기 있는 것일까?

텐트의 출입구는 볼 수 없었다. 창도 없었다. 더 가까이 다가갈 용기를 낼 수 없었던 나는, 텐트와 100여 미터 간격을 두고 원을 그리며 움직이기 시작했다. 텐트의 다른 쪽도 보고 싶었기 때문이다. 언덕을 지나치는 순간, 텐트가 서 있는 자리는 바로 쿠안이 웨이원을 발견했던 장소라는 것을 깨달았다. 갑자기 두려움이 솟구치기 시작했다. 두 다리에선 힘이 쭉 빠져 걸음을 옮길 수도 없을 정도였다. 그간 우리 동네에 군인들이 들어와 울타리를 쌓고 그 안에 주둔하던 것이 웨이원과는 상관없는 일이라 바랐던 게 물거품이 되어버리는 것 같았다.

그간, 웨이원이 넘어져서 머리를 부딪쳤고 단지 일반적인 뇌진탕에 걸린 것뿐이기 때문에 곧 건강을 되찾을 수 있으리라는 의사들의 전갈만을 기다렸던 내가 바보 같다는 생각이 들었다. 그것은 불가능한 바람을 담은 절망적인 상상에 불과했다.

나와 텐트 사이에는 종이 상자들이 차곡차곡 쌓여 있었다. 나는 용기를 내어 상자를 향해 다가갔다. 상자 뒤에 몸을 숨기면 군인들의 눈에 띄지 않을 것 같아서였다.

어떤 상자들은 납작하게 접혀 있었고, 또 다른 상자들은 활짝 펼쳐져 있었다. 나는 열린 상자 속에 손을 넣어 바닥을 쓸어보았다. 손에 무언가가 잡혔다. 그것은 흙과 식물의 뿌리들이었다. 상자 겉면에는 우편번호와 도시 이름이 적혀 있었다. 베이징.

나는 손에 쥔 것을 내려두고 천천히 앞으로 가보았다. 평소 세심하고 신중한 몸동작과는 거리가 먼 나였기에 신경을 곤두세우고 조심해서 소리 나지 않게 발을 움직였다.

텐트의 앞면이 눈에 들어오기 시작했다. 눈처럼 새하얀 텐트는 지퍼로 굳게 닫혀 있었다. 나는 자리에 쭈그리고 앉아 누군가가 텐트 문을 열고 들어가거나 나오기만을 바라며 하염없이 기다렸다.

너무나 오래 같은 자세로 앉아 있었더니 두 다리에 쥐가 나기 시작했다. 엉덩이를 대고 앉은 흙은 축축하기 그지없었다. 하지만 나는 개의치 않고 푹 주저앉았다. 흙의 습기가 옷자락에 스며들기 시작했다. 그러던 중 눈앞에 잔가지들이 산더미처럼 쌓여 있는 것을 발견했다. 그들은 텐트를 설치할 자리를 마련하기 위해 수십 그루의 나무를 베어버렸던 것이다.

아무 일도 일어나지 않았다. 가끔 텐트 안에서 나직한 목소리가 들려오긴 했지만, 그들이 무슨 말을 하는지는 정확히 알아들을 수 없었다.

얼마나 오래 그렇게 앉아 있었을까. 어둠 속에서도 시간은 흘렀다. 한 시간쯤 지났다고 느꼈을 무렵, 나는 상쾌한 밤공기에 취해 졸기 시작했다.

그 순간, 텐트 문의 지퍼가 열리는 소리가 들렸다. 문이 열리고 하얀 보호복을 입은 사람 두 명이 모습을 드러냈다. 그들은 얼굴을 맞대고 나직한 소리로 무언가에 대해 열심히 토론하고 있었다. 나는 그들을 더 잘 보기 위해 눈을 가늘게 뜨고 상체를 앞으로 쭉 내밀었다. 텐트 문은 다시 닫혔지만, 나는 그 틈을 놓치지 않고 텐트 안을 살펴보았다. 거기에는 투명한 유리 벽과, 이름 모를 꽃들이 수도 없이 자리하고 있었다. 온실일까? 백열등 아래 녹색의 나뭇잎과 분홍색, 주황색, 흰색, 빨간색의 꽃송이들이 보였다. 마치 동화 속의 세상을 보는 것만 같았다. 너무나 아름답고 따스했다. 꽃을 피워내는 식물들, 내가 한 번도 보지 못했던 낯선 식물들……

텐트 밖으로 나왔던 사람 중의 한 명이 내가 앉아 있는 쪽으로 걸어오기 시작했다. 나는 숨을 죽이고 꼼짝도 하지 않았다. 그와 나와의 거리는 점점 좁혀지고 있었다.

나는 조심스레 몸을 일으켜 살금살금 뒷걸음질을 쳤다.

그는 발을 멈추고 귀를 기울였다. 더 이상 움직일 용기를 낼 수가 없어 제자리에 멈춰 선 나는, 그가 나를 나무둥치로 착각했으면 좋겠다고 바랐다.

그는 잠시 제자리에 서 있더니 발을 돌려 다시 텐트로 돌아갔다. 나는 얼른 그곳을 빠져나왔다.

텐트에서 멀어질수록 발걸음에 속력을 더해 마침내 울타리에 도달할 수 있었다.

내가 보았던 것은 무엇일까. 나는 아직도 그것이 무엇을 뜻하는지 알 수 없었다. 울타리, 종이 상자, 텐트. 내겐 풀 수 없는 수수께끼였다.

병원에서도 대답을 주지 않긴 마찬가지였다. 그들은 내게 내가 낳은 자식조차 돌려주려 하지 않았다.

나는 울타리의 빈틈을 통해 빠져나온 다음, 코를 골며 자고 있는 보초병을 살금살금 지나쳤다.

집에 돌아와 밤새 잠을 이룰 수 없었다. 그날 밤 내가 본 것을 도저히 머릿속에서 지워낼 수가 없었다. 웨이원은 울타리 안에도 없었다. 내가 알고 있는 건 아이가 낯선 식물과 꽃들을 보내온 그곳, 베이징에 있다는 사실밖에 없었다.

조지

꽃을 피워낸 블루베리 덤불은 매우 아름답다. 나는 겨울 동안 까맣게 잊고 있다가 메인에 오기만 하면, 흰색과 분홍색의 아름다운 꽃을 피워내는 5월의 블루베리 덤불에 넋을 잃곤 한다.

그렇다. 꽃이 핀 블루베리 덤불은 너무나 아름다워서 책으로 써도 될 정도다. 하지만 벌이 있어야 블루베리 꽃은 열매를 맺을 수 있고, 열매가 열려야 우리는 돈을 벌 수 있다. 한마디로 벌이 없으면 꽃은 그저 꽃에 지나지 않는 것이다. 우리가 가면 리가 안도의 숨을 내쉬며 뛸 듯이 기뻐하는 것도 바로 그 때문이다. 그는 날이면 날마다 블루베리 덤불을 바라보며 저절로 꽃가루가 수정되기를 바랄지도 모른다. 땀 냄새를 풍기며 찾아오는 남쪽 지방의 양봉업자들에게 의존하지 않고서도 블루베리가 열매를 열 수 있다면 얼마나 좋을까.

우리는 그곳에 3주 동안 머무를 예정이었다. 리는 벌통 하나에 80달러씩 내게 지불하기로 약속했다. 그에게는 적지 않은 돈이지만, 그보다 더 높은 가격을 요구하는 양봉업자들도 많다. 예를 들어, 개러스 같은 사람들 말이다. 나는 개러스에 비하면 아주 싼 가격에 벌을 빌려주는 셈이다.

물론 리도 투자를 한 만큼 이익을 얻을 수 있다. 벌통 하나에는 5만여 마리의 벌들이 해가 뜰 때부터 질 때까지 열심히 일을 한다. 내 벌들은 아주 건강하고 부지런하다. 그가 불평할 이유는 하나도 없는 셈이다. 나는 그가 농장 문을 열었을 때부터 매년 봄이 되면 그를 찾았고, 내 벌들은 매년 그에게 어김없이 만족할 만한 결과를 가져다주었다.

내가 차에서 내리자 리가 환한 미소를 머금으며 다가왔다. 빼빼 마른 팔다리, 커다란 신발, 조금 짧은 듯한 바지. 지저분한 챙 모자를 쓴 그가 갸름한 손을 내밀어 내 손을 꽉 쥐고 흔들었다. 그는 한참이나 내 손을 놓지 않았다. 마치 내가 벌들을 풀어 맡은 일을 다하기 전에는 집으로 돌려보내지 않겠다는 양.

그의 손은 내 기억보다 훨씬 야위어 있었다. 그러고 보니 그 새 머리도 많이 빠진 듯했다.

나는 그의 길쭉한 말상의 얼굴을 보며 미소를 지었다. "이것 좀 보게. 그간 주름이 많이 늘었군."

그도 미소를 지으며 지지 않겠다는 듯 톡 쏘아붙였다. "자네 주름과 비교하면 이건 아무것도 아니지."

사실 메인은 매년 찾기엔 너무 멀었다. 나는 집에서 좀 더 가까운 곳을 찾아야 했지만, 지난 세월을 거치는 동안 리는 어느 새 나와 둘도 없는 친구가 되어버렸기에 봄이 되면 메인을 찾는 일은 내게 연례행사처럼 변했다. 나는 리만 아니라면 메인에 올 필요도 없다. 우리는 함께 만날 때면 언제나 기분 좋게 수다를 떨었다. 그는 벌과 양봉업에 대해 온갖 질문을 다 던졌고, 내가 매번 같은 이야기를 되풀이해도 싫증을 내는 것 같지 않았다. 나는 리가 가방끈이 긴 농부라며 자주 놀리곤 했다. 그는 오랜 대학 공부를 마치고 1990년대에 다 쓰러져가는 농장을 구입했다. 이론대로만 하면 큰 수확을 올릴 수 있다고 굳게 믿었던 그는 유기농 식품을 제조하는 데 깊은 관심을 보였다.

하지만 일은 뜻대로 되지 않았다. 시간이 흐르자, 그는 실제는 이론과는 다르다는 것을 깨닫게 되었다.

지난 몇 년 동안 그는 농장 경영 방식을 완전히 뒤바꾸어버렸다. 이젠 유기농 식품은 안중에도 없고 다른 농부들과 마찬가지 방식으로 일을 하고 있다. 그의 밭에 나가면 대형 살충제 기계도 볼 수 있다. 내가 그의 입장에 있었더라도 마찬가지였을 것이다.

나는 내 뒤에 서 있던 톰을 턱으로 가리키며 말했다.

"자네도 톰을 기억하지?"

톰이 한 발짝 나서며 깍듯하게 손을 내밀었다.

"톰! 기억하고말고! 지난번에 봤을 때보다 두 배 이상 자랐군."

톰은 리의 말에 예의 바르게 웃었다.

"올해는 아버지와 함께 왔구먼."

"예."

"학교는 어떻게 하고?"

"며칠 결석계를 냈어요."

"따지고 보면 여기도 학교라고 할 수 있어." 나는 그들의 말에 끼어들었다.

케니의 트럭이 빠져나가자 정적이 찾아들었다. 우리는 이미 벌통을 내놓은 후였다. 남아 있는 사람은 리와 톰, 나밖에 없었다. 톰은 차 안에서 책을 읽고 있었다. 아니, 잠을 자는지도 몰랐다. 하지만 톰은 오늘도 열심히 일을 했다. 책을 읽다가도 내가 시키면 두말없이 나와 성실히 일을 거들었다.

리는 장갑을 벗고 면포를 들어 올린 후, 담배에 불을 붙였다.

"이젠 기다리기만 하면 되는군. 일기예보를 봤더니 그리 나쁘지 않았어."

"잘됐어."

"장기 일기예보를 보니 앞으로 며칠 동안 비가 좀 내린다곤 했는데, 많지 않은 양이라 걱정할 필요는 없을 거야."

"비가 조금 내리는 건 괜찮아."

"그건 그렇고, 새로 울타리를 장만했어."

"그래?"

"울타리가 그놈을 막아낼 수 있기만을 바랄 뿐이야."

"나도 그러길 바라."

다시 침묵이 흘렀다. 나는 아직도 텐트를 툭툭 치던 곰의 거대한 앞발을 기억에서 떨칠 수가 없었다.

"어쨌거나 자네 생계가 달린 일이니까."

"맞는 말이야. 그건 나도 알아."

그는 무겁게 숨을 들이쉬었다.

"그쪽 사정은 어때? 톰이 자네 일을 이어받을 예정인가?"

그가 차 안에 앉아 있는 톰을 턱으로 가리키며 물었다.

"그럴 수만 있다면 좋겠어."

"톰도 그렇게 원하고 있나?"

"글쎄, 잘 모르겠어. 생각이 많은가 봐."

"그런데 자네 일을 이어받을 생각이라면 꼭 대학을 다닐 필요가 있을까? 그냥 바로 직업 전선에 뛰어들어도 좋을 텐데 말야."

"자네도 대학을 나왔잖아?"

"내 말이 바로 그 말이야."

그는 나를 보며 입가에 미소를 담았다.

벌들은 새로운 장소에 가게 되면 처음 며칠 동안은 꽤 조용하게 지낸다. 대부분 벌통 안에서 시간을 보내며 가끔 밖에 나와 확인을 해보는 게 전부다. 시간이 흐르면 벌통 밖에 나와 있는 시간도 차차 길어진다.

사흘째 되는 날, 벌들은 비로소 부산하게 움직이기 시작했다. 리는 벌통에서 50~60미터 떨어진 덤불 속에 앉아 있었다.

그는 고개를 쑥 내밀고 벌을 세느라 나를 보지 못했다.

나는 살금살금 다가가 그를 놀랬다.

"워!"

그는 화들짝 놀라 앉은 자리에서 용수철처럼 튀어 올랐다.

"앗, 젠장! 깜짝 놀랐잖아!"

나는 웃음을 터뜨렸다.

그는 두 팔을 활짝 펼치며 체념한 표정으로 말을 이었다. "자네 때문에 세고 있던 걸 잊어버렸어."

"진정해, 진정하라고. 내가 도와줄게."

"자네가 셈을 도와준다고? 그걸 나더러 어떻게 믿으란 말야? 이 벌들은 자네 벌이니 자네는 객관적일 수가 없어."

나는 그의 옆에 몸을 구부리고 앉았다.

"자네 때문에 벌들이 다 도망가잖아." 그가 미소를 지으며 말했다.

"알았어, 알았다고."

나는 자리에서 일어나 그에게서 10미터쯤 떨어진 곳으로 가서 앉았다. 1제곱미터여 반경 내에 날아 들어와 꽃에 앉는 벌을 지켜볼 작정으로 정신을 바짝 차렸다.

그곳에서도 벌을 볼 수 있었다.

꽃 위에 앉아 있던 벌 한 마리가 날개를 펴고 날아가는 모습이 눈에 들어왔다. 그와 동시에 또 다른 벌 한 마리가 꽃 위에 내려앉았다. 세 번째 벌도 마찬가지였다.

"거긴 어때?" 나는 리를 향해 소리쳤다.

"그저 그래. 두 마리 봤어. 자네는?"

"세 마리."

"정말? 괜히 부풀리고 있는 건 아니겠지?"

"셈을 못하는 건 내가 아니라 자네야."

그가 자세를 바로잡았다.

"쳇! 알았어. 아, 여기 몇 마리가 더 날아오고 있어."

나는 몸을 일으켜 그를 향해 미소를 던졌다. 1제곱미터당 평균 2.5마리의 벌을 볼 수 있다면 수분은 성공한 셈이라 할 수 있다. 바로 그 때문에 리는 마치 신들린 듯 덤불 속에 앉아 벌을 셌던 것이다. 각 제곱미터에 찾아드는 벌의 수는 그해의 수확량과 비례한다고도 할 수 있기 때문이다.

그는 두 마리의 벌을 보았고, 나는 세 마리의 벌을 보았다. 이만하면 올해의 수확량은 나쁘지 않을 것이다.

갑자기 비가 내리기 시작했다.

윌리엄

마침내 도착했다. 코널리는 마차 앞 좌석에서 일어나 짐칸으로 향했다. 거기엔 낡고 지저분한 바닥 위에 반짝반짝 빛을 내는 새 벌통들이 자리하고 있었다. 나는 벌통을 받아 들기 위해 그에게 손을 내밀었다. 대패질이 잘된 매끈매끈한 나무 재질이 손에 닿으니 기분이 좋았다. 판자 세 개를 이어 비스듬하게 처리한 지붕에선 이음새를 발견할 수 없을 정도였고, 회전식 문고리 주변을 손으로 문질러보니 조그만 파편 조각도 잡히지 않을 만큼 반드러웠다. 문고리를 돌려 문을 열자 마치 기름을 칠한 듯 소리 없이 열렸다. 안을 들여다보았더니 소광이 설계도와 한 치의 다름도 없이 정확히 배치되어 있었다. 나는 벌통에서 나는 향기로운 나무 냄새에 정신이 아득해질 정도였다. 벌통을 한 바휘 빙 둘러보며 살피니, 어느 한 군데 흠을 잡을 수 없을 만큼 완벽했다. 심지어는 한쪽 벽면에 조그만 장식이 새겨져 있는 것도 볼 수 있었다. 나는 그제야 온 동네 사람들이 왜 코널리의 솜씨에 감탄하고 칭찬하는지 알 것 같았다. 그가 만든 벌통은 한마디로 예술품이었다.

"어때요?" 코널리가 마치 어린아이처럼 순진한 표정으로 자랑스럽게 미소 지으며 물었다. "만족하십니까?"

나는 그의 작품에 너무나 감동한 나머지 아무 말도 할 수 없어 그저 고개만 끄덕였다. 그가 나의 환한 미소를 보며 내가 무슨 생각을 하고 있는지 알 수 있길 바랄 뿐이었다.

우리는 벌통을 들어 먼지가 수북한 정원에 내려놓았다. 너무나 깨끗한 새 벌통들을 더럽고 지저분한 깔개 위에 얹어놓으려니 마치 신성모독을 하는 것만 같았다.

"어디에 배치하실 건가요?" 코널리가 물었다.

"저기요."

나는 사시나무 아래를 가리키며 대답했다.

"벌은 어떻게 하실 생각입니까?"

"낡은 벌통에 있던 벌들을 새 벌통에 옮길 계획입니다. 우리가 벌통을 더 많이 제조하면 그때 벌들의 수도 늘려갈 생각이에요."

나는 그의 재보는 듯한 눈빛을 의식하고 얼른 미소를 지으며 말을 바꾸었다. "우리가 아니라 당신이……"

"예, 여기서 제가 할 수 있는 건 그 일밖에 없으니까요."

그가 몸을 돌려 짚 벌통을 바라보았다. 수천 마리의 벌들이 열심히 날갯짓을 하며 각자 맡은 일을 하고 있었다. 그 순간, 벌 한 마리가 우리를 향해 날아왔다. 코널리는 깜짝 놀라 뒷걸음질을 쳤다.

"이 벌 좀 치워주세요!"

"위험하지 않아요."

"지금 저더러 그 말씀을 믿으라고 하실 작정인가요?"

그는 자신이 한 말을 강조라도 하듯 더 뒤로 멀찍이 물러났다.

"벌통은 혼자 옮길 테니 이제 돌아가셔도 됩니다."

나는 벌통을 외바퀴 수레에 올려놓으며 코널리와 작별 인사를 나누었다. 우리는 머지않아 서로 다시 만날 일이 있다는 것을 잘 알고 있었다.

벌통은 준비가 다 되었다는 듯 나를 기다리고 있었다. 나는 경건한 마음으로 하얀 작업복을 입었다. 모자를 쓰고 장갑을 끼고 마치 결혼식장에 들어서는 신부처럼 하얀 면포를 쓴 후 외바퀴 수레를 밀며 정원 아래쪽으로 향했다. 벌통이 자리한 곳까지는 그간의 발걸음으로 어느새 평평한 오솔길이 만들어져 있었다. 나는 그 길을 걸으며 마치 교회 안으로 들어서는 듯한 경건함마저 느꼈다. 긴장감과 기대감에 배 속이 간질간질해졌다. 그날은 내게 너무도 중요한 날이었다. 내 운명을 뒤바꾸어놓을 수도 있는 날.

나는 낡은 짚 벌통들을 옆으로 밀어두고 그 자리에 새 나무 벌통을 배치했다. 햇살을 받은 새 벌통이 황금색 빛을 발산했다. 낡은 벌통은 그에 비하면 초라하고 지저분하기 짝이 없었다.

신중하고 조심스럽게 벌을 옮기기 시작했다. 여왕벌을 찾아

새 벌통에 옮겨놓으니 금방 적응하는 듯했다. 곧 일벌들과 수벌들이 여왕벌을 따라 새 벌통 안으로 들어오기 시작했다.

벌들은 나의 침착함에 큰 영향을 받은 듯했다. 자신감을 얻은 나는 장갑을 벗고 맨손으로 일을 하기 시작했다. 벌들은 나의 맨손에도 개의치 않는 것 같았다. 그들은 이제 자신들을 길들이고 통제하는 나를 순전히 받아들인 것이 틀림없었다.

앞으로 그곳에서 벌들과 함께할 시간을 떠올리니 가슴이 부풀어 올랐다. 그 누구의 방해도 받지 않고 오직 나와 벌들만이 서로를 의지하며 명상을 하고 서로를 향한 신뢰를 키워나갈 것이다.

문득 종아리 쪽에서 무언가가 움직이는 듯했다. 재빠른 날갯짓. 곧 그 뒤를 잇는 순간적인 통증.

나는 제자리에서 펄쩍 뛰며 여자처럼 가느다랗고 날카로운 비명을 질렀다. 다행히도 내 비명을 들은 이는 아무도 없었다. 나는 본능적으로 손을 들어 통증이 느껴지는 종아리 부분을 힘껏 내리쳤다.

다리를 흔들어보니 벌 한 마리가 바짓가랑이 속에서 툭 떨어졌다. 잔디 위에 등을 깔고 허공을 향해 다리를 버둥거리는 누런 벌 한 마리가 눈에 들어왔다.

종아리의 통증은 견딜 수 없을 정도로 컸다. 그 조그만 것이 이토록 큰 통증을 줄 수 있다는 게 믿어지지 않았다. 이미 숨이 끊어진 벌이긴 했지만 당장 발로 밟아 납작하게 문질러버리고 싶은 충동이 생겨났다. 하지만 벌통 안에 있는 죽은 벌의 형제자매를 떠올리니 차마 그런 짓은 할 수 없었다. 세상일은 모르는 법이니까.

나는 바짓가랑이 끝을 장화 속으로 구겨 넣었다. 다시 장갑을 끼고 벌통의 입구를 막은 다음 어깨를 쭉 펴고 심호흡을 한 후 재빨리 손을 움직이며 일을 계속했다. 벌들을 신뢰하는 것은 아직 시기상조인지도 모른다. 솔직히 나는 그간 벌들에게 나를 믿어도 된다는 확신을 준 일이 없었다. 하지만 언젠가는 벌들도 나를 신뢰하게 될 것이다. 벌들이 나를 쏘아댈 이유도 만들지 않을 것이다. 그렇게 된다면 우리는 일심동체가 될 수 있을 것이다. 언젠가는.

마침내 벌들을 새집으로 모두 옮겼다.

나는 한 발짝 뒤로 물러서서 흡족하게 벌들을 바라보았다. 새 벌통을 평가하는 것은 벌들의 몫이다. 벌들이 만족하게 받아들인다면 이제 새 벌통은 그들의 새 보금자리가 된다. 아직도 적지 않은 수의 벌들이 여왕벌을 찾아 헤매며 낡은 벌통 주변을 빙빙 돌고 있었다. 나는 낡은 벌통을 태워버리기 위해 외바퀴 수레에 얹었다. 머지않아 내게도 성공이 찾아오리라.

타오

스웨터. 바지. 속옷. 며칠이나 머물러야 할까? 일주일? 이 주일?

나는 아버지가 쓰던 낡은 가방 속에 미리 꺼내두었던 옷들을 모두 집어넣었다. 오랜 기다림 끝에 마침내 때를 만난 사람처럼 나는 허겁지겁 손을 움직였다.

하얀 울타리 안쪽을 살펴보고 집에 돌아왔던 그날 밤, 나는 잠을 이룰 수가 없어 거실을 밤새 왔다 갔다 했다. 무엇을 해야 할지 안절부절못했기 때문이 아니라 이젠 마침내 무슨 일인가를 할 수 있을 것 같다는 생각 때문이었다. 언제 걸려올지 모르는 병원에서의 전화를 기다릴 필요도, 차마 쿠안에게 못 했던 그 한 마디 말을 떠올리며 죄책감에 시달릴 필요도 없다. 그 한 마디 말은 바로 '미안하다'라는 말이었다. 나는 지금껏 그 한 마디 말을 하지 못했다. 만약에라도 내가 쿠안에게 미안하다고 말한다면 그간의 일은 빼도 박도 못하는 내 잘못이 되어버리기 때문이었다.

이제 내가 할 수 있는 단 한 가지 일을 할 참이었다.

가방을 닫고 무심코 고개를 돌리니 쿠안이 서 있었다. 찌지직 하는 지퍼 소리 탓에 그가 다가오는 소리를 듣지 못한 게 틀림없었다. 부스스한 머리의 그는 눈을 껌벅이며 나를 쳐다보고 있었다.

"베이징으로 갈 생각이야."

"뭐라고?"

그는 입을 쩍 벌렸다. 내 말 때문이었을까. 어쩌면 그는 내가 함께 가자는 말을 하지 않았기 때문에 당황했는지도 모른다. 순간, 나는 '함께' 베이징으로 가자고 말할걸 하고 후회했다. 그러나 동시에 그가 베이징으로 갈 리는 없다는 생각이 스쳤다.

"하지만 왜……"

"웨이원을 찾아야 해."

"당신은 웨이원이 어디 있는지도 모르잖아. 어느 병원에 있는지도 모르면서 어떻게……"

"그래도 가야 해."

"하지만 베이징은…… 도대체 어떻게 시작할 거야?"

비쩍 마른 그는, 그림자마저도 날카롭게 만들어냈다. 그가 이토록 살이 빠진 적은 없었다. 뼈만 남아 앙상한 그는 처량하게만 보였다.

"주소를 찾아놨어. 병원이란 병원은 모두 찾아가볼 거야."

그의 목소리가 높아졌다. "혼자서? 하지만 베이징은 혼자 여행하기엔 안전하지 않아!"

"하지만 이건 우리 아이와 관련된 일이야!"

내 목소리는 점점 더 높아졌다.

나는 그에게 눈길도 주지 않고 가방을 바닥에 내려놓았다. 등 뒤에 서 있는 쿠안은 무슨 말인가를 하려는 듯 침을 꿀꺽 삼켰지만 그의 입에선 아무 말도 나오지 않았다. 나와 함께 가려고 생각해보는 중일까?

"하지만 경비는 어떻게 지불하려고? 기차표와 호텔……"

올 것이 왔다는 생각이 들었다. 돈에 대한 질문.

"조금만 가져갈 거야." 나는 나직이 말했다.

그는 부엌으로 성큼성큼 걸어가 찬장 문을 열었다. 순간, 그의 얼굴이 경직되었다. 나를 향해 몸을 홱 돌리는 그의 눈빛은 차갑기 그지없었다. 갑자기 그가 내 손에서 가방을 휙 낚아채 지퍼를 열었다. 가장 먼저 눈에 띈 것은 돈을 모아두었던 양철통이었다.

"세상에!" 지금껏 들어본 적이 없는 그의 화난 목소리였다.

그는 가방을 바닥에 던져놓고 내게 한 발짝 다가왔다.

"타오, 당신은 아이를 찾아내지 못할 거야. 우리가 모아둔 돈을 모두 써버린다 하더라도 아이를 찾을 순 없을 거라고."

"돈을 모두 쓰진 않을 거야. 말했잖아. 조금만 쓰고 나머지는 가져오겠다고."

나는 필요도 없는 스웨터를 한 벌 더 찾아내 차곡차곡 개기 시작했다. 가능한 한 침착한 손놀림으로. 나일론 천이 손가락 사이에서 미끄러지듯 움직였다.

"시도는 해봐야 할 거 아냐." 나는 고개를 숙인 채 바닥만 바라보며 말했다. 얼른 가방을 들어 올리고 싶었지만 가방 쪽으로는 눈길도 돌리지 않고 바닥에 움푹 팬 자국만 바라보았다. 그 자국은 작년 겨울 웨이원이 장난감을 떨어뜨려 생긴 것이었다. 나는 그때 웨이원에게 화를 냈다. 우리 집엔 장난감이 그리 많지 않기 때문이었다. 바닥에 떨어진 장난감 말의 다리 한쪽이 부러지자 아이는 소리를 지르며 울었다.

"하지만 모아두었던 돈이 바닥나면…… 그건 우리가 3년이나 모은 돈인데…… 그만큼의 돈을 다시 모으려면 우린 나이가 들어버릴 거고…… 만약에 그 돈을 다 써버리면, 우린…… 우린……"

그는 말을 잇지 못한 채 제자리에 우두커니 서 있기만 했다. 그와 나 사이에는 양철 저금통이 든 가방이 자리하고 있었다.

"그러면 모든 희망이 사라져." 마침내 그가 말을 맺었다. "베이징으로 가는 건 절대 도움이 되지 않아."

"그렇다면 여기 가만히 앉아 있는 건 도움이 된다고 생각해?"

그는 대답하지 않았다. 내 말엔 대꾸를 할 마음도 없는 것 같았다. 그는 모든 것이 내 책임이라는 말을 하고 싶었을지도 모른다. 웨이원이 사라진 일. 그리고 이젠 둘째를 낳을 수 있는 기회마저 사라질지도 모른다는 사실.

나는 고개를 돌려버렸다. 그를 차마 바라볼 수가 없었다. 모든 것이 내 책임이라는 생각은 하고 싶지도 않았다. 내 책임. 내 잘못. 나는 내 잘못이 있는 만큼 그의 잘못도 있다고 애써 생각을 돌렸다. 우리는 그날 집에 머무를 수도 있었다. 집에서 책을 읽으며 아이에게 숫자를 가르쳐줄 수도 있었다. 하지만 밖에 나가자고 했던 사람은 바로 쿠안이었다. 그러니 그에게도 책임이 없다고는 할 수 없다. 그간의 일에 대해서 책임을 져야 할 사람은 내가 아니라 우리였다.

우리의 책임.

"같이 가."

그는 대답하지 않았다.

"함께 가자고."

나는 용기를 내어 그를 바라보았다. 그가 화를 내고 있을까? 그가 나와 시선을 마주쳤다. 아니, 그는 화를 내고 있지 않았다. 오히려 그의 눈빛은 말할 수 없는 슬픔으로 가득 차 있었다.

그는 천천히 고개를 저었다.

"나는 여기 있는 게 나아. 병원에서 전화가 올지도 모르잖아. 게다가 우리가 함께 베이징으로 간다면 경비도 훨씬 더 많이 들 거야."

"돈을 다 쓰진 않을게." 나는 나직이 말을 이었다. "정말이야. 돈을 다 쓰진 않을게. 약속할게."

나는 얼른 가방을 내 곁으로 끌어당기고, 스웨터로 양철통을 덮은 후 지퍼를 닫았다. 그는 나를 막지 않았다.

나는 가방을 들고 현관으로 가서 외투를 찾았다. 그가 현관까지 따라 나왔다.

"지금 당장 가려고?"

"기차는 하루에 한 번밖에 다니지 않으니까."

우리는 한동안 말없이 제자리에 서 있었다. 그의 눈길은 내게서 떨어질 줄을 몰랐다. 그는 내가 잘못을 인정하기를 기다리고 있는 걸까? 그렇게 하면 일이 쉬워진다고 생각하는 걸까? 내가 잘못했다고 말하면 정말 그의 마음이 가벼워질까? 내가 정말 그 말을 하기를 바라는 걸까?

나는 한 마디도 할 수 없었다. 나는 모든 것이 내 책임이라는 말을 하는 순간부터 내 삶이 구렁텅이로 떨어지리라는 것을 잘 알고 있었다. 하지만 순식간에 생각이 바뀌었다. 그날 쿠안이 밖으로 나가자는 말을 하지만 않았더라도 우리가 이렇게 말없이 현관에 서 있는 일은 일어나지 않았을 것이다. 그날 밖으로 나가지만 않았어도 웨이원이 사라질 일은 없었을 텐데……

나는 외투를 걸치고 신발을 신었다. 가방을 들고 문으로 향하던 나는 뒤를 돌아보며 쿠안에게 작별 인사를 건넸다.

"잘 있어."

그가 한 발짝 내게 다가왔다. 내게서 가방을 뺏으려는 걸까? 아니, 그는 내게 포옹을 건네려던 참이었다. 나는 얼른 몸을 돌려 손잡이에 손을 얹었다. 그의 몸과 부딪칠 생각을 하니 숨이 막힐 것만 같았다. 내 뺨에 맞부딪쳐 오는 그의 뺨, 내 목에 다가오는 그의 입술. 어쩌면 그는 나의 의지와는 상관없이 내 감정에 호소하려 들지도 모른다. 하지만 나는 그의 피부와 내 피부가 맞닿을 생각을 하니 구역질이 날 것만 같았다. 문득, 그가 여전히 나를 필요로 하는지 궁금해졌다. 알 수 없었다. 알고 싶지도 않았다.

기차에 자리를 잡고 앉은 후에도 나는 가쁜 숨을 몰아쉬었다. 나는 낡은 좌석 등받이에 등과 머리를 기댄 후 창밖을 내다보았다. 집과 사람들과 나무와 작업장. 이제 나는 그런 것들에는 아무 관심도 없었다. 기차가 속력을 내자 가로수들은 그림자처럼 휙휙 지나갔다. 그날 밤, 기차는 1,800킬로미터를 달릴 예정이었다. 물론 검문을 하는 기차역도 적지 않았기에 시간이 얼마나 걸릴지는 알 수 없었다.

내게 익숙해 있던 세상은 등 뒤로 사라졌다. 북쪽으로 갈수록 창밖의 풍경도 조금씩 변해갔다. 과일나무들이 줄지어 서 있던 평평한 땅은 비스듬한 계단식 논으로 변했고, 더 북쪽으로 가니 벌거벗은 산등성이가 뒤를 이었다. 산을 넘어 아래로 내려오자 황폐한 들판이 보이기 시작했다. 나무라곤 한 그루도 없는 바짝 마른 땅은 수십 킬로미터나 계속되었다. 나는 창에서 눈을 떼었다. 볼 것이라곤 아무것도 없었다.

나는 베이징에 가본 적이 단 한 번밖에 없다. 아주 어릴 때 친구분을 만나러 가는 부모님을 따라갔던 것으로 기억한다. 크고 널찍한 도로를 달리던 몇 대 안 되는 자동차들. 먼지 묻은 거리를 바쁘게 움직이는 사람들. 귀가 멍멍할 정도의 소음. 그곳에서는 내가 평생 보았던 것보다 훨씬 많은 사람들을 한눈에 볼 수 있었다. 베이징으로 가던 기차는 그때나 지금이나 달라진 것이 없었다. 내가 태어난 이후, 기술의 발전이라곤 거의 이루어지지 않았던 것이다. 어느 누구도 개발과 혁신에 시간을 투자할 수 없어서였다.

잠이 쏟아졌다. 비몽사몽간에 꾸었던 여러 개의 꿈은 서로 오버랩이 되어 분간을 할 수 없을 정도였다. 꿈속에서 나는 베이징에 도착해 웨이원에게로 나를 인도해줄 사람을 만났다. 그중 하나는 호텔 직원이었다. 그는 웨이원이 어디 있는지 알고 있다며 나를 비좁고 지저분한 골목으로 데려갔다. 우리는 함께 달렸다. 길을 가던 사람들에게 부딪친 나는, 앞서 뛰어가던 그를 시야에서 놓쳐버렸다. 우여곡절 끝에 다시 그를 찾았지만 그는 내 팔을 뿌리치고 도망가버렸다. 나는 숨을 헐떡이며 잠에서 깼다. 다시 졸음이 밀려들었다. 이번엔 한 상점 여직원이 나를 웨이원에게 데려다주겠다고 나섰다. 하지만 다시 같은 일이 일어났다. 그녀는 양쪽에 고층 건물이 가득한 길로 나를 인도했다. 햇살을 가린 고층 건물들 때문에 거리는 컴컴했고, 구걸하는 노숙자들은 수시로 우리 앞길을 가로막았다. 그녀는 너무도 빨리 달렸기에 얼마 지나지 않아 나는 그녀를 놓쳐버렸다. 발을 멈추고 멍하니 서 있던 나는, 웨이원을 볼 수 있는 단 한 번의 기회를 잃어버렸다는 생각에 절망했다.

이어지는 꿈속에서, 나는 한 낯선 정원에 서 있었다. 가든파티가 열리는 곳이었다. 그건 꿈일까, 기억일까? 무더운 여름날이었기에 나는 얇은 원피스를 입고 있었다. 나는 꿈속에서 조그만 어린아이에 지나지 않았다. 우리는 케이크를 먹고, 인공 달걀 대용물과 기름이 조금 들어간 텁텁한 비스킷을 먹었다. 맹맹한 물 같은 주스를 마셨지만 더워서 땀을 흘리고 있던 나는 그것마저도 좋았다. 얼음처럼 차가운 주스를 목구멍으로 넘기니 살 것 같았다.

몇몇 여자아이들이 둥그렇게 원을 그리며 함께 춤을 추고 있었다. 정원을 채우는 노랫소리가 점점 높아졌다. 어떤 아이들은 정확한 가락으로 힘차게 노래를 불렀지만, 음정과 박자를 맞추지 못하는 아이들도 적지 않았다. 아이들이 함께 노래를 부를 때면 으레 있는 일이었다. 나는 그늘에 앉아 그들을 바라보았다.

케이크를 담은 접시가 비어가고 있었다. 어떤 아이들은 자기 몫보다 훨씬 많은 양을 먹었다. 다이위도 그중의 한 명이었다. 그녀는 나와 한 반에서 공부하던, 눈이 움푹 들어간 여자아이였다. 머리띠를 하고, 하늘색 재킷과 같은 색의 반바지를 입은 다이위의 새 신발은 햇살을 받아 반짝반짝 빛을 반사해냈다. 그녀는 케이크를 크게 한 조각 덜어 자신의 접시 위로 옮겨 담았다. 곧 그녀는 포크와 접시를 들고 자신의 부모 옆으로 가서 앉았다.

또 다른 아이가 케이크 앞으로 다가왔다. 남자아이였다. 웨이원. 나의 아들 웨이원. 웨이원이 여긴 왜 왔을까?

웨이원도 케이크를 한 조각 가져갔다. 다이위의 케이크보다 훨씬 큰 조각이었다.

곧 웨이원은 어디론가 사라졌다.

나는 웨이원이 케이크를 먹으면 안 된다고 생각했다. 그 케이크를 먹으면 안 돼.

하지만 아이는 케이크를 들고 사람들의 무리 속으로 자취를 감추었다. 잠시 후 아이를 발견한 나는 아이가 케이크를 먹지 못하게 막아야 한다고 생각했다. 꿈속에서 나는 어느새 어른이 되어 있었다. 나는 사람들을 헤치고 웨이원에게 다가갔다. 그러나 아이는 다시 자취를 감추어버렸다. 정원에 모여든 사람들은 점점 많아지기 시작했다.

빨간 스카프를 두른 웨이원은 내게서 너무나 멀리 떨어져 있었다.

아이는 나타났다 사라지기를 수없이 되풀이했다.

기차가 어두침침하고 낡은 역에 들어설 무렵, 나는 잠을 깼다. 베이징.

조지

우리는 모텔 방에 함께 투숙했다. 연노란색 벽지와 여기저기 얼룩이 묻어 있는 카펫이 깔린 방에는 좀약과 곰팡이 냄새로 가득했다.

창밖에는 폭포수처럼 비가 내리고 있었다. 상쾌한 흙냄새와 지저귀는 새소리를 들을 수 있는 가볍고 부드러운 빗소리와는 거리가 멀었다. 닷새 동안 쉬지 않고 내리는 비를 보며, 나는 하늘이 내게 노아의 방주를 건조하라는 계시를 내리는 것이 아닌지 궁금해졌다.

톰은 다음 날 떠날 예정이었다. 그는 책에 코를 파묻고 형광펜으로 책에 줄을 긋고 있었다. 방 안에 들리는 소리라곤 형광펜이 종이 위를 스치는 소리밖에 없었다. 그 소리는 너무나 자주 들려왔기에 나는 톰이 책에 적힌 글자란 글자는 모두 형광펜으로 덮어버릴 작정을 했다고 생각했다.

비가 오니 어디 갈 데도 없었다. 스위트룸을 얻었기에 공간은 넉넉할 줄로만 알았다. 하지만 그곳에 있다 보니 방이 점점 줄어드는 것만 같았다. 방에는 창이라곤 단 하나밖에 없었고, 그것은 뒷길을 향해 나 있었다. 방을 꽉 채운 두 개의 퀸 사이즈 침대 때문에 답답해졌다. 나는 벽에 붙어 있는 침대로 가서 꽃무늬가 그려진 침대 덮개를 깔고 앉았다. 꽃이 활짝 핀 강가에 서 있는 여인과 보트가 그려진 그림은 싫증이 날 정도로 보았다. 액자 유리에는 거뭇거뭇한 지문이 여기저기 찍혀 있었다. 톰은 창가의 탁자 앞에 앉아 책을 읽었다. 탁자 위에는 톰의 책들로 빈틈이 없을 정도였다. 의자 옆에도 책과 학용품으로 가득한 가방이 자리하고 있었다.

그는 다른 할 일이라곤 찾아볼 수 없다는 듯 대부분의 시간을 책을 읽으며 보냈다. 하기야 비 때문에 할 일을 찾기도 쉽지 않았다. 그럼에도 나는 책만 읽는 톰이 그다지 마음에 들지 않았다. 톰은 주변의 일에는 아무 관심도 보이지 않았다. 그는 벌들은 물론, 폭포수처럼 내리는 비에도 무덤덤하기만 했다. 나는 톰이 차라리 짜증을 내고, 소리를 쳤으면 좋겠다고 생각했다. 그러나 톰은 묵묵히 책만 읽었고, 두꺼운 형광펜으로 책에 색칠만 해댔다. 분홍색, 노란색, 초록색 등. 보아하니 톰은 자신만의 체계를 확립해두고 있는 듯했다. 그는 책머리에 놓아둔 서로 다른 색의 형광펜을 차례차례 돌아가며 사용했다.

갑자기 들리는 전화벨 소리에 나는 깜짝 놀라 자리에서 벌떡 일어났다. 리의 번호였다.

"여보세요?"

"뭐 해?"

"아무것도."

"다른 일기예보를 확인해봤어." 리가 말을 이었다. "오후에 날이 갠다고 하더군."

"다른 다섯 개의 일기예보는 어땠어?"

"계속 비가 내린다고 했어." 그의 목소리는 무덤덤했다.

"우리 마음대로 할 수 있는 일이 아니니 어쩔 수 없지, 뭐."

"그런데…… 그런데 자네 말이야, 여기 며칠 더 머무르면 안 될까?"

우리는 이미 여기에 대해 이야기를 나눈 적이 있었다. 하지만 그가 이토록 직접적으로 물어온 것은 이번이 처음이었다.

"난 벌써 내일 트럭과 인부들을 돌려보내겠다고 약속했는걸."

"그렇다면 할 수 없지……"

그는 아무 말도 하지 않았다. 이미 결정된 일을 되돌릴 수 없다는 것을 그도 잘 알고 있었던 것이다.

"비는 금방 그칠 거야." 나는 내 어머니 말투를 흉내 냈다.

"응."

"하루 이틀 정도는 괜찮아. 그 정도라면 그다지 큰 영향을 주진 않을 테니까."

"맞아."

우리는 침묵을 지켰다. 창밖에선 비 내리는 소리와, 웅덩이 위를 지나가는 차바퀴 소리가 들려왔다.

"혼자라도 가볼 생각이야. 지금 당장." 리가 불쑥 말을 꺼냈다.

"정말?"

"가만히 앉아 있을 수가 없어서 그래. 가서 확인이라도 해보려고."

"난 오늘 아침에 가봤어. 벌들은 모두 벌통 안에 있더군. 아무 일도 없었어."

"그래도……"

"알았어. 자네가 하고 싶은 대로 해. 그 벌들은 자네 것이니까."

그는 나직이 웃음을 터뜨렸지만, 그 웃음 속에는 만족감이나 기쁨이라곤 전혀 찾아볼 수 없었다.

전화를 끊자 톰이 책에서 고개를 들었다.

"아버지, 왜 사실대로 말씀을 안 하셨어요?"

"무슨 말이니?"

"리 아저씨가 큰 타격을 받을 것이 분명한데 왜 솔직하게 말씀을 하지 않으셨나요?"

"음……"

"리 아저씨는 성인이니 진실을 말해줘도 얼마든지 견뎌낼 수 있어요."

톰은 단호한 손동작으로 형광펜의 뚜껑을 닫았다. 톡. 그의 움직임을 보니 가슴이 답답해졌다. 어딘가를 마구 긁고 싶었지만 어디를 긁어야 할지 알 수 없었다. 게다가 그의 말투란…… 그는 마치 오십 줄에 접어든 교수처럼 말하고 있었다.

"나는 네가 책을 읽고 있는 줄로만 알았는데?"

"다 읽었어요."

"그렇다고 내 전화 통화를 엿듣다니!"

"하지만 아버지! 우린 3미터밖에 안 되는 곳에 앉아 있다고요!"

"그런데 갑자기 네 의견을 내세우는 이유는 뭐냐?"

"예?"

짜증이 솟아나 온몸이 더 간질거렸다. 나는 가만히 앉아 있을 수가 없었다.

"예?" 나는 톰의 말투를 흉내 냈다. "여기 온 지 일주일이나 지났어. 그런데 이제 와서 갑자기 일에 관심을 보이는 이유가 뭐냐고?"

톰이 자리에서 벌떡 일어났다. 그는 나보다 훨씬 키가 컸다.

"갑자기 관심을 보인다고요? 저는 여기 오자마자 기회가 주어질 때마다 열심히 일했어요. 아버지보다도 더 많은 땀을 흘렸다고요. 그건 아버지도 잘 아시잖아요."

"하지만 네게선 이 일을 진정으로 하고 싶어 하는 열정을 찾아볼 수가 없어."

나는 톰에게 한 발짝 다가갔다. 그는 멈칫하며 본능적으로 한 발짝 뒤로 물러서더니, 갑자기 생각을 고쳐먹은 듯 두 다리에 힘을 주고 서서 어깨를 쭉 폈다.

"저는 단 한 번도 이 일에 관심이 있다고 말한 적이 없어요. 저를 여기 데려온 사람도 아버지였잖아요. 기억하세요?"

"그렇지. 그건 잊어버리기가 쉽지 않구나."

톰은 나를 빤히 바라보며 침묵을 지켰다. 나는 그가 무슨 생각을 하고 있는지 궁금해 죽을 지경이었다.

갑자기 톰이 주제를 바꾸었다. "아버지, 지미와 릭은 어떤가요? 그들이 어떤 사람인지 묘사해주실 수 있나요?"

"뭐?"

"그들이 어떤 사람인지 제게 설명을 해주실 수 있느냐고요."

"지미와 릭? 네가 언제부터 그 친구들에게 관심이 있었다고?"

"지미와 릭에게 관심이 있어서 그런 건 아니에요. 저는 단지 아버지의 눈에 그들이 어떤 사람으로 보이는지 이야기를 해달라고 부탁했을 뿐이에요. 아버진 그들에 대해서 잘 알고 계시잖아요?"

나는 영문을 몰라 톰을 멍청하게 바라보기만 했다.

"저도 지미와 릭에 대해선 꽤 많이 알고 있어요. 모두 아버지를 통해서 들은 이야기 때문이죠. 리 아저씨에 대해서도 마찬가지예요. 저는 그들이 무엇을 좋아하고, 여가 시간엔 무엇을 하는지, 심지어는 그들이 무엇을 두려워하는지에 대해서도 알고 있어요. 그건 모두 아버지가 이야기를 해주셨기 때문이에요." 톰의 목소리는 조금 전보다 훨씬 나직하고 부드러웠다. "예를 들어, 릭이 멀리 있는 애인을 그리워한다는 것. 그리고 지미는…… 아버지의 등 뒤에서 다른 양봉업자를 위해 몰래 일을 하고 있는지도 모른다는 아버지의 말씀을 들은 적이 있어요."

나는 지미에 관한 이야기를 해주고 싶었지만 무슨 말을 꺼내야 할지 확신할 수가 없었다. 왜냐하면 그 대화는 지미와 릭과는 직접적으로 관계가 없는 것이었기 때문이다. 나는 톰이 이런 말을 꺼낸 목적이 있을 것이라 짐작했으나, 그게 무엇인지는 알 수 없었다. 톰은 나의 뇌를 작은 깡통 속에 넣어두고 마구 흔들어대는 중이었다. 적어도 내 느낌은 그랬다.

"아버진 저를 어떻게 묘사하실 수 있나요?"

"너?"

"예. 제가 뭘 좋아하는지, 제가 뭘 잘하는지, 제가 뭘 두려워하는지 알고 계시나요?"

"너는 내 아들이잖아."

그는 한숨을 내쉬며 엷은 미소를 지었다. 그 미소 속에는 나를 향한 경멸이 보이는 것도 같았다.

곧 그는 내게서 시선을 떼고 책을 넣어놓은 가방을 향해 발을 옮겼다.

"특별히 할 일이 없다면 이젠 역사 과목을 살펴볼까 해요."

톰은 짙은 청색의 두꺼운 책 한 권을 꺼냈다. 책 표지에는 '빅벤'*이 그려져 있었다.

그는 의자를 돌려 앉았다. 나는 그의 등밖에 볼 수 없었다.

문득, 내게도 읽을 만한 두꺼운 책이 있으면 좋겠다는 생각이 스쳤다. 돌려 앉을 수 있는 의자도 있다면 얼마나 좋을까. 아니, 그보다는 뭔가 진정으로 현명한 말 한 마디를 떠올릴 수 있다면 좋겠다는 바람이 더 컸다. 톰은 내게서 말을 앗아 가버렸고, 내게 남은 건 억제할 수 없는 짜증과 원인 모를 근지러움뿐이었다.

한 시간, 아니 한 시간 반 정도 지나자 비가 그쳤다. 하늘은 그

* 영국 런던에 있는 국회의사당의 고딕 양식 시계탑에 딸린 대형 시계.

리 푸르진 않았지만, 적어도 지난 며칠 동안의 우중충한 회색빛은 사라지고 없었다. 리가 확인한 여섯 번째 일기예보가 적중한 것 같았다.

톰이 책을 내려놓고 자리에서 일어나 재킷을 입었다. "잠시 산책을 다녀올까 해요."

"차는 놔둬."

"예."

"내가 쓸 일이 있을지도 모르니까."

"예, 차는 쓸 생각이 없어요."

"좋아."

톰이 문을 열고 나서려는 찰나, 전화벨이 울렸다. 리였다. 그는 우리에게 지금 당장 나오라고 했다.

타오

나는 기차역 옆에 있는 낡고 텅 빈 값싼 호텔에 묵었다. 길 건너편에는 간단하고 저렴한 음식을 파는 식당이 있었다. 나는 그곳으로 가서 따스한 식사를 할 생각이었다. 물론 내겐 매일 그곳에서 음식을 사 먹을 만한 경제적 여유가 없었다. 일주일 이상 베이징에 머물면 돈이 바닥날 것이기 때문이었다. 하지만 하루쯤은 괜찮다고 생각했다. 솔직히 얼마나 오래 베이징에 머무르게 될지 짐작할 수조차 없었다. 하지만 나는 웨이원을 찾기 전에는 베이징을 떠나지 않겠다고 마음먹었다.

젊은 청년이 내 앞에 접시를 올려두었다. 볶음밥 한 그릇. 가족이 경영하는 그 식당에서는 그것밖에 팔지 않았다. 서빙을 하던 청년은 주방에서 음식을 만드는 사람이 자신의 아버지라고 소개했다. 식당의 직원이라곤 아버지와 아들, 두 사람밖에 없었다.

손님은 나뿐이었다. 거리에도 사람들의 모습은 보이지 않았다. 내 기억 속의 베이징과는 너무나 달랐다. 시끌벅적하고 생기 넘치던 도시는 온데간데없이 사라져버렸다. 도로와 건물들은 텅 비어 있었다. 사람이 사는 도시 같지 않았다. 나는 베이징에 살던 시민들이 강제 이주를 당했다는 이야기를 들은 적이 있다. 나라에서는 농촌의 부족한 일손을 메꾸기 위해 도시 사람들을 강제로 이주시켰던 것이다. 그렇긴 하지만 이토록 도시가 텅텅 비어 있을 줄은 상상도 못 했던 게 사실이다. 발전을 거듭해 번영의 정점에 이르렀던 도시는 이제 내리막길로 치닫고 있었다. 마치 죽음을 앞둔 노인처럼 도시는 정적 속에 남겨졌고 하루하루 느려지는 삶의 속도를 당연하게 받아들이고 있었다. 불이 켜진 곳은 호텔 맞은편에 있는 식당뿐이었다. 그 외의 다른 곳은 황폐하기 그지없었다.

나는 식탁 앞으로 의자를 바짝 당겨 앉았다. 바닥을 스치는 의자 다리 소리가 빈 식당 안에 날카롭게 울려 퍼졌다. 음식을 날라 온 청년은 식탁 옆에 서서 내가 음식을 먹는 모습을 지켜보았다. 그는 열여덟 살도 채 되지 않은 듯 아주 어려 보였다. 호리호리한 몸, 조금 긴 듯한 머리, 그리고 긴 팔다리. 학교에서라면 여자아이들의 관심을 한 몸에 받을 수 있을 것 같은 젊은이였다. 굳이 꾸미려고 노력을 하지 않아도 하늘이 준 조그만 여분의 선물로 인해 인기를 얻는 데는 문제가 없을 것 같은 청년. 그는 식당에 홀로 서서 손님 시중을 들기보다는 친구들과 함께 어울려 지내는 것이 더 어울릴 것 같은 사람이었다.

그는 내 눈길을 의식했는지 당황한 듯 두 손을 등 뒤로 돌려 뒷짐을 졌다.

"맛은 어떤가요?"

"아주 좋아요. 고마워요."

"메뉴에 있는 음식을 만들어드릴 수 없어서 정말 죄송합니다."

"괜찮아요. 어차피 비싼 음식을 사 먹을 돈도 없는걸요." 나는 미소를 지으며 말했다.

그는 우리가 같은 처지에 있다는 사실에 마음이 놓였는지 안도감이 섞인 미소를 되돌려주었다.

"평소에도 이렇게 손님이 없나요?"

그가 고개를 끄덕였다. "지난 몇 년 동안은 찾아오는 손님이 거의 없었어요."

"그러면 어떻게 생계를 꾸려가나요?"

그는 어깨를 으쓱 추켜 보였다. "가끔, 아주 가끔 손님이 올 때도 있어요. 하지만 그걸론 부족해서 가지고 있던 걸 팔아야만 했어요." 그는 주방 쪽을 턱으로 가리키며 말을 이었다. 그의 아버지는 설거지를 하려는 참이었다. "품질 좋은 칼과 고기 저미는 기계, 냄비와 대형 오븐을 모두 팔아야만 했죠. 그래서 앞으로 얼마간은 견딜 수 있을 것 같아요. 아마 11월까지는 견딜 수 있을 것 같지만……"

그는 말을 멈추었다. 분명 나와 같은 생각을 하고 있으리라. 그렇다면 그다음엔 어떻게 살아갈 계획일까?

"그런데 왜 아직까지 여기 남아 계시나요?"

그는 보이지 않는 먼지들을 훔치기라도 하듯 손가락으로 식탁 위를 쓱쓱 문질렀다.

"모두들 강제로 이 도시를 떠나야만 했을 때, 저희는 불행 중 다행으로 이곳에 남아 있을 수 있었답니다. 저희 식당이 아주 오랜 역사를 지닌 곳이기 때문에 지켜야 할 가치가 있다는 결정이 내려진 덕분이었죠. 그 허가를 받기 위해 아버지가 몇 달 동안이나 동분서주하며 노력했던 덕도 없지 않지만요." 그는 돌돌 만 행주를 손으로 꾹 쥐며 말을 이었다. "우리가 여기 남아 있어도 된다는 결정이 내려졌을 때, 저는 얼마나 기뻤는지 몰라요."

"지금도 그렇게 생각하나요?"

그는 시선을 다른 곳으로 옮겼다.

"때를 놓쳤다고 생각해요. 지금은 너무 늦었어요. 이곳을 떠나기엔……"

그는 뻣뻣한 머리카락을 살짝 잡아당겼다. 나는 그를 보며 웨이원을 떠올렸다. 그는 너무나 어려 보였다. 어쩌면 내가 생각했던 것보다 훨씬 더 어릴지도 모른다. 열너덧 살 정도? 정말 그렇다면 한창 클 나이기도 하다.

나는 접시를 그의 앞으로 밀어주었다.

"이걸 먹어요. 나는 이미 배부르게 잘 먹었으니까."

"아닙니다." 그가 당황한 눈빛으로 나를 바라보며 말했다. "손님께서는 이 음식에 대한 대가를 이미 지불하셨어요."

"배가 불러서 그래요."

나는 그에게 젓가락도 밀어주었다.

"자, 여기. 여기 앉아서 먹어요."

그는 주방에 있는 아버지를 향해 곁눈질을 했지만, 아버지는 식당 쪽으로는 관심도 없는 듯 눈길을 주지 않았다. 청년은 재빨리 의자에 앉아 젓가락을 쥐었다. 마치 배고픈 강아지처럼 허겁지겁 음식을 먹는 그를 보니 게걸스럽게 자두를 먹던 웨이원이 떠올랐다. 그가 갑자기 음식을 먹다 말고 나를 바라보았다. 아마도 내가 계속 빤히 바라보고 있는 바람에 민망했던 것이 틀림없었다. 나는 그를 향해 얼른 먹으라며 미소를 지어 보였다. 그는 다시 음식을 먹기 시작했다. 이번에는 천천히 젓가락질을 하려고 꽤 신경을 쓰는 듯한 모습이었다.

나는 그가 혼자서 편하게 음식을 먹을 수 있도록 자리에서 일어났다.

그러자 그도 나를 따라 의자에서 몸을 일으켰다.

"그냥 앉아 있어요."

나는 문을 향해 걸어가며 말했다.

"예." 그가 선 채로 잠시 망설이더니 말을 바꾸었다. "아니에요."

그가 나를 향해 걸어왔다.

나는 문을 열며 청년을 돌아보았다. 청년이 왜 갑자기 마음을 바꾸었는지 궁금했다.

"어디 사세요?"

"저기." 나는 길 건너편의 호텔을 가리켰다.

그는 내 곁으로 다가와 길을 바라보았다. 길은 자동차와 사람은 물론, 생명체라곤 그림자도 볼 수 없을 정도로 텅 비어 있었다.

"건물 안으로 들어가실 때까지 제가 여기서 지켜보고 있겠습니다."

"뭐라고요?"

"여기 서서 계속 지켜보고 있을 테니 걱정 마시라고요."

젊은 청년의 얼굴에 책임감 가득한 표정이 떠올랐다.

"고마워요."

나는 문을 열고 나와 걷기 시작했다. 거리는 죽어 있었다. 여기저기 습기 찬 곰팡이 냄새가 났고, 먼지가 자욱해 숨을 쉬기가 힘들었다. 껍질뿐인 도시. 쓰러져가는 건물들. 대형 화면에선 도시 안내 영상이 돌아가고 있었다. 자세히 보니 앞부분 10초 동안의 분량만 연이어 반복됐다. 최고 지도자인 리 샤라가 연설을 하는 장면이었다. 분명 동지 의식과 협동 의식에 대한 것일 테지만, 그 내용은 들을 수가 없었다. 스피커가 고장 났기 때문이었다. 거리에는 셔터를 내린 가게들이 즐비했다. 깨진 창문들, 회색빛의 그림자들. 도시의 모든 것들은 모두 안개 속에 파묻혀 버린 듯 색깔을 지니고 있지 않았다. 그곳에 남아 있는 것이라곤 거대하고 묵직한 정적뿐이었다.

나는 길을 건넌 후 식당 쪽을 돌아보았다. 청년은 아직도 그 자리에 서서 나를 지켜보고 있었다. 그는 얼른 호텔로 들어가라는 듯 내게 고갯짓을 했다.

조지

리는 벌통 앞에 서서 어질러진 것들을 치워보려 애를 쓰고 있었다. 비록 작업복과 모자, 면포 등으로 온몸을 가리고 있긴 했지만, 나는 그가 절망에 빠져 있다는 것을 볼 수 있었다. 바닥에는 세 개의 벌통이 뒤집힌 채 떨어져 있었다. 집을 잃어버린 벌들은 성난 날갯짓을 하며 비 온 뒤의 습기 찬 허공을 떼 지어 맴돌았다.

"아얏!"

그가 갑자기 비명을 지르며 한 손을 목으로 가져갔다.

"빈틈이 있는지 확인을 했어야지." 나는 벌어져 있던 그의 면포를 바로잡아주었다. 작업복 안에 있을 죽은 벌은 일이 끝나고 나서 끄집어내도 될 일이었다.

그는 혼잣말처럼 욕을 내뱉었다. 나는 그의 눈에 맺힌 눈물을 볼 수 있었다. 벌에게 쏘였기 때문일까. 아니, 어쩌면 그 눈물은 내가 오기 전부터 맺혀 있던 것인지도 몰랐다.

"전기 울타리만 있으면 충분할 줄 알았는데……" 그가 나직이 중얼거렸다.

"한번 꿀맛을 보게 되면 그놈을 막아내는 건 거의 불가능해."

문득 톰이 나를 뚫어지게 바라보고 있다는 것을 느꼈다.

"아버진 여기서 더 이상 곰을 찾아볼 수 없다고 말씀하셨잖아요?"

나는 톰의 눈을 마주 볼 수가 없었다. 그런 질문은 듣고 싶지 않았다. 그래서 나는 얼른 벌통을 집어 올려 속을 살펴보았다. 벌통 안에는 부서진 곳이 거의 없었다.

"거기…… 그것 좀 줘 봐." 나는 조금 떨어진 곳에 내동댕이쳐져 있는 초석 틀 하나를 가리키며 말했다.

톰은 내게서 눈을 떼지 않은 채 초석 틀로 다가가 집어 든 다음 내게 건네주었다. 톰이 손을 떨고 있는 것을 본 나는 고개를 들어 그의 얼굴을 바라보았다. 두 눈은 그때 보았던 두 눈과 마찬가지로 두려움에 질려 있었다. 모텔 방에서의 교수 같던 모습은 온데간데없었다. 내 앞에 서 있는 톰은 작은 소년에 불과했다.

"가까운 곳에 있나요?" 톰이 나직하게 물었다.

나는 아이의 얼굴에서 눈을 떼지 않은 채 초석 틀을 받아 들었다. "아냐, 지금은 아주 멀리 도망갔을 거야."

그는 여전히 겁에 질린 눈으로 나를 바라보며 서 있었다.

나는 그의 어깨에 손을 올렸다. 평소엔 잘하지 않는 행동이었다.

"톰, 지금 상황은 그때와는 많이 달라. 곰이 벌통을 건드리는 일은 매년 있는 일이지만, 난 지금까지 내 눈으로 곰을 직접 본 적이 단 한 번도 없어. 매년 이곳으로 오는데도 말이야. 곰은 꿀에만 관심이 있지, 인간에겐 아무 관심도 없어. 리만 불쌍하게 되었어. 벌들의 도움은 거의 받지 못한 데다 돈은 돈대로 지불해야 되니 말이야."

그는 고개를 끄덕였지만, 내 손에서 벗어나려 하진 않았다.

"바로 그 때문에 우리가 모텔에 묵었던 거야. 텐트가 아니라."

톰은 다시 고개를 끄덕였다. 나는 그의 어깨를 잡고 있던 손에 힘을 주었다. 톰이 아직도 나를 필요로 한다는 것을 깨달은 나는, 톰을 품에 안고 싶었다. 그 순간, 리가 돌아왔다.

"벌통 세 개면…… 240달러지?"

나는 톰의 어깨를 놓아주고 리를 향해 고개를 끄덕였다. 순간 면포 너머로 절망에 가득 찬 리의 눈동자가 보였다.

"아냐, 200달러만 줘."

"하지만 조지……"

"구시렁거리지 말고 그렇게 하자고. 나머지 돈은 내게 빌린 셈 치면 되잖아."

리는 고개를 돌린 후 침을 꿀꺽 삼켰다. 하지만 톰은 여전히 나를 뚫어지게 바라보고 있었다. 톰은 아무 말도 하지 않았지만, 나는 그의 눈빛을 보며 그가 무슨 말을 하고 있는지 알 수 있었다. 그리고 그가 무엇을 기억하고 있는지도.

그 일은 내가 벌통을 들고 수분 작업을 위해 리를 찾았던 첫

해에 일어났다. 당시 내겐 조그만 픽업트럭 한 대밖에 없었기 때문에 나는 벌통을 세 개밖에 가져가지 못했다. 나는 그 일을 일종의 실험으로 간주했다. 만약 일이 잘되면 수분 작업을 소규모로나마 확장해볼 생각이었고, 그렇지 않다면 휴가 여행을 가는 셈치고 수분 작업을 해보자는 마음이었다. 다섯 살이었던 톰은 나와 함께 집을 나섰다. 아버지와 아들, 단둘이서 사람들의 무리를 떠나 자연 속으로 여행을 한 것이었다. 우리는 집을 나서기 전에 강에서 고기를 잡고 오염되지 않은 시냇물을 마시고 모닥불을 피우며 즐겁게 시간을 보내자고 약속했다.

우리는 벌통에서 조금 떨어진 언덕 위에 자리를 잡았다. 그곳은 땅이 평평하고 경관이 좋아 텐트를 치기엔 안성맞춤이었다. 나는 말뚝을 단단히 박고 텐트에 주름이 생기지 않도록 꽉 잡아당기는 등 모든 일에 완벽을 기했다. 텐트는 3주 동안 우리의 집이 될 예정이었다.

톰은 에마가 집에서 침대 이부자리를 손질하는 모습을 자주 봐온지라 침낭 펼치는 일을 완벽하게 잘 해냈다. 신이 나서 시키는 일을 착착 해내는 톰은 엄마가 보고 싶다며 울먹이는 것도 잊어버린 듯했다. 나는 3주 동안 톰과 함께 잘 지낼 수 있으리라는 생각에 가슴이 벅차올랐다. 높다란 언덕 위, 아름다운 자연경관 속에 있노라면 눈 깜박할 새에 시간이 흐를 것이라는 생각도 들었다. 이 일을 평생 잊지 못할 아름다운 기억으로 간직하리라는 기대에 기분이 들떴던 것도 사실이었다.

우리는 모닥불을 피우고 마시멜로를 구웠다. 나는 한기에 떨고 있는 톰을 두 팔로 감싸 안았다. 아이의 가느다란 어깨는 내 팔 속으로 사라졌다. 우리는 함께 하늘의 별을 바라보았다. 나는 내가 알고 있는 별자리들을 손으로 가리켰다. 북두칠성과 오리온. 그 밖에도 한두 개의 별자리를 더 찾아낼 수 있었다.

"저기 뱀이 보이니?"

"어디요?"

"저기."

톰의 눈은 내 손가락을 따라 파도처럼 구불구불하게 줄지어 있는 별들을 향했다.

"저건 왜 뱀자리라고 부르나요?"

"저건 뱀자리가 아니라 그냥 뱀이야."

나는 뱀에 대한 이야기를 지어냈다. 평소 나는 옛날이야기를 잘 지어내지 못했지만 그날은 어쩐 일인지 청산유수처럼 흘러나왔다. 톰이 내 팔에 안겨 있었기 때문일지도 모르고, 우리가 텔레비전을 비롯한 문명 기기에서 멀리 떨어져 있었기 때문일지도 모른다. 어쩌면 3주 동안 톰과 단둘이 자연 속에서 생활할 것이라는 생각에 힘이 났는지도 모른다.

"뱀은 시골의 한 작은 마을 외곽에 있는 산기슭에서 살고 있었어. 그 뱀은 이 세상에서 가장 사악한 동물이라 해도 과언이 아니었단다. 게다가 언제나 배가 고파 먹을 것을 찾아다녔지. 그래서 뱀은 여기저기 돌아다니며 눈에 띄는 것은 무엇이든 다 먹어치웠어. 먼저 근처 숲을 찾아간 뱀은 숲에 있는 모든 식물과 동물들을 모두 다 잡아먹어버렸어. 숲이 텅 비자 뱀은 동네 가정집 정원에서 자라고 있는 과일과 채소, 열매 따위를 먹어치웠지. 뱀은 점점 더 크게 자랐어. 온 동네에 자라고 있는 덤불은 물론이고 밭에서 자라는 감자와 강가의 갈대까지 먹어치운 뱀은 먹을 것을 더 찾지 못하자 사람들까지 잡아먹기 시작했어. 아침엔 조그마한 어린아이들을 잡아먹었고, 점심에는 할머니, 할아버지들을 잡아먹었지. 그렇게 먹어치우니 몸도 쭉쭉 자랄 수밖에 없었어. 결국엔 너무나 뚱뚱하고 길어져서 온 마을을 빙 두르고도 남을 정도였단다. 마을을 빙 둘러가며 똬리를 틀고 있던 뱀은 집 안으로 들어가서 벽장이나 침대 밑, 지하실 등에 숨어 있던 사람들을 하나하나 잡아먹기 시작했어."

숨을 죽인 채 내 팔에 안겨 있던 톰이 몸을 바르르 떨었다. 그건 한기 때문만은 아니었다. 톰을 안은 팔에 힘을 주자, 아이는 두려움과 동시에 찾아드는 고즈넉함에 더욱 몸을 웅크리며 내 품속을 파고들 듯 안겨들었다.

"사람들은 이제 뭘 어떻게 해야 할지 몰라 절망했지. 그들이 할 수 있는 일은 아무것도 없었어. 그래서 숨을 장소만 찾아서 헤맸단다. 그런데 한 작은 소년만은 달랐어."

"그게 누구였나요?" 톰이 긴장된 목소리로 나직이 물었다.

"음, 그건…… 그냥 보통 소년이 아니었어."

"그래요?"

"벌 치는 소년이었지."

"오!" 톰은 더 이상 아무 말도 하지 않았다. 마치 말을 더 하면 내가 이야기를 멈출까 봐 걱정이라도 되는 듯.

"소년에겐 커다란 벌통 한 개가 있었어. 벌들은 소년을 신뢰했고 항상 부지런하게 움직였지. 3년 된 여왕벌은 그해 특히 많은 알을 낳았단다. 소년은 벌통 문을 열고 벌들에게 도와달라고 부탁했어.”

나는 긴장감을 높이려 일부러 잠시 말을 멈추었다. 솔직히 이야기를 어떻게 이어나가야 할지 알 수 없었던 난 거기서 이야기를 마칠 생각이었다.

톰은 내가 말을 잇기만을 기다렸다. 기대감에 가득 찬 아이는 둥그렇게 뜬 눈으로 나를 뚫어지게 바라보았다.

결국 더 참지 못한 아이는 소리를 질렀다. “그래서요? 그래서 어떻게 되었나요?”

나는 천천히 말문을 열었다.

“소년의 말을 들은 벌들은 곰곰이 생각에 잠겼어. 그 순간 뱀이 그들을 향해 다가오기 시작했단다.”

톰은 입을 떡 벌리고 나를 바라보았다.

“뱀이 소년을 삼키려던 찰나, 벌들이 날아올랐어. 벌들은 구름처럼 떼를 지어 뱀을 공격하기 시작했지. 벌들은 뱀의 머리와 목, 꼬리와 눈을 가리지 않고 닥치는 대로 쏘았고, 마침내 기진맥진한 뱀은 줄행랑을 쳤단다.”

톰은 여전히 빳빳하게 긴장한 몸으로 내 팔에 안겨 있었다.

나는 톰의 떨리는 몸을 느끼며 잠시 말을 멈추었다.

“……응, 그랬지.”

톰이 안도의 숨을 내쉬자 나는 말을 이었다. “하지만 벌들은 그걸로 만족하지 않았어.”

“만족하지 않았다고요?” 톰이 살짝 미소를 지으며 되물었다.

“응, 벌들은 뱀을 더욱 멀리 쫓아냈어.”

“더 멀리요?”

"응, 아주 멀리."

마침내 톰은 긴장을 풀었다. 내 팔 안에 있던 톰의 빳빳하던 몸도 부드러워지는 것을 느낄 수 있었다.

"벌들은 하늘 끝까지 뱀을 쫓아냈단다. 저기 보이는 저 뱀이 바로 그 뱀이야."

톰이 고개를 끄덕였다.

"그래, 바로 저게 그 뱀이란다. 그리고 저기……" 나는 거기서 조금 떨어진 하늘을 가리키며 말을 이었다. "저건 벌통이야."

"저게 벌통이라고요?"

"응, 보이지? 저기도 있고 저기…… 저기도 있어."

나는 하늘을 향해 손가락으로 세 개의 사각형을 그렸다.

"벌들은 어디 있나요?"

"벌?" 나는 잠시 머리를 굴렸다. 마침내 떠오른 생각에 나는 스스로 만족하지 않을 수 없었다. "하늘에 보이는 무수한 별들이 모두 그 벌들이란다."

나는 행복하기 그지없었다. 이렇게라면 3주 동안 흡족하게 지낼 수 있을 것 같았다.

우리는 텐트 안으로 들어가 잠을 청했다. 톰은 자리에 눕자마자 곯아떨어졌다. 나는 어둠 속에서 뜬눈으로 누워 아이의 코 고는 소리를 들었다. 침낭 속에서 몇 번 몸을 뒤척인 나는 잠시 후 잠에 빠져버렸다.

그때 곰이 나타난 것이다. 모닥불을 피운 장작 위에 얹어놓았던 주전자가 떨어지는 소리에 우리는 잠을 깼다. 곧 하늘로 날아오르는 벌 떼들의 그림자가 보였다. 덤불을 헤치는 곰의 발자국 소리는 점점 가까워졌다. 우리는 텐트 바로 앞까지 다가온 곰의 털이 바람에 흔들리는 소리까지 들을 수 있을 정도였다.

나는 톰을 꼭 감싸 안았다. 그러나 내 팔은 아이를 보호하기엔 역부족이었다. 아이의 놀란 두 눈은 어둠 속에서 칠흑 같은 구슬처럼 반짝였다.

우리는 곰이 텐트 밖의 물건들을 부수는 소리를 들을 수 있었다. 마시멜로를 담아두었던 비닐봉지가 찢어지는 소리, 차곡차곡 쌓아두었던 장작들이 허물어지는 소리, 아이스박스를 넘어뜨리는 곰의 앞발 소리.

곧 정적이 다가왔다.

우리는 꼼짝도 하지 않고 앉아 있었다. 아주 오랫동안. 나는 톰의 머리를 쓰다듬으며 아이가 나를 쳐다봐주기만을 바랐다. 하지만 아이는 여전히 칠흑 같은 어둠 속을 째려보기만 했다. 아이에게 무슨 말을 해주면 좋을까? 이럴 때 에마는 무슨 말을 할까? 할 말을 찾을 수 없었던 나는 입을 꾹 다문 채 두려움에 떨고 있는 아이의 몸을 더욱 꽉 감싸 안았다.

얼마간 시간이 지난 후, 나는 용기를 내어 텐트 밖으로 나가보았다. 마시멜로는 어디서도 찾을 수 없었고, 곰은 흔적도 보이지 않았다.

나는 그제야 안도의 한숨을 내쉴 수 있었다.

나는 텐트 안을 향해 소리쳤다.

"두려워할 것 없어. 이젠 안심해도 돼."

하지만 톰은 대답하지 않았다. 아이는 여전히 꼼짝도 않고 제자리에 앉아 허공만 노려보고 있었다. 나는 아이를 안아 차로 데려갔다. 다음 날, 나는 아이를 버스에 태워 집으로 돌려보냈다. 그게 최선이라고 생각했기 때문이다. 에마는 버스 정류장에서 기다렸다가 아이를 집으로 데려가기로 했다. 톰은 혼자 버스를 타고 집으로 가야 한다는 사실에도 개의치 않는 것 같았다. 이전 같았으면 생각할 수도 없는 일이었다.

그곳에서 무슨 일이 있었는지 이야기를 해주자 에마의 목소리가 경직되었다. 비록 '예' 또는 '그렇군요'라는 짤막한 대답밖에 들을 수 없었지만, 나는 에마가 무슨 생각을 하는지 짐작할 수 있었다. 가기 전에 그곳 상황을 좀 더 잘 알아봤어야죠. 그곳에 곰이 있다는 걸 미리 알고 준비를 했어야 했는데. 텐트 하나를 죽음의 방패막이로 사용할 생각을 했다니, 간도 크지…… 당신은 정말 운이 좋은 사람이에요.

버스가 떠날 무렵, 나는 차창을 통해 백지장처럼 하얗게 질린 아이의 얼굴을 보았다. 커다란 눈동자에는 여전히 두려움이 담겨 있었지만, 아이의 표정에선 안도감을 엿볼 수도 있었다.

이후, 톰은 단 한 번도 메인에 오지 않았다.

이번 여행은 그때 이후 처음이었다.

우리는 차에 올랐다. 리는 집으로 가서 전기 울타리를 구입한 회사에 고객 불만족 신고서를 접수할 것이라고 말했다.

모텔로 돌아오는 동안, 톰은 단 한 마디도 하지 않았다. 어쩌면 톰은 곰이 나타나 우리 차 앞을 가로막을 것이라 생각했을지도 모른다. 앞발을 번쩍 치켜들고 나타나서 트럭을 두 동강이 내고 마치 쥐구멍에 숨어 있는 쥐를 찾아내듯 우리를 끄집어낼 것이라 상상했을지도 몰랐다.

모텔 방에 돌아오자, 톰은 짐을 싸기 시작했다. 형광펜을 필통에 넣고 빅벤 표지의 책을 가방에 넣었다. 나는 선 채로 짐을 싸는 톰을 바라보았다.

"급하게 하지 않아도 돼. 시간은 많으니까."

"미리 짐을 싸두는 것도 좋을 것 같아서요." 그는 내게 등을 돌린 채 혼잣말처럼 중얼거렸다.

짐을 다 싼 톰은 그제야 나를 바라보았다. 나는 신문을 읽는 척했다.

톰은 두 손을 양옆에 축 늘어뜨린 채 서서 나를 뚫어지게 바라보았다. 곧 그는 두 손을 주머니에 찔러 넣더니 다시 손을 뺐다. 나는 톰의 눈빛이 무엇을 의미하는지 알 수 없었다.

"짐을 다 쌌니?"

그는 아무 대답도 하지 않았다. 분명 무슨 말인가를 하고 싶어 하는 듯했다.

"음……"

나는 다시 신문으로 시선을 돌렸다. 마치 매우 흥미로운 기사를 읽기라도 하듯, 고개를 비딱하게 돌리고 눈살도 살짝 찌푸려 보았다.

"왜 그러셨어요?" 톰이 갑자기 말문을 열었다.

나는 영문을 모르겠다는 표정을 지으며 톰을 쳐다보았다.

"뭐가? 무슨 말이니?"

"왜 벌들을 여기저기 데리고 다니시는 거죠?"

"뭐라고?"

"벌들 말이에요." 톰이 한숨을 내쉬더니 말을 이었다. "이번 여행에서 벌통을 세 개나 잃었어요. 그 벌통 안에 살던 벌들이 보금자리를 잃어버렸잖아요." 톰의 목소리는 높아졌고 두 눈도 따라서 커졌다. 그는 무언가 잡을 것을 찾는 듯 두 팔을 가슴께로 올려 팔짱을 꼈다. "벌통을 트럭에 실어 여기저기 돌아다니는 일…… 그러면 벌들이 얼마나 스트레스를 받는지 알긴 아시나요?"

나는 아이의 심각함을 받아들이기가 쉽지 않았다. 우스꽝스럽다는 생각도 들었다. 나는 입술에 머금었던 미소를 웃음소리로 만들어보려 했지만, 목구멍을 빠져나온 웃음소리는 가식적이기 그지없었다.

"넌 블루베리를 좋아하니?"

"블루베리요?" 톰은 영문을 모르겠다는 듯 되물었다.

나는 고개를 똑바로 치켜들고 미소를 잃지 않으려 안간힘을 썼다. 마치 그 미소가 나를 보호해주기라도 하듯. "메인에서는 벌들이 없으면 블루베리를 수확해낼 수가 없어."

톰은 침을 꿀꺽 삼켰다. "그건 저도 알아요, 아버지. 하지만 왜 하필이면…… 아버지도 아시다시피, 현대 농사법은…… 옛날과는 많이 다르잖아요."

나는 신문을 접어 탁자 위에 내려놓고, 큰소리를 내지 않기 위해 침착함을 유지하려 애썼다.

"네가 개러스의 아들이라면 그런 말을 하는 걸 이해할 수 있다만, 넌 내가 개러스와는 다른 방식으로 일한다는 걸 잘 알고 있잖니."

“저는 아버지가 개러스 아저씨처럼 일을 하고 싶어 하는 줄로만 알았어요.”

“개러스처럼?”

“아버지는 항상 사업을 확장하고 싶다고 말씀하셨잖아요.”

톰의 말은 질문과는 거리가 멀었다. 불평과도 거리가 멀었지만, 내겐 톰의 말이 불평으로만 들렸다.

나는 공허한 웃음을 터뜨렸다.

“내가 골프장 멤버십도 신청하고, 금속 명패도 만들기를 원하니?”

“예?”

“아냐, 그건 농담이야.”

톰은 깊은 한숨을 내쉬더니 창으로 시선을 돌렸다. 비가 온 뒤의 하늘은 청명하게만 보였다.

“밖에 나가 잠시 걷다 올게요.” 톰은 내게 눈도 돌리지 않고 말했다.

그리고 그는 방문을 열고 나가버렸다.

그와 동시에, 앞날에 대한 나의 계획도 낡은 모텔 방의 문밖으로 사라져버렸다.

윌리엄

"에드먼드는 어디 있니?"

틸다와 여자아이들은 부엌에 모여 내 앞에 줄을 지어 섰다. 그간 내가 해왔던 일들을 마침내 가족들에게 보여줄 때가 된 것이다. 나는 가족들을 이끌고 벌통 앞으로 데려갈 생각이었다. 벌에게 쏘이지 않을 정도로 적당한 거리를 두고 가족들을 세워둔 후, 나는 조심스럽게 벌통 문을 열고 모든 것을 설명해줄 예정이었다. 그래서 에드먼드를 포함한 내 가족들에게 이젠 더 나은 삶을 살 수 있다는 것을 보여주고 싶었다. 우리 가족에게 명예를 안겨주고, 역사책에 우리 가족 이름을 남길 수 있도록 도와주는 것이 바로 내가 고안한 벌통이라는 것을 자랑스럽게 각인시켜주고자 했다.

석양이 지평선을 붉게 물들였고, 저 멀리 서쪽에는 회색빛 먹구름이 모여 있었다. 해가 지면 비가 내릴 것 같았다. 나는 일부러 해가 질 무렵을 택해 가족들을 불러 모았다. 그 시간이면 벌들이 모두 벌통 속에 들어가 있기 때문이었다.

"오늘 저녁엔 집에 좀 늦게 들어온다고 했어요." 틸다가 말했다.

"그렇군. 그 이유는?"

"그건 물어보지 못했어요."

"오늘 저녁 내가 온 가족을 소집했다는 말도 했소?"

"에드먼드는 이제 자신만의 시간이 필요한 청년이 되었어요. 어디를 가든 우리가 간섭할 수는 없다고요."

"에드먼드는 지금 이 자리에 있어야 해!"

"에드먼드는 지쳐 있어요. 쉬어야 한다고요."

틸다는 에드먼드가 여전히 갓난아이라도 되는 듯 에드먼드의 이름을 입에 올릴 때마다 한없이 부드럽고 상냥한 목소리로 말했다. 비록 에드먼드가 눈앞에 없어도 틸다가 에드먼드를 감싸고 도는 것은 여전했다.

"이런 조그만 책임도 지지 못한다면 가을에 학교는 어떻게 다니려고…… 그건 생각해봤소?"

틸다는 코를 훌쩍이며 생각에 잠겼다.

"지금 그게 꼭 필요하다고 생각하세요?"

"무슨 말이오?"

"1년 정도 더 쉬다가 학교에 가는 것도 좋을 것 같아요. 집에서 1년쯤 충분히 쉰 후에……"

그녀는 콧구멍을 벌렁거리며 말했다. 나는 구역질이 날 것만 같아서 얼른 고개를 돌려버렸다.

"얼른 찾아와!" 나는 그녀에게 눈길도 주지 않고 소리쳤다.

여덟 쌍의 눈동자가 동시에 나를 향했다. 하지만 손가락 하나 까딱하는 이는 아무도 없었다.

"얼른 나가서 찾아오라고 했잖아!"

그제야 가족의 우두머리가 누구인지 깨달은 사람이 한 명 보였다. 그녀는 문을 열며 말했다.

"제가 갈게요."

샬럿이었다.

우리는 부엌 식탁에 둘러앉아 한없이 기다렸다. 어둠이 우리를 감싸기 시작했다. 하지만 램프에 불을 밝히는 사람은 아무도 없었다. 틸다는 여자아이들이 종알거릴 때마다 "쉬!" 하고 조용히 시켰다. 나는 창밖으로 하늘을 바라보았다. 구름에 가린 태양은 윤곽도 찾아볼 수 없었다. 곧 우리는 어둠 속에서 한 치 앞도 분간하지 못할 것이고, 그렇다면 가족들에게 무언가를 보여주는 것도 쉽지 않을 듯했다.

에드먼드는 도대체 어디에 있을까?

나는 대문 앞 계단에 섰다. 습기 찬 공기가 몸을 감쌌다. 바람 한 줄기도 느낄 수 없었다. 벌들도 날갯짓을 멈추고 모두 벌통 안으로 들어가버렸다. 사방을 둘러싼 것은 정적뿐이었다.

에드먼드는 도대체 어디에 있는 걸까? 매일 어딜 그렇게 나가는 걸까? 내가 보여주려는 것보다 더 중요한 일은 또 뭐가 있단 말인가?

다시 부엌으로 돌아오니, 틸다는 터져 나오는 하품을 가까스로 참아냈다. 조지나는 도로시어의 무릎에 머리를 대고 자고 있었으며, 쌍둥이는 서로 머리를 기댄 채 쏟아지는 잠을 이겨내려 눈을 비볐다.

너무나 늦은 시간이었다. 평소 같았으면 아이들은 이미 잠자리에 들고도 남을 시간이었다.

문득, 할 일을 찾을 수 없었던 나는 두 발짝 옆으로 물러나 식탁 위에 있던 주전자의 물을 컵에 따랐다. 수치심과 모욕감이 가슴속에서 자라나기 시작했다. 배에서 꼬르륵하는 소리가 났다. 나는 그 소리를 감추기 위해 얼른 식탁 의자를 빼내 앉았다. 상체를 살짝 굽히니 다행히도 더는 배 속에서 소리가 나지 않았다.

문이 열렸다.

나는 자리에서 벌떡 일어났다.

부엌에 들어온 샬럿은 바닥으로 시선을 떨구었다.

그녀 뒤에는 에드먼드가 서 있었다. 샬럿이 에드먼드를 찾아온 것이었다.

"오, 사랑하는 내 아들. 이제 왔구나." 틸다가 자리에서 일어서며 말했다.

에드먼드의 몸에선 물이 뚝뚝 흘러내리고 있었다. 그는 비틀거리며 발을 옮겼다. 이상하게도 그의 머리와 상의는 젖어 있었지만 바지는 말짱했다. 마치 누군가가 그에게 물 한 바가지를 퍼부은 것 같았다.

"샬럿?" 틸다가 말했다.

"오빠가……"

"길에서 넘어졌어요." 에드먼드가 끼어들어 느릿느릿 말했다.

그는 비틀거리며 우리 앞을 지나쳤다.

나는 한 발짝 앞으로 내디디며 에드먼드의 어깨를 잡아 쥐었다. 아직도 늦지 않았다는 생각에 지금이라도 벌통을 보여주고 싶었던 것이다.

에드먼드는 이까지 딱딱 맞부딪치며 젖은 옷 속에서 달달 떨고 있었다.

"에드먼드?"

"얼른…… 자러 들어가야겠어요." 그는 내게 눈길도 주지 않은 채 말했다.

몸을 비틀어 내 손에서 빠져나간 에드먼드는 발을 질질 끌며 2층으로 올라갔다.

틸다가 서둘러 에드먼드를 따라갔다. 나는 그녀의 발자국 소리가 암탉의 발톱 소리 같다고 생각했다. 곧 계단 앞에서 나직한 목소리가 들려왔다. "세상에…… 어쩌다 이렇게 됐니. 얼른 들어가. 엄마가 도와줄게. 자, 여기…… 조심조심…… 자, 여기 내 팔을 잡고…… 그렇게…… 조심조심……"

에드먼드의 축 늘어진 뒷모습이 2층으로 사라진 후, 나는 내 손을 내려다보았다. 아이의 젖은 옷 때문에 손이 축축했다. 나는 얼른 바지에 손을 문질러 물기를 닦아냈다.

나를 고통스럽게 만들었던 우울증은 유전일까? 내 우울증이 피를 타고 에드먼드에게 전달된 것은 아닐까? 아이가 나를 받아들이지 못했던 것은 바로 그 때문일까?

가슴이 답답해졌다. 아니, 그럴 리는 없었다. 에드먼드가 우울증에 시달릴 이유는 없지 않은가.

여자아이들이 나를 둘러쌌다. 침묵을 지키고 있는 아이들은 졸음과 피곤함에 지쳐 몸을 가눌 수도 없을 지경이었다. 그럼에도 아이들은 내 다음 말을 기다리며 나를 바라보고 있었다. 하지만 샬럿은 바닥만 내려다보았다. 샬럿 또한 잠이 모자라 창백한 얼굴을 하고 있었다.

나는 한숨을 내쉬며 나직이 말했다.

"내일…… 오늘 못 다한 일은 내일 하기로 하자."

타오

"어떻게 하면 여기로 갈 수 있나요?"

나는 황량하고 단조로운 호텔 로비에 서서 꼬깃꼬깃 접어놓았던 지도를 펼쳤다. 병원 목록 가운데 가장 아래쪽에 자리 잡은 병원들 중 하나였다. 나는 그간 목록에 적힌 병원들을 위에서부터 차례차례 다니며 확인을 했다.

"여기서 그곳까지 가는 전철이 있긴 있어요." 안내 직원이 손가락으로 지도의 접힌 부분 쪽을 가리키며 말을 이었다. "그런데 여기서 한 번 갈아타야 해요."

키가 큰 그녀는 항상 절제 있게 움직였고, 한번 웃음을 터뜨리면 아주 오랫동안 큰 소리로 웃곤 했다. 그녀는 매일 밤낮으로 호텔 로비의 안내대 앞에서 일을 했다. 다른 직원들은 이미 강제 이주를 당해 다른 곳으로 떠났기에 남아 있는 사람은 그녀밖에 없다고 했다. 월급은 점점 줄어들지만 딸과 함께 살아가려면 그나마도 포기할 수 없다고 덧붙였다. 그녀의 딸은 10대 소녀로, 매일 방과 후에 호텔에 들러 로비에서 숙제를 하곤 했다. 하루 중 모녀가 함께 얼굴을 마주할 수 있는 시간은 그때가 전부였다.

"하지만 이 전철 노선은 도시 지도부에서 사용을 권장하지 않아요."

나는 궁금한 표정으로 그녀를 바라보았다.

"그 지역은 아주 위험하거든요. 점령당한 지 오래됐어요. 아니, 점령이라는 단어는 정확하지 않아요. 하지만 아직 그곳에 사는 사람들은 가진 것이 아무것도 없어요. 나라에선 이미 그들을 포기했답니다."

"그 사람들은 어떤 사람들인가요?"

"강제 이주 명령에 따르지 않는 사람들, 남겨진 사람들, 숨어 있는 사람들 등이죠. 그 지역에 일단 발을 들여놓으면 순식간에 변을 당하기 일쑤라고 하더군요. 후회를 하게 되면 때는 이미 늦은 거라고……"

그녀는 침을 꿀꺽 삼키며 시선을 돌렸다. 그녀의 상황 또한 식당에서 일하던 부자와 그리 다르지 않은 것 같았다. 나는 더 자세히 물어보고 싶지 않았다. 그런 이야기를 더 들어낼 기력도 없었다.

나는 얼른 호텔을 벗어나 웨이원을 찾아 나서고 싶었다. 베이징에 도착한 첫날부터 매일 하루도 거르지 않고 시내의 병원이란 병원은 다 돌아다녔다. 어디엔가는 웨이원이 있으리라는 생각에서였다. 나는 매일 동이 틀 무렵 종이에 싼 텁텁한 비스킷 조각과 돈을 핸드백에 넣고 호텔을 나서 새로운 병원들을 찾았다. 대부분은 이미 집에서나 호텔에서 전화를 해본 적이 있는 곳이었다. 나는 병원의 어느 부서, 어느 의사를 찾아야 하는지 이름도 다 적어놓았다. 이제 나는 그들을 직접 찾아보는 중이다. 얼굴을 마주하면 대답 없이 그냥 돌려보내기가 더 어려울 것임을 잘 알고 있기 때문이다. 어떤 이들은 나를 기억하고 함께 아파해주었다. 어떤 이들은 연민을 가득 담은 눈빛으로 나를 바라보며 나의 절망스러운 상황을 이해한다고 말해주기도 했다.

하지만 그들의 대답은 한결같이 똑같았다. 그 어느 병원에서도 웨이원의 진료 기록을 찾아볼 수 없었다. 그들은 웨이원의 이름을 들어보지도 못했다고 말하며 다른 부서로, 또는 다른 병원으로 가보라고 권했다. 펑타이에 있는 병원을 한번 찾아보시죠. 차오양에 있는 중앙 병원엔 가보셨나요? 하이디안에 있는 이비인후과 전문 병원은 찾아보셨는지요?

내가 만난 병원 직원들은 항상 더 높은 간부들에게로 나를 연결해주었다. 첫 번째로 만난 이들에게서 대답을 얻어내기는 하늘에서 별을 따는 것만큼 어려웠다. 그래서 나는 기다리는 일을 매일 반복했다. 앉아서 기다리기도 했고, 서서 기다리기도 했다. 복도를 왔다 갔다 하며 기다리기도 했고, 창가를 서성이며 기다리기도 했다. 희미한 불빛의 대기실, 차디찬 돌바닥, 한기 어린 로비 등에서 물 한 컵 또는 자동판매기에서 빼낸 차 한 잔을 들고 기다릴 때도 있었다. 가끔은 텅 빈 대기실에서 하루 종일 혼자 기다리기도 했다. 어느 병원이나 사람들로 가득 찬 곳은 없었다. 바쁘게 움직이는 의사나 간호사도 보이지 않았다. 그럼에도 나는 마치 대기자 명단에서 항상 마지막으로 밀려나는 듯한 느낌을 지울 수가 없었다. 때로는 내가 만나고자 하는 사람을 병원 문이 닫히기 직전에야 볼 때도 있었다. 어떨 때는 그들의 경멸하는 듯한 눈초리를 받아내야 할 때도 없지 않았다. '왜 아직도 포기하지 못하는 걸까. 이 세상엔 절망에 빠진 사람, 병에 걸린 사람, 영양실조에 걸린 사람, 부모 없는 고아들이 얼마나 많은데 저 여자는 자기 아들만 제일인 줄 아나 봐. 바빠 죽겠는데 자기만을 위해 시간을 내어달라고 고집을 부리고 있으니……' 하지만 나는 모르는 척 그곳에 눌러앉아 기다렸다. 내 의지를 관철시킬 때까지 나는 줄기차게 발걸음을 계속했다.

병원에서 상부로 보내지다 보면 병원장까지 만날 때도 있었다. 권위를 자아내는 묵직한 사무용 가구가 자리한 커다란 집무실은 언젠가는 화려했을 것이지만, 지금은 금방이라도 쓰러질 듯 황량하기만 했다. 내가 병원을 찾은 이유를 말하면 그들은 항상 연민과 동정을 보냈다. 어떤 이들은 다른 곳으로 전화를 해서 다시 한 번 확인을 해보기도 했다. 그들은 자신들이 할 수 있는 일은 다 해보려 하는 것 같았다. 하지만 그 어느 누구도 나를 도와주진 못했다. 웨이원은 어디서도 찾을 수 없었기 때문이었다.

처음 며칠은 매일 저녁 쿠안에게 전화를 했다. 그러나 우리가 나누었던 말은 몇 마디 되지 않았다. 나는 매번 웨이원을 찾지 못했다고 말했고, 그는 집으로 전화를 걸어오는 의사는 없었다고 말했다. 우리가 주고받는 짤막한 말은 사무적이기까지 했다. 그는 그간 돈을 얼마나 썼느냐고 묻기도 했다. 나는 거짓말을 했다. 베이징까지 오는 기차를 타는 데만 5,500위안을 썼다고 말할 용기가 나지 않았다. 어느 날 저녁, 나는 쿠안에게 전화를 걸지 않았다. 쿠안도 내게 전화를 하지 않았다. 우리는 전화를 해도 할 말이 없다는 것을 잘 알고 있었다. 우리 사이엔 꼭 할 말이 있을 때만 전화를 하자는 암묵적인 동의가 생겨난 셈이었다.

저녁이 되어 무거운 몸을 이끌고 호텔 방에 들어서면, 베개에 머리가 닿자마자 마치 시커먼 담요로 의식을 덮어버린 듯 꿈도 꾸지 않고 잠에 곯아떨어졌다. 내가 더 할 수 있는 일이 없다는 것을 떠올릴 때마다 무력감이 나를 덮쳤다. 하지만 나는 언젠가는 웨이윈을 찾을 수 있다고 확신했다. 끝까지 포기만 하지 않는다면 아이를 만나볼 수 있다는 희망으로 나를 무장했다. 그러나 시간이 흐르고, 찾아보았던 병원의 수가 많아지면 많아질수록 희망은 점점 작아졌다. 돈은 예상했던 것보다 훨씬 더 빨리 줄어들었고, 양철통은 너무나 가벼워졌다. 내게 남아 있는 돈은 고작 7,000위안밖에 없었다. 그 돈이면 쿠안과 함께 허리띠를 졸라매고 살 경우 노후를 보장할 수도 있지만, 문제는 내가 아직 집으로 돌아갈 기차표도 구입해놓지 않았다는 것이었다.

"그러고 보니 그 지역에 대한 이야기를 못 들은 지가 꽤 오래됐어요." 호텔 안내 직원이 나직이 말했다. "어쩌면 지금은 아무도 살지 않는지도 몰라요. 어쨌든 우린 그 지역엔 발을 들이지 않는 게 좋다는 말을 들었어요."

"거긴 병원도 있잖아요?"

"병원은 경계 지점에 있어요." 그녀가 지도 위를 가리키며 말을 이었다. "통제가 불가능한 지역은 여기서부터 시작되죠. 남쪽 지방으로는 아직 통행이 가능해요. 하지만…… 정말 그곳에 가실 건가요?"

나는 고개를 끄덕였다.

그녀는 내 눈을 바라보며 이해한다는 듯한 표정을 지었다. 그녀는 내가 아들을 찾고 있다는 것을 잘 알고 있었다. 나는 더 자세한 이야기는 하지 않았다. 그것만으로도 충분하다고 생각했기 때문이다. 자식이 있는 부모라면, 잃어버린 자식을 찾기 위해 그 어떤 수치심이나 위험도 무릅쓸 수 있다는 부모의 심정을 잘 이해할 수 있다.

나는 지붕을 올려다보려 고개를 젖혔다. 한때는 사원의 지붕을 연상시킬 정도로 화려하게 빛을 발했을 붉은 타일은 바람과 세월을 머금고 색이 바래 있었다. 벽은 페인트칠을 한 곳이 벗겨져 너덜너덜했다. 문득 허공에서 윙윙하는 날갯짓 소리가 들렸다. 무언가가 하늘을 날고 있는 것이 틀림없었다. 나는 그것이 뭔지 더 자세히 보려고 눈을 가늘게 떴지만, 그것은 이미 지붕 너머로 자취를 감춘 뒤였다.

머리 위에는 묵직한 회색 구름이 모여 있었다. 호텔을 나설 때만 하더라도 햇볕이 내리쬐었는데, 지금은 안개마저 자욱이 끼어 있었다. 사방은 벌써 저녁이 된 듯 어두컴컴했다.

나는 네 시간 동안 전철을 세 번 갈아탔다. 멀리 돌아가는 길이긴 했지만 호텔 직원이 말했던 안전 지역 내였기에 크게 걱정을 할 필요는 없었다. 하지만 전철 안은 너무도 조용하고 황량한 나머지 나는 다른 승객들과 마주칠 때마다 두려움에 질려 어쩔 줄 몰랐다.

나는 그 지역에 있는 병원에 이미 수차례 연락해보았지만, 돌아오는 대답은 똑같았다. 그들은 웨이원의 이름을 들어보지도 못했기에 나를 도와줄 수 없다고 했다. 나는 포기하지 않고 계속 전화를 걸었다. 결국 그들은 내 전화를 받지 않았고, 나는 자동 응답기의 소리만 들어야 했다.

그곳에 도착하자 가장 먼저 나를 맞은 것은 시들어가는 식물들이었다. 희미한 불빛이 새어 나오는 것으로 보아 병원이 문을 닫진 않은 것 같았다. 로비로 들어가니 텅 비어 있었다. 어둠 속에서 나무 책상 하나가 내 쪽을 향해 있었다. 나는 구식 대기표 발행 기계를 발견했다. 아마도 붕괴의 시대가 시작되기 전에 마련되었을 것이다. 기계에 손을 가져가자 화면이 깜박거리더니 곧 꺼져버렸다.

나는 아무 계획도 없이 정처 없이 걷기 시작했다.

오른쪽으로 가니 닫힌 문이 나왔다.

왼쪽으로 가자, 승강기 한 대가 보였다. 번호판을 눌러보았지만 아무것도 작동하지 않았다. 다시 걷기 시작했다. 길고 어두침침한 복도가 나를 기다리고 있었다.

눈에 보이는 문은 모두 열어보려 했지만, 모두 다 잠겨 있었다.

한참을 헤매다가 희미한 불빛으로 밝혀진 계단을 발견했다. 한 층을 올라가 문을 열어보았지만 그 역시 굳게 잠겨 있었다.

또 하나의 문도 마찬가지였다. 3층으로 올라간 나는 마침내 열린 문을 발견할 수 있었다. 그 문을 지나니 텅 빈 복도가 나왔다. 몇 발자국을 떼어보았다. 돌바닥에 부딪치는 내 발소리가 공허한 메아리를 일으켰다.

창가로 다가가 밖을 내다보았다. 병원 부속 건물 중 한 곳에서 밝은 빛이 새어 나오고 있었다. 나는 그 복도가 부속 건물까지 이어져 있기를 바라며 불빛을 향해 걷기 시작했다.

문득 앞쪽에서 이상한 소리가 들렸다. 귀를 기울이니 그것은 리놀륨 바닥 위를 굴러가는 바퀴 소리 같았다.

"거기…… 누가 있나요?" 나는 나직이 소리쳐보았다.

앞쪽에 활짝 열린 이중 유리문이 보였다. 안쪽은 볼 수 없었다.

갑자기 심장이 거세게 뛰기 시작했다. 무언가가 잘못되었다는 느낌이 강하게 들었다. 얼른 그곳을 빠져나가 불빛이 환한 부속 건물로 가고 싶었다. 하지만 그러기 위해선 내 앞에 있는 수많은 문들을 지나쳐야만 했다. 나는 발걸음을 빨리했다.

다시 소리가 들렸다. 질질 끄는 발소리.

곧 눈앞에 사람이 한 명 나타났다. 내가 가장 먼저 보았던 것은 그의 맨발이었다. 쭈글쭈글한 발가락과 긴 발톱. 나는 그가 여자라고 짐작했다. 그녀는 링거대에 의지해 천천히 나를 향해 다가오고 있었다. 내가 들었던 소리는 바로 그 링거대의 바퀴 소리였다. 링거액 봉지는 텅 비어 있었다. 여인의 흰머리는 사방팔방으로 뻗어 있고, 머리에는 커다란 비듬이 잔뜩 내려앉아 있었다. 그녀가 입고 있는 환자복은 지저분하기 짝이 없었다. 환자복 아래로는 불룩 튀어나온 기저귀가 보였다. 순간, 역겨운 냄새가 코를 찔렀다.

그녀는 말을 잊은 사람처럼 멍하니 나를 바라보기만 했다.

나는 뒷걸음질을 쳤다. 어서 그곳을 빠져나가고 싶은 마음뿐이었다.

하지만 아픈 노인을 혼자 버려두고 갈 수는 없다는 생각에 나는 심호흡을 하고 그녀를 향해 몇 발자국 다가갔다.

그녀는 금방이라도 쓰러질 듯 몸을 비틀거렸다.

"저…… 저기……" 그녀가 나직이 말을 이었다. "저기…… 봐요."

그녀는 여전히 비틀거렸다. 나는 얼른 그녀의 팔꿈치를 쥐고 그녀를 부축했다. 배변 냄새가 코를 찔렀다. 뼈만 남은 팔은 어린아이의 팔처럼 가늘기 그지없었다. 그녀는 자신이 왔던 곳으로 데려가주기를 원했다.

문을 살짝 밀어보았다. 문은 소리 없이 열렸다. 나는 그녀를 부축해 방 안으로 들어갔다. 순간, 강렬하게 코를 찌르는 역겨운 냄새가 났다. 그 냄새는 마치 통과할 수 없는 두꺼운 벽 같았고, 그 벽에 부딪친 나는 숨을 쉴 수가 없었다.

그곳은 커다란 홀이었다. 사방 벽을 둘러가며 빽빽하게 자리한 침대들. 언젠가는 하얀색이었을 것이 분명한 누런 이불들. 침대가 몇 개인지 세어볼 수는 없었으나, 언뜻 보기에도 100개는 넘는 것 같았다.

침대 위에는 사람들이 누워 있었다. 모두 나이 많은 노인들이었다. 눈을 뜨고 멍하니 천장만 바라보는 사람, 신음을 앓는 사람, 옆으로 비스듬히 누워 흐느껴 우는 사람, 손을 들어 허공에 휘젓는 사람. 어떤 이들은 마치 잠을 자는 것처럼 눈을 감고 있었다.

내가 들어서니 몇 명이 침대에서 몸을 일으켰다. 그들은 하나같이 뼈만 앙상하게 남아 있었고, 내가 부축했던 여인처럼 지저분하기 짝이 없었다. 몸을 일으킨 사람들은 천천히 나를 향해 다가오기 시작했다.

스무 명 남짓 되는 노인들이 중력은 물론, 자기 자신의 몸과 싸우며 금방이라도 쓰러질 듯 앞으로 발을 내밀었다. 모두들 같은 말을 반복해서 중얼거렸다. 도와주세요. 제발 도와주세요. 나를 도와주세요. 우리를 도와주세요.

소란에도 불구하고 몇 명은 여전히 눈을 감은 채 자고 있었다. 나는 그제야 그들을 침대에 묶어놓은 것이 잠이 아님을 깨달았다. 그것은 죽음이었다.

나는 몸을 돌려 뛰기 시작했다.

비명을 질렀다. 말이 담겨 있지 않은 소리. 나는 누군가에게 도움을 청했지만 아무런 대답도 들려오지 않았다.

어둠을 가로질러 뛰어간 나는 불빛이 새어 나오는 부속 건물로 향했다.

귓전에 들리는 소리라곤 리놀륨 바닥에 부딪치는 내 발자국 소리와, 내 숨소리뿐이었다.

모퉁이를 돌자 불이 환하게 켜진 방이 보였다. 방문을 열고 들어서니 간호사인지 의사인지 모를 여인이 하얀 병원 가운을 입고 놀란 표정으로 나를 바라보았다. 그녀는 침대보와 이불 등을 상자 속에 차곡차곡 개어 넣고 있었다.

"누구신가요?"

나는 그제야 내가 울고 있다는 것을 깨달았다.

눈물을 훔치며 말을 해보려 했지만 말이 나오지 않았다.

"여기 앉아요." 그녀는 내게 의자를 내밀며 말했다.

"아니, 아니…… 저는 괜찮아요. 노인들…… 도움이 필요해요."

그녀는 고개를 돌리고 하던 일을 계속했다.

나는 그녀의 팔을 잡았다.

"제가 보여드릴게요. 저를 따라오세요!"

그녀는 조심스레 몸을 비틀어 내 손에서 벗어났다. 그러고는 내 눈을 똑바로 바라보지 못했다.

"우리도 알고 있어요." 그녀가 차분하게 말했다.

나는 다시 그녀의 팔을 잡아끌었다. "아픈 사람들이에요. 어떤 사람들은…… 벌써 세상을 떠난 것 같아요."

그녀는 뒷걸음질을 쳤다.

"그 사람들까지 함께 데려갈 수는 없어요."

"데려가다니요?"

"지금 병원을 비우는 중이에요. 안전하지 않아서 그래요. 환자들을 데리고 남쪽의 팡산 병원으로 옮겨 갈 거예요. 직원들도 점점 줄어들어서 더 이상 병원을 유지하기가 힘들어요. 이곳으로 발령이 난 직원들조차 위험하다고 출근하기를 꺼리죠. 이젠 아무도 여기서 일을 하려 하지 않아요."

"하지만 여기 있는 노인들은……"

"그들은 죽은 사람들이에요."

"아니에요. 제가 직접 봤어요. 살아 있었다고요!"

"어차피 죽을 사람들이에요."

그녀는 내 시선을 피하며 마음을 다잡듯 고개를 치켜들었다.

나는 그 자리에 서서 소리를 질렀다. "안 돼요! 그럴 수는 없어요!"

그녀는 내 어깨에 손을 얹었다.

"자, 여기 앉아요."

그녀는 싱크대로 가서 컵에 물을 받으려 했지만 수도는 빈 기침만 토해낼 뿐 물이 나오지 않았다. 그녀는 복도로 나갔다.

"여기서 잠시만 기다리세요."

잠시 후 들어온 그녀는 미적지근한 물 한 컵을 내게 내밀었다.

나는 얼른 물컵을 받아 쥐고, 거기에 몸을 의지하기라도 하듯 두 손으로 물컵을 꼭 감쌌다.

그녀는 내 앞에 자리를 잡고 앉았다.

"가족분이신가요?" 그녀가 상냥한 목소리로 내게 물었다.

"예…… 아니요…… 잘 모르겠어요. 아니, 그러니까 저는…… 여기 있는 사람들의 가족은 아니에요."

그녀는 놀란 눈으로 나를 바라보았다.

"저는 제 아들을 찾고 있는 중이에요."

그제야 그녀는 알았다는 듯 고개를 끄덕였다. "아드님은 여기 없을 거예요. 마지막으로 남아 있던 환자들은 오늘 오전에 이동시켰으니까요. 남은 건 병원 물품밖에 없어요."

"노인들은요?"

그녀는 대답하지 않고 자리에서 벌떡 일어났다.

"노인들은 어떻게 하실 작정인가요?"

"우린 그 사람들까지 도와줄 수가 없어요." 그녀는 무덤덤한 목소리로 말하며 이동식 선반의 손잡이를 잡았다. "이제 돌아가세요." 그녀는 내 눈을 피하며 말했다.

금방이라도 구토를 할 것만 같았다.

"그렇다면 그들은 여기 남아 있게 되나요?"

그녀가 고개를 돌렸다.

"얼른 가세요. 지금 당장."

"아니요, 그럴 수는 없어요!"

마침내 그녀가 나와 눈을 마주쳤다. 그녀의 눈은 애원하는 빛으로 가득했다.

"얼른 가세요. 그리고 오늘 여기서 보았던 건 모두 잊어버리세요."

나는 이동식 선반을 붙잡았다. 그녀를 멈추고 싶었다. 하지만 그녀는 몸을 홱 돌렸다. 선반이 문턱에 부딪치며 소리를 냈다. 그녀는 선반의 방향을 바로잡고 문을 빠져나갔다. 선반의 바퀴 소리가 복도 끝 쪽으로 사라졌다. 그 소리마저도 내 귀를 아프게 스쳤다.

나는 건물 밖으로 나와 길에 우두커니 섰다. 왔던 길을 기억해낼 수가 없었다. 나는 병든 노인들을 그대로 두고 나와버렸다. 그들을 두고 떠나는 이들과 전혀 다를 게 없는 사람이 되어버렸다. 이것이 바로 우리가 사는 세상이다. 우리는 우리를 낳아준 나이 많은 이들을 외면하고 있다. 내 어머니에게도 이런 일이 있었을까? 어머니는 어디론가 보내졌다. 모든 것이 너무나 빨리 진행되었다. 어머니는 온데간데없이 사라져버렸다. 나는 어머니를 돕기 위해 손끝 하나 까딱하지 않았다. 그저 그런 일이 일어나도록 두고 보기만 했던 것이다.

오, 어머니!

나는 허리를 굽히고 무릎을 꿇었다. 가슴이 답답해졌고 배 속은 뒤집힐 것만 같았다.

더 토해낼 것도 없는 빈속을 다시 비워냈다. 자리에서 일어나자, 다시 병원으로 가봐야겠다고 생각했다. 그들에게 음식과 물을 주고, 그들을 병원 밖으로 데려 나오고 싶었다. 그렇게 할 수 없다면 그들에게 도움을 줄 수 있는 사람을 찾아보리라 마음먹었다. 누군가가 무슨 일이라도 해야만 했다. 어쩌면 내가 바로 그 일을 할 수 있는 사람일지도 몰랐다. 지도부에서는 병든 노인들을 버려두고 옮겨 가는 병원 측의 결정에 대해선 전혀 모르고 있을 수도 있지 않은가.

하지만.

내가 그곳에 간 것은 병든 노인들 때문이 아니라는 생각이 스쳤다.

웨이원.

병원에서 일어나는 일은 내가 책임질 일이 아니었다. 그것은 병원 측의 책임이었다. 그리고 병자들의 가족들이 책임질 일이 아니었던가. 그들을 그곳에 버려둔 것은 내가 아니었다. 이번만큼은.

어머니. 나는 내 어머니를 배신한 것이나 마찬가지다. 이제 웨이원조차 배신할 수는 없는 일. 병원에 버려진 노인들은 위해 내가 할 수 있는 일은 없었다. 나는 웨이원에게만 정신을 집중하기로 마음먹었다.

다시 구토를 했다. 마치 몸이 생각에 반항을 하는 것만 같았다. 끈적한 침 한 줄기가 입술에 붙어 떨어지지 않았다. 쓰디쓴 맛이 혀끝에 느껴졌다. 코가 욱신욱신 쑤셨다. 나는 그것이 내가 받는 죗값이라고 생각했다.

어지럽고 기력이 없어 한동안 그 자리에 앉아 있던 나는 마침내 몸을 일으키고 천천히 걷기 시작했다. 어디로 가야겠다는 생각도 없었다. 그저 그곳을 얼른 벗어나고 싶은 마음뿐이었다.

입 안이 바짝 말라왔다. 나는 코로 숨을 쉬려 노력하며 바짝 마른 입술에 침을 발랐다. 도움이 되지 않았다. 가방 속에 손을 집어넣어 물병을 꺼냈다. 나는 반쯤 남아 있던 물을 한 모금에 다 마셔버렸다.

발을 옮겼다. 몇 시인지도 알 수 없었다. 우중충한 하늘에서 한 줄기 빛을 발견하고 그 빛을 따라 걸어갔다. 그곳으로 가면 회색의 세상을 벗어날 수 있을지도 모른다는 생각이 들어서였다. 하지만 어느새 찾아든 먹구름은 그 한 줄기 빛조차도 덮어버렸다.

문득 정신을 차리고 보니 내가 길을 잃고 헤매고 있다는 것을 깨달았다.

조지

벌통은 톰이 원하는 대로 강가와 숲 언저리 도로변의 조그만 호숫가에 다시 배치했다. 톰은 벌통을 어디에 배치하는지를 제외하고선 벌에 대해 아무 관심도 없는 것 같았다.

나는 아침 일찍 앨러배스트 강가로 나가보았다. 따가운 햇살이 하얀 모자와 작업복 위로 쏟아졌다. 나는 작업복 밑에 아무것도 입지 않았지만 땀은 비 오듯 흘렀다. 등줄기를 타고 흘러내린 땀방울은 팬티까지 적셨다. 플로리다는 이보다 훨씬 덥겠지. 아, 그곳은 생각만 해도 지옥 같은 날씨가 계속될 것이다. 나는 그곳으로 이사 가지 않겠다고 딱 잘라 말했던 것이 정말로 잘한 일이라 생각했다.

여기도 여름엔 무덥기 짝이 없다. 지난 몇 주는 더할 나위 없이 날씨가 좋았다. 비도 많이 내리지 않아 벌들은 벌통 안팎을 분주히 날아다니며 꿀을 모아 왔다. 해가 뜨면 벌들은 주로 개러스의 농장 뒤에 가서 꽃꿀을 모아 왔고, 해가 지면 보금자리인 벌통으로 돌아와 휴식을 취했다.

1년 중 가장 좋은 때였다. 나는 매일 벌들과 함께 시간을 보냈다. 가끔은 벌통 앞에 우두커니 서서 벌들이 날갯짓하는 모습을 지켜보기도 했다. 언뜻 보면 벌들의 날갯짓에서는 체계를 찾을 수 없을 것 같았다. 하지만 그들 나름대로는 분명 의미를 지니고 있는 움직임이리라. 예를 들어, 그들은 날갯짓을 하며 서로에게 이런 메시지를 전달하고 있는지도 모른다. '내가 날개를 조금 움직이면서 오른쪽으로 갔다가 왼쪽으로 되돌아간 후 한 바퀴를 빙 돌면, 너희는 저기 서 있는 커다란 떡갈나무를 지나쳐 작은 언덕 위로 올라간 후 강가로 가. 바로 거기에 엄청난 양의 야생 산딸기가 있단다.'

그들은 하루 종일 벌통을 드나들며 서로를 향해 날갯짓을 하고 춤을 추었으며, 어디론가 날아가 꿀을 찾아 가져왔다. 벌통은 시간이 흐를수록 점점 묵직해졌다. 나는 가끔 벌통을 들어 무게를 가늠해보기도 했다. 안을 들여다보면 꿀이 넘쳐흐를 정도였다. 그것은 황금이었고 달콤하게 흘러내리는 돈이었다. 또한 그것은 은행에 융자를 받기 위한 자본금의 역할을 해낼 것이었다.

벌통은 보물 상자나 다름없었다. 이제 내가 해야 할 일은 벌들이 분봉하는 것을 막는 일뿐이었다. 늙은 여왕벌이 새 여왕벌과 그 자손에게 자리를 내주기 위해 자기 식구들을 데리고 벌통을 떠나는 것을 막아야만 했다.

앨러배스트 강은 사람들이 모여 사는 동네에서 멀리 떨어져 있었다. 그럼에도 동네에 사는 한 주민이 자기 정원의 과일나무 주위에 벌 떼들이 모여 있다며 내게 치워달라는 부탁을 해 온 적이 있다. 밖으로는 한 걸음도 나오지 못하고 창가에 코를 댄 채 화를 내는 중년 부인과 두려움에 질린 아이들 앞에서 나는 벌 떼들을 벌통 안으로 몰아넣어야만 했다. 그런 일이 종종 있었기에 양봉업자들은 동네 사람들에게 그다지 좋은 평판을 얻지 못했다. 그래서 나는 분봉을 막기 위해 무슨 일이라도 해야만 했다. 이상하게도 벌들은 새집을 찾아 나설 때마다 신이 내려주신 자연이 아니라 사람들이 사는 집 안의 정원을 귀신같이 찾아들곤 했다.

그 때문에 나는 자주 벌통 안을 들여다보며 벌집을 확인해야만 했다. 그리고 분봉이 일어날 것 같으면 얼른 해당하는 벌들을 납작하게 눌러 죽였다. 애벌레를 발견하는 날이면 새 벌통을 가져와 인공 분봉을 할 수밖에 없었다.

어떤 벌통에서는 자주 자연 분봉의 낌새가 보였다. 나는 그 이유를 알지 못했다. 그럴 때면 여왕벌을 교체시키고 가장 능력이 좋은 여왕벌의 후손을 받아내는 수밖에 없다. 나는 올해 들어서 대부분의 여왕벌을 바꾸었다. 하지만 몇몇 벌통에는 여왕벌을 그대로 두었다. 어떤 여왕벌은 3년 내내 알을 낳기도 한다. 나는 바로 그런 슈퍼 여왕벌을 번식시키고 싶었다.

분홍색 벌통 앞에 섰다. 꽃꿀이 가장 많이 모인 벌통 중의 하나였다. 나는 벌들을 믿고 그들이 하는 대로 내버려두었다. 그랬더니 벌들은 올해 들어 벌써 꿀을 두 상자나 생산해냈다. 꿀로 가득한 두 개의 묵직한 상자. 나는 그간 다른 곳에 자리한 벌통들을 살펴보느라 이곳의 벌통을 찾아보지 못했다. 보름 만에 이곳을 찾았던지라 조금 긴장이 되었다.

내 머릿속은 톰에 대한 생각으로 가득 차 있었기에 벌통의 뚜껑을 들어 올리고 나서도 그 안을 자세히 들여다보지 못했다. 메인 여행을 마치고 학교로 돌아간 톰은 지금까지 한 번도 연락을 하지 않았다. 장학금에 대한 이야기도, 앞으로의 계획에 대해서도 듣지 못했다. 어쩌면 톰은 내가 밖에서 일을 하고 있을 때 에마와 전화 통화를 했을지도 모른다. 그리고 에마는 깜박 잊고 그 이야기를 내게 하지 않았을 수도 있다. 나는 기다렸다. 톰은 여러 가능성을 재보고 있는지도 모른다. 그리고 톰은 내가 여기 있다는 것을 잘 알고 있다. 내가 날개가 있어서 어디 훌쩍 날아가버리는 것도 아니니 말이다.

나는 톰을 잃어버린 것일까?

벌통의 뚜껑을 땅에 내려놓고 생각을 가다듬었다. 이상했다. 벌통을 열면 늘 귓전을 스치던 그 익숙한 소리가 들리지 않았다. 너무나 조용했다.

격리대를 분리시켰다. 이젠 벌들의 윙윙하는 날개 소리를 들을 수 있으리라 생각했다.

날판을 들여다보고 입구도 들여다보았다.

벌은 한 마리도 보이지 않았다.

나는 가장 위쪽에 있는 벌집을 확인해보았다. 음식은 충분히 있었다. 꿀도 넘쳐흐를 정도로 많았다.

그런데 벌들은 모두 어디로 가버렸을까?

아래쪽에 있는 벌통에 모여 있는 것일까? 그렇다. 틀림없이 그럴 것이다.

나는 위에 있는 벌통을 들어 옮겼다. 등에 통증이 느껴졌다. 톰에게 허리를 사용하지 말고 다리를 사용하라고 누누이 일렀던 내가 그걸 잊어버리다니. 나는 천천히 벌통을 잔디 위에 내려놓고 아래쪽 벌통을 들여다보았다.

거기도 텅 비어 있었다.

애벌레 방. 애벌레 방에 모여 있을지도 모른다는 생각이 스쳤다.

나는 서둘러 위쪽에 있던 벌집 판을 치웠다. 머리 위에서 내리쬐는 햇살이 벌통을 비추었다.

텅 비어 있었다. 거기에도 벌은 보이지 않았다.

벌통에 남아 있는 것은 수많은 애벌레들밖에 없었다. 알을 깨고 나온 지 얼마 안 되는 새끼 벌들은 일벌의 보살핌도 받지 못한 채 엉금엉금 기어 다니고 있었다. 부모를 잃어버린 고아들.

등에 옥색으로 표시를 해둔 여왕벌은 가장 아래쪽에 있었다. 여왕벌 주위엔 몇 마리의 새끼 벌들이 둘러싸고 있었다. 그들은 움직일 기력도 없이 축 늘어져 있었다. 버림받은 것이었다. 일벌들에게 버림을 받은 엄마와 아이들. 그들은 보살핌을 받지 못한 채 죽음만을 기다리고 있을 뿐이었다.

나는 눈을 들어 주변을 둘러보았다. 날갯짓을 하는 벌들은 한 마리도 볼 수 없었다. 벌은 자취를 감추어버린 것이다.

나는 치워두었던 벌집을 조심스레 제자리에 넣고 벌통을 원래 자리에 올려두었다. 눈을 껌벅였다. 손이 달달 떨리기 시작했다. 마치 비바람이 몰아치는 가을 벌판 한가운데 서 있는 것처럼 온몸에 한기가 느껴졌다.

나는 옆에 있는 벌통으로 몸을 돌렸다. 날판과 입구는 반대쪽을 향하고 있었기에 안을 들여다볼 수는 없었지만, 나는 거기에도 무엇이 나를 기다리고 있는지 알 수 있을 것 같았다. 거기서도 익숙한 벌들의 소리는 들려오지 않았으니까.

진드기도, 해충도 없었다. 질병이 휩쓸고 지나간 흔적도 찾아볼 수 없었다. 시체도 보이지 않았다.

단지 텅 비어 있을 뿐.

남아 있는 것은 여왕벌뿐이었다.

가슴이 답답해졌다. 나는 서둘러 벌통의 뚜껑을 닫았다.

다음 벌통을 열어보았다.

뚜껑을 여는 손에 희망을 담으려 안간힘을 써보았다.

하지만 그곳도 텅 비어 있긴 마찬가지였다.

다음 벌통도.

또 다음 벌통도.

그다음.

또 그다음.

모두들 텅 비어 있었다.

눈을 들어 그곳에 배치해두었던 벌통들을 쭉 둘러보았다. 여기저기 흩어져 있는 벌통들. 내 벌통들. 내 벌들.

스물여섯 개의 벌통 속에 있던 수많은 벌들은 온데간데없이 사라지고 없었다.

윌리엄

에드먼드가 자고 있는 동안, 나는 벌통을 손질했다. 햇살을 받으며 밖에 나와 있으면 마음도 가벼워지는 것 같았다. 나는 틸다의 말이 맞는다고 생각했다. 에드먼드는 아픈 게 아니라 피곤할 뿐이라고. 벌통을 보여주는 건 하루 이틀쯤 늦어져도 상관없는 일이다. 에드먼드는 그간 내가 해왔던 일을 보게 되면 생기를 되찾을 것이 틀림없었다.

작업 환경은 더없이 좋았다. 나는 벌통을 꽤 높은 곳에 배치해두었기에 안을 들여다보려고 허리를 숙일 필요가 없었다. 벌들은 놀랄 만큼 빠른 속도로 새 보금자리에 적응을 했다. 그들은 쉴 새 없이 벌통을 드나들며 꽃가루와 꽃꿀을 모아 오고 알을 낳았다. 모든 것이 계획했던 대로 착착 진행되고 있었다. 단,

나를 궁금하게 만드는 것이 한 가지 없지 않았다. 벌들은 항상 어딘가에 벌집을 이어 붙이려 한다는 것이었다. 나는 여러 가지 다른 방법을 시도해보았다. 하지만 소광을 벽 가장자리에 가까이 설치해둘 경우엔, 벌들은 송진처럼 끈끈한 밀랍과 프로폴리스*를 섞어 생산해냈다. 반면, 소광을 벽에서 멀리 떨어진 곳에 설치하면 벌들은 벌집을 서로 교차시켜 엇갈린 곳에 지었기에 벌집을 꺼내기가 쉽지 않았다. 나는 바로 이 부분에 대해 더 연구를 해봐야겠다고 결심했다.

그때, 그가 다가왔다. 나는 그가 나를 보기 전에 이미 그를 발견했다. 그를 보는 순간, 온몸이 떨리기 시작했다. 그의 얼굴은 중절모의 챙이 드리우는 그림자에 가려져 있었고, 헐렁한 셔츠는 빼빼한 몸을 덮고 있었다. 그리고 어깨에 멘 낡은 배낭. 그 속에는 언제나처럼 유리병과 핀셋, 수술용 칼과 살아 있는 곤충으로 가득할 것이 분명했다.

나는 벌통을 향해 몸을 숙였다. 그간 이런 기회가 오기를 얼마나 고대했던가. 나는 속내를 들키지 않기 위해 평소와 마찬가지로 손을 움직였다. 하지만 내 손이 무엇을 하고 있는지는 전혀 눈에 들어오지 않았다. 나는 그에게 등을 돌린 채 무언가에 열중하는 척했다. 그것은 바로 나만의 것, 생애 최초로 내 힘으로 이루어낸 일이기도 했다.

그의 발자국 소리가 점점 가까워졌다. 내게로 다가올수록 느려지던 발자국 소리는 곧 멈추었다.

* 꿀벌이 나무의 싹이나 수액과 같이 식물로부터 수집하는 수지질樹脂質의 혼합물.

헛기침 소리.

"무슨 일을 그리 열심히 하고 있는가?"

나는 몸을 돌리며 뜻밖이라는 듯 놀란 표정을 지었다.

"람 교수님!"

그의 입가에 미소가 스쳐 지나갔다.

"정말 소문 그대로군."

"예?"

"자네가 자리에서 일어났다는 소식을 들었다네."

나는 등을 쭉 폈다.

"자리에서 일어났을 뿐 아니라 하늘을 날 듯 기운도 펄펄 납니다." 문득 내가 뱉어낸 말이 참으로 유치하게 들렸다.

"축하하네." 그가 미소도 띠지 않은 덤덤한 표정으로 말했다.

나는 그가 더 많은 질문을 해주었으면 좋겠다고 바랐다. 왜 내가 그런 말을 했는지 물어보면 좋을 텐데…… 하지만 그는 아무 말도 하지 않고 곧 그 자리를 떠나려는 듯 등을 반쯤 돌렸다.

나는 얼른 울타리 쪽으로 뛰어가서 모자와 면포를 벗었다. 그를 좀 더 붙잡아놓고 싶었기에 나는 손을 내밀어 악수를 청했다. 그 순간 땀으로 범벅이 된 내 얼굴이 민망해 몰래 손을 올려 이마를 훔쳤다. 하지만 그는 그런 내 모습을 모두 보아버렸다.

"이 날씨에 작업복까지 입고 있으니 더울 거야."

나는 그의 말에 고개를 끄덕였다.

"하지만 작업복을 입는 게 현명할 거야."

"예." 나는 그가 무슨 말을 하려는지 짐작할 수가 없어 짤막한 대답만 내뱉었다.

"몸을 가려 보호하지 않으면 큰일을 당할 수도 있으니까."

그는 마치 내가 모르는 것을 가르쳐주기라도 하듯 권위 있는 말투로 말을 이었다.

"저도 잘 알고 있습니다." 나는 무언가 현명하고 지혜로운 말을 해서 그가 칭찬을 해주기를 바랐지만, 내 입에서 나온 말은 그의 말에 대한 맞장구에 불과했다.

"내가 벌들을 좋아하지 않는 이유도 바로 그 때문이라네. 직접적인 접촉을 할 수가 없으니 말이지."

"글쎄요. 시간이 흘러 상호 신뢰가 이루어지면 직접적인 접촉도 가능하다고 봅니다만……"

그는 내 말을 들은 척도 않고 하던 말을 계속했다. "와일드먼이 아닌 이상." 그의 입가에 다시 보일 듯 말 듯한 미소가 스쳤다.

"와일드먼이라고요?"

그가 내게 낯선 이름을 말한 적은 이전에도 수없이 많았다. 그는 모르는 게 없는 것 같았다.

"아니, 와일드먼을 모른단 말인가?"

"예…… 글쎄요…… 어디서 들어본 것 같긴 한데……"

"서커스 광대 같은 사람이지. 사기꾼이야. 보호 장치도 없이 온몸을 벌들로 뒤덮었지. 벌 수염으로 아주 유명한 사람이기도 해." 그는 자신의 얼굴을 쓰다듬으며 말을 이었다. "그는 벌로 양 볼과 턱, 목까지도 뒤덮었어. 그 일로 유명해진 그는 심지어 조지 3세 국왕 앞에서도 공연을 했었지. 그게 1772년이었던가?"

그는 마치 대답을 기다리기라도 하듯 나를 빤히 바라보았다.

"어쨌든, 그의 이름은 그 기이한 행동과 아주 잘 어울린다고 생각하지 않나? 사실 그가 했던 일은 러시안룰렛 게임을 하는 것이나 마찬가지였어. 그런 식으로 온몸을 벌들로 뒤덮어놓고선 마치 자기가 벌들을 조종할 수 있다는 듯 잘난 척을 했지. 그런데 알고 보면 그가 했던 일은 바로 인공 분봉에 불과했어. 그러니까 벌들에게 달짝지근한 시럽을 배불리 먹여놓고 여왕벌을 빼내서 자기가 가지고 있었던 거지. 벌들은 여왕벌이 있는 곳으로 모이게 마련이니까."

마치 학생을 가르치는 듯한 람 교수의 권위 있는 말투는, 이 정도쯤은 누구나 알고 있어야 한다고 말하는 것 같았다.

"그의 아버지도 비슷한 일을 했어. 토머스 와일드먼이라고. 하지만 그는 훗날 사람들의 존경을 받는 양봉업자가 되었고 귀족의 지위에까지 올랐지. 그는 사리를 분별할 수 있었던 사람이었지만 그의 아들은 평생 그토록 쓸모없는 짓으로 시간을 허비했다네. 그가 무엇을 증명해 보이려 했는지는 모르겠지만……"

"그렇군요."

"자, 그럼……" 람 교수는 작별 인사를 하려는 듯 손을 모자로 가져갔다. "자네는 와일드먼이 아니라는 것을 기억하게. 자네는 미스터 새비지라는 사실을 잘 알고 있겠지?* 그럼, 몸조심하게나." 그는 날아든 벌 한 마리를 손으로 탁 내리쳤다. "벌은 자네를 쏠 수도 있다는 사실을 명심하게." 그는 몸을 돌려 걷기 시작했다.

"람 교수님!" 나는 그를 향해 한 발짝 가까이 다가갔다.

* 와일드먼Wildman과 윌리엄의 성 새비지Savage는 모두 '야만인'이라는 뜻을 가지고 있다.

"나를 불렀나?" 그가 나를 돌아보았다.

"교수님, 시간이 되신다면…… 제가 교수님께 보여드리고 싶은 게 있습니다."

내가 벌통을 보여주는 동안 그는 단 한 마디도 하지 않았다. 샬럿의 모자와 면포를 쓴 나는 그의 눈을 볼 수가 없었다. 내 말은 점점 빨라졌고, 열정도 솟아오르기 시작했다. 내가 그에게 보여주고 설명을 해주는 것은 바로 난생처음으로 이루어놓은 나만의 것이기도 했으니까. 할 말은 너무나 많았고, 설명할 것도 너무나 많았다. 나는 내가 고안한 벌통으로 얼마나 쉽게 꿀을 채집할 수 있는지, 밀랍 판을 얼마나 쉽게 떼어낼 수 있는지, 또 얼마나 쉽게 벌통을 청소할 수 있는지에 대해서 설명했다. 심지어 벌통의 기술적인 면에 대해서도 주절거리기 시작했다. 내 벌통은 위베르의 벌통에 영향을 받아 그것을 개선한 것이며, 훨씬 실용적일 뿐 아니라 벌통 내의 온도도 효율적으로 유지할 수 있다고 말했다. 게다가 매우 쉽게 벌통 안을 관찰할 수 있기에 벌에 관한 연구를 하기엔 적격이라고도 했다.

마침내 더 할 말을 찾지 못한 나는 설명을 멈추었다. 문득, 폭포수처럼 말을 쏟아내느라 숨을 헐떡이고 있는 나 자신을 발견했다.

나는 그가 무슨 말이라도 해주기를 기다렸지만, 그는 아무 말도 하지 않았다.

침묵이 점점 길어지자, 나는 불안해지기 시작했다.

"교수님의 의견을 듣고 싶습니다만……"

람 교수는 말없이 벌통을 한 바퀴 돌며 구석구석 자세히 들여다보았다. 그는 뚜껑을 열어보기도 했다.

나는 뒷짐을 지고 서서 그를 바라보았다. 장갑을 끼고 있는 손에선 땀이 축축하게 흘러내렸다.

"자네가 고안한 벌통은 지어존 벌통이구먼."

나는 람 교수의 말을 이해할 수 없어 그를 뚫어지게 바라보았다. 그러자 그는 천천히 했던 말을 되풀이했다.

"자네가 지은 벌통은 '지어존 벌통'이라고 했네."

"무슨 말씀이신지요?"

"요한 지어존. 성직자이자 양봉가지. 폴란드에서 태어났지만 지금은 독일에서 살고 있다네. 자네가 지은 벌통은 바로 그가 고안한 벌통이야."

"아닙니다. 이건 제가…… 그러니까 제 말씀은…… 저는 치어…… 그 이름을 한 번도 들어본 적이 없습니다."

"지어존."

람 교수는 벌통으로부터 등을 돌린 후 몇 발자국 떼더니 모자를 벗었다. 그의 얼굴은 발갛게 상기되어 있었다. 그가 화를 내고 있는 걸까?

"내가 그의 벌통에 대한 글을 읽은 건 벌써 10년 전이라네. 그는《비넨차이퉁》이라는 잡지에 자주 글을 기고하기도 하지."

내 반응을 살피는 그의 눈빛에는 아무런 감정도 담겨 있지 않아 무덤덤하게만 보였다.

"자네가 그 잡지를 읽지 않았다는 건 알겠네. 일반인들은 지어존의 글을 읽을 기회가 거의 없거든. 하지만 지어존은 학자들

사이에선 아주 유명한 사람이야. 자네가 그 글을 읽지 않았다는 것은 나도 충분히 이해하네." 그의 말투는 여전히 학생을 가르치는 듯한 권위로 가득 차 있었다. "어쨌든 이 벌통은 자네도 말했듯이 관찰 작업을 하기엔 아주 적격이군. 벌들의 생태를 연구하기도 어렵지 않겠지. 연구를 계속해보게."

그가 미소를 지었다. 그의 얼굴이 상기되었던 것은 화가 나서가 아니라 터져 나오는 웃음을 억지로 참느라 얼굴이 붉어졌기 때문임을 나는 그제야 깨달았다. 기쁨이라곤 전혀 찾아볼 수 없는 그 짤막한 웃음. 나는 다시 한 번 그를 실망시켰던 것이다. 그리고 그는 다시 한 번 조소 섞인 웃음을 내게 던져주고 싶어 했다.

하지만 그는 끝까지 웃음을 터뜨리지 않았다. 그는 제자리에 선 채 나를 바라보았다. 내 대답을 기다리고 있는 것일까? 나는 무슨 말을 해야 할지 알 수 없었다. 정말 그것이 사실일까? 지금까지 내가 해왔던 일은 모두 수포로 돌아가버린 것일까? 얼굴이 굳어지기 시작했다. 온몸의 피가 얼굴로 몰려오는 것만 같았다. 내가 아무 말도 못 하고 가만히 서 있자 그가 말문을 열었다.

"이제부터라도 어떤 프로젝트를 시작하기 전엔 관련 분야에 대한 연구를 더 깊이 해보게나. 그게 바로 내가 자네에게 주고 싶은 조언이라네. 지난 몇 년 동안 이 분야의 연구에 꽤 큰 발전이 있었어. 지어존은 예를 들어, 여왕벌과 일벌은 유정란에서 생산되는 반면 수벌은 무정란에서 생산된다는 것도 알아냈지. 논의의 여지가 많긴 하지만 현실적으로 널리 받아들여진 이론이라네. 그는 그레고어 멘델이라는 젊은 수사에게서 깊은 영향을 받고 벌들의 유전적인 사항에 대해서도 연구를 하고 있지. 아주 흥미로운 작업이 틀림없어. 자네도 짐작하겠지만 이 분야에 대해서도 연구할 사항이 아주 많다네."

그는 내게 모자를 내밀었다.

"어쨌든 자네의 건강한 모습을 보니 기분이 좋군. 그리고 작긴 하지만 자네가 해온 일을 내게 보여줘서 고맙네."

나는 모자를 받아 쥐느라 그에게 작별 인사를 청하려 손을 내밀 수도 없었다. 말도 나오지 않았다. 작별 인사를 건네려 입을 열면 울음이 터져 나올 것 같았다.

람 교수는 익숙한 손놀림으로 자신의 모자를 쓰고 손가락을 챙에 가져가 고개를 한 번 끄덕여 보인 후 몸을 돌려 가버렸다.

나는 그가 보이지 않을 때까지 그 자리에 멍하니 서 있었다. 작은 장난감 하나를 앞에 두고 서 있는 어린 소년처럼.

조지

나는 서둘러 강을 향해 걸어갔다. 떡갈나무를 지나치자 배 속에서 경련이 일어나는 것 같았다. 벌들은 분명 어딘가에 있을 터였다.

휴대전화를 확인했다. 혹여 누군가의 정원에 벌 떼들이 모여 있다고 전화를 해 오진 않았을까? 아니, 전화를 한 사람은 아무도 없었다.

분봉 때문이 아니었다. 나는 그것쯤은 알고 있었다. 그 어떤 벌통에도 분봉의 흔적은 보이지 않았기 때문이다. 분봉을 하며 늙은 여왕벌을 두고 가는 벌들은 없으니까.

나는 사방을 자세히 살펴보았다.

벌들은 어디서도 볼 수 없었다.

나는 다시 휴대전화를 집어 들었다. 일을 처리하기 위해선 도움이 필요했다.

릭의 번호를 눌렀다. 그는 신호음이 떨어지기 무섭게 전화를 받았다. 시끌벅적한 소리로 미루어보아 술집에 있는 것이 분명했다.

"릭입니다! 무엇을 도와드릴까요?" 그가 웃음을 터뜨리며 말했다.

나는 아무 말도 할 수 없었다. 해야 할 말이 가슴속에서 빠져나오지 못하고 허우적거리는 것만 같았다.

"여보세요? 조지?"

"응, 나야. 미안해."

"무슨 일이라도 생겼나요? 잠깐만요!"

곧 조용해진 것으로 보아, 그는 술집 밖으로 나온 것 같았다.

"여보세요? 아, 이제 잘 들리는군요."

"응, 릭…… 지금 이곳으로 와줄 수 있겠나? 강가에 있어."

심각함을 눈치챘는지 그의 목소리에서 웃음기가 사라졌다.

"무슨 말씀이신지…… 지금 당장 말입니까?"

"어…… 응……"

"조지? 도대체 무슨 일이에요?"

대답을 하는 내 목소리가 갈라졌다.

"여기…… 여기 정리할 게 아주…… 아주 많아."

에마는 흐느끼며 울고 있었다. 그녀는 강가의 나무 아래 서서 눈물을 흘리고 있었다. 나뭇잎이 드리우는 그림자는 눈물에 젖어 반짝반짝하는 그녀의 얼굴 위에서 흔들리고 있었다. 어쩌면 그녀는 눈물을 보이지 않으려 나무 아래 숨어 있었는지도 모른다. 하지만 나는 에마를 찾아내 두 팔로 감싸 안았다. 그녀가 눈물을 흘릴 때면 항상 하던 행동이었다. 도움이 된 듯 그녀는 진정하기 시작했다. 그녀가 진정하니 나도 마음이 차분해졌다.

우리 주변에는 솜사탕색을 칠한 벌통들이 여기저기 널브러져 있었다. 마치 거인의 주먹에 부서진 작은 집들을 보는 것만 같았다. 나는 그것들을 정리할 기력이 없었다. 강가로 가서 벌통을 하나하나 살펴보노라니 온몸의 피가 거꾸로 솟는 것만 같았고, 내 거친 숨소리는 귓전에서 떼어낼 수가 없었다.

벌들을 모두 잃어버린 것은 아니었다. 몇몇 벌통 속에는 여전히 벌들이 남아 있었다. 그들은 마치 아무 일도 없었다는 듯 여느 때와 마찬가지로 부지런히 날갯짓을 했다. 하지만 건강한 벌들은 얼마 되지 않았다. 나는 몇 마리나 남아 있는지 세어볼 기운조차 없었다. 그저 벌통을 하나하나 열고 확인해볼 뿐이었다.

릭과 지미가 왔다. 그들은 나와 에마에게서 멀찍이 떨어져 섰다. 릭은 무슨 일부터 손을 대야 할지 모르는 사람처럼 천천히 왔다 갔다 하기만 했다. 어쩐 일인지 그는 평소와는 달리 아무 말도 하지 않았다. 지미는 이미 정리를 하기 시작했다. 그는 빈 벌통을 한데 모아 차곡차곡 쌓았다.

"이럴 수가! 이런 일이 일어나다니!" 에마가 내 스웨터에 얼굴을 묻고 흐느꼈다.

나는 아무 말도 할 수 없었다.

"뭔가 잘못된 것이 틀림없어요. 그렇지 않고서야……"

나는 그녀에게서 팔을 뗐다. "뭐가 잘못되었다고 생각하는 거요?"

"아니, 그런 게 아니라……" 에마는 흐느낌을 멈추었다. "먹이는 어떤가요? 절량이 되었던 건 아닌가요?" 그녀는 얼굴을 치켜들었다. 얼굴은 여전히 나뭇잎이 던지는 그림자에 가려져 있었고, 두 눈은 내 눈과 마주치지 못했다.

"그건 아냐. 당신도 달력을 한번 봐. 먹이가 바닥날 때는 아니잖아?"

"네, 알아요. 저도 그건 알아요."

그녀는 눈물을 훔쳤다. 나는 두 팔을 어떻게 해야 할지 몰라 어정쩡하게 서 있었다.

그녀는 그림자 속에서 나와 햇살이 내리쬐는 강을 바라보았다.

"올해 여름은 유난히 더웠어요. 벌통 대부분이 하루 종일 쨍쨍한 햇볕 아래 있었다고요."

"지난 수십 년 동안 매년 여름이면 이곳에 벌통을 내두었어."

"맞아요. 미안해요…… 난 그냥…… 도대체 왜 벌들이 갑자기 사라졌는지 믿을 수가 없어서……"

나는 주먹을 꾹 움켜쥐고 그녀에게서 등을 돌렸다.

"당신은 믿을 수 없다고 말하지만, 지금은 그게 중요한 게 아니잖아."

벌 한 마리가 우리 앞을 지나갔다.

"오, 미안해요. 이리로 와요!" 에마가 나직이 소리쳤다.

에마는 두 팔을 치켜들고 나를 편안하게 꼭 안아주었다. 나는 그녀의 스웨터에 얼굴을 파묻었다. 할 수만 있다면 나도 에마처럼 눈물을 흘리며 울고 싶었다. 하지만 내 두 눈은 바짝 말라 눈물 한 방울도 나오지 않았다. 숨이 막혀왔다. 그녀의 스웨터가 내 코를 가로막아 숨을 쉬기가 힘들어졌다. 그뿐만 아니라 그녀의 체온이 스웨터를 뚫고 내게로 전달되는 바람에 더 무더워졌다.

나는 그녀의 팔에서 몸을 빼냈다. 흩어진 판자들을 주워 모았지만 어디에 내려놓아야 할지 몰라 발아래 던져버렸다. 그건 목적도 의미도 없는 일이었다.

에마가 내게 다가와 다시 팔을 벌렸다.

"당신……"

나는 어머니에게 배신을 당한 큐피드나 마찬가지였다. 하지만 내겐 울면서 찾아갈 어머니가 없었다. 불평을 할 어머니도 없었다. 솔직히 난 누가 나를 배신했는지도 모르고 있었다.

게다가 나는 벌에 쏘인 어린아이처럼 울기도 싫었다.

나는 팔을 벌리고 서 있는 에마를 향해 고개를 절레절레 저었다. "이제 일을 해야 해."

나는 판자들을 더 주워 와 조금 전에 내려둔 더미 위에 차곡차곡 쌓았다. 어느 정도 쌓이고 나니 그것은 금방이라도 쓰러질 듯 흔들리는 탑처럼 보였다.

"알았어요."

에마는 치켜 올렸던 두 팔을 아래로 축 늘어뜨렸다.

"그렇다면 저는 집으로 가서 저녁 준비를 해둘게요."

그녀는 몸을 돌려 걷기 시작했다.

석양은 저녁 하늘에 붉은색 구멍을 만들어냈다. 허공에는 날카로운 빛줄기, 땅 위에는 긴 그림자가 생겨났다.

온몸이 쑤셨지만 나는 일을 멈추지 않았다. 일곱 군데의 다른 장소에 배치했던 벌통을 모두 확인해보았지만, 가는 곳마다 눈앞의 광경은 그리 다르지 않았다.

우리는 가장 마지막 장소인 매켄지 농장 뒤의 언덕에 도착했다. 벌통은 그림자 속에 서 있었다. 평소 같았으면 벌들은 나무 위의 새들이나 날벌레들과 경주라도 하듯 바쁘게 날갯짓을 하고 있었을 텐데 그날은 조용하기만 했다.

지미가 야외용 의자 세 개를 들고 나타났다.

"좀 앉았다가 다시 시작해요."

그는 벌통에서 좀 떨어진 곳에 의자를 내려놓았다. 릭과 나는 터벅터벅 의자를 향해 걸어갔다. 릭은 오후 내내 한 마디도 하지 않았다. 나는 그가 늘어놓는 이야기가 그리워지기 시작했다. 하지만 그는 내가 눈길을 보낼 때마다 고개를 돌려버렸다. 젖어 있는 두 눈을 내게 보여주고 싶지 않기 때문이리라.

지미는 보온병과 비스킷 한 봉지를 꺼냈다. 직접 가져왔을까? 아니면 에마에게서 받아 온 것일까? 그는 비스킷 포장을 뜯어서 가운데에 내려놓고, 보온병을 열어 커피를 따랐다. 우리는 잔을 부딪치지 않고 침묵 속에서 커피를 마셨다.

야외용 의자가 삐걱 소리를 냈다. 나는 가능한 한 몸을 움직이지 않으려 안간힘을 썼다. 왠지 소리가 나면 안 될 것 같아서였다. 그 상황에선 어떤 소리가 나도 어울리지 않을 것 같았다. 소리라는 것은 다른 시간대에 속한 것이라는 생각이 스쳤다. 지미가 커피를 한 모금 들이켰다. 후루룩 커피 마시는 소리도 그곳엔 어울리지 않았다. 그건 일상의 소리였다. 그는 커피 잔을 꾹 움켜잡고 있었다. 갑자기 그의 손에서 커피 잔을 빼앗아 그의 얼굴에 커피를 확 부어버리고 싶은 충동이 일었다. 아, 지금 내가 무슨 생각을 하고 있는 걸까…… 불쌍한 지미. 벌들이 사라진 것은 지미가 책임질 일이 아닌데.

우리 세 명은 모이기만 하면 항상 대화를 나누었다. 양봉 일에 대해, 농사일에 대해, 연장과 목공 일에 대해. 동네 사람들의 흉을 보거나 소문을 퍼 옮기는 일도 대화의 주젯거리였다. 특히 개러스에 대한 이야기는 아주 오랫동안 할 수도 있었다. 여자에 대한 이야기도 마찬가지였다. 적어도 릭과 나는 그랬다. 우리의 대화는 자유롭기 그지없었다. 우리에겐 항상 무언가 할 이야기가 있었고, 웃음을 나눌 일이 있었다. 지미와 나는 주거니 받거니 대화를 나누는 반면, 릭은 한번 입을 열면 강의를 하듯 오랫동안 혼자서 말을 했다.

하지만 오늘은 달랐다. 나는 무슨 말이라도 해보려 했지만 매번 입을 열 때마다 말은 온데간데없이 순식간에 사라져버렸다. 보아하니 지미와 릭도 마찬가지인 듯했다. 지미는 헛기침만 연달아 했고, 릭은 나와 지미를 번갈아 쳐다보며 숨을 들이쉬었다. 그러나 둘은 끝까지 아무 말도 하지 않았다.

우리는 커피를 마시고 비스킷을 먹었다. 그리고 의자의 삐걱거리는 소리를 만들어내지 않으려 꼼짝도 하지 않았다. 삐걱거리는 소리가 나면 우리를 둘러싸고 있는 정적이 얼마나 크고 무거운지 더 절실하게 느낄 것 같아서였다. 커피는 미적지근했고 아무 맛도 나지 않았다. 비스킷을 먹으니 따갑던 배 속이 좀 가라앉는 것 같았다. 문득, 하루 종일 배 속이 따끔따끔했던 것은 배가 고팠기 때문이라는 생각이 스쳤다.

우리는 어둠이 내려앉아 온몸을 감쌀 때까지 그곳에 앉아 있었다.

타오

거리의 방향 표지판은 하나도 보이지 않았다. 그 때문에 지도도 소용이 없었다. 길을 물어볼 사람도 눈에 띄지 않았다. 발을 들이지 말았어야 할 곳에 왔다는 생각이 점점 강해졌다. 호텔 여직원이 말했던 바로 그곳에 온 것이 틀림없었다. 정부에서도 통제를 못 하는 지역. 강제 이주를 거부한 사람들이 남아 있는 지역. 버려진 사람들, 숨어 사는 사람들이 모여 있는 지역.

모퉁이를 도니 황량한 거리가 눈에 들어왔다. 날은 점점 어두워졌고 그림자는 점점 길어졌다. 너무나 고요했다. 무언가 움직이는 것이 있다는 느낌이 들어 몸을 홱 돌려보았다. 그곳에는 낯선 집의 뒷마당으로 향하는 문이 자리하고 있었다. 저 안에 누가 있는 걸까?

나는 발을 옮겨 그 문을 지나쳤다. 그때까지만 하더라도 그곳을 얼른 벗어나야 한다는 생각뿐, 두렵다는 생각은 나지 않았다. 하지만 차츰 겁이 나기 시작했다. 사지가 뻣뻣하게 굳어져서 움직이기조차 힘들 지경이었다. 왔던 길을 되돌아가야 할까?

용기를 내어 몇 발자국 더 앞으로 내디뎌보았다. 조금 전보다는 더 천천히 걷고 있는 나를 발견할 수 있었다. 아무 일도 일어나지 않았다. 어쩌면 나는 헛것을 보았는지도 모른다. 어쩌면 그건 길고양이나 들쥐일지도 모른다. 이 버림받은 구석에서 살아보겠다고 안간힘을 쓰는 존재들. 음식도 없고 심지어는 잡초조차 찾아볼 수 없는 이곳에는 아스팔트의 빈틈 사이로 삐죽이 고개를 내밀고 올라오는 낯선 식물들뿐이었다.

고개를 들어보니 저 멀리 무언가 파랗고 하얗게 빛을 발하는 것이 보였다. 나는 걸음을 빨리했다. 그것은 점점 더 선명하게 보이기 시작했다. 푸른색 배경에 하얀색 글자들. 화면이 깜박이는 것으로 미루어보아 전기 공급이 잘 안 되는 모양이었다. 하지만 아무래도 상관없었다. 그건 골목 끝 쪽에 전철역이 있다고 가르쳐주는 전광 팻말이었다.

나는 힘을 내어 달리기 시작했다. 전철이 운행되는지는 확신할 수 없지만, 그곳에 가면 근처의 지도는 찾아볼 수 있을 것이라는 생각에서였다. 전철 노선을 따라 걷다 보면 이 지역을 벗어날 수 있을지도 몰랐다. 그곳에는 전철역이 지하가 아니라 도시 중심에서처럼 지상에 자리하고 있었다.

불쑥 등 뒤에서 낯선 움직임이 느껴졌다. 언뜻 뒤를 돌아보니 호리호리한 사람 한 명이 나를 따라오고 있었다. 그 순간, 귀를 찢는 듯 날카로운 휘파람 소리가 허공을 갈랐다. 그와 동시에 양옆에서 두 명이 더 모습을 드러냈다. 그들이 그동안 어디에 숨어 있었는지는 알 길이 없었다.

그들과 나 사이엔 20미터 정도 되는 간격이 있었다. 하지만 그들은 점점 간격을 좁혀오기 시작했다. 키가 크고 훌쭉한 소녀 한 명과 소년 두 명. 그들은 아이도 아니었고 어른도 아니었다. 매끈매끈한 피부를 지니고 있었지만 눈빛은 죽어가는 노인의 눈빛을 닮아 있었다. 모두들 뼈만 앙상하게 남은 모습이 영양실조에 걸린 것 같았다. 하지만 나를 보는 순간, 그들은 힘을 얻은 듯 엄청난 속도로 달려오기 시작했다.

나는 그들을 기다리지 않았다. 그들이 무엇을 원하는지 잘 알고 있었기 때문이다. 그들의 눈빛은 배고픔을 면하기 위해서라면 무엇이든 할 수 있다고 말하고 있었다. 그들은 병원에서 보았던 노인들의 절망감에 뒤덮여 있었지만, 그 절망감을 해결하기 위해 자신의 신체적 에너지를 사용할 수 있는 젊음이 있었다.

나는 다시 달리기 시작했다. 이번에는 달랐다. 병원에서 노인들을 두고 달려 나올 때는 나 자신을 향한 혐오감에서 도망을 친 것이라 할 수 있었지만, 이번에는 목숨을 잃지 않기 위해 달렸던 것이다.

그들은 눈 깜짝할 새에 나를 따라붙었다. 나는 고개를 돌려 확인할 용기가 없었다. 하지만 나는 그들의 발자국 소리를 들을 수 있었다. 아스팔트 위를 뛰어오는 발자국 소리. 여섯 개의 발자국 소리. 그 소리는 점점 커지기 시작했다.

푸른 팻말은 점점 가까워졌다. 저기까지만 갈 수 있다면…… 전철역 안으로 들어갈 수만 있다면…… 전철이 한 대 와주기만 한다면……

하지만 그것은 부질없는 희망에 불과했다. 그곳으로 오는 전철은 없었다. 거기엔 나와 그들뿐이었다. 절망감과 배고픔에 허덕이는 젊은이들. 삶의 희망이라곤 조금도 없는 세 명의 젊은이들. 그럼에도 자기방어 본능에 따라 살아가는 그들은 이 세상의 또 다른 모습인 동시에 나 자신의 모습이기도 했다.

그들은 바로 등 뒤에까지 따라왔다. 나는 그들의 숨소리까지 들을 수 있었다. 곧 그들은 나를 붙잡아 바닥에 내동댕이칠 것이 분명했다.

내게는 선택의 여지가 없었다.

나는 그들을 향해 홱 돌아선 후 마치 항복이라도 하듯 두 팔을 머리 위로 번쩍 치켜들었다.

세 명의 젊은이는 동시에 발을 멈추었다. 그들의 얼굴에는 순간적으로 놀란 표정이 스쳤다. 나는 소녀에게 눈길을 던졌다. 왜 하필이면 그녀를 바라보았을까? 그녀도 나와 같은 여자이기 때문에? 그녀라면 내 말을 더 잘 들어줄 수 있을 것 같아서? 나는 내 모든 생각과 인간성에 대한 온갖 상념들을 눈빛에 담아내려고 노력했다. 그리고 그녀의 시선을 내게로 잡아두려 애를 썼다. 조금만 더 늦었더라면 나는 그녀의 눈을 바라볼 기회조차 얻지 못했을 수도 있었다. 그녀가 당황한 듯 재빨리 몇 번 눈을 깜박이는 것을 본 나는 그녀의 허점을 짚어냈다고 확신했다. 그녀는 걸음을 멈추고 옆에 있던 소년들을 바라보았다. 우리는 그렇게 서로 마주 보며 한동안 서 있었다. 나는 용기를 내어 그녀에게서 눈을 떼고 소년들을 차례차례 바라보았다. 그들도 나를 봐주기를 바랐다. 그래서 그들이 내 생각을 읽을 수 있기를 바랐다. 나는 그들이 나를 희생양으로 취급하지 않고 한 인간으로 대해주길 바랐던 것이다.

"여긴…… 당신들뿐인가요?" 나는 나직이 물어보았다.

아무도 대답을 하지 않았다.

나는 한 발짝 그들에게 다가섰다.

"도움이 필요한가요?"

소녀의 입에서 신음 같은 대답이 빠져나왔다. "예." 그녀는 재빨리 옆에 서 있던 가장 키가 큰 소년을 바라보았다. 보아하니 그 소년이 무리의 우두머리인 것 같았다.

나는 기회를 놓치지 않고 소년을 향해 말을 시작했다.

"당신들을 도와줄 수 있어요. 함께 이곳을 벗어날 수 있다고요. 우리 모두 함께."

그의 입가에 어이없다는 미소가 흘렀다.

"당신은 지금 두려워하고 있어요." 그의 목소리는 내가 예상했던 것보다 훨씬 크고 높았다.

나는 그의 눈을 뚫어지게 바라보며 천천히 고개를 끄덕였다.

"당신 말이 맞아요. 나는 지금 두려워하고 있어요."

"사람들은 겁에 질리면 무슨 말이든 해버리죠." 그가 말했다.

나는 대답을 하지 않고 그를 향해 질문을 던졌다. "이곳 전철은 운행되고 있나요?"

"어떨 것 같아요?"

"다른 도시에 가려고 시도는 해봤나요?"

그가 웃음을 터뜨렸다. 날카롭기 그지없는 소리였다. "우린 할 수 있는 건 뭐든지 다 해봤어요."

나는 그에게 한 발짝 더 다가갔다. "내가 사는 곳엔 음식이 있어요. 내가 먹을 것을 사줄게요."

"어떤 음식인가요?"

"어떤 음식이냐고요?" 그의 질문에 나는 잠시 주저했다. "평범한 음식이에요. 쌀밥과……"

"흥, 평범한 음식?" 그가 내 말투를 흉내 내며 코웃음을 쳤다. "당신은 우리가 한 끼 쌀밥 때문에 지금까지 살던 곳을 버리고 따라나설 거라고 생각하나요?"

나는 그의 등 뒤로 보이는 골목길에 눈길을 던졌다. 먼지로 뒤덮인 황량하기 짝이 없는 곳. 거기엔 삶의 보금자리라 부를 수 있을 만한 것이라곤 하나도 보이지 않았다.

그는 옆에 서 있던 일행들에게 고개를 끄덕인 후 내게 한 발짝 다가왔다. 나를 공격할 생각일까?

"아니, 잠깐만." 나는 얼른 핸드백에 손을 집어넣었다. "내겐 돈이 있어요!"

손을 휘저으니 부스럭거리는 종이가 만져졌다.

"먹을 것도 있어요. 비스킷."

나는 비스킷을 꺼내 들었다.

순간, 소녀가 달려들어 번개같이 빠른 동작으로 비스킷을 채갔다. 그녀가 포장을 벗기는 사이 나는 얼른 몇 발자국 뒤로 물러났다.

"잠깐만!" 키 큰 소년이 고함을 지르며 소녀에게 달려들었다. 소녀는 주먹을 꽉 움켜쥐었다. 소녀의 손안에서 비스킷이 부서지는 소리가 들려왔다.

그녀는 도망을 쳤지만 몇 발자국 떼기도 전에 키 큰 소년에게 잡혀버리고 말았다. 그는 소녀의 손을 펼치고 비스킷을 빼앗았다. 아무 말도 하지 않는 소녀의 눈이 젖어오기 시작했다.

소년은 비스킷을 쥐고 제자리에 가만히 서 있었다. 비스킷 포장지는 흑백으로 매우 단순했다. 인쇄된 글자는 소녀의 손에 묻어 있던 땀 때문인지 얼룩져 있었다.

"나누기로 했잖아." 소년이 소녀를 보고 말했다. "나눠 먹어야 해."

세 명의 젊은이는 이제 내게 관심도 없는 듯했다.

이 기회를 틈타 도망칠까? 아니, 나는 그들에게 내가 가지고 있는 모든 것을 나누어주고 싶었다. 도망을 치고 싶진 않았다. 혹여 도망을 치게 되면 그들에게 잡힐 것은 뻔하니까. 내겐 선택의 여지가 없었다.

나는 다시 핸드백 속으로 손을 집어넣었다. 침을 꿀꺽 삼킨 후 한참을 주저했지만 어쩔 수 없었다.

"여기 돈도 있어요."

나는 그들에게 더 가까이 다가갈 용기가 없어서 낡은 지폐 몇 장을 땅에 내려놓았다. 내가 가지고 있는 마지막 돈이었다. 호텔 방에 있는 양철통 안에는 이제 동전 몇 개만 남아 있을 뿐.

소년은 지폐를 뚫어지게 바라보았다.

나는 뒷걸음질을 쳤다. 금방이라도 눈물이 나올 것 같았다.

"이게 내가 가진 전부예요."

그는 돈에서 눈을 떼지 않았다.

"이제 갈게요."

나는 다시 한 발짝을 뗀 후 몸을 돌렸다.

전철역을 향해 천천히 걸었다.

한 발짝.

두 발짝. 그리고 세 번째 발자국.

두 다리는 뛰고 싶어 안절부절못했지만, 나는 최대한 천천히 걸으려 안간힘을 썼다. 그들에게 마지막까지 인간다운 인간의 모습을 보여주고 싶었기 때문이다. 그들의 희생양이 되고 싶은 생각은 추호도 없었다. 나는 고개를 치켜들고 당당하게 뒤도 돌아보지 않고 천천히 걸었다.

등 뒤에서 그들이 천천히 움직이는 소리가 들렸다. 재킷의 자락이 스치는 소리. 헛기침 소리. 정적 속에서는 그 어떤 소리도 메아리를 만들어낼 만큼 크게 울려 퍼지게 마련이다. 하지만 아스팔트 위에 부딪치는 발자국 소리는 들리지 않았다.

일곱. 여덟. 아홉. 열.

여전히 조용했다.

열하나. 열둘. 열셋.

나는 마침내 걸음을 빨리하기 시작했다. 전철역에 이르니 입구는 쇠사슬과 자물쇠로 잠겨 있었다. 나는 어쩔 줄 몰라 뒤를 돌아보았다.

그들은 여전히 거기 서서 나를 지켜보고 있었다. 하나같이 무덤덤한 표정으로 움직일 기색도 보이지 않았다.

나는 그들에게서 눈을 떼지 않고 모퉁이를 돌았다.

모퉁이를 돌고 나니 그들의 소리도 들리지 않았다. 내 앞에는 텅 빈 거리가 펼쳐져 있었다. 오른쪽에는 전철 선로가 있었고, 왼쪽에는 사람이 살 것 같지 않은 집들이 줄지어 서 있었다. 살아 있는 것들은 그림자도 찾아볼 수 없었다.

나는 그제야 마음 놓고 달리기 시작했다.

윌리엄

소포는 열흘이나 지난 후에야 배달되었다. 지어존의 책들. 나는 2층으로 가서 문을 닫았다. 내가 건강을 되찾았지만 틸다는 더 이상 밤에 나를 찾지 않았다. 어쩌면 그녀는 내가 부부가 쓰는 침대로 되돌아오라고 무릎 꿇고 애원해 오기를 기다릴지도 몰랐다. 하지만 그런 일은 일어나지 않을 것이다.

커다랗고 푹신하며 안정감을 주는 침대가 나를 기다리고 있었다. 이 얼마나 쉬운 일인가. 침대 위에 드러누워 이불을 덮고 어둠과 따스함 속에 젖어드는 일이란.

아니, 그럴 수는 없었다.

나는 소포를 무릎 위에 두고 창가에 앉았다. 창밖을 내다보니 정원에는 하얀 옷을 입은 샬럿이 벌통 앞에서 허리를 굽히고 무언가를 관찰하고 있었다. 아이는 최근 매일 하루에 몇 시간이나 벌통 앞에서 시간을 보냈다. 심지어는 작은 탁자와 의자까지 가져다 놓고 가죽 장정을 한 작은 노트에 펜으로 무언가를 그리거나 적어 넣기도 했다. 아이의 움직임에서는 열정과 생기가 보였다. 샬럿을 보니 과거의 내 모습을 보는 것만 같았다. 생각해보니 무척이나 오래전의 일이다. 나는 람 교수가 다녀간 이후 벌통을 찾지 않았다. 나는 벌통을 부수어 산산조각 내고 그 위에 올라서서 자근자근 짓밟고 판자 조각들은 사방으로 던져버렸으면 좋겠다고 생각했다. 하지만 나는 그렇게까지는 할 수 없었다. 벌들 때문이었다. 벌통을 부수면 보금자리를 잃고 절망에 빠진 수천 마리의 벌들이 떼 지어 나를 공격해 올 것이 틀림없었다.

나는 포장지를 뜯어 차곡차곡 접어서 옆에 밀어두고 독일어 사전을 꺼낸 후 배달된 책을 읽기 시작했다. 한참을 읽다 보니 지어존이 그토록 획기적인 벌통을 만들었다고 주장했던 람 교수의 말이 그리 정확하진 않다는 것을 깨달았다. 비록 내 독일어 실력은 자랑할 만한 수준이 아니지만 나는 단 한 가지는 확실히 알 수 있었다. 그의 벌통이 내 벌통과 많이 비슷하다는 것은 분명한 사실이었다. 그의 벌통은 문의 위치가 조금 달랐고, 지붕의 경사도 크지 않긴 했지만 어쨌든 원리는 동일했고 사용 목적 또한 똑같았다. 그는 벌통을 고안했을 뿐 아니라 자신의 벌들을 관찰하면서 수행한 꽤 심도 높은 연구 작업과 그 결과를 책의 대부분을 통해 기록해두었다. 원칙적으로 그의 이론적 토대는 매우 견고했으며, 관찰과 연구 작업 또한 엄청난 인내력을 바탕으로 이루어진 것이었다. 그는 세세한 사항들을 모두 기록해두었고,

반론에 대한 연구까지도 철저히 한 다음 그림과 기록으로 남겨 두었다. 한마디로 지어존의 연구는 세계적인 수준이었다.

나는 책을 내려놓고 창밖으로 시선을 던졌다. 샬럿은 벌통의 뚜껑을 닫고 몇 발자국 뒤로 물러서서 모자를 벗었다. 아이는 혼자 미소를 지은 다음 집을 향해 걸어왔다.

나는 문을 열었다. 아래층에서 샬럿의 발소리가 들렸다. 나는 계단 입구로 가보았다. 그곳에서는 아이를 한눈에 볼 수 있었다. 샬럿은 거실로 가서 탁자 위에 노트를 펼쳐놓았다. 무언가를 곰곰이 생각하며 허공을 바라보던 아이는 고개를 숙이고 노트에 무언가를 적기 시작했다. 나는 계단을 내려갔다. 내 발소리를 들은 아이는 고개를 들고 내게 미소를 건넸다.

"아버지, 마침 잘 오셨어요. 여기…… 아버지께 보여드릴 것이 있어요." 아이는 노트를 들어 내게 가져왔다.

나는 그것을 보고 싶지 않아 옷걸이를 향해 발을 돌린 후, 서둘러 모자를 쓰고 외투를 입었다.

"아버지?"

아이의 눈은 열정으로 반짝반짝 빛나고 있었지만, 나는 시선을 돌려버렸다.

"다음에."

아이의 열정과 생기를 마주할 자신이 없었다. 나는 얼른 현관을 향해 몸을 돌렸다.

"시간이 오래 걸리는 일은 아니에요. 제가 무슨 생각을 했는지 아버지도 보셔야 해요."

"다음에!"

샬럿은 아무 말도 하지 않았지만, 눈에는 여전히 의지와 열정을 담고 있었다. 아이는 마치 나의 거절을 받아들일 수 없다고 말하는 것만 같았다.

나는 호기심을 보일 기운조차 없었다. 아이가 찾아낸 것은 이미 오래전에 수많은 사람들이 연구하고 발표했던 결과와 다르지 않을 것이다. 나는 그런 말을 해서 아이를 실망시키고 싶지 않았다. 아이가 몇 날 며칠을 정원의 벌통 앞에서 시간을 보내며 생각하고 기록했던 그 모든 것들이 이미 과거에 수천 번이나 연구되고 회자되었던 것이라는 말을 차마 할 수가 없었다. 나는 천천히 문을 열었다. 무기력감이 밀려들었다. 한숨을 쉬니 답답하던 가슴이 좀 나아지는 것도 같았다. 나는 가게 열쇠를 꾹 움켜쥐었다. 내가 갈 곳은 이제 그곳밖에 없었다.

스바메르 파이는 목구멍에 얇은 기름 막을 남겼지만 나는 파이에서 손을 뗄 수가 없었다. 이미 오전에만 커다란 파이 두 쪽을 목구멍으로 넘겼다. 가게에는 제과점의 빵 굽는 냄새가 흘러들어왔다. 문을 꼭 닫아두어도 그 냄새는 벽의 빈틈을 통해 찾아들었다. 그 냄새를 맡으면 당장에라도 빵을 사 먹고 싶은 욕구가 생겼다. 제과점 주인은 내가 너무 말랐기 때문에 많이 먹어야 된다며 특별히 내게 빵값을 할인해주겠다고 약속했다. 나는 이렇게 먹다 보면 다시 살이 통통하게 불어날 날이 머지않았다고 생각했다. 솔직히 내 몸은 이미 불어나고 있었다. 마치 과거의 몸을 되찾기라도 하듯.

손님들을 밀어낼 만큼 강한 바람도 불지 않았건만, 가게로 발걸음을 하는 사람들은 거의 없었다. 동네를 휩쓸었던 소문이 잠잠해졌는지 내 가게에 관심을 보이는 사람들도 확실히 줄어들었다. 오전 중에는 손님이 한 명도 찾지 않았다. 대량 주문은 이미 넘긴 지 오래였다. 그래서 가게를 찾는 손님들은 이제 한 철만 지나면 수확이 가능한 양상추와 무씨 등을 소량 주문했고, 가끔 소금이나 후추 같은 것들을 찾는 사람들도 있었다.

파이를 몇 조각 더 먹었다. 소금 덩이를 먹는 것처럼 짜서 미적지근한 물을 벌컥벌컥 들이켰다. 하지만 도움이 되는 것 같진 않았다.

문밖으로 나가보았다. 오후에 한 번씩 마을에 들어오는 대형 마차가 가게 앞을 지나쳤다. 골목 끝에서 마차가 멈추자 사람들이 쏟아져 나왔지만 내 가게 쪽으로 발걸음을 하는 사람은 아무도 없었다.

나는 햇살 아래서 안장에 기름칠을 하는 안장 가게 주인에게 인사를 건넸다. 작업실 안에서 바퀴를 제작해 굴려보고 있는 기술자에겐 예의 바른 미소를 보냈다. 그리고 과거 내 가게의 직원이었던 앨버타에게도 인사를 했다. 그녀는 직물 롤 두 개를 식료품 가게 안으로 들여가는 중이었다. 그녀를 보니 부지런한 개미가 떠올랐다. 앨버타는 직물을 옮길 때도 총총걸음으로 엉덩이를 좌우로 흔들며 걸었다. 그녀는 계단을 오를 때도 사방팔방으로 아는 얼굴들을 향해 인사를 하고 미소를 건넸다.

"새비지 씨!" 그녀가 나를 향해 미소를 지었다.

그녀는 무언가 곰곰이 생각하더니 큰 소리로 외쳤다. "제가 가져온 게 있는데 한번 맛을 보시겠어요? 잠깐만 기다려보세요!"

그녀는 직물을 들고 식료품 가게 안으로 뛰어 들어가더니, 잠시 후 무언가를 한 손에 들고 다시 나왔다.

내 앞에 선 그녀에게서 낯설지 않은 냄새가 났다. 나는 그 냄새에 구역질을 할 것만 같았다.

"그게 뭔가? 난 이미 점심을 먹어서 배가 많이 부른데……"

"소문을 들으니 양봉을 시작하셨다면서요?" 그녀는 축축한 입술 뒤로 가지런하지 못한 치아를 드러내며 미소를 지었다.

갑자기 스바메르담의 수중 괴물이 떠올랐지만, 나는 애써 그 생각을 밀쳐냈다.

"제 아버지도 벌을 친답니다. 벌통이 다섯 개나 있어요. 그건 그렇고, 이걸 좀 보세요." 그녀가 가져온 것을 치켜들어 보였다. "한번 맛 좀 보시라고요. 수확한 꿀 중에서 최고예요."

그녀는 대답도 기다리지 않고 내 가게 안으로 성큼성큼 들어섰다. 가져온 물건을 계산대에 내려놓고 묶었던 끈을 풀자, 작은 유리병에 든 꿀과 빵이 보였다. 그녀는 그것을 치켜들고 입맛 다시는 소리를 쩝쩝 냈다.

"얼른 오세요." 그녀가 팔을 휘저으며 재촉했다.

그녀의 피부는 거칠고 투박했다. 턱에는 뾰루지 두 개가 보였다. 앨버타는 지금 몇 살일까? 적어도 스무 살은 넘었을 텐데…… 그녀의 손과 얼굴은 햇볕 아래서 오랜 시간을 보냈음을 말해주고 있었다.

그녀가 내게 빵 한 조각을 내밀었다. 끈적끈적하고 불투명한 누런색의 액체가 빵의 가장자리에서 흘러내리고 있었다. 꿀이었다.

"얼른 맛을 보세요!"

그녀는 직접 빵 한 조각을 떼어 먹었다.

꿀 냄새, 그녀의 체취, 계산대 위에 반쯤 남아 있는 스바메르 파이 냄새가 한꺼번에 코를 자극하는 바람에 토할 것만 같았다. 나는 안간힘을 써서 솟아오르는 구역질을 누르고 예의를 갖추어 그녀에게서 빵을 받아 들었다.

베어 문 빵 조각은 입 속에서 점점 크게 부풀었다. 나는 억지로 그것을 목구멍으로 밀어 넣었다.

"아주 맛이 좋군."

나는 꿀 속에 자리 잡고 있었을 번데기와 짚 벌통 안에서 꼬물꼬물 기어 다녔을 애벌레에 대한 생각을 억지로 떨쳐버렸다.

그녀는 빵을 먹으며 내게서 눈을 떼지 않았다. 그녀는 빵을 다 먹은 다음에도 손가락에 묻은 꿀을 소리 내어 쪽쪽 빨아 먹었다.

"너무너무 맛있죠? 이제 일하러 가야 돼요."

나는 문 쪽으로 걸어가는 그녀의 통통한 엉덩이에서 눈을 뗄 수가 없었다.

마침내 그녀가 문밖으로 사라졌다. 나는 가게 안에서 이리저리 서성거렸다. 숨이 가빠졌다. 계산대 위에 떨어진 꿀 몇 방울을 서둘러 닦아냈다. 남아 있는 그녀의 자취는 모두 얼른 없애버리고 싶었다. 축축한 입술, 턱에 난 뾰루지, 움직일 때마다 음란하게 움직이는 젖가슴. 나는 그녀의 둔부에 내 몸을 들이대고 싶은 욕구가 솟아올라 견딜 수가 없었다. 심호흡을 하고 생각을 가다듬었다. 나는 지저분하고 추악한 생각을 내 머릿속에서 없애버리기 위해 안간힘을 써야만 했다.

가게 안에 단 하나 자리하고 있던 의자가 눈에 들어왔다. 나는 발을 질질 끌며 걸어가 의자에 털썩 주저앉았다. 그리고 두 팔로 배를 감싸 쥐었다. 마치 나 자신을 제자리에 잡아두기라도 하듯.

나는 한동안 그렇게 앉아 심호흡을 했다. 몇 분이나 지났을까. 온몸을 뒤덮었던 열기가 식는 것 같았다. 금방이라도 토할 것 같던 역겨움도 사라졌다. 스스로를 통제할 수 있다는 자신감이 생겨나기 시작했다.

가게는 무더웠다. 창을 통해 들어온 한 줄기 햇살 속에서 먼지들이 춤을 추고 있었다. 나는, 무게감도 없이 천천히 움직이는 먼지를 향해 입술을 모아 힘껏 입김을 불어보았다. 흩어진 먼지는 눈 깜짝할 새에 다시 제자리에 모여들었다.

나는 먼지를 향해 조금 전보다 훨씬 세게 입김을 불어보았다. 이번에도 마찬가지였다. 먼지들은 다시 무형의 형체로 모여들었다. 먼지는 너무나 가벼워 이 세상 그 어느 것으로도 단단히 묶어 구속할 수 없을 것 같았다.

나는 먼지 하나하나를 보기 위해 시선을 집중했다. 눈이 따가워졌다. 셀 수 없이 많았기 때문이다.

이번에는 먼지 전체를 보기 위해 다시 초점을 맞추었다. 하지만 먼지에서는 전체라는 하나의 개념을 적용하기 힘들다는 것을 깨달았다. 먼지라는 것은 통제할 수 없는 자잘한 가루의 끝없는 모임일 뿐.

아무 소용이 없었다. 나는 하잘것없는 먼지조차도 통제할 수 없는 나약한 존재라는 생각만 커질 뿐이었다.

무기력감이 밀려왔고, 나는 무기력감에 온몸을 맡긴 채 멍하니 앉아 있었다.

내가 열 살 때였다. 햇살이 나뭇가지 사이로 내리쬐어 숲을 황금빛으로 물들였다. 나는 땅에 앉았다. 바지 천 너머로 따스하고 축축한 흙을 느낄 수 있었다. 나는 꼼짝도 않고 앉아 개밋둑에 집중했다. 언뜻 보면 개밋둑은 혼란 그 자체이다. 각각의 개미들은 너무나 작고 의미 없는 존재다. 하지만 이 개미들이 지어 올린 개밋둑은 내 키만큼이나 크다. 나는 개밋둑을 살펴보며 시간을 보내는 동안 개미들에 대해서 좀 더 많이 알게 되었다. 나는 숲에 홀로 앉아 개밋둑을 보면서 시간을 보내는 일이 결코 지루하지 않았다. 알고 보니 그들은 매우 체계적인 시스템을 바탕으로 움직이고 있었다. 개미들은 항상 무언가를 옮기고, 내려놓고, 다시 옮겨 온다. 그들은 평화롭고 체계적이며 본능적으로 부지런히 일하는 일꾼들이다. 그들이 하는 일은 개인을 위한 것이 아니라 전체를 위한 일이다. 하나하나는 아무런 의미를 지니지 못하지만, 함께 모이면 거대한 개밋둑 그 자체가 되는 것이다. 다시 말하면, 개밋둑은 살아 있는 하나의 커다란 개체라 해도 과언이 아니다.

이 사실을 깨닫게 되자 나는 온몸을 휩쓰는 열정을 느낄 수 있었다. 그래서 나는 아버지에게도 황금빛 어린 숲으로 함께 가자고 졸라보았다. 아버지에게도 보여주고 싶었기 때문이었다. 작고 보잘것없는 존재가 함께 모여 힘을 합치면 크나큰 의미를 지닌 존재가 될 수 있다는 것을. 하지만 아버지는 코웃음만 쳤다. 개밋둑? 그런 건 그냥 가만히 놔둬. 대신 너는 뭔가 삶에 도움이 되는 일을 찾아보렴. 네가 무슨 일을 할 수 있는지, 네게 어떤 재능이 있는지 말이야.

그날도 마찬가지였다. 아버지는 코웃음을 쳤고, 나는 홀로 숲에 갔다.

갑자기 개미들의 규칙적인 시스템에 무언가 불규칙한 낌새가 느껴졌다. 개밋둑의 동쪽에서 딱정벌레 한 마리가 햇살을 등에 업고 나타났다. 딱정벌레의 몸은 개미와 비교했을 때 무척이나 거대했다. 딱정벌레는 꼼짝도 하지 않고 제자리에 서 있었다. 개미들은 딱정벌레를 방해하지 않으려 주변을 빙 둘러 갔다. 그 밖엔 아무 일도 일어나지 않았다. 여느 때처럼 평화롭기 그지없었다.

순간, 개미 한 마리가 딱정벌레를 향해 다가갔다. 그 개미는 전체적인 시스템에서 벗어난 것이었다.

가만히 보니 개미는 무언가를 옮겨 가고 있었다.

나는 눈을 가늘게 뜨고 자세히 보았다. 도대체 저게 뭘까? 개미가 이고 가는 건 뭘까?

그것은 애벌레였다. 개미의 애벌레.

곧 그 개미의 뒤를 따라 나오는 개미들이 줄을 잇기 시작했다. 모두들 무언가를 옮겨 오고 있었다. 그것은 자기 자식이라고도 할 수 있는 애벌레였다.

나는 더 자세히 보려고 허리를 굽혔다. 개미들은 애벌레를 딱정벌레 앞에 내려놓았다. 딱정벌레는 몸을 일으켜 만족한 듯 앞

발을 싹싹 비비더니 애벌레를 먹어치우기 시작했다.

딱정벌레는 쉴 새 없이 무시무시한 입을 움직였다. 나는 살금살금 더 가까이 다가갔다. 애벌레는 하나씩 하나씩 딱정벌레의 입 속으로 사라졌다. 개미들은 일렬로 서서 딱정벌레에게 자기가 낳은 자식들을 바치는 중이었다. 나는 얼른 몸을 일으켜 그 자리를 벗어나고 싶었지만, 호기심을 이기지 못해 계속 머물러 있었다.

애벌레는 딱정벌레의 입 속으로 쉴 새 없이 흘러 들어갔다. 개미들은 딱정벌레 옆에 서서 기다리고 있었다. 그들은 이 무자비하고 기괴한 일을 하기 위해 전체적 시스템을 벗어났던 것이다.

개미들이 내 몸 위는 물론, 옷 속에도 기어들기 시작했다. 내 뺨은 상기되었고 온몸도 달아올랐다. 피가 갑자기 온몸 구석구석을 찾아드는 것 같은 느낌이었다. 나는 눈앞의 상황이 너무나 역겨워 얼른 그곳을 떠나고 싶었지만, 내 몸은 꼼짝도 하지 않았다. 그때 바지 지퍼 뒷부분이 불쑥 솟아올랐다. 이전에는 상상만 했던 일이었지만 막상 직접 경험하고 보니 정신이 혼미해졌다. 나는 허벅지에 힘을 주고, 부풀어 오르는 부분을 꾹 눌렀다. 딱정벌레의 입 속에선 개미의 애벌레가 짓눌리고 있었다. 딱정벌레의 눈은 반짝반짝 빛을 냈고, 더듬이는 사방팔방으로 움직였다. 나는 흙 위에 엎드렸다. 바지가 더러워질 것이라는 생각이 들었지만 개의치 않았다. 동시에 애벌레가 딱정벌레의 입 속에서 죽고, 내장 속으로 빨려 들어가는 모습을 다시 보니 구역질이 치솟는 것을 참기 힘들었다. 이전에 보아왔던 개미들의 모습과는 너무나 달랐다.

나는 바지 속에서 부풀어 오른 성기를 흙 위에 힘껏 부딪쳤다. 그 순간, 등 뒤에서 발자국 소리가 들렸다. 아버지의 발자국 소리였다. 아버지는 발을 멈추고 나를 바라보고 있었다. 아버지가 보고 있었던 것은 내가 그토록 보여주고 싶었던 개밋둑이 아니라 끝없는 수치심에 사로잡혀 있는 어린아이의 모습이었다.

그 순간…… 흙 위에 엎드려 있던 내 모습. 아버지의 놀라는 모습과 그 뒤를 잇는 웃음소리. 그것은 즐거움이라곤 전혀 찾아볼 수 없는 소리였으며, 경멸과 조롱이 섞인 소리이기도 했다.

네 모습을 보렴. 이토록 초라하고 수치스러우며 원시적인 네 모습을.

그 일은 내가 경험했던 어떤 일보다 더 아프고 절망적이었다. 저녁때 아버지의 가죽 벨트가 등을 후려치고, 밤새 고통을 이기지 못해 신음했던 것보다도 더 아프고 절망적이었다. 나는 아버지에게 내가 보았던 것을 보여주고 싶었다. 아버지에게 설명을 해주고 나의 열정을 함께 나누고 싶었는데, 아버지가 보았던 것은 나의 불명예와 치욕뿐이었다.

조지

나는 오텀 중심지로 차를 몰았다. 중심지라 해봤자 북부행 국도와 동부행 국도가 서로 만나는 곳에 몇 채의 건물이 모여 있는 게 고작이었다. 차에 기름이 얼마 남아 있지 않았지만, 주유는 다음 기회로 미루기로 했다. 얼마 전부터 주유 탱크를 반만 채우고 바닥이 드러날 때까지 차를 모는 것을 철칙으로 삼아왔다. 마치 텅 빈 주유 탱크를 반만 채우는 것이, 반쯤 빈 탱크를 꽉 채우는 것보다 훨씬 돈이 적게 들기라도 하듯.

사람들은 세계적으로 벌집에서 일벌들이 사라지는 현상을 두고 '군집 붕괴 증후군Colony Collapse Disorder'이라고 이름 붙였다. 모두들 수군대는 이 현상을 나는 직접 경험하게 되었다. 나는 머릿속에서 이 이름을 떨쳐낼 수가 없었다. 가만히 되뇌어보니 리듬감이 느껴지는 것도 같았다. 반복되는 비읍과 기역. 군집 붕괴 증후군. 분집 붕괴 붕후군. 군집 궁괴 궁후군.

그것은 감시 카메라가 설치된 실험실 안에서 하얀 가운을 입고 일하는 사람들에게나 알맞은 말이지, 강가에 배치해둔 내 벌통과는 상관이 없는 말처럼 느껴졌다. 나는 그 말을 절대 입에 올리지 않았다. 꼭 언급해야 할 경우가 생기면 차라리 '사라짐' 또는 '문제'와 같은 단어를 쓰곤 했다. 굉장히 화가 나 있을 때면(꽤 자주 있는 일이기도 했다) '빌어먹을 현상'이라는 말을 내뱉기도 했다.

은행 앞, 녹색 픽업과 검은 스테이션왜건 사이에 틈이 보였다. 나는 주위를 둘러보았다. 도로변에는 그 자리 이외에는 주차할 곳이 마땅치 않았다. 나는 내 차를 녹색 픽업 옆에 바짝 가져간 후 후진을 했다. 평행 주차를 잘하지 못했던 나는 가능한 한 이런 상황을 피해왔다. 그래서 내가 평행 주차에 얼마나 소질이 없는지 에마도 잘 모를 정도다. 하지만 나는 은행에 가야만 했다. 오늘. 꽤 오랫동안 계획했던 일이기도 했다. 벌통이 없으니 매일 돈을 잃는 소리가 들리는 것만 같았다.

나는 운전대를 힘껏 꺾고 조금 후진을 한 다음, 운전대를 제자리에 돌려놓고 다시 후진을 했다.

차는 주차 공간에 비뚤게 들어와 거의 인도에 바퀴를 걸칠 지경이었다.

주차 공간 밖으로 차를 뺐다.

지나가던 여인이 나를 바라보았다. 순간, 나는 방금 면허를 딴 10대가 된 것 같은 느낌이 들었다.

심호흡을 하고 다시 시도해보았다. 천천히, 침착하게 운전대를 꺾고 후진을 한 후, 운전대를 제자리로 돌렸다.

젠장!

주차 공간은 너무나 비좁았다. 문제는 바로 그것이었다. 나는 그곳을 빠져나와 도로 아래쪽에 자리한 공용 주차장으로 차를 몰았다. 게으름 탓에 은행 코앞에 차를 대려고 했던 게 잘못이었다. 조금은 걸어도 된다는 생각이 들었다. 그렇다. 나는 얼마든지 걸어갈 수 있다.

백미러로 보니 대형 쉐보레 한 대가 달려왔다. 쉐보레 운전자는 내가 비좁아서 포기했던 바로 그 공간에 단 한 번의 움직임으로 문제없이 주차를 했다.

은행 문을 열고 들어서자 서늘한 에어컨 공기가 만들어내는 보이지 않는 벽에 부딪쳤다. 나는 평행 주차를 시도한 후 계속 떨고 있던 손을 바지 주머니 속으로 찔러 넣었다.

앨리슨은 여느 때와 마찬가지로 책상 앞에 앉아 컴퓨터 자판을 두드리고 있었다. 앨리슨은 언제 봐도 옷을 잘 차려입었다. 잘 다림질한 꽃무늬 블라우스가 주근깨 듬성듬성한 하얀 피부와 녹색 눈동자와 잘 어울렸다. 참으로 정갈하고 깨끗하게 보였다. 그녀에게서 나는 향도 정갈하고 깨끗하긴 마찬가지였다. 나를 발견한 그녀는 깨끗하고 고른 치아를 드러내며 미소를 지었다.

"안녕하세요, 조지! 잘 지내셨나요?"

앨리슨과 대화를 나누면 항상 내가 특별한 사람이 된 듯한 느낌이다. 그녀는 내가 마치 은행의 가장 소중한 고객이라도 되는 듯 나를 대했다. 바꾸어 말하자면, 그녀는 맡은 일을 잘하고 있었다.

나는 그녀의 책상 맞은편 의자에 손을 깔고 앉았다. 떨리는 손을 보여주기가 싫었다. 하지만 옥색 의자의 까칠까칠한 재질 때문에 손이 가려워지기 시작했기에 나는 손을 빼내어 무릎 위에 얹었다. 다행히도 손의 떨림은 멈추었다.

"오랜만이에요." 그녀의 하얀 치아가 빛을 발했다.

"그렇군요. 아주 오랜만이에요."

"일은 잘되나요?"

"그게…… 생각만큼 잘 돌아가질 않네요."

"오, 저도 이야기를 들었어요."

그녀의 진주처럼 하얀 이는 부드러운 입술 뒤로 감추어졌다.

"오늘 여기 온 건, 최악의 사태에서 벗어날 수 있도록 도움을 받기 위해서예요." 나는 미소를 지으며 말했다.

불행히도 그녀는 하얗고 고른 치아를 다시 드러낼 기분이 아닌 것 같았다. 그녀는 심각한 표정으로 나를 바라보았다.

"제가 할 수 있는 한 최선을 다해보겠습니다."

"최선을 다하는 것보다 더 좋은 일은 없죠." 나는 웃음을 터뜨렸다. 갑자기 민망해진 나는 얼른 두 손을 허벅지 밑으로 숨겼다.

"자." 그녀는 컴퓨터 화면으로 얼굴을 돌렸다. "개인 금융 정보가 어디 있더라…… 여기!"

그녀는 말없이 내 통장 잔고를 확인했다. 그녀의 표정에선 조금 전과는 달리 열정과 생기는 찾아볼 수 없었다.

"어떤 도움을 생각하고 오셨나요?" 그녀가 말했다.

"융자를 받아야겠죠."

"예. 얼마나요?"

나는 금액을 말했다.

그녀의 콧잔등에 박혀 있던 주근깨가 금방이라도 쏟아질 것 같았다. 그녀는 재고의 여지도 없이 한마디로 잘라 말했다.

"조지, 그건 불가능해요."

"아니, 계산도 안 해보고요?"

"계산을 할 필요도 없어요. 제 힘으로는 어떻게 해볼 수가 없군요."

"알았어요. 그렇다면 마틴과 한번 이야기해보는 건 어때요?"

마틴은 그녀의 상사였다. 그는 갈등을 피하기 위해서라면 무엇이든 하는 남자였고, 대부분의 시간을 자신의 사무실에서 보냈다. 가끔 아주 큰 금액이 오갈 때면 서명을 하기 위해 사무실에서 잠깐 나오는 게 전부였다. 나는 지미가 주택 융자를 받기 위해 은행에 들렀을 때 마틴이 직접 나와 서명을 했다는 이야기를 들은 적이 있다. 마틴은 볼 때마다 머리숱이 점점 줄어들었다. 나는 마틴에게 눈을 돌렸다. 그는 유리 벽 뒤에 앉아 있었다. 그의 반쯤 벗어진 대머리가 천장의 불빛을 반사해냈다.

"도움이 되진 않아요. 제 말 믿어주세요." 그녀가 말했다.

울음이 터져 나올 것만 같았다. 내가 정말 여기 앉아 두 손이라도 모으고 빌어야 할까? 그게 바로 그녀가 원하는 것일까? 그녀는 나보다 스무 살이나 어리다. 에마는 그녀가 어릴 때 보모로 일하기도 했다. 아기 요정처럼 나약하게만 보였던 그 아이가 이토록 강인한 철의 여인으로 성장할지 누가 알았단 말인가?

"앨리슨, 제발……"

"조지, 정말 그렇게 많은 돈이 필요한가요?"

나는 그녀의 녹색 눈동자를 바라볼 용기가 나지 않았다.

"벌들이 모두 사라졌어요. 난 완전히 망했다고요." 나는 바닥으로 시선을 떨군 채 나직이 말했다.

"하지만……" 그녀는 잠시 말을 멈추고 생각에 잠겼다. "그렇게 큰 투자를 하지 않고도 다시 일어설 수 있는 방법을 함께 생각해보면 어떨까요?"

나는 고함을 지르고 싶었지만 아무 말도 하지 않았다. 도대체 그녀가 양봉에 대해서 뭘 얼마나 안다고 그런 말을 하는 걸까?

"양봉을 하실 때 가장 돈이 많이 드는 건 뭐라고 생각하시나요?"

"물론 임금이겠죠. 당신도 알다시피 나는 두 명의 직원에게 임금을 지급해야 해요."

"예, 그건 저도 알고 있어요."

"게다가 매일 나가는 돈도 무시할 수 없어요. 음식값과 기름값 등등."

"투자를 한다면 어디에 하실 건가요?"

"새 벌통을 구입해야 해요. 벌통 대부분을 불에 태워야만 했거든요."

그녀는 볼펜을 잘근잘근 씹었다.

"알았어요. 벌통 하나의 가격은 얼마죠?"

"재료부터 사야겠죠. 가격을 짐작하긴 어려워요. 벌통을 새로 만들어야 하니까."

"새로 만든다고요?"

"예, 밑바닥부터 새로 지어야 해요. 하나하나. 왕완*만 빼고."

"왕완이라고요?"

"예, 그러니까 여왕벌이…… 아, 설명을 해도 당신은 잘 모를 거예요."

그녀는 볼펜을 빼냈다. 볼펜에는 잇자국이 나 있었다. 만약 조금만 더 힘을 주어 깨물었더라면 플라스틱이 깨지고 그녀의 하얀 이에는 잉크가 묻어났을 텐데. 그 모습을 볼 수만 있다면…… 하얀 이빨과 새로 다림질을 한 블라우스와 부드러운 입술에 잉크가 묻은 모습은 마치 핼러윈 광대처럼 보일 것이 틀림없었다.

"하지만……" 그녀는 다시 생각에 잠기더니 말을 이었다. "개러스를 본 적이 있어요. 당신도 아시죠? 개러스 그린. 그분이 주문한 벌통을 본 적이 있거든요. 이미 완성된 벌통이었어요. 트럭으로 배달되더군요."

"그건 개러스가 대량 생산하는 벌통을 주문했기 때문이에요." 나는 마치 어린아이에게 하듯 또박또박 힘주어 말했다.

"이미 완성된 벌통을 구입하는 게 직접 벌통을 제작하는 것보다 더 비싼가요?"

그녀는 볼펜을 책상 위에 내려놓았다. 정갈하고 깨끗한 외모가 흐트러지는 모습을 내게 보여주기 싫었던 게 분명했다.

목이 메기 시작했다. 이젠 터져 나오는 울음을 참아내기도, 숨

* 여왕벌 양성을 시작하는 통.

기기도 힘들 지경이었다.

"그러니까 제 말은……" 그녀는 입술을 축이며 말을 이었다. "완성된 벌통을 주문하면 돈을 절약할 수 있으리라 생각해요. 게다가 시간도 절약할 수 있잖아요. 시간은 돈이라는 말도 있다는 걸 아시죠? 요즘은 직접 벌통을 제작하는 사람이 거의 없어요."

"그건 나도 알아요." 나는 나직이 말을 이었다. "당신이 하고 싶었던 말이 바로 그 말이라는 걸 나도 잘 알고 있었다고요."

윌리엄

겨우 몸을 움직일 수 있을 때가 되자 밖은 이미 어두워져 있었다. 저 멀리 선술집에서 들려오는 시끌벅적한 소리를 제외한다면 거리는 쥐 죽은 듯 고요했다. 혐오스러운 공간, 비좁고 무더우며 음탕한 공간, 매일 저녁 동네 사람들이 모여 코가 비뚤어지도록 술을 마시는 공간. 누군가가 소리를 지르고 노래를 부르며, 창문이 드리워내는 그림자 앞을 지나쳐 갔다. 시끌벅적한 웃음소리. 그 소리들은 선술집으로 가까이 다가갈수록 더 커졌다.

한기가 느껴졌다. 저녁 공기가 스며든 가게 안이 으슬으슬 추워지기 시작했다. 나는 오늘도 문을 닫기 전에 몰려오는 졸음을 참을 수가 없어 잠깐 잠을 잤다. 잠에서 깨니 목덜미가 뻐근했고, 가슴엔 통증이 느껴졌다.

뻣뻣한 몸을 일으키고 열려 있던 문을 얼른 닫았다.

가게 안에서 곯아떨어져 있는 내 모습을 누가 보았다면 어떻게 할까. 그렇다면 나는 다시 한 번 발 빠른 소문의 주인공이 될 것이 분명했다. 하지만 오후에도 오전과 마찬가지로 가게를 찾는 손님은 없었으리라. 나는 그렇게 믿고 싶었다.

배에서 꼬르륵 소리가 났다. 계산대 위에는 먹다 남긴 파이 한 조각이 놓여 있었다. 차갑고 딱딱하게 굳은 파이의 가장자리에는 흘러내린 기름 자국이 말라붙어 있었다. 나는 파이를 입에 넣으며 다시는 이 음식을 먹지 않겠다고 결심했다. 다른 종류의 파이도 입에 대지 않겠다고 생각했다. 물론, 상관없는 일이긴 하지만……

나는 가게 문을 잠그고 집으로 발을 옮겼다.

선술집에 가까워지니 시끌벅적한 소리도 점점 크게 들려왔다. 사각형의 창은 어둠 속에서 누런 빛을 발하고 있었다. 난생처음으로 그곳에 들어가보고 싶다는 충동이 느껴졌다. 싸구려 와인을 한 잔 사서 목을 축이고 싶었다. 해가 될 일은 아니라는 생각이 스쳤다. 나는 발을 멈추고 제자리에 섰다. 선술집 안으로 들어가 저들의 무리 속에 섞여도 달라질 일은 없지 않은가?

선술집 밖의 모습은 평소와 다름이 없었다. 매일 저녁 되풀이되는 정경. 두 명의 건장한 남자가 큰소리를 내며 말다툼을 했다. 그중 한 명이 상대방을 팔로 툭 치자 싸움이 시작되었다. 술 취한 주정뱅이가 노랫가락을 흥얼거리며 골목길을 걸어가고 있었다. 선술집 문을 열고 비틀거리며 걸어 나온 부랑배 한 명이 모퉁이 쪽에서 먹었던 것을 토해냈다. 어두워 잘 볼 수 없었지만, 그가 토해냈던 것은 그날의 저녁 식사와 필요 이상으로 과하게 마셨던 술이 틀림없었다.

나는 생각을 고쳐먹고 집을 향해 발길을 돌렸다. 아무리 절망의 구렁텅이에 있다 하더라도 아직은 그곳에 가서 내 자존심을 뭉개버릴 정도는 아니었다.

선술집을 지나 골목길을 걷자니 환한 여름 저녁을 즐기려는 술 취한 젊은이들을 볼 수 있었다.

젊은 여인이 지르는 소리. "관둬! 관두지 못해?"

그건 '노'를 가장한 '예스'라는 것을 나는 잘 알고 있었다. 곧 여인의 코웃음 소리가 뒤를 따랐다.

문득, 그 목소리가 낯설지 않다는 것을 깨달았다. 앨버타! 나는 금방이라도 옷을 비집고 튀어나올 듯한 그녀의 통통한 젖가슴을 볼 수 있을 것만 같았다. 심지어는 그녀의 가슴골 사이에서 나는 퀴퀴한 체취까지도 맡을 수 있을 듯했다.

분명 술 취한 주정뱅이가 그녀의 몸을 구석구석 더듬고 있으리라. 욕망과 술기운을 이기지 못해 그녀의 나이답지 않게 성숙한 몸, 이제 얼마 있지 않으면 너무나 익어 썩어 문드러질 그 몸을 정복하게 되면, 그녀의 몸은 아홉 달 동안 풍선처럼 부풀어 오를 것이다. 사지를 흐늘흐늘 움직이는 젊은 청년. 어둠 속 윤곽으로 짐작하건대 그는 불과 열대여섯 살밖에 되지 않은 것 같았다. 청년의 목소리는 조금 쉰 듯했지만, 그녀보다는 훨씬 어린 것이 확실했다. 그렇다면 이 시간에 집에서 잠을 자거나 앞날을 위해 책을 읽고 공부를 해야 할 나이가 아니던가. 가족들을 자랑스럽게 만들어주고 세상에 이름을 남기기 위해서 말이다. 문이 열리자 환한 빛이 거리로 쏟아졌다. 나는 그 빛에 의지해 앨버타에게 수작을 걸던 청년이 누구인지 볼 수 있었다. 스스로 열정이라 믿고 있던 욕망을 거리낌 없이 발산해내는 청년, 자신의 존재와 앞날을 두고 도박을 하는 청년. 그는 나를 보지 못했다. 하지만 나는 그를 볼 수 있었다. 나는 몇 시간 전까지만 하더라도 아직은 절망의 구렁텅이에 빠지지 않았다고 스스로 위로했지만, 그 청년을 보는 순간 나는 발밑에 있던 세상이 무너져 내리는 것을 느낄 수 있었다.

그 청년은 바로 에드먼드였다.

타오

나는 전철 선로를 따라 쉬지 않고 걸었다. 벌써 몇 개의 역을 지나쳤는지 모른다. 하지만 나는 그렇게 걷는 동안 사람은 물론, 살아 있는 것은 단 하나도 보지 못했다. 몇 킬로미터를 거의 뛰다시피 걸었더니 허파가 따끔거렸고 입에선 철분 냄새가 나기 시작했다. 새로운 전철역이 나타날 때마다 나는 희망을 가졌다. 그러나 문을 열고 플랫폼으로 들어서면 매번 같은 광경이 보였다. 죽어 있는 곳. 전철은 운행되지 않았다. 나는 아무도 살지 않는 저주받은 곳을 벗어날 수 있을 것 같지 않았다.

더 움직일 수가 없었다. 두 다리는 한 발짝도 더 옮기기가 힘들 정도로 뻣뻣해졌기에 나는 길에 털썩 주저앉고 말았다.

길가에 줄지어 선 담벼락을 바라보았다. 산소가 부족한 듯 가슴이 아파오기 시작했다. 어둠은 나와 도시 위에 드리워졌다. 아니, 언젠가는 도시였던 그곳. 눈앞에는 누군가가 일부러 파괴를 한 듯, 폐허가 된 건물이 하나 있었다. 강제 이주를 당하기 전 그곳을 떠나려던 사람들이 마지막으로 했던 일 같았다. 자신들의 자취를 하나도 남기지 않기 위해서 말이다. 하지만 이상하게도 여기저기서 사람들의 자취는 볼 수 있었다. 낡은 광고 전단지, 망가진 자전거, 깨진 창문 뒤로 바람에 휘날리는 낡은 커튼, 출입문 앞에 붙어 있는 문패들. 문패들 중에는 손으로 쓴 듯한 아름다운 글씨체도 있었고, 대량생산을 해낸 듯한 기계적인 글자체도 볼 수 있었다. 그런데 이들은 지금 모두 어디에 있는 걸까? 이곳에 살던 사람들은 지금 어디에 있을까?

불현듯 거리의 쓰레기통이 모두 깨끗하게 비워져 있다는 것을 깨달았다. 도로변에는 텅 빈 쓰레기통들이 줄을 지어 나란히 서 있었다. 그렇다면 이 도시에 가장 마지막으로 있었던 일은 환경 미화 트럭이 지나가며 거리를 청소했던 것이 아니었을까. 들쥐들이 생겨나는 것을 막기 위해서 말이다. 아니, 어쩌면 그들은 쓰레기통에 버려진 음식물들을 모아 다시 새 음식으로 포장해냈을지도 모른다. 대부분은 동물들의 사료로 사용될 테지만, 인공 감미료를 넣고 소시지와 캔으로 포장한다면 얼마든지 인간이 먹는 음식으로 사용될 수도 있을 것이다.

입 안에 침이 고여왔다. 돌아가는 길에 먹으려고 비스킷을 아껴두었지만, 이젠 그것마저도 없었다.

억지로 몸을 일으켜보았지만 두 다리에서 풀썩 힘이 빠지는 바람에 나는 다시 주저앉아야만 했다. 나는 안간힘을 써서 벽을 짚고 일어섰다. 이번에는 몸을 일으키는 데 성공할 수 있었다.

한 걸음 한 걸음 젖 먹던 힘까지 짜내어 나지막한 아파트 입구에 도착한 나는 조심스레 철문을 밀어보았다. 귀를 찢는 듯한 날카로운 쇳소리가 났다.

문 안쪽에는 텅 빈 마당이 자리하고 있었다. 바람에 실려 온 낙엽들이 한구석에 쌓여 있었다. 양쪽에 마주 보고 서 있는 건물에는 출입문이 각각 하나씩 있었다.

나는 그중 하나를 열어보았다.

안으로 들어가니 비좁은 계단이 눈에 들어왔다. 어두침침한 그곳에는 조그만 환풍기를 통해 저녁 햇살이 힘겹게 스며 들어오고 있었다.

나는 다리를 절며 계단을 올랐다. 발을 옮길 때마다 온몸이 쑤셨지만, 숨은 그리 가쁘지 않았다. 2층에 올라가니 거기에도 양쪽에 문이 하나씩 있었다. 나는 가장 가까운 곳에 자리한 문을 열어보려 했지만, 그 문은 잠겨 있었다. 2미터쯤 앞에 있는 다른 문을 열어보았다. 손잡이를 내리니 예상과는 달리 저항 없이 문이 열리는 바람에 나는 깜짝 놀랐다.

나는 제자리에 한동안 가만히 서 있었다. 집 안에서 풍겨 나오는 특유의 냄새가 현관에 서 있는 내 코를 덮쳤다. 특별한 일은 아니었다. 각각의 집에는 그 집만이 지니는 특별한 냄새가 있게 마련이니까. 그 집에 사는 사람들의 냄새, 그들이 먹었던 음식 냄새, 빨래한 옷가지들의 냄새, 그들이 신었던 신발 냄새, 그들이 흘렸던 땀 냄새, 밤에 잠을 잘 때 맡을 수 있는 퀴퀴한 입 냄새, 오랫동안 빨지 않은 침대보와 이불 냄새, 미처 씻지 않고 놔두었던 프라이팬의 냄새. 저녁에 설거지를 하지 않아 다음 날 아침까지 부엌에 남아 있는 바짝 마른 음식 냄새.

그곳에선 이 모든 냄새들의 그림자만이 남아 밀폐된 공간의 정적 속에 숨겨져 있었다.

문턱을 넘어 발을 안으로 옮겼다. 쿠안과 내가 함께 사는 집처럼 방이 두 개밖에 없는 작은 집이었다. 어쩌면 그 집도 세 식구가 살던 집이었는지 모른다. 뒷마당을 향해 배치된 침실 하나, 거리를 향해 배치된 부엌 겸용 거실.

나는 대문을 잠그고 들어와 거실로 가보았다. 텅 빈 거실에는 커다란 가구 몇 개만 자리하고 있었다. 낡은 회색 소파는 거실을 반 이상이나 차지하고 있었다. 맞은편 벽 쪽에는 검은색의 구식 서랍장이 자리했다.

나는 부엌 찬장을 살펴보았다. 차마 남의 물건을 뒤져보는 일은 하고 싶지 않았지만, 너무나 배가 고파 어쩔 수 없었다. 찬장은 예상대로 텅 비어 있었다. 눈에 띄는 것이라곤 가장 아래쪽에 놓여 있는 커다란 냄비 하나뿐이었다.

서랍장도 가장 아래쪽 서랍에 들어 있던 구식 전화기 한 대를 제외하면 텅 비어 있긴 마찬가지였다. 전화기의 번호판은 깨져 있었고 전선은 너덜너덜했다.

침실로 가니 옷장 문이 열려 있었다. 마치 누군가가 옷을 다 꺼내고 미처 옷장 문을 닫지 못한 채 집을 나서야 했던 것처럼. 벽에 그림이 걸려 있던 자리엔 빛바랜 자국과 못 몇 개만이 외롭게 남아 있었다.

벽 쪽에는 비좁기 짝이 없는 2인용 침대가 하나 놓여 있었다.

이불과 베개는 보이지 않았고 남아 있는 것은 매트리스밖에 없었다. 이 집에 살던 사람들은 바로 여기에 누워 잠을 자고 책을 읽고 말다툼을 하고 큰 소리로 웃고 사랑을 나누었으리라. 그들은 지금 어디에 있을까? 아직도 함께 살고 있을까?

맞은편 벽 쪽에 아이 침대가 하나 놓여 있었다. 침대 주인은 학교에 들어갈 나이는 아니었던 것 같았다. 침대는 갓난아기 침대보다는 길었고, 어른 침대보다는 짧았으니까. 그것은 웨이원의 침대와 비슷했다. 침대 위의 작은 베개는 한가운데가 움푹 들어가 있었다.

갑자기 두 다리에서 힘이 쭉 빠졌다. 나는 아이 침대 위에 주저앉아 멍하니 허공을 바라보았다. 수십 킬로미터 반경 내에 사람이라곤 나밖에 없다는 것을 생각하니 허망하고 외롭기 짝이 없었다. 버려진 도시. 텅 빈 도시. 내 가슴은 그 집만큼이나 황량하게 비어 있었다.

힘을 내어보려 마음을 다잡았다.

가슴 한편이 찡했다. 이건 그리움일까? 그러고 보니 나는 그간 쿠안 생각은 단 한 번도 하지 않았다. 오직 그에게서 거리를 두려 노력했을 뿐이었다. 매번 그의 얼굴이 떠오르면 애써 지워버렸고, 오직 웨이원만 생각하려 했다.

몸을 일으켜 거실로 간 나는 서랍장에서 전화기를 꺼내고는 재빨리 주변을 살펴보았다. 저기! 소파 옆에 전기 콘센트가 보였다. 하지만 신호가 잡힐까? 이렇게 중심지에서 멀리 떨어진 사막 같은 곳에서?

나는 서둘러 전기 콘센트에 전선을 연결하고 수화기를 들어보았다.

희미한 신호음이 나를 반겼다.

나는 부서진 번호판 위를 더듬으며 집 전화번호를 눌렀다.

찌직찌직하는 소리가 들렸다. 아마도 전화기는 낡은 전선을 통해 수십 킬로미터 떨어진 곳으로 소리 없는 신호음을 보내고 있을지도 몰랐다.

곧 거짓말처럼 신호음이 들렸다.

한 번.

나는 쿠안의 목소리가 내 귀에 들려오리라 기대했다. 그에게 무슨 말을 해야 할지는 생각해보지도 않았다. 나는 오직 그의 목소리가 듣고 싶을 뿐이었다.

두 번.

어쩌면 우리는 아직도 서로를 사랑하고 있는지 모른다. 그럴까? 아니, 확신을 할 수가 없었다. 그와 나 사이의 거리는 너무나 멀기에……

세 번.

그가 집에 없는 건 아닐까?

1초, 2초.

네 번째의 신호음.

"여보세요?"

마침내 그의 목소리가 귓전에 다가왔다.

나는 안도감이 들어 울음이 터졌다. "나야……"

"타오!"

나는 울음을 참으려 아무 말도 하지 않았다. 하지만 울음은 기어이 입 밖으로 나오고 말았다.

"무슨 일이야? 무슨 일이라도 있었어?"

"난…… 난 지금…… 내가 어디 있는지 모르겠어."

"무슨 뜻이야?"

"난…… 여긴 아무도 없어……"

찌직찌직하는 소리와 함께 전화가 끊어졌다.

"쿠안? 여보세요? 쿠안!"

희미한 신호음이 들리더니 곧 그마저도 끊어져버렸다.

나는 다시 전화를 걸어보았다.

아무 소리도 들을 수 없었다.

전원을 다시 연결해보았다.

전화기는 여전히 벙어리인 양 아무 소리도 내지 않았다.

나는 전화를 끊고 바닥에 전화기를 내려놓았다. 그러고는 몸을 일으켜 선 채로 멍하니 전화기를 내려다보았다.

발에 힘을 주어 전화기를 차버렸다. 두 번, 세 번. 낡은 전화기는 산산조각이 나서 사방팔방으로 흩어졌다.

나는 침실로 들어가 아이 침대 위에 털썩 주저앉았다.

어둠이 내릴 때까지 나는 일어나지 않았다. 너무나 외로워 신음 소리가 절로 나왔다. 순간은 모든 것, 순간은 영원이라는 말이 떠올랐다. 나는 아무도 없는 곳에 홀로 앉아 있었고, 가진 것은 모두 잃어버렸다. 가져왔던 돈도 바닥이 나버렸다.

둘째를 보려 했건만…… 여자아이였을까? 남자아이였을까? 알 수 없었다. 나를 닮았다면 각진 얼굴에 차분한 성격을 지니고 사람들과는 접촉을 잘하지 않으려는 아이였을 것이다. 하지만 나는 이 아이를 희생시켜버렸다. 웨이원을 찾기 위해 출산 허가를 받으려고 모아두었던 돈을 다 써버렸기 때문이다. 내 삶은 거기서 끝이 난 것이나 마찬가지였다.

나는 침대에 옆으로 비스듬히 누워 두 다리를 끌어 올린 채 웅크렸다. 손을 뻗어 침대 위를 더듬은 나는 작은 베개를 찾아내 꼭 끌어안았다.

그렇게 나는 잠에 빠져버렸다.

웨이원의 머리카락에선 희미한 땀 냄새와 바짝 마른 모래 냄새가 났다. 나는 아이의 머리카락 몇 올을 입술로 잡아당겼다.

"아얏! 엄마! 내 머리를 먹으면 어떡해요?"

나는 웃음을 터뜨리며 이번엔 아이의 볼에 내 입술을 가져갔다. 아이의 뺨은 너무나 부드러웠다. 아무리 힘껏 눌러도 저항이라곤 없을 것 같은 아이의 몰랑몰랑한 뺨. 나는 언제까지나 그렇게 누워 있고 싶었다.

"웨이원, 엄마가 널 얼마나 사랑하는지 아니?"

아이는 대답 대신 힘차게 콧물을 들이마시며 천장을 바라보았다. 거기에는 태양계를 본뜬 형광색 발광 스티커가 붙어 있었다. 그건 내가 어렸을 때 부모님이 인형을 사주려는 것을 마다하고 태양계 스티커를 사달라고 졸라 손에 넣은 것이었다. 성인이 되어 독립했을 때 나는 내 방에 붙어 있던 그 스티커를 조심스럽게 떼어내어 종이로 잘 싼 다음 어릴 때 쓰던 다른 물건들과 함께 가방 제일 아래쪽에 넣어두었다. 그리고 웨이원이 태어났을 때 나는 그것을 꺼내 아이의 방 천장에 붙여놓았다. 그것은 나의 어린 시절과 웨이원의 어린 시절을 이어주는 역할을 했으며, 우리와 세상을 이어주는 역할도 했다.

나는 아이에게 태양계의 행성 이름을 모두 가르쳐주었다. 이 우주에 비하면 우리 인간이 얼마나 작고 미약한 존재인지 알려주고 싶었기 때문이다. 물론 웨이원은 내 말을 이해하기엔 너무나 어렸다. 아이의 방 천장엔 아직도 그 스티커들이 붙어 있다. 아이는 해와 달이 있다는 것쯤은 잘 알고 있었다. 매일 직접 하늘에서 볼 수 있는 것들이니까. 하지만 저 스티커 행성에선 달을 찾아볼 수 없다. 웨이원은 그 점을 이해할 수가 없었다. 아이의 눈엔 달이 태양만큼이나 컸기 때문이다.

"저건 목성." 아이가 손으로 가리키며 말했다.

"응, 맞아."

나는 아이의 보들보들한 뺨에 코를 대고 냄새를 맡았다. 하지만 아이는 개의치 않고 말을 이었다.

"제일 큰 거야."

"맞아."

"저기 둥근 원이 있는 건 도성."

"도성이 아니라 토성."

아이는 생각에 잠겼다.

"엄마, 그런데 지구는 왜 원이 없어?"

"글쎄…… 그건 나도 잘 모르겠는걸."

"지구에도 원이 있었으면 좋겠어. 그래야 지구도 예뻐질 테니까."

나는 아이의 뺨에 더 깊이 코를 파묻었다.

"엄마도 이제 가서 자."

"여기 좀 더 누워 있으면 안 돼?"

"안 돼."

"네가 잠들 때까지만?"

"아냐. 엄마도 어서 가서 자."

아이는 이제 밤에 혼자 침대에 누워 자는 걸 두려워하지 않았다. 나는 저녁에 엄마로서 해야 할 일을 마친 셈이었다.

나는 아이의 뺨에 입을 맞추었다. 아이는 귀찮다는 듯 이불을 머리 위로 뒤집어썼다.

"어서 가. 난 이제 잘 거야."

"알았어. 이제 갈게. 잘 자. 내일 아침에 보자."

"엄마도 잘 자."

나는 그곳에 있고 싶었다. 태양계 스티커 아래. 스스로 빛을 발하는 토성 스티커 아래. 하지만 동이 틀 무렵이 되자 눈은 저절로 떠졌다. 커튼이 없는 창을 통해 희미한 아침 햇살이 새어 들어오고 있었다. 나는 꼼짝도 않고 같은 자세로 누워 다시 그곳으로 돌아가보려 시도했다. 다른 방으로. 다른 침대로. 하지만 그건 불가능했다.

낯선 아침. 낯선 침대 속에서 가장 먼저 떠올렸던 것은 여느 아침 날과 똑같았다. 그건 아이의 이름이었다.

웨이원. 웨이원.

내 사랑하는 아들.

그 보들보들한 아이의 뺨.

나는 아이의 얼굴을 놓치고 싶지 않았다. 하지만 내 머릿속을 비집고 들어오는 또 다른 얼굴은 어느새 아이의 얼굴을 밀어내고 있었다. 현실 속의 또 다른 얼굴. 비스킷을 손에 든 호리호리한 청년. 그의 눈빛. 그는 금방이라도 나를 공격해 올 것만 같았다.

그리고 병든 노인들의 얼굴. 대부분은 자신이 처한 상황을 이해하지 못하고 있었다. 버려진 채 서서히 죽어가리라는 것을. 하지만 링거대를 끌고 내게 다가왔던 노파는 알고 있었던 것 같았다. 그녀는 나를 보고 희망을 가졌던 것이 틀림없었다.

그녀에겐 무슨 일이 일어날까?

길에서 만났던 청년에겐 무슨 일이 생길까?

식당에서 음식을 나르던 청년에겐?

그의 아버지에겐?

그리고 웨이원에겐 무슨 일이 있었던 걸까?

웨이원에게 있었던 일은 다른 사람들의 일과도 관계가 있는 것일까?

숲이 폐쇄된 일. 그곳에 주둔하는 군인들. 하늘을 찌를 듯한 높다란 울타리. 그리고 수많은 비밀들……

무언가 우리 모두와 관련된 일이 진행되고 있는 게 틀림없었다.

나는 벌떡 몸을 일으켰다.

이제야 어렴풋이 이해할 수 있을 것 같았다.

나는 첫 단추를 잘못 끼운 것이다. 나는 아이를 찾으려고만 했다. 하지만 아이가 무엇 때문에 의식을 잃었는지 모른다면 영

영 아이를 찾을 수 없을지도 모른다. 그 의미를 모른다면 엉뚱한 곳에서 평생 헤맬지도 모른다는 생각이 스쳤다.

웨이원의 얼굴이 다시 떠올랐다. 그 얼굴은 평소 내가 생각해왔던 부드럽고 행복한 아기 얼굴이 아니라, 아이가 의식을 잃었던 바로 그날의 얼굴이었다. 쿠안의 팔에 안겨 있던 웨이원. 피부는 초를 다투며 핏기를 잃어갔고, 호흡은 점점 무거워졌다. 아이의 얼굴이 더욱 선명하게 다가왔다. 지금까지는 생각하려고도 하지 않았던 얼굴이었다. 나는 바닥에 털썩 주저앉아 무릎을 올려 양팔로 감싸 안고 허공을 뚫어지게 바라보았다.

웨이원의 얼굴. 핏기 없는 창백한 얼굴. 아이의 콧잔등에는 구슬 같은 땀방울이 맺혀 있었다. 쿠안이 아이를 안고 달릴 때만 하더라도 아이에겐 의식이 있었다. 아이는 숨을 헐떡이고 있었다. 겁에 질린 아이의 두 눈은 애원하듯 나를 바라보고 있었다. 아이는 도와달라는 말도 한 마디 하지 못했다.

쿠안이 작업장을 반쯤 지나쳤을 때, 아이의 목은 아래로 축 처졌다. 그 순간 의식을 잃었던 것이다. 아이의 눈도 초점을 잃은 채 스르르 감겼다.

구급차가 왔을 때 아이의 숨은 간당간당 붙어 있었다.

나는 무릎에 얼굴을 파묻었다. 그 당시의 일을 하나하나 모두 기억해내려고 애를 썼다. 아이의 얼굴. 도대체 무엇이 아이의 호흡을 멎게 한 걸까? 도대체 무슨 일이 있었던 걸까?

창백한 얼굴, 땀에 젖은 피부. 어디선가 본 적이 있다는 생각이 스쳤다. 문득, 전혀 다른 기억이 떠올랐다. 또 다른 얼굴. 다이위. 가든파티. 하늘색 바지를 입고 있던 다이위는 바닥에 드러누워 있었다. 그녀의 검정 신발은 햇살을 받아 반짝이고 있었다. 그녀 또한 이마에 식은땀을 흘리고 있었고, 거친 숨을 몰아쉬었다. 그리고 웨이원처럼 두 눈에는 살려달라는 듯 애원하는 빛을 담고 있었다. 정원에서 놀고 있던 우리는 다이위가 쓰러지자 그녀를 빙 둘러쌌다. 어른들은 거기서 좀 떨어진 곳에 모여 앉아 있었다. 축 늘어진 다이위의 손엔 케이크 한 조각이 쥐어져 있었다. 조금 전 욕심스럽게 먹던 큼직한 케이크 조각. 그녀는 우리가 놀고 있을 때도 케이크가 담긴 접시를 손에서 놓지 않았다.

"다이위가 숨을 쉬지 않아요. 숨을 쉬지 않는다고요!"

그녀의 어머니가 헐레벌떡 뛰어왔다.

"핸드백! 내 핸드백을 가져다줘요. 내 핸드백! 얼른!"

다이위의 어머니가 소리쳤다.

그녀는 다이위의 손에 있던 케이크를 발견하고 우리를 돌아보았다.

"이 케이크에 땅콩이 들어 있니?"

땅콩? 우리는 모르는 일이었다. 그녀의 표정은 너무나 단호해서 나는 마치 그게 내 잘못이라도 되는 것처럼 어쩔 줄 몰라 했다.

누군가가 그녀의 핸드백을 들고 뛰어왔다. 핸드백을 뒤지던 그녀는 인내심을 잃어버렸는지 핸드백을 뒤집었다. 그러자 그 속에 있던 것들이 바닥으로 떨어졌다. 립스틱, 일회용 물수건, 머리빗. 그녀는 녹색 글자가 찍힌 하얀 종이 상자를 집어 들고, 그 속에서 주사기 한 대를 꺼내 들었다.

내 어머니가 다가와 내 머리를 감싸 안았다. 그 장면을 내게 보이고 싶지 않았기 때문이리라. 어머니는 천천히 나를 다른 곳으로 데려갔다.

"도대체 무슨 일인가요? 다이위에게 무슨 일이 일어났나요?"

윌리엄

아침이 찾아왔다. 햇살은 나뭇잎 사이로 쏟아져 내리고 있었다. 머리 위에선 모든 것이 바쁘게 움직이고 있었다. 나뭇잎은 바람에 흔들리고, 하늘의 구름은 어디론가 향하고 있었다. 그 어느 것도 가만히 제자리를 지키는 것은 없었다. 현기증을 느낀 나는 눈을 감았다. 축축한 흙 위에 드러누워 가만히 있고 싶은 마음밖에 없었다. 무엇을 해야 할지 알 수 없었다. 열정을 퍼부을 연구 작업도 사라져버렸고, 에드먼드조차도 잃어버렸다. 곰곰이 생각해보니 나는 스스로 깨닫기도 전에 에드먼드를 잃었던 것이나 마찬가지였다. 내게는 절정과 환희를 향한 인간적 욕망도 남아 있지 않았다. 오직 이대로 흙 속에 파묻히고 싶은 생각뿐이었다.

문득 어제저녁부터 아무것도 먹지 않았다는 생각이 스쳤다. 하긴 상관없는 일이었다. 어제 오후에 먹었던 파이는 아직도 내 배 속에 있으니까. 갑자기 목구멍과 바짝 마른 입가에 파이 맛이 느껴져 구역질을 할 것만 같았다.

바쁘게 움직이는 마을과 내 집은 먼 곳에 떨어져 있는 것 같았다. 나는 지난밤 어둠을 헤치며 발에 통증이 느껴질 때까지 걷고 또 걸었다. 숲에 이르자 비좁은 오솔길을 따라 걷다가 차츰 오솔길을 벗어나 걷기 시작했다. 인간을 떠올리는 모든 것들을 내 머릿속에서 지워버리고 싶었기 때문이다. 힘이 빠진 나는 결국 숲속 잔디 위에 드러누워버렸다.

가족들은 나를 그리워하고 있을까? 지금쯤 나를 찾아 헤매고 있을까? 어쩌면 곧 나를 부르는 아이들의 목소리가 들려올지도 모른다는 생각이 스쳤다. 여자아이들의 서로 다른 목소리. 조지나의 가늘고 날카로운 목소리부터 틸다의 굵직한 목소리까지.

어쩌면 아무도 나를 찾지 않을지도 모른다. 그들은 내가 어디론가 사라져버리는 일에 익숙해져 있으니 말이다. 어쩌면 그들은 내가 사라졌다는 것을 아직도 못 알아차린 건 아닐까?

아니, 그들은 에드먼드에게만 관심을 쏟고 있는지도 모른다. 에드먼드는 오늘도 피곤하다며 다른 날과 마찬가지로 방 안에 틀어박혀 있을 게 틀림없다. 그는 해가 중천에 뜰 때까지 잠을 퍼질러 잘 것이다. 그러니 그의 얼굴이 항상 창백한 것도 이상한 일은 아니다. 나는 지금까지 에드먼드가 병에 걸린 건 아닐까 걱정했지만, 그의 창백함과 피곤함은 병과는 상관없는 것이었다. 그의 하루는 다른 이들의 하루와 다르지 않았다. 그가 하루 종일 방 안에 드러누워 잤던 것은 술기운을 없애기 위해서였다. 나의 우울증이 그에게 유전된 것은 결코 아니었다. 그는 술로 삶을 허비하는 여느 음탕한 부랑자들과 다를 바가 없었다.

나는 동쪽 하늘에 떠오르는 태양을 바라보았다. 조금만 더 있으면 태양은 내 머리 위로 빛을 내리쬐고, 내 몸을 바짝 말려버릴 것이다. 어느새 이마에 땀방울이 맺히기 시작했다. 나는 입을 벌리고 숨을 쉬었다. 내 혀는 바짝 마른 낙엽과 다름없었다. 나는 손을 들어 땀을 닦아내려 했지만, 손을 들어 올릴 기력조차 없었다.

시간이 흘렀다. 태양은 나뭇가지 뒤로 자취를 감추었고, 그림자는 점점 길어지기 시작했다. 한기가 느껴졌다. 내 체온은 흙의 온도와 다르지 않았다. 눈꺼풀 뒤엔 어둠이 도사리고 있었다. 나는 이미 죽어버린 걸까?

"아버지?"

맑은 목소리. 높지도 낮지도 않은 기분 좋은 목소리.

"아버지?"

조금 전보다 높아진 목소리는 이끼와 덤불 사이에서 들려왔다.

눈을 떴다. 샬럿이었다.

"아버지, 여기 계셨어요?"

아이의 목소리엔 놀란 기색이라곤 전혀 찾아볼 수 없었다. 가족들은 내가 사라졌다는 것을 눈치채지 못하고 있었던 걸까?

샬럿은 내 곁으로 다가와 나를 내려다보았다. 마치 곤충을 관찰하듯 자세히 살펴보는 아이의 눈빛에 민망함이 느껴졌다. 얼굴이 발갛게 달아오르는 것도 느낄 수 있었다.

"응. 여기 있었어."

나는 얼른 몸을 일으켜 앉은 후 머리와 옷에 묻은 흙과 낙엽, 솔잎 등을 털어냈다.

"나를 찾기가 어려웠니?"

"무슨 말씀이세요?"

"나를 오래 찾아다녔는지 궁금해서."

"아뇨, 그리 오래 찾진 않았어요. 오솔길이 바로 옆에 있는걸요." 아이는 등 뒤를 가리켰다. 거기엔 집 쪽으로 난 오솔길이 자리하고 있었다. 그러고 보니 눈에 익은 키 큰 나무들도 보였다. 나는 숲속 깊은 곳에 들어왔다고 생각했는데, 알고 보니 그곳은 집에서 그리 멀리 떨어지지 않은 곳이었다.

샬럿은 노트 한 권을 손에 들고 내 옆에 앉았다. 항상 가지고 다니며 무언가를 열심히 적곤 했던 바로 그 노트였다.

"아버지께 보여드리고 싶은 게 있어요. 지금 보여드려도 되나요?"

아이는 내 대답을 기다리지도 않고 노트를 펼쳐 들었다.

"꽤 오랫동안 혼자서 작업을 해왔어요."

나는 집중을 해보려 했지만, 종이 위의 글자들은 마치 꼬물꼬물 기어 다니는 지렁이처럼 보이기만 했다.

"잠깐만요." 샬럿은 내 안경을 집어 들고 치맛자락으로 깨끗이 유리알을 닦은 후 내 코에 다시 걸쳐놓았다.

나는 허리를 쭉 펴고 아이가 펼쳐 드는 노트를 바라보았다. 그건 아이가 내 안경을 깨끗이 닦아줬기 때문만은 아니었다. 나는 아이의 작은 열정에 감동해 눈물이 쏟아질 것만 같았다. 문

듯 나를 찾아온 아이가 바로 샬럿이라는 사실이 고맙게만 느껴졌다. 다른 아이들이 흙 위에 누워 있는 내 모습을 보았다면 민망했을 것이 틀림없으니 말이다. 나는 침을 꿀꺽 삼키며 아이의 노트를 바라보았다.

거기엔 벌통 그림이 그려져 있었다. 내 벌통과는 전혀 다른 벌통이었다.

"생각을 조금만 바꾸면 완전히 다른 결과를 얻을 수도 있다는 말을 기억했어요. 그러니까…… 여기 이 소광을 지붕에 수직으로 이어 붙이지 않고 조금 밑으로 내려 수평으로 설치한다면, 위쪽의 뚜껑을 열었을 때 벌통 안을 더 잘 볼 수 있지 않겠어요?"

나는 아이의 그림을 자세히 들여다보았다. 흐릿하던 눈앞이 밝아지기 시작했다.

"아니……" 나는 헛기침을 했다. "이건…… 실용성이 없어." 나는 신중하게 말을 이었다. "네 말대로 한다면 소광이 벌통 벽에 붙어버릴 거야." 나는 고개를 치켜들고 목소리에 권위를 담았다. "벌들은 이 소광에 밀랍과 프로폴리스를 발라 벽과의 간격을 좁힐 것이 분명해. 그렇다면 나중에 소광을 분리해낼 수가 없게 되지."

샬럿은 내 말에 미소를 지었다.

"예, 맞아요. 하지만 그건 간격이 5밀리미터 이하일 때만 가능한 일이에요."

"그렇지. 그리고 간격이 크면 벌들은 야생에서와 마찬가지로 자기 멋대로 벌집을 짓게 될 거란 말이야. 어쨌든 네가 말한 방법은 실용성이 없어. 나도 이미 그 방법을 생각해봤거든." 나는 짐짓 생색을 내며 미소를 띠었다.

"저도 알아요. 하지만 아버진 다양한 방법을 시도해보진 않으셨잖아요. 요점은 간격이 정확해야 한다는 거예요."

"글쎄…… 무슨 뜻이니?"

샬럿은 다시 그림을 가리켰다. "아버지, 저는 너무 멀지도, 너무 가깝지도 않은 적절한 지점이 존재할 것이라고 믿어요. 벌들은 왜, 또 어떤 경우에 밀랍과 프로폴리스를 생산하나요? 그리고 언제 야생에서와 마찬가지로 제멋대로 벌집을 만드나요? 이 두 경우의 한가운데 지점을 찾아낸다면 되지 않을까요? 가장자리의 테두리와 안쪽 벽 사이의 정확한 간격, 즉 제로 지점만 알아낸다면, 벌들은 밀랍과 프로폴리스를 생산하지도 않을 것이고 제멋대로 벌집을 짓지도 않을 거예요."

나는 샬럿을 다시 한 번 쳐다보지 않을 수 없었다. 아이는 눈을 반짝이며 차분하게 앉아 있었다. 아이가 지금 무슨 말을 했더라? 프로폴리스와 벌집? 제로 지점?

힘이 솟아나는 것 같았다. 나는 두 다리에 힘을 주고 몸을 일으켰다.

제로 지점!

조지

빌어먹을 은행에 다녀온 나는 앨러배스트 강가로 향했다. 하류 모퉁이에 자리한 몇 개의 벌통을 제외하면 그곳은 텅 비어 있었다. 남아 있는 벌통에는 여전히 벌들이 날갯짓을 하고 있었지만 그것도 언제까지 계속될지는 확신할 수 없었다. 그 벌통과 다른 벌통의 차이점은 아무것도 없었기에 그 벌들마저도 떠나지 않으리라 장담할 수가 없었던 것이다.

나는 그곳을 빙 둘러보았다. 벌통이 있던 자리에는 잔디가 납작하게 눌려 죽어 있었다. 자세히 보니 누렇게 색이 변한 잔디 사이사이에 파릇파릇한 새 잔디가 올라오는 곳도 간간이 있었다. 이제 얼마 지나지 않으면 잔디 위에 남아 있던 자국도 사라질 것이다. 그러면 한때 그곳에 수천 마리의 벌들이 살았다는 것을 기억하는 사람도 없어질 터였다.

나는 벌들의 날개 소리가 나는 곳으로 가보았다. 문득, 뜬금없이 벌에게 한번 제대로 쏘여봤으면 좋겠다는 생각이 스쳤다. 화끈화끈한 통증을 느끼고 싶었다. 벌에 쏘여 부풀어 오른 자국마저도 그리워졌다. 통증을 못 견디는 척 큰 소리를 내지르고도 싶었다.

나는 벌에게 제대로 쏘여본 적이 딱 한 번 있다. 그때 나는 여덟 살이었다. 시내에 다녀온 어머니는 부엌에 앉아 있던 내게 선물 상자를 건넸다. 나는 왜 어머니가 그날 내게 선물을 사줬는지는 기억이 나지 않았다. 아! 가만히 생각해보니 어머니는 내 기분을 좋게 해주려 선물을 샀던 것이 틀림없다. 어머니는 내게 셋째 동생이 태어날 것이라는 소식을 전해주려 했다. 물론 어머니는 그 소식을 들으면 내 기분이 나빠질 것이라는 사실을 잘 알고 있었다. 어머니는 평소 생일이나 성탄절 외에는 장난감 선물을 사주지 않았다. 그런데 그날은 어머니가 내게 선물을 사주었다. 그건 당시 아이들에게 큰 인기를 끌고 있던 '핫휠스'라는 상표의 장난감 자동차였다. 아주 오랫동안 원하고 원했던 장난감이기도 했다. 선물을 받아 든 나는 너무나 기뻐 머리가 어질할 정도였다. 나는 장난감 자동차를 손에 들고 서둘러 밖으로 뛰쳐나갔다. 그 바람에 어머니는 셋째 동생이 태어날 것이라는 말을 해줄 기회를 놓치고 말았다.

아버지는 강가에 있던 벌통을 들여다보고 있었다. 나는 앞뒤 생각도 없이 아버지를 향해 달려갔다. '아버지! 여길 좀 봐요! 선물을 받았어요! 이게 뭔지 아세요? 아버지! 여길 좀 보라니까요!' 순간 나는 면포 뒤에 있던 아버지의 눈을 보았다. 그 눈빛은 '얼른 돌아가! 여기 오면 안 돼!'라고 말하고 있었다. 하지만 때는 이미 늦었다.

나는 여러 날을 침대에 누워 보냈다. 아무도 세어보진 않았지만, 짐작건대 최소 100여 군데 이상은 벌에 쏘인 것 같았다. 의사는 고열에 시달리던 내게 곰 한 마리의 전신을 마비시킬 수 있을 정도의 강한 약을 건네주었다. 내가 어머니 배 속에 동생이 있다는 걸 알게 된 것은 그로부터 한참이나 지난 후였다.

그날 이후, 나는 벌침을 피하기 위해서라면 무슨 짓이든 다 했다.

나는 내가 벌에 쏘였던 것이 당연하다고 생각했다. 내가 했어야만 하는 일을 제대로 하지 않았기 때문에 벌을 받았다는 생각도 해보았다. 나 자신을 스스로 보호하지 못했기 때문에, 충분히 조심하지 않았기 때문에 당연히 받아들여야 했던 벌이라고 생각했던 것이다. 나는 한 해를 통틀어 단 한 번도 벌에 쏘이지 않는 것을 내 목표로 삼았다. 하지만 그 목표는 이룰 수가 없었다. 하기야 벌을 치는 사람이라면 여름 내내 최소 한 번은 벌에 쏘이게 마련이다. 그런데 올해는 단 한 번도 벌에 쏘여본 적이 없다. 물론 그 이유는 내가 원했던 것과는 너무나 다른 것이긴 하지만 말이다.

나는 벌통을 향해 점점 더 가까이 다가갔다. 벌들의 날갯짓 소리를 들으며 나는 걸음을 멈추고 밀집도를 계산해보았다. 충분하지 않았다. 1제곱미터 내에 평균 2.5마리는 이제 생각도 할 수 없는 숫자였다.

나는 땅바닥을 걷어찼다. 벌 한 마리가 허공으로 치솟아 올랐다.

나를 쏘아봐! 나를 쏘아보라고!

벌은 내게서 점점 멀어졌다. 내 소원을 들어주긴 싫은 모양이었다.

나는 몸을 돌려 창고로 향했다.

최근 새로운 재료를 구입한 적은 없다. 창고 구석에는 이전에 주문해두었던 재료들이 산더미처럼 쌓여 있었다. 그것을 보자 두려움이 밀려들었다. 나와 목재 재료 더미 사이에는 시간이라는 벽이 가로막고 있었다. 셀 수 없이 많은 시간들. 톱질을 하고 망치질을 해서 벌통을 만들어야만 하는 시간들. 벌통을 만들 재료는 충분했다. 벌통을 넉넉히 만들고 나면 다시 새로운 재료를 구입하면 될 일이다. 나는 벌통을 직접 만들기로 결심했다. 벌을 치는 한, 벌통만큼은 직접 만들 생각이었다.

판자 하나를 집어 들고 무게를 짐작해보았다. 손에 닿아 오는 나무 재질이 낯설지 않았다. 여전히 습기를 머금은 채 적당히 부드럽기까지 한 나무판자. 그것은 살아 있는 것이나 마찬가지였다.

장갑을 끼니 나무판자의 생명력을 느낄 수가 없었다. 나는 방음용 귀마개를 찾아 끼고 전기톱의 스위치를 올렸다.

문 쪽에서 쏟아지는 햇살이 바닥을 더듬었다. 바닥의 빛줄기가 점점 커지는가 싶더니 그림자 하나가 그 자리를 지나쳤다.

나는 몸을 돌려보았다.

거기엔 에마가 서 있었다.

그녀는 재료 더미와 나를 번갈아 바라보더니 고개를 절레절레 흔들었다.

"뭘 하시려고요?"

그녀는 대답을 알고 있음에도 내게 질문을 했다.

그녀가 내게 한 발짝 더 가까이 다가왔다.

"이건 정신 나간 짓이에요. 여기 이건……" 그녀는 나무판자들을 턱으로 가리키며 말을 이었다. "한두 개도 아니고…… 그 많은 걸 언제 다 만들려고 그러세요?"

나도 그걸 모르는 바가 아니다. 그런데도 그녀는 나를 가르치려 드는 걸까?

나는 어깨를 으쓱 추켜 보이며 귀마개를 다시 쓰려다 그녀의 심상찮은 눈빛에 언뜻 손을 멈추었다.

"진작에 팔았어야 했어요."

나는 얼떨결에 귀마개를 놓쳐버렸다. 귀마개는 쿵 소리를 내며 바닥에 떨어졌다.

"지난겨울에 다 팔아버리고 이사를 갔어야만 했다고요. 그랬다면 지금쯤 저 남쪽에 있을 텐데."

그녀는 더 할 말이 있는 듯했지만 입을 꾹 다물었다.

그러니까 양봉 농장이 조금이나마 가치가 있었을 때 팔았어야 한다는 말을 하고 싶었으리라.

나는 허리를 굽혀 두 손으로 귀마개를 집어 들었다. 마치 어린아이처럼 한 손으로는 귀마개를 들어 올리기가 힘든 것처럼.

나는 귀마개를 끼고 에마에게서 등을 돌렸다.

창고를 나서는 그녀의 발자국 소리는 듣지 못했다. 열린 문틈으로 들어온 햇살을 그녀의 그림자가 채웠고, 곧이어 그 햇살마저도 사라져버리는 것을 보았을 뿐.

우리는 그 일에 대해선 다시 이야기하지 않았다. 그녀는 아무 말도 하지 않았다. 매일매일 비슷한 하루가 우리를 스쳐 갔다. 나는 손에 물집이 생길 때까지 톱질을 하고 망치질을 했다. 등은 욱신욱신 쑤셨고, 손가락엔 여기저기 상처투성이였다. 나는 에마가 낮에 뭘 하는지 알 수 없었다. 하지만 그녀는 적어도 플로리다 이야기는 입 밖에 꺼내지 않았다. 그저 가끔 젖은 눈으로 나를 바라볼 뿐. 나는 그녀의 눈빛 속에 담긴 의미를 읽어낼 수 있을 것 같았다. 이게 전부 당신 책임이에요.

우리는 매일 되풀이되는 일상을 통해 이전처럼 생활해보려 무진 애를 썼다. 함께 저녁을 먹고 함께 텔레비전을 보았다. 그녀는 매일 서로 다른 연속극을 시청했다. 사각형 텔레비전 앞에서 그녀는 소리 내어 웃기도 했고 눈물을 흘리기도 했다. 가끔은 감탄이나 신음을 내기도 했고 내게 수다를 떨기도 했다. 당신도 봤어요? 세상에, 어떻게 그럴 수가 있죠? 그 남자는 그런 일을 당할 이유가 없다고요. 그리고 그 여자 봤죠? 그렇게 착하고 예쁜 여자가…… 세상에…… 그럴 수는 없어요.

우리는 항상 소파에 나란히 함께 앉았다. 에마는 내가 머리를 쓰다듬어주는 걸 좋아했다. 하지만 내 손은 무릎 위에서 움직일 줄을 몰랐다. 상처 때문에 아팠기 때문이다.

그날 저녁도 우리는 함께 소파에 앉아 있었다. 전화벨이 울렸지만 그녀는 움직일 기미도 보이지 않았다. 나도 마찬가지였다.

"당신이 받아요." 그녀는 텔레비전에서 눈을 떼지 않고 말했다. 화면 속에서는 모두들 투표 결과를 기다리고 있었다. 금발의 여자가 나갈 것인가, 갈색 피부를 지닌 여자가 나갈 것인가. 모두들 가슴을 졸이며 결과를 지켜보는 중이었다.

"톰일지도 모르잖아." 나는 무덤덤하게 말했다.

"그래서요?"

"당신이 받는 게 더 좋아."

그녀는 놀란 눈으로 나를 바라보았다.

"조지!"

"응?"

"혹시 톰과 대화하는 걸 피하는 건 아니겠죠?"

나는 대답하지 않았다.

전화벨은 계속 울렸다.

"당신이 받아요!" 그녀는 고개를 치켜들고 단호하게 말했다.

"알았어. 그렇다면 우린 저 전화를 받지 않는 걸로 하자고."

말은 그렇게 했지만 나는 가만히 앉아 있을 수가 없어서 결국 몸을 일으키고 전화를 받았다.

리였다. 그는 수확 결과를 말해주기 위해 전화를 걸었다고 했다.

"매일 나가서 살펴보고 있어." 그가 들뜬 목소리로 말을 이었다. "아주 잘 자라고 있어. 올해도 결과가 좋을 것 같아."

"그렇게 비가 많이 왔는데도? 잘됐군. 정말 좋은 소식이야."

"글쎄 말이야. 어쨌든 올해 수확량도 만만찮을 것 같아. 적어도 예상보다 나쁘진 않을 것 같아서 한시름 놓았어."

"정말 잘됐어."

"그냥 자네에게 알려주고 싶어서 전화했어. 자네 벌들 덕분이야. 그건 그렇고 자네 벌들은 모두 건강한가?"

"글쎄…… 잘 모르겠어."

"잘 모르겠다니? 무슨 일이라도 있었어?"

"정말 모르겠어. 벌들이……"

전화기 저편에서 침묵이 흘렀다. 한참 후, 다시 리의 목소리가 들렸다.

"자네에게도 그 일이 생긴 건가? 벌들이 사라진 거야?"

"응."

"북쪽 지방에선 볼 수 없는 현상인 줄로만 알았는데…… 나는 플로리다나 캘리포니아에서만 일어나는 일인 줄 알았어."

"나도 그런 줄 알았지." 나는 애써 무덤덤한 목소리를 유지하려 했지만, 결국 터져 나오는 울음을 참을 수가 없었다.

"오, 조지! 세상에…… 내가 무슨 말을 해줘야 할지……"

"괜찮아."

"그건 그렇고, 보험은 들어놨어?"

"아니……"

"그럼 이제 어떻게 할 거야?"

나는 집게손가락으로 전화선을 돌돌 감았다. 전화선이 상처가 난 부분을 죄어왔다. 나는 여전히 대답할 말을 찾지 못했다.

"글쎄……"

"조지." 그의 목소리는 조금 전보다 더 높아졌다. "내가 할 수 있는 일은 없을까? 말만 해!"

"고마워."

"진심으로 하는 말이야."

"나도 알아."

"자네에게 돈을 빌려줄 수만 있다면 좋을 텐데……"

"자네가? 하하."

그도 웃음을 되돌려주었다. 짐작건대 그럴 생각은 없는 것 같았다.

"솔직히 나도 돈이 없긴 마찬가지야. 수확이 그렇게 좋은 건 아니거든."

"내게 할인까지 받았는데도?"

"응, 할인까지 받았는데도!"

그가 잠시 침묵을 지킨 후 말을 이었다.

"그때 내가 거절을 했어야만 했는데……"

"무슨 말이야?"

"자네가 깎아준다고 했을 때 말야."

"리……"

"이럴 줄 알았더라면……"

"리, 괜찮아. 이제 그 일은 잊어버려."

나는 돌돌 감긴 전화선에서 손가락을 빼냈다. 손에는 나선 모양의 전화선 자국이 남아 있었다.

"참, 그거 알고 있었나?" 그가 갑자기 밝은 목소리로 말했다. "내가 자네에게 전화를 한 건 사실 그 반대의 이야기를 하기 위해서였어. 결과가 바닥이라고 말야. 자네 벌들은 아주 형편없는 벌들이야."

나는 웃지 않을 수 없었다.

"그 말을 들으니 좀 안심이 되는군."

"사라져버린 건 차라리 잘됐어."

"맞아, 자네 말이 맞아. 차라리 잘된 일이야."

다시 침묵이 흘렀다.

"그건 그렇고…… 조지, 이제 어떻게 할 거야? 솔직히 말해봐."

"나도 모르겠어. 이젠 나도 대량 생산된 벌통을 주문해야 할까 봐."

"벌통을 주문한다고? 아냐. 그건 안 돼. 그건 자네 가문에 대대로 이어져오는 일이잖아. 벌통을 직접 제작하는 일 말야."

"요즘은 별로 가치도 없어."

"음……"

그가 침을 꿀꺽 삼키는 소리가 들려왔다.

"그런데 그건 그렇고, 자네 말야…… 절대 포기하지 마."

"응…… 아니…… 응, 알았어."

나는 더 할 말을 찾을 수 없었다. 그의 따스하고 부드러운 목소리 때문인지 대화를 이어갈 수가 없었다.

"조지? 아직 거기 있나?"

"응……"

나는 심호흡을 하고 정신을 가다듬었다.

"응, 아직 여기 있어. 내가 가긴 어딜 가겠어."

타오

낯선 집에서 하룻밤을 묵고 나와 2킬로미터쯤 걸어가니 전철역이 보였다. 다행히도 그 역에선 전철이 운행되는 것 같았다. 나는 어젯밤 이미 사람들이 모여 사는 지역에서 얼마 떨어지지 않은 곳에 도착해 있었던 것이다. 그런데도 나는 그걸 전혀 모르고 있었다. 전철역에는 나 이외에 두 명이 더 전철을 기다리고 있었다. 뼈만 앙상하게 남은 노부인은 벤치에 앉아 있었고, 경계하는 눈빛을 지닌 50대 남자는 묵직한 봉지 하나를 들고 있었다. 보아하니 그는 어젯밤 빈집에 들어가서 마음껏 봉지를 채웠던 게 틀림없었다.

30분쯤 기다리자 전철 한 대가 역으로 들어왔다. 나는 다시 호텔로 돌아가서 도서관을 찾아보고 싶었다. 도서관에 가면 답을 얻을 수 있을 것 같아서였다. 전철표가 없었던 나는 주위를 살피며 허둥지둥 전철을 탔다. 깡마른 노부인이 전철 안에 미처 발을 들여놓기도 전에 문이 닫히려 했다. 노부인은 당황해하며 도움을 청하는 눈빛을 보냈다. 나는 얼른 그녀를 부축해 전철을 탈 수 있도록 도와주었다. 그녀는 고맙다는 말을 연거푸 내뱉으며 나와 계속 이야기를 해보려 시도했다. 하지만 나는 그럴 마음이라곤 전혀 없었다.

나는 혼자 자리를 잡고 앉았다. 차라리 서 있고 싶었지만 전철이 흔들리는 바람에 마음을 고쳐먹을 수밖에 없었다. 전철은 적어도 10년 이상은 청소를 하지 않은 듯 지저분하기 짝이 없었다. 퀴퀴한 냄새는 물론이었고 창문엔 날이 더울 때면 열고 날이 추울 때면 닫았던 수많은 손들이 남긴 기름때가 덕지덕지 붙어 있었다. 창의 바깥쪽에는 먼지와 때가 끼어 밖을 볼 수 없을 정도였다. 시골 마을을 지나는 전철의 요란한 엔진 소리는 너무도 시끄러워서 나는 아무 생각도 할 수 없었다. 그럼에도 나 자신이 먹잇감을 찾은 야생 짐승처럼 뚜렷한 목표를 향해 앞으로 나아가고 있다는 느낌에 뿌듯하기까지 했다. 내 머릿속에는 두 개의 서로 다른 얼굴이 교대로 떠올랐다. 웨이원과 다이위. 그들의 창백한 얼굴과 헐떡이는 숨소리.

나는 세 번이나 전철을 갈아타야만 했다. 전철 시간표는 어디론가 사라져 찾을 수가 없었고, 전광 알림판은 이미 오래전에 고장이 난 듯 작동하지 않았다. 별수 없이 기다릴 수밖에 없었다. 첫 번째로 전철을 갈아탈 때는 23분을 기다렸고, 그다음엔 각각 14분과 26분을 기다려 전철을 갈아탔다.

마침내 호텔에 도착하니 마치 집에 돌아온 듯한 기분이었다. 눈에 익숙한 곳에 들어서니 비록 하루밖에 떠나 있지 않았지만 마치 오랫동안 그곳을 떠나 있었던 것 같은 느낌이 스쳤다. 너무나 배가 고파 쓰러질 지경이었지만, 나는 자리에 앉아 무언가를 먹을 시간조차 아깝다고 생각했다. 가방 속에 들어 있던 비스킷 한 봉지를 찾아낸 나는 그것으로 대충 배를 채우고 호텔 직원에게 가장 가까운 도서관이 어디 있는지 물어보았다.

근처에는 도서관이 하나밖에 없었다. 베이징 전체에 문을 연 도서관은 거기밖에 없다고 했다. 호텔 앞에서 전철을 한 번만 타면 시청이라는 곳에 자리한 도서관으로 갈 수 있었다. 역에서 내려 도서관으로 가는 도중 낡은 동물원 하나를 지나쳤다. 입구의 장식조각은 오랜 세월 비바람을 견디지 못한 듯 색이 바랬다. 동물원 안쪽에는 야생 덤불이 무성하게 자라 울타리를 뚫고 나올 것만 같았다. 그곳에 있던 동물들은 어떻게 되었을까? 멸종의 위기에 직면했던 동물들은? 마지막으로 남아 있던 코알라는 아직도 살아 있을까? 어쩌면 동물들은 지금쯤 사람이 살지 않는 빈집을 보금자리 삼아 살고 있을지도 몰랐다. 나는 정말 그랬으면 좋겠다고 바랐다. 그들이 아직도 이 지구 어딘가에서 살아가고 있다면 좋겠다고.

도서관 앞 거리는 황폐하기 그지없었다. 나는 두려워하며 시간을 낭비할 필요는 없다고 생각하면서 서둘러 발을 옮겼다. 출입문은 너무나 묵직해서 꼼짝도 하지 않았다. 문이 잠겨 있다고 짐작했지만, 나는 한 번 더 있는 힘을 다해 문을 밀어보았다. 순간, 거짓말처럼 문이 열렸다.

도서관 안은 여러 층의 열람실이 계단으로 이어져 있었다. 벽에는 수천 권의 책들이 자리했고, 바닥에는 셀 수 없이 많은 책상과 의자들이 자로 잰 듯 정확하게 일렬로 늘어서 있었다. 빛이라곤 천장의 유리창을 통해 들어오는 햇살이 전부였다. 빛을 발하는 전구는 하나도 없었다. 눈에 보이는 사람도 없었다. 문득 도서관이 문을 닫은 게 아닌가 하는 의구심이 들었다.

나는 안으로 더 들어가보았다.

"누구…… 없나요?"

대답하는 사람은 아무도 없었다.

나는 목소리를 높였다. "거기 누구 없어요? 여보세요?"

한참 후 열람실 구석에서 발자국 소리가 들렸다. 유니폼을 입은 여자였다. "안녕하세요?"

그녀의 유니폼은 과거 한때 검은색이었을 테지만 지금은 회색빛을 띠고 있었다. 그녀는 놀란 표정으로 나를 바라보았다. 너무나 오랜만에 누군가 도서관을 찾았다는 사실에 놀랐던 것이리라.

"책을 빌리러 오셨나요? 얼마든지 보세요." 그녀는 손을 들어 책을 가리키며 말했다.

"등록은 안 해도 되나요? 제 이름을 말씀드리지 않아도 될지?"

그녀는 그런 생각은 해보지도 않았다는 듯 당황한 표정을 짓더니 곧 미소를 머금으며 말했다. "괜찮아요."

나는 홀로 앉아 책을 읽기 시작했다.

이 얼마나 오랜만의 일이었던가. 책과 언어를 다시 접할 수 있다는 사실에 나는 가슴이 벅차올랐다. 가능하다면 평생 여기

눌러앉아 있고 싶다는 생각도 들었다. 빨간 스카프의 주인공 타오. 특별히 머리가 좋아 군계일학이라는 소리를 들었던 나. 하지만 이제 그건 다른 세상의 일처럼 느껴졌다.

나는 자연과학 분야의 책부터 뒤져보았다. 웨이원은 몸이 견뎌내지 못했던 그 무언가에 공격을 받았던 것이 틀림없었다. 소풍을 갔을 때 알레르기 쇼크를 일으켰던 것일까. 혹시 뱀에게 물렸던 건 아닐까? 나는 오래전에 출간된 『중국의 뱀』이라는 책을 찾아냈다. 아주 크고 무거운 책을 펼쳐두고 중요하다 싶은 텍스트를 모두 읽어보았다. 나는 과거 그곳에 코브라가 살았다는 것을 잘 알고 있었다. 하지만 들은 바에 따르면 지금은 그 어느 곳에서도 코브라를 볼 수 없다고 했다. 코브라는 주로 개구리를 먹고 살며, 개구리는 날벌레와 곤충을 먹고 산다. 곤충들이 멸종되자 개구리도 따라서 멸종되었고, 자연히 코브라도 자취를 감추어버린 것이다. 나는 코브라의 그림을 펼쳐보았다. 머리 아래쪽에 하얀 무늬가 있는 짙은 색깔의 뱀 한 마리가 마치 널찍한 목도리를 두른 듯한 모습으로 금방이라도 공격을 해 올 듯 매섭게 눈을 반짝이고 있었다. 아직도 야생 코브라가 살고 있을까?

나는 뱀에게 물렸을 때 어떤 증상이 나타나는지 읽어보았다. 감각이 마비되고 물린 부분이 부어오르며 통증이 생기고 심장 부근이 답답해지면서 열이 나고 목이 아플 뿐 아니라 호흡이 어려워진다고 했다. 웨이원의 반응과 그리 다르지 않았다.

더 읽어 내려가니 중국 코브라에게 물리면 그 주변에 괴사 반응이 나타날 수도 있다고 했다. 세포 또는 살아 있는 조직이 예정보다 빠르게 죽는 현상이라고 했다.

기억을 더듬어보니 웨이원에겐 무언가에 물린 자국이 없었다. 그런 자국이 있었다면 금방 눈에 띄었을 텐데.

비록 웨이원을 공격했던 것이 뱀이든 코브라든 정부에서 그 일을 쉬쉬하며 비밀로 감출 이유는 없었다. 더욱이 그 장소 주변에 울타리를 치고 텐트를 설치하면서까지 우리에게서 웨이원을 숨길 이유는 없지 않은가.

나는 의학 서적 분야로 가서 이 책 저 책을 살폈다. 웨이원이 뱀에게 물리지 않았다면 도대체 무엇이 웨이원을 그렇게 만들었단 말인가. 갖가지 의학 서적을 뒤지다 보니 문득 그것이 뭔지 알 것 같다는 확신이 생기기 시작했다. 어쩌면 나는 지금까지 그 사실을 줄곧 알고 있었지만 미처 생각해보지 못했을 수도 있었다. 왜냐하면 그건 너무나 크고 의미심장한 일이었기에.

두 번째 신호음이 울리기도 전에 그의 목소리가 들렸다.

"타오, 무슨 일이야? 지난번에 전화했을 때 신호가 끊어졌잖아. 어디에 있었던 거야?"

나는 도서관 사서에게 부탁해 전화를 빌려 쓸 수 있었다. 도서관 안쪽 사무실에 있는 전화였다. 몇 달 동안 사용하지 않았는지 전화기에는 먼지가 수북했다.

"아무것도 아냐." 나는 전날 있었던 일을 어느덧 까맣게 잊고 있었다. "별일 없었어."

"하지만…… 무슨 일이 있었냐니까? 당신은……" 그의 목소리엔 평소 웨이원에게 향했던 애정이 담뿍 담겨 있었다.

"길을 잃어버렸을 뿐이야. 지금은 괜찮아." 나는 본론으로 들어가기 위해 얼른 그가 필요로 하는 대답을 던져주었다.

"하루 종일 당신 생각만 했어."

나는 그의 걱정스러운 말투를 견뎌내기가 힘들었다. 듣고 싶지도 않았다. 그런 말을 들으려고 전화를 했던 건 아니었다. 물론 어제는 그의 목소리를 듣고 그의 위로를 받고 싶었다. 하지만 오늘은 그의 사랑과 걱정이 오히려 방해가 되는 것만 같았다.

"그건 그렇고, 웨이원에게 무슨 일이 일어났는지 알아낸 것 같아."

"뭐라고?"

"아나필락시스 쇼크라 불리는 거야."

"아나필락시……?"

"알레르기 반응의 일종이야." 갑자기 내 말투가 학생을 가르치는 교사의 말투처럼 들린다는 생각이 들었다. 나는 그가 기분 나빠 하지 않도록 얼른 말투를 바꾸었다. "웨이원은 알레르기 쇼크를 일으켰던 거야. 우리가 소풍을 갔던 날."

"왜 그런 생각을 하게 됐지?"

"내 말을 좀 들어봐."

나는 아나필락시스 쇼크의 증상과 치료 방법에 대한 글을 쿠안에게 읽어주었다. 호흡곤란, 저혈압, 부정맥, 발작, 의식불명, 아드레날린 등등……

"모든 게 딱딱 맞아떨어지잖아. 웨이원의 증상과 똑같아."

"웨이원이 아드레날린을 맞았을까?"

"무슨 말이야?"

"의료진이 왔을 때 그들이 웨이원에게 아드레날린을 주입시켜주었는지 기억이 나지 않아. 당신이 읽어준 글에 의하면 생명에 지장이 있을 때 아드레날린을 주입시켜주어야 한다고 했잖아."

"그건 나도 잘 모르겠어. 그건 못 본 것 같은데……"

"나도 마찬가지야."

"하지만…… 구급차 안에서 아드레날린을 주입시켰을 수도 있잖아?"

그가 침묵을 지켰다. 전화기 저편에선 그의 숨소리만 들려왔다.

"일리가 없진 않군." 마침내 그가 말문을 열었다.

"정확하다니까. 그 외에 또 뭐가 있겠어?"

그는 대답을 하지 않았다. 하지만 나는 그가 무슨 생각을 하고 있는지 알 것 같았다. 집을 떠날 때부터 줄곧 내 머릿속을 떠나지 않았던 바로 그 생각.

"하지만 그게 뭘까? 당신은 웨이원이 알레르기 반응을 일으켰던 게 뭐 때문이라고 생각해?"

"아이가 먹었던 음식 중에 하나일 수도 있어."

"그럴지도…… 그게 뭔지 궁금해. 자두였을까? 아님, 숲속에서 뭘 주워 먹었던 건 아닐까?"

"난 아이가 숲속에서 무언가를 발견했다고 생각해. 먹는 건 아니었을 거야."

그가 다시 침묵을 지켰다. 내 말을 이해하지 못하는 게 분명했다.

"난 음식 때문에 웨이원이 알레르기 반응을 보였다고 생각하지 않아. 그건 분명 외부적인 요소 때문일 거야."

"그렇게 생각해?"

"난 처음에 아이가 뱀에게 물렸을 거라고 생각했어. 하지만 아이의 증상은 뱀에게 물렸을 때의 증상과는 달랐어."

쿠안은 침묵을 지킨 채 내 다음 말을 기다렸다. 그의 숨소리가 가빠지기 시작했다.

"웨이원은 무언가에 물린 게 아니라, 쏘인 거야."

윌리엄

친애하는 지어존 씨께,

당신은 아직 제 이름을 들어보지 않았으리라 짐작합니다만, 저는 지금 당신의 동료적 입장에서 편지를 쓰고 있습니다. 우리는 비슷한 점이 아주 많습니다. 바로 그 때문에 저는 우리가 서로 연락을 취하고 의견을 교환해야 한다고 생각해왔습니다. 저는 꽤 오랫동안 당신의 연구 작업을 지켜보아왔습니다. 특히 당신이 고안한 획기적인 벌통에는 큰 관심을 가져왔던 것이 사실입니다. 저는《아이히슈타트 비넨차이퉁》에 실린 당신의 고명한 연구 결과에 감탄하지 않을 수 없었습니다.

저는 그간 연구를 통해 저만의 벌통을 디자인해냈습니다. 그것은 당신의 벌통과 같은 원리를 바탕으로 제작된 것이기에, 무례함을 무릅쓰고 당신의 의견을 들어보고자 이렇게 편지를 보냅니다.

당신도 아시다시피 위베르의 벌통은 꿀을 채집하기 위해 밀랍판을 떼어낼 때 벌이 죽어 나가는 일이 필수적으로 일어납니다. 벌의 목숨을 앗아 갈 뿐 아니라 벌에게 두려움을 줌으로써 부작용이 일어나는 일도 부지기수입니다. 저는 그의 연구 결과를 접하고, 우리가 이 날개 달린 신비로운 존재를 길들이는 일도 가능하다는 것을 알게 되었습니다. 바로 그 깨달음이 저의 연구에 밑바탕이 되었던 것은 물론입니다.

저는 처음에 당신의 벌통과 상당히 비슷한 벌통을 만들어냈습니다. 즉 벌이 드나드는 출입구는 벌통의 옆 부분에 배치하고, 벌통 내부를 관찰하고 꿀을 채집할 수 있는 뚜껑은 윗부분에 배치한 벌통입니다. 하지만 이 벌통은 당신도 경험하셨으리라 짐작합니다만, 소광이나 개포*를 떼어낼 때 아주 힘이 들 뿐 아니라 그 과정에서 벌을 죽일 수도 있습니다.

가끔 살다 보면 반짝하는 아이디어가 떠오를 때가 있습니다. 지난 늦여름, 숲속에 홀로 앉아 학문적 명상을 하던 저도 이런 경험을 해보았습니다. 저는 항상 벌통을 하나의 집이라고 생각해왔습니다. 사람들이 사는 집과 마찬가지로 창문과 문이 있는 보금자리 말입니다. 우리는 여러 가지 다른 형태로 집을 짓습니다. 그렇다면 벌들의 보금자리도 충분히 다른 형태로 지을 수 있다는 생각이 들었습니다. 벌들은 인간에 의해 길들여질 수 있

* 벌집 위에 덮어주는 천이나 판자.

는 존재, 인간의 하위 생명체로서 인간에게 종속될 수 있는 존재이기도 합니다. 우리가 하늘의 신에게 종속된 존재이듯 말입니다. 제가 벌들을 내려다보는 것처럼, 그날 신도 저를 내려다보고 도와주었다는 생각이 불현듯 떠오릅니다. 지금 저는, 그때 제 머리를 스쳤던 아이디어를 당신과 공유하고자 합니다. 제가 고안한 벌통은 '이동 가능한 소광'이라는 이름으로 이미 특허를 신청해놓았습니다. 이 소광을 양봉가의 마음대로 움직일 수 있다면 벌집을 꺼낼 때 벌이 다칠 염려도 없습니다. 물론, 인공 분봉이나 관찰 작업도 이전보다 훨씬 용이해집니다.

그렇다면 벌들이 필요 없는 밀랍이나 프로폴리스를 생산해내어 벌집을 벌통 가장자리에 붙여 짓거나, 소광을 무시하고 제멋대로 벌집을 짓는 일은 어떻게 피할 수 있을까 하고 궁금해하실지도 모르겠군요. 저는 이미 이 사항도 연구해보았습니다. 만약 소광과 소광 사이의 간격이 정확히 9밀리미터가 될 경우, 그런 일은 절대 생기지 않습니다. 물론 소광과 벌통의 바닥, 소광과 벌통의 지붕 또한 정확하게 9밀리미터를 유지해야 합니다.

저는 제가 고안한 이 벌통을 '새비지 표준 벌통'이라 이름 붙였습니다. 이 벌통은 곧 전 유럽은 물론 전 세계로 퍼져나가 수많은 양봉가들이 사용하게 될 것입니다. 저는 벌통을 연구하며 항상 단순한 구조와 실용적 면을 최상의 가치로 생각해왔습니다. 초보자는 물론 전문 양봉가들까지 손쉽게 사용할 수 있는 벌통을 만들어내기 위해서였습니다. 하지만 무엇보다도 더 중요하게 여겼던 것은 저희 같은 과학자들이 벌을 더 쉽게 관찰할 수 있는 벌통을 만들어내는 것이었습니다. 그리하여 이 신비로운 벌들을 더 잘 이해하고 우리 인간을 위해 유용하게 사용할 수 있는 바탕을 마련할 수 있기를 바랐습니다.

저는 이미 제 벌통에 특허를 신청해놓았습니다만, 당신도 아시다시피 특허 출원을 하고 등록이 되기까지는 꽤 오랜 시간이 걸립니다. 그 시간 동안 저는 제 연구 작업에 대한 당신의 의견을 듣고자 합니다. 혹여, 제 벌통의 원리를 바탕으로 더 깊은 연구를 진행하실 마음이 있다면 언제든 연락 주시기 바랍니다. 큰 영예로 생각하고 기꺼이 함께 의견을 나누겠습니다.

크나큰 존경과 함께,
윌리엄 애티커스 새비지 드림
1852년 8월 4일, 하트퍼드셔

첫 배달 물품을 실은 마차가 정원으로 들어왔다. 곧 내 인생의 또 다른 문이 열릴 것이라 생각하니 가슴이 벅차올랐다. 나는 옷장에 있는 옷 중에서 가장 좋은 옷을 꺼내 입었다. 빳빳하게 다림질을 한 옷을 입고, 깨끗하게 면도를 하고, 중절모에 묻은 먼지를 떨었다. 나는 만반의 준비를 다 해놓았다.

벌통들은 두 줄로 나란히 배치해놓았다. 코널리는 적지 않은 수의 벌통을 제작하느라 그간 눈코 뜰 새 없이 바빴다. 수천 마리의 벌들이 만들어내는 소리는 너무나 커서 집 안에서조차 들을 수 있을 정도였다. 나의 벌들. 내가 길들인 존재들. 문득, 내가 작은 손짓만 해도 벌들이 바삐 움직여 꿀을 모아 오는 것 같은 착각이 들었다.

지난 몇 주 동안 나는 '새비지 표준 벌통'을 소개하기 위해 지역 농부들은 물론, 수도에 사는 과학자들에게도 수없이 많은 초대장을 보냈다. 람 교수도 빼지 않았다. 나는 초대에 응하겠다는 답신을 꽤 많이 받았지만, 람 교수에게선 아무 말도 듣지 못했다. 하지만 나는 그가 꼭 올 것이라 믿었다. 그가 오지 않고 배겨낼 수 있을까.

에드먼드도 만반의 준비를 마쳤다. 보아하니 그도 이 일이 얼마나 중요하고 심각한 일인지 알아차린 것 같았다. 물론 틸다가 귀띔을 해주었을 것이 틀림없겠지만 말이다. 따지고 보면 아직 늦은 것은 아니다. 에드먼드는 아직 젊고, 그 나이의 젊은이라면 누구나 자신의 미래를 두고 방황하게 마련이 아닌가. 나는 열정을 따라 살아야 한다는 에드먼드의 말을 진심으로 존중해줄 수 있다. 이젠 에드먼드가 가치 있고 고귀한 자신만의 열정을 찾을 수 있도록 내가 도와줘야 한다. 나는 에드먼드가 과학의 세계에 눈을 돌리길 바랐다. 그가 직접적으로 자연을 느끼고 관찰하며 자연에서 영감을 얻는 삶을 살기를 원했던 것이다. 그의 가슴속에 자리하고 있는 자긍심을 일깨워주는 것도 내가 해야 할 일이다. 그도 우리 가족의 일원이라는 점을 일깨워주고, 그가 우리 가족의 이름을 후세에 남길 수 있도록 나는 에드먼드를 이끌어 주어야 한다.

여자들은 집 안에 있는 의자란 의자는 모두 정원으로 내와 벌통 주변에 배치했다. 내가 강의를 하는 동안 손님들이 편히 앉아 들을 수 있도록 말이다. 여자아이들과 틸다는 며칠 동안이나 부엌에 모여 음식을 썰고 굽고 삶았다. 나는 손님들에게 내놓을 그 음식을 장만하기 위해 가지고 있는 돈을 모두 털어 넣었다. 심지어는 에드먼드의 학비를 위해 저축했던 돈까지 써버렸다. 하지만 나는 이것을 단기적인 투자라고 생각했다. 오늘만 지나면 모든 일이 술술 풀리리라는 것을 확신했기 때문이다.

샬럿은 숲속에서 나를 발견한 그날 이후 항상 내 곁을 졸졸 따라다녔다. 아이의 침착함은 내게도 꽤 큰 영향을 미쳤고, 아이의 열정은 내게도 전염이 되었다. 그날은 샬럿의 날이기도 했다. 하지만 우리는 샬럿이 하얀 양봉 작업복을 옷장에 넣어두고 앞에 나서지 않는 게 좋겠다고 암묵적인 동의를 한 터였다. 아이는 과학자가 아니라 집안의 한 여자이기 때문이었다. 솔직히 샬럿에겐 발갛게 상기된 얼굴로 부엌에서 요리를 하고 접시를 옮기는 것이 더 잘 어울렸다. 아이는 부엌에서 바삐 움직이다가도 나와 눈이 마주치면 기뻐 어쩔 줄 모르는 눈빛을 던졌다. 보아하니 아이도 나만큼이나 들떠 있는 것 같았다.

첫 번째 마차가 도착했다. 나는 첫 손님을 맞기 위해 서둘러 밖으로 나갔다. 마차에서 내리는 사람은 코널리였다.

나는 실망감을 감추며 그에게 손을 내밀었다. 그는 내 손을 잡아 쥐는 대신 내 어깨를 툭 쳤다.

"일주일 내내 오늘만 기다려왔어요." 그가 미소를 지으며 말을 이었다. "이런 일은 처음이라서……"

나는 짐짓 이런 일은 아무것도 아니라는 척하며 억지로 덤덤한 미소를 지어 보였다. 하지만 그는 내 옆구리를 툭 치며 말했다.

"당신도 들뜬 마음으로 오늘을 기다려온 게 다 보여요."

우리는 마치 처음 학교에 입학하는 사내아이들처럼 들뜬 마음으로 발을 동동 구르며 함께 손님들을 기다렸다.

잠시 후 낯선 신사 두 명이 말을 타고 왔다. 모자와 옷이 먼지에 뒤덮인 것으로 보아 둘 다 먼 길을 달려왔음이 분명했다. 말에서 내린 그들이 가까이 다가오자, 나는 그제야 그들이 과거 함께 공부했던 학교 동기라는 것을 알아챌 수 있었다. 뒤로 빗어 넘긴 머리, 불룩 나온 배, 주름진 얼굴. 세월과 나이를 단번에 알아챌 수 있는 모습이었다. 아, 그들의 눈에는 나도 많이 변했겠지……

그들은 초대에 감사한다며 예의 바르게 인사를 건넸고, 정원을 둘러보며 감탄하는 표정으로 고개를 끄덕였다. 그들과는 달리 자연 속에서 사는 내가 부러웠으리라. 벽돌로 지어진 건물 대신 볼 수 있는 야생의 숲, 자갈길에 서서 하늘을 바라보면 높다란 지붕과 굴뚝 대신 볼 수 있는 과일나무들.

곧 사람들이 하나둘 모여들었다. 호기심에 찾아온 여러 명의 지역 농부들, 런던에서 찾아온 세 명의 동물학자……

하지만 람 교수는 보이지 않았다.

나는 얼른 안으로 들어가서 벽난로 위에 걸려 있는 시계를 확인했다. 정확히 오후 1시에 시작하려 했지만 좀 더 기다려보기로 마음먹었다. 나는 사람들이 다 모이면 그때 가서 자랑스럽게 모습을 드러내고 싶었다. 나의 장남인 에드먼드도 그 자리에 서서, 수많은 사람들 앞에 서서 강연을 하는 나를 자랑스러운 마음으로 보게 될 것이다.

시각은 어느새 1시 30분이 되었다. 밖을 내다보니 지루함을 이기지 못해 발을 동동 구르는 사람도 몇몇 보였다. 어떤 이들은 남의 눈에 띄지 않게 슬쩍 주머니에서 회중시계를 꺼내 시각을 확인해보기도 했다. 그들은 틸다와 여자아이들이 내간 음식을 이미 배불리 먹은 후였다. 무더운 날씨 때문에 모자를 벗고 손수건을 꺼내 이마와 목에 흘러내리는 땀을 닦는 사람들도 있었다. 내 모자 속도 분화구처럼 뜨거워 나는 아무 생각도 할 수 없을 정도였다. 그런 옷차림을 한 일에 슬슬 후회가 들었다. 점점 나를 향해 곁눈질을 하는 사람들이 많아졌다. 나는 물론, 사람들의 말수도 차츰 줄어들기 시작했다. 입 안이 바짝바짝 말라왔다. 나는 대문 쪽만 바라보느라 정원에 모여 있는 손님들에겐 집중을 할 수가 없었다. 여전히 람 교수는 코빼기도 보이지 않았다. 그는 왜 초대에 응하지 않은 걸까?

나는 람 교수가 오지 않더라도 강연을 시작해야겠다고 결심했다. 그렇게 할 수밖에 없었다.

"아이들을 데려오시오." 나는 틸다에게 위엄 있게 말했다.

그녀는 고개를 끄덕인 후 나직한 목소리로 여자아이들을 불렀다. 샬럿은 에드먼드를 데리러 갔다.

나는 벌통을 향해 침착하게 걸어갔다. 모여든 손님들이 내게 주목했다. 저마다 짝을 지어 대화를 하던 소리는 사라졌고, 정적이 뒤를 이었다.

"친애하는 여러분, 모두 자리에 앉아주시기 바랍니다." 나는 정원에 배치한 의자를 가리켰다.

그것은 어렵지 않은 부탁이었다. 따가운 햇살에 땀을 흘리고 있던 손님들은 이미 오래전부터 그늘 속에 자리한 의자에 앉고 싶어 안절부절못했을 테니까.

의자에 앉은 손님들을 둘러보니 예상했던 수보다 훨씬 적다는 것을 깨달았다. 하지만 에드먼드와 아이들이 와서 듬성듬성하게 비어 있던 자리를 채우니 그나마 보기가 나아졌다. 아이들은 여기저기 흩어져서 자리에 앉았다.

"먼저 초대에 응해주신 분들께 깊은 감사를 드립니다."

솔직히, 나는 그 반대의 말을 크게 외치고 싶은 마음뿐이었다. 람 교수가 오지 않는다면 이 모임은 의미가 없어지기 때문이다. 불현듯 자리에 앉아 나를 바라보고 있는 에드먼드와 눈이 마주쳤다. 그 순간, 생각이 바뀌었다. 내가 이 모임을 주도했던 것은 다른 누구도 아닌 에드먼드를 위해서였다.

"죄송합니다만 제가 작업복으로 갈아입고 다시 올 때까지 잠시만 기다려주시기 바랍니다." 나는 미소를 지으며 말을 이었다. "저는 와일드먼과는 거리가 먼 사람이거든요."

모두들 큰 소리로 웃음을 터뜨렸다. 심지어는 농부들마저도 배를 잡고 웃었다. 나는 와일드먼을 아는 사람이 몇 되지 않을 것이라 짐작했는데, 그 짐작은 완전히 예상을 빗나가고 말았다. 정말 와일드먼이 누구인지 아는 사람이 이렇게 많단 말인가. 나는 지식인들만 아는 사실이라 생각하며 농부들과 지적인 거리감을 주기 위해 농담이랍시고 내뱉었는데…… 하지만 상관없는 일이었다. 지금 내게 중요한 것은 오직 벌통을 소개하는 일뿐이니까. 나는 이곳에 모인 사람들이 내 벌통과 비슷한 벌통도 본 적이 없음을 잘 알고 있었다.

나는 안으로 들어가 서둘러 작업복으로 갈아입었다. 묵직한 양모 신사복을 벗어 던지고 하얀 작업복을 입으니 얇은 천의 재질이 피부에 닿아 시원하게 느껴졌다. 나는 검은색 중절모를 벗고, 하얗고 가벼운 양봉 모자를 쓴 다음 면포로 얼굴을 가렸다.

창밖을 내다보니 모두들 의자에 앉아 있었다. 지금 이 순간, 나는 오랫동안 마음먹어왔던 일을 할 것이었다. 람 교수가 그 자리에 있든 없든. 빌어먹을 람 교수. 나는 잘난 척하는 람 교수가 없어도 얼마든지 혼자서 성공할 수 있다는 생각을 하며 심호흡을 했다.

작은 오솔길을 따라 벌통으로 향했다. 오솔길은 코널리의 낡은 마차가 수차례 왔다 갔다 하는 바람에 이전에 비해 꽤 넓어졌다. 벌을 무서워하는 그는 벌통을 배치할 뒤뜰까지 직접 가려 하지 않았다. 그 때문에 나는 새 벌통을 실어 온 코널리의 마차를 직접 몰아 뒤뜰까지 가야만 했다.

손님들은 미소 띤 얼굴로 기대감에 가득 차서 나를 바라보았다. 나는 마음이 든든해졌다.

나는 그들 앞에 서서 강연을 하기 시작했다. 마침내, 난생처음으로 나만의 발명품인 '새비지 표준 벌통'을 세상에 알리게 된 것이다.

강연을 마친 후 나는 모인 사람들에게 다가가 한 명도 빠짐없이 악수를 건넸다. 훌륭합니다, 깊은 감명을 받았습니다, 놀랍습니다와 같은 말들이 내게 쏟아졌다. 기분이 들뜬 나는 누가 어떤 말을 했는지 기억할 수조차 없었다. 하지만 가장 중요한 사실 하나는 놓치지 않았다. 바로 에드먼드도 그곳에 서서 모든 것을 보았다는 점이다. 그의 눈빛은 또렷했고, 평소 안절부절못하거나 느릿느릿하던 몸 움직임은 볼 수 없었다. 그의 관심은 시작부터 끝까지 내게 집중되어 있었다.

그는 모든 것을 보았다. 내게 악수를 청하는 수많은 손들도 하나도 빠짐없이 보았다.

나는 장갑을 벗었다. 차가운 손가락이 내 손에 닿자 온몸에 소름이 끼쳤다.

"축하하네, 윌리엄 새비지."

그의 얼굴에 떠오른 미소는 가슴속에서 우러나는 진심 어린 미소였다.

"람 교수님!"

그는 내 손을 잡고 턱으로 벌통을 가리켰다.

"아주 훌륭해!"

나는 무슨 말을 해야 할지 몰라 주저했다.

"그런데…… 언제 오셨습니까?"

"자네가 했던 중요한 말은 모두 놓치지 않았을 정도로 일찌감치 왔었지."

"하지만 저는…… 저는 교수님을 못 봤는데요……"

"나는 자네를 봤다네, 윌리엄. 그건 그렇고……"

그는 왼손을 들어 작업복으로 감추어진 내 팔을 쓰다듬었다. 순간, 소름이 쫙 끼쳐 온몸의 잔털이 곤두섰다.

"……자네도 알다시피 나는 제대로 작업복을 갖추어 입지 않았을 때는 벌통에 가까이 다가가지 않잖아. 그래서 멀찌감치 떨어져 있었지."

"저는…… 저는 그런 줄도 모르고 오시지 않는 거라고 생각해서……"

"아냐, 나는 여기 계속 서서 자네 모습을 보았는걸."

그는 양팔로 나를 감싸 안으며 포옹을 건넸다. 그의 체온이 내게 고스란히 전해지자 온몸을 도는 피의 속도가 더 빨라지는 것 같았다. 나는 곁눈질로 에드먼드를 보았다. 그는 여전히 그 자리에 서서 나를, 아니 우리를 바라보고 있었다. 그의 눈빛은 선명하고 또렷하기 그지없었다. 그는 모든 것을 보았다.

타오

하루 종일 도서관에 앉아서 책과 오래된 기록물, 그리고 가장 아래층에 보관되어 있던 낡은 필름들을 보다 보니 눈이 피로해졌다.

대부분의 책들은 초등학교 수준의 지식만 담고 있을 뿐이었다. 학교에서 과학 선생님이 지구와 자연의 역사를 설명해주었을 때 너무나 지루해 졸음을 참을 수 없었던 어릴 적의 기억이 떠올랐다. 우리는 선생님이 무엇을 가르쳐주려는지 전혀 이해할 수가 없었다. 선생님이 이마에 주름을 지으며 우리를 쳐다보면, 우리는 창밖의 구름을 바라보거나 쉬는 시간까지 얼마나 남았는지 확인하기 위해 벽시계로 눈을 돌리곤 했다.

나는 도서관에 앉아 책을 읽으며 선생님이 가르쳐주었던 내용을 상기했다. 내 기억 속에는 몇몇 중요한 연도가 아직도 남아 있었다.

CCD, 즉 '군집 붕괴 증후군'이라는 단어가 생겨났던 해는 2007년이었다.

하지만 CCD는 이미 그 전에 시작되고 있었다. 나는 지난 세대의 양봉업자들을 주제로 한 필름을 찾아보았다. 제2차 세계대전 직후, 양봉업은 전 세계적으로 퍼져나갔다. 미국에 있던 양봉 농장은 590만 개에 이르렀다. 하지만 그 수는 시간이 흐를수록 점점 줄어들었다. 전 세계적인 추세도 이와 다르지 않았다. 1988년에 이르자 벌통의 수는 반으로 줄었다. 벌들의 떼죽음이나 원인 모를 행방불명은 여러 곳에서 진행되었고, 중국 쓰촨 지역에서는 이미 1980년대에 들어서면서부터 시작되기도 했다. 그러다 2006년에서 2007년에 이르자 미국에서도 CCD가 본격적으로 발생했다. 수천 개의 벌통을 소유한 양봉가들이 불과 몇 주 만에 벌들을 모두 잃어버리는 일이 연달아 일어나자 이 현상을 두고 CCD라는 단어도 생겨났다. 사람들은 중국에서 발생했던 일은 거들떠보지도 않았다. 오직 미국만이 전부였던 것이다. 그때는 그랬다. 그러나 세월이 지나면서 이 또한 달라지기 시작했다.

CCD를 다룬 책들은 참으로 많았다. 나는 그 책들을 대부분 읽어보았지만 정확한 답은 찾을 수 없었다. 어느 누구도 CCD의 원인을 한마디로 설명하지 못했던 것이다. 원인은 여러 가지였다. 사람들이 가장 먼저 의심을 품었던 것은 독성이 든 살충제였다. 유럽에서는 살충제 사용을 2013년부터 금지했고, 곧 다른 대륙에서도 같은 결정을 내렸다. 당시 살충제를 사용하던 나라는 미국뿐이었다. 어떤 학자들은 살충제가 벌들의 방향감각을 마비시키기 때문에 벌들이 벌통으로 돌아오지 못하는 일이 생긴다고 주장했다. 살충제에 포함된 독성은 벌뿐만 아니라 다른 조그만 곤충의 방향감각마저도 마비시키기 때문에 점점 많은 사람들이 이 주장을 믿게 되었고, 살충제를 금지하는 나라들도 늘어났지만, 과학자들은 살충제 사용을 금지하는 것이 근원적인 해결 방법이라곤 생각지 않았다. 왜냐하면 살충제를 사용하지 않으면 곡물들은 해충의 피해를 입게 될 것이고, 이로 인한 수확의 감소는 전 세계적인 식량 부족을 초래하기 때문이다. 즉 현대 농업은 살충제 없이는 수확이 거의 불가능한 것도 원인의 하나였다. 하지만 살충제 사용을 금지해도 벌들이 자취를 감추는 일은 계속되었다. 2014년이 되자 유럽에선 70억 마리의 벌이 부족하다는 주장이 나왔다. 살충제의 독성은 여전히 흙 속에 남아 있기 때문이었다. 결국 여러 나라의 정부에선 살충제를 실험적으로 다시 사용하는 기간을 잠정적으로 마련하기도 했다.

벌들이 사라진 이유는 살충제 때문만은 아니었다. 꿀벌을 공격하는 바로아 진드기도 적지 않은 책임을 지고 있었다. 벌의 몸에 커다란 공처럼 붙어 림프액을 빨아내고 바이러스를 퍼뜨리는 이 바로아 진드기를 CCD의 원인으로 고려했던 것은 그로부터 한참 후의 일이었다.

거기다 이상기후 또한 간과할 수 없는 중요한 원인 중의 하나였다. 천천히 진행된 이상기후는 2000년 이후 가속화되었다. 꽃을 피워낼 수 없을 정도로 메마르고 무더운 여름 날씨와 혹독한 겨울 날씨, 그리고 잦은 비와 태풍 때문에 벌들은 활동을 할 수 없었다. 그도 그럴 것이 비가 오는 날이면 벌들도 사람과 마찬가지로 벌통 속에서 나오지 않기 때문이다. 비가 많이 오는 장마철이 오랜 기간 계속되면 벌들은 서서히 죽어버린다.

다양성이라곤 찾아볼 수 없는 천편일률적인 농작물 재배 또한 CCD의 원인으로 등장했다. 이러한 환경은 벌들의 입장에서 보면 녹색의 사막과도 같다. 사람들은 수백 킬로미터에 이르는 논과 밭에 한두 종류의 곡물만을 재배했다. 그 때문에 벌들은 자유롭게 날갯짓을 하며 꽃가루와 꽃꿀을 모으기가 쉽지 않았던 것이다. 한마디로 벌들은 인간 세계의 발전 속도를 따라잡지 못해 자취를 감추었다고도 할 수 있다.

벌들이 없으니 꽃과 나무는 열매를 맺을 수가 없었다. 결국, 이전에는 어딜 가나 눈에 띄었던 흔한 과일과 채소들이 점점 사라지게 되었다. 사과, 아몬드, 오렌지, 양파, 브로콜리, 당근, 블루베리, 땅콩, 커피 등.

2030년이 되자 육류 생산량도 줄어들기 시작했다. 가축들의 수가 점점 줄어들게 되면서 발생한 일이었다. 그 때문에 사람들은 우유와 치즈 없이 끼니를 이어가야만 했다. 그뿐만 아니라 가공 연료 대체용으로 사용했던 해바라기 기름과 같은 생물학적 연료의 생산량도 줄어들기 시작했다. 꽃가루를 옮겨주던 벌들이 사라지니 해바라기 꽃도 살아남을 수 없었기 때문이다. 그로 인해 인류는 다시 석탄이나 석유와 같은 재생 불가능한 에너지를 이용해야만 했고, 따라서 지구온난화 현상이 눈에 띄게 가속화되었다.

동시에 지구 인구도 감소하기 시작했다. 초기에는 증가율이 완전히 제자리걸음을 하다가 시간이 지나니 점차 하강 곡선을 그렸던 것이다. 인류 역사상 최초로 인간의 수가 감소되기 시작한 것은 바로 이때부터였다.

CCD 현상은 대륙마다 그 모습을 달리했다. 아메리카 대륙에선 벌들이 자취를 감추면서 농업에 가장 큰 타격을 주었다. 미국인들은 중국인들처럼 인공수분을 할 수 없었다. 미국엔 노동력도 충분치 않았으며, 임금 또한 중국에 비해 훨씬 높았다. 편한 생활에 익숙해진 사람들은 노동시간이 길고 힘든 작업은 피하기만 했다. 이러한 문제를 해결하기 위해 미국 정부는 외국에서 노동력을 수입했으나 이 또한 성공으로 이어지진 못했다. 외국 노동자들은 미국인들에 비해 더 부지런하고 인내심도 많았지만 이들이 생산해내는 음식은 그들 자신의 배를 불릴 정도에 지나지 않았기 때문이었다.

미국의 붕괴는 세계적인 식량 문제를 야기했다. 비슷한 시기에 유럽과 아시아에서도 벌들이 계속 죽어나갔다.

가장 마지막까지 벌들을 볼 수 있었던 나라는 오스트레일리아였다. 2028년에 제작된 다큐멘터리를 보니 그 이유를 알 수 있었다. 오스트레일리아에선 바로아 진드기가 서식하지 않았고, 그곳에 살던 벌들은 다른 대륙에서처럼 살충제에 그다지 큰 영향을 받지 않은 것 같았다. 그 때문에 오스트레일리아에선 건강한 벌들을 이용해 양봉업이 매우 성행했으며, 벌에 대한 과학적 연구, 꽃가루 수정과 번식 등 벌과 관련한 여러 가지 작업들이 발전을 더했다.

하지만 이도 오래가지 못했다. 2027년이 되자 에이번 밸리에 살던 한 양봉업자가 벌통에서 이상한 낌새를 발견했다. 마크 아카디프라는 이름의 양봉업자는 당시 유기농 꿀 농장을 경영하고 있었다. 그는 양봉을 할 때 철두철미하게 원칙에 따라 일을 했다. 수분 작업을 위해 벌을 이곳저곳으로 옮겨 다니는 일도 그리 자주 하지 않았으며, 간혹 벌을 옮겨 갈 일이 생긴다 하더라도 살충제를 쓰지 않는 곳만 찾았다. 벌통의 밑판이 더러워지면 금방 새것으로 갈아주었고, 먹이도 항상 충분하게 주었다. 아카디프는 자신이 벌을 소유한 것이 아니라 자기가 벌에 종속된 사람이라 입버릇처럼 말했다. 그의 삶을 좌지우지했던 것은 벌들이었다. 그는 기상 시간과 잠자리에 드는 시간까지도 벌의 하루 일과에 맞추어 조정을 했다. 그는 아내인 아이리스와 함께 새 벌통을 들여와 분봉도 해주었다.

그런데 바로 이 아카디프의 농장인 '행복한 꿀벌이 있는 꿀 농장'에서 오스트레일리아 최초로 CCD 현상이 일어났던 것이다. 바로 진드기 때문이었다. 어쩌면 그것은 그의 여동생 때문일지도 모른다. 미국 캘리포니아에서 살고 있던 여동생이 그를 방문해 약 2주 동안 그의 농장에서 지냈던 적이 있었는데, 어쩌면 그때 그녀의 짐에 진드기가 묻어 왔을지도 몰랐다. 아니, 어쩌면 한국에서 수입한 그의 작업복에 진드기가 묻어 왔을지도 모른다. 황토색 소포를 뜯고 주문했던 작업복을 꺼낼 때만 하더라도 그는 진드기 생각은 꿈에도 하지 못했을 것이다. 그것도 아니라면 옆 농장에서 사용했던 노르웨이산 수입 비료에 진드기가 묻어 와 그의 농장까지 퍼졌는지도 모른다.

아카디프는 원인을 알 수 없었다. 그의 아내도 마찬가지였다. 그들이 알고 있던 것은 벌들이 시름시름 앓고 있다는 사실뿐이었다. 불행히도 그것을 깨달았을 때는 이미 너무나 늦어 손을 쓸 수 없었다.

그는 오스트레일리아 방송국에서 찾아온 기자들과 카메라맨들에게 자신의 농장을 보여주었다. 그는 빈 벌통을 열고 죽어 있는 벌들을 발견할 때마다 눈물을 감추지 못했다.

오스트레일리아를 끝으로 벌들은 지구상에서 모두 사라져버렸고, 인간 세상은 위기에 직면하게 되었다. 사람들은 마지막으로 다시 한 번 바로아 진드기를 없애버릴 방법을 연구했고, 그 결과로 바로아 진드기는 조금씩 사라지는 것 같기도 했다. 여기저기서 일률적인 농작물 재배를 피하고 다양성을 추구하는 사람들도 생겨났다. 살충제는 다시 사용이 금지되었다. 그러나 결과는 이전과 마찬가지였다. 해충들이 농작물을 습격해 수확량은 다시 급격히 감소해버렸다.

영국 과학자들은 식물의 유전인자를 변형시켜 곤충의 페로몬인 'E-베타-파르네센'을 포함한 식물을 생산해냈다. 이 물질은 곤충의 몸속에 있는 물질로서, 곤충들은 근처에서 위험한 것들을 발견하면 동료들에게 접근하지 말라는 신호를 주기 위해 자신의 몸에서 이 물질을 분비해낸다. 유전인자의 변형 작업을 통해 이 물질을 DNA 속에 포함한 식물들은 점점 번성하기 시작했다. 가장 먼저 이 식물에 관심을 보였던 나라는 식량 부족으로 큰 어려움을 겪고 있던 중국이었다. 페로몬은 벌들에게 영향을 끼치지 않는다고 했다. 하지만 일련의 과학자들은 해충들뿐만 아니라 벌들도 페로몬에 영향을 받는다며, 이러한 식물 재배에 크게 반대했다. 그러나 일선에 있던 사람들은 과학자들의 말에 귀를 기울이지 않았다. 사람들은 다시 농작물을 재배하기 시작했고, 벌들은 우려했던 것처럼 페로몬을 함유한 식물에 큰 영향을 받진 않는 것 같았다.

논과 밭은 이처럼 변형된 DNA를 지닌 식물과 곡물로 가득 찼고 그 결과는 만족스러울 정도로 좋았다. 이를 지켜보던 전 세계는 빠른 속도로 이 기술을 도입하기 시작했다. 하지만 죽거나 자취를 감추는 벌들의 수는 여전히 늘어났다. 2029년이 되자 중국에선 1천억 마리의 벌들이 부족하다는 결과가 발표되었다.

이로써 벌들도 페로몬에 영향을 받는다는 것이 확실시된 것이다. 하지만 때는 너무 늦어버렸다. 페로몬을 함유한 식물은 제어하기 어려울 정도로 번식해버렸고, 길가에는 해로운 곤충은 물론 이로운 곤충마저도 쫓아버리는 식물들이 잡초처럼 무성하게 뿌리를 내렸다.

세상은 멈추어버렸다.

나는 도서관에서 세계 각지의 양봉업자들의 인터뷰를 담은 필름을 찾아냈다. 화면에 비치는 그들의 얼굴은 절망과 체념으로 일그러져 있었다. 그들은 위기의 시대를 대표하는 사람들이었다. 어떤 이들은 분노를 참지 못하고 끝까지 싸우겠다고 주먹을 쥐기도 했다. 하지만 촬영 시기가 뒤로 가면 갈수록 그들의 얼굴에는 체념만이 보일 뿐이었다. 조금만 더 일찍 이 필름들을 보았다면 알아채지 못했을 수도 있었다. 그들의 말과 표정은 나와는 다른 시대에 속한 것이기 때문이었다. 지저분한 작업복을 입은 피곤한 표정의 남자들, 햇볕에 그을린 주름진 얼굴들, 교양이라곤 전혀 찾아볼 수 없는 투박한 말투. 몇 년 전에 보았더라면 나와는 상관없는 사람들이라 생각하고 별 관심을 두지 않았을 것이 분명했다. 하지만 지금은 달랐다. 그들의 미묘한 표정 하나하나, 그들이 늘어놓는 개인적인 재앙이 모두 내 일처럼 느껴졌다.

조지

어느 날 갑자기 그가 불쑥 나타났다. 에마가 전화를 해서 오라고 했을지도 모른다는 생각이 스쳤다. 현관에 들어서는 순간 그의 목소리가 들렸다. 나는 창고에 서서 귀마개를 끼고 일을 하느라 집에 들어오기 전까지는 아무 소리도 듣지 못했다.

성인 남자의 목소리. 처음엔 그 목소리의 주인이 누군지 전혀 짐작도 하지 못했다. 곰곰이 귀를 기울이니 그 낯선 목소리가 그새 변해버린 내 아이의 목소리라는 것을 깨달을 수 있었다.

톰이 집에 온 것이다. 분명 에마가 전화를 해서 집안 상황이 어떻다는 것을 이야기해주었을 것이다. 에마와 톰은 자주 전화 통화를 하는 것이 분명했다. 톰이 갑자기 집에 온 것도 바로 그 때문이리라. 마음이 가벼워졌다. 톰만 내 곁에 있다면 무겁게 어깨를 짓누르는 일들도 가볍게 해결할 수 있을 것 같았고, 아무리 어려운 일이라도 손쉽게 해치울 수 있을 것 같았으며, 하루에 스무 시간 동안 톱질을 하고 망치질을 해도 피곤하지 않을 것만 같았다.

하지만 문을 사이에 두고 그가 무슨 말을 하는지 듣고 있으려니 마음이 착잡해졌다. 그는 여름방학을 이용해 아르바이트를 했던 이야기를 하고 있었다. 그것도 아주 열정적으로. 나는 그 자리에 멈춰 섰다. 도저히 문을 열고 들어갈 수가 없었다.

"비록 토마토에 대한 것이긴 해도 무슨 일이든 더 깊게 파고 들고 새로운 것을 배울 수만 있다면 흥미롭긴 매한가지예요. 솔직히 그렇게 큰 토마토는 난생처음 봤다니까요. 카메라맨도 마찬가지라고 하더군요. 농산물 대회에서 1등을 한 그 농부는 굉장히 자랑스러워했어요. 제가 썼던 기사는 신문의 1면에 실렸어요. 태어나서 처음으로 쓴 기사가 신문 1면에 크게 실리니 굉장히 기분이 좋더라고요."

나는 손잡이에 손을 올렸다.

에마는 흐뭇한 마음을 감추지 못하고 지붕이 내려앉을 정도로 큰 소리를 내어 웃었다. 마치 톰이 금방 자전거를 배운 다섯 살배기 아이라도 되는 듯.

나는 재빨리 손잡이를 내려 문을 열었다. 갑자기 침묵이 감돌았다.

"왔니? 난 네가 온 줄도 모르고 있었구나."

"당신, 이제야 오는군요." 에마가 말했다.

"어머니를 놀래드리려고 일부러 연락을 하지 않고 왔어요."

"톰이 일요일 날 돌아가야 하는데도 이 먼 길을 왔네요, 글쎄."

"꼭 그렇게 할 필요가 있었니?" 나는 톰을 향해 말했다.

"어머니 생신이잖아요."

오, 나는 까맣게 잊고 있었는데…… 얼른 날짜를 세어본 나는 안도의 한숨을 내쉬었다. 에마의 생일은 내일이었다.

"그리고 집을 한번 돌아보고 싶기도 했어요." 톰이 나직이 말을 이었다.

"그럴 필요는 없어."

"조지!" 에마가 날카롭게 소리쳤다.

"집안일은 걱정하지 않아도 돼." 나는 톰을 향해 말을 이었다. "하지만 어머니 생신을 맞아 집에 온 건 잘한 일이야."

우리는 다음 날 생선 요리를 먹었다. 지난번 톰이 학교로 돌아간 후 처음으로 먹어보는 생선 요리였다. 톰은 인턴으로 일을 했던 지역 신문사에 대한 이야기를 늘어놓았다. 가만히 들어보니 내놓고 자랑은 하지 않았지만 상사들에게서 칭찬을 꽤 많이 받는 것 같았다. 편집장은 톰에게 '보는 눈'이 있다고 말하기도 했다. 나는 그게 뭔지 잘 이해할 수도 없었고, 이해하고 싶지도 않았다. 에마는 뭐가 그렇게도 좋은지 쉴 새 없이 웃었다. 나는 그간 에마의 웃는 소리가 어떤지 거의 잊고 지냈다.

나는 일찍 시내에 가서 에마에게 줄 선물로 아주 값비싼 스타킹과 핸드크림 하나를 사 왔다.

"오, 올해는 생일 선물을 안 받아도 되는데……" 그녀는 포장지를 뜯으며 말했다.

"생일 선물은 받아야지! 게다가 그건 당신이 평소에도 사용할 수 있는 거니까 괜찮아."

에마는 고개를 끄덕이며 혼잣말처럼 나직이 고맙다는 말을 중얼거렸다. 하지만 그녀의 눈길은 내 시선을 피해 가격표를 향하고 있었다. 속으로는 집에 돈이 넉넉지 않다는 것을 알면서도 그렇게 비싼 것을 샀다고 나를 원망하고 있는 것이 분명했다.

톰은 안개에 싸인 한 농가의 사진이 표지에 담긴 두꺼운 책 한 권을 에마에게 건넸다. 그녀는 오래오래 읽을 수 있는 책을 좋아했다.

"첫 월급으로 샀어요." 톰이 미소를 지으며 말했다.

에마는 톰의 선물을 받아 들고 온 얼굴에 환한 미소를 머금으며 고맙다고 말했다. 곧 침묵이 이어졌다. 톰은 생선 한 조각을 입에 넣고 아주 천천히 씹었다. 나는 톰의 눈이 나를 향하고 있다는 것을 깨달았다.

"아버지, 말씀 좀 해보세요."

그의 갑작스러운 말에 나는 영문을 몰라 주저했다. 꿀벌에 대한 이야기를 듣고 싶은 걸까? 아니면 그저 예의상 한 말이었을까?

"응, 그래…… 그러니까…… 옛날 옛날에……"

"조지." 에마가 내게 살짝 눈을 흘겼다.

톰은 여전히 내게서 눈을 떼지 않고 있었다.

"어머니에게서 대충 이야기를 들었어요. 하지만 어머닌 제게 좀 더 자세한 이야기는 아버지에게서 직접 들어보라고 하시더군요. 전문가는 아버지니까요."

그는 마치 어른처럼 내게 질문을 던졌다. 그 자리에서 어른은 내가 아니라 톰이었다. 나는 살짝 몸을 비틀었다. 갑자기 엉덩이에서 쥐가 나는 듯한 기분이 들어서였다.

"갑자기 그렇게 큰 관심을 보이니 황송해서 몸 둘 바를 모르겠구나."

톰은 나이프와 포크를 내려놓고 냅킨으로 입가를 닦았다.

"최근 들어 CCD에 대한 이야기를 자주 들었어요. 하지만 대부분은 헛소문이거나 음모론 수준의 이야기에 불과했어요. 저는 아버지라면 이 일에 대해 더 잘 알고 계시리라 생각했어요. 아버지는 매일 밖에서 벌들과 함께 생활하시는 분이니 벌들이 갑자기 자취를 감추는 원인에 대해 알고 계실지도 모른다는……"

"우리 집에 기자 양반이 납셨군. 이제 그걸 주제로 기사를 쓸 생각이냐?"

톰은 정곡을 찔렸다는 듯 눈을 껌벅거리며 당황했다.

"아니, 아버지…… 그런 건 아니고요…… 제가 집에 온 건 그 때문이 아니에요."

말을 마친 톰은 침묵을 지켰다.

나는 갑자기 코를 찌르는 생선 비린내를 참을 수가 없어 자리에서 벌떡 일어났다.

"먹을 게 이거밖에 없소?"

"조리대 위에 생선이 더 있어요." 에마는 그때까지도 꼭 쥐고 있던 책을 내려놓으며 말했다.

나는 냉장고 문을 열어보았지만 먹을 만한 것은 아무것도 없었다.

"내 말은 생선 말고 다른 음식은 없느냐는 뜻이었어."

"디저트가 나올 거예요."

에마의 목소리는 여전히 가볍고 기분 좋게만 들렸다.

"디저트로 배를 불릴 수는 없잖아."

나는 홱 돌아서서 에마를 쏘아본 후 톰을 향해 눈길을 돌렸다. 두 사람은 약속이나 한 듯 동시에 나를 바라보고 있었다. 그들의 표정을 보노라니 마치 나를 바보로 여기고 있는 것만 같았다.

톰이 에마를 향해 고개를 돌렸다.

"어머니, 저 때문에 생선 요리를 하실 필요는 없었어요. 오늘은 어머니 생신이잖아요. 제가 좋아하는 음식 대신 어머니가 좋아하는 음식을 하셨어야죠."

"난 생선 좋아하는걸." 그녀의 말은 마치 큰 소리로 책을 읽는 것처럼 들렸다. 오, 맙소사.

"내일은 평소 드시던 대로 저녁 준비를 하셔도 돼요." 톰은 끝까지 망할 놈의 예의를 차려가며 말을 했다.

"넌 어차피 내일이면 다시 학교로 돌아갈 참이 아니었니?" 내가 끼어들었다.

"예, 맞아요." 톰이 나직이 대답했다.

"내일 이른 저녁은 먹고 갈 수 있지? 그렇지, 톰?" 에마가 톰에게 물었다.

"예."

"얼마나 이른 저녁을 먹을 생각이니? 난 점심을 먹기 전에 일을 좀 할 생각인데." 내 목소리는 그들의 부드럽고 상냥한 목소리에 비해 너무나 거칠고 투박하게 들렸다.

"오후 두 시쯤 먹으면 될까? 너도 그때까진 집에 있을 수 있다고 하지 않았니?" 에마가 톰을 향해 물었다.

"예, 어쩌면 좀 더 머무를 수 있을지도 모르겠어요."

나는 톰의 말은 못 들은 척하고 에마에게 소리를 질렀다. "두 시라고? 그건 저녁이 아니라 점심이잖소!"

"저 때문에 괜히 스트레스 받으실 필요는 없어요." 톰이 말했다.

"아냐, 아냐. 저녁 한 끼 짓는 걸로 스트레스를 받진 않아." 에마는 마치 새가 지저귀는 듯 가볍고 기분 좋게 말했다.

"너도 알다시피 낮엔 할 일이 많아." 나는 톰을 향해 말했다. 적어도 에마와 나, 둘 중에 하나는 솔직하게 말할 필요가 있다고 느꼈다.

"제가 여기 있는 동안은 일을 도와드릴게요."

"공부만 하는 대학생이 무슨 힘이 있다고……"

에마는 내 말을 들은 척도 않고 톰을 향해 말을 했다. "그래, 잘 생각했어. 네가 아버지 일을 도와줄 수 있다면 좋겠구나."

"좋아!" 나는 큰 소리로 말했다.

아무도 내 말에 딴지를 걸진 않았다. 다행이었다. 나는 그들의 상냥하고 보들보들한 목소리만 들으면 먹은 것을 불쑥 토해낼 것만 같았으니까.

톰은 포크와 나이프를 들고 생선 가시를 발라낸 후 회색빛이 감도는 생선 껍질을 벗겨냈다.

"좀 더 오래 있을 수도 있었는데……"

더 오래 있을 수도 있었다고? 마치 지나간 일처럼 말하는 이유는 뭘까. 마치 자기 힘으로는 어쩔 수 없는 일이라는 걸 강조하기 위해서일까?

"전화를 해서 한번 물어봐. 좀 늦게 가도 되느냐고."

"어머니, 저는 서른여덟 명이 지원한 일자리에 유일하게 뽑힌 사람이에요." 톰이 나직이 말했다.

나는 문을 향해 발을 돌렸다. 톰의 변명 같은 소리는 더 이상 듣고 싶지 않았다.

마당에 나오니 등 뒤에서 헐레벌떡 뛰어오는 톰의 발자국 소리가 들렸다.

"아버지…… 잠깐만요!"

나는 뒤도 돌아보지 않고 창고로 걸어갔다. "일해야 돼!"

"제가 함께해도 될까요?"

"제대로 일을 시작하려면 시간이 오래 걸려. 너는 내일 간다며? 그렇다면 일을 시작하기도 전에 시간이 다 가버릴 거야."

"하지만 하고 싶어요. 아버지, 함께 일을 하겠습니다."

세상에! 나는 톰의 그런 모습을 처음 보았다. 문득 목이 메어 말이 잘 나오지 않았다. 정말 진심으로 한 말일까? 나는 몸을 돌려 그를 바라보지 않을 수 없었다.

"네가 일을 하다 금방 손을 떼면 나만 번거로워져."

"아버지, 제가 여기서 일을 하려는 건 제가 기자이기 때문이 아니에요. 그건…… 제가 진정으로 이 일에 애정을 느끼고 있기 때문이에요. 정말이에요."

둥그렇게 뜨고 나를 바라보는 톰의 눈에서 진심이 느껴졌다. "아버지, 이 농장은 제 농장이기도 하잖아요……"

톰은 말을 잇지 않고 침묵을 지키며 제자리에 서 있었다. 더 할 말을 찾지 못한 것 같았다. 나는 톰의 눈길을 받아낼 수가 없었다. 내 피를 이어받은 자식의 순전하고 아름다운 눈동자. 어른과 아이의 마음을 동시에 볼 수 있는 눈동자.

톰의 말은 진심이었다.

"알았어." 나는 고개를 끄덕이며 쉰 목소리로 말을 이었다. "알았다고." 나는 헛기침을 하며 목을 매끈하게 가다듬었지만 더 할 말을 찾을 수 없었다.

우리는 함께 창고로 들어갔다.

윌리엄

편지는 오후의 우편 마차와 함께 도착했다. 어제의 들뜬 기분은 오늘까지도 계속되었다. 모든 일은 원하는 대로 진행되었다. 아니, 원했던 것보다 훨씬 더 만족스러웠다. 이젠 내 앞에 새로운 삶이 활짝 열린 것이나 마찬가지였다. 나를 바라보던 에드먼드와 람 교수의 눈빛은 여전히 머릿속에 남아 있었다. 순식간의 짧은 순간들은 기억 속에서 길게 이어져 더 크고 의미 있는 일로 변해버린 것만 같았다.

봉투 겉면의 소인을 보자 온몸이 떨려오기 시작했다. 카를스마르크트. 분명 그에게서 온 편지였다. 내가 그에게 편지를 보냈던 것은 보름 전이었다. 그의 답장이 하필이면 오늘 내게 도착했다는 사실에 나는 온몸에 전율을 느꼈다. 가슴이 벅차올랐다.

마치 이카로스가 된 것만 같은 기분이었다. 이제 날개를 펴고 하늘로 날아오를 일만 남았다는 생각이 스쳤다. 나는 벅찬 기분을 진정시키려 애를 썼다. 이것은 오랜 시간 동안 열심히 일해서 얻은 결과일 뿐이며 당연히 내게 돌아올 선물이라 생각하면서 천천히 봉투를 다시 살펴보았다.

내 방에 들어온 나는 마치 성 베드로를 직접 대면하기라도 하듯 경건한 마음으로 봉투를 뜯었다.

친애하는 윌리엄 새비지 씨께,

당신의 열정적인 편지, 감사히 잘 받았습니다. 당신이 해왔던 연구는 상당히 인상적이었고 흥미로웠습니다. 당신의 벌통으로 인해 그 지역의 양봉업자들은 만족스러운 결과를 얻을 수 있으리라 믿습니다.

한 가지 말씀드리고 싶은 것은, 당신의 편지를 받은 이후 상황이 조금 달라졌다는 사실입니다. 어쩌면 당신도 지금쯤 로렌조 랭스트로스 신부님의 성함을 들어보셨을지도 모르겠군요. 어쩌면 벌써 당신의 특허 출원이 거부되었다는 연락을 받으셨을지도 모르겠습니다. 그렇다면 지금부터 제가 말씀드리고자 하는 사항은 이미 당신도 알고 있으리라 생각합니다만, 혹여 아직까지 아무 소식도 못 들으셨다면 제 말씀을 참고하시기 바랍니다.

일단, 제가 보기엔 당신은 대서양 건너 살고 있는 한 양봉인과 똑같은 생각을 하셨던 것으로 짐작됩니다. 편지를 통해 당신의 벌통에 대한 설명을 접한 저는 솔직히 놀라지 않을 수 없었습니다. 당신의 벌통은 랭스트로스 신부님의 벌통과 너무나도 비

숫했기 때문입니다. 저는 최근 몇 년 동안 랭스트로스 신부님과 수차례 서신을 교환하며 아이디어를 주고받았습니다. 덕분에 지금쯤은 랭스트로스 신부님이 이미 특허권을 받았다고 장담할 수 있습니다. 신부님의 벌통은 당신의 편지에 묘사된 벌통과 동일합니다. 신부님도 벌통의 벽과 각각의 소광 사이에 황금률을 적용했습니다. 당신의 연구 결과와 다른 점이 있다면 신부님의 벌통에 적용된 간격은 9.5밀리미터라는 점입니다.

저는 당신이 앞으로도 연구를 계속하시기를 멀리서나마 응원하겠습니다. 벌들의 삶에 대한 우리의 지식수준은 아직도 빙산의 일각에 불과하기 때문입니다. 앞으로도 당신과 계속 서신을 교환할 수 있기를 기대합니다. 이번 일을 계기로 당신과 제가 학문적 동료 관계로 발전할 수 있기를 바라며.

애정을 담아,
요한 지어존 드림
1852년 8월 29일, 카를스마르크트

나는 두 손으로 그의 편지를 꼭 부여잡고 있었지만, 편지는 사시나무처럼 흔들렸다. 글자도 눈에 들어오지 않았고, 내 귓전엔 조롱하는 웃음소리만 들려올 뿐이었다.

이번 일을 계기로 학문적 동료 관계로 발전할 수 있기를 바란다고? 나는 그의 말을 계속해서 곱씹어보았지만 무의미하게만 느껴졌다.

나는 다시 한발 늦은 것이다. 나는 그 어느 누구의 학문적 동료도 될 수 없는 사람이다.

위에서 뚜껑을 열고 들여다볼 수 있는 통 속에 자리 잡고 있어야 하는 건 벌들이 아니라 바로 나였다. 나는 길들여져버렸다. 세상에 의해.

나는 편지를 내려두고 자리에서 일어났다. 가슴속에서 소용돌이치는 태풍을 잠재우기 위해선 눈앞에 보이는 것들을 모두 엎어버리고, 부숴버리고, 뭉개버려야만 했다. 나는 손을 뻗어 컵을 밀치고 책장에서 책을 빼내어 바닥에 내동댕이쳤다. 책상 위에 있던 잉크병과 그림들도 모두 쓸어버렸다. 잉크병에서 잉크가 새어 나와 바닥을 시퍼렇게 물들였다. 나무판자 위에는 무자비한 푸른 눈동자가 새겨졌다. 죽을 때까지도 지워낼 수 없는 서슬 퍼런 눈동자가 나의 절망과 분노의 증인이 되어 평생 나를 따라다닐 것이라는 생각이 스쳤다. 그렇다, 내게는 나의 나태하고 무기력한 몸을 조롱하고 비웃는 눈동자가 운명처럼 따라다닐 것이다.

책장과 의자도 잉크병과 같은 길을 걸었다. 나는 벽에 걸려 있던 포스터도 떼어내어 갈기갈기 찢어버렸다. 스바메르담의 수중 괴물도 함께 사라졌다. 나는 죽을 때까지도 온갖 창조물 속에 존재하는 신의 완벽함에 눈을 가져가지 않으리라 다짐했다.

다음 차례는 태피스트리였다. 저주받은 누런색의 태피스트리. 나는 벽에 걸려 있던 태피스트리를 조각조각 찢어냈다. 결국 벌거벗은 회색빛 벽을 가리고 있던 태피스트리에는 커다란 상처가 남겨졌다.

벌통을 그린 그림 앞으로 다가갔다. 아무런 가치도 없는 것.

나는 그것을 아무의 눈에도 띄지 않도록 없애버리고 싶었다.

종이를 구기고, 찢어버리고 싶었지만 갑자기 찾아든 무기력감에 손가락 하나도 까딱할 수가 없었다.

아무것도 할 수가 없었다.

그건 내가 할 수 있는 일이 아니었기 때문이다. 그것은 내가 시작한 일이 아니라 바로 그가 시작한 일이었다. 그러니 그것을 찢어버리는 것도 그가 해야 될 일이 아니었던가. 모든 것은 그의 책임이다. 그러니 그가 책임을 져야 한다.

나는 방을 뛰쳐나갔다.

"에드먼드!"

나는 노크도 하지 않고 방문을 열었다. 다행히도 문은 잠겨 있지 않았다.

에드먼드는 깜짝 놀라 침대에서 벌떡 일어났다. 머리카락은 사방팔방으로 뻗쳐 있었고, 두 눈은 충혈되어 핏줄이 터질 것만 같았다. 그의 몸에선 술 냄새가 지독하게 풍겼다. 나는 그 냄새를 맡지 않으려 반사적으로 고개를 돌렸다. 마치 이 세상엔 술이 존재하지도 않는 것처럼 술 냄새를 외면해왔던 평소의 습관 때문이었다.

에드먼드는 벨트로 맞아도 싸다는 생각이 스쳤다. 등에서 피가 솟구쳐 나올 때까지.

하지만 마음먹었던 일부터 하기로 했다. "이걸 봐!" 나는 그의 앞에 벌통을 그린 종이들을 휙 던졌다. "여기 있어!"

"예?"

"다 너 때문이야. 이제 이것들을 어떻게 할 작정이니?"

"아버지…… 저는 자고 있었어요."

"이것들은 이제 아무짝에도 쓸모없어. 알고 있니?"

흐릿하던 그의 눈빛에서 빛이 나더니, 그가 몸을 일으키고 종이 한 장을 집어 들었다.

"이게 뭔가요?"

"아무짝에도 쓸모없는 거야. 아무짝에도!"

그는 무의미한 펜이 거쳐 간 자리를 눈으로 훑었다.

"아, 벌통이네요! 이건 벌통이에요, 그렇죠?"

나는 숨을 몰아쉬며 정신을 가다듬었다. "이제 그건 네 거야. 이 그림들 말야. 내가 이 일을 시작하도록 원했던 건 바로 네가 아니었니? 그러니 이젠 네가 그것들을 가지고 네 맘대로 해봐."

"제가 원했다고요……? 그게 무슨 뜻인가요?"

"네가 시작한 일이야. 그러니 찢어 없애버리는 것도 네가 할 일이야. 불에 태워 없애든지 찢어 없애든지, 네 맘대로 해!"

에드먼드는 천천히 일어서서 놀라울 정도로 침착하게 물을 한 컵 마셨다.

"저는 아버지가 지금 무슨 말씀을 하시는지 전혀 이해를 할 수 없어요."

"이건 네가 만들어낸 거라고도 할 수 있어. 내가 너를 위해 만들었으니까."

"하지만…… 왜요?" 그는 뚫어지게 나를 바라보았다. 언제 에드먼드의 그런 눈동자를 본 적이 있었던가. 기억이 나지 않았다. 그의 눈이 점점 더 가늘어졌다. 열여섯 살의 나이보다 훨씬 더 어른스럽게 보였다.

"책 말이야!"

"무슨 책을 말씀하시는 거예요? 아버지, 지금 도대체 무슨 말씀을 하고 계신 건가요?"

"위베르의 책! 프랑수아 위베르! 눈먼 양봉가 말이야!"

"아버지, 저는 도무지 알아들을 수가 없어요." 그는 마치 정신병원을 탈출한 미친 사람을 보는 듯한 눈초리로 나를 바라보았다.

온몸에서 힘이 쭉 빠졌다. 그는 아무것도 기억하지 못하고 있었다. 내게는 너무나도 귀하고 의미 있는 순간이었는데. "네가 남겨두고 갔던 것…… 일요일 아침이었지…… 다른 가족들이 교회에 갔을 때."

에드먼드는 갑자기 기억이 나는 듯 소리쳤다.

"아, 그날! 지난봄……"

나는 고개를 끄덕였다. "맞아. 나는 그날을 평생 잊지 못할 거야. 네가, 다른 사람도 아닌 바로 네가, 나를 찾아왔었지."

그는 얼른 내 눈을 피해 시선을 돌리고, 마치 무언가를 움켜쥐려는 듯 손을 움직였다. 하지만 그의 손에 잡히는 것은 방 안을 소리 없이 떠돌던 먼지뿐이었다.

"제가 아버지를 찾았던 것은 어머니의 부탁 때문이었어요. 어머니는 제가 찾아가면 아버지가 기운을 차릴지도 모른다고 하셨거든요."

틸다. 에드먼드는 틸다의 자식이었다. 엄마 치마폭에 싸인 소년. 언제나 그랬듯.

조지

우리는 그날 하루 종일 벌통을 만들었다. 해가 질 때까지. 그는 이전에는 볼 수 없었던 열정으로 열심히 일했다. 이젠 정말 양봉이 자신의 업이라 여긴 듯 가르쳐주는 것을 빨리 배웠으며 신중하고 신속하게 일을 해냈다.

못을 향하는 망치 소리는 리듬 소리처럼, 휘파람을 부는 듯한 톱질 소리는 음악 소리처럼 우리의 귀를 두드렸다. 가끔은 정적이 우리를 휩쌀 때도 있었고, 저 멀리서는 바람 소리와 지저귀는 새소리가 들려왔다.

따가운 햇살이 창고 지붕 위에 내리쬐었고, 땀방울은 쉴 새 없이 흘러내렸다. 그는 수도꼭지 아래 머리를 가져가 물에 적신 머리를 마치 작은 강아지처럼 휘휘 돌려 물방울을 털어내고 큰 웃음을 터뜨렸다. 수천 개의 물방울이 흩어져 나와 내게 떨어졌다. 덕분에 더위에 달아오른 내 몸도 식힐 수 있었다. 나는 그에게 웃음을 되돌려주지 않을 수 없었다.

일요일은 그렇게 흘러갔다. 우리는 하루 종일 함께 일을 했고 벌통과 벌에 대한 이야기만 나누었다. 보아하니 그도 만족해하는 것 같았다. 아주 어릴 때 이후론 보지 못했던 그의 색다른 모습이었다. 그는 심지어 햄을 넣은 샌드위치를 점심으로 먹기도 했다.

시계를 보았다. 우리는 마당에 앉아 함께 커피를 마셨다. 곧 오후 2시가 될 참이었다. 예정대로라면 버스는 곧 떠날 시간이었다. 나는 아무 말도 하지 않았다. 어쩌면 그는 버스 시간을 잊어버렸는지도 모른다. 아니, 어쩌면 마음을 바꾸어먹었는지도 모른다.

그도 시계를 보았다.

어쩐 일인지 그는 손목시계를 벗어 주머니에 찔러 넣었다.

"아버지, 처음엔 어땠어요?"

나를 바라보는 그의 눈에 심각함이 어려 있었다.

"무슨 말이니?"

"첫 번째 벌통을 열었을 때 말이에요."

"어땠으리라고 생각하니? 글쎄…… 믿을 수가 없었어. 땅이 꺼지는 느낌이라고나 할까."

"하지만…… 뭐가 달랐나요? 이번 경우가 특별한 이유는 뭔가요?"

나는 커피를 한 모금 마셨다. 입 속에 들어간 커피를 목구멍으로 넘기기가 힘들었다.

"글쎄, 나도 잘 모르겠어…… 그냥 모두 사라져버렸다니까. 가장 아래쪽에 남아 있는 몇 마리만 제외하면 말야. 그것들마저도 힘없이 축 늘어져 있었어. 여왕벌과 애벌레뿐이었지. 다른 벌들은 온데간데없었어."

나는 얼른 고개를 돌렸다. 젖어오는 내 눈을 그에게 보이고 싶지 않았기 때문이다. "너무나 빨리 일어났던 일이야. 하루 전만 하더라도 건강하기 짝이 없는 벌들이었는데, 하룻밤 새에 모두들 사라져버린 거지."

"겨울 동안 죽어나가는 벌들의 모습과는 조금 다른 셈이군요."

나는 고개를 끄덕였다. "완전히 달라. 비교할 수가 없어. 겨울에 그런 일이 일어났다면 분명한 원인을 찾아낼 수 있잖아. 혹독한 날씨 또는 음식 부족. 때로는 둘 다 원인이 될 수 있지."

그는 커피 잔을 두 손으로 감싸고 곰곰이 생각에 잠겼다.

"겨울이 되면 다시 그런 일이 일어날 수도 있겠군요."

나는 다시 고개를 끄덕였다. "맞아. 가끔 견디기 힘들 정도로 혹독한 겨울이 올 때도 있으니까."

"앞으로는 겨울 날씨가 더 혹독해질 거예요. 겨울 폭풍도 더 자주 올 거고……"

나는 맞장구를 치고 싶었지만, 무슨 말을 해야 할지 알 수가 없었다.

"그리고 여름에도 그런 일이 일어날 수 있잖아요. 여름 날씨는 습기 차고 굉장히 불안정하니까요."

"맞아. 하지만 매년 그런 건 아니잖아."

그는 내게 눈도 돌리지 않고 말을 계속했다. 그의 목소리는 점점 높아졌다. "벌들이 사라지는 일은 앞으로도 계속될 거예요." 그가 더 큰 목소리로 말을 이었다. "벌들은 계속 죽어나갈 거예요, 아버지. 무언가를 해야만 해요. 그 일을 할 수 있는 사람은 우리밖에 없어요."

나는 그를 향해 몸을 돌렸다. 지금껏 이런 태도로 말을 하는 그를 본 적이 없었다. 나는 미소를 지으려 애를 썼지만 내 입가는 생각과는 달리 비뚤어지기만 했기에 내 표정은 울상이 되어버렸다.

"우리? 너와 나?"

그는 미소를 짓지 않았다. 그렇다고 화가 난 건 아니었다. 단지 너무나 심각할 뿐.

"우리 인간들 말이에요. 생각을 다시 해야만 해요. 메인에 갔을 때도 잠시 이야기한 적이 있잖아요. 기억나세요? 우린 현재의 추세를 따라가면 안 돼요. 더 늦기 전에 시스템을 바꾸어야만 해요."

나는 침을 꿀꺽 삼켰다. 그의 열정은 도대체 어디서 오는 것일까? 이전에는 볼 수 없었던 생소한 모습…… 나는 갑자기 그가 자랑스러워 그에게서 눈을 뗄 수가 없었다. 그가 커피 잔을 내려놓았다.

"이제 다시 일을 시작해볼까요?" 그가 나직이 말했다.

나는 힘차게 고개를 끄덕였다.

저녁이 다가오고 곧 밤이 되었다.

우리 셋은 베란다에 함께 앉았다. 하늘은 구름 한 점 없었다.

"뱀을 기억하니?"

"예, 물론이죠. 벌들도 기억해요."

"뱀? 뱀이라니?"

에마가 궁금한 듯 끼어들었다.

톰과 나는 서로를 마주 보며 의미심장한 미소를 교환했다.

나는 다음 날 늦게까지 푹 자고, 입가에 미소를 머금은 채 잠에서 깼다. 벌통을 만들기 위해 다시 톰과 함께 망치질을 할 생각에 가슴이 벅차올랐다.

에마는 부엌 식탁 앞에 앉아 톰에게서 선물로 받았던 두꺼운 책을 읽고 있었다.

그녀의 앞에는 빈 접시 하나만 달랑 놓여 있었다. 나는 주위를 둘러보았다.

"톰은 어디 있소?"

그녀는 책을 내려놓고 입술의 양 끝을 축 내려뜨리며 슬픈 표정을 지어 보였다.

"오, 조지……"

"왜?"

"톰은 오늘 아침 식사를 하기도 전에 떠났어요."

"작별 인사도 없이?"

"당신을 깨우고 싶지 않다고 하더군요."

"하지만 나는……"

"알아요. 나도 알아요." 그녀는 다시 책을 들어 올려 꼭 껴안고 아무 말도 하지 않았다.

더 할 말을 찾지 못한 나는 몸을 돌려 부엌을 나와버렸다.

마치 신이 나를 두고 놀려대는 것만 같았다. 신은 나를 구름 위로 끌어 올려 내게 천사를 보여주고 솜사탕 같은 시냇물도 보여준 후, 손가락 끝으로 슬쩍 밀어 나를 땅으로 떨어뜨려버렸다. 나는 비가 내려 축축한 땅 위로 떨어져버린 듯한 느낌이었다. 회색빛의 하늘, 진흙으로 가득한 웅덩이, 황량한 벌판.

하지만 하늘을 올려다보니 햇살은 여전히 따갑게 내리쬐고 있었다. 지구를 지글지글 끓여 죽음으로 이끌어가려는 듯.

나는 벌들을 모두 잃어버렸다.

이젠 톰마저 잃어버렸다. 이미 오래전에. 단지 내가 너무나 멍청했기 때문에 그때는 몰랐을 뿐.

타오

"이제 문 닫을 시간입니다." 도서관 직원은 묵직한 열쇠 꾸러미를 흔들어 보이며 말했다. "내일 다시 오세요. 원하신다면 책을 몇 권 빌려 가셔도 됩니다."

"고맙습니다."

내 앞에는 땅벌의 죽음을 다룬 글이 펼쳐져 있었다. 땅벌과 야생벌은 꿀벌과 거의 비슷한 시기에 자취를 감추었다. 하지만 그들의 죽음은 눈에 잘 띄지 않았기에 사람들에게 경고도 주지 못했다. 야생벌들은 전 세계 수분 작업의 3분의 2를 담당할 정도로 그 의미가 컸다. 하지만 미국에서는 수분 작업의 대부분을 꿀벌들이 담당했다. 반면 다른 대륙에서는 대부분 야생벌들이 이 일을 해냈다. 야생벌들의 수가 어느 정도로 감소했는지는 정확히 파악할 수 없었지만, 그 원인은 꿀벌의 경우와 그리 다르지 않다고 짐작할 수 있다. 진드기와 바이러스, 그리고 불안정한 기후. 물론 살충제도 무시할 수 없는 원인 중의 하나다. 살충제의 독성은 흙 속에 남아 다음 세대에까지도 영향을 미친다. 인간과 벌, 모두에게.

꿀벌들이 사라지자 꽃가루 수정을 할 수 있는 대체 곤충을 찾아내는 작업이 활발해졌다. 인간이 가장 먼저 생각해낸 것은 바로 야생벌들이었지만, 이들은 크게 도움을 주지 못했다. 그래서 사람들은 꽃가루 수정을 목적으로 한 서로 다른 형태의 곤충과 날벌레 등을 키워내기 시작했다. 케리아나 코놉소이데스*, 크리소토숨 옥토마쿨라툼**, 케일로시아 레니포르미스*** 등. 하지만 이 또한 도움이 되지 않았다. 엎친 데 덮친 격으로 이상기후는 계속되었다. 해수면은 증가했고 극한적인 날씨 때문에 사람들은 대이동을 시작했다. 식량 부족도 이어졌다. 사람들은 이전에는 권력을 잡기 위해 전쟁을 일으켰지만, 이젠 음식을 쟁취하기 위해 전쟁을 일으키게 되었다.

시리즈로 이어지던 그 기록물은 2045년을 마지막으로 사라졌다. 제2차 세계대전 이후 100여 년 동안 계속 늘어나던 세계 인구는 2045년경 겨우 10억에 불과했으며, 지구는 더 이상 인

* *Ceriana conopsoides*. 꽃등엣과의 곤충. 몸길이는 10~15밀리미터이며, 가늘고 긴 검은 몸통에 마디에 가는 노란 줄무늬를 띠고 있다.

** *Chrysotoxum octomaculatum*. 꽃등엣과의 곤충. 몸길이는 10~14밀리미터이며, 넓은 검은 몸통에 노란 줄무늬가 굵은 리본 모양처럼 나 있다.

*** *Cheilosia reniformis*. 꽃등엣과의 곤충. 몸길이는 7~8밀리미터이며, 빛깔은 검은색이다. 다리와 몸통에는 가는 털이 나 있고, 넓적한 머리를 가졌다.

간의 보금자리 역할을 해내지 못했다. 같은 해, 벌들은 지구상에서 완전히 자취를 감추어버렸다.

나는 책을 제자리에 꽂아놓기 위해 책장으로 다가갔다. 책 한 권을 책장 속으로 밀어 넣는 순간, 녹색 표지의 책 한 권이 눈에 띄었다. 그것은 특별히 두껍지 않은 평범한 책이었다. 녹색 표지 위에는 노란 글씨로 제목이 적혀 있었다. 『눈먼 양봉가』.

나는 그 책을 꺼내려 했지만 표지를 싸고 있던 비닐이 옆에 있던 책과 딱 붙어 있는 바람에 떼어내기가 쉽지 않았다. 힘을 주어 책을 잡아당기니 마치 한숨을 연상시키는 소리와 함께 책이 툭 빠져나왔다.

하드커버의 표지를 펼치자 기분 좋게 책장이 넘어갔다. 가만히 보니 언젠가 읽은 적이 있는 책이었다. 아주 오래전 학교 도서관에서 그 책의 복사본을 읽은 기억이 떠올랐다. 지금 내 손에 있는 것은 한 번도 손을 탄 적이 없는 듯한 깨끗한 원본이었다. 판권 면을 펼쳤다. 2037년. 초판 발행.

제1장을 펼치니 눈에 익은 그림이 나왔다. 황금색 꿀로 뒤덮인 여왕벌과 애벌레의 모습. 구름 떼처럼 모여 있는 일벌과 수벌들. 모두들 같은 모습을 하고 있었기에 구별할 수가 없었다. 줄무늬의 몸체, 까만 눈동자, 무지갯빛을 발하며 반짝반짝 빛을 내는 날개.

책장을 넘기니 벌에 대한 정보가 적혀 있었다. 그건 어릴 때 이미 읽어본 적이 있는 내용이었지만 이번에는 전혀 다른 느낌을 주었다. '자연 속에서, 자연과 함께 살기 위해서, 우리는 자연으로부터 떨어져 살아야 한다…… 자연을 파괴하고 거부하고자

하는 인간의 본능을 억제하고 자연과 함께 살아나갈 수 있도록 우리를 인도하는 것은 교육과 지식이며……'

발자국 소리가 들려왔다. 직원이 책장 모퉁이를 돌아 내게 다가오는 중이었다. 그녀는 아무 말도 하지 않고 열쇠 꾸러미를 흔들어 보였다.

나는 그곳을 빠져나가려던 참인 듯 재빨리 고개를 끄덕였다. "이 책을 빌리고 싶은데요……" 나는 손에 들고 있던 책을 그녀에게 보여주었다.

그녀가 어깨를 으쓱했다. "그러세요."

나는 도서관에서 빌려 온 책들을 침대 위에 늘어놓았다. 호텔까지 들고 올 수 있을 만큼 가능한 한 많은 책을 빌려 온 나는, 샤워를 한 다음 그 책들을 읽기로 마음먹었다.

나는 옷을 벗어 그대로 바닥에 늘어놓았다. 양말은 바지와 함께 뭉쳐 있었고, 땀에 젖은 상의는 바지 위에 아무렇게나 던져 놓았다.

나는 온수가 바닥날 때까지 샤워를 했다. 머리는 세 번이나 감았다. 죽음의 도시에서 덮어쓴 먼지를 벗겨내기 위해 머리밑을 손톱으로 벅벅 문지르기까지 했다. 샤워를 마친 나는 아주 오랫동안 시간을 들여 물기를 닦아냈다. 피부에 스며든 습기를 없애기가 쉽지 않았다. 욕실 안은 수증기로 가득 차 있었다. 나는 마지막으로 양치를 했다. 아주 오랫동안 이를 닦으며 이에 묻어 있던 온갖 박테리아들을 없애버린 후 만족한 마음으로 수건으로 몸을 감싸고 욕실을 나왔다.

순간, 바닥에 널브러져 있던 내 옷들이 사라져버린 것을 발견했다. 바닥은 텅 비어 있었다. 나는 얼른 침대 쪽으로 몸을 돌렸다. 거기엔 낯선 여인이 앉아 있었다. 그녀는 나보다 어려 보였다. 부드러운 피부, 손톱 밑에는 때도 끼어 있지 않았다. 제복처럼 보이는 깨끗한 옷은 다림질이 잘되어 있었다. 여인은 야외 작업장에서 일하는 우리 같은 사람과는 다른 사람임을 한눈에 알 수 있었다.

그녀는 책을 한 권 들고 있었다. 나는 그 책의 제목이 무엇인지 볼 수 없었다.

그녀가 고개를 들어 심각하면서도 중립적인 눈빛으로 나를 바라보았다. 나는 아무 말도 할 수 없었다. 이 상황을 이해하기 위해 머리를 굴려보았다. 내가 아는 사람일까?

그녀가 천천히 몸을 일으키며 손에 들고 있던 책을 내려놓았다. 그리고 차곡차곡 개어져 있는 내 옷을 내밀었다.

"옷을 입으세요."

나는 제자리에 가만히 서 있었다. 그녀는 내 방에 들어온 것이 너무나 당연하다는 듯 행동하고 있었다. 어쩌면 그럴지도 몰랐다. 나는 당황해 어쩔 줄 모르며 그녀를 뚫어지게 바라보았다. 내가 아는 사람일까. 아무리 봐도 그녀는 내 눈엔 낯선 사람일 뿐이었다. 문득, 몸을 두르고 있던 수건이 스르르 미끄러져 내려가는 것을 느꼈다. 나는 낯선 여자 앞에서 벌거벗은 몸을 보여주기 싫어 더욱 당황하며 얼른 수건을 끌어 올렸다. 그녀에게 보이지 말아야 할 모습을 보였다는 생각에 얼굴이 발갛게 달아올랐다.

"여긴 어떻게 들어오셨나요?" 나는 너무나 무덤덤하게 들리는 내 목소리에 놀랐다.

"열쇠를 빌렸어요." 그녀는 너무나 당연한 일이라는 듯 살짝 미소까지 띠며 대답했다.

"무엇을 원하세요? 당신은 누구죠?" 나는 말을 더듬었다.

"얼른 옷을 입으세요."

그것은 대답이 아니라 명령이었다.

"왜요? 도대체 당신은 누군가요?"

"자, 여기." 그녀는 내 옷을 건네주었다.

"돈을 원하세요? 제겐 돈이 조금 있어요."

나는 침대 옆 작은 서랍장 쪽으로 다가가서 양철통 속에 들어 있는 동전 몇 개를 꺼내 그녀에게 보여주었다.

"저는 지도부에서 나왔습니다. 이제 저와 함께 가십시다."

윌리엄

나는 정원 벤치에 앉아 벌통 그림을 무릎 위에 올려놓았다. 벌에게 쏘이고 싶지 않아 벌통에서 좀 떨어져 앉아 있긴 했지만, 그들의 날갯짓 소리는 잘 들을 수 있을 정도의 거리였다. 나는 야생 짐승의 공격을 기다리는 상처 입은 동물처럼 그 자리에 멍하니 앉아 있었다.

하지만 야생 짐승의 공격은 이미 이루어진 후였다. 나는 야수의 입 속으로 들어가기만을 기다리고 있는 희생물에 불과했다.

벌들은 지쳐버린 날개로는 아무것도 할 수 없다. 마치 물건을 가득 실은 돛단배의 돛처럼 낡고 해지면 제 역할을 해낼 수가 없다. 꽃가루와 꿀을 찾아 몸이 터질 정도로 저장한 벌들은 날개를 제대로 움직이지 못해 보금자리에 돌아가기도 전에 흙에 떨어져 죽음을 맞이한다. 만약 벌들이 인간과 같은 생각을 할 수 있다면, 흙 위에 떨어진 벌들은 죽음의 순간을 만족한 마음으로 받아들일 수 있으리라. 플라톤의 말처럼 이 세상에 태어난 역할을 충실히 하고 하늘 문의 입구에 이르는 벌들에겐 후회란 없을 것이다. 열심히 일한 덕분에 날개가 망가져 생을 마감하게 된다면, 그 벌은 세상에 태어난 목적을 달성한 것이나 다름없다.

나에게는 만족스러운 죽음이 찾아오지 않을 것이다. 내가 이 세상에 태어난 목적을 달성했다는 생각은 조금도 들지 않으니까. 나는 그저 시간만 보내다가 나이를 먹고 흙 속에 묻힐 것이 틀림없다. 다음 세대 사람들은 그 어느 누구도 나라는 사람을 기억하지 못할 것이다. 내가 남긴 발자취는 그 어디에도 찾아볼 수 없을 테니 말이다. 그렇다. 내가 남길 것은 아무것도 없다. 오직 목구멍에 아직도 붙어 있는 듯한 짜디짠 스바메르 파이의 기름기뿐.

그렇다면 더 기다릴 필요도 없이 지금 당장 목숨을 끊어도 되지 않을까. 가게 서랍장 가장 위쪽의 왼쪽 서랍을 열면 독버섯이 있다. 그 서랍의 열쇠는 나만 가지고 있다. 독버섯의 효력은 금방 나타난다. 먹은 지 몇 시간도 채 되지 않아 내 몸은 마비되고 의식불명 상태에 접어들 것이다. 의사들은 내장 기관이 쇠약해져 제 역할을 못 했다며 사인을 추정할 것이다. 아무도 그것이 자살임을 모를 것이며, 나는 마침내 영혼의 자유를 만끽할 수 있을 것이다.

하지만 나는 그 일조차도 할 수가 없었다. 벤치에서 한 발짝도 움직일 힘이 없었으니까. 벌통 그림이 그려진 종이를 찢어낼 힘도 없었다. 내 손은 이 세상에서 가장 손쉬운 일도 해낼 수가 없다. 내 몸은 마비가 된 것만 같았다.

얼마나 오래 혼자 앉아 있었는지 알 수가 없었다.

나는 아이가 다가오는 것도 모르고 있었다. 아이는 소리도 없이 다가와 내 옆에 앉았다. 나는 아이의 숨소리도 들을 수 없었다. 아이의 두 눈과 내 눈은 앞에 있는 벌통을 향하고 있었던가. 아니, 우리는 아무것도 보지 않고 있었는지도 모른다.

아이는 지어존의 편지를 손에 들고 있었다. 만신창이가 된 내 방에서 찾아내 읽어보았던 것이 분명했다. 어질러진 곳이 있으면 참지 못하고 당장 정리 정돈을 해야 마음이 놓이는 아이니 말이다. 나는 어질러진 책상과 책장을 외면해왔고, 아이는 그것이 마치 자기 책임이라도 되는 듯 항상 내 방을 깨끗이 청소해 두었다.

옆에 누가 앉아 있으니 마비되었던 몸이 조금씩 풀리는 것 같았다. 어쩌면 옆에 앉아 있는 그 누군가가 바로 샬럿이었기 때문에 가능했던 일인지도 모른다. 이제 내게 남아 있는 것은 그 아이밖에 없다.

나는 그림이 그려진 종이를 아이의 무릎 위에 내려놓았다.

"나 대신 이걸 없애줄 수 있겠니?" 나는 나직이 말을 걸었다. "나는 차마 그리 할 수가 없구나."

아이는 말없이 가만히 앉아 있기만 했다. 나는 아이의 눈을 바라보려 했지만, 아이는 애써 내 눈을 피했다.

"도와주렴." 나는 아이에게 애원했다.

샬럿은 그림 위에 손을 얹고 잠시 곰곰이 생각하더니 말문을 열었다.

"아니에요. 그럴 수는 없어요."

"하지만 이건 이제 휴지 조각에 불과해. 너도 이해하지?" 내 목소리는 애원하듯 젖어 있었지만, 아이는 꿈쩍도 하지 않았다.

잠시 후, 아이가 천천히 고개를 저었다. "아직은 일러요, 아버지. 시간이 흐르면 이 그림이 가치 있는 귀한 물건이 될지도 모르잖아요."

나는 숨을 들이쉬며 생각을 가다듬고 최대한 이성적으로 말을 해보려 애를 썼다.

"아무짝에도 쓸모없는 거야. 난 진심으로 네가 이것들을 없애주었으면 좋겠구나. 내가 직접 할 수는 없는 일이니까. 이걸 가지고 가서 내가 안 보는 곳에서…… 내가 갑자기 생각이 바뀌어 너를 멈출 수도 있으니 말이야…… 그래, 불에 태워버리렴. 연기가 하늘까지 치솟을 때까지 불을 피워서 태워버려!"

나는 힘을 주어 말했다. 그러면 아이가 평소와 마찬가지로 얌전히 내 말을 따라주리라 믿었다. 하지만 아이는 제자리에 가만히 앉아 종이를 넘겨보며 그림을 손으로 쓰다듬었다. 내가 그토록 애를 써서 그렸던 하나하나의 선들. "안 돼요, 아버지."

"하지만 내가 원하는 건 바로 그거야!" 갑자기 가슴이 답답해졌다. 마치 내 아버지의 묵직한 손이 뒷덜미를 잡고 조여오는 것만 같았다. 아버지의 조롱 섞인 차가운 웃음소리도 귓전에 들려오는 것만 같았다. 흙 위에 꿇어앉아 아버지의 가죽 벨트 끝이 내 등을 후려치기만을 기다리고 있는 듯한 심정이었다. 샬럿은 어른처럼 보였고, 나는 열 살의 사내아이로 되돌아간 것 같았다. 수치심을 실은 무거운 어깨. 나는 다시 한 번 실패를 맛보았다. "태워버려. 부탁이야."

아이의 두 눈이 젖어왔다. 아이의 눈물. 언제 아이의 눈물을 보았던가? 아이는 내가 병상에 누워 있던 겨울 내내에도 눈물을 보이지 않았고, 술에 취한 에드먼드를 찾아왔을 때나 숲속에 누워 있는 나를 발견했을 때도 울지 않았다.

문득 아이의 눈물을 이해할 수 있을 것 같았다. 그것은 아이의 그림이자 아이의 정성이 들어간 것이기도 했기 때문이다. 아이는 항상 나와 함께 있었고, 함께 연구를 해왔다. 하지만 나는 그 사실을 간과했고, 모든 것이 내 것이라는 생각만 해왔다. 나의 연구, 나의 그림, 나의 벌들. 하지만 곰곰이 생각해보니 샬럿은 처음부터 나와 함께 이 일을 해왔다. 벌들은 샬럿의 벌들이기도 했다.

"샬럿……" 나는 침을 꿀꺽 삼키며 메어오는 목을 진정시켰다. "오, 샬럿. 나는 그동안 네게 어떤 사람이었니?"

아이가 놀란 눈으로 나를 쳐다보았다. "무슨 말씀이신가요, 아버지?"

"그러니까, 내 말은…… 네게 더 많은 것을 나누어주었어야 했는데…… 그러지 못한 것 같구나."

아이는 손을 들어 흐르는 눈물을 훔쳤다. 아이의 눈엔 놀란 빛이 가득했다.

"더 많은 것이라고요? 아니에요……"

나는 아이에게 더 많은 말을 해주고 싶었다. 아이는 더 좋은 아버지 밑에서 자랄 권리가 있었다. 나 같은 멍청이가 아니라, 아이를 더 많이 생각해주고 더 잘 보살펴줄 수 있는 사람. 나는 그동안 나만 생각한 이기적인 사람이었다. 반면, 아이는 내가 무슨 일을 하든 나를 도와주고 후원하는 데 힘을 아끼지 않았다. 이 모든 말을 아이에게 다 해주고 싶었지만, 그 말들은 내가 뱉어내기엔 너무나도 크고 무거운 말들이라 입을 열 수가 없었다.

나는 있는 힘을 다 짜내어 겨우 아이의 손을 잡았다. 아이는 그림이 바람에 날아가지 않도록 얼른 다른 한 손을 그림 위에 얹었다.

우리는 한동안 침묵을 지켰다.

아이는 마치 무슨 말이라도 하려는 듯 몇 번이나 숨을 들이쉬었지만, 아무 말도 하지 않았다.

"아버지…… 그런 생각은 하지 마세요." 마침내 말문을 연 아이는 고개를 돌려 젖은 눈으로 나를 바라보았다. "저는 제가 알고 있는 다른 여자아이들보다 훨씬 더 많은 것을 얻었어요. 아버지가 제게 보여주시고 이야기해주셨던 그 모든 것들, 제가 함께할 수 있도록 기회를 주시고 함께 대화를 나누었던…… 아버지는 제게 너무나 많은 것을 가르쳐주셨어요…… 아버진…… 제겐…… 저는……"

아이는 말을 맺지 못하고 한참 가만히 앉아 있더니 마침내 말을 이었다.

"아버지는 제게 이 세상에서 가장 좋은 아버지예요."

나는 울컥 솟아오르는 눈물을 멈추려고 허공을 뚫어지게 쏘아보았다.

시간은 점점 흘렀다. 우리를 감싼 자연은 온갖 소리들로 가득 차 있었다. 지저귀는 새소리, 나뭇가지를 스치는 바람 소리, 개구리 울음소리와 벌들의 날갯짓 소리. 벌들의 군무 소리를 듣고 있으려니 마음이 진정되는 것 같았다.

샬럿이 내게 잡혀 있던 손을 조심스레 빼내며 보일 듯 말 듯 고개를 끄덕였다.

"이제 아버지의 눈에 더는 이 그림들이 띄지 않도록 할게요."

아이는 자리에서 일어나 마치 아주 귀중한 것이라도 되는 듯 두 손으로 고이 그림을 들고 집 안으로 들어갔다.

깊은 한숨이 흘러나왔다. 그것은 안도의 한숨이자 고마움의 한숨이기도 했다. 동시에 모든 것이 끝났다는 생각이 스쳤다.

나는 꼼짝도 않고 벌들을 바라보았다. 부지런한 벌들은 한순간도 쉬지 않았다.

날개가 찢어질 때까지 쉬지 않고 움직이는 벌들.

조지

나는 침대에 누워 밤새 뜬눈으로 뒤척였다. 잠을 방해하는 것은 아무것도 없었다. 침실은 기분 좋을 정도로 시원했고 사방은 고요했다. 창밖은 칠흑처럼 캄캄했다. 문득 이전보다 훨씬 더 캄캄하다는 생각이 들었다. 그러고 보니 전등 불빛이 보이지 않았다. 창밖이 캄캄했던 이유는 바로 그 때문이었다. 나는 지난번에 전등을 고친다고 하고선 벽에서 떼어내기만 했지 더 이상 손을 보진 않았다. 전선은 여전히 지렁이처럼 벽에 늘어져 있었다. 나는 매일 그 밑을 지나치며 전등을 올려다볼 때마다 왠지 기분이 나빴다. 미루어놓은 수많은 일 중의 하나. 물론 그건 중요한 일이라 할 수는 없다. 나도 그건 잘 알고 있다. 그 불빛이 없어도 사는 데는 전혀 지장이 없다. 에마도 더 이상 전등에 대해 왈가

왈부하지 않는다. 어쩌면 그녀는 전등에 대해서 까맣게 잊고 있는지도 모른다. 하지만 벽에 구불구불 늘어져 있는 전선은 손보지 않은 일들, 정상이 아닌 것들을 대변하고 있었다.

나는 적어도 하루에 일곱 시간은 자야 한다. 밤잠을 적게 자는 사람들은 보면 부럽기 짝이 없다. 그들은 다섯 시간만 자고도 다음 날 거뜬하게 일어나 일을 한다. 바로 그런 사람들이 인생에서 성공할 수 있다는 말을 들은 적도 있다.

몸을 돌려 자명종 시계를 보니 00시 32분을 가리키고 있었다. 나는 23시 08분에 잠자리에 들었다. 에마는 침대에 눕자마자 잠에 곯아떨어졌다. 나도 꽤 빨리 잠에 빠졌지만 얼마 지나지 않아 눈을 떴다. 이상하게도 밤새 잠을 잘 잔 것처럼 머리는 개운했다. 더 자려고 억지로 눈을 감아보았지만 내 몸은 편한 자세를 찾지 못해 이리 뒤척 저리 뒤척 했다. 어떤 자세를 잡아도 편치 않았다.

잠을 자야만 했다. 그렇지 않으면 내일 하루 종일 피곤해서 아무 일도 못 할 것이 분명했다. 술을 한잔 마시면 잠을 잘 수 있을까.

우리는 평소 술을 자주 마시지 않는다. 우리 집에선 독주는 물론 맥주조차도 찾아보기가 쉽지 않다. 다행히도 냉장고 안쪽에 있는 오래된 맥주 한 병을 찾아냈다. 찬장에서 유리컵 하나를 꺼내고 병따개를 찾았다. 항상 수도꼭지 위쪽에 자리한 벽에 걸어두었는데 이상하게도 오늘은 보이지 않았다. 오른쪽에서 네 번째 못, 부엌용 가위와 프라이팬 사이의 병따개 자리가 비어 있었다. 도대체 어디 있을까? 나는 조리대 아래의 서랍을 열어보았다. 가장 안쪽에 와인병 오프너와 썩어 문드러진 고무줄이 몇 개 보였지만 맥주병 따개는 보이지 않았다. 나는 다음 서랍을 열어보았다. 거기도 없었다. 에마가 정리를 다시 한 걸까? 부엌용 기구들을 모두 재배치한 건 아닐까? 하긴, 이전에도 몇 번 있었던 일이었다.

나는 차례차례 서랍을 열어보았다. 답답해진 나는 급기야 맥주병을 내려놓고 두 손으로 서랍을 뒤졌다. 에마의 잠을 깨우지 않게 조용히 움직여야 한다는 생각은 사라진 지 오래였다. 그녀가 내겐 말도 없이 부엌살림을 바꾸어놓았다면 그 정도의 대가는 치러야 한다는 생각마저 들었다. 젠장. 부엌에 그렇게 많은 서랍이 있는지 이전엔 미처 몰랐다. 그리고 서랍 속이 그토록 지저분한지도. 소위 유용한 부엌용 기구들은 컴컴한 서랍 속에 자리 잡고 먼지를 수집하는 기구들로 바뀐 것만 같았다. 달걀 삶는 기계, 전기 후추 분쇄기, 사과를 여섯 조각으로 나눌 수 있는 이름 모를 기계. 이 모든 것들을 사 모은 사람은 바로 에마였다. 나는 비닐봉지를 찾아 이것들을 모두 모아 버렸으면 좋겠다고 생각했다. 그게 내가 말하는 정리 정돈이었다.

마침내 맥주병 따개가 눈에 띄었다. 그건 서랍의 가장 뒤쪽, 거품 내는 주걱과 국자 밑에 숨어 있었다. 내가 모르는 사이에 병따개는 새로운 자리를 얻었던 게 틀림없었다. 나는 얼른 맥주병 뚜껑을 땄다. 마음 같아선 당장에라도 침실로 들어가 에마를 깨우고 이젠 부엌에 있는 것들을 제발 이리저리 옮기지 말라고 소리를 지르고 싶었다. 나는 차가운 맥주를 한 모금 벌컥 들이켰다. 목구멍이 시원해졌다.

빈 배 속에서 꼬르륵 소리가 들렸지만 먹을 것을 찾기조차 귀찮아졌다. 어차피 내가 좋아하는 음식은 없을 게 뻔했다. 나는 맥주에도 영양분이 있다고 생각하며 술병을 비웠다. 술을 마셔도 피곤해지진 않았다. 오히려 무슨 일이라도 해야 할 것처럼 안절부절못했다. 나는 부엌을 왔다 갔다 하다가 거실로 가서 텔레비전 리모컨을 쥐었다. 텔레비전을 켜려는 순간, 벽에 걸려 있는 액자가 눈에 띄었다.

나는 액자 앞으로 다가가서 그림들을 자세히 바라보았다. 윌리엄 새비지의 표준 벌통. '표준'이라는 말이 들어가긴 했지만, 그건 새비지 가문 사람들에게만 표준이었지 다른 사람들은 전혀 모르고 있는 것이었다. 직사광선을 피해 두터운 황금색 테두리 안에 자리한 유리 액자는 먼지 하나 없이 깨끗했다. 에마 덕분이었다. 액자 안에는 누렇게 색이 바랜 종이 위에 검정 잉크로 그려놓은 그림과 숫자, 그리고 간단한 설명이 전부였다. 하지만 그 뒤에 숨어 있는 이야기는 1852년 그림이 그려졌을 때부터 지금까지 쭉 이어져 내려오는 우리 가문의 역사이기도 했다. 표준 벌통은 윌리엄 새비지의 생을 바꿀 수도 있는 획기적인 연구 결과였다. 하지만 그는 미국인인 로렌조 랭스트로스에게 한발 뒤처지는 바람에 특허권을 얻는 데는 실패했다. 덕분에 로렌조의 벌통은 국제적 표준이 되었고, 새비지의 벌통은 그 어느 누구의 관심도 얻지 못했다. 전화나 팩스, 이메일도 없던 시대에 서로 다른 대륙에 앉아 연구를 하다 보면 얼마든지 있을 수 있는 일이었다.

세상을 움직이는 획기적인 연구와 발명 뒤에는 항상 한 발짝 늦어 이름을 알리지 못한 천재들이 수없이 많다. 새비지도 그중의 한 명이었다. 그 때문에 새비지의 가족들은 부와 명예를 얻을 수 없었다.

그의 아내는 가난한 와중에도 대부분의 딸들을 결혼시키는데 성공했지만, 하나뿐이었던 아들 에드먼드는 평생 결혼을 못하고 홀로 살았다고 한다. 너무나 일찍 술맛을 알아버린 그는 훗날 런던의 뒷골목에서 술주정뱅이로 전락해버렸다.

딸들 중에선 가장 머리가 좋았던 샬럿만이 결혼을 하지 않고 홀로 살았으며, 바로 그녀가 우리 가족의 시조가 되었다. 그녀는 성인이 되자 편도행 표만 마련해 미국으로 건너왔다. 우리 집 다락에 있는 여행 가방은 바로 그녀가 미국으로 올 때 가져왔던 것이다. 당시 그녀가 소유했던 것이라곤 이 여행 가방 하나와 아들 한 명뿐이었다. 여행 가방에선 곰팡이 냄새가 퀴퀴하게 풍기고 너무나 낡았기에 어디에도 사용할 수가 없다. 하지만 나는 그것을 버릴 수가 없어 지금까지 간직해왔다. 샬럿의 평생이 그 여행 가방 속에 들어 있었기 때문이다. 그 속에는 샬럿의 아버지가 설계했던 표준 벌통의 그림도 들어 있었다.

우리 가문 대대로 이어져 내려오는 양봉업도 그때부터 시작되었다. 미국으로 건너온 샬럿은 학교에서 교사로 일하며 집에서 틈틈이 벌을 키웠다. 당시 그녀가 가지고 있던 벌통은 단 세 개밖에 없었다. 하지만 그녀의 아들은 성인이 되자 벌통의 개수를 조금씩 늘려갔다. 그리고 그의 아들, 또 그 아들의 아들…… 이렇게 내려온 일은 내 할아버지 대가 되었을 때 대규모로 확장되었다.

벌어먹을 그림!

나는 주먹으로 액자를 쾅 내리쳤다. 손마디에 느껴진 통증이 온몸으로 번졌다. 액자는 조금 흔들렸지만 여전히 제자리를 지키고 있었다.

나는 그 액자를 벽에서 내리고 싶었다. 세 개의 액자를 모두 내려서 눈에 보이지 않는 곳에 버리고 싶었다.

나는 얼른 액자들을 내려 팔에 끼고 현관으로 간 다음, 묵직하고 두터운 겨울 장화를 꺼내 신었다.

마당으로 나간 나는 그 액자들을 장홧발로 사정없이 짓밟으려다 에마가 잠을 깰 것 같아 침실 쪽을 슬쩍 돌아보았다. 침실은 여전히 캄캄했다.

나는 액자들을 들고 창고 안으로 가서 바닥에 집어 던졌다.

물론, 유리를 벗기고 그림들을 꺼낼 수도 있었지만, 내가 듣고 싶었던 것은 유리가 깨지는 소리였다. 장홧발 아래 산산조각이 나는 유리 소리.

나는 액자의 유리를 밟고 또 밟다가 그걸로도 부족해 유리 위에서 뜀뛰기를 하기도 했다. 유리는 깨졌고 틀은 부러졌다. 그게 바로 내가 원했던 모습이었다.

나는 깨진 유리를 걷어내고 그림을 들어 올렸다. 날카로운 유리 조각이 그림까지 찢어줄 것이라 짐작했지만, 그림은 상처 하나 없이 깨끗하기만 했다. 종이는 놀라울 정도로 두껍고 빳빳했다. 나는 여섯 장의 종이를 차곡차곡 겹쳐놓고 가만히 바라보았다. 불에 태우고 싶다는 마음이 일었다.

그림 솜씨는 형편없었다. 그 어떤 가치도 없는 낙서 같은 그럼. 불에 태울 가치도 없다는 생각이 들었다.

나는 종이를 겹쳐 일정한 간격을 두고 길쭉하게 찢기 시작했다. 하지만 여섯 장을 뭉쳐놓으니 너무나 두꺼워 내가 원하는 대로 잘 찢어지지 않았다. 나는 종이를 세 장씩 겹쳐 두 뭉치로 나누었다. 그런데 그렇게 찢으면 일이 너무 빨리 끝나버릴 것만 같았다. 결국, 나는 한 장씩 들고 찢기 시작했다.

종이 찢어지는 소리에 기분이 좋아졌다. 마치 종이가 살려달라며 비명을 지르는 것 같은 착각이 들기도 했다.

형언할 수 없을 정도로 기분이 좋았다. 마침내 나도 무언가 제대로 할 수 있다는 생각에 가슴이 뿌듯해졌다. 밤새 종이를 찢고 싶다는 생각도 스쳤다.

곧 나는 종이 찢는 일을 멈추었다. 너무 잘게 찢어버리면 목적을 달성하기 어렵기 때문이었다.

나는 길게 찢어진 종이들을 한데 모아 들고 집 안으로 들어갔다. 깨진 유리는 내일 아침에 치워도 될 일이었다.

현관에 들어서서 가장 먼저 오른쪽에 보이는 문을 열었다. 어둠 속으로 두 발짝 움직여 들어가니 언제나처럼 고장 난 물탱크 소리가 들렸다. 곧 물탱크를 갈아야겠다는 생각을 하며, 나는 불도 켜지 않고 찢어낸 종이들을 바닥에 깔았다. 이제야 생각했던 일을 할 수 있다는 생각에 절로 웃음이 나왔다. 그 종이들은 비로소 제자리를 찾은 것이다. 화장실.

타오

우리는 낡은 전기 자동차 속에 자리를 잡고 앉았다. 태양광 전기 자동차는 2020년대부터 유행하기 시작해 전국적으로 퍼졌다. 내가 부모님과 함께 이 도시를 여행했을 당시 도로에는 전기 자동차들이 즐비했다. 대부분은 오래되어 낡은 자동차였다. 지금 내가 타고 있는 자동차는 까다로운 고객들을 위해 특별히 제작된 차로 꽤 보존을 잘해온 것 같았다. 반짝반짝 빛을 내는 검은색의 대형 승용차. 나는 지금껏 개인이 이런 차를 소유한 사람을 만나본 적이 없다. 그런 차는 지위가 높은 간부들이나 탈 수 있는 것이었다. 우리 동네에 있는 차들 경우 주로 경찰 간부나 병원 간부가 사용했다. 웨이원을 데려갔던 사람들도 우리 동네에서 볼 수 있는 일반적인 차를 타고 있었다. 그 차는 전기 사용량을 최대한 줄이기 위해 아주 간단하고 가볍게 설계되어 있었다. 그런데 내가 타고 있는 차는 일반적으로 볼 수 있는 간부들의 차보다 훨씬 더 크고 보기 좋았다. 가끔 이런 차들이 우리 동네에 올 때면, 나는 시커먼 유리창 안에 과연 어떤 사람들이 앉아 있는지, 또 그들이 우리 동네에 무슨 일로 왔는지 궁금해하곤 했다.

난생처음 그런 차에 앉아본 나는 인조가죽 좌석을 손으로 살며시 쓰다듬어보았다. 과거 언젠가는 매끈매끈했을 좌석은 여기저기 금이 가 있었고 가죽이 터진 자리도 보였다. 보아하니 꽤 오래된 차가 분명했다. 세차를 한 듯 세제 향이 나긴 했지만 그건 세월을 덮으려는 눈가림에 지나지 않았다.

낯선 여인은 내게 정중앙에 앉으라고 한 다음, 자신은 앞 좌석에 앉아 번지수와 길 이름을 말하며 오토파일럿 시스템에 행선지를 입력하고 있었다. 생전 처음 들어보는 장소였다. 곧 차가 출발했다. 나는 그녀의 목덜미밖에 볼 수가 없었다. 그녀는 아무 말도 하지 않았다. 문득 그녀에게 차를 세워달라고 부탁해볼까 하는 생각이 스쳤다. 그렇다면 문을 열고 뛰어내릴 수도 있을 텐데. 하지만 그건 아무짝에도 도움이 되지 않는다는 생각이 뒤를 이었다. 그녀는 처음부터 내게 선택의 여지를 주지 않았다. 그녀의 눈빛은, 만약 내가 그녀의 말을 따르지 않는다면 그 대가를 치르리라는 것을 분명히 알려주고 있었다.

그런데…… 그녀는 나를 웨이원에게 데려가려는 건 아닐까? 그렇다면 잠자코 그녀가 시키는 대로 하는 게 좋지 않을까?

한 시간쯤 달려 이름 모를 시내 중심부에 도착하니 몇 대의 차와 마주쳤다. 하지만 시내를 벗어난 후엔 도로를 달리는 차는 우리가 탄 차뿐이었다. 신호등도 볼 수 없었다. 드물게 보이는 신호등이 몇 개 있긴 있었지만, 그나마도 고장이 났기에 아무 쓸모가 없었다. 우리는 교통신호나 법규와는 관계없이 달렸다. 도로변의 팻말을 보니 그 길은 순이로 향하는 길이었다. 한 번도 들어본 적이 없는 지명이었지만, 주변을 둘러보니 과거 꽤 부자 동네였다는 느낌이 스쳤다. 대부분의 집들이 거대한 정원을 가진 3~4층짜리 저택들이었다. 하지만 그곳에도 사람이 살지 않는 듯 정원에는 잡초가 무성하게 자라 있었다. 우리는 곧 골프장처럼 생긴 곳을 지나쳤다. 그곳 역시 잡초로 무성했다. 한쪽 구석에는 밭을 일구어보려 했던 흔적도 볼 수 있었다. 흙을 살펴보니 여전히 생기를 지니고 있었다. 문득, 왜 그곳에는 작물을 심지 않았을까 하는 의구심이 들었다. 어쩌면 거기 살던 사람들도 모두 강제 이주를 당했던 것은 아닐까.

마침내 차가 멈추었다. 낯선 여인은 차 문을 열고 내게 따라오라고 말했다.

눈앞에 보이는 거대한 잔디밭 한가운데에는 메마른 분수대 하나가 자리 잡고 있었다. 분수대 안에는 학 조각상이 서 있었다. 그 조각상은 어떤 연유로 거기까지 옮겨 온 것일까. 거센 비바람 때문일까, 아니면 동네 부랑배들의 소행일까. 주변은 고요하기만 했다. 들리는 소리라곤 부서진 지붕 틈새를 스치는 바람 소리밖에 없었다. 귀를 기울이니 문명이 사라진 곳에서 고개를 들어보려 불쑥불쑥 움직이는 흙 소리가 들리는 것도 같았다.

어디선가 들려오는 목소리에 나는 얼른 소리 나는 쪽으로 고개를 돌려보았다. 고층 건물의 꼭대기에 두 사람이 서서 대화를 주고받는 모습이 눈에 들어왔다. 나는 그들의 목소리는 들을 수 있었지만, 그들이 무슨 말을 하는지는 정확히 알아들을 수가 없었다. 그들은 손에 들고 있던 것을 아래로 툭 떨어뜨렸다. 둥그런 그림자가 우리 머리 위를 스쳐 시내 쪽으로 날아갔다. 나는 과거에 무선조종이 가능한 드론이 존재했다는 이야기를 읽은 적이 있다. 그렇다면 그 둥그런 물체는 드론이었을까? 도대체 누구의 뒤를 밟으려고 드론을 작동시킨 것일까? 순간, 내 뒤를 밟았던 것도 드론이었다는 생각이 퍼뜩 들었다. 그렇다면 그들은 이미 나에 대해 많은 것을 알고 있는 게 분명했다.

"자, 여기로 들어가시죠." 낯선 여인이 말했다.

건물에 간판이 없는 것으로 보아, 무언가를 숨기고 있는 건물이 분명했다. 낯선 여인은 벽에 붙어 있는 유리판에 다섯 손가락을 가져갔다. 그러자 먼지 묻은 커다란 문이 양옆으로 활짝 열렸다. 주변 지역에는 전기가 끊어진 지 오래인데도 불구하고 그 건물에서는 아직도 전기를 사용할 수 있는 것 같았다.

빈 건물이라 생각했던 나는, 안쪽에 서 있는 경비원을 보고 소스라치듯 놀랐다. 사방을 둘러보니 그곳을 지키는 경비원은 한둘이 아니었다. 모두들 제복을 입고 낯선 여인을 향해 경례를 했다. 그녀는 그들에게 가볍게 고개를 끄덕여 보이고 재빠르게 걸음을 옮겼다.

나는 그녀의 뒤를 따라 커다란 홀을 지나친 다음 사무실처럼 보이는 큼직한 방 안으로 들어갔다. 여기저기 셀 수 없이 많은 사람들이 보였다. 사람이 살지 않는 황량한 곳에 있다가 그곳에 들어서니 마치 딴 세상에 온 것 같은 기분이었다. 그곳에 있는 사람들은 하나같이 매끈매끈한 피부에 깨끗한 옷을 입고 있었다. 한눈에 보아도 그들은 노동이나 따가운 햇살과는 관계가 없는 사람들이라는 것을 알 수 있었다. 대부분은 컴퓨터 화면을 바라보고 있었으며, 한구석에는 둥그런 탁자를 사이에 두고 푹신한 소파에 앉아 회의를 하는 듯한 사람들도 있었다. 사무실과 사무실 사이는 유리 벽으로 이어져 있었기에 탁 트인 느낌을 주었다. 하지만 그곳에서 만들어지는 모든 소리는 두꺼운 카펫과 묵직한 가구들 때문에 긴 여운을 남기지 못했다. 나는 몇 번이나 동그랗고 납작한 자동 청소기 때문에 발이 걸려 넘어질 뻔했다. 전 세계를 뒤흔들었던 붕괴의 시대 여파는 그곳에 도착하지 않은 것만 같았다. 나는 마치 과거로 돌아간 것 같은 착각을 느꼈다.

앞장서서 걷던 그녀가 마침내 발을 멈추었다. 복도 끝에 선 우리 앞에는 벽이 가로막고 있었다. 건물 안에 들어와 처음으로 보는 불투명한 벽이었다. 그 벽은 유리 벽이 아니라 윤기가 나는 짙은 색의 나무 벽이었고, 그 중앙에는 커다란 문이 자리 잡고 있었다. 여인은 손을 올려 재빨리 노크를 했다. 몇 초가 지나자 윙 하는 소리에 이어 딸깍하는 소리가 들리더니 문이 열렸다.

웨이원. 웨이원이 여기 있는 건 아닐까? 갑자기 내 몸이 떨리기 시작했다.

"들어가시죠." 그녀가 열린 문을 턱으로 가리키며 내게 말했다.

나는 주저하며 발을 옮겼다.

방 안에 들어서자 등 뒤에서 저절로 문이 닫혔다. 다시 윙 하는 소리와 딸깍하는 소리가 들렸다. 그녀가 나를 이곳에 가두어 버린 걸까?

방은 크고 밝았지만, 어디에도 창문은 보이지 않았다. 바닥에는 다른 곳과 마찬가지로 카펫이 깔려 있었고, 벽 또한 바닥에서 천장까지 이르는 태피스트리로 가려져 있었다. 저 태피스트리 뒤에는 뭐가 있을까? 혹시 누군가가 숨어 있는 건 아닐까? 아니면 저 뒤에는 다른 방으로 향하는 복도가 있을까? 문득 오른쪽 옆에 무언가가 움직이는 것 같은 느낌이 들어 고개를 홱 돌려보았다. 하지만 태피스트리는 여전히 꼼짝도 않고 제자리에 드리워져 있었다. 이곳의 정적에 비하면 조금 전 지나쳐 왔던 사무실의 나직한 말소리는 소음이라 해도 과언이 아니었다. 어쩌면 이 방은 그 어떤 소리도 침입할 수 없는 특별한 방일지도 몰랐다. 그 생각을 하니 심장 고동이 빨라졌다.

오른쪽에 있던 태피스트리가 살랑살랑 움직이더니 옆으로 활짝 열렸다. 곧 나이 지긋한 여자 한 명이 그 사이에서 모습을 드러냈다. 그녀는 부드러운 미소를 머금고 있었다. 어디선가 본 듯한 사람이었다. 당당하게 치켜든 고개, 빳빳한 목깃, 눈가의 주름이 낯설지 않았다. 분명 어디선가 본 적이 있는 사람이었다. 그것도 아주 많이. 하지만 나는 그녀와 얼굴을 직접 마주한 적은 한 번도 없었다.

그녀는 바로 리 샤라였다. 이 나라의 최고 지도자. 그녀의 목소리는 항상 라디오를 통해 들을 수 있다.

나는 한 발짝 뒤로 물러섰다. 그녀는 여전히 미소를 잃지 않고 나를 바라보았다.

"이런 식으로 만나게 되어서 유감입니다만, 이젠 때가 왔다는 생각이 들어서 여기로 모셔 오게 되었습니다."

그녀는 푹신한 안락의자의 등받이에 손을 내려놓았다.

"자, 여기 앉으시죠."

그녀는 내 반응을 기다리지도 않고 반대편에 자리한 의자에 앉았다.

"궁금한 것이 아주 많을 거라 짐작합니다. 제가 직접 모셔 오지 못했던 점을 다시 한 번 사과드리면서 이젠 과거의 일을 정리해보고자 하니 협조해주셨으면 합니다."

그녀의 목소리는 마치 써놓은 글을 보고 읽는 듯 부드러우면서도 절제되어 있었다.

우리는 같은 눈높이에서 서로를 마주 보고 앉아 있었지만, 나는 그녀의 얼굴을 제대로 바라볼 수가 없었다. 화면 속에서만 보던 얼굴을 직접 보고 있으려니 어색하기 짝이 없었다.

갑자기 가슴 한편이 무거워지기 시작했다. 저 여인…… 그녀가 내린 선택은 무엇이었던가? 그녀가 책임지고 있는 일은 무엇인가? 도시의 죽음? 식당에서 일하던 젊은 청년의 운명? 병원에서 아무 도움도 받지 못하고 죽기만을 기다리던 노인들? 절망에 가득 차 지나가던 행인들을 희생시키는 일도 주저하지 않았던 길거리의 청년들?

내 어머니?

나는 고개를 저으며 생각을 돌려보려 애썼다. 그녀는 나보다 훨씬 많은 것을 알고 있다. 그러니 좁은 소견으로 이런저런 질문을 만들어 그녀를 괴롭히는 일은 하지 말아야 한다.

"제가 왜 여기에 있는지 그 이유를 말씀해주실 수 있는지요?" 나는 그녀의 말투를 흉내 내어 최대한 부드럽게 물어보았다.

그녀는 나를 지긋이 바라보며 말문을 열었다.

"우린 처음엔 당신이 귀찮은 존재라고만 생각했어요."

"뭐라고요?"

"특히, 당신이 베이징까지 왔을 때는 더욱 그랬죠." 그녀는 잠시 말을 멈추더니 곧 말을 이었다. "하지만 시간이 흐르면서…… 우리는 당신과 직접 만나 대화를 나누어야겠다는 생각을 하게 되었습니다. 우리는 당신과 당신 남편이 아무것도 모른 채 평생 살아갈 수는 없다는 걸 깨달았어요. 하지만 우리는 기다려야만 했습니다. 확신을 가질 때까지."

"확신이라고요? 무엇에 대한 확신을 말씀하시는 건가요?"

그녀는 내게 더 가까이 다가오기라도 하듯 상체를 쑥 내밀며 대답했다. "이제 우리는 확신할 수 있어요."

나는 아무 대답도 하지 않았다. 그녀의 위엄 있고 부드러운 목소리를 참을 수가 없었다. 가슴속에선 분노가 솟구쳐 올랐다. 게다가 나는 아직 대답을 듣지 못했다.

"당신이 직접 대답을 찾아냈던 건 어쩌면 더 잘된 일인지도 몰라요."

나는 숨이 막히는 것 같아 심호흡을 하고 마음을 진정시켰다. "저는 지금 당신이 무슨 말씀을 하시는지 전혀 이해를 할 수가 없습니다."

"때가 오면 당신이 할 일이 있을 거예요. 그때가 되면 당신이 협조해주기를 기대합니다."

"아니, 지금 도대체 무슨 말씀을 하시는 거냐고요!"

"곧 설명을 드리겠습니다. 하지만 먼저 아드님에게 무슨 일이 일어났다고 생각하시는지 말씀해주시겠습니까? 그간 무엇을 찾아내셨는지요?"

나는 마음을 진정시킬 수가 없었다. 그녀는 모든 것을 혼자 결정해두고 내게 따라오라고만 하고 있을 뿐이었다. 협조를 해 달라고? 젠장. 만약 내가 협조를 하지 않는다면 어떻게 할 생각일까?

"저는 웨이원에게 일어났던 일이 저나 웨이원뿐만이 아니라 다른 사람들에게도 큰 의미를 지니고 있는 일이라 짐작합니다."

그녀는 천천히 고개를 끄덕였다.

"더 없습니까?"

"바로 그 때문에 당신들이 웨이원을 데려갔다고 생각합니다. 아이에게 일어났던 일은…… 모든 것을 변화시킬 수도 있는 일일지도 모르니까요."

그녀는 말없이 내가 말을 잇기만을 기다렸다.

"그건 그렇고 이젠 아이가 어디 있는지 말해주세요." 나는 그녀에게 애원했다. "저는 더 아는 게 없어요!"

그녀는 허공을 바라보며 침묵을 지켰다.

나는 더 참을 수가 없었다. 그녀의 부드럽고 위엄 있는 목소리, 수수께끼 놀이를 하는 듯한 이 상황, 너무나 중립적인 눈빛과 어떤 의미가 숨어 있는지 전혀 짐작도 할 수 없는 엷은 미소.

"저는 아무것도 모른단 말이에요!" 나는 몸을 벌떡 일으켜 그녀에게 달려갔다.

의자에 앉아 있던 그녀가 깜짝 놀라 몸을 웅크렸다.

내가 그녀의 옷깃을 거머쥐자 무덤덤하던 그녀의 표정에도 변화가 생기기 시작했다. 나는 그녀의 얼굴에서 여자 대 여자, 한 인간 대 인간으로 느끼는 두려움을 감지할 수 있었다.

"웨이원은 어디 있습니까? 지금 어디 있죠? 내 아이에게 도대체 무슨 일이 일어난 겁니까?"

나는 그녀의 옷깃을 잡고 일으켜 세우려 시도했다.

"더는 참을 수 없어요! 아시겠어요? 웨이원은 내가 낳은 아이, 내 아들이란 말이에요!"

나는 그녀를 일으켜 세우고 마구 흔들어댔다. 내 몸은 오랜 노동으로 단련되었기에 그녀보다 훨씬 강했다. 그녀는 내게 대항할 생각도 못 했다. 나는 그녀를 문 쪽으로 밀어붙였다. 그녀의 얼굴이 일그러졌다. 하지만 나는 여전히 그녀를 힘껏 밀어붙이며 소리를 질렀다.

"웨이원은 어디 있나요? 지금 어디 있습니까!"

그 순간 뒤쪽에서 경비원들이 들어와 그녀에게서 나를 떼어놓고 바닥에 쓰러뜨렸다. 가슴 깊숙한 곳에서 신음이 흘러나왔다.

"웨이원…… 웨이원…… 웨이원……"

그녀는 침착하게 옷매무새를 가다듬고 나를 내려다보았다.

"이제 놓아줘도 됩니다."

경비원들은 주저하며 내게서 손을 뗐다. 나는 바닥에 웅크리고 앉았다. 저항할 힘이라곤 조금도 남아 있지 않았다. 샤라가 천천히 내게 다가와 내 머리에 손을 얹었다. 나는 아무 저항도 하지 않았다. 그녀는 내 머리에 얹었던 손을 턱으로 옮겨 내 얼굴을 들어 올리고 조심스레 무릎을 굽힌 후 내 눈을 바라보았다.

그리고 그녀는 천천히 고개를 끄덕였다.

아이는 환한 방 안에서 하얀 이불을 덮고 누워 있었다. 자고 있는 걸까. 아이의 몸은 이불에 가려 볼 수가 없었다. 보이는 것은 아이의 머리뿐이었다. 얼굴은 여전히 부드러워 보였지만, 살이 많이 빠져서 홀쭉하기 그지없었다. 두 눈 아래에는 거뭇거뭇한 그림자가 드리워져 있었다. 나는 조금 더 가까이 다가가보았다. 그러자 조금 전에는 보지 못했던 새로운 점이 눈에 띄었다. 아이의 한쪽 머리는 삭발이 되어 있었다. 한 발짝 더 다가간 나는 그 이유를 알 수 있었다. 아이의 귀 뒤가 빨갛게 변해 있었다. 그것은 무언가에 쏘인 자국이었다. 나는 아이에게 달려가 끌어안고 싶은 마음을 애써 억눌렀다. 나는 그곳에 홀로 있었지만 그들이 어디선가 나를 보고 있다는 생각이 들어서였다. 하지만 내가 제자리에 가만히 서 있었던 것은 단지 그 이유 때문만은 아니었다.

2미터여의 간격을 두고 아이에게서 떨어져 서 있는 동안은, 아이가 잠을 자고 있다고 생각할 수 있기 때문이었다.

바닥에서 덤불처럼 스멀스멀 올라오는 하얀 연기만 아니었더라면, 나는 언제까지나 아이가 잠을 자고 있다고 생각할 수도 있었다.

폐에서 더운 공기를 끌어 올려 숨을 내뱉을 때 그것이 코앞에서 얼어붙지만 않았더라도, 나는 아이가 잠을 자고 있다고 생각할 수 있었다.

아이의 코앞에는 내 숨결처럼 얼어붙는 하얀 얼음 구름이 없었다. 아이의 침대 위에도, 아이가 덮고 있는 하얀 이불 위에도 공기는 움직이지 않았다. 아이를 둘러싸고 있는 것은 얼음처럼 차가운 정체된 공기뿐이었다.

조지

개러스의 정원에서 무언가 타는 냄새가 흘러나왔다. 석유 냄새와 꿀이 타는 듯한 달짝지근한 냄새. 차 문을 열자 하늘 높이 치솟아 오르는 연기가 눈에 들어왔다.

내겐 모닥불을 향해 서 있는 그의 등만 보였다. 그는 몇 미터나 되는 불길 사이로 벌통을 하나하나 던져 넣고 있었다. 불꽃은 찌직찌직 소리를 내며 매섭게 타올랐다. 그 모습을 보고 있자니 불꽃이 생명을 지닌 존재라는 착각마저 들었다. 평생 쌓아 올렸던 귀중한 것들을 파괴하며 즐거워하는 듯한 불꽃. 양팔을 축 늘어뜨리고 있는 그는 한 손에 석유통을 들고 있었다. 혹시 자신이 불꽃 바로 앞에 서 있다는 걸 잊고 있는 건 아닐까.

고개를 돌려 나를 발견한 그는 놀라는 것 같지도 않았다.

"얼마나 돼?" 나는 모닥불을 턱으로 가리키며 물어보았다.

"90퍼센트."

그는 멍하니 다른 곳을 바라보며 수학 질문에 답을 하듯, 벌통의 수도 아니고 벌들의 마릿수도 아닌 퍼센트로 대답했다.

그는 몇 발자국 옮긴 후 석유통을 내려놓았다. 하지만 석유통을 불길 앞에 놓아두어선 안 된다는 것을 깨달았는지 얼른 그것을 들어 올렸다.

그의 얼굴은 발갛게 익어 있었다. 피부는 바짝 말라 금방이라도 터져버릴 것만 같았고, 햇볕에 그을린 목 부분부터 얼굴 위쪽으로는 피부병에라도 걸린 듯 부스럼이 돋아 있었다.

"자네는?" 그가 고개를 치켜들며 내게 물었다.

"대부분."

그는 고개를 끄덕이며 다시 질문을 던졌다.

"태웠어?"

"도움이 될 것 같진 않았지만…… 응, 태웠어."

"잘했어. 다시 사용할 가치도 없으니까."

그의 말이 맞았다. 빈 벌통에는 죽음의 냄새만 어려 있으니 말이다.

"여기는 안전할 줄 알았어." 그가 말했다.

"난 관리를 잘못해서 벌들이 사라지는 줄로만 알았어."

개러스는 미소를 지어보려는 듯 입술 양쪽 끝을 실룩거렸다. "나도 그런 줄로만 알았지."

내 눈앞에 서 있는 그는 내가 어릴 때 알던 개러스와 그리 다르지 않았다. 항상 운동장에 홀로 서 있던 아이. 땅에 널브러진 텅 빈 책가방을 바라보며 서 있던 아이. 그의 앞에는 운동화에 짓밟힌 교과서와 부러진 연필들이 흩어져 있었다. 하지만 그는 단 한 번도 머리를 숙이거나 도망을 친 적이 없었다. 그런 일을 당하면 묵묵히 무릎을 꿇고 앉아 흩어져 있는 책을 주워 들었고, 흙 묻은 연필을 소맷자락으로 닦아냈다. 개러스는 그런 일을 수백 번도 더 해봤던 사람이었다.

문득, 나는 뜬금없이 그에게 손을 내밀어 그의 팔뚝을 그러쥐었다. 나도 내가 왜 그랬는지 이유를 알 수 없었다.

내 어깨에 얼굴을 묻어 오는 그의 표정은 금방이라도 울음을 터뜨릴 듯 일그러져 있었다.

그의 입에서 세 번의 깊은 흐느낌이 새어 나왔다.

내 손안에 있는 그의 몸이 심하게 떨리기 시작하더니, 곧 빳빳하게 경직되어버렸다. 나는 그를 잡고 있던 손을 놓지 않았다. 그는 심호흡을 하고 마음을 가다듬었다. 흐느낌은 세 번이 전부였다.

어깨를 편 그가 눈 위에 손등을 가져갔다. 그 순간 거센 바람 한 줄기가 스치며 연기를 우리에게로 몰아왔다. 우리는 누가 먼저라고도 할 것 없이 동시에 눈물을 주르륵 흘렸다.

"빌어먹을 연기 때문에……"

"응, 빌어먹을 연기……"

침묵을 지키던 그가 다시 힘을 얻었는지 평소 자주 보았던 미소를 머금었다.

"자, 조지! 오늘은 무슨 일로 왔나? 내가 도울 일이라도 있어?"

개러스의 말은 틀림이 없었다. 벌통은 주문하자마자 도착했다. 앨리슨은 눈 하나 깜짝하지 않고 일사천리로 돈을 빌려주었고, 그로부터 이틀이 지나자 벌통을 실은 회색 트럭 한 대가 우리 집 마당으로 들어왔다. 시무룩한 표정의 운전기사가 내리더니 벌통을 어디에 내려놓으면 좋겠느냐고 내게 물었다.

그는 내가 미처 대답을 하기도 전에 잔디 위에 벌통을 내려놓았다. 일을 마친 그는 아무 말도 하지 않고 종이 한 장을 내밀었다. 수신 증명을 위해 서명을 해달라는 것이었다.

트럭 색깔과 비슷한 회색 벌통에서는 페인트 냄새가 역하게 났다. 일렬로 나란히 서 있는 벌통을 보니 서로 분간을 할 수 없을 정도로 똑같았다. 괜히 불쾌해진 나는 얼른 고개를 돌려버렸다.

나는, 벌들이 이전의 벌통과 새 벌통의 차이점을 알아차리지 못했으면 좋겠다고 바랐다.

하지만 나는 내 바람이 부질없는 것이라는 걸 잘 알고 있었다.

벌은 조금만 다른 점이 있어도 다 알아차릴 수 있는 동물이다.

타오

청년은 내 앞에 밥공기를 내려놓았다. 지난번에 먹었을 때는 약간의 채소와 달걀 조각도 밥에 섞여 있었는데, 이번엔 간장 맛을 내는 인조 향료 소스밖에 곁들여진 것이 없었다. 코를 찌르는 역한 냄새에 구토를 하지 않으려고 나는 얼른 고개를 돌렸다. 지난 며칠 동안 나는 음식을 제대로 먹지 못했다. 샤라는 내게 엄청난 양의 돈을 주었다. 하지만 나는 바짝 마른 비스킷 이외에는 아무것도 목에 넘길 수 없었다. 온몸이 여기저기 쑤셨고, 입은 바짝 말라 있었으며, 건조한 손등의 피부는 갈라지고 터져버렸다. 내가 탈수증에 시달렸던 건 물을 충분히 마시지 않았기 때문일 수도 있고, 내 몸속에 있는 모든 수분을 눈물로 흘려보냈기 때문일 수도 있다. 나는 샤라의 말을 들으며 울고 또

울었다. 그녀는 매일 호텔 방으로 나를 찾아와 이야기를 했고, 설명을 했으며, 나를 설득했다. 시간이 흐르자 그녀의 말이 의미 있게 여겨지기 시작했다. 나는 게걸스럽게 그녀의 말을 받아들였다. 어쩌면 나는 그녀가 내게 의미를 부여해주기를 기다리고 있었는지도 모른다. 스스로 사고하는 일을 피하려 그저 그녀의 말을 모두 따르고 싶었던 건 아닐까.

"당신은 아드님을 너무나 사랑했어요. 과할 정도로." 그녀가 말했다.

"누군가를 사랑하는 데 그 정도를 잴 수 있다고 생각하시나요?"

"당신은 자신의 모든 것을 자식에게 주려 하는 다른 여느 부모들과 다르지 않아요."

"맞아요. 저는 웨이원에게 모든 것을 다 주고 싶었어요."

"모든 것을 준다는 건 가당치 않아요."

잠시, 아주 잠시, 나는 그녀의 말을 이해할 수 있을 것도 같았다. 하지만 곧 그녀의 말에는 아무 의미가 없다는 생각이 뒤를 이어 스쳤다. 그녀는 포기하지 않고, 고개를 돌린 내게 다시 설득의 말을 늘어놓았다. 하지만 그녀의 말은 한 귀로 들어와 다른 귀로 빠져나갈 뿐이었다. 내 머릿속엔 오직 웨이원에 대한 생각뿐이었으니까. 웨이원. 내 사랑하는 아들.

어제, 그녀가 나를 마지막으로 찾았다. 그녀는 내게 이제 슬픔을 접고 집으로 돌아가라고 말했다. 할 일이 기다리고 있다고 했던가. 그녀는 내게 마을 사람들을 상대로 연설을 하라고 부추겼다. 웨이원과 다시 돌아온 벌들에 대해서. 그녀는 우리의 것이기도 하고 그들의 것이기도 한 별들을 마치 식물처럼 키우고 재배하고 길들이고 통제하는 데 힘을 모아, 가능한 한 빨리 다시 과거와 같은 세상을 만들어내는 데 함께 노력하자는 요지의 연설을 해보라고 말했다. 웨이원은 이제 사람들에게 희망의 상징이 될 것이라고도 했다. 그리고 나는 아들을 잃은 슬픔에서 벗어나 공동체를 위해 노력하는 여인이 될 것이라고 말했다. 모든 것을 다 잃어버린 내가 할 수 있는 일이라면, 분명 여러분도 할 수 있습니다. 그녀는 내게 선택의 여지를 주지 않았다. 나는 그 이유를 알 수 있을 것 같았다. 비록 나는 그녀에 대해 아는 것이라곤 하나도 없었고, 그녀가 내게서 무엇을 원하는지도 몰랐지만, 그녀 또한 스스로를 희생하고 해야만 하는 일을 했던 여인이라는 생각이 스쳤다.

내겐 웨이원만이 의미를 찾을 수 있는 유일한 존재였다. 아이의 얼굴. 나는 아이의 얼굴과 쿠안의 얼굴을 떠올리며 그 속에서 내 자리를 찾아보려 기억에 잠겼다. 하나 둘 셋, 뛰어! 더 해줘. 더 해줘! 그리고 바람에 휘날리던 아이의 빨간 스카프.

나는 내일 아침 이곳을 떠날 생각이었다. 웨이원은 데려갈 수 없었다. 웨이원의 장례식은 서두르지 않아도 되었다. 어차피 그건 아무 의미도 없는 일이니까. 얼음 결정체로 뒤덮여 있던 그 작고 차가운 아이의 몸은 내가 아는 웨이원의 몸이 아니었고, 그 얼굴도 내 기억 속에 남아 있는 웨이원의 얼굴과는 달랐다.

나는 밥공기를 청년에게 밀어주었다.

"이걸 먹어요."

그가 영문을 모르겠다는 듯 어리둥절한 표정으로 나를 바라보았다.

“하지만…… 아직 한 숟가락도 안 드셨잖아요?”

“괜찮아요. 이건 당신에게 주려고 산 거예요.”

그는 발끝으로 바닥을 쓱쓱 문질렀다.

“여기 앉아서 먹어요.” 내 귀에 들리는 내 목소리는 마치 애원하는 것만 같았다.

그는 얼른 의자에 앉아서 밥공기를 당겼다. 그리고 행복한 표정을 지으며 밥공기를 입으로 가져가 거의 통째로 입 속에 부어 넣었다.

그가 음식을 먹고 생기를 되찾는 모습을 보니 기분이 좋아졌다. 나는 그의 맞은편에 앉아 씹지도 않고 밥을 넘기는 그를 바라보았다.

배고픔이 어느 정도 가시자, 그는 젓가락을 움직이며 천천히 밥을 먹기 시작했다. 갑자기 예의를 차려야겠다는 생각이 들었던 것일까.

“고맙습니다.” 그가 나직이 말했다.

나는 대답 대신 미소를 건네주었다.

“더 알아낸 게 있나요?” 나는 그가 음식을 씹어 넘길 때까지 기다린 후 질문을 던졌다.

“무슨 말씀이신지……?”

“당신과 아버님, 여기 계속 있을 생각인가요?”

“그건 저도 모르겠어요.” 그가 식탁을 내려다보며 말을 이었다. “제가 알고 있는 건 아버지가 날이면 날마다 여기 남아 있겠다고 결정을 내렸던 일에 대해 후회를 하신다는 사실이에요.

우린 여기 있으면 안전하게 잘 살 수 있으리라고 믿었던 거죠. 하지만 모든 것이 변해버렸어요. 우린 이제 뭘 어떻게 해야 할지……"

"여길 떠날 생각은 없나요?"

"글쎄요…… 우린 돈도 없고 갈 곳도 없는걸요."

청년의 말에선 체념과 무기력감이 느껴졌다. 다시 내 힘으로는 어쩔 수 없는 일에 부딪친 것만 같아 절망감이 들었다.

아니, 여기서 주저앉으면 안 된다는 생각에 나는 심호흡을 했다. 이건 내가 할 수 있는 일, 마음만 먹으면 얼마든지 할 수 있는 일이라며 나 자신을 다그쳤다.

나는 고개를 번쩍 치켜들고 청년을 향해 힘주어 말했다.

"나와 함께 가요."

"무슨 말씀이신가요?" 그는 놀란 표정으로 나를 바라보았다.

"나와 함께 내가 사는 곳으로 가요."

"이제 집에 가실 건가요?"

"예. 이제 집에 갈 거예요."

"하지만…… 그곳 주민들이 우리를 받아줄까요? 그곳에 우리를 위한 일자리가 있나요?"

"제가 도와드릴게요. 약속합니다."

"음식은요?"

"여기보다는 많아요."

"그렇군요……" 그는 젓가락을 내려놓았다. 밥공기는 바닥에 붙어 있는 밥풀 몇 개를 제외하고선 텅 비어 있었다. 그걸 본 청년은 재빨리 젓가락을 들어 올렸지만, 내가 보고 있다는 것을 알아차리고선 얼른 다시 젓가락을 내려놓았다.

"당신들은 여길 벗어나야 해요." 나는 나직이 말을 이었다. "여기 있으면 가만히 앉아서 죽음을 기다리는 거나 마찬가지예요."

"상관없어요."

내 시선을 피하며 말을 내뱉는 그의 목소리에는 이제껏 느껴보지 못했던 분노가 담겨 있었다.

"……무슨 뜻인가요?" 나는 더 참을 수가 없어 그를 다그쳤다. 이젠 포기하고 체념하는 모습을 더 보고 싶지 않았다. 더욱이 그 청년처럼 젊은 사람들에게선.

"우리에게 무슨 일이 일어나든 상관없다는 뜻이었어요." 그는 고개를 숙이고 말을 이었다. "아버지와 저는 여기서 살다가 어떻게 되든 상관없어요. 중요한 일도 아니니까요." 청년은 갈라지는 목소리를 가다듬으려 헛기침을 했다. "이제 중요한 건 아무것도 없어요. 아직도 모르고 계셨나요?"

나는 아무 대답도 할 수 없었다. 그의 말은 샤라의 말과 똑같았지만 그 뜻은 정반대였다. 우리 개개인은 중요하지 않습니다. 그녀는 공동체적 의식에 대해 말했고, 청년은 외로움에 대해 말했던 것이다.

나는 자리에서 벌떡 일어섰다. 그의 말을 멈추고만 싶었다. 그의 말을 듣다 보면 마지막으로 나를 지탱해주고 있던 가냘픈 의지마저도 사라져버릴 것만 같았다. 나는 문을 향해 걸어가며 나직이 말했다.

"짐을 싸세요. 우린 내일 아침에 함께 여길 떠날 거예요."

가방을 꺼냈다. 짐을 싸는 데는 시간이 그리 많이 걸리지 않았다. 옷과 세면도구, 신발 두 켤레가 전부였기 때문이다. 짐을 다 싼 나는 빠진 것이 없나 살펴보려고 다시 한 번 호텔 방을 둘러보았다. 책! 도서관에서 빌려 왔던 몇 권의 책은 이미 방 안의 가구처럼 제자리를 굳건히 지키고 있었기에 미처 내 눈에 띄지 않았다. 나는 그 책들을 침대 옆 작은 서랍장 위에 놓아두고 손도 대지 않았다. 책을 읽어도 주변의 모든 일과 마찬가지로 무의미하게 느껴질 것이 뻔하다고 생각했기 때문이다.

도서관에 책을 돌려줘야 하는데 집에 돌아가기 전에 시간을 낼 수 있을까. 책을 집어 드니 가장 아래쪽에 있던 매끈매끈한 비닐 책표지의 감촉이 느껴졌다.

나는 다른 책들을 다시 내려두고 그 책만 집어 들었다. 『눈먼 양봉가』. 끝까지 읽어보지 못한 책이었다. 나는 침대에 앉아 그 책을 읽기 시작했다.

조지

에마가 다시 흐느끼기 시작했다. 그녀는 내게 등을 돌리고 서서 감자를 깎는 중이었다. 눈물은 양 볼을 타고 쉴 새 없이 흘러내렸다. 최근 들어 그녀는 더 자주 눈물을 보였다. 마치 장례식에라도 온 것처럼 시도 때도 가리지 않고 울었다. 청소를 할 때, 저녁 식사를 지을 때, 양치질을 할 때 등 장소도 가리지 않았다. 나는 그녀가 눈물을 보이며 흐느낄 때마다 그럴듯한 이유를 만들어서 그 자리를 피하고만 싶었다.

불행 중 다행히도 내가 집 안에 있는 시간은 그리 많지 않았다. 나는 아침부터 저녁까지 릭, 지미와 함께 밖에서 일을 했다. 은행에서 빌린 돈은 밑 빠진 독에서 물이 새어 나가듯 눈 깜짝할 사이에 줄어버렸다. 요즘은 통장 잔고를 확인하지도 않는다.

점점 비어만 가는 잔고를 보아낼 자신이 없기 때문이다. 내가 할 수 있는 일은 다른 생각 않고 오직 몸을 움직이는 것뿐이었다. 일을 하지 않으면 돈이 들어올 리도 없으니까. 어쩌면 가을에 조금이나마 꿀을 수확해낼 수 있을지도 몰랐다. 그러면 은행에서 빌린 돈을 갚아나갈 수도 있지 않을까.

살은 눈에 띄게 빠졌다. 밤잠을 편히 자는 날도 거의 없었다. 에마는 그런 나를 위해 정성을 다해 음식을 장만했다. 샌드위치 위에 오이나 당근으로 장식을 해주기도 했지만, 내겐 도움이 되지 않았다. 무엇을 먹어도 맛을 느끼지 못했고, 목구멍을 스치는 음식들은 마치 톱밥처럼 꺼칠꺼칠하기만 했다. 나는 일을 할 수 있는 에너지를 얻기 위해 억지로 음식을 쑤셔 넣었다. 그렇게라도 하지 않으면 쓰러져버릴 테니 말이다. 물론 에마는 매일 쇠고기 비프를 만들어주고 싶을 것이다. 하지만 그녀도 집안 사정을 잘 알고 있었기에 돈을 아낄 수밖에 없다는 것을 나는 잘 알고 있었다. 우리는 여기에 대해 아무 말도 하지 않았다. 하지만 날이 갈수록 은행 잔고가 줄어들고 있다는 사실은 둘 다 너무나 잘 알고 있었다.

우리는 거의 대화를 나누지 않았다. 대화를 나누어도 별 의미 없는 소소한 이야기들뿐이었다. 도대체 언제부터 우리 사이가 이렇게 변했던가. 나는 이전에 내가 알고 있던 아내의 모습이 그리워졌다. 그런데 곰곰이 다시 생각해보면 그렇지 않다는 느낌도 들었다. 나는 나 자신을 이해할 수가 없었다. 어쩌면 변한 것은 아내가 아니라 나일지도 모른다.

그녀가 코를 훌쩍였다. 나는 아내가 눈물을 흘릴 때마다 두 팔로 감싸 안아주었다. 하지만 지금은 온몸이 뻣뻣하게 굳어 꼼짝도 하지 않았다. 그녀의 눈물은 보이지 않는 커다란 웅덩이를 만들어 우리 사이를 떼어놓고 있었다.

나는 그녀가 눈치채지 못하도록 살금살금 뒷걸음질을 쳐서 부엌을 빠져나가려 했다.

순간, 그녀가 나를 향해 몸을 돌렸다. "내가 울고 있는 게 안 보여요?"

나는 아무 대답도 하지 않았다. 딱히 무슨 말을 해야 할지도 알 수 없었다.

"여기 와봐요." 그녀가 조용히 말했다.

전에는 단 한 번도 내게 그런 부탁을 한 적이 없는 에마였다. 그런데도 나는 제자리에 가만히 서 있기만 했다.

그녀는 기다렸다. 한 손에는 감자 깎는 칼을 들고, 다른 한 손에는 감자 하나를 들고서…… 나도 기다렸다. 조금만 더 기다리면 빠져나갈 구멍이 생겨날 것 같기도 했다.

에마가 나직이 흐느끼기 시작했다. "당신은 내가 어떻게 되든 관심도 없는 거죠?"

"아냐…… 그런 건 아냐." 나는 그녀의 눈빛을 정면으로 받아낼 자신이 없었다.

그녀가 두 팔을 치켜들었다.

"운다고 일이 해결되진 않아."

"서로를 위로해주지도 않고 가만히 서 있는다고 해서 일이 해결되는 것도 아니잖아요."

그녀는 항상 그런 식으로 내 말을 받아쳤다.

"내가 여기서 당신을 위로한다고 해서 없는 벌통이 절로 생겨나는 건 아냐. 벌들이 없으면 꿀도 수확할 수가 없어."

그녀는 치켜들었던 두 팔을 힘없이 축 늘어뜨리며 몸을 돌렸다. "그럼 얼른 가서 일이나 하세요."

하지만 나는 거기 멍하니 계속 서 있었다.

"얼른 가서 일이나 하라고요!"

나는 그녀를 향해 한 발짝 내밀었다. 그리고 한 발짝 더. 그녀의 어깨에 손을 얹을 수도 있었다. 그렇게만 할 수 있다면 우리 모두에게 도움이 될 수 있을 텐데.

나는 그녀의 등을 향해 손을 내밀었다. 그녀는 눈치채지 못한 채 흙 묻은 감자를 싱크대에서 건져 올려 껍질을 깎기 시작했다. 칼을 이리저리 쓱쓱 돌려가며 감자를 깎는 모양새가 이미 수백 번은 더 해본 일처럼 자연스럽게 보였다.

허공으로 뻗친 내 손은 그녀의 어깨에 닿지 않았다.

순간, 전화벨 소리가 들렸다.

나는 얼른 팔을 내리고 거실로 나가 전화를 받았다.

전화기 저편의 목소리는 마치 나이 어린 소녀의 목소리처럼 들렸다. 목소리의 주인공은 나를 찾고 있었다.

"리에게서 연락처를 받았습니다. 리와 저는 학교 동창이거든요."

"그렇군요." 리와 동창이라면 그녀가 목소리처럼 젊진 않겠다는 생각이 들었다.

그녀는 속사포처럼 말을 빨리했고, 어휘력이 좋았으며, 매우 부드럽게 말을 이어나갔다. 그녀는 텔레비전 방송국의 영화와 다큐멘터리를 제작하는 부서에서 일을 하고 있다고 했다.

"CCD에 대한 프로그램을 제작해볼 생각이에요."

"그래요?"

"군집 붕괴 증후군." 그녀는 필요 이상으로 또박또박 말했다.

"저도 CCD가 뭔지는 알고 있어요."

"저희는 벌들의 죽음이 어떤 결과를 가져오는지 취재하고 싶습니다. 그래서 그 결과를 직접 경험하신 선생님께 이렇게 연락을 드리게 되었어요."

"리가 그렇게 말하던가요?"

"저희는 개인적이고 인간적인 이야기를 드러내고 싶어요."

"흠…… 개인적이고 인간적이라……"

"하루 정도 시간을 내주실 수 있는지요? 저희가 찾아뵙겠습니다. 경험하셨던 모든 이야기를 듣고 싶어요."

"제 경험을요? 글쎄요…… 별로 이야기할 만한 것도 없는데요."

"설마요. 하실 말씀이 아주 많을 것이라고 생각합니다만…… 저희는 CCD가 한 개인에게 어떤 영향을 미치는지 알고 싶습니다. CCD 때문에 어떻게 삶이 곤두박질을 쳤는지, 그런 점에 대해 이야기해주실 수 있죠? 어떻게 생각하세요?"

"삶이 곤두박질을 친 정도는 아닙니다." 갑자기 그녀의 말투가 혐오스러워지기 시작했다. 그녀가 마치 상처 입은 사냥개 같다는 기분이 들었다.

"그래요? 저는 선생님이 키우던 벌들이 거의 모두 사라졌다고 들었는데요?"

"맞습니다. 하지만 빈자리는 새 벌들로 조금씩 채워가는 중입니다."

"아, 그렇군요."

침묵이 흘렀다.

"어차피 일벌들은 여름 몇 주만 살다가 죽어버리거든요. 이제 새 벌통으로 다시 일을 시작할 수 있을 겁니다."

"그렇다면 요즘은 낡은 벌통을 새 벌통으로 대체하는 작업을 하고 계신가요?"

"맞습니다."

"잘됐어요!"

"예? 뭐가요?"

"그 이야기도 넣으면 더 좋을 것 같아요. 다음 주 중에 찾아봬도 되나요?"

전화를 끊었다. 귓전에는 땀이 배어 있었다. 내가 텔레비전에 나오다니. 그들은 나를 '이용'할 수 있는 취재 자료로 생각하고 있었다. 피해 갈 방법은 없었다. 물론 나는 그녀의 부탁을 거절하고 싶었지만, 결국은 그녀의 말솜씨에 말려들어 빠져나올 수가 없었다. 그녀는 에마보다 한 수 위였다.

전국 방송. 전 미국인이 시청하는 방송에 내가 출연하다니. 빌어먹을.

에마가 수건을 들고 손의 물기를 닦아내며 거실로 들어왔다. 두 눈은 여전히 충혈되어 있었지만 다행히도 눈물은 보이지 않았다.

"누가 전화한 거예요?"

나는 통화했던 내용을 이야기해주었다.

"인터뷰를 한다고요? 왜 우리가 그런 일까지 해야 되죠?"

"우리가 아니라 나야. 방송국에서 취재를 하고 싶어 하는 사람은 나라니까."

"그런데 왜 취재에 응했어요?"

"이 일이 더 널리 알려지게 되면 정부에서도 손을 쓰게 될지도 모르잖아." 나는 방송국 여자가 했던 말을 그대로 내뱉었다.

"하필이면 왜 우리를 취재하겠다는 건지 이해가 안 되네……"

"우리가 아니라 나라니까!" 나는 소리를 버럭 지르며 에마에게서 등을 돌렸다. 그녀가 우는 모습도 보기 싫었고 그녀가 불평하는 소리도 듣고 싶지 않았다.

갑자기 온몸에서 힘이 쭉 빠졌다. 지난겨울, 톰이 집에 머물렀을 때부터 느꼈던 만성 피로감이 겨우 사라졌다고 생각했는데 다시 나를 덮친 것이었다. 나는 당장 그 자리에 드러눕고 싶었다. 거실의 낡은 나무 바닥마저도 그렇게 편해 보일 수가 없었다. 문득, 곰 인형이 그려진 체온계가 떠올랐다. 지금 내게 열이 펄펄 난다면 얼마나 좋을까. 그렇다면 죄책감 없이 자리에 드러누워도 될 텐데. 푹신한 베개, 따스한 이불. 고열이 몇 날 며칠 계속된다면 더 바랄 게 없을 것 같았다.

하지만 나는 자리에 누울 수가 없었다. 앉을 수도 없었다.

수많은 벌통이 내 손을 기다리고 있기 때문이다. 너무나 가벼운 회색의 빈 벌통. 나는 그것들을 묵직하게 채워야만 한다. 게다가 방송국에서 취재진이 온다고 하니 그들에게 무언가 보여주기 위해서라도 일을 해야만 한다. 고작 CCD라는 것 때문에 힘없이 쓰러지는 모습을 보여줄 순 없지 않은가.

벽에 걸린 작업복은 힘없이 축 늘어져 있었다. 면포와 모자는 작업복 위에, 장화는 작업복 밑에 자리하고 있었다. 그 모습을 보니 납작한 몸을 지닌 한 사내가 벽에 숨어 있는 것만 같았다. 나는 작업복을 내려 옷을 갈아입었다. 지퍼를 잘 잠근 후에 빈틈이 없는지 꼼꼼하게 확인했다.

“지금 나가려고요? 곧 저녁 식사 시간인데……” 등 뒤에서 에마의 말소리가 들렸다.

“일 다 하고 나중에 먹으면 돼.”

“고기 파이를 만들어놨어요.”

“전자레인지로 데워 먹으면 된다니까.”

그녀의 아랫입술이 살짝 떨렸지만, 그녀는 아무 말도 하지 않았다. 그녀는 내가 모자를 쓰고 면포로 얼굴을 가릴 때까지 꼼짝도 않고 그 자리에 서 있었다.

나는 앨러배스트 강가로 가서 저녁까지 일을 했다. 날씨는 너무나 좋았다. 나는 날씨가 우중충했으면 좋겠다고 바랐다. 화창한 날씨는 왠지 어울리지 않는다는 생각이 들었다. 이름 모를 야생 꽃들이 가득한 들판 위로 석양이 비추어 내렸다. 그 모습은 마치 달력 속의 사진처럼 아름답기 그지없었다.

피곤해지기 시작했다. 두 팔은 마비가 된 것 같았고, 두 다리는 너무나 무거워서 걷지도 못할 정도였다. 하지만 나는 억지로 기운을 내어 발을 옮겼다. 내가 할 수 있는 일은 그것밖에 없었다. 원을 그리며 새 벌통 앞으로 다가가보았다. 회색의 빈 벌통들이 산더미처럼 쌓여 있었다.

내가 그곳으로 갔던 까닭은 벌들을 유인하기 위해서였다. 하지만 사방은 조용하기만 했다. 그 어디서도 벌들의 날갯짓 소리를 들을 수 없었다.

발이 가는 대로 움직이다 보니 어느새 강의 반대편에 이르렀다. 그곳에는 놀이동산을 연상시키는 색색의 낡은 벌통들이 자리하고 있었다. 그중 몇 개의 벌통 속에는 여전히 벌들이 살고 있었다.

왜 이 벌통에 살던 벌들은 자취를 감추지 않았을까? 도대체 누가 벌들의 운명을 결정하는 것일까? 왜 하필이면 이 벌통 속의 벌들은 계속 그 자리를 떠나지 않는 걸까?

나는 심호흡을 크게 하고 노란 벌통 앞에서 발을 멈추었다. 벌통을 확인할 때마다 나는 심장이 쪼그라드는 것 같은 긴장감에 숨을 쉬기조차 힘들 정도다. 또 텅 비어 있는 벌통을 보게 되진 않을까. 여왕벌과 몇 마리의 애벌레만 남아 힘없이 바닥에서 꼬물거리고 있는 모습도 떠올랐다.

그 벌통도 뭔가 잘못된 것이 틀림없었다. 너무나 조용했다. 나는 조심조심 날판을 들어 올렸다. 예상대로 눈에 보이는 벌들은 그리 많지 않았다.

절망감이 밀려왔다.

하지만 거기서 그만둘 수는 없었다.

나는 두 눈을 질끈 감고 뚜껑을 열었다. 그 순간, 벌들의 날개소리가 힘차게 들려왔다. 난 왜 이 소리를 미처 듣지 못했던 걸까? 벌통 안을 살펴보니 모든 것이 정상이었다. 벌들은 벌통 속에서 건강하게 움직이고 있었고, 춤을 추듯 날갯짓을 하는 벌들도 있었다. 등에 옥색으로 표시를 해둔 여왕벌도 보였고, 새끼 벌과 애벌레는 물론 황금색 꿀도 보였다. 벌들은 모두 건강했다. 그들은 여전히 벌통을 지키고 있었다.

눈앞이 어질어질해졌다. 갑자기 밀려오는 피곤함을 이기지 못해 나는 땅에 주저앉아버렸다. 햇살을 머금은 흙은 따스했고, 잔디는 부드러웠다. 눈이 저절로 스르르 감겼다.

하지만 나는 잠에 빠지지 않았다. 가슴을 조여오는 이상한 느낌에 잠을 잘 수가 없었다. 나를 찾아들었던 것은 에마의 눈물이었다. 그 눈물은 웅덩이를 만들고 점점 차올라 내 발까지 적셔오는 것만 같았다.

나는 연달아 침을 꿀꺽 삼켰다. 숨을 쉴 수가 없었다. 가상의 웅덩이 속에 빠져 허우적거리던 나는 마음을 단단히 먹고 몸을 일으킨 후 벌들을 바라보았다. 그들은 삶을 위한 투쟁을 하고 있었다. 알을 낳고 새끼를 키우고 꽃가루를 모아 오고 꿀을 만들어내는 일.

하지만 그 벌들도 언젠가는 죽어 없어질 것이다. 내가 아무리 정성을 다해도 그들은 언젠가는 사라져버릴 것이 분명했다. 앞으로도 벌통을 열어 확인해볼 때면 이 숨 막히는 긴장감을 매번 이겨내야 한다고 생각하니 견딜 수가 없었다. 벌들이 살았거나 죽었거나 상관없이 가슴을 졸이며 홀로 겪어야 하고 또 이겨내야 하는 이 고통스러운 과정을 참아낼 자신이 없었다. 정말 그렇게까지 해야 되는 걸까.

물론, 그럴 필요는 없다.

온몸의 근육이 다시 살아나는 것 같았다. 나는 힘이 잔뜩 들어간 한쪽 다리를 들어 올려 벌통을 걷어찼다.

벌통은 요란한 소리를 내며 쓰러졌고, 동시에 벌 떼들이 허공으로 날아올랐다.

나는 나무판자들을 하나씩 뜯어냈다. 성난 벌들, 겁에 질린 벌들이 보복을 하기 위해 내게 모여들었다. 나는 그 벌들을 발로 짓밟았다. 그들의 애벌레와 새끼 벌들도 모두 장홧발로 뭉개버렸다. 발아래 들리는 소리는 유리 깨지는 소리와는 달리 무디기 짝이 없었다. 하지만 나는 개의치 않고 계속 사정없이 그들을 짓밟았다. 날개가 찢겨 나간 벌들이 내 발밑에서 숨을 거두었다.

문득, 이건 너무나 쉬운 일이라는 생각이 스쳤다.

성난 벌들은 내게 쉬지 않고 덤벼들었다.

나는 손을 들어 지퍼를 내리고 작업복을 벗었다.

장화도 벗어 던졌다.

나는 그 자리에 우두커니 서서 성난 벌 떼들에게 몸을 맡겼다.

그들은 내게 복수를 하기 위해 내 몸에 벌침을 꽂고 스스로의 삶을 포기했다. 이번엔 내 팔을 잡고 구름처럼 달려드는 벌 떼들을 피해 강가로 뛰어갔던 아버지도 내 곁에 없었기에 나는 오롯이 벌들에게 내 몸을 맡겼다.

이번에는 쓰러져버릴 생각이었다. 독이 핏줄을 타고 내 온몸에 퍼질 때까지 저항하지 않고 받아들일 생각으로, 나는 벌들이 나를 쏘아대기를 기다렸다. 그들이 내 몸에 벌침을 꽂은 후 바닥에 널브러지면, 나는 그들을 마음껏 짓밟아줄 생각이었다.

나는 그들에게 복수를 할 기회를 주고 싶었다.

그리고 끝장을 내고 싶었다.

이제 그들이 내게 달려들고 있었다.

나는 두꺼운 장갑을 낀 손으로 얇은 면포를 거머쥐고 벗겨 내렸다.

그 순간, 강 너머에서 누군가가 나를 불렀다.

목소리는 점점 내게 가까워지고 있었다.

점점 빨라지는 발소리도 가까워졌다.

하얀 작업복. 모자와 면포. 금방이라도 일을 시작할 수 있도록 만반의 준비를 한 옷차림. 이번에도 사전에 연락을 하지 않고 갑자기 온 걸까. 아니, 에마에게 먼저 알렸던 것일까.

계속 집에 머무를 생각으로 돌아온 것일까?

그는 헐레벌떡 달려오고 있었다. 도대체 무슨 일일까?

점점 더 커지는 그의 목소리가 허공에 메아리를 남겼다.

"아버지? 아버지!"

타오

청년과 아버지를 등 뒤에 두고, 나는 열쇠를 꽂아 잠긴 문을 열었다. 집 안은 텅 비어 있었다.

현관에 있는 옷걸이에선 쿠안의 옷을 볼 수가 없었다. 신발도 보이지 않았다.

나는 욕실 문을 열어보았다.

그의 세면도구가 있던 자리는 텅 비어 있었고, 면도칼과 비누의 흔적만 남아 있었다.

쿠안은 내게 아무 말도 하지 않고 집을 나가버린 것일까? 왜? 그가 원해서 떠났던 걸까? 아니면 내가 원한다고 믿었기 때문에 집을 나갔던 걸까? 내가 그를 보면 웨이원 생각이 나는 것처럼, 그도 나를 떠올리면 웨이원이 생각났기 때문일까?

아니, 단지 내게 죄책감을 심어주기 위해서였을까?

이제 나를 떠난 사람은 또 한 명 더 늘어난 셈이다. 하지만 이번에는 떠난 사람을 찾아 나설 수가 없다. 그가 어디 있는지 어디 물어볼 수도 없고, 그에게 연락을 할 수도 없다. 그가 스스로 내린 선택이기 때문이다. 내겐 그를 찾아 나설 권리가 없다. 웨이원에게 있었던 일은 여전히 내 책임으로 남아 있다.

청년과 아버지는 현관에 서서 나만 멀뚱멀뚱 쳐다보고 있었다. 나는 그들에게 무슨 말이라도 해주어야만 했다.

"침실을 쓰세요."

나는 가방을 거실 바닥에 내려두고 내 잠자리를 마련하기 위해 소파를 정리했다. 침실 안에서 청년의 목소리가 들려왔다. 높낮이가 있는 들뜬 목소리에서 미래에 대한 희망과 열정이 느껴졌다. 이전에 느낄 수 있었던 어둠은 전혀 찾아볼 수 없었다. 어쩌면 그는 어젯밤 내가 했던 말을 고스란히 따라 하고 있는지도 몰랐다.

창가로 다가갔다. 울타리는 제자리를 지키고 있었고, 하늘에는 헬리콥터 한 대가 빙빙 돌고 있었다. 벌들은 누에고치를 닮은 캡슐 속에 갇혀 있었다. 그 수가 늘어날 때까지, 또 인간이 벌들을 통제할 수 있을 때까지는 벌들을 그렇게 놓아둘 예정이었다. 그건 샤라의 바람이기도 했다.

그녀는 벌들을 길들여서 인간의 가축으로 만들기를 원했다. 그녀는 나를 길들였던 것처럼 벌들도 길들이고 싶어 했다. 나는 그녀에게 아무런 저항도 하지 않고 그녀가 하는 대로 모두 받아들였다. 아무 생각 없이 그녀의 말을 따르는 것. 그것이 가장 쉬운 방법이었기 때문이다.

침실에서 청년의 웃음소리가 들려왔다. 그가 웃는 소리는 처음 들어보았다. 너무나 생기 차고 밝은 웃음소리…… 나는 그와 그의 아버지에게 무언가를 줄 수 있어 행복했다. 침실에서 들려오는 그들의 목소리가 커지면 커질수록 숨쉬기가 수월해졌다. 이 집에서 누군가의 웃음소리를 들었던 건 과연 언제였던가?

가방 속에는 도서관에 돌려주지 않았던 책 한 권이 들어 있었다. 나는 그 책을 첫 장부터 마지막 장까지 모두 읽었다. 하지만 그 책에 적힌 말들은 내가 소화해내기엔 너무나 컸기에 무엇을 어찌해야 할지 알 수가 없었다.

사람들은 광장에 모여 주변을 정리하기 시작했다. 곧이어 간이 연단과 카메라가 설치되었다. 그들은 몇 명이 한 팀이 되어 여러 가지 일을 동시에 해냈다. 연설 광경은 전 세계에 생중계될 예정이었다. 프로그램 제작자는 여기저기 돌아다니며 인부들을 다그쳤다. 그녀는 방금 따 온 배들을 커다란 광주리에 보기 좋게 담아 연단 위에 놓았다. 그것이 주는 상징적인 의미는 과장된 것이 틀림없었지만, 없어서는 안 될 것이기도 했다.

나는 나만의 개인 탈의실을 배정받았다. 한 여인이 여러 벌의 옷을 가지고 들어왔다. 화려하진 않지만 그것들은 모두 새 옷이었다. 단순한 디자인. 언뜻 그 옷들은 지도부의 하급 관리들이 입는 제복을 연상시켰다. 마치 나의 뿌리는 서민이자 노동자라는 것을 상기시켜주는 동시에 그들과는 다른 위치에 있다는 것을 보여주는 것만 같았다. 접힌 옷깃은 빳빳하게 다림질되어 있었지만 천의 재질은 부드럽기 그지없었다.

"면이에요. 재활용 면이랍니다."

나는 면제품 옷을 입어본 적이 없었다. 그도 그럴 것이 면제품 옷의 미터당 가격은 한 달 월급과 맞먹기 때문이다. 나는 푸른색 옷 한 벌을 골라 입어보았다. 천이 숨을 쉬는 것 같았다. 나는 피부에 닿는 천을 거의 느낄 수가 없었다. 거울을 보니 옷이 내게 잘 어울리는 것 같았다. 문득, 나도 그들 중의 한 명처럼 보인다는 생각이 스쳤다. 과일나무 작업장에서 일을 하는 노동자가 아니라 샤라 같은 여자처럼. 어쩌면 나는 처음부터 그런 사람이 될 운명이었는지도 몰랐다.

새 옷을 입으니 샤라가 원했던 나, 평소와는 전혀 다른 내가 되어버렸다. 나는 뒤로 돌아서서 어깨 너머로 거울을 보았다. 푸른 재킷과 바지는 내 몸에 딱 맞았다. 팔을 들어 올렸더니 소매 끝은 길지도 짧지도 않은 적당한 곳에서 멈추었다.

거울 속의 내 눈과 마주쳤다. 그 눈은 웨이원의 눈과 너무도 닮았다. 그런데 나는 누구일까? 시선을 아래로 떨구었다. 웨이원은 단 한 번도 면제품 옷을 입어본 적이 없다. 게다가 아이는 삶의 의미가 뭔지도 모르는 채 세상을 떠났다.

나는 억지로 고개를 들고 거울 속의 나를 다시 바라보았다. 거울 속의 눈동자는 마치 내가 사회의 필수 불가결한 바보라도 되는 듯 나를 쏘아보고 있었다.

갑자기 새 옷에 닿은 피부가 따끔거리기 시작했다. 나는 블라우스와 바지를 벗어 바닥에 내동댕이쳤다.

의미 있는 삶. 나는 어떻게 하면 삶의 의미를 찾을 수 있는지 이미 알고 있었다.

낡은 옷을 다시 입은 나는 얼른 신발을 신었다.

바닥에 있던 가방을 잡아채고 탈의실 문을 연 후, 서둘러 그곳을 빠져나갔다. 곧 프로그램 제작을 담당하는 여인을 만날 수 있었다.

"리 샤라는 지금 어디 있나요? 리 샤라와 만나서 할 얘기가 있어요."

그녀는 지역 지도부 청사의 가장 큰 사무실을 임시로 사용하고 있었다. 내가 노크를 하자, 그녀의 방에서 남자 세 명이 서둘러 빠져나왔다. 보아하니 미처 대화를 맺지 못했지만 내게 자리를 비켜준 것 같았다.

샤라는 자리에서 벌떡 일어나 평상시의 부드러운 미소를 머금으며 나를 맞았다.

"이걸 한번 보세요." 나는 샤라에게 책 한 권을 내밀었다.

그녀는 책을 받아 쥐고서도 책장을 펼치지 않았다. 아니, 책에 눈도 돌리지 않았다.

"타오, 곧 당신이 하게 될 연설이 무척 기대되는군요."

"그 책을 읽어보세요."

"연설문을 한 번 더 점검해볼까요? 원한다면 그렇게 하죠. 단어나 문장을 바꿀 필요가 있다면 얼마든지……"

"전 당신이 그 책을 읽어보기만을 바랄 뿐이에요."

그제야 그녀는 책으로 눈을 돌리고 책 제목을 손으로 짚어나갔다. "『눈먼 양봉가』?"

나는 고개를 끄덕였다.

"저는 당신이 그 책을 다 읽기 전엔 연설을 할 생각이 없습니다."

그녀가 고개를 번쩍 쳐들었다. "지금 그게 무슨 말인가요?"

"당신들은 지금 뭔가 크게 잘못하고 있는 중이에요."

그녀의 눈이 가늘어졌다. "우린 할 수 있는 일은 무엇이든 다 하고 있어요."

나는 그녀의 눈을 뚫어지게 바라보며 상체를 앞으로 내밀고 나직한 목소리로 침착하게 말했다. "벌들은 다시 자취를 감추고 죽어버릴 거예요. 같은 일이 반복될 거란 말이에요."

그녀가 나를 빤히 바라보았다. 나는 그녀의 대답을 기다렸지만, 그녀는 아무 말도 하지 않았다. 그녀는 무슨 생각을 하고 있는 걸까? 내가 하는 말을 곰곰이 되씹어보고 있는 중일까? 내 말에 귀를 기울일 마음이 있긴 있는 걸까? 슬슬 화가 나기 시작했다. 도대체 왜 아무 말도 하지 않는 걸까?

나는 그곳에 더 있을 수가 없어서 몸을 홱 돌려 나가려 했다. 그러자 마침내 그녀가 반응을 보였다.

"기다려봐요."

그녀는 책을 펼쳤다.

"토머스 새비지." 그녀가 작가 이름을 소리 내어 읽었다. "미국인인가요?"

"평생 그 책 한 권만 출간한 작가예요. 하지만 그 책은 그 어떤 책보다 더 가치 있는 책이라고 생각해요."

그녀는 고개를 들어 나를 바라보더니 턱으로 의자를 가리켰다. "앉아요. 앉아서 차근차근 이야기를 해보세요."

왠지 마음이 급해진 나는 책 내용을 조리 있게 풀어놓지 못했다. 하지만 그녀가 침착하게 내 말을 듣고 있는 것을 보고선 내 마음도 조금씩 진정되기 시작했다. 내가 이야기를 하는 동안 몇 번이나 노크 소리가 들려왔지만, 그녀는 방문자들을 모두 돌려보내고 내 이야기를 들어주었다. 나는 그제야 편안하게 하고 싶었던 이야기를 모두 할 수 있었다.

나는 먼저 작가인 토머스 새비지에 대해 이야기를 해주었다. 그 책은 작가의 개인적인 경험과 삶을 바탕으로 작성된 것이었다. 새비지의 가족은 여러 세대를 이어오며 양봉업을 했다. 그의 아버지는 CCD에 가장 먼저 영향을 받았던 양봉가 중의 한 명이었고, 가장 끝까지 포기를 하지 않았던 양봉가 중의 한 명이기도 했다. 새비지는 아버지와 끝까지 함께 일을 했다. 두 사람은 CCD가 쓸고 지나간 후, 양봉업을 유기농업으로 바꾸어 생계를 이어나갔다. 새비지는 벌을 키울 때도 수분 작업을 위해 벌들을 이곳저곳으로 옮겨 다니지 않았으며, 생계를 위해 최소한의 꿀만 수확하고 나머지는 모두 벌들에게 남겨주었다. 그럼에도 벌들은 차례차례 자취를 감추었고 죽어나갔다. 결국 그들은 양봉농장은 물론, 그들의 경험과 미래까지도 모두 팔아야만 했다. 『눈먼 양봉가』는 이상적인 목표를 이야기하고 있었지만 그럼에도 매우 구체적이고 견고한 내용을 담고 있는 책이었다. 왜냐하면 그것은 평생의 삶을 통한 실질적 경험을 담고 있는 책이었기 때문이다.

책은 2037년, 즉 벌들이 완전히 자취를 감추기 8년 전에 출간되었다. 작가는 인간 삶의 끝을 예견했으며, 어떻게 하면 붕괴의 시대를 이겨내고 다시 인간다운 삶을 살 수 있을지 보여주었다.

내가 말을 마치자, 샤라는 침묵을 지키며 아무 반응도 보이지 않았다. 그녀는 여전히 책을 꼭 감싸 쥐고 있었다. 나를 바라보는 그녀의 눈빛이 무엇을 말하고 있는지 짐작하기는 쉽지 않았다.

"이제 가보세요."

나를 쫓아내려는 걸까? 거부한다면 경비원을 불러 강제로 나를 쫓아낼 생각일까? 내가 연설을 한다고 나설 때까지 집에 가두어놓으면 어떻게 하지? 하지만 나는 내 의지에 반하는 말로 사람들을 선동할 생각은 추호도 없었다.

그녀는 천천히 책장을 넘겼다.

나는 제자리에 서서 그녀를 바라보았다. 내 눈길을 의식한 그녀가 고개를 들더니 문을 향해 고갯짓을 했다.

"이제 혼자 있고 싶습니다."

"하지만……"

그녀는 마치 책을 보호하기라도 하듯 손으로 책을 덮고 나직이 말했다. "저도 자식이 있는 엄마랍니다."

윌리엄

벽에 걸린 누런 태피스트리는 여전히 눈이 아플 정도로 내 시각을 자극하고 있었다. 아이는 언제나처럼 청소를 하며 나직이 노래를 불렀다. 나는 창 쪽으로 얼굴을 돌려보았다. 황금색 낙엽을 실은 바람 한 줄기가 창밖을 스쳐 갔다.

아이는 먼지를 쓸어 담은 쓰레받기를 방문 옆에 놓아두고 나를 향해 돌아섰다.

"이불을 좀 털어드릴까요, 아버지?"

아이는 내 대답을 기다리지도 않고 팔을 쭉 뻗쳐 이불을 가져갔다. 잠옷만 입고 있던 나는 마치 벌거숭이가 된 것 같아 몸을 웅크렸다. 하지만 아이는 내가 민망해할까 봐 내게 눈길도 주지 않았다.

아이가 창을 열자 시원한 바람이 불어 들었다. 어제보다 바람이 한층 차가워진 듯했다. 나는 갑작스러운 한기 때문에 잔털이 솟아오른 다리를 상체 쪽으로 끌어 올리고 몸을 웅크렸다.

아이는 창밖으로 이불을 탈탈 털었다. 이불은 커다란 돛처럼 쭉 펼쳐지더니 아래로 쑥 떨어졌다. 아이는 그 찰나를 놓치지 않고 다시 이불을 쭉 펼쳐 흔들었다.

아이가 이불을 덮어주니 차가운 바깥 공기를 피부로 느낄 수 있었다. 아이는 침대 옆에 의자를 끌어당겨 등받이에 손을 얹어 놓았다.

"아버지, 제가 책을 읽어드릴까요?"

아이는 내 대답을 기다리지도 않고 잘 정리된 책장 앞으로 다가가더니 집게손가락으로 책 표지를 하나하나 짚어나갔다. 곧 아이는 책 한 권을 끄집어냈다.

"오늘은 이 책을 읽어드릴게요."

나는 제목을 보지 못했다. 아이는 나를 위해 책을 읽어주는 것이 아니라 자기 자신을 위해 책을 읽는 것이었다. 하지만 상관없었다. 나는 아이가 무슨 책을 읽는지보다는 아이가 내 옆에 앉아 책을 읽는다는 사실 자체만으로도 고마웠기 때문이다.

"샬럿." 꺼칠꺼칠하게 쉰 목소리는 마치 내 목소리가 아닌 것만 같았다. "샬럿……"

아이가 눈을 들어 나를 바라보더니 살짝 고개를 저었다. 나는 그 말을 할 필요도 없었다. 난 이미 그 말을 셀 수 없이 많이 해왔기에 아이는 내가 무슨 말을 할지 너무나 잘 알고 있었던 것이다. 나는 아이에게 내 방에서 나가달라고 말할 참이었다. 이젠 내가 아니라 자기 자신을 위해 조금은 이기적으로 살아보라고 부탁할 참이었다.

그러나 아이의 대답은 언제나 똑같았다. 그럼에도 나는 같은 말을 하고 또 했다. 나는 아이에게 너무나 큰 빚을 지고 있었기 때문이다. 아이는 자신의 삶을 온전히 내게 부어주었다. 하지만 그 어떤 말도 아이를 내 방에서 데려 나가지 못했다.

아이는 내 곁에 있고 싶어 했다.

아이의 목소리는 한기 어린 가을 공기와 함께 방을 채워왔다. 하지만 나는 한기에 떨지 않았다. 아이의 목소리가 나를 따스하게 감싸주었기 때문이다. 아이는 오늘도 오랫동안 책을 읽을 생각인 모양이었다.

나는 아이가 내 손을 잡아주기를 바라며 손을 뻗쳐보았다.

아이는 차분하게 내 손을 잡아 쥐고 조용히 책을 읽었다. 아이는 자신의 말과, 자신의 시간과, 자신의 삶을 내게 아낌없이 쏟아부었다. 그것만 생각하면 당장에라도 자리에서 일어나야 정상일 테지만, 나는 손가락 하나도 까딱할 수가 없었다. 내 의지와 열정은 이미 바닥이 나버리고 말았기 때문이다.

문득 아래층에서 갓난아기의 울음소리가 들려왔다. 수년 동안 들어보지 못했던 소리였다. 갓난아기? 그렇다면 내가 낳은 자식은 아닐 테다. 손님이 온 것일까? 과연 누굴까? 아래층에서 가족이 아닌 다른 이들의 목소리를 들어본 것은 몇 달도 더 되었다.

샬럿이 책 읽기를 멈추었다. 아이는 금방이라도 방을 뛰쳐나갈 듯 안절부절못했다.

누군가 아기를 달래는 소리가 들렸다. 틸다의 목소리였던가?

아기는 울음을 그치고 차분해졌다.

샬럿도 안심했는지 의자에 등을 기대고 다시 책을 읽기 시작했다.

나는 눈을 감았다. 내 손과 맞닿은 아이의 손을 느끼며, 방 안을 맴도는 아이의 목소리에 귀를 기울였다. 시간이 흘렀다. 아이는 여전히 책 읽기를 멈추지 않았고, 나는 너무나 고마운 마음으로 가만히 누워 있었다.

다시 아래층에서 아기 울음소리가 들려왔다. 조금 전보다 더 큰 소리였다. 샬럿이 책 읽기를 멈추었다.

샬럿이 손을 빼냈다.

갓난아기의 자지러지는 울음소리는 온 집 안을 흔들어댔다.

책을 내려두고 몸을 일으킨 샬럿이 허둥지둥 문을 향해 뛰어갔다. "죄송해요, 아버지."

샬럿이 문을 열자, 갓난아기의 울음소리가 방 안을 채웠다.

"갓난아기……"

샬럿이 발을 멈추었다.

나는 할 말을 찾아 더듬었다. "손님이 와 있니?"

아이는 고개를 저었다.

"아뇨…… 저…… 이제 아기는 우리 집 식구예요."

"하지만, 어떻게 그런 일이……?"

"아기가 태어나자마자 아기 엄마가 세상을 떠났어요. 그리고 아기의 아버지는…… 혼자서 아기를 키울 형편이 안 되기 때문에……"

"아기 아버지가 누구냐? 그 아버지가 우리 집에 있니?"

"아뇨, 아버지……" 샬럿이 주저하며 대답했다. "아기의 아버지는 런던에 있어요."

나는 그제야 이해할 수 있을 것 같았다. 나는 침대에서 몸을 반쯤 일으키고 아이를 쏘아보았다. "그 녀석의 아기지? 그렇지? 아기의 아버지는 에드먼드지?"

샬럿은 당황해서 눈을 껌벅였지만 아무 말도 하지 않았다. 아이는 대답을 할 필요가 없었다. 난 이미 모든 것을 짐작했으니까.

"죄송해요, 아버지." 샬럿은 얼른 몸을 돌려 방에서 나갔다.

미처 닫지 못한 문틈으로 재빠르게 계단을 내려가는 아이의 발소리가 들려왔다.

"어머니, 저 왔어요."

아래층에서 샬럿의 목소리가 들렸다.

"이제 제가 볼게요."

샬럿은 조금 전보다 더 낮은 목소리로 말했다.

"자…… 쉬…… 그래…… 쉬…… 쉬……"

그리고.

샬럿의 나직한 노랫소리가 그 뒤를 이었다.

아이는 그제야 내가 아닌 다른 사람을 위해 노래를 하기 시작했다. 두 팔로 안고 있는 갓난아기를 조용히 흔들어주며 나직이 자장가를 부르고 있는 샬럿.

조지

온몸이 부들부들 떨렸다. 나는 아침부터 저녁까지 몇 날 며칠을 사시나무 떨듯 떨었다.

나이프와 포크를 제대로 쥘 수 없을 정도로 달달 떨었지만, 에마는 그런 나를 보고도 아무 말도 하지 않았다. 일을 하기 위해 연장을 집어 올리다가도 바닥에 떨어뜨리기 일쑤였다.

아침에 눈을 뜰 때마다 심장이 콩알만 해져 있는 것을 느낄 수 있었다.

억지로 몸을 일으켜 아래층으로 내려가면, 톰은 가볍게 아침 인사를 건네고 다시 책 속에 얼굴을 파묻었다. 상관없는 일이었다.

그는 나처럼 몸을 떨지 않았다.

그는 주저하는 법도 없었다. 심지어는 책을 읽을 때도 자신감 있고 당당하게 책장을 넘겼고, 커피 잔도 한 손으로 차분하게 들어 올렸다. 강가의 벌통을 향해 걸어갈 때도 정확히 같은 보폭으로 당당하고 차분하게 걸었다.

나는 시도 때도 없이 떨리는 몸으로 그를 따르기만 했다.

강가에서 벌통을 들어 올리던 그가 예전에 내가 일러주었던 대로 허리가 아닌 다리를 굽혀 몸을 일으켰다. 몇 차례 그 모습을 본 나는, 내 몸의 떨림이 조금씩 사라지는 것을 느낄 수 있었다. 며칠이 지나자 포크를 쥐는 일도 훨씬 쉬워졌다.

그러던 어느 날 오후, 우리는 은은한 가을의 석양 아래서 황금색 꿀을 함께 수확했다. 그날 이후, 무슨 이유에선지 내 몸의 떨림은 완전히 사라졌다.

나는 이제 톰과 마찬가지로 차분하고 자신감 있게 움직일 수 있게 되었다. 그의 옆에서.

그의 움직임과 박자를 맞추듯.

타오

벌통은 여전히 보초병들이 둘러싸고 지켰지만, 텐트와 울타리는 치워진 지 오래였다. 그들은 벌통을 작업장 외곽, 숲 가장자리에 배치했다. 사람들은 무리를 지은 채 멀찍이 떨어져서 벌통을 바라보았다. 벌을 무서워하는 사람은 아무도 없었다. 벌들은 위험한 곤충이 아니다. 웨이원의 알레르기는 특별한 경우였다. 우리 주변에는 사방팔방에 형형색색의 꽃들과 새로 심어놓은 갖가지 식물들로 가득했다. 빨간색, 분홍색, 주황색. 언젠가 텐트 안에서 보았던 아름다운 동화의 세계가 이젠 열린 하늘 아래 펼쳐진 셈이다. 과일나무들을 베어낸 자리에는 새로운 식물들이 대신했다.

군인들은 떠났고, 울타리는 내려졌으며, 텐트도 사라졌다. 알에서 깨어난 애벌레는 벌통 안에서 자랐고, 어른이 된 벌들은 어디든 자유롭게 날아다닐 수 있었다.

벌통들은 우리에게서 10여 미터 떨어진 나무 그늘 아래 자리하고 있었다. 햇살은 나뭇잎 사이로 빛을 발했다. 그곳은 웨이원이 벌에 쏘인 자리에서 얼마 떨어지지 않은 곳이기도 했다. 우리는 토머스 새비지가 『눈먼 양봉가』에서 소개했던 '새비지 표준 벌통'을 만들었다. 새비지 가문 사람들이 1852년부터 만들어 사용했던 그 벌통의 제작 도면은 이미 역사 속에서 사라진 지 오래되었지만, 규격과 치수, 그리고 외형은 토머스 새비지가 기억을 더듬어 책에 적어놓았기 때문에 그걸 만드는 것은 그리 어렵지 않았다. 그 벌통은 꿀을 수확하고 벌을 관찰했던 학자가 벌을 길들이려는 목적으로 제작한 벌통이기도 했다.

하지만 벌을 길들이는 것은 불가능하다. 인간은 오직 벌을 보살피는 일만 할 수 있을 뿐이다. 우리는 벌들에게 최상의 보금자리를 제공하고 벌들이 후손을 번성시키는 데 기여하기 위해 벌통을 만들었다. 벌이 만들어낸 꿀을 수확하는 것도 금지되었다. 벌들은 인간의 통제를 받지 않고 자연 속에서 자유롭게 살 수 있게 되었으며, 그들이 모은 꿀은 인간이 아니라 오직 그 자손들을 배불리 먹이는 데만 사용할 수 있게 되었다.

벌들이 윙윙거리는 소리는 너무나 낯설었다. 그들은 벌통 안을 쉴 새 없이 들락날락하며 꽃가루를 모아 오고 꿀을 만들어냈다. 벌들은 자기가 낳은 새끼만을 위해 음식을 모으는 것이 아니라 그들이 속한 집단 전체를 위해 일을 했다.

벌들의 날갯짓 소리를 듣다 보니 내 가슴도 떨려오기 시작했다. 동시에 그 소리에 마음이 진정되는 것 같기도 했다. 이전에 비해 숨을 쉬기가 한결 편해졌다.

나는 그 자리에 서서 벌 한 마리 한 마리의 움직임을 눈으로 따라가보려 했지만 그건 결코 쉽지 않았다. 한 마리를 따라가다 보면 금방 시선을 놓치기가 일쑤였다. 게다가 벌들의 수는 너무나 많았다. 그들의 움직임을 이해한다는 것은 불가능하게만 여겨졌다.

그래서 나는 벌통과 벌통을 둘러싼 벌들의 움직임을 모두 합쳐 하나의 개체로 생각하려 노력해보았다.

누군가가 내 곁에 다가왔다. 얼른 고개를 돌려보니 쿠안이었다. 그는 벌통을 더 자세히 보려고 자신도 모르게 발을 옮기다가 그곳까지 온 것이었다. 나를 발견한 그가 나직이 소리쳤다.

"타오……"

그가 내게 더욱 가까이 다가왔다. 이전엔 볼 수 없었던 낯선 걸음걸이. 그것은 노인의 걸음걸이와 마찬가지로 무겁기 짝이 없었다.

우리는 서로를 마주 보며 가만히 서 있었다. 항상 나와 눈이 마주치면 시선을 떨구었던 쿠안이 어쩐 일인지 이날은 오랫동안 내게 시선을 고정시켰다. 그의 눈동자 주변에는 거뭇거뭇한 그림자가 드리워져 있었고, 얼굴은 창백하기 그지없었다.

문득 그리움이 물밀 듯 밀려왔다. 이전의 그가 그리워졌던 것이다. 언제나 밝고 생기 있고 기분 좋은 태도를 유지했던 쿠안. 우리의 아이와 앞으로 태어날지도 모르는 아이를 위했던 그의 끝없는 사랑. 나는 그런 쿠안을 되찾고 싶었지만 무슨 말을 해야 할지 알 수 없었다.

우리는 나란히 서서 함께 벌통을 바라보았다. 우리의 손은 너무나 가까이 있었지만 우리는 마치 수줍어하는 10대 아이들처럼 서로의 손을 잡으려 하진 않았다. 하지만 나는 그와 나 사이에 존재하는 따스함을 느낄 수 있었다. 사라진 줄로만 알았던 그 따스함은 우리에게 다시 돌아왔던 것이다.

벌 한 마리가 1미터여 앞에까지 날아오더니 오른쪽으로 방향을 홱 틀어 우리 사이를 가로지른 후 꽃잎 속으로 몸을 감추었다. 나는 뺨 바로 옆에서 벌의 날개가 만들어냈던 기분 좋은 바람을 느낄 수 있었다.

순간, 내 손을 잡아 오는 쿠안의 손이 느껴졌다.

숨이 가빠졌다. 우리 사이에서 쿠안이 먼저 어떤 일을 한다는 것은 자주 있는 일이 아니었다. 그는 자신의 따스한 온기를 나와 함께 나누었다.

우리는 서로의 손을 꼭 잡고 벌통을 바라보았다.

그리고.

내가 그토록 듣고 싶었던 말 한 마디가 내 귓전에 다가왔다.

그의 평소 말투와는 달리 나직하지만 또박또박하며 신중함을 느낄 수 있는 말투였다. 나는 그것이 책임감이나 예의 때문에 내뱉은 말이 아니라, 그가 진정으로 하고 싶었기 때문에 한 말이라는 것을 잘 알 수 있었다.

"타오, 그건 당신 책임이 아니야. 그건 당신 잘못이 아니었어."

작별 인사를 나눈 후, 나는 홀로 바큇자국을 따라 내리막길을 내려갔다. 벌들의 날개 소리는 여전히 내 귓전에 남아 있었고, 그가 한 말은 내 가슴속에서 요동치고 있었다.

나는 걷기 시작했다. 걸으면 걸을수록 그 속도는 점점 느려졌다. 마침내 발걸음을 멈춘 곳은 과일나무들이 늘어선 곳의 한복판이었다. 그곳에선 울타리와 군인들의 흔적은 전혀 찾아볼 수 없었고 시야는 탁 트여 있었다. 모든 것은 이전과 다름없었다. 나뭇가지에선 황금색 낙엽들이 눈송이처럼 떨어져 내렸다. 땅이 낙엽으로 뒤덮일 때쯤이면 나무들은 벌거숭이가 되어 그곳에 서 있을 것이다. 배는 이미 수확한 지 오래였다. 사람들은 배를 하나하나 조심스럽게 따서 종이에 정성스럽게 싼 후 어디론가 가져갔다. 배는 황금과도 바꿀 수 없을 만큼 귀중한 과일이었다.

저 멀리 지평선을 바라보니 이미 조금씩 변화가 일어나는 중이었다. 사람들은 땅을 파고 끝없이 줄지어 서 있던 과일나무들의 뿌리를 캐내고 있었다. 토머스 새비지의 비전은 이제야 현실화된 셈이었다. 우리는 더 이상 숲에 손을 대지 않기로 결정을 내렸다. 야생 나무들과 덤불들은 점점 퍼져나갈 것이고 과일나무들이 있던 자리에는 다른 종류의 나무들을 심어 재배할 예정이었다.

이젠 때가 되었다는 생각이 스쳤다. 샤라가 원했던 대로 연설을 할 마음이 생겨난 것이다. 이젠 그녀가 시켜서가 아니라 내가 하고 싶었던 연설을 할 때가 되었다. 웨이원에 대한 이야기도 할 수 있을 것 같았다. 나는 웨이원이 우리 모두에게 어떤 의미를 지니고 있는지, 아이가 앞으로 우리에게 어떤 자리를 차지하게 될지에 대해서 이야기하고 싶었다. 광장과 거리, 건물 벽과 출입문에는 커다란 웨이원의 사진이 걸릴 예정이었다.

그들은 우리가 가지고 있던 웨이원의 사진 가운데 회색빛 배경에 얼굴 윤곽마저 흐릿하게 나온 사진을 선택했다. 하지만 막상 확대를 해서 포스터로 만들어놓고 나니 색과 명암이 더욱 선명해져 나쁘진 않았다. 아이의 눈빛도 살아생전보다 훨씬 생기 있는 빛을 발하고 있었다.

이제 세상은 이 선명하고 강렬한 사진 속의 아이를 두고 입을 모을 것이다. 하지만 그들의 웨이원은 내가 알고 있는 웨이원과 다른 사람일 수밖에 없다. 그들은 웨이원의 열정과 고집에 대해선 전혀 알지 못한다. 가끔 잠에서 깨어 정확치 않은 음정으로 신나게 콧노래를 부르던 웨이원도 모른다. 웨이원이 코흘리개 세 살배기 아이라는 사실, 오줌 싼 바지를 입고서 얼음처럼 차가운 발을 동동 굴렀던 아이라는 사실, 자다가 깨어나 따스한 몸을 내게 기대어 왔던 아이라는 사실도 모른다. 어차피 상관없는 일이다. 사람들에겐 이런 웨이원의 모습이 중요하게 다가오지 않을 것이기 때문이다. 한 개인의 삶, 한 개인의 살과 피, 신경 체제와 사고, 두려움과 꿈은 전체적으로 봤을 때 아무 의미도 지니지 못한다. 내가 웨이원을 통해 가졌던 앞날의 희망도 전체적인 시각에서 보는 아이의 이미지와 연결되지 못한다면 그 또한 아무 의미도 남길 수가 없다.

하지만 이제 웨이원은 어떤 식으로든 의미를 부여받게 될 것이다. 아이의 이미지. 빨간 스카프를 휘날리던 소년. 그리고 그 얼굴…… 미래에 살게 될 수백만의 사람들은 아이의 동그란 두

봄, 파란 하늘을 올려다보던 아이의 반짝이는 두 눈동자를 보며 '희망'이라는 단어를 떠올리게 될 것이다.

감사의 말

이 지면을 빌려 바쁜 와중에도 시간을 내어 원고를 읽고 질문에 답해주었던 여러 분야의 전문가, 역사학자 랑힐 헛치슨, 요한네 뉘그렌, 중국 전문가 토네 헬레네 오르비크, 동물학자 페테르 뵈크만, 의학 박사 시리 세테렐브, 노르웨이양봉협회 고문관 비에른 달레, 뷔비 양봉 전문 자문가 랑나 리베 예르겐센, 양봉 전문 기자 로아르 레 시르케볼, 양봉가 잉가르 탈락스타 리, 페르 시그문 뵈, 그리고 미국 오하이오 주의 허니런 팜의 아이작 반스 씨에게 감사의 말씀을 전합니다.

또한 이 책의 초고를 읽고 조언과, 여러모로 지원을 해주었던 힐데 뢰드라르센, 요아심 보텐, 비베케 사우게스타, 구로 솔베르그, 예르겐 룬데 롱게, 마티스 외이뵈, 힐데 외스트뷔, 카트리네 모볼, 군 외스트고르, 그리고 스테이나르 스토르뢰켄에게도 고마움을 전합니다.

마지막으로 『벌들의 역사』 초고를 보던 첫날부터 열정으로 후원해주었던 재능 있는 편집자 노라 캄벨을 비롯한 아스케하우 출판사 여러분께도 깊은 감사를 드립니다.

이 책을 쓰며 참고했던 주요 자료 및 서적은 다음과 같습니다. 비 윌슨의 『벌집*The Hive*』, 로아르 레 시르케볼의 『잉가르시스 양봉*Ingar'sis birøkt*』, 로렌조 로레인 랭스트로스의 『랭스트로스의 벌통과 꿀벌들*Langstroth's Hive and the Honey-Bee*』, 앨리슨 벤저민과 브라이언 매캘럼 공저 『벌이 사라진 세상*A World Without Bees*』, 헨닌 크리스토퍼센의 『신新중국*Det nye Kina*』, 그리고 다큐멘터리 〈사라지는 벌들Vanishing of the Bees〉(국내판 제목 〈베니싱 오브 더 비즈〉), 〈꿀 이상의 가치More than Honey〉(국내판 제목 〈모어 댄 허니〉), 〈누가 꿀벌을 죽였는가Who Killed the Honey Bee〉, 〈벌들의 침묵Silence of the Bees〉, 〈태양의 여왕Queen of the Sun〉 등이 있습니다.

2015년 5월, 오슬로에서
마야 룬데

벌과 양봉, CCD에 대한 더 자세한 내용은 norbi.no, bybi.no, coloss.org 등의 인터넷 사이트에서 찾아볼 수 있습니다.

옮긴이 손화수

한국외국어대학교에서 영어를, 오스트리아 잘츠부르크 모차르테움 대학에서 피아노를 공부했다. 1998년 노르웨이로 이주한 후 크빈헤라드 코뮤네 예술학교에서 피아노를 가르쳤다. 2002년부터 노르웨이 문학을 번역해 국내에 활발히 알리기 시작했다. 2012년에는 노르웨이번역인협회 회원이 되었고 같은 해 노르웨이해외문학협회에서 수여하는 올해의 번역가상을 받았다. 현재 스테인셰르 코뮤네 예술학교에서 가르치며 번역가로 활동하고 있다. 옮긴 책으로는 『나의 투쟁』 『파리인간』 『피렌체의 연인』 『루시퍼의 복음』 『노스트라다무스의 암호』 등이 있다.

벌들의 역사

지은이 마야 룬데
옮긴이 손화수
펴낸이 김영정

초판 1쇄 펴낸날 2016년 12월 30일
초판 3쇄 펴낸날 2020년 2월 14일

펴낸곳 (주)현대문학
등록번호 제1-452호
주소 06532 서울시 서초구 신반포로 321(잠원동, 미래엔)
전화 02-2017-0280
팩스 02-516-5433
홈페이지 www.hdmh.co.kr

ISBN 978-89-7275-802-0 03850

* 책값은 뒤표지에 있습니다.